# Unterwegs
# in die Welt von morgen

# *Unterwegs in die Welt von morgen*

Utopische Geschichten
und Science-fiction-Romane

Verlag Das Beste
Stuttgart · Zürich · Wien

Die Texte in diesem Buch
erscheinen mit Genehmigung der Verleger


135

Printed in Germany
ISBN 3 87070 456 X

ERDENLIED
VON SHARON WEBB
Ins Deutsche übertragen
von Peter Robert

**Mouat-Gari** (mua-gari) *Abk.:* M-G. 1. Ein Prozeß, der Unsterblichkeit verleiht, wenn er vor dem Ende der körperlichen Wachstumsperiode einsetzt. 2. In einem bestimmten Jahr der Unsterblichkeits-Ära.

GEBRAUCH: Bei formalem Gebrauch steht M-G vor dem Datum: *Die Weltkoalition kolonisierte den Asteroiden Vesta M-G 23.*

*Heritage-Wörterbuch der Einheitssprache,*
überarb. Ausg., Bildungsministerium der Weltkoalition.
Chatlanta, M-G 186.

## TEIL EINS: Mouat-Gari (Das Jahr 187)

### 1. Kapitel

*Das silberne Spinnennetz hing in der Schwärze des Raumes, ein Stück von Vesta entfernt. Während Kurt Kraus es beobachtete, drehte sich die ferne Spindel, zielte mit einem spinnenartigen Fortsatz und stieß einen weiteren glänzenden Faden aus. Winzige Ein-Mann-Nadeln, Glühwürmchen in der Dunkelheit, ergriffen die Enden der Fäden und schossen mit ihnen auf programmierte Koordinaten zu.*

*Das Netz begann sich zu krümmen.*

DIE JUNGE Betreuerin räusperte sich, um Kurt Kraus' Aufmerksamkeit auf sich zu lenken, aber der Kultusminister schien es nicht zu hören. Er war schon eine ganze Weile in der Plexkuppel, die sich wie eine Blase auf Vestas felsiger Oberfläche erhob, und schaute nach draußen. Hier am Ende der langen Achse des Asteroiden spürte er so gut wie nichts von der Anziehungskraft, die von Vestas langsamer Rotation herrührte und dem Asteroiden fast ein Drittel der Erdschwerkraft verlieh.

Die Betreuerin stellte sich anders hin und räusperte sich erneut.

Immer noch keine Reaktion.

Sie zuckte verärgert mit den Lippen. Wollte er da stehen bleiben, bis es dunkel wurde? Und warum hatte man sie überhaupt einem Erdbewohner zuteilen müssen? Und dann auch noch diesem. Sie hatte noch nie mit einem Minister zu tun gehabt. Es machte sie nervös, denn solche Leute kamen nicht oft nach Vesta.

In offener Neugier musterte sie das markante Profil des Mannes und suchte nach Unterschieden. Die Minister gehörten zu den ältesten Menschen; sie waren älter als die meisten im Gürtel. Manche von ihnen waren jetzt schon fast zweihundert Jahre alt.

Nein, man kann es wirklich nicht erkennen, dachte sie. Aber auch wenn sie wie alle anderen aussahen, hatten sie doch nicht dieselbe Denkweise. Sonst würden sie sich nämlich an die Zeitpläne halten, wie es sich gehörte, statt andere Leute in Schwierigkeiten zu bringen. Wenn sie zuließ, daß er seinen Zeitplan vergaß und den Sprung zur Erde versäumte, bekam sie mit Sicherheit was zu hören, aber trotzdem würde sie lieber im Boden versinken, als ihn zu stören. Er wirkte so angespannt.

Schließlich sagte sie sich, daß sie sich albern benahm. Sie war kein Kind mehr; sie war jetzt neunzehn – na ja, fast. Sie fragte sich, ob sie ebenfalls jedes Zeitgefühl verlieren würde, wenn sie in seinem Alter war, berührte ihn furchtsam am Arm und sagte: „Es wird Zeit, Mr. Kraus."

DAS NETZ bildete jetzt einen Bogen.

So zart, dachte Kurt, so ungegenständlich.

Ein weiterer Silberfaden schoß von der Spindel weg. Nadeln blitzten in einem so komplizierten, vorbestimmten Muster vor dem Gewebe des Raumes auf, daß es für ihn wie ein riesiges Kunstwerk aussah.

In den nächsten Tagen würde sich das Netz immer stärker krümmen; seine Ränder würden sich berühren und miteinander verschmelzen, bis ein spinnenartiges Ei, ein prächtiges, filigranes Gebilde mit einem Durchmesser von zwanzig Kilometern, in der Schwärze über Vesta hängen würde.

Die Spindel spann ihre Seide, und die Nadeln tanzten wie Weberschiffchen hin und her – der Anfang eines Kokons, aus dem einmal ein Wohnsatellit werden würde, wie jeder glaubte. Eine mobile Bergbaukolonie, deren Aufgabe darin bestand, die kleineren Asteroiden anzusteuern und ihre Reichtümer auszubeuten. Nur das Ministerium kannte seine höhere Bestimmung.

Kurts Lippen bewegten sich mit lautlosen Worten: „Für dich, Eric." Und der staubige Deckel der Erinnerung lüftete sich und ließ ihn wieder zu einem Jungen werden, einem kleinen Jungen mit einem Bruder . . .

Sie lagen in Schlafsäcken unter dem schwarzen, mit silbernen Punkten tätowierten Himmel von Florida. „Eines Tages fliegen wir dorthin, Kurt – zu den Sternen."

Und er hatte dem Jungen geglaubt, der in der milden, schon fast sommerlichen Frühlingsnacht neben ihm lag.

Die jähe Intimität der Erinnerung traf Kurt blitzartig. Eric, der Junge, der die Unsterblichkeit nur um ein paar Monate verpaßt hatte, der Junge, der allein seines Weges gegangen war und Kurt zurückgelassen hatte, so daß dieser mit ansehen mußte, wie er langsam alterte, bis seine Glieder zitterten und er gebrechlich wurde. Das war so lange her.

Kurt starrte auf das silberne Netz, bis er eine beharrliche Hand auf seinem Arm spürte. „Sie haben eine Besprechung, Mr. Kraus", sagte die hübsche kleine Betreuerin.

„Ja, das stimmt." Er vertrieb die Angst in ihren Zügen mit einem Lächeln und folgte ihr zum Bahnsteig des Pfeils.

EINE stumme Feindseligkeit lag in der Luft, wohin er auch ging. Kurt spürte sie im Pfeil, als dieser ihn am Dome-Lake-Park vorbei rasant ins Stadtzentrum brachte. Nichts Offenes, nur hier und da ein rascher verschleierter Blick von Mitreisenden, eine Neugier im Gesicht, die sofort von einer ausdruckslosen Miene ersetzt wurde, ein Schmalerwerden der Lider, etwas enger umschlossene Pupillen. In seiner Erdkleidung und mit seinen amtlichen Abzeichen war er auffällig, das wußte er; ebenso auffällig war die Feindseligkeit, die man diesen Dingen hier entgegenbrachte, eine Feindseligkeit, die ein Jahrhundert lang zu- und dann abgenommen hatte und jetzt wieder im Ansteigen begriffen war.

Aber sie war nicht offen. Das war sie nie.

Im Stadtzentrum nahmen die Anzeichen der Ablehnung noch zu, als ob selbst die Lüftungsrohre sie durch die Flure von Vestas Kommunikationszentrum blasen würden.

Als sie dort angekommen waren, entließ er die Betreuerin. Sie wirkte unsicher. „Ich sollte Sie eigentlich zu Ihrem Raumspringer begleiten."

„Ich finde den Weg schon. Ganz bestimmt."

Mit einem raschen Blick, der seine Ehrlichkeit oder seine Verfassung abschätzte, drückte sie ihm ihren Kodex in die Hand. „Na gut. Rufen Sie mich, wenn Sie mich brauchen?"

Er nickte und lächelte gequält, als er die Erleichterung sah, die sich auf dem Gesicht des Mädchens ausbreitete, als es erkannte, daß es tatsächlich gehen konnte.

Als es fort war, ging er mit energischen Schritten in die Kommunikationszentrale.

Die beiden Entschlüsseler warteten auf ihn. Und noch jemand war da – ein kleiner Mann mit einem Engelsgesicht und einem elliptischen Muttermal am Winkel seines Kiefers. Der Mann streckte eine sauber manikürte Hand zum Gruß aus. „Silvio Tarantino, Komm-Leiter."

Er schüttelte dem Mann die Hand und bemerkte das Lächeln, das nicht bis in die schwarzen Augen gelangte. Irgend etwas an dem Mann kam ihm vage bekannt vor. „Kennen wir uns?"

„Bestimmt nicht", antwortete Tarantino leichthin. Er wandte sich an die Entschlüsseler. „Ich habe Ihren Leuten meine Hilfe angeboten, aber sie scheinen ganz gut allein zurechtzukommen."

„Können Sie mir schon etwas sagen?" fragte Kurt die Entschlüsseler. Sie waren beide Spitzenkräfte auf ihrem Fachgebiet, eine Leihgabe des Premierministers. „Wenn die Information da ist", hatte Gerstein gesagt, „werden diese beiden sie finden." Angesichts des Bündels von Ausdrucken in ihren Händen war Kurt sicher, daß sie etwas entdeckt hatten.

Der erste Entschlüsseler, ein Mann namens Crighton, warf einen vielsagenden Blick auf Tarantino, der höflich lächelte und erklärte: „Ich lasse Sie natürlich allein."

Als sich die Tür hinter Tarantino schloß, meinte Crighton: „Es hat eine Weile gedauert, sie zu finden. Mallory hat den Schlüssel entdeckt." Er wandte sich an das dünne Mädchen neben ihm. „Sie soll es Ihnen selbst erzählen."

Mallory zeigte auf eine Reihe von Zahlen, die Kurt nichts sagten. Sie las den Code mühelos: erst ein Name, dann Alter, Geburtsdatum, Nummer des Wohnheims und Testergebnisse. „So hat man sie versteckt." Ein schlanker Finger fuhr über die Kolonne. „Das Alter des Kindes ist mit der Kennziffer des Wohnheims vertauscht worden."

„Das war wirklich ein simpler Trick", setzte Crighton hinzu. „Primitiv. Und doch so schwer zu finden wie ein Diamant auf einer Eisscholle."

„Auf schlaue Weise primitiv", sagte Mallory. „Raffinesse würde auf vorsätzliche Täuschung hinweisen. Mit diesen Ergebnissen können wir nicht beweisen, daß es Absicht war."

Ein Muskel zuckte am Ansatz von Kurts Kiefer. Also hatte er recht gehabt: Unterlagen über Kinder waren verheimlicht worden. „Wie viele? Wie viele sind uns entgangen?"

Mallory überflog die Ausdrucke. „Dreiundzwanzig. Die meisten natürlich von Hoffmeir. Vier von Hebe, drei von Vesta und eins von L-5."

„Ich hätte gern eine Übertragung. Nur gedruckt. Und Kurzbiographien", fügte er hinzu.

Sie nickte, trat an eine Konsole und gab eine Anfrage ein. Einen Moment später spuckte der Kommunikator seinen Text aus.

Er sah sich die Unterlagen schweigend an. Sein Gesichtsausdruck verbarg den wachsenden Zorn, den er verspürte. Dreiundzwanzig. Dreiundzwanzig verloren. Ein junger Visiograph – zu spät; ein Mathematiker – ebenfalls verloren; Musiker, Maler und Bildhauer; vielversprechende neue Wissenschaftler – alle für immer verloren. Sie waren schon zu alt. Man konnte sie nicht mehr einberufen. Alle im Lauf der letzten drei Jahre verlorengegangen.

Er starrte die Ausdrucke in seinen Händen an und fühlte, wie sich die glatte Oberfläche unter der Schweißschicht an seinen Fingerspitzen veränderte. Dreiundzwanzig. Wie viele waren so begabt gewesen wie Jesus Ramirez? Wie viele Tanya Rolfes waren hier vergeudet worden?

Und waren das alle? Wie viele hatte es noch gegeben, seit er Renaissance ins Leben gerufen hatte? Wie viele noch in diesen achtundachtzig Jahren?

Zwei Zimmer weiter verwandelte sich Silvio Tarantinos engelhaftes Lächeln in Verachtung. Glaubten diese Dummköpfe wirklich, daß sie ihn überlisten konnten? Sein „primitiver" Trick hatte ihm gute Dienste geleistet, und zwar weit mehr als nur drei Jahre lang.

Wie viele sind uns entgangen, in der Tat. Aber eines Tages würde Kraus Bescheid wissen, nicht wahr? Eines Tages würde er erkennen, daß die Kinder einer besseren Verwendung zugeführt worden waren. Einige von ihnen gehörten jetzt zu seinen besten Dienern.

Er blickte auf die winzigen Lauscher in seiner Hand. Dann streckte er die Hand lächelnd aus und krümmte die Finger in einer Parodie des Weltkoalition-Emblems um das Gerät – die Erde in einer halb geschlossenen, schützenden Hand.

„Kennen wir uns?" äffte er Kurts Stimme laut und wütend nach. Seine Finger schlossen sich um den Lauscher und preßten ihn zusammen. Ohne darauf zu achten, daß die Kanten in seinen Handteller schnitten, hatte Tarantino jetzt nur einen Gedanken im Kopf, einen Gedanken, den er seit seiner Kindheit genährt hatte: Ich vergesse nicht. Niemals.

Mallory reichte Kurt ein weiteres Bündel von Ausdrucken. „An die hier sind wir noch rechtzeitig rangekommen. Neun Kinder werden die Reise zu Renaissance antreten."

Er nahm sie ihr aus der Hand und ging sie rasch durch. Sechs von Hoffmeir: ein Tänzer, noch einer, eine junge Schriftstellerin . . . Sein Blick blieb auf dem Namen des Mädchen haften: Liss McNabb. Seans rechtmäßige Tochter.

Er betrachtete das Bild des Kindes eingehend. Leuchtendblaue Augen erwiderten den Blick. Fast konnte er ihre Stimme hören, ihr rasches „Onkel Kurt". Erstaunlicherweise sah sie Sean ähnlich, selbst nachdem Generationen seinen Genpool verwässert hatten. Nur das knallrote Haar des Mannes, den Kurt „kleiner Bruder" genannt hatte, war verschwunden; es war zu sanftem Blond verblaßt.

Er blätterte das restliche Bündel durch: zwei von Hebe, nur eins von Vesta – ein Junge, David Devier. Der Junge war Musiker, ein angehender Komponist.

Kurt sah sich die Kurzbiographie des Kindes an . . . auch ein Musiker. So wie er früher einer gewesen war, bevor er seine Musikalität verloren hatte, bevor sein Talent geschwunden und schließlich für immer verstummt war. Er versuchte zu schlucken und merkte, daß sein Mund strohtrocken war. Irgendwie hatten die Geschehnisse dieses Tages die Schleusen zu Erinnerungen geöffnet, die er für alle Zeiten sicher unter Verschluß gewähnt hatte.

„Wollen Sie mit dem Komm-Leiter sprechen?" fragte Crighton.

Kurt schaute auf. „Nein. Das können Sie beide erledigen." Er nickte Mallory zu. „Wie Sie schon sagten, wir werden nichts beweisen können, aber nehmen Sie trotzdem eine Aussage auf."

Kurt machte Anstalten, Mallory die Ausdrucke zurückzugeben, dann hielt er inne. „Der Junge von Vesta – Devier. Den möchte ich mir ansehen", erklärte er impulsiv und überraschte sich selbst damit. Das hatte er noch nie getan, und dennoch schien es irgendwie wichtig zu sein. Er hätte nicht einmal sagen können, warum.

KURT hatte seit mehr als hundertzwanzig Jahren kein Wohnheim mehr betreten. Das Wohnheimzentrum von Vesta hatte er noch nie von innen gesehen, und dennoch kam es ihm bekannt vor, als ob sie überall auf der Erde und überall im Gürtel gleich wären.

„Hier sind die Jungs von zehn bis zwölf", erläuterte die Mutter. „Im Moment sind sie aber in Hof zwei. Organisiertes Spielen."

Er trat in den langen Raum und schaute auf die Reihen von Bettzylindern, die in die Wäschespinde eingerollt waren. Oberflächlich betrachtet sah es hier ganz anders aus als in MacDill, und doch gab es eine sehr starke Ähnlichkeit. Vielleicht ist es der Geruch, dachte er, der Geruch, den ein Raum annimmt, wenn er von einem Dutzend Jungen bewohnt wird, die sich mit der gleichen Seife waschen und das gleiche Essen zu sich nehmen und deren warme Körperausdünstungen sich mit dem Geruch der Anstaltswäsche und der Desinfektionsmittel vermischen.

Einen Moment lang war er ganz durcheinander; er hatte das Gefühl, als ob sein Leben in die Zeit, die er in Wohnheimen gelebt hatte, und die Zeit davor aufgeteilt wäre . . . Sicherheitstag . . ., der Tag, an dem die unsterblichen Kinder der Erde in Schutzhaft genommen worden waren . . . Er war fünfzehn gewesen – fünfzehn Jahre alt und auf einmal unsterblich, auf einmal das Opfer einer Bande Sterblicher, die ihm aufgelauert hatten . . ., eine geschleuderte Kette, die grausam dünne Rippen brach . . ., das Krankenhaus . . ., sein Vater mit Augen, die so unnahbar und kalt wie das Weltall waren – sein eigener Vater, der sagte: „Ich hätte dich mit Freuden getötet, Kurt." Der Schmerz dieses Augenblicks wallte in ihm auf, entsprang einem tiefen, kalten Verlies in seiner Seele.

Er schmeckte die Worte nach, die bittere Antwort, die er seinem sterbenden Vater gegeben hatte: „Ich bin froh, daß du's nicht getan hast. Jetzt werde ich nämlich weiterleben. Ich werde weiterleben und zusehen, wie du stirbst."

Der Sicherheitstag. So lange war das jetzt her, und immer noch gab es Wohnheime. Er ließ den Blick durch den Raum schweifen, betrachtete die ordentlichen Reihen der Bettzylinder, die von Jungenhänden abgenutzten Spinde. Immer noch Wohnheime, dachte er. Und es war auch besser so.

„Ich würde den Jungen gern sehen", sagte er zu der Mutter.

„Die spielen gerade", erwiderte sie. „Organisiertes Spiel. Da stören wir sie nicht gern."

„Dann von weitem."

Sie seufzte über die neuerliche Störung ihrer Arbeit und führte ihn durch einen weiten Flur zu einem schmalen Balkon, der auf einen tiefer gelegenen Hof hinausging. Unten balancierte eine Gruppe von Jungen auf bunten, programmierten Barrieren, die sich rhythmisch bewegten. „Welcher ist Devier?"

„Der da." Sie zeigte auf einen dünnen Jungen mit dunklen Augen, der sich mit natürlicher Anmut über ein Spalier von hin- und hergleitenden, zwei Meter hohen Barrieren mit Handgriffen bewegte. Kurt sah zu, wie sich der Junge langsam voranarbeitete: springen, zupacken, das Gleichgewicht halten, flink weiterlaufen . . ., springen, zupacken, umdrehen, umdrehen.

So jung . . . und schon mit solchem Ernst bei der Sache. Kurt verspürte einen jähen Anflug von Mitleid mit dem Kind. Und dennoch würde der Junge eine Wahl haben – die Wahl, die man Kurt nie gelassen hatte.

## 2. Kapitel

SIE BRACHTEN den Jungen vor den Ausschuß von Vesta, als er elf Jahre alt war. Seine Blase spannte sich unter dem Druck und tat ihm weh. Ein Schweißfilm überzog seine Hände.

Am Abend zuvor war sein Name auf dem großen Informationsbrett des Wohnheims aufgeleuchtet: DAVID DEVIER. Er hatte ihn dort noch nie gesehen.

„Du bist es", meinte einer der Jungen mit einem vielsagenden Blick, bei dem er sich kindlich und ahnungslos vorkam.

„Ich bin was?" Seine ratlose Miene warf die Frage von einem Jungen zum nächsten und wieder zum nächsten. „Ich bin was?"

„Du bist der Betreffende."

„Ja", sagte ein anderer.

„Du wirst bestraft."

„Warum?"

„Darum."

„Warum?"

„Nicht bestraft, Dummkopf“, sagte wieder eine andere Stimme. „Ausgewählt.“ Der Neue, ein älterer Junge aus dem oberen Schlafsaal, legte einen schützenden Arm um Davids Schulter. „Sie haben dich ausgewählt. Du mußt was Besonderes sein.“

„Wozu haben sie mich ausgewählt?“ Aber die Angst in ihm wuchs; sie drückte sein Herz nach oben, bis es ihm wie rasend im Hals klopfte. Er hatte schon früher Bruchstücke von Klatsch aufgeschnappt, sie jedoch größtenteils ignoriert. Jetzt fiel es ihm wieder ein, aber er mußte die Frage stellen: „Wozu?“

„Na ja, du wirst berühmt“, sagte der neue Junge gedehnt und umklammerte seine Schulter. „Du kriegst alles, was du willst. Aber später – da mußt du sterben, schätze ich.“ Der Blick des Jungen suchte den seinen. „Ich möchte wissen, wie das ist, wenn man stirbt.“

David schob seinen kleinen Körper vom Arm des Jungen weg, der ihn festhielt, und rannte auf dünnen, braunen Beinen zur Toilette.

Er wollte seine Blase entleeren. Er wollte weinen.

So war es auch jetzt.

Die Mitglieder des Ausschusses trugen alle drei ihre maulwurfsgrauen Roben, weil sie eine formelle Sitzung abhielten. Die Vorsitzende, eine hochgewachsene Frau mit kantigem Gesicht, schlug mit einem gläsernen Hammer auf das Tonkissen vor ihr. Ein Ton erklang. „David Devier“, begann die Frau, „komm zur Vorsitzenden.“

Furcht flackerte über sein schmales Gesicht. Seine Beine zitterten. Die Knie wurden ihm weich.

„Du brauchst keine Angst zu haben“, fuhr die Frau fort und brach damit das Protokoll; vielleicht weil sie nett war, und vielleicht auch, weil sie sich daran erinnerte, wie man sich fühlte, wenn man erst elf war und Angst hatte.

Er stand vor ihnen und schaute zu den sitzenden Mitgliedern auf. Es kam ihm so vor, als wären sie unendlich weit oben.

Die Vorsitzende sprach erneut. „David Devier, weißt du, warum du vor den Ausschuß geladen worden bist?“

Er schluckte, zog sein Kinn ein und schüttelte fast unmerklich den Kopf.

„Lautet deine Antwort ‚nein‘?“

Er fand seine Stimme wieder, einen zittrigen Sopran. „Ja, nein.“

„Also schön. Mitglied Conway, lesen Sie ihm die Belehrung vor.“

Mitglied Conway starrte David mit stahlgrauen Augen an. Dann senkte er den Blick und begann zu lesen. „Von der frühesten Dämmerung der Zeit an wußte die Menschheit, daß sie sterblich war. Eine Ewigkeit lang strebte sie danach, über sich selbst hinauszuwachsen. In mancher Hinsicht scheiterte sie dabei; in manch anderer errang sie großartige Erfolge. Und immer noch war sie auf der Suche.

Die Suche führte in viele Richtungen; in jeder stieß sie auf Erfolge, und in jeder mußte sie auch Fehlschläge hinnehmen. Dann hatte die Menschheit endgültig Erfolg – und scheiterte endgültig. Denn als die Menschheit den Tod in ihren Laboratorien tötete, tötete sie auch die Sehnsucht nach Unsterblichkeit. Als der Tod starb, gingen auf der Erde auch Poesie und Musik zugrunde. Die Philosophie wurde zum Schweigen gebracht; Kunst zerfiel zu Staub; die Wissenschaft wurde erstickt. Nur die Echos blieben übrig.

Und so kam der Menschheit zu Bewußtsein, daß große Gewinne große Verluste nach sich ziehen. Sie erkannte, daß es notwendig ist, unter ihresgleichen die wenigen auszuwählen, die sich ihre Unsterblichkeit zum Nutzen aller selbst schaffen müssen, nachdem man sie ihnen genommen hat.

Zu diesem Zweck, David Devier, bist du heute vorgeladen worden . . .“

Mitglied Conway durchbohrte ihn fast mit einem scharfen Blick. „Willst du die Verantwortung auf dich nehmen, die die Menschheit dir auferlegt?“

Ein Schauder durchzog seinen kleinen Körper, ließ seinen Bauch erkalten und kroch ihm in alle Knochen. Er stand zitternd da, die großen Augen weit aufgerissen, und versuchte das Gehörte zu verstehen.

„Es ist üblich, David“, erklärte die Vorsitzende, „ ‚ja, das will ich‘ zu sagen.“

Sein Mund öffnete sich, schloß sich und öffnete sich erneut.

Seine Stimme vibrierte in der Kehle, eine gefangene Biene, die endlich die Freiheit fand. „Ja, das will ich."

„David, ich bin hier, um dir den Übergang so leicht wie möglich zu machen. Hast du irgendwelche Fragen?"

Er sah in das weiche, höfliche Gesicht hinter dem Schreibtisch, versuchte darin zu lesen und scheiterte, versuchte die Geschehnisse dieses verwirrenden Tages zu begreifen – wiederum ohne Erfolg.

Nach der Ausschußsitzung hatte man ihn zur medizinischen Ebene gebracht, wo er hilflos eine eingehende Untersuchung seines Körpers über sich ergehen ließ, bis er merkte, daß sein Gesicht vor Verlegenheit zu brennen begann. Mit scharfem Metall entnahm man ihm Gewebe- und Blutproben. Dann kam die Erklärung: *Entscheidungszeit sechzig Mondmonate*.

Danach gaben sie ihm etwas zu essen und zu trinken. Er trank dankbar; das Essen schob er in seiner Schüssel herum. Dann wurde er hierher gebracht, zu dem Mann mit dem höflichen Gesicht, den leicht geröteten Wangen und der cremeweichen Haut.

„Du wirst nicht auf Vesta bleiben, David. Du fliegst noch heute nach Renaissance. Das ist auf der Erde. Dort wirst du" – er zog Davids Akte zu Rate – „sechzig Monate bleiben, bis zur endgültigen Entscheidung." Der Berater nahm den Ausdruck wahr, der in Davids Gesicht lag. Er lächelte weise; diesen Ausdruck hatte er schon früher gesehen. „Es wird dir dort gefallen, David. Es gefällt allen. Nach einer Weile wirst du dort lieber sein als hier. Und bei Renaissance bist du mit Kindern deiner Art zusammen."

Vesta verlassen? Das Wohnheim? Alles, was er überhaupt kannte? Er begann zu zittern. Sie wollten ihn von seinem Zuhause wegbringen, von den Jungen, die er als Brüder betrachtete, von seinem Bett, von Mutter Jacobs und Mutter Chin. Heiße Tränen stiegen in ihm auf und ließen sich nur durch entschlossenes Zwinkern niederkämpfen.

Und seine Musik . . ., wollten sie ihm die auch wegnehmen? Würde man ihn von seiner Flöte wegreißen? Von seiner Sitar? „Bitte lassen Sie mich dableiben. Ich werde auch niemand stören."

„Das geht nicht, David. Morgen wird man bei den Jungen, mit denen du zusammenlebst, mit der Behandlung anfangen. Dein Essen und das Wasser, das du trinkst, wird anders sein als ihres. Es tut mir leid, aber du fliegst noch heute ab."

„Darf ich meine Sachen mitnehmen?" fragte eine schwache Stimme, die vor Verzweiflung bebte.

„Mutter Chin hat für dich gepackt. Alles ist schon an Bord des Raumspringers." Als Reaktion auf die jäh aufkeimende Hoffnung in den Augen des Jungen fügte der Berater hinzu: „Es ist alles da, David. Auch deine Musikinstrumente. Die vor allem. Und bei Renaissance wirst du noch mehr davon finden. Viel mehr." Er stand unvermittelt auf. „Wir sollten dich jetzt lieber an Bord bringen. Es ist eine lange Reise."

„Aber ich kann noch nicht weg. Ich muß noch auf Wiedersehen sagen."

„Nein, David. Wir haben festgestellt, daß es besser ist, einen sauberen und raschen Schnitt zu machen."

ER KAUERTE allein in einem geschlossenen Abteil im Raumspringer. Als sich die Tür schloß, starrte er sie ein paar Minuten lang trübe an und ließ dann seinen Tränen freien Lauf.

Der Flugbegleiter, der seine Konsole im Auge behielt, bemerkte es und ließ ihn klugerweise eine Weile weinen, bevor er auf die Tontaste drückte und den Bildschirm des Jungen aktivierte.

„Hallo, David. Ich bin Heintz. Ich bin hier, um dich während der Reise zu betreuen", sagte die Stimme aus dem Schirm. „Wenn du in deinem Abteil nach rechts schaust, siehst du eine Taste mit der Bezeichnung *Wasser* und eine andere mit der Bezeichnung *Saft*. Ich empfehle dir den Saft. Der ist recht gut."

Er hatte Durst. Er drückte auf die Taste, und ein Trinkschlauch kam aus der Wand. Der Saft war gut. Er stillte seinen Durst.

Heintz wartete, bis das leichte Beruhigungsmittel seine Wirkung getan hatte. „Bist du schon mal mit einem Raumspringer geflogen?" fragte er dann.

David schüttelte den Kopf.

„Der Kapitän ist gerade an Bord gekommen, David. In ein paar Minuten fliegen wir ab. Ich stelle dir den Schirm so ein, daß du den Abflug sehen kannst, aber zuerst möchte ich, daß du dich anschnallst. Drück auf den Hebel vor dir."

Ein grünes Licht leuchtete vor seiner Nase auf; darunter ragte ein kleiner Hebel aus der Wand. Er drückte darauf, und ein hauchdünnes Netz glitt aus den Wänden des Abteils und schloß sich sanft, aber fest um ihn, wobei es nur die Arme freiließ.

„Gut. Wenn wir unterwegs sind, kannst du dich auf mein Zeichen hin losschnallen. In der Zwischenzeit steht es dir frei, dein Abteil zu erkunden. Wenn du mich sprechen willst, drück auf die Taste mit der Bezeichnung *Begleiter* über dir."

Der Schirm wurde dunkel.

Eine Reihe von Tasten schimmerte silbern direkt über seinem Kopf. Auf einer stand *Musik*. Er drückte darauf, und eine mit Zahlen versehene Wähltastatur erschien. Unschlüssig gab er aufs Geratewohl einen Code ein, lehnte sich zurück und schloß die Augen. Die leisen Klänge einer gezupften Sitar setzten ein, gefolgt von einem anschwellenden Senticello. Ein Arrangement eines sehr alten Klavierstücks, dachte er. Was war es? Er hatte es früher schon in seinem Kurs für Musikgeschichte gehört, aber er kam weder auf den Titel noch auf den Komponisten. Die unbeschreiblich traurige Musik schien ihn einzuhüllen. Er preßte zwei braune Fäuste in seine Augen, um den Strom der warmen Tränen zu stoppen, aber sie rannen durch seine gekrümmten Finger und fanden den Weg zu seinem Kinn, während Beethovens Pathétique von ihrem silbernen Band ablief.

Eine helle Stimme erschreckte ihn. „Bist du gerade bei deiner Heularie? Die anderen auch alle." Ein Seufzen. „Wie langweilig." Ein etwa gleichaltriges Mädchen sah ihn vom Visischirm herab an. Ihre Augen waren offen und blau, und muskatbraune Sommersprossen sprenkelten ihre Nase. „Ich hatte gehofft, du wärst anders."

„Ich heule nicht." Er rieb sich heftig die Augen, während er es abstritt. „Ich wollte gerade ein bißchen schlafen." Er gähnte ausführlich und warf einen verstohlenen Blick auf das Gesicht des Mädchens. „Wer bist du?"

„Liss McNabb. Und wie heißt du?"

„David. David Devier. Dein Name ist aber komisch. Ich hab noch nie was von jemand gehört, der McNabb heißt."

„Deiner auch."

„Wo bist du?" fragte er.

„Abteil siebzehn. Du bist in acht."

„Ich dachte, ich bin allein."

Das Mädchen kicherte. „Was hast du denn zwischen den Ohren, ein Vakuum?"

Das Kichern erregte seinen Unmut. „Wie meinst du das?"

„Du hast doch nicht geglaubt, der Raumspringer würde die Reise bloß deinetwegen machen, oder?"

„Äh – nein . . ." Er schob ein kleines bißchen das Kinn vor.

„Hast du doch." Sie kicherte.

Was glaubte sie eigentlich, wer sie war? „Warum haust du nicht ab?" Er streckte die Hand nach der *Nicht-stören*-Taste aus.

„Warte! Nicht abschalten. Warte. Bitte, ja?"

Der Hauch von Panik in ihrer Stimme ließ ihn mit der Hand an der Taste innehalten.

„Bitte", sagte sie. „Ich möchte ein bißchen mit dir reden . . ., ich fühl mich einsam."

Er sah sie einen langen Augenblick an. „Wo fliegst du hin?"

„Dahin, wo du auch hinfliegst."

„Woher weißt du, wohin ich fliege?"

„Ich hab meine Mittel und Wege. Warte – hörst du das? Wir fliegen ab."

Das kaum wahrnehmbare Summen, das er gehört hatte, seit er an Bord gekommen war, wich einer heftigen Vibration, die er mehr fühlte als hörte.

„Die Tore öffnen sich", erklärte sie. „Schau!"

Das Gesicht des Mädchens auf dem Visischirm schrumpfte zu einem Oval von zehn Zentimetern in einer Ecke. Der Rest des Schirms wurde von den mächtigen Toren des Raumhafens von Vesta eingenommen, die in die totale Leere hinausragten. Eine Million Sternenspitzen durchbohrten die Schwärze des Raumes.

In seinem Hals bildete sich ein Kloß, der sich nicht hinunterschlucken lassen wollte. Er flog wirklich weg. Er verließ seine Heimat – vielleicht für immer.

„Heulst du etwa gleich wieder?"

Es gelang ihm, eine ausreichende Menge rechtschaffener Verachtung aufzubieten. „Nein."

„Gut. Ich glaube nicht, daß ich das ertragen könnte. Schau dir das an. Wir sind draußen."

Das letzte Stück der Tore glitt zurück. Jetzt waren auf seinem Schirm nur noch Schwärze und Sternenfeuer zu sehen – und ein zehn Zentimeter großes Bild von einem Mädchen mit Sommersprossen im Gesicht.

„Wir können uns bald losschnallen", sagte sie.

„Wie kommt's, daß du so viel weißt?" fragte er. Er fand es nervtötend und dennoch gleichzeitig unendlich tröstlich, mit ihr zu sprechen, und er wußte nicht so recht, wo er mit seinen Gefühlen hin sollte.

„Erfahrung", erwiderte sie. „Ich hab das alles schon mal mitgemacht."

Er wurde skeptisch. „Wann?"

„Heute morgen. Ich war die erste, die auf Hoffmeir an Bord gegangen ist."

„Auf Hoffmeir?"

„Ja. Du hast doch nicht gedacht, die hätten nur welche von Vesta ausgewählt, oder?"

Er schüttelte den Kopf. Er hatte überhaupt nicht darüber nachgedacht.

„Als nächstes haben wir auf Hebe Halt gemacht. Dann sind wir nach Vesta gekommen. Das ist mein dritter Abflug", meinte sie mit der Miene eines erfahrenen Gürtelspringers.

„Oh! Wie viele sind wir denn?"

„Neun bis jetzt, in den hinteren Abteilen. Vorn ist alles voll von Erwachsenen auf Geschäftsreisen und Ferientrips. Die interessieren mich nicht. Was ist deine Begabung?"

„Musik."

„Ich werde Schriftstellerin. Ich lese die ganze Zeit. Ich hab schon sämtliche Archive durchgelesen. Und ich hab ein enormes Vokabular." Sie sah ihn nachdenklich an. „Die meisten

Musiker, die ich kennengelernt habe, sind übermäßig sensibel. Wie steht's da mit dir?"

Er wußte nicht, was er darauf antworten sollte.

„Bist du wahrscheinlich auch, glaube ich. Ich schätze, du bist immer beschützt worden, also werd ich versuchen, dich an die Hand zu nehmen. In Renaissance brauchst du jemand wie mich."

„Ich brauch überhaupt niemand."

Sie seufzte tief. „Ich wollte dich nicht überrumpeln, aber anscheinend kann ich nicht anders. Du wirkst so hilflos . . ."

Er schaltete den Schirm für volle fünf Minuten ab, bis ihn die Einsamkeit erneut zu überwältigen drohte. Dann schaltete er ihn wieder ein und wählte Abteil 17. „Liss?" flüsterte er. „Liss?"

Ihr Gesicht erschien – sommersprossig, rosa und um die Augen herum ein bißchen verschwollen. Auf ihren Wangen waren Tränenspuren zu sehen. „Willst du mit mir sprechen, David?" fragte sie reumütig.

„Ich glaub schon."

Ihr Kinn bebte leicht. „Tut mir leid, daß ich dich wütend gemacht habe."

„Ist schon in Ordnung."

„Ich rede einfach zuviel. Das war schon immer so. Hat nichts zu bedeuten."

Die stetige, aber fast unmerkliche Beschleunigung ließ plötzlich nach. „Freier Fall", erklärte Liss.

Das Licht im Abteil ging an, und Heintz' Stimme ertönte: „Die Passagiere können sich jetzt losschnallen."

David zog an dem Hebel vor ihm. Der größte Teil des Netzes, das ihn festhielt, wich zurück; nur ein elastischer Haltegurt blieb übrig. Er stellte fest, daß er sich frei bewegen konnte, und stieß sich behutsam von den gepolsterten Wänden des kleinen Abteils ab. Es wurde rasch zu einem Spiel. Eins, zwei (Decke, Wand), drei, vier (Wand, Wand), fünf, sechs (Sitz, Wand).

Er rollte sich zu einer Kugel zusammen und schlang dabei die Arme um die Knie. Wenn er sich nur so eben mit den Zehen vom Sitz abstieß, prallte sein Körper an die Decke, die ihn auf den Sitz zurückwarf. Decke, Sitz, Decke. Er kam ein bißchen von der Raummitte ab und flog zum Visischirm, als er zurückgeworfen wurde. Der Haltegurt hielt ihn kurz vor dem Aufprall fest, und er sah auf dem Schirm, daß Liss ebenso herumpurzelte wie ein Ballon im Windkanal.

Heintz, der an seiner Konsole zusah, lachte leise in sich hinein und schüttelte den Kopf. Er war noch keinem Kind begegnet, das dieses Spiel nicht früher oder später entdeckt hatte. Eine angeborene Eigenschaft, vermutete er. Er hatte auch noch nie versäumt, sich die Nachwirkungen anzusehen.

Ein paar Minuten später klammerten sich ein leicht grünlicher David und eine bleiche, schwitzende Liss mit einer zitternden Hand an ihre Sitze, während sie die andere nach der *Begleiter*-Taste ausstreckten.

„Ich bin euch weit voraus, Kinder." Heintz drückte den Hebel für Kabine acht und siebzehn, und eine Wolke Neutravert wurde in die Abteile gesprüht. „Atmet langsam und tief ein!" Dreißig Sekunden später war Davids Übelkeit zusammen mit einem großen Teil seiner Energie verschwunden. „Ich glaube, ich mache jetzt mal ein Schläfchen", sagte er zu dem Bild auf dem Schirm.

„Ich auch." Und einen Moment darauf: „Gute Nacht, David."

„Gute Nacht, Liss."

Die Hände zu den Visischirmen ausgestreckt, als ob sie einander berühren wollten, schliefen sie, bis es Zeit war, die Netze für die Landung auf der Erde wieder anzulegen.

SIE GINGEN mitten an einem heißen Vormittag im Atlantik-Biscayne-Terminal von Bord. Geblendet von den Spiegelungen des Ozeans, der das Licht wie geschliffenes Glas zurückwarf, verengten sich Davids Augen zu Schlitzen. In der Nähe brachen Wellen über die durchsichtigen Kuppelschirme der Einkaufszentren und Wohnökos, die im Gefolge der künstlichen Inselterminals entstanden waren. Mehrere Kilometer im Westen erhob sich die Skyline von Miami Beach wie eine stählerne Oase aus dem Meer.

Obwohl es ein heißer Tag war, zitterte er beim Anblick des Ozeans. Nichts, was er bisher gesehen oder gerochen hatte,

hatte ihn darauf vorbereitet. Der Geruch der See drang ihm in die Nase. Die Salzluft drückte schwer auf seinen Körper und schien dem Ein- und Ausatmen Widerstand entgegenzusetzen. Ein feiner Schweißfilm bildete Perlen auf seiner Stirn.

Eine Frau in einer blauen Uniform sagte etwas. „... aber ihr werdet euch bald akklimatisieren. Wir gehen gleich weiter zum Hover. Nach dem Mittagessen werden wir in Renaissance ankommen."

Er sah Liss und ging auf sie zu. Sie war größer als er, größer, als er gedacht hatte. Von jäher Schüchternheit gepackt, drehte er sich um und tat so, als ob er aufs Meer schauen würde. Einen Moment später nahm sie ihn bei der Hand. Ihre fühlte sich warm und freundlich an.

Auf erdschweren Beinen, die nach ein paar Metern vor Anstrengung zitterten, legten sie die kurze Strecke zu dem Zontilator mit der Bezeichnung „Hover-Flugsteig" zurück.

„DIESES Essen ist pampelig", sagte Liss und rümpfte angewidert die Nase.

Er wußte, was sie meinte. Bis jetzt kam ihm das Essen auf der Erde im Vergleich zu seiner Kost auf Vesta abenteuerlich und – na ja, eben erdlich vor. Und das Wasser schmeckte irgendwie nach Metall.

„Ich glaube, da müssen wir uns dran gewöhnen." Liss schob ihren Teller weg und manövrierte sich in dem Sitz neben ihm in eine bequemere Position. Ihr Arm preßte sich plump und weich an seinen knochigen Arm. David begriff zögernd, daß ihm das gefiel. Er entdeckte, daß Mädchen anders rochen als Jungs, und fragte sich, warum ihm das vorher noch nie aufgefallen war. Aber andererseits hatte er Mädchen bis jetzt noch nicht viel Aufmerksamkeit geschenkt. Er hatte sie immer für Plagegeister gehalten und es nicht für der Mühe wert befunden, sich mit ihnen herumzuärgern. Und Liss war zwar mit Sicherheit ein Quälgeist, aber es war auch nett, in ihrer Nähe zu sein – in gewisser Weise. Liss war in Ordnung, entschied er. Wahrscheinlich war sie im Grunde gar kein typisches Mädchen. Er fragte sich, ob alle Mädchen auf Hoffmeir so waren wie sie.

„Wie war es denn so zu Hause?" fragte er.

„Im Vergleich zu Vesta, meinst du? Na ja, Hoffmeir ist natürlich viel kleiner und neuer, was bei einem künstlichen Wohnsatelliten ja zu erwarten ist, aber wir leben da drin genauso wie ihr auf Vesta. Und die Leute auf Hoffmeir sind viel, viel intelligenter."

Er wandte ihr überrascht das Gesicht zu und schob dabei ihren dicken, kurzen Arm weg. „Wovon redest du?"

„Es stimmt. Jeder weiß, daß die Vestaner bloß Techniker sind. Auf Hoffmeir gibt's verschiedene Leute. Also allein schon die Universität, das ist die beste im ganzen System. So steht's in den Archiven. Außerdem wird man in einer kleinen, exklusiven Gesellschaft wie auf Hoffmeir besonders gefördert, wenn man Köpfchen hat."

Fast hätte sie ihn hinters Licht geführt. Sie war also doch bloß ein typisches Mädchen. In der Tat, sie war so typisch, daß es zum Himmel schrie. Jede Wette, daß Hoffmeir voll von hirnamputierten Mädchen wie sie war. Seine Stimme triefte vor Verachtung. „Ich wette, jeder in meinem Wohnheim ist doppelt so schlau wie du."

„Du hast in einem Wohnheim gewohnt?" Ihre Pupillen weiteten sich, dann bildeten sich Falten an den Augenwinkeln. „Ach, natürlich."

„Was meinst du mit ‚natürlich'? Wo hast du denn gewohnt?"

„Bei meinen Eltern."

Er merkte, wie ihm das Kinn herunterklappte. „Lüge."

Sie mußte wirklich denken, daß er blöde war, wenn er so eine Geschichte glauben sollte. Niemand lernte seine Eltern vor dem Tag kennen, an dem sie einen in der Gemeinschaft der Erwachsenen willkommen hießen. Ein Zweijähriger würde mehr Verstand besitzen, als so ein Märchen zu erzählen.

„Das ist keine Lüge. Ich wußte ja, daß die Vestaner nicht so intelligent sind, aber du bist der Beweis, daß sie echt dämlich sind."

„Ich bin dämlich?"

„Ja, das bist du." Sie nestelte an ihrem Gürtel herum und holte einen kleinen Holowürfel heraus. „Sieh dir das an!"

Er schaltete das Licht ein. Ein Mann und eine Frau saßen

lächelnd an einem Tisch, der mit den grünen Lichtwürfeln des Erneuerungstages geschmückt war. Ein Mädchen – Liss – kam mit einem zeremoniellen Weinbrunnen herein. Sie stellte ihn vor sie hin, und der hochgewachsene Mann schenkte drei Gläser daraus ein. Sie hoben die Hände zu einem förmlichen Toast.

Ein dreidimensionaler Gruß schwebte vorbei:

*Auf unsere Tochter an diesem Jubeltag.*
*Möge sie ihren Weg und ihre Quelle finden.*

David sah das Holo ungläubig an.

„Glaubst du mir jetzt?"

„Ich verstehe nicht", begann er. „Warum . . .? Wie hast du . . .?" Er brach ab, weil er nicht wußte, wie er die ganzen Fragen in seinem Kopf in Worte kleiden sollte. Der erste Punkt war schon, daß nur Offizielle und eine Handvoll andere sich fortpflanzen durften, aber sie erzogen das Kind nie selbst. Das tat man einfach nicht. „Sie müssen sehr wichtig sein", sagte er schließlich.

„Das sind sie." Sie warf die Schultern ein wenig zurück. „Mein Vater hat das offizielle Porträt von Premierminister Gerstein gemalt. Seit meinem Urgroßvater Terry McNabb hat es in meiner Familie Künstler gegeben. Er war eins der ersten Kinder, das nach Renaissance gegangen ist. Und meine Mutter ist Ehrendichterin des Gürtels – einschließlich deines hochgeschätzten Vesta."

Fragend runzelte er die Stirn. „Wenn das so ist, dann heißt das . . . Das heißt . . ."

„Ja", sagte sie. „Sie sind Sterbliche."

Der Hover tauchte plötzlich unter die Wolkendecke. „Schau!" Liss preßte die Nase gegen das gebogene Fenster, rasch tat es David ihr nach. Ein zerknitterter grüner Bergteppich erstreckte sich unter ihnen.

Der Hover stieß zwischen zwei Berge hinab, glitt durch einen engen Paß, ging dann wieder nach unten und folgte einem silbernen, sich dahinschlängelnden Band, das in eine

Steinschlucht hinabstürzte und schließlich in einem wilden bewaldeten Tal wieder in die Horizontale kam.

David war schwindlig von dem Flug, und er war ein wenig berauscht vor Begeisterung. Nichts, was er je erlebt hatte, weder der freie Fall im Raumspringer noch sonst etwas, war damit zu vergleichen.

Der Hover sank wieder in die Tiefe, wobei er nur knapp über die Baumwipfel hinwegstrich. Der Silberstreifen wurde zu einem Fluß, der über die Felsen auf seinem Weg hinwegspülte. Vor ihnen tauchte eine kleine Lichtung zwischen den Bäumen auf. Der Hover beendete seinen stürmischen Geradeausflug und begann langsam senkrecht nach unten zu sinken.

Dort warteten Leute auf sie.

DER MANN, der ihn ins Schlepptau genommen hatte, sagte: „Wir wollen, daß ihr euch heute ausruht. Statt euch alle zusammenzuholen, damit ihr euch langweilige Reden anhört, haben wir private Orientierungskurse angesetzt."

Sie folgten einem gewundenen Kiesweg durch den tiefen Wald. Neben ihnen plätscherte ein klarer Bach von Stein zu Stein und suchte sich gurgelnd und glucksend seinen Weg zum Fluß. Unter den Bäumen wuchsen hier und dort kleine Holzhäuser wie braune Pilze aus dem Boden.

Die Anstrengung des Laufens und Atemholens in der dicken Luft war fast zu groß. Er merkte, wie er in den Knien einknickte. Eine kräftige Hand packte und stützte ihn. „Da wären wir." Der Mann stieß die Tür zu einem der kleinen Häuser auf.

Die Hütte bestand aus einem einzigen Raum mit einem winzigen Bad am Ende. Ein Bettzylinder lag geschlossen an einer Wand. Der Mann drückte auf einen Hebel, und er öffnete sich. „Ruh dich eine Weile aus, David. Später" – er zeigte zu der Kommunikationsbank an der Wand gegenüber – „wirst du mehr über Renaissance erfahren. Wenn du dich ausgeruht hast, kommt jemand und holt dich zum Abendessen ab." Der Mann lächelte und fuhr dem Jungen durch die Haare. „Ich weiß, wie verwirrend das ist, David. Ich weiß, wie du dich fühlst."

Er blickte überrascht und ungläubig auf. Niemand konnte wirklich wissen, wie er sich fühlte.

Der Mann sah ihn an, aber einen Moment lang war es so, als ob David überhaupt nicht da wäre. „Das hier war auch meine Hütte“, erklärte er dann. „Vor zweiundzwanzig Jahren.“

DAVID war zu müde und verwirrt, um zu schlafen. Wie ein Stück Holz lag er auf dem kleinen Bett und sah sich teilnahmslos um. Die Fenster waren offen, und die warme dicke Luft drückte in den Raum und brachte seltsame Gerüche und Geräusche mit. Einmal rief ein Vogel, und er schreckte bei dem Laut auf und versuchte ihn im Geist einzuordnen. Die einzigen Vögel auf Vesta waren die Hühner und Enten auf der Versorgungsebene und die in den leeren Holobildern der Schule.

Das Sonnenlicht, das durch das Fenster fiel, warf ein Rechteck wie aus staubigem gelbem Kalk in die Mitte des Raumes. In dem Rechteck stand ein anmutiger Notenständer, auf dem sich Manuskripte befanden. Daneben lagen seine Sitar und seine Flöte. Er war dankbar dafür, daß sie da waren, so als ob sie sein gesamtes Leben zusammenhielten.

An der Kommunikationsbank auf der anderen Seite des Raumes war ein Dreifach-Keyboard angebracht. Hatte es Verstärkerregler? Die Neugier brachte ihn auf die Beine und trieb ihn durch den Raum. Verstärkerregler. Er konnte es nicht glauben. Auf Vesta gab es nur einen Symphosizer, der mit diesem Gerät mithalten konnte. Sein eigener – derjenige, auf dem er hatte spielen dürfen – war im Vergleich zu diesem hier ein Spielzeug.

Er stand davor, die Finger über den Tasten, und hatte Angst, das Gerät zu berühren, aber die Versuchung war unwiderstehlich. Er drückte auf die Taste mit der Bezeichnung „Soloboe“ und spielte einen Melodiefetzen, der ihm seit einer Weile durch den Kopf ging. Das Echo des Symphosizers kam in einer klagenden Flötenstimme. „Behalten“, murmelte er vor sich hin und drückte die Speichertaste. Als nächstes kam das Fagott – nein, zwei Fagotte, die in den tieferen Lagen drollig herumtollten. „Jetzt zusammen.“ Das Trio erfüllte den kleinen Raum. David lauschte kritisch, drückte auf *Delay* und gab dann den Code für Fagott I und II ein. „Wiederholung“, sagte er zu sich selbst. Besser, dachte er. Seine dunklen Augen glänzten bei dem Klang, der die Hütte durchdrang. Besser. Er speicherte alles, wobei er über die Feinheiten des Symphosizers staunte. Er konnte Dutzende von mechanischen, unkreativen Schritten überspringen. Es gab keine Verzögerungen mehr zwischen der Idee und der Realisierung.

Er ließ die Fagottstimmen erneut ertönen und spielte die eine als Erwiderung auf die andere. Die Stimmen wurden lauter und höher, und er kicherte über das schrille Entenquaken.

Jetzt eine Jagd . . ., ein Zusammenstoß. Das Ende eines Cartoons – zwei zornige Fagotte mit Entenschnäbeln, die immer wieder übereinanderpurzelten und wütend protestierten, bis sie außer Atem waren und ihr Geschnatter zu verärgertem, gelegentlichem Gequake wurde.

Ihm kam eine weitere Idee. Er hielt den Sensor an seine Kehle und artikulierte fast unhörbar: „Enten-fresser, Enten-fresser, Enten-fresser." Er drückte auf einen Verstärkerregler und ließ ihn seufzen . . . *E-n-t-e-n-f-r-e-s-s-e-r.* Jetzt abhacken . . . *Ent't't't'-f-r-e-s-s-e-r.*

Er spielte mit den Kontrolltasten, bis er sein Monster hinter den Fagott-Enten herstolzieren lassen konnte. Es fing mit einem plattfüßigen Tappen in den tieferen Lagen an: *Ent't'frah.* Bedrohlich. Er schaltete die Enten mit einem tiefen Quaken dazu.

*Ent't'frah, Ent't'frah.*

Dann ein Seufzen: *F-r-e-s-s-s-s.*

Das Ganze siebzehn Töne tiefer: *F-r-e-s-s-e-rrr!*

*Ent't'frah.*

Nervöses Entenquaken, anschließend die Jagd: *Ent't'frah. F-r-e-s-s-e-rrr KUK --- smier-PING.*

Es endete mit einem köstlich schrecklichen Entenschrei und dem Seufzen des Monsters: *F-r-e---s--s--s.*

Visionen von herumwirbelnden Entenfedern gingen ihm durch den Kopf. Belustigt von dem Bild, das er heraufbeschworen hatte, lachte er laut auf.

„Guten Tag, David", sagte eine männliche Stimme aus dem Kommunikator.

Erschrocken blickte er auf.

„Wir werden jetzt mit deinem Orientierungskurs beginnen. Schau bitte auf den Bildschirm."

Als er den Blick darauf richtete, erschien das Bild eines großen, dunkelhaarigen Mannes. Die Stimme sagte: „Du bist auf Anweisung dieses Mannes hierhergebracht worden. Das ist Bürger Kurt Kraus, der Kultusminister." David erschauderte unwillkürlich.

Als nächstes kam das Bild einer Satellitenkarte. „Der Raumspringer ist hier gelandet . . ." Eine Vergrößerung der Karte, dann das Bild von Biscayne-Atlantik. „Du hast den Hover bestiegen und bist hier gelandet." Die grünen Berge erschienen; auf der Satellitenkarte traten sie klar hervor. „Du bist jetzt in einer Gegend, die als Blood-Mountain-Wildnis bezeichnet wird, ein Teil des nordamerikanischen Kontinents, der früher Georgia hieß. Die Wildnis erstreckt sich über mehr als 4000 Quadratkilometer, von denen Renaissance 180 Quadratkilometer nutzen darf." Das Bild konzentrierte sich auf ein kleines Gebiet.

David erkannte die braunen Hütten in der Nähe des Landeplatzes.

„Du bist hier, in Haus sechs."

Die echten Bilder wurden von einer stilisierten Karte ersetzt, die das Studienzentrum, die Speisesäle und einen großen Freizeitsee zeigte. Am Rande des Sees waren eine Reihe von Aufführungshallen zu sehen.

„Du wirst dich hier bald auskennen, David. Jetzt wollen wir dir ein bißchen was über Renaissance erzählen. Du bist mit sehr wenig Informationen über diese Operation hergebracht worden, wie die anderen auch. Das war auch so geplant. Wir möchten, daß jeder von euch selbst herausfindet, wie wir hier leben. Obwohl es dich sehr plötzlich hierher verschlagen hat und du dich sehr unwohl gefühlt hast, war es dir dadurch doch möglich, dir dein neues Leben ohne vorgefaßte Meinungen und Vorurteile anzusehen. Wir führen hier ein schlichtes Leben. Schlicht, aber bereichernd. Deine Arbeit und die Begegnungen mit deinen Lehrern und den anderen Kindern werden vielgestaltig genug sein. Das ist ebenfalls so beabsichtigt. Wir haben versucht, eine

Umgebung zu schaffen, die der Kreativität förderlich ist und die, wie wir hoffen, eine frühere, einfachere Zeit simuliert, in der sich noch alle Menschen mit einer kürzeren Lebensspanne abfinden mußten. Während du hier bist, wirst du mehr lernen als nur die Regeln deiner Kunst. In Renaissance wirst du lernen, den Ideen und Kulturformen Ehrfurcht entgegenzubringen, die die Menschheit im Lauf ihrer Geschichte verfolgt und verwirklicht hat. Jeder von euch hat eine Frist bis zur endgültigen Entscheidung bekommen. In deinem Fall, David, beträgt diese Frist sechzig Mondmonate. Wenn du in den sechzig Monaten beschließt, nicht bei uns zu bleiben, kannst du deine endgültige Entscheidung zugunsten der Unsterblichkeitsbehandlung treffen. Danach wird dein Körper zu reif für die Behandlungen sein. Wir hoffen natürlich, daß du dich während deines Aufenthalts hier dafür entscheidest, bei uns zu bleiben. Wenn du trotzdem beschließt, uns zu verlassen, wird dir niemand einen Vorwurf machen, und du brauchst dich für nichts zu schämen. Du wirst unsere Lehrer bald kennenlernen, David. Wenn du Fragen hast, wird der Kommunikator sie beantworten."

Die Stimme verstummte.

Ein scharfes Klopfen an der Tür, dann ging sie auf. „Ich schau mich um", sagte Liss und schloß die Tür hinter sich.

„Woher hast du gewußt, wo ich bin?"

„Ganz einfach. Ich hab den Kommunikator gefragt. Komm her, dann zeig ich dir, wo ich wohne." Sie deutete aus dem Fenster zu dem Bach, der fast hinter einer Gruppe dunkler schlanker Bäume verborgen war. „Siehst du die Bäume da? Der Kommunikator sagt, das sind Schierlingstannen. Jedenfalls ist gleich dahinter eine kleine Fußgängerbrücke. Wenn du da drübergehst, ist gleich rechts ein Weg, der genau zu meiner Tür führt." Sie kicherte. „Ist ein bißchen wie das Hexenhaus bei Hänsel und Gretel, findest du nicht?"

Er sah sie verständnislos an.

Sie schaute ihm forschend ins Gesicht und seufzte. „Hast du denn keine Ahnung von Mythologie?" Sie schüttelte den Kopf. „Techniker. Na ja, ich werde dich einfach an die Hand nehmen müssen und . . ." Sie brach ab. „Ich mach's schon wieder, was?

Tut mir leid. Bitte schau mich nicht mit so einer gequälten Miene an. Da wird mir ganz unheimlich."

Sie wirkte so verstört und so ehrlich, daß sich seine Miene entspannte und sogar ein Lächeln über seine Lippen huschte. „In Ordnung."

„Ich würde dir aber wirklich gern was über Hänsel und Gretel erzählen. Das heißt", fügte sie hastig hinzu, „nur wenn du's hören willst."

„Na, dann schieß los!"

„Oh, nicht jetzt! Heute abend. Das ist eine Gute-Nacht-Geschichte. Zeig mir deine Sachen." Sie wies auf den Symphosizer. „Was ist das?"

Er erklärte ihr, wie das Gerät funktionierte.

„Interessant", bemerkte sie dazu. „Dann kannst du auf zwei Arten arbeiten, genau wie ich."

„Was meinst du damit?"

„Na ja, in meiner Hütte gibt's einen Prozessor am Kommunikator. Den kann ich zum Schreiben benutzen, aber mitten im Raum, ungefähr da, wo dein Notenständer ist, steht ein ganz komisches Ding, so ein großes Möbel mit einer schrägen Platte. Und daneben steht ein Hocker, auf dem man sitzen kann."

„Was sollst du da tun?" fragte er.

„Schreiben." Sie beobachtete seine Reaktion und kicherte, als sich Verwirrung in seinem Gesichtsausdruck spiegelte. „Auf dem Pult liegen ein Stapel Papier und Schreibstifte. Kannst du dir so was Primitives vorstellen? Ich hab den Kommunikator danach gefragt. Hast du gewußt, daß in der alten Zeit viele Schriftsteller tatsächlich so geschrieben haben?"

Er schüttelte den Kopf.

„Ich denke, ich versuch's vielleicht mal. Es ist ziemlich romantisch, findest du nicht? Jedenfalls sehe ich, daß du hier die gleiche Anordnung hast." Sie ging zu dem Notenständer. „Was ist das?"

David sah sich die Blätter genauer an. Manche waren leer, bis auf die aufgedruckten Notenlinien. Andere waren Kompositionen für Sitar und für Flöte.

„Wie klingt das?" fragte Liss und griff aufs Geratewohl ein Blatt heraus.

Er betrachtete es überrascht; der Titel lautete: „Davids Lied". Der Komponist war jemand namens T. Rolfe. Er setzte seine Flöte zusammen und begann zu spielen, zuerst langsam, weil es ein schwieriges Stück war, dann schneller und flüssiger, als er das Wesen der Musik zu fühlen begann.

„Das ist schön", lobte Liss, als er fertig war.

„Ganz meine Meinung", sagte die Frau an der Tür, die unbemerkt hereingekommen war. „Ich kann mir nicht vorstellen, daß man es mit noch mehr Gefühl spielen kann."

David blickte mit einer jähen Aufwallung von Freude auf. Die Freude erlosch, als er sie sah, und Kälte kroch auf Spinnenbeinen in seinen Bauch.

Die Frau war alt, und zwar auf eine Weise, wie David es noch nie gesehen hatte. Sie war klein und gebeugt. Kluge dunkle Augen brannten in einem Gesicht, das aus gerunzelter welker Haut bestand. Die Haare flatterten ihr in wilden grauweißen Strähnen um den Kopf. Herabhängende Haut machte die Kinnpartie und den Hals zu einer zusammenhängenden schrumpeligen Masse. Ihn fröstelte.

„Ich habe dich das Lied spielen hören, das ich für dich geschrieben habe", erklärte sie, „deshalb bin ich vorbeigekommen. Ich bin deine Lehrerin, David."

Während er sprachlos dastand, sagte Liss: „Oh, dann sind Sie T. Rolfe."

„Tanya."

„Wird David lernen, solche Musik wie Sie zu schreiben?"

Die alte Frau lächelte, was die Falten verzehnfachte, die ihr Gesicht besonders um Mund und Augen zerfurchten. „Das werden wir sehen."

Als sie gegangen war, stand David immer noch stumm da und dachte über die uralte Erscheinung nach.

„Sie ist nett", meinte Liss. „Findest du nicht?"

Er wirkte niedergeschlagen. „Sie . . ., sie ist häßlich."

„Sie ist nur alt", sagte Liss. „Sie muß fast hundert sein."

Fast hundert! Die glattgesichtige Mutter Chin von seinem Wohnheim war fast hundertfünfzig. Mutter Jacobs war noch älter. Er merkte, wie sich sein Kiefer verkrampfte. „Wie können sie das tun? Wie können sie?"

Sie berührte seine Schulter und tätschelte sie. „Tut mir leid. Das hab ich vergessen. Du hast noch nie Sterbliche gesehen, stimmt's?"

Er schüttelte mißmutig den Kopf. Dann sah er sie lange an. „Du hast keine Angst davor, Liss, nicht wahr?"

Die Überraschung stand ihr ins Gesicht geschrieben. „Nein, wieso? Ich glaube nicht. Und jetzt", sagte sie munter, „schlage ich vor, daß wir mal einen prüfenden Blick auf das Abendessen werfen. Es ist bestimmt wieder pampelig, aber im Moment ist mir das ganz egal."

SPÄTER an diesem Abend lag er allein in seiner Hütte. Er fühlte sich so elend und voller Angst wie ein junger Hund, der zum erstenmal von den anderen aus seinem Wurf getrennt wird. In der Ferne schrie eine Eule. Eine andere in der Nähe antwortete ihr. Erschrocken setzte er sich auf und schaute aus dem Fenster auf tiefe Schatten und Mondlicht. Nichts rührte sich.

Beklommen legte er sich wieder hin. Er wünschte sich, zu Hause zu sein, behaglich in seinem Bett in der mittleren Reihe zwischen Jeremy und Martin zu liegen und von leisem Schnarchen und gedämpften Schlafgeräuschen eingelullt zu werden. Er wollte nicht hierbleiben. Er wollte nicht. Nicht einmal, wenn sie ihn folterten.

Allmählich wurde David vor Erschöpfung vom Schlaf übermannt.

Er träumte, daß er allein in unheimlichen Wäldern herumlief. Nach einer Weile wußte er, daß er sich verirrt hatte. Er geriet in Panik und rannte, bis er zu einer Baumgruppe und einer Fußgängerbrücke kam, die über den Bach führte. Seine Füße trommelten auf dem kleinen Pfad, als er weiterrannte und „Liss, Liss!" rief. Die Tür zu der Hütte – dem Haus der bösen Hexe – öffnete sich. Tanya Rolfe stand auf der Schwelle und winkte ihn mit Händen wie Klauen lockend zu sich.

Er bewegte sich und murmelte im Schlaf. Draußen vor seinem Fenster stieß eine Eule auf lautlosen Schwingen herab und schlug ihre Krallen in eine kleine graue Maus.

## 3. Kapitel

KURT KRAUS funkelte das Bild des Bevölkerungsministers an. „Renaissance ist doch kein Mülleimer!"

„Im genetischen Sinn vielleicht schon", meinte Muntu Ndebele. „Wenn Sie wahllose Fortpflanzung ohne pränatale Eignungsbeurteilung gestatten, müssen Sie zwangsläufig Behinderte bekommen."

Kurt spürte, wie der Zorn in ihm brannte. Er verbarg ihn sorgfältig. „Wer entscheidet denn, was einen Menschen ‚geeignet' macht? Hat das Bevölkerungsministerium das letzte Wort in bezug auf die ‚Eignung'?" Er legte eine leichte Betonung auf das Wort „Eignung" und sprach es auf eine Weise aus, daß das Wort und die Idee dahinter abscheulich klangen.

Ndebele lehnte sich in seinen Sessel zurück und schaute an seiner aristokratischen Nase entlang. „In diesem Fall schon, denke ich." Mit der Handfläche nach oben streckte er den Zeigefinger in Kurts Richtung. „Punkt eins: Null Komma vier sechs Prozent der Bevölkerung von Hoffmeir zeigen deutliche körperliche oder geistige Anomalien." Der zweite Finger gesellte sich zum ersten. „Punkt zwei: Alle Hoffmeir-Behinderten mit Ausnahme von null Komma null eins Prozent sind das Ergebnis einer Vereinigung von Renaissance-Sterblichen." Der dritte Finger nahm seinen Platz an der Seite der beiden anderen ein. „Punkt drei: Die genetische Kontrolle bei den Unsterblichen auf Hoffmeir hat zu einer verschwindend geringen Rate von Behinderten geführt." Der kleine Finger schnippte von dem Daumen weg, der ihn festgehalten hatte. „Punkt vier: Bei Renaissance-Sterblichen findet keine genetische Kontrolle statt." Und dann der Daumen: „Drei Prozent von Hoffmeirs Bevölkerung sind Sterbliche. Und diese drei Prozent sind für fast alle Behinderten verantwortlich."

Punkt sechs, dachte Kurt, du bist ein Rindvieh, Ndebele. Laut sagte er: „Das stimmt. Bei Renaissance-Sterblichen findet keine genetische Kontrolle statt. Und ich wünsche, daß es so bleibt."

„Es gibt keine Rechtfertigung für diese Situation. Keine."

„Nein?" Kurt lächelte. „Was ist mit Ihrer eigenen Existenz? Ist Ihnen klar, daß die eine Hälfte des Teams, das den Unsterblichkeitsprozeß entdeckt hat, ein ‚Behinderter' war? Frederick Gari war kleinwüchsig und wurde für zurückgeblieben gehalten, bis er zehn Jahre alt war."

„Wir reden hier nicht über Gari."

„Ich denke doch. Wie viele Menschen wie ihn haben Sie abtreiben lassen?"

„Sie beschäftigen sich mit Theorien. Ich beschäftige mich mit Tatsachen. Sie haben zugelassen, daß null Komma vier sechs Prozent der Bevölkerung von Hoffmeir mit Behinderungen zur Welt kamen."

„Dann ist das mein Problem."

„Nicht Ihres. Meins. Die Bevölkerung wächst wegen Renaissance. Und wenn diese Behinderten das Alter der körperlichen Reife erreichen und unsterblich werden, wird es zu einem Problem der Gesellschaft, Kraus. Und zwar bis in alle Ewigkeit."

Kurt blieb gelassen. Nur der Muskelknoten an seinem Kiefer pulsierte. Wie sollte er sich mit einem Menschen verständigen, der nur Statistiken gebrauchte und nicht seinen Verstand? „Die Sterblichen von Renaissance haben zu unser aller Nutzen auf ihre Ewigkeit verzichtet. Ein Teil des Handels besteht in der Garantie, daß sie sich fortpflanzen dürfen."

„Niemand bestreitet diesen Handel. Es ist eine Frage der Kontrolle."

Kurt setzte sich etwas anders hin, so daß er ein Stück rechts vom Bildwandler saß, und heftete seinen Blick stur auf den Bevölkerungsminister – ein alter, aber nützlicher Trick. In Ndebeles Büro würde Kurts Blick leicht schräg wirken, was ausreichte, um ihn ein wenig aus der Fassung zu bringen. „Vor vierzig Jahren hat ein Junge ohne Beine, ein Sohn von Sterblichen, seine endgültige Entscheidung getroffen. Er hat auf seine Unsterblichkeit verzichtet. Und dieser Junge war Jesus Ramirez, der Mann, der die Theorie entwickelt hat, die hinter dem Ramirez-Sternenantrieb steht. Durch diesen ‚Behinderten' werden menschliche Wesen bald in der Lage sein, bis zum Ende der Galaxis zu reisen."

Ndebeles Blick irrte nervös hin und her. „Offen gesagt sind es nicht diese Typen, die meiner Behörde Kummer machen. Die meisten dieser Kinder entscheiden sich für die Sterblichkeit." Und nach einer Pause fuhr er fort: „Die meisten Sorgen machen wir uns über das Auftreten geistiger Retardierung. Solche Kinder verlassen Renaissance und gehen in die normale Bevölkerung ein."

Das also war der springende Punkt. Kurt starrte Ndebele an und wartete auf den Rest.

„Mein Ministerium verlangt eine pränatale Beurteilung in jedem Fall und die Abtreibung aller geistig behinderten Kinder."

„Ihr Ministerium kann zur Hölle fahren!"

„Wir haben mit dieser Reaktion gerechnet", antwortete Ndebele. „Aus diesem Grund erwägt das Bevölkerungsministerium, allen geistig Behinderten, die als Kinder von Sterblichen zur Welt kommen, jede Unterkunft zu verweigern."

„Sie wollen ihnen die Unterkunft verweigern?"

„Ganz recht. Sie werden sie in Renaissance behalten müssen."

„Wir haben keine Einrichtungen, um sie zu betreuen. Um sie auszubilden."

„Das läßt sich arrangieren."

„Mit anderen Worten, Sie schlagen vor, ihnen den Prozeß zu verweigern", sagte Kurt langsam. „Sie schlagen vor, sie in Renaissance zu lassen, bis sie sterben."

„Ich will nur das Beste", erklärte Ndebele.

Kurts zusammengekniffene Augen ließen das Bild des Mannes zu einer ebenholzschwarzen Säule verschwimmen. Allmählich konzentrierte er seinen Blick wieder auf den arroganten Bevölkerungsminister. Nein, dachte er, ich werde sie nicht sterben lassen.

Irgendwie schien sein ganzes Leben unentrinnbar mit Sterblichen verbunden zu sein. Er hatte sie altern und krank werden sehen; er hatte gesehen, wie sie starben. Er war dafür verantwortlich gewesen. Mit jedem Tod zerstob ein Stück von ihm. Und dennoch glaubte er an Renaissance und an das, was dort erreicht worden war. Er würde nicht zusehen, wie diese Einrichtung in den Schmutz gezogen wurde. „Ich akzeptiere Ihre Lösung nicht", bemerkte er kühl. „Und ich möchte Sie daran erinnern, daß dieses Ministerium als einziges darüber entscheidet, welche Kinder Renaissance aufnimmt." Er rückte wieder näher zum Bildwandler und schaute Ndebele in die Augen. „Für alle anderen Kinder – alle anderen – sind weiterhin Sie verantwortlich."

Er sah, wie der Minister vor Wut das Gesicht verzerrte. Also hatte er die erste Runde gewonnen. Er fragte sich bang, wer die zweite gewinnen würde.

## 4. Kapitel

David Devier starrte auf die Korrekturen, die Tanya Rolfe an seiner Komposition vorgenommen hatte. Es war sinnlos. In den drei Jahren, die er jetzt auf der Erde war, hatte er noch nie eine Partitur ohne diese verhaßten Korrekturen zurückbekommen. Er zerknüllte die Blätter und warf sie auf den Boden.

Die alte Frau schüttelte langsam den Kopf. „David! David! Du bist hier, um etwas zu lernen. Und du lernst auch, aber du bist wie eine junge Pflanze, die noch nicht ausgewachsen ist. Es ist noch zu früh, als daß du schon eine Ernte erwarten könntest."

Zu früh, immer zu früh. Er wartete auf ihren nächsten Spruch.

„Du mußt krabbeln, bevor du aufrecht gehen kannst, David. Und aufrecht gehen, bevor du laufen kannst." Die alte Frau sah ihn scharf an, dann lachte sie. „Du haßt meine Platitüden genauso wie meine Korrekturen."

Trotzig schob er das Kinn vor.

„Ach, David! Du bist immer so ungeduldig. Wir können hier nur einen Grundstein legen. Deine Musik muß wachsen und reifen, so wie du reifst. Es dauert vielleicht ein halbes Leben, bis du etwas von bleibendem Wert komponierst. Und vielleicht gelingt es dir auch nie."

Sie betätigte Tasten am Kommunikator und erhielt einen neuen Ausdruck von seinem Stück. „Laß uns noch einmal bei diesem Takt beginnen, David. Also, das ist ein guter Anfang, aber du führst ihn nirgendwohin . . ."

Er hörte ihre Stimme, die das Stück durchging, aber ihre Worte blieben nicht hängen. In seinem Kopf dröhnte immer wieder das, was sie vorher gesagt hatte.

*Ein halbes Leben. Vielleicht länger. Und vielleicht gelingt es dir auch nie.*

## 5. Kapitel

ALS DAS Tageslicht schwand, erschienen am Horizont von Vesta allmählich immer mehr funkelnde Lichter. Auf der Grünfläche des Dome-Lake-Parks hatte sich eine Menschenmenge versammelt. In der Nähe bremste der Pfeil ab, hielt und entließ einen weiteren Schwung von Passagieren.

Silvio Tarantino saß allein in dem kleinen grünen Zimmer und schaute auf die Menschen hinaus, die sich unten sammelten. Zufrieden mit ihrer Zahl lehnte er sich zurück und wartete auf den Beginn der Feierlichkeiten. Sein Auftritt war erst in einer Stunde vorgesehen. Der größte Teil seiner Rede war auf Band, einem sorgfältig bearbeiteten Band, für dessen Vorbereitung er zwei Tage und eine halbe Nacht gebraucht hatte.

Er stand auf und sah sich sein Bild im Reflektor an. Er trug neue Kleider – die offizielle Kleidung seines Amtes – und links an der Brust die Bänder des Ministeriums.

Er schenkte sich ein Glas Wein ein und setzte sich dann ins Halbdunkel seines Zimmers. Absolute Stille trat ein. Dann begannen die gedämpften Trommeln der Zeremonie.

Er schaute sich das Band auf einem kleinen 3-V an, der aus einer Nische an der Wand gegenüber herauskam.

Draußen auf dem Rasen sah die schweigende Menge ebenfalls zu, und dort war Silvio Tarantinos Gestalt sehr groß. Überlebensgroß.

Das Band wurde zu allen Asteroidenkolonien und zu den Menschen auf dem Satelliten L-5 gesendet, der um die Erde kreiste.

Er nippte an seinem Wein. Die Gestalten bewegten sich und

sprachen: Premierminister Gerstein gab ihm die Hand, steckte ihm die Bänder an, ergriff seine Hand erneut und nannte ihn „stellvertretender Minister".

Als Gerstein sprach, entstand ein Schatten unter seinen Augen, so daß diese unstet, weniger offen und nicht mehr so ehrlich wirkten. Der Schatten blieb sofort bei den Leuten haften, und ihr Unterbewußtsein, das so leistungsstark wie ein Computer war, verstärkte die Schattierungen und las ihre Bedeutung: HEUCHLER!

Als das Band zu Ende war, wurden die Lichter der Kolonie langsam dunkler. Eine einzelne Stimme, die man wegen ihres Timbres ausgewählt hatte, begann „Einsame Pioniere" zu singen, die Hymne der Kolonien. Zuerst sang die Stimme ohne Begleitung. Dann setzten allmählich leise Trommelschläge ein und wurden zu einem Murmeln, dann zu einem Kriegsruf.

Als das Lied endete, verklangen die Trommeln zu einem Flüstern. Und während sich das Flüstern in den Geist der Menschen einschlich, erloschen die Lichter. Auf Vesta war alles dunkel.

Die Menschen auf der Grünfläche blickten in die Schwärze. Angestrengte Pupillen weiteten sich und sahen nichts. Kein Geräusch war zu hören, nur das beharrliche Wispern der Trommeln.

Ein gleißender Lichtblitz fuhr in die Menge.

Er war so blendend hell, daß die Menschen nach Luft schnappten. Und als sie wieder scharf sehen konnten, stellten sie fest, daß ihr neuer stellvertretender Minister vor ihnen stand. Wie in Verzückung hatte er den Kopf zurückgeworfen und die Arme ausgestreckt. Und sie lächelten darüber und nickten einander zu, während die Trommelschläge in ihren Gehirnen murmelten: *silbernes T, silbernes T . . .*

## 6. Kapitel

DAVID klopfte an die Tür von Tanya Rolfes Hütte. Ein Sessel scharrte am Boden, dann ertönte eine Stimme: „Herein." Die runzlige alte Dame verzog das Gesicht zu einem Lächeln. „Guten Morgen, David. Ich habe dich schon erwartet."

„Aber wieso? Heute hab ich keinen Unterricht."

„Nein." Die dunklen Augen sahen ihn durchdringend an. „Aber die meisten meiner Jungen und Mädchen erscheinen, wenn sie diesen Punkt erreichen. Komm her und setz dich zu mir, David. Trink eine Tasse Tee." Sie zog ihn auf einen Stuhl und schenkte ihm starken Tee aus einer dünnen alten Porzellankanne ein.

Ein Duft von Sassafras und Zitrone stieg von der Tasse auf. Als er daran nippte, kam es ihm so vor, als ob Tanya Rolfe wie ihre Teekanne wäre – ein bißchen verrückt und zerbrechlich vom Alter, aber mit etwas Gutem und Starkem im Inneren, das ihn wärmte.

„Du bist jetzt sechzehn. Deine endgültige Entscheidung ist nicht mehr allzu fern."

Er nickte. „Morgen."

„So bald schon?" Sie seufzte tief; die Luft kam mit einem pfeifenden Ton heraus. „Ich dachte, in einem Monat vielleicht oder in zwei. So bald schon." Einen Moment lang schien sich ein Schleier über ihre Augen zu legen, ein flüchtiges Aufschimmern von Verletzlichkeit.

Er wunderte sich, daß er das noch nie bemerkt hatte. Wieso war ihm bloß entgangen, wie zerbrechlich sie in den letzten Jahren geworden war? Ihre Hand an der Tasse war durchscheinendes Porzellan mit einem Muster aus dünnen blauen Adern. Bestürzt erkannte er, daß er sie vorher noch nie richtig wahrgenommen hatte. Er hatte das leise Rasseln nicht gehört, mit dem die Luft in ihre Lunge hinein und wieder heraus ging; hatte nicht bemerkt, daß Spann und Knöchel über ihren winzigen Füßen angeschwollen waren; hatte nicht gesehen, mit welcher Anstrengung sie sich bewegte. Er ballte die Faust und spürte, wie sich die Nägel in die Handfläche gruben.

Sie setzte die Tasse ab und nahm seine Hand in ihre, öffnete sie und lockerte die gekrümmten Finger. „Du willst wissen, was mit deiner Musikalität geschieht, wenn du beschließt, uns zu verlassen?"

Er nickte. Sein Blick ruhte auf ihren ineinander verschränkten Fingern, auf ihrem schweren goldenen Ring.

„Du bist ein hochbegabter Musiker, David. Deine Technik

kann mit der Zeit und mit zunehmender Reife noch besser werden. Du hast auch Talent. Du bist musikalisch. Aber du hast noch etwas anderes . . ." Sie hielt inne und schaute aus dem Fenster auf etwas, das weit jenseits der Reichweite ihrer Augen lag. „Man nennt es ‚die göttliche Unzufriedenheit'. Ich verstehe das als eine Sehnsucht, aus mir herauszutreten, ein Teil von etwas Größerem, etwas Gewaltigerem zu werden und trotzdem immer noch unverwechselbar Tanya Rolfe zu sein. Es ist die Unzufriedenheit einer weisen Welle, die an den Strand schlägt, den Sand umwälzt und weiß, daß schon die nächste Welle sämtliche Spuren auslöschen wird, die sie hinterlassen hat. Und sie verspürt Zorn . . ." Ein Hauch von Leidenschaft schärfte ihre Stimme. „Zorn." Dann lachte sie leise auf. „Manche nennen es das Kratzersyndrom."

Er sah sie verwirrt an.

„Wir sind ebenfalls nur Durchreisende. Wie die Wellen, so hinterläßt auch unser Kommen und Gehen Spuren auf dem Antlitz der Erde. Aber das ist nicht genug. Wir verspüren das Bedürfnis, persönlich am Antlitz der Ewigkeit zu kratzen – tief genug, um eine Narbe zu hinterlassen. Einen Beweis, daß wir hiergewesen sind, verstehst du?"

„Und wenn ich immer hiersein werde?"

„Dann erlischt deine Motivation. Unsterblichkeit ist eine unfehlbare Kur für das Kratzersyndrom."

„Aber wenn ich ewig lebe . . ."

„Du wärst immer noch klug, David. Und kompetent. Aber du würdest ein abkühlendes Eisen schmieden. Und nach einer Weile würde es dir nichts mehr bedeuten."

Er nickte, stand auf, ging zur Tür und kam dann noch einmal zurück. „Hat sich das immer so abgespielt? Ist es sicher?"

„Ich kann nicht sagen, daß der Funke erlöschen muß. Aber es ist immer so gewesen, David." Sanft wie ein Nachtfalter berührte ihre Hand seine Schulter. „Es ist immer so gewesen."

ER GING den Hügel hinauf und spürte, wie sich seine Beinmuskeln anspannten und sein Atem in kurzen Stößen ging. Sonnenlicht drang durch die frischen Maiblätter und sprenkelte den schwammigen Waldboden unter seinen Füßen.

Er suchte einen hohen Bergrücken, einen Platz, von dem aus er Renaissance überblicken konnte. Dieses eine Mal wollte er es ganz sehen. Wenn er es ganz sehen konnte, gelang es ihm vielleicht, es in seinem Kopf richtig zusammenzusetzen.

Er stieg über einen verrottenden Baumstamm auf seinem Weg hinweg und erstarrte. Neben seinem Fuß lag zusammengerollt der glitzernde Tod. Er hörte das warnende Klappern nur mit einem Teil seines Gehirns. Ein anderer Teil beobachtete und dirigierte eifrig seine Angst . . . eine rasselnde Maraca: eine Hindutrommel, die seinen Herzschlag nachahmte. Accelerando. Stille. Eine Stille, die mit 440 Umdrehungen pro Sekunde in seinem Geist wimmerte, sich zu einem Schrei steigerte, zehntausend Umdrehungen, zwanzigtausend, noch mehr. Die jenseits des Hörbereichs pulsierte. Fühlbar.

Wenn sie zuschlug, wenn ihre Fänge eine Vene oder eine Arterie trafen, war er zu weit entfernt, um Hilfe zu bekommen.

Die Muskeln zogen sich in ihm zusammen. Er sprang und rannte zu einer rauhen Blechbläserbegleitung in seinem Kopf durch den offenen Wald, rannte mit einer Hindutrommel in der Brust, die ihm gegen die Rippen und bis in den Hals hämmerte.

Hatte sie zugeschlagen? Und wenn, würde er es spüren?

Die Vernunft sagte ihm, daß er in Sicherheit war. Die Angst ließ ihn weiterhetzen. Die Muskeln trieben ihn voran. Er lief, bis sein Körper rebellierte und ihm die Kraft und den Atem raubte. Er klappte am Fuß einer ausladenden Eiche zusammen und lehnte sich mit dem Rücken dagegen, um sich abzustützen.

„Feigling“, sagte er laut zu sich selbst, als er wieder zu Atem kam. „Feigling.“ Aber ein Teil von ihm wehrte sich störrisch. Was hätte er sonst tun können? Er wollte nicht sterben.

*Er wollte nicht sterben.*

ER GING den Berg hinunter zurück zum Bach bei der Lichtung. Ein hoch aufgeschossener, spindeldürrer Junge preßte feuchten Lehm in spiralförmigen Mustern auf einem platten

Stein, der aus dem flachen Wasser ragte. Er blickte auf. „Ah, David! Warst du auf dem Berg?"

Es war mehr als ein beiläufiger Satz. Früher oder später machte sich fast jeder auf diesen Weg, und zwar allein – als ob es eine biologische Notwendigkeit wie Nahrung oder Wasser wäre, als ob der Berg Antworten bereithielte, die man im Tal nicht finden konnte. David nickte. „Ich war auf dem Berg, M'Kumbe."

„Weht dort ein sanfterer Wind?" Die Spannung in der Frage verriet sich in den langen schwarzen Fingern, die den glitschigen Lehm kneteten.

Er wußte nicht, was er darauf antworten sollte.

Aus schwarzen Augen blickte ihn der Junge an, während er die Finger bewegte. „Ich baue mir meinen eigenen – hier." Der Lehmklumpen erhob sich unter dem Druck der Hände des Jungen und bekam scharfe Kanten, wie ein bloßes Rückgrat vor dem Felsgestein. „Er erhebt sich, er fällt zusammen. Für diesen kleinen Berg kann ich ein Gott sein. Aber am Ende ist es nur Lehm." Seine Faust fuhr herab und zerschmetterte das Rückgrat aus Erde. Dann glättete er es zu einem flachen Kuchen, wobei sich die Lehmfarbe harmonisch mit seinen rosaroten Handflächen und den schwarzen Fingern verband, und teilte diesen mit einem geschwungenen „S". „Auf und nieder. Yin und Yang." Die Finger hielten einen Moment inne. „Liss sucht dich. Schon den ganzen Vormittag."

ER FAND sie in ihrer Hütte, wo sie auf dem alten hohen Hocker vor ihrem Pult saß und schrieb.

„Ein Gedicht?" fragte er.

„Ein Brief. An mich." Sie schrieb noch ein paar Augenblicke, dann legte sie den Stift weg und schaute auf. „Damit ich einen klareren Kopf bekomme."

Sie glitt von dem Hocker herunter und hob einen kleinen unterteilten Eichenholzkorb auf, der in der Zimmerecke stand. „Die Brombeeren sind alle." Sie schlüpfte aus der Hütte und war schon halb über die Fußgängerbrücke gelaufen, als er sie einholte.

„Was ist denn los?"

„Nichts." Sie blickte auf einen Punkt direkt über seinem Kopf, als ob sie ihn äußerst wichtig fände.

Er packte sie an den Schultern und drehte sie zu sich. „Was ist los, Liss?"

Sie drehte den kleinen Korb in ihrer Hand hin und her. „Nichts. Ich hab halt eine Vorliebe für Brombeeren entwickelt." Trotzig schob sie das Kinn vor, aber sie mied seinen Blick. „Wirklich, ich mag sie so gern, daß ich zu dem Schluß gekommen bin, ich will sie bis in alle Ewigkeit essen."

Die Hände sanken ihm langsam an seinen Seiten hinab. Er lehnte sich an das Geländer der kleinen Brücke und versuchte nachzudenken. Von allen Leuten hier war Liss sich ihrer Sache immer am sichersten gewesen.

Ihre Lippen bogen sich an den Mundwinkeln nach oben, aber ihre Augen machten nicht mit. „Es gibt ein altes Sprichwort, David: ‚Es ist das Vorrecht einer Frau, ihre Meinung zu ändern.' Schon mal gehört?"

Er schüttelte den Kopf.

Um ihre Augen herum bildeten sich ein paar Fältchen. „Techniker." Und dann der alte Scherz: „Ich werd dich wohl an die Hand nehmen müssen."

Sie gingen langsam weiter und schlenderten eine ganze Weile dahin, bis sie zu einer weitläufigen Fläche voller Brombeerbüsche kamen. „Warum, Liss?" fragte er sie.

Mit flinken Händen pflückte sie weiche, reife Beeren, die den Korb und ihre Finger mit dunkelroten Flecken färbten. Ohne zu antworten, griff sie nach einer Traube tief im Busch und zog ihre Hand mit einem kleinen Aufschrei leer heraus. Ein tiefer Kratzer zog sich über die Haut, und hier und dort kamen winzige Blutstropfen heraus und verschmolzen zu einer roten Linie. Sie begann auf eine Art zu weinen, die in keinem Verhältnis zu der Verletzung stand; ihre Schultern hoben und senkten sich, und die kleine Stupsnase wurde rot und begann zu laufen.

Er sah sie an und fühlte sich vollkommen hilflos.

Der Korb fiel zu Boden; Beeren ergossen sich ins Gras, und sie weinte immer noch, die Hände zu Fäusten geballt. Und während sie noch von atemlosem Schluchzen geschüttelt wurde, sagte sie: „Weißt du denn gar nichts? Hast du denn von nichts eine Ahnung?"

Er stand da, als wäre er angeklagt, ohne zu wissen, was man ihm vorwarf.

„Techniker." Sie holte tief und schnüffelnd Luft. „Du sollst mich trösten. So steht's in allen Büchern."

Bestürzt streckte er unbeholfen die Hand aus, tätschelte ihr den Kopf und zerzauste ihr weiches Haar mit seinen Fingern.

Unerklärlicherweise begann sie zu lachen. Es fing als eine Mischung aus Kichern und Keuchen an. Dann nahm es geradezu närrische Ausmaße an, bis sie sich in das frische, warme Gras warf. Es war ansteckend, und ehe er sich's versah, lag er neben ihr auf dem Boden und lachte ebenfalls. Er umarmte sie lachend, dann küßte er sie inmitten eines Haufens herumliegender Brombeeren. Und ihm kam der Gedanke, daß sie vielleicht beide verrückt waren, aber das war ihm jetzt egal.

Sie schleuderten ihre Kleider von sich, ein dunkelrot geflecktes Knäuel, klammerten sich aneinander und rollten auf dem weichen, warmen Boden herum, schmiegten sich mit kühler Haut und heißem Begehren aneinander. Später rannten sie lachend den Weg zum See hinunter und sprangen in das eiskalte Wasser, das ihnen fast das Herz stillstehen ließ.

NACHDEM sie sich angezogen hatten, gingen sie in der Sonne spazieren. Zunächst schlenderten sie flott dahin, um sich aufzuwärmen. Auf dem Rückweg nahmen sie den Höhenweg an der breiten Rückseite eines Bergkamms entlang. Unter sich konnten sie die Lichtung erkennen.

Am klaren blauen Himmel wurde ein Strich zu einer Scheibe. „Sieh mal", sagte Liss. „Der Hover. Laß uns zuschauen."

Der Hover beendete seinen Geradeausflug und sank langsam zum Talboden hinunter. Die Türen gingen auf und entließen eine Fracht von sieben Kindern.

„Erinnerst du dich noch an den Tag, als wir angekommen sind, David?"

Er nickte und beobachtete die kleine Gruppe. Ein Junge

stand abseits von den anderen; mit seinen zurückgeworfenen Schultern und den leicht gespreizten Beinen sah er tapferer aus, als er sich fühlen mochte. Ein anderer sah sich mit Augen um, die so groß waren wie die Landschaft, die er in sich aufzunehmen suchte. Die Kinder sahen so klein aus.

Ihre Worte waren ein Echo seiner Gedanken. „Waren wir jemals so klein?"

„Ich glaub schon."

„Für dich muß es schwerer gewesen sein", sagte sie. „Du bist aus einem Wohnheim herausgerissen und hierhergebracht worden. Ich hab nie so gelebt; bei uns gab's nur mich und meine Eltern. Bei uns zu Hause war ich daran gewöhnt, allein zu sein. Aber ich finde, du hast dich besser gehalten als ich, weißt du." Sie setzte sich und schlang die Arme um ihre Knie. „Ich hab rausgefunden, daß ich Menschen um mich herum brauche. Du hast rausgefunden, daß du keine brauchst."

Er merkte, wie er die Stirn runzelte.

Sie lachte und sah ihn an, wobei sie die Nase kraus zog. „Na schön", sagte sie einlenkend, „manchmal brauchst du Leute. Aber die meiste Zeit vergräbst du dich in deiner Hütte wie ein eingewachsener Nagel im Zeh."

„Ist das deine poetische Meinung?"

„Vielleicht nicht poetisch, aber ganz eindeutig meine Meinung. Ich glaube, du weißt nicht die Hälfte von dem, was hier vor sich geht."

„Was zum Beispiel?"

Ihre Augen umwölkten sich. „Wußtest du, daß Tanya Rolfe stirbt?"

Die Worte waren wie ein Faustschlag in den Magen. „Woher weißt du das?" Da fiel ihm ein, wie schwach sie an diesem Morgen ausgesehen hatte, und er erinnerte sich an das Geräusch, mit dem der Atem aus ihrer Lunge gekommen war.

„Ich mußte ihren Nachruf umschreiben."

Das Wort kannte er nicht; es verwirrte ihn.

„Die Bekanntgabe ihres Todes. Das ist ein alter Brauch im Journalismus. Die Schriftsteller hier befolgen ihn immer noch. Wenn jemand wichtig ist, dann halten wir einen Nachruf im

Kommunikator bereit, falls der Betreffende unerwartet stirbt. Ihrer war bereits überholt. Ihr neues Conserere und mehrere Sonaten mußten noch aufgenommen werden. Sie haben mir gesagt, ich sollte es sofort machen. Na, und du weißt ja, ich kann's mir nicht verkneifen, meine Nase in fremde Angelegenheiten zu stecken . . ." Sie schaute zu ihm hoch. „Eine Frage schien die nächste aufzuwerfen, also hab ich den Code für ihre Krankendatei in den Kommunikator eingegeben."

„Hast du deshalb beschlossen, für immer – Brombeeren zu essen?"

Sie schüttelte den Kopf. „Eigentlich nicht." Sie streckte die Hand zu ihm hoch. „Hilf mir auf. Bring mich zu meiner Hütte zurück, dann zeig ich's dir."

Er hielt ihr die Hand hin und zog sie auf die Beine. Sie gingen den gewundenen Pfad zurück, ohne zu sprechen, ohne das Bedürfnis zu verspüren, miteinander zu sprechen, bis sie die alte Fußgängerbrücke erreichten, die zu Liss' Hütte führte.

„Wir haben keine Brombeeren mitgebracht, was?" sagte sie schließlich und schaute dabei auf den leeren Korb.

„Dazu hast du noch lange Zeit."

„Und du?"

Er stieß die Tür zur Hütte auf und ging vor ihr hinein. „Ich weiß es nicht."

Sie ging zu dem hohen Pult, duchstöberte einen Stapel von Papieren und zog eins heraus. „Lies das."

„Dein Brief an dich selbst?"

Sie schüttelte den Kopf. „Ein Gedicht."

Er las es und klopfte den Versrhythmus mit den Fingern an seinem Knie mit.

„Wie findest du's?" fragte sie, als er fertig war. „Sei ehrlich."

„Ich bin immer ehrlich", sagte er.

„Das weiß ich. Deshalb wollte ich ja, daß du's liest."

„Aber ich bin kein Dichter."

Sie sank in einen Sessel und starrte auf den Boden aus breiten Holzbohlen.

Er sah sie einen Moment lang an. „Es scheint recht ordentlich zu sein. Technisch hast du's gut gemacht, und deine Bildersprache ist . . ."

„Langweilig."

„Das hab ich nicht gesagt."

„Das brauchtest du auch nicht. Ich kann's an deinem Gesicht ablesen."

„Ich hab dir ja gesagt, ich bin kein Dichter."

„Ich auch nicht." Sie nahm ihm das Blatt aus der Hand, faltete es in der Mitte und knickte die Ränder mit einem Daumennagel. „Ich bin ein bißchen langsam. Ich hab lange gebraucht, um es rauszufinden. Aber jetzt, wo ich's weiß, hat es keinen Zweck mehr, es noch länger rauszuschieben, oder?"

Er überlegte sich seine Worte genau. „Du mußt dir Zeit lassen, Liss. Das tun wir alle. Es kommt nicht so plötzlich."

„Ich habe aber beschlossen, mir Zeit zu lassen. Alle Zeit der Welt."

„Bist du sicher?"

„Ich hab viel darüber nachgedacht. Ich bin schlagfertig. Ich bin clever. Ich kann mit Worten umgehen. Aber das macht mich nicht zur Dichterin, David. Noch nicht mal zu einer angehenden Dichterin. Es ist einfach nicht da. Selbst wenn ich ewig leben könnte, ohne meine kreativen Triebkräfte zu verlieren, wäre das immer noch nicht genug. Ich könnte schreiben, bis die Hütte hier zu Staub zerfällt", sie schwenkte den Arm zum Fenster, „und bis diese Berge zu Sand werden. Und doch würde es nichts bedeuten." Sie verzog das Gesicht. „Es ist nicht leicht, sich zum Schluß einzugestehen, was einem hätte klar sein müssen."

Er zog sie unbeholfen an sich, und sie barg den Kopf an seiner Schulter. „Was willst du jetzt machen?"

Nach ein paar Minuten richtete sie sich auf. „Ich hab noch fast einen Monat Zeit bis zu meiner endgültigen Entscheidung, aber das wird nichts ändern." Sie sah ihn scharf an. „Ich kann immer noch schreiben, weißt du. Sekundärliteratur, Sachbücher und so weiter. Ich glaube, das werde ich tun. Ich bin im Grunde genommen eine Materialsammlerin. Das kann ich sogar gut. Nicht viele Leute können so was."

Sie stand auf und strich ihre Kleidung glatt. Dann ging sie zu dem winzigen Spender, drückte auf einen Hebel und entnahm ihm zwei Saftbehälter. „In gewisser Weise ist es eine

Erleichterung. Ich muß mich nicht mehr beweisen." Sie reichte ihm einen und nahm einen tiefen Schluck aus dem anderen. „Ich muß gar nichts mehr tun, nur noch da sein."

Er drehte den Saftbehälter in seinen Händen und fragte sich, was er ihr sagen könnte. Er sagte gar nichts.

Sie setzte sich neben ihn. „Komisch, wie sich das alles entwickelt, nicht?" Auf ihrem Gesicht formte sich ein dünnes, kleines Lächeln. „Ich hätte nie gedacht, daß sich rausstellen würde, daß *ich* die Technikerin bin."

Liss ließ sich ihr Essen schmecken, während David seins hin und her schob, geistesabwesend Berge und Furchen hineinmachte und nichts davon aß.

„Also wirklich, du bist so mager wie ein Spatz", tadelte sie ihn. „Wenn du noch mehr abnimmst, schleppen dich die Ameisen weg."

Über sein Gesicht huschte ein Lächeln, aber er bekam keinen Bissen hinunter.

Nach dem Essen, als die Abendsonne in dunkelroten Schatten davonschlüpfte, gingen sie zu dem offenen Konzertsaal hinüber, der freitragend über dem Seeufer hing.

„Hast du schon was davon gehört?" fragte sie.

Er schüttelte den Kopf. „Sie wollte mir die Partitur nicht zeigen." Heute abend würde er zum erstenmal Tanya Rolfes „Sommer-Conserere" hören, und er war sich schmerzhaft deutlich bewußt, daß es ihr letztes Werk sein würde.

Sie setzten sich auf zwei freie Plätze sehr weit hinten. Hinter der Bühne leuchteten die letzten Farben des Abends rot über die Berge am anderen Ufer des Sees.

„Das war so geplant, weißt du", sagte Liss, während sie den Sonnenuntergang bewunderte. „Der Visiograph ist Lindner. Ich finde, er ist ein Genie. Niemand kann Natur und Kunst so kombinieren wie er."

Die Bühne mit dem Dirigenten und dem kleinen Orchester ragte schweigend vor ihnen auf. Stille – dann setzte ein gemessener Chor von Zikaden ein, der von den aufblinkenden Lichtern von hundert Glühwürmchen beantwortet wurde.

Der Chor schwoll um das Zehnfache an, während die winzigen Glühwürmchen zu zehntausend Lichtpunkten wurden, die in Konstellationen aus kaltem Feuer langsam am dunkler werdenden Himmel kreisten.

Ein Symphosizer seufzte einmal, dann bildete ein Chor von in jungen Blättern wispernden Winden ein Thema, das von einer einzigen Soloboe gespielt wurde.

David fühlte, wie er von der Musik und den feinen Veränderungen am Himmel um ihn her weggeschwemmt wurde. Im Gegenzug empfand er Liebe, dann Kummer und ein intensives Verlustgefühl, schließlich Hoffnung. Streicher und Farben begannen so zart zu pulsieren, daß es wie Schmerz in seiner zugeschnürten Kehle war. Dann Stille. Schwärze. Nacht, bis ein einzelner Lichtpunkt – eine Sternschnuppe – sich zu einem gewaltigen Feuerball und einem anschwellenden Jubelchor steigerte.

Er merkte, wie ihm Tränen in die Augen stiegen, und zwinkerte, um sie zurückzuhalten. Er schämte sich ihrer undeutlich, aber sie spiegelten sich in glänzenden Augen überall im Publikum. Er begann mit den anderen zusammen zu applaudieren, indem er seine Hände erst langsam, dann immer heftiger aneinander rieb. Das ledrige Rascheln der Anerkennung wurde schneller, und dann kam das höchste Kompliment: Spontan begann das Publikum mit dem rhythmischen, seufzenden Atmen, dem Symbol für eine hervorragende Aufführung, für den Atem des Lebens.

Ein einzelnes Licht richtete sich auf die kleine Gestalt von Tanya Rolfe. Sie kam am Arm des Visiographen Lindner auf die Bühne; ihre Schritte waren langsam und stockend. Sie stand mit zurückgeworfenem Kopf da, als wollte sie mehr Luft bekommen.

Das rhythmische Atmen steigerte sich im Tempo, bis Davids Finger kribbelten und ihm ganz schwindlig wurde. Neben ihm seufzte Liss am Rande der Bewußtlosigkeit. Hier und dort kippte im Publikum jemand von der Hyperventilation überwältigt um. Und es ging immer noch weiter, bis Tanya Rolfe Lindner ein Zeichen gab und die beiden langsam von der Bühne gingen.

ER TRENNTE sich am Weg zu ihrer Hütte von Liss. „Willst du allein sein?" fragte sie.

Er nickte.

„Ich verstehe." Sie küßte ihn zart und wandte sich ab. Dann blieb sie stehen. „David, wir sind Freunde gewesen. Das ist wichtig, oder?" Sie sah ihn noch einmal an. „Wirst du's einer Freundin erzählen, wie du dich entscheidest?"

Da küßte er sie. Sie klammerten sich ein oder zwei Minuten wie zwei verlorene Geschöpfe aneinander, dann schob sie ihn sanft weg und ging ohne ein Wort des Abschieds zu der kleinen Fußgängerbrücke davon.

Er lief eine Weile allein weiter, ohne darauf zu achten, wohin er ging, bis er merkte, daß er sich in der Nähe von Tanya Rolfes Hütte befand. Durch das Fenster fiel immer noch Licht.

Er klopfte leise an die Tür, bekam keine Antwort und klopfte erneut. Die Tür war nicht verschlossen, und er stieß sie auf.

Sie lag noch angezogen auf dem Bett. Ihre Augen waren geschlossen. Einen niederschmetternden Augenblick lang dachte er, sie sei tot. Dann entwich ihrer Lunge ein dünner, pfeifender Atemzug.

Er stand da und sah sie an, wollte sie aufwecken und wollte es doch nicht. Sie war wie eine Kerze, die fast niedergebrannt war und ihr Wachs zu einem letzten Aufflackern aufbäumen ließ, um der Nacht zu trotzen.

Er stand lange Zeit da und betrachtete die Spuren der Zeit auf ihrem Gesicht und ihrem Körper. Die Tränen, die er beim Konzert zurückgehalten hatte, rollten ihm übers Gesicht. „War es das wert?" flüsterte er. „War es das wert?"

ER VERLIESS die Hütte und zog die Tür leise hinter sich zu. Er hatte noch bis morgen früh Zeit, dann war die endgültige Entscheidung fällig. Endgültig. Keine Chance zur Umkehr. Keine Chance, seine Meinung von diesem Zeitpunkt an noch einmal zu ändern.

Er lief ein oder zwei Stunden lang in der Dunkelheit umher, versuchte, mit sich ins reine zu kommen, und schaffte es nicht.

Mondlicht glitzerte auf dem dunklen See, und die Bäume warfen tintenschwarze Schatten. Er war müde und ein bißchen desorientiert. Ein Stück weiter gab es eine Stelle, wo er sich ausruhen konnte.

Der Pfad schlängelte sich zu einem winzigen Holzhäuschen, das „die Kapelle" genannt wurde. Er stieß die Tür auf und ging hinein. Er hatte sich noch nie bemüßigt gefühlt hierherzukommen, aber er wußte, daß einige andere es getan hatten.

Er setzte sich in dem halbdunklen Raum hin, lehnte sich zurück und schaute auf eine kleine, dunkle Arena hinunter. Die Bank, auf der er saß, war aus Holz, mit einer harten, unbequemen Lehne. Vor ihm befand sich eine Reihe von Kontrolltasten. Er drückte willkürlich auf eine davon.

Die Arena nahm eine blaßblaue Farbe an, und ein dreidimensionales Hexagramm bildete sich. Eine leise dezente Stimme sagte: „Der Stern Davids." Ein Mann mit einem langen weißen, wallenden Bart hielt zwei Steintafeln in der Hand. David sah eine Weile hin, ohne richtig zuzuhören, während die Stimme weiterschnurrte: „. . . Du sollst nicht töten."

*Du sollst nicht töten.*

Tat er nicht genau das, wenn er hierblieb? Sich selbst töten? Ein Schauer lief ihm über den Rücken. Er drückte die nächsten Tasten.

Ein Kreis bewegte sich vor ihm, Yin und Yang, ebenso gespalten wie sein Geist.

Eine weitere Taste. Ein Kreuz – mit einem Mann, der daran festgenagelt war. Hilflos wie ein Schmetterling auf einem Stück Pappe. Leidende Augen.

Die nächste Taste. Eine Sonnenblume, deren gelbe Blütenblätter sich öffneten.

Noch eine. Eine Schlange rollte sich zu der Zahl acht zusammen.

Verwirrt legte er seine Hand auf die Tasten, um das Bild abzuschalten, aber statt dessen lief alles nur schneller ab. Die Szene unter ihm verwandelte sich wie die sich verschiebenden Kristalle in einem Kaleidoskop. Die Sonnenblume schmolz zu einer Sichel mit einem Stern . . ., der Stern ging in ein Hexagramm über . . ., das sich zu einem Kreuz entfaltete . . ., das zu einer Schlange wurde, die über die Blüte einer gelben Blume glitt. Die ganze Zeit flüsterten leise Stimmen: „. . . Allah . . ., Illusion . . ., sollst nicht töten . . ."

Er rannte – rannte, bis die kühle Nachtluft die ineinander verschmolzenen Bilder in seinem Kopf wegfegte.

Als er wieder in seiner Hütte war, ohne jede Hoffnung, einschlafen zu können, wählte er einen Kommunikatorcode. Ausdrucke begannen aus dem Gerät zu flattern – ein Dutzend, zwei Dutzend, noch mehr . . . Die vollständigen Werke von Tanya Rolfe.

Er stimmte seine Sitar und begann mit denjenigen ihrer Kompositionen, die er spielen konnte. Er saß mit gekreuzten Beinen auf dem Boden und spielte, seine Finger bewegten sich vom einen Saitensatz zum anderen und sprangen mühelos über den Neunzig-Grad-Winkel.

Erst als er spielte, entspannte er sich innerlich. Keinerlei Gedanken drangen in sein Bewußtsein ein, aber die gezupften Saiten schwangen darin mit. Sie würde nicht sterben, sie konnte nicht sterben, solange ihre Musik erklang.

Sie würde nicht sterben, sie konnte nicht sterben. Erst als er aufhörte, stellte er sich vor, wie sein Körper schlaffe Runzeln bekam und zu nichts zerfiel. Erst als er aufhörte, dachte er an seine Musikalität und daran, wie sie erlöschen würde, während er mit einem glatten Körper in der Leere weiterlebte.

Er spielte, bis ihm die Finger bluteten, dann stellte er die Sitar beiseite und setzte seine Flöte zusammen.

Er blätterte die Kopien ihrer Kompositionen durch und hinterließ dabei kleine verschmierte Blutflecken auf den Seiten. Dann kam er zur Titelseite ihres letzten Conserere.

Er las:

SOMMER-CONSERERE
von
Tanya Rolfe

Und darunter die Widmung:

Für David Devier, der weiterlebt.

Warum hatte sie ihm nichts davon gesagt? Warum nicht? Er

merkte, wie in seinem Hals ein Kloß anwuchs, der zu hart und zu trocken für Tränen war.

Er blickte auf die Widmung und begriff, daß sie doppelsinnig war, aber er wußte auch, daß sie für Tanya Rolfe nur eine Bedeutung haben konnte. Und ihm war auch klar, warum sie ihm nichts davon gesagt hatte.

*Sie* wußte, daß er seine Entscheidung allein treffen mußte.

Als die Nacht zu Abstufungen von Grau verblaßte, verließ er die Hütte mit nichts als einer schlichten Panflöte und einem kleinen Aufzeichnungsgerät, das an seinem Gürtel hing.

Die Erschöpfung hatte ihre eigene Art von Frieden mit sich gebracht. Ermattet sank er am Fuß einer ausladenden Buche in der Nähe der Lichtung zu Boden. Das erste Licht der neuen Sonne begann die Hügel zu färben.

Mit seinen wunden Fingern zerdrückte er einen Grashalm, rieb ihn prüfend und atmete seinen scharfen frischen Duft ein.

Es war schön, am Leben zu sein. Wie es wohl war, nicht am Leben zu sein? Nicht herauszufinden, was nach dem nächsten Tag kam? Den Donnerstag nicht zu erleben? Niemals im April die Hügel hinunterzurutschen?

Ein Kaninchen raschelte am Rand des mit Brombeerbüschen bewachsenen Fleckens herum, knabberte versuchsweise an einem Grashalm und streckte samtige Ohren in seine Richtung. Es tat ihm leid. Es war so klein, so kurzlebig. Seine Zeit verflog, während er es beobachtete.

Aber es mußte das sein, was es war.

Er griff nach der Panflöte und spielte dem kleinen Geschöpf eine Melodie in Moll vor. Es war ein Thema von Beethoven, fiel ihm ein. Er wußte nicht, warum ihm das Thema wichtig vorkam, aber irgendwie war es so. Irgendwie sprach es vom Ende der Dinge – und von den Anfängen. Die Melodie hing einen Moment in der warmen frischen Luft, und irgendwie kam ihm dieser Augenblick unendlich lebendig vor.

Dann purzelten die Ideen und Variationen nur so aus seiner Panflöte heraus. Er lachte und drückte auf den kleinen Rekorder, der an seiner Hüfte hing. Und in seinem Kopf vernahm er die Orchestrierung – anschwellende Streicher, das

Thema ganz leise von einer Flöte gespielt, die Antwort von einem Kleidelphon und das Echo der dunklen Doppelrohrblattinstrumente. Jetzt gedämpfte Trommeln, eine Variation mit Weidner-Hörnern. Es war alles da. Es war alles da, weil es seine Bestimmung war, es zu schaffen.

Und plötzlich verspürte er unerhörten Hunger. Kein Wunder. Es war schon spät. Es wurde Zeit für ihn, ihnen zu sagen, daß er in Renaissance bleiben würde – aber nur, wenn er etwas zum Frühstück bekam.

## 7. Kapitel

„Du brauchst keine Menschen, David", hatte Liss einmal zu ihm gesagt.

Er hatte diesen Gedanken aufgenommen, ihn im Kopf hin und her gewendet und schließlich akzeptiert.

Es war eine Lüge. Das wußte er jetzt.

David begann zu zittern. Er versuchte, das Zittern unter Kontrolle zu bringen, aber während er es noch versuchte, wurde es immer schlimmer, bis sein Körper auseinanderfliegen und sich von dem Kern des Schmerzes trennen zu wollen schien. Mit einer Hand, die ihm kaum gehorchte, stieß er die Tür der Hütte auf und lief in das schwindende Licht hinaus.

Die bergige Wildnis drang auf ihn ein und bewirkte, daß er sich verletzlich und ganz und gar allein fühlte. Es war lange her, daß er sich in Renaissance so gefühlt hatte – damals in den ersten Tagen, als die Erinnerungen an Vesta noch frisch gewesen waren.

Er schaute in den dunkelnden Himmel hinauf. Ein Satellit strich dort oben kaum sichtbar dahin. Und dort ein anderer. Einen Moment lang schossen die Gedanken aus ihm heraus und schleuderten ihn in den Himmel, über diese Satelliten hinaus zu dem Asteroiden, den er einmal sein Zuhause genannt hatte, zurück zu dem kleinen Jungen von damals in dem Wohnheim auf Vesta. Aber es hatte keinen Zweck. Der kleine Junge war verschwunden. Tot. Aus und vorbei.

Es war fast dunkel. Er schaltete die kleine Lampe ein, die er am Gürtel trug, und ging auf den vertrauten Pfaden weiter durch dunklen Wald. Er kam zu einer Lichtung und überquerte die grasbewachsene Wiese. Etwas bewegte sich einmal im Schatten und war fort.

Er fand das Rehkitz in der Nähe der lehmigen Böschung eines kleinen Baches mit Quellwasser. Ein Berglöwe hatte es getötet. Die tiefen Pfotenabdrücke der Raubkatze waren im Lichtstrahl seiner Lampe deutlich zu sehen. Der Zweig einer Schierlingstanne über der Beute war von dem Gewicht gebeugt, das er noch vor kurzem getragen hatte. Die große Katze hatte gewartet und das Kitz im Gras am Rand der Lichtung beobachtet. Dann war sie gesprungen und auf dem Rücken des kleinen Rehs gelandet und hatte es mit scharfen Krallen gelähmt.

Das Rehkitz lag warm neben ihm. Die Eingeweide waren herausgequollen und bildeten einen gräßlichen Haufen bei seinen Füßen.

Er strich dem toten Tier mit der Hand über den Kopf und die Ohren. „Muß denn in Renaissance alles sterben?“ flüsterte er.

Die blinden Augen des Tiers erwiderten seinen Blick. Zorn zerrte an seiner Seele und drohte sie zu vernichten wie das junge Reh. Er war sicher, daß es dasselbe Kitz war. Dasjenige, das er vor drei Wochen in der Morgendämmerung gesehen hatte.

Er ließ es liegen und stolperte weiter zu der Stelle, wo er an jenem Morgen allein gewartet hatte. Er verspürte eine grimmige Befriedigung darüber, daß der Rotluchs Hunger haben würde, solange er hier war. Er würde es nicht wagen, zu seiner Mahlzeit zurückzukommen, während ein Mensch in der Nähe war.

Er ließ sich auf dem feuchten Boden nieder, barg den Kopf in den gewölbten Händen und schaute nirgendwohin, als der Mond hinter dem Berg aufging. Der Ring, den er trug, grub sich in die Kopfhaut. Er hob die Hand ans Gesicht und versuchte den Ring im schwachen Licht zu sehen. Grob zerrte er daran und wollte ihn herunterreißen und wegwerfen, als ob er damit jenen Morgen vor drei Wochen, als man ihm den

Ring an den Finger gesteckt hatte, ungeschehen machen könnte.

Der Ring war zu eng. Er würde ihn immer tragen. Er ließ den Kopf sinken, als ihn ein heftiges, quälendes Schluchzen schüttelte.

ER HATTE sich benommen und ein bißchen zittrig gefühlt, als er vor drei Wochen im Morgenlicht aufgestanden war. Er hatte die Augen vor der aufgehenden Sonne zusammengekniffen, die den Himmel über Trey Mountain rötete. Die kleinen Holzhäuser von Renaissance lagen im tiefen Schatten des Hügels.

Er war hungrig. Seit fast zwei Tagen hatte er nichts mehr gegessen. Er wischte den Tau auf seiner Panflöte mit dem groben Stoff seines Oberhemds ab und hängte sich das kleine Instrument an den Gürtel. Bei seiner Bewegung erstarrte ein Rehkitz auf der anderen Seite der Lichtung, das im neuen Gras am Waldrand weidete. Er blieb ebenfalls reglos stehen, sah es an und dachte, es ist alles in Ordnung. Alles in Ordnung, du hübsches Ding. Niemand hier will dir was tun.

Sie standen eine ganze Minute lang da und schauten einander an. Dann bewegte sich das Tier und war im aufsteigenden Nebel einer Quelle verschwunden, die unter den Wurzeln einer dunklen Tanne herauskam.

Er machte sich auf den Weg zu einem der Gebäude und fühlte, wie das Gras unter den Füßen nachgab. Der Speisesaal war leer. Darüber war er froh; er war noch nicht bereit, mit jemandem zu sprechen. Der Kommunikatorschirm zeigte ihm die Frühstücksauswahl, und er gab den Code für zwei komplette Portionen ein. Er häufte das ganze Essen auf ein Tablett, trug es nach draußen zum Rand des Sees und ging über die kleine Steinbrücke zu einer winzigen Insel in der Nähe des Ufers. Er setzte sich hin, lehnte sich mit dem Rücken an einen Baum und balancierte das Tablett auf den Knien.

Er goß sich ordentlich Honig und Sahne über die warme Hafergrütze in der Schüssel. Während er zu schnell aß, um etwas zu schmecken, versuchte er die Gedanken, die direkt unterhalb der Schwelle seines Bewußtseins lagen, nicht an die

Oberfläche steigen zu lassen. Er gestattete sich nur einen Gedanken: Iß jetzt!

Der Nebel stieg wie tausend Rauchsäulen vom See auf. Er schob die Schüssel beiseite und hob eine dampfende Tasse an die Lippen. In einer Stunde – in nicht einmal einer Stunde – die endgültige Entscheidung.

Das Essen lag ihm schwer im Magen.

Er würde die Stunde hier sitzen bleiben, würde ihnen sagen, wie er sich entschieden hatte, und dann konnte er vielleicht schlafen.

Er zerkrümelte ein hartes Stück Brot zwischen den Fingern und türmte die Krümel zu einem Haufen auf. Stück für Stück warf er sie ins Wasser. Schleien kamen nach oben, um sie zu fressen. Ihre hungrigen Mäuler erzeugten kleine Wellen im Wasser. Wie hypnotisiert beobachtete David die immer größer werdenden Kreise, bis ein Platschen seine Wellen zu der kleinen Insel schickte.

Es war M'Kumbe. Der hochgewachsene schwarze Junge watete nackt durch die seichten Stellen zum tieferen Teil des Sees. Bald darauf schwamm er. Lange dünne Arme zogen den Körper durch das kalte Wasser. Das frühe Sonnenlicht schimmerte auf der nassen Haut.

Der Junge schwamm weiter; er kam nahe an Davids Insel vorbei, ohne hinzuschauen oder ein Wort zu sagen. Es war eine Sache, die sie beide mit sich allein ausmachen mußten. Beide trafen sie an diesem Morgen ihre endgültige Entscheidung.

In den dunklen Bäumen jenseits des Sees sang eine Walddrossel ein zartes, trauriges Lied.

ALS DIE Stunde um war, ging David das kurze Stück zum Speisesaal zurück und gab sein Tablett ab. Eine Gruppe Zwölfjähriger drängte sich in geschwätzigem Durcheinander an ihm vorbei. Bei ihrem Anblick fühlte er sich alt – älter als sechzehn. Wortlos ging er den Weg am See entlang zu dem offenen Pavillon.

Sie warteten schon auf ihn. Es waren drei Personen in maulwurfsgrauen Roben, die von den kapuzenartigen Überwürfen ihrer Kunstrichtungen aufgehellt wurden. Rosarot bedeutete Musik – das war Tanya Rolfe. Sie ist fünf Jahre lang meine Lehrerin gewesen, dachte er, und ich habe sie fast täglich gesehen. Aber wie anders sah sie in ihrer Robe aus. So schwach. So alt. So zart wie der tote Nachtschmetterling, den er in seiner Hütte gefunden hatte. Er hatte rosa Flecken auf seinen weichen grauen Flügeln gehabt. Er hatte ihn lange in einer kleinen Schachtel aufbewahrt; dann hatte er sie eines Tages geöffnet, und als er das kleine Geschöpf berührt hatte, war es zu Staub zerfallen.

Er sah die anderen an. Einen hochgewachsenen Mann mit schwarzgrauem Bart wies das Gold als Wissenschaftler aus. Die letzte, eine dunkeläugige Frau, trug das Weiß der bildenden Kunst und der Literatur. Die drei saßen zusammen auf einem großen Podium, das zum See hinausging.

Von der anderen Seite des Gewässers erhob sich ein Wind, der ihm die Haare zerzauste und die weichen Roben der drei in Bewegung versetzte. Niemand sagte etwas. Gleich darauf kam M'Kumbe und stellte sich neben ihn, dann ein Mädchen namens Sabra. Tränenspuren zogen sich über ihr Gesicht.

Tanya Rolfe ergriff als erste das Wort. Ihre Stimme war so dünn und alt wie brüchiges Pergament. „Ihr drei habt schon einmal vor einem Ausschuß gestanden, der diesem hier sehr ähnlich war. Ihr habt gelobt, euch in euren Übergangsjahren zu prüfen. Jetzt ist für euch der Zeitpunkt der endgültigen Entscheidung gekommen." Sie machte eine Pause, um mit versagender Lunge einen flachen Atemzug zu tun. „Heute müßt ihr euren Weg wählen. Es gibt keine Umkehr." Dann wandte sie den Blick ab und schaute über den See wie in weite Ferne.

Der hochgewachsene Mann begann von einer dünnen Papierrolle abzulesen: „Als der Tod starb und die Menschheit die Unsterblichkeit in Händen hielt, da frohlockte sie. Jetzt lag die Zeit bis in alle Ewigkeit offen vor ihr. Zeit, um nachzudenken, um zu säen und zu ernten. Aber die Unsterblichkeit brachte einen anderen Tod mit sich – den Tod der Kreativität, das Erlöschen jenes Antriebs im Menschen, über sich selbst hinaus in die Ewigkeit zu greifen. So mußte die Menschheit ihre besonders begabten Kinder zu Wächtern der Künste bestimmen. Sie mußte zu einigen von ihnen sagen: ‚Seid sterblich, damit unser aller Leben einen Sinn hat.' Ihr seid diese Kinder, diese Wächter." Er hielt inne und sagte dann: „Für euch ist der Tag der endgültigen Entscheidung gekommen. Und so stelle ich euch die Frage – wählt ihr die körperliche Unsterblichkeit, im vollen Wissen, daß sie den Tod eurer Kunst mit sich bringen wird? Oder verzichtet ihr darauf, weil ihr wißt, daß eure einzige Unsterblichkeit in den kreativen Werken besteht, die nach euch weiterleben?"

Der Mann sah sie an. Dann sagte er laut: „Wie lautet deine Entscheidung, M'Kumbe Eldrei?"

Der schwarze Junge legte die langen Finger leicht, aber mit der Spannung von Stahlfedern aneinander. „Ich entscheide mich – ich entscheide mich für den Verzicht . . ."

„Ich werde die Belehrung über die Sterblichkeit vorlesen", sagte der Mann. „An dieser Stelle mußt du dann bestätigen."

David schien der Kopf zu brummen. Die Stimme des Mannes verschwamm zu bedeutungslosen Geräuschen. Dann hörte er M'Kumbe sagen: „Ich bestätige."

„Und du, Sabra Besieben? Wie lautet deine Entscheidung?"

Die Stimme des Mädchens erhob sich in einem zittrigen Sopran. „Ich wähle die Unsterblichkeit."

„Ich werde die Belehrung über die Unsterblichkeit vorlesen. Danach mußt du bestätigen."

Das Mädchen nickte. Erneut strömten Tränen über ihr Gesicht.

Der Mann las wieder etwas von dem dünnen Papier ab. „Mit der Entscheidung für die Unsterblichkeit bestätigst du, Sabra Besieben, daß die Anwendung deiner Kunst, deines kreativen Denkens im Feld der Wissenschaft nicht länger deine Aufgabe ist. Du bestätigst, daß jede weitere Tätigkeit auf diesem Feld notwendigerweise auf die Arbeit eines Technikers beschränkt sein wird. Du bestätigst weiterhin, daß dir das Recht, dich fortzupflanzen, per Gesetz und durch den Unsterblichkeitsprozeß selbst genommen wird, sofern dies vom Bevölkerungsministerium nicht spezifisch widerrufen wird. Bestätigst du das?"

„Das tue ich."

Der Blick des Mannes fiel auf David. „Wie lautet deine Entscheidung, David Devier?"

Ihm war schwindlig, als ob er jeden Moment das Gleichgewicht verlieren würde. Nach ein paar Sekunden erklärte er: „Ich entscheide mich für den Verzicht."

Der Mann nickte kaum merklich. „Ich werde die Belehrung über die Sterblichkeit vorlesen. An dieser Stelle mußt du bestätigen: Mit der Entscheidung für die Sterblichkeit bestätigst du, David Devier, daß dir der körperliche Tod sicher ist. Du bestätigst, daß die Entscheidung für die Sterblichkeit keine Garantie für den Erfolg deiner Kunst, nämlich Musik und Komposition, ist. Du bestätigst weiterhin das Recht, zu heiraten und dich fortzupflanzen, wenn du es möchtest."

Seine Kehle war ausgedörrt. Er versuchte die endgültigen Worte zu sagen und brachte sie mit einer Anstrengung heraus. „Ich – bestätige." In seinem Kopf drehte sich alles.

Die nächsten paar Minuten verschwammen für immer in seinem Geist. Er wußte, daß er einmal die Hand zu dem Mädchen neben ihm ausstreckte und zu sagen versuchte: „Nicht! Bitte wein doch nicht!" Aber er hatte keine Luft, so schien es, um die Worte herauszubekommen. Ein anderes Mal sah er Tanya Rolfes tränenhelle Augen in ihrem runzligen Gesicht glänzen. Jemand nahm seine Hand und streifte ihm einen Ring über den Finger. Er sah ihn an. Und es war vielleicht eine Sinnestäuschung, daß in diesem Moment das Gold und Schwarz des Rings in der gleißenden Sonne aufblitzte und ihm das Muster für immer ins Gehirn einbrannte: ein unterbrochenes Symbol der Unendlichkeit. Und dabei die Worte: „Für die Kunst".

Er verliess den Pavillon und ging durch den Wald zu seiner Hütte zurück. Er stieß die Tür auf. Der Raum war ein einziges Papierchaos; Haufen von Papier – die vollständigen Werke von Tanya Rolfe. Er hatte sie in der vergangenen Nacht angewählt, und der Kommunikator hatte sie in sein Zimmer gespuckt. Die Noten lagen überall: auf dem Boden, auf seinem Notenständer, in ganzen Schichten von ausgebreiteten Blättern auf der Kommunikatorbank und den Tasten des Symphosizers, der an einer Wand stand.

Ein Blatt lag obenauf. Es war das Titelblatt von Tanya Rolfes neuem Conserere, und unter ihrem Namen stand die Widmung: *Für David Devier, der weiterlebt.*

Er war erschöpft; er hatte nicht geschlafen. Die ganze Nacht hindurch hatte er ihre Musik gespielt.

Er drückte auf den Hebel für sein Bett und warf sich darauf, als es sich ausgerollt hatte.

Alles, was er sehen konnte, als er die Augen schloß, war ein glänzender Goldring und eine unterbrochene Unendlichkeits-Acht. Nach einer Weile schlief er ein.

SCHMETTERLINGSFLÜGEL wischten ihm über die Lippen.

Er bewegte sich.

Schmetterlingsflügel streiften seine Augen. „Armer David."

„Was . . ." Er schlug die Augen auf und schaute nach oben. Ein blaues Augenpaar erwiderte seinen Blick. „O Liss", sagte er, „wie spät ist es?"

„Zeit zum Aufstehen. Es gibt bald Mittagessen." Sie wedelte mit einem Korb vor seiner Nase herum. „Ich hab uns ein Picknick mitgebracht."

Seine Beine und Arme waren bleischwer, als ob er betäubt worden wäre. Er rieb sich die Augen, zog die Hand dann zurück, als er die Berührung von kaltem Metall spürte, und starrte stupide den Ring an, den er trug.

Das Mädchen nahm seine Hand in die ihre und betrachtete den Ring ein paar Sekunden lang, dann stand sie auf. „Komm! Laß uns was essen. Du bist viel zu dünn, um eine Mahlzeit auszulassen." Sie griff nach seiner Hand und zog daran. Protestierend ließ er sich nach draußen führen.

Sie gingen eine Weile schweigend nebeneinander her, an den Hütten vorbei zum See. Als Liss nicht zur Insel abbog, fragte er: „Wohin gehen wir?"

„Woandershin."

Sie schlenderten am Seeufer entlang und blieben auf dem grasbewachsenen Erdwall stehen. In der Mitte strömte das Wasser aus einem Überlauf. Unter ihnen lag nichts als Wald.

„Unbekanntes Gebiet, sozusagen." Liss stieg an der steilen Seite des Überlaufs hinunter. Einen Moment später konnte er nur noch den oberen Teil ihres Kopfes sehen.

Er stand da und beobachtete sie, als sie den Kopf über die Felsen hinausstreckte. „Na los, komm!"

„Und wohin?"

„Nach unten."

Er wagte sich bis zum Rand vor und sah hinunter. Der Überlauf ging in einen natürlichen Wasserfall über. Das Gelände war steil. Er zögerte.

Liss schaute nach oben. „Komm! Wenn ich's schon mit diesem Korb am Arm schaffe, wirst du's doch wohl mit leeren Händen können."

Immer noch schläfrig, schüttelte er verwirrt den Kopf und schwang ein Bein auf die Felsen. Mit den Händen suchte er Halt, und er kletterte hinunter. Sprühwasser vom Überlauf legte sich wie Nebel über ihn. Hier und dort wuchs Moos auf den Steinen, das unter dem Druck der Finger zu glitschigem Gelee wurde.

Als er unten ankam, schaute er nach oben. Von hier aus konnte er den künstlichen Überlauf nicht sehen, sondern nur das Wasser, das über abgeschliffene Felsen rauschte. Sie befanden sich in einer engen Schlucht. Steilhänge erhoben sich zu beiden Seiten. An manchen Stellen trafen sich die Zweige der Bäume über ihnen und ließen trübes Sonnenlicht durch die Blätter fallen, das auf dem Wasser unten tanzte.

Liss war bereits weitergegangen und hatte einen Pfad gebahnt; hier ging es auf ziemlich ebenem Boden voran, dort mußte man sich an einem Zweig festhalten, um nicht in den schäumenden Teich am Fuß des Wasserfalls zu stürzen. Sie kamen zu einer Reihe flacher Felsen. Liss überquerte sie, indem sie von einem zum anderen trat. Wasser rann zwischen den Felsen hindurch, während der Bach weiter nach unten strömte. Sie blieb auf einem breiten Felsensims stehen und stellte den Korb ab.

Er folgte ihr. Sie setzte sich auf den Felsen, zog die Schuhe aus und streckte die Füße in den eiskalten Teich.

„Wie hast du diesen Platz gefunden?" fragte er.

Sie wackelte mit den Zehen im Wasser. „Die meisten hier gehen auf den Berg, um nachzudenken. Ich komme hier runter. Zieh die Schuhe aus, und tauch die Zehen ein. Ist gut für dein Gehirn."

„Kann ich mir vorstellen", erwiderte er sarkastisch.

„Stimmt wirklich. Kühlt fiebrige Gedanken und erhitzte Gesichter ab."

„Na, wenn das so ist, werd ich's wohl mal tun." Er zog die Schuhe aus, stellte sie neben ihre und steckte die Füße ins Wasser. Auf der anderen Seite des Teichs strömte das Wasser in einer beständigen Kaskade herein und breitete seinen Dunst in einer Wolke über einer Wand grüner Bäume aus. An einer Seite blühte ein Dickicht blaßroter Alpenrosen.

„Ich finde ihn symbolisch", sagte sie.

„Wen?"

„Diesen Platz. Er liegt am Rand."

„Am Rand?"

„Am Rand von Renaissance. Wir sind hier an der Grenze." Sie zeigte zum Wasserfall. „Da oben ist das, was wir kennen. Alles sicher und zivilisiert. Aber überall um uns herum ist Wildnis – das Unbekannte, so wie unsere Zukunft."

Er dachte darüber nach und sagte nichts.

„Aber ich schätze, du bist es nicht gewohnt, symbolisch zu denken. Stimmt's, Techniker?"

Er lachte. Er nahm ihr diese Bezeichnung schon lange nicht mehr übel, schon seit damals nicht mehr, als sie noch zwei ängstliche Elfjährige gewesen waren. „Nicht jeder, der von Vesta kommt, ist ein Techniker", sagte er.

Sie sah auf den Ring, den er trug, und wandte den Blick ab, und als sie das tat, schien der vom Wasserfall aufsteigende Nebel in ihre Augen überzuspringen. „Nein. Jeder wohl nicht."

Er legte sich auf den Felsen zurück, stützte den Kopf in die gewölbten Hände und schaute zum Himmel hinauf. „Vermißt du manchmal das Leben da oben im Gürtel, Liss? Hast du es überhaupt je vermißt?"

Sie lehnte sich zurück und bettete den Kopf an seine Schulter. „Eine Zeitlang, ja. Und manchmal auch jetzt noch. Aber ich werde die Erde noch mehr vermissen. Das weiß ich."

„Dann willst du also immer noch weg?" fragte er und merkte, daß seine Stimme gestelzt klang. „Bist du dir sicher, was deine endgültige Entscheidung betrifft?"

„Ja."

„Wird es dir nichts ausmachen, daß du kein Kind bekommen kannst?"

„Das weiß ich nicht. Ich hatte nie eins, und jetzt im Moment macht es mir nichts aus. Da nur so wenige Unsterbliche eins kriegen dürfen, ist es wohl nicht so wichtig. Ich nehme einfach weiter die Pille danach", sagte sie, „und mache weiter wie zuvor." Sie blickte auf und schaute blinzelnd in den blauen Himmel. „Das Schlimmste ist, wie ich mich wegen meiner Eltern fühle. Ich habe Angst, daß sie enttäuscht sein werden. Du hast deine nie kennengelernt, David, deshalb weißt du vielleicht nicht, was ich meine, aber meine sind sterblich; sie leben einzig und allein für ihre Kunst. Die Dichtung meiner Mutter und die Malerei meines Vaters – diese Dinge bedeuten ihnen alles. Aber ich kann es ihnen nicht gleichtun. Ich bin eine Dichterin ohne Tugend."

„Was meinst du damit?"

„Hast du schon mal Aristoteles gelesen?" Sie blinzelte ihn listig an; in den Augenwinkeln bildeten sich kleine Lachfältchen.

Er runzelte die Stirn und versuchte finster dreinzuschauen.

Sie lachte. „Ach, du bist wirklich noch ein Techniker . . ."

„Man kann nun mal keinen L-5 aus einem Echo machen."

Sie rollte sich herum und sah auf ihn herunter, wobei sie die von Sommersprossen wie von braunem Zucker gesprenkelte kleine Nase kraus zog. „Jedenfalls hat Aristoteles gesagt: ‚Die Tugend eines Messers besteht darin zu schneiden.' Daraus folgt, daß die Tugend eines Dichters darin besteht, Dichtung hervorzubringen." Sie wandte einen Moment lang den Blick ab und wurde ernst. „Wenn das, was ich hervorbringe, keine Dichtung ist, dann macht mich das zu einer Dichterin ohne Tugend. Das ist der Grund, weshalb ich weggehe, David."

Er antwortete nicht; sein Blick ruhte auf ihrer Nase. Es kam ihm so vor, als sei sie die schönste Nase der ganzen Schöpfung.

Er langte nach oben und packte sie sanft an den Ohren, zog sie zu sich herab und küßte dann diese Nase und die Lippen darunter. Irgendwie konnte er nicht aufhören. Seine Hand glitt an ihrem Hals nach unten und blieb auf ihrer Brust liegen.

Sie hatten schon früher miteinander geschlafen, beiläufig oder aus einem starken körperlichen Bedürfnis heraus, oder auch nur, um sich gegenseitig zu trösten, aber diesmal war es anders. Sie ging in ein paar Wochen weg; er blieb. Das machte es irgendwie kostbarer – fast unerträglich kostbar. „O Liss!" flüsterte er.

Ihre Kleider vermengten sich zu einem unordentlichen Haufen und schützten die weichen Körper vor dem harten flachen Stein.

Er liebte sie. Zum erstenmal wußte er es – und wußte, daß sie es ebenfalls wußte. Er liebte sie, und es hallte in der Erregung seines Körpers und dem Klopfen seines Herzens wider. Sie durfte nicht weggehen. Sie durfte es nicht. Was wurde aus ihm, wenn sie es tat?

Er erschauerte und klammerte sich an sie.

Nach einer Weile lösten sie sich voneinander, und als sie das taten, war es mehr als eine schlichte Trennung. Es war, als ob die Kälte des Raumes zwischen sie träte und Liss von ihm wegdrängen würde und zu der Kolonie zurückzöge, wo sie geboren war. „Du willst wirklich weg?" fragte er schließlich.

„Ja."

Sie zogen sich schweigend an. Dann breiteten sie ihr Essen aus und stocherten darin herum, wobei sie so taten, als ob sie Appetit hätten. Der Sonnenuntergang färbte den Himmel rot. In dem dichten Gehölz übertönte eine Walddrossel das Rauschen des Wasserfalls mit einem so süßen, so traurigen Lied, daß David spürte, wie sich ihm das Herz zusammenzog.

Rasch verstauten sie die Sachen in dem kleinen Korb, packten alles zusammen. „Laß uns lieber gehen", sagte sie. „Es ist schon spät."

ALS ER zurückkam, war seine kleine Hütte aufgeräumt; das Bett war zusammengerollt, und die unordentlichen Notenhaufen waren säuberlich aufeinandergestapelt. Er war verwirrt. Bis jetzt war es weitgehend ihm überlassen gewesen sauberzumachen – oder auch nicht.

Am Kommunikator leuchtete die rote Lampe; jemand hatte eine Nachricht hinterlassen. Er drückte darauf. Eine Stimme sagte: „Die Kolonien der Sterblichen auf der Erde, ihren Satelliten und den benachbarten Asteroiden heißen dich in ihrer Gemeinschaft willkommen, David Devier. Mit deiner Entscheidung für das Leben eines Sterblichen gehen gewisse Privilegien einher. Ab sofort steht dir eine erhebliche Beihilfe für Güter und Dienstleistungen zur Verfügung. Und in zwei Jahren, wenn du in die Gemeinschaft der Erwachsenen aufgenommen wirst, bekommst du auch unbegrenzte Reisezuschüsse. Hast du im Augenblick irgendwelche Wünsche?"

Er dachte darüber nach. Er konnte etwas für Liss besorgen. Etwas, das sie behalten konnte. Eine Halskette vielleicht. Etwas, das sie anschauen und berühren konnte und das sie an ihn erinnern würde. Etwas – der Gedanke lag direkt unter der Oberfläche –, das sie vielleicht dazu bringen würde, ihre Meinung zu ändern und nicht wegzugehen. Es mußte etwas Symbolisches sein; sie liebte Symbole.

Ihm fiel nichts ein.

Dann hatte er die Erleuchtung. Er konnte ihr einen dieser purpurnen Steine schenken, die sie hin und wieder auf dem Gelände von Renaissance fanden. Welche Steine waren das? Amethyste.

Er drückte auf den Vokoder. „Ich hätte gern eine Halskette. Für ein Mädchen."

„Gewiß. Einzelheiten, bitte."

„Einen Amethyst. In Gold gefaßt. An einer Kette."

„Hast du noch weitere Wünsche?"

Er stand da und ließ es sich durch den Kopf gehen. Er hatte wirklich alles, was er brauchte. Da gab es nichts mehr, außer . . . Sein Blick fiel auf die Sitar. Sie lehnte am Notenständer in der Mitte des Zimmers. Er besaß sie seit Jahren; er hatte sie von Vesta mitgebracht. Es war ein gutes Instrument mit einem vollen, tiefen Klang, und dennoch . . .

Er drückte auf den Vokoder und sagte: „Kann ich eine neue Sitar haben?"

„Gewiß. Einzelheiten, bitte."

Eine neue Sitar – jede, die er wollte. „Handgefertigt, mit echten Darmsaiten." Er hielt inne und überlegte. Er konnte jede haben, die er wollte – die beste. Zögernd fügte er hinzu: „Eine von Schimmermann, bitte. Eine gute."

„Empfangen. Leg deine Hand so über das Visio, daß sich der Ring, den du trägst, dort einprägt."

Er hob die Hand. Das Metall des Rings rief einen kurzen blauen Schimmer auf dem Schirm hervor.

„Empfangen."

Er setzte sich hin und dachte über sein Glück nach. Eine Schimmermann. Er würde eine echte Schimmermann-Sitar besitzen. Er sah seine alte an. Auf ihr hatte er spielen gelernt. Er nahm sie auf und drehte sie in den Händen. Der Korpus des Instruments war von der jahrelangen Benutzung ein wenig verschrammt. Er strich mit den Fingern über die Saiten und zupfte behutsam daran. Seine Flöte und seine Sitar waren das einzige, was ihm von seinem früheren Leben auf Vesta geblieben war. Das und sein Name, Devier – D-4, die Nummer der Krippe, in die man ihn nach seiner Geburt gelegt hatte. Er sah die Sitar an und hatte das Gefühl, ihr gegenüber einen Treuebruch begangen zu haben. Er wollte nicht auf sie verzichten. Er stellte sie weg, ging zum Kommunikator zurück und drückte wieder auf den Vokoder. „Meine alte Sitar", sagte er, „darf ich die behalten? Kann ich beide haben?"

„Gewiß."

Er grinste. Und dann kam ihm sein plötzlicher Reichtum zu Bewußtsein. „Ich möchte Eiskrem haben. Sofort", sagte er. „Alle Sorten, mit Schokoladensirup darauf." Er wollte gerade seinen Ring an das Visio legen, dann hielt er inne, als ihm noch etwas einfiel. „Und obendrauf eine ganze aufgeschnittene Banane. Und dann einen Pfirsich. Und dann noch mehr Schokolade."

Tanya Rolfe lächelte ihn an, und das Lächeln vermehrte die Falten auf ihrem Gesicht in geometrischen Proportionen. „Du hast eine neue Sitar, wie ich sehe."

Er nickte. Er saß auf einem Stuhl in ihrer Hütte und hielt das

Instrument an sich gedrückt. Es war alles, was er sich erhofft hatte, und noch mehr.

„Und hast du dir mit deinem neuerworbenen Reichtum alles bestellt, was dir eingefallen ist, David?"

„Na ja, das hier." Er strich mit den Fingern über den glatten Korpus des Instruments. „Und eine Halskette für Liss." Dann, mit einem schüchternen Blick: „Und eine Badewanne voll Eis."

Sie lachte. „Ich weiß noch, was ich getan habe. Ich hörte fast eine Woche lang ganz mit dem Üben auf. Mein kleines Zimmer quoll von allen möglichen Sachen über, bis kein Platz mehr für mich war. Und weißt du, was ich da getan habe?"

Er schüttelte den Kopf.

„Ich hab fast alles zurückgeschickt und den Rest verschenkt." Sie sah ihn durchdringend an. „Wenn wir wissen, daß wir jederzeit so gut wie alles haben können, was wir wollen, dann scheint das Bedürfnis nachzulassen, und wir wollen es eigentlich gar nicht mehr. Aber . . ." Sie rieb sich die Hände und tat das Problem damit ab. „Wir verschwenden deine Unterrichtszeit. Laß mich sehen, was du mit deiner Beethoven-Variation getan hast."

Er stellte die Sitar an seinen Stuhl und gab einen Code in den Kommunikator ein. Blätter mit seiner letzten Komposition kamen aus dem Gerät.

Sie hielt sie dicht an ihre schlechter werdenden Augen und sah sie durch. „Gut, David", lobte sie. „Gut."

Er konnte es nicht glauben. Keine Korrekturen? Keine Änderungen? Er wartete vorsichtig. Bestimmt hatte sie noch mehr zu sagen.

Schließlich nahm sie seine kräftigen Hände in ihre. „Das ist das Beste, was du bis jetzt gemacht hast."

Er errötete vor Freude. Es war das erste ungeschmälerte Lob, das er je von ihr bekommen hatte. Er wußte nicht, was er sagen sollte.

Sie lehnte sich in ihrem Sessel zurück. Ihr Atem ging in pfeifenden kleinen Stößen. Sie sah ihn einen Moment lang mit halbgeschlossenen Augen an. „Jetzt möchte ich wissen, David, worauf du damit hinauswillst."

Seine freudige Erregung fiel in sich zusammen. Letzten

Endes konnte man ihr einfach nichts recht machen. Gar nichts. „Ich dachte, es gefällt Ihnen."

„Das tut es auch."

„Was ist es dann?" Er umklammerte die Partitur und zerknüllte sie zwischen den Fingern. „Ist es der Schluß? Finden Sie, er ist zu kurz? Sie denken, er ist unvollständig . . ."

„O David!" Wieder das Lächeln. „David, David! Du hörst nicht zu. Ich sag's dir noch einmal. Es ist das Beste, was du je gemacht hast. Und worauf willst du nun damit hinaus?"

„Ich weiß nicht, was Sie meinen."

Sie schwieg einen Moment. Dann bat sie ihn: „Geh zum Fenster da, und schau hinaus!"

Seine Augenbrauen zuckten. Sie wurde alt. Um ihr den Gefallen zu tun, stand er auf und trat ans Fenster ihrer Hütte.

„Was siehst du?"

„Wald. Einen Bach. Dann ein grünes Feld auf der anderen Seite."

„Was noch?"

Er wußte nicht, wovon sie redete, dennoch antwortete er. „Nicht viel. Nur die Bäume. Den Bach und eine Brücke. Dann das Feld."

„Und wo bist du, David?"

Er fand diese Art von Gespräch nervtötend. Offensichtlich wollte sie nicht von ihm hören, daß er am Fenster stand. Sie sprach gern in Rätseln und Symbolen, genau wie Liss. Die beiden waren ein richtiges Gespann. Wenn sie das bei ihm anwandten, ärgerte er sich und fühlte sich leicht zurückgeblieben, als ob er ein nicht sonderlich helles, begriffsstutziges Kind wäre. Er merkte, wie er die Lippen zusammenpreßte.

„Wo bist du jetzt?" fragte sie ihn erneut.

Er wußte, daß sie weiter auf ihm herumhacken würde, bis er verstanden hatte, was sie meinte. Er schaute wieder aus dem Fenster. Hohe Eichen, schwer beladen mit Grün, ragten über der Hütte auf. Das Unterholz lichtete sich in der Nähe des Baches. Eine kleine steinerne Fußgängerbrücke führte hinüber. Er schüttelte den Kopf.

„Und wo war Beethoven?" half sie nach.

Er wußte nicht, was sie meinte, und dann kam ihm plötzlich

die Erleuchtung. Beethoven war ein Komponist des Übergangs, der den Weg von der alten klassischen Periode zur Romantik bereitet hatte. „Beethoven war auf der Brücke", sagte er.

Sie lachte leise. „Gut. Jetzt komm und setz dich, David! Ich werde dich nicht mit weiteren Symbolen quälen."

Er setzte sich hin und sah sie an. Er merkte, wie ihm ein Lächeln um die Lippen spielte. „Sie versuchen mir etwas zu sagen, und zwar so, daß ich es nicht vergesse."

„Es hilft uns manchmal dabei, uns zu konzentrieren", erklärte sie. „Du bist auch auf der Brücke, David. Ich möchte, daß du darüber nachdenkst, wohin du willst."

„Sie meinen, meine Musik ist eine Musik des Übergangs?"

Sie nickte. „Kannst du sehen, in welche Richtung sie sich bewegt?"

In die einzig mögliche Richtung, dachte er. Er hatte keine Ahnung, was er ihr antworten sollte. Seine Musik war einfach da. Und wenn sie sich in eine bestimmte Richtung bewegte, dann anscheinend ohne sein Zutun.

Sie saß da und wartete auf seine Antwort.

Was wollte sie denn eigentlich von ihm? Diese Analyse, der sie ihn unterzog, machte ihn nervös. David suchte nach einer Antwort, die sie zufriedenstellen würde. „Nun", sagte er schließlich, „wir sind jetzt in der tertiären romantischen Periode, aber . . ."

„Aber?" Ihre Augen suchten die seinen.

„Na ja, da fehlt was, meinen Sie nicht?" Sie schwieg und gab ihm damit das Gefühl, daß er weiterreden solle. „Ich meine, die Gefühle in der Musik . . . Die sind wunderschön. Die Musik ist auch wunderschön, aber es ist nicht alles immer nur schön. Sie ist so bombastisch. Sie ist einfach nicht real."

„Du meinst, sie spiegelt das Leben nicht wider?"

Er dachte einen Augenblick lang darüber nach, dann nickte er. „Ja, ich glaube, das ist es."

„Also dahin willst du, David. Zu einem neuen Realismus."

Die Pupillen seiner dunklen Augen weiteten sich leicht; daran hatte er noch nie gedacht.

Ihre Stimme klang leise. „Das könnte ein interessanter Weg sein." Sie schaute aus dem Fenster der Hütte, schien jedoch nichts zu sehen. Nach ein paar Augenblicken sagte sie zu ihm: „Und wie willst du deine Musik real machen, David?"

„Ich bin noch nicht sicher", erwiderte er, „aber ich weiß, daß es einen Weg gibt. Ein Teil besteht in multimodaler Arbeit, so wie man es mit dem Visiographen macht. Aber es ist mehr als Holos, die sich mit der Musik verbinden und sich wieder von ihr lösen." Die dunklen Augen leuchteten, während er redete. „Es ist mehr als das. Ich fühle es. Mehr als schöne Sonnenuntergänge, die mit Glühwürmchen und Soloboen verschmelzen . . ." Er brach ab und errötete heftig. Es war ihm schrecklich peinlich; ohne es zu bemerken, hatte er von Tanya Rolfes letztem Werk gesprochen, ihrem „Sommer-Conserere". „Tut mir leid", stieß er hervor. „Das hab ich nicht so gemeint."

Zu seiner Überraschung lachte sie. „Natürlich hast du's so gemeint, David." Sie streckte den Arm aus und tätschelte ihm die Hand. „Du hattest keine Wahl. Du hast deine eigene Musik. Entschuldige dich nicht dafür. Deine Musik muß aus deiner Seele kommen, wie ein Monument. Wie das Lied, das die Berge hier in Renaissance singen."

Mit fragender Miene sah er sie an.

Sie tätschelte ihm wieder die Hand und nickte. „O ja. Diese Berge singen, David. Die Vögel wissen es."

WENN Liss an die Tür geklopft hatte, so hatte er es nicht gehört. Er saß auf dem Boden. Eine ganze Reihe miniaturisierter Geräte lag verstreut um ihn herum; er spielte an Reglern und drückte auf Tasten. Stapel von Kommunikatorausdrucken schwankten gefährlich auf seinem Schreibtisch, während ein oder zwei verirrte Blätter von der Brise, die durch das Fenster hereinkam, aufgeweht wurden und zu Boden segelten. Er war völlig in seine Arbeit vertieft.

Sie blieb eine volle Minute auf der Türschwelle stehen und beobachtete ihn. „Kein Wunder, daß du so dünn bist!" meinte sie schließlich. „Deine Eßuhr ist kaputt."

Er blickte auf. „Hallo, Liss!"

„Ich dachte, du würdest mich zum Abendessen anrufen, aber jetzt sehe ich, daß du nicht die Spur Hunger gehabt hast."

Er grinste. „Was würde ich tun, wenn du dich nicht um mich kümmern würdest?"

Sie sah ihn nachdenklich an. „Ich glaube, das wirst du lernen müssen."

Er schien sie nicht zu hören. Sein Kopf war tief über die herumliegenden Sachen am Boden gebeugt. Er schien auf etwas anderes zu horchen.

„Vielleicht sollte ich dich lieber zur Adoption freigeben", sagte sie leise.

„Was?"

„Nichts. Was tust du da?"

„Ich arbeite gerade an einem neuen Stück. Tanya hat mich auf die Idee gebracht. Willst du was davon hören?"

„Du meinst, du willst mich tatsächlich eine deiner Kompositionen hören lassen, bevor sie fertig ist?"

„Dieses eine Mal." Seine Hände flogen, justierten Regler, berührten hier und dort irgendwelche Tasten. „Es ist keine Komposition. Es ist ein Fragment. Eine Komponente." Er betätigte einen letzten Regler, betätigte ihn erneut. „Hier."

Sie wartete darauf, daß die Musik einsetzte. Nichts geschah. Überhaupt nichts.

„Was . . .", begann sie.

Er legte die Finger an die Lippen. „Warte!"

Sie wartete. Es war still in dem Raum. Dann fing sie an zu kichern. „David, du bist großartig! Ein wahrer Erneuerer. Lautlose Musik. Das bringt mich auf die Idee für ein Gedicht." Sie wühlte auf seinem Notenständer herum und fand ein Blatt Papier mit Notenlinien. Sie drehte es so um, daß die leere Rückseite nach oben lag, und tat so, als schriebe sie. „Da." Sie reichte es ihm. „Mein Meisterwerk."

Er hielt das Blatt in der Hand, ohne es auch nur anzuschauen. Statt dessen musterte er sie höchst aufmerksam.

„David?" Sie sah ihn an, legte den Kopf schief und schüttelte ihn in gespielter Besorgnis. Mit der Zunge machte sie kleine vorwurfsvolle Laute. Dann sagte sie: „Ich erinnere mich, daß du mal ein gesunder Mensch gewesen bist, der einigermaßen bei Verstand war. Armer David! Es ist schon tragisch, was der Hunger anrichten kann." Sie griff nach seiner Hand. „Laß uns essen gehen, solange wir noch können! Es wird bald regnen."

Ein vergnügtes Grinsen breitete sich auf seinem Gesicht aus. „Nein, wird es nicht."

Sie ließ seine Hand los und starrte ihn an.

„Es wird nicht regnen." Er grinste wieder, diesmal noch breiter. „Schau!" Er zeigte ihr eine der Skalen. Ein grüner Strich pulsierte auf und ab und hinterließ dabei eine schwach leuchtende Spur.

„Ist das Musik?"

„Noch nicht. Aber das ist dein Regen – und das hier." Er schob ihr eine kleine Box hin.

Liss' Nase krauste sich leicht. Sie warf einen verwirrten Blick aus dem Fenster. „Wovon redest du, David?"

„Davon." Er zeigte wieder auf die Skala. „Erinnerst du dich an das Gewitter gestern?"

Sie nickte.

„Ich hab es aufgenommen."

Sie zog eine Augenbraue ein kleines bißchen hoch. „Ich höre keinen Donner."

„Es gibt auch keinen zu hören", meinte er. „Es ist lediglich der Klang des Sturms – die Luftturbulenzen, die Veränderungen in der Ionisierung. Der Sturm war kilometerweit weg, als ich ihn aufgenommen habe. Und die Geräusche waren unterhalb des Hörbereichs – Infraschall."

„Aber ich höre nichts."

„Natürlich nicht. Das kannst du auch nicht. Es ist zu tief, um es zu hören. Aber es ist nicht zu tief, um es zu fühlen. Du nimmst es aber nicht wahr. Es ist unterschwellig." Er saß auf dem Boden, hielt die Knie umschlungen und sah mit höchster Befriedigung im Gesicht zu ihr hoch.

„Was hat die Box damit zu tun?"

„Oh! Ionen. Das ist ein Ionisator. Den hab ich bloß dazu benutzt, instabile Sturmbedingungen zu erzeugen. Ich hab ihn so eingestellt, daß er von Positiv nach Negativ fluktuiert."

„So, ich bin also regelrecht reingelegt worden." Liss ließ sich neben ihm auf den Boden fallen und saß mit gekreuzten Beinen mitten in dem ganzen herumliegenden Zeug. „Sag mir, Techniker, ist das Kunst?"

Sein Grinsen verschwand. „Siehst du nicht, welche Möglichkeiten das eröffnet?"

„Nein, ehrlich gesagt, nicht. Außer wenn du deine Konzertsäle draußen leerspielen möchtest. Wer will schon im Regen sitzen?"

„Es ist das, was du in deinen Gedichten die ganze Zeit tust, Liss. Es ist symbolisch."

„Infraschall-Metaphern?"

„Ja." Er schien sich zu freuen, daß sie es verstand. „Mit Infraschall kann ich den Leuten Musik einpflanzen."

„Zum Beispiel Gewitter?" Die Augenbraue schnellte wieder hoch.

„Das versuche ich dir ja gerade zu erklären", sagte er mit einem Anflug von Ärger. „Wenn ich Musik über Renaissance schreibe, werden die Leute es fühlen. Sie werden das Wetter fühlen, die Berge . . ."

„Die Berge?"

„Ganz recht. Die geben auch Infraschall ab, Liss. Durch tektonische Bewegungen. Die Vögel wissen es. Das ist eine der Methoden, mit denen sie bei ihren Wanderungen den Weg finden. Jede Bergkette hat ein anderes Geräusch und fühlt sich anders an . . ." Ein Ausdruck erschien auf seinem Gesicht; es war, als ob er etwas weit Entferntes hörte und etwas sah, das jenseits seiner Sichtweite lag. „Sie sind Landmarken, Liss. Die Berge sind Landmarken."

Als sie mit dem Abendessen fertig waren, stellten sie ihre Tabletts auf den Stapel und verließen den Speisesaal. Sie gingen zusammen den Pfad entlang, und ihre Hände berührten sich hin und wieder, als wollten sie sich damit aufs neue einer Nähe versichern.

„Im Schuppen gibt's ein Theaterstück", meinte Liss. „Willst du hingehen?"

Er ging eine Weile weiter, ohne zu antworten, dann verneinte er. „Ich will heute abend kein Stück sehen. Ich will . . ." Er sah sie schüchtern an. „Ich will dich sehen. Ich hab was für dich. Ein Geschenk."

Sie blieb stehen und sah ihn an. Ein Lächeln breitete sich auf ihrem Gesicht aus, dann war es plötzlich spurlos verschwunden. „Es ist ein Abschiedsgeschenk, nehme ich an."

Er versuchte ihre Miene zu deuten. „Das muß nicht sein."

Sie wandte sich von ihm ab und schaute auf den See hinaus. Ihre Hände berührten sich, die Finger strichen übereinander, lösten sich und berührten sich wieder. „Mach's mir nicht so schwer, David!"

Er schob die Hände tief in die Taschen, trat einen Schritt von ihr weg und hielt inne. Sie kehrten einander den Rücken zu. Eine Minute verging, eine zweite, dann drehten sie sich um, faßten sich an und sagten beide zugleich: „Tut mir leid." Sie lachten über die Gleichzeitigkeit.

Ihre Lippen berührten sich in einem gehauchten Kuß. „O Liss . . .", setzte er an und verstummte, als er spürte, daß ihm die Stimme brach.

Ihre Augen waren blauer Nebel. Sie schüttelte kaum wahrnehmbar den Kopf und legte ihm einen Finger auf die Lippen, um ihn zum Schweigen zu bringen. „Wir haben drei Tage, David. Das ist alles. Dann werden sie mich heimschicken."

Er atmete langsam ein, fand seine Stimme wieder und merkte, daß er sie nicht benutzen wollte. Er hatte sie fragen wollen, ob sie sich an ihn erinnern würde. Aber das war keine gute Frage. Er sollte sie lieber fragen, ob sie sich an die Berge erinnern würde, wenn sie zu Staub zerfallen waren. Am besten fragte er überhaupt nichts.

Nach ein paar Augenblicken griff er wieder in seine Tasche und zog das kleine Halsband mit dem einzelnen Amethyst heraus. Er nestelte an der Kette und versuchte den winzigen Verschluß zu öffnen. Als er es nicht schaffte, schloß er die Hand darum, drückte sie zu einem kleinen Knäuel aus Kette und Stein zusammen und legte sie ihr in die Hand.

Sie sah sie nicht an; die Tränen füllten ihre Augen zu schnell, als daß sie noch etwas sehen konnte. Sie brachte ein halberstricktes „Danke" zustande, dann lief sie mit gesenktem Kopf weg von ihm, die Hand fest um die Halskette geschlossen. Gleich darauf war sie fort.

ER WOLLTE nicht allein sein, und erst recht nicht in diesem Moment. Wenn er sehr lange allein blieb, würde eine Flut von Gefühlen aufsteigen, in der er untergehen würde, das wußte er. Er sah den Pfad entlang in die Richtung, in die Liss gelaufen war, und wollte ihr folgen, aber er konnte es nicht.

Die untergehende Sonne färbte die Berge dunkelrot. Er lief los, verließ den Pfad und ging durch den Wald. Ohne es zu wollen, fand er sich bei Tanya Rolfes Hütte wieder.

Die Tür war nicht verschlossen. Er klopfte, erhielt keine Antwort, stieß die Tür auf und ging hinein.

Sie saß in einem Sessel am Fenster. Das Licht der untergehenden Sonne färbte ihr dünnes weißes Haar rosarot. Eine Haarsträhne tanzte in der Brise auf und ab, auf und ab.

Sonst bewegte sich nichts.

Nichts.

Er fühlte, wie in seinem Magen eine drückende Kälte entstand. Er fühlte, wie sie sich ausdehnte. „Tanya?" Er trat näher an ihren Sessel heran. Im Abendlicht wies ihre Haut eine leicht gelbliche Färbung auf, als ob sie mit einer hauchdünnen Wachsschicht überzogen wäre. Ihre offenen Augen starrten in das erlöschende Abendlicht und warfen nichts davon zurück. Ihre Hände lagen still im Schoß; die Finger waren leicht gekrümmt, als ob sie auf die Klappen eines Musikinstruments gepreßt wären. Die sinkende Sonne spiegelte sich auf einem schmalen schwarz-goldenen Ring mit einem unterbrochenen Symbol der Ewigkeit.

Die Kälte breitete sich in ihm aus, betäubte ihn und ließ ihn wie festgewurzelt stehen bleiben. So endete es also. Das war der Schluß. Der letzte Ton, der verklang, bis nichts mehr da war, kein Echo, nichts.

Er hatte den Tod noch nie gesehen. Noch nie. Er hatte nicht einmal gesehen, wie ein Mensch alterte, bis er zu Renaissance gekommen war. Er sah sie mit einer Mischung aus Angst und Liebe und Entsetzen an, und das Entsetzen lag darin begründet, daß überhaupt nichts da war. Es hatte Musik, Gespräche und Gedanken gegeben, und jetzt war nichts mehr da.

Er mußte etwas tun. Er sah sich wild im Zimmer um, starrte ihre Sachen an – ihren Notenständer, ihre Teekanne aus dünnem altem Porzellan, die fast volle Tasse, in der der Tee langsam kalt wurde.

Endlich fiel ihm der Kommunikator ein. Er rannte hin, streckte zitternde Hände aus und gab einen Notfallcode ein.

Schließlich kam der Arzt.

DAS SCHLUCHZEN schüttelte seinen Körper und raubte ihm den Atem, bis er glaubte, sterben zu müssen. Heiße Tränen rannen ihm durch die Finger und tropften auf die kalte, feuchte Erde.

Zuletzt streckte er sich mit dem Gesicht nach unten auf dem mondbeschienenen Boden aus. Er hatte keine Tränen und keine Gefühle mehr und nahm nur noch den Geruch der Erde und des zerdrückten Grases sowie eine bleierne, schmerzende Müdigkeit wahr.

Am Rand der Wiese erkaltete der zerrissene Leib des kleinen Rehs rasch in der Bergnacht, während in den schwarzen Schatten der Büsche und Bäume in der Nähe ein hungriger Berglöwe wartete.

## 8. Kapitel

DAS TAGESLICHT begann schon zu schwinden, als Kurt Kraus von Bord des Raumspringers ging. Die Vestaner auf dem Bahnsteig des Pfeils starrten ihn neugierig an, ihn und den Mann, der ihn begleitete, den Mann mit den grau werdenden Haaren und den Adleraugen – den Mann, der keine Beine hatte.

Er glitt auf den gummierten Trittflächen seiner Prothese neben Kurt her. Sie stiegen gemeinsam in den Pfeil. Kurt setzte sich auf den für ihn reservierten Platz. Der Mann schwang sich neben ihn. Auf einen neuralen Befehl hin ließ ihn die Prothese in eine sitzende Haltung herab. Der Pfeil fuhr an und beschleunigte rasch auf dem Weg durch einen Tunnel. Dann schoß er in die offene Peripherie des Asteroiden hinaus. Der künstliche Sonnenuntergang glühte auf den Wänden der Ansammlungen von Wohneinheiten. Baumgruppen warfen lange Schatten auf den Rasen.

Als der Pfeil am Dome-Lake-Park vorbeiraste, konnte Kurt in der Ferne das Stadtzentrum sehen. Er schaute sich um. Die Fahrgäste im Pfeil erwiderten den Blick. Er konnte die Feindseligkeit spüren, die sich in ihre Neugierde mischte. Die Feindseligkeit wuchs. Bei jeder neuen Reise, die er zu dieser Kolonie unternahm, war sie offener und deutlicher spürbar, und sie richtete sich gegen die Menschen der Erde und die Sterblichen von Renaissance.

Der Riß zwischen der Erde und dem Gürtel hatte sich verbreitert. Vesta war das Epizentrum der Unzufriedenheit, die sich in immer weiteren Kreisen ausgebreitet hatte, bis ihr Einfluß sämtliche Kolonien bis hin zur Wächtertruppe von L-5 erreicht hatte, die Wächtertruppe, die die Sprengköpfe der Weltkoalition auf der Hochbasis von LeGrange kontrollierte und seit fast zweihundert Jahren den Frieden garantierte.

Die Ministerien der Weltkoalition hatten auf jede kleine Welle der Unzufriedenheit reagiert, aber trotz des Drucks von Handel und Industrie, trotz der lenkenden Hand von Bildung und der unauffälligeren, aber überallhin reichenden Bemühungen von Kommunikation vertiefte sich die Kluft.

Kurt dachte über das Problem nach, während der Pfeil ihn und seinen Begleiter ins Stadtzentrum brachte. Er sah den Mann neben sich an, den Mann, der – wie die Weltkoalition hoffte – der Schlüssel zur Lösung war: Jesus Ramirez, der Mann, der den Ramirez-Sternenantrieb erfunden und entwickelt hatte.

DIE TELLER mit den Gerichten glitten in einer langsamen Ellipse um den Tisch herum. Kurt nahm eine Portion Vesta-Ente, als sie an ihm vorbeigefahren kam.

Der Gastgeber lächelte engelhaft, während er die Männer und Frauen des Ministeriums beobachtete und dabei das schwere silberne T befingerte, das ihm am Hals hing.

Schmale, oben geweitete Zylinder kamen vorbei. Sie waren bis zur Hälfte mit einer strohgelben Flüssigkeit gefüllt. „Ich hoffe, Sie probieren unseren Wein“, sagte Silvio. „Er ist aus der Rieslingtraube. Die Stöcke sind von der Erde, aber die Mineralien im Boden von Vesta geben ihm einen charakteristischen Geschmack."

Kurt hob sein Glas und trank anerkennend einen Schluck, während er seinen Gastgeber ansah. Er hatte ihn seit dem Tag nicht mehr gesehen, als er sich mit den Entschlüsselern die Unterlagen über die Kinder in der Kommunikationszentrale von Vesta angesehen hatte. Er erinnerte sich an ihren etwas verwirrten Bericht, nachdem Mallory den Mann befragt hatte. „Ich kann einfach nicht glauben, daß er lügt, Mister Kraus. Vielleicht war es wirklich ein Zufall . . ., obwohl mir nicht ganz klar ist, wie . . ."

Kurt sah Tarantino heimlich an. Er machte einen recht umgänglichen Eindruck, dieser kleine Mann mit den dunklen Augen. Er wirkte ganz offen. Was war es dann, was ihn an ihm störte? Der Mann aß wenig und trank wenig. Sein protokollarisches Benehmen war tadellos. Er schien die perfekte Verbindung von entspannter, höflicher Nachgiebigkeit und flinker Intelligenz zu sein, genau richtig für einen Unterminister. Zu richtig vielleicht. Zu perfekt.

Kurts Augen verengten sich leicht, als er Tarantino ansah. Irgend etwas hing ganz am Rand seines Gedächtnisses – etwas, das sehr lange her war. Aber als er es zu greifen versuchte, entglitt es ihm.

Als das Essen zu Ende war, sank der Serviersektor des Tisches nach unten und verschwand. Er wurde von bauchigen Kognakschwenkern ersetzt, die zu einem Viertel mit einem exzellenten weinhaltigen Getränk gefüllt waren. Es war wieder ein Riesling, aber diesmal sirupartig und süß, mit einem scharfen Beigeschmack.

Heinrich Richter, der Gesandte Premierminister Gersteins, eröffnete die Konferenz. Nach den formellen Vorstellungen begann er mit sorgsam gewählten diplomatischen Worten die Beziehungen zwischen der Erde und den Kolonien zu sondieren. Das war die Einleitung zu dem formellen Vorschlag der Weltkoalition. Als er schließlich gemacht wurde, war niemand am Tisch überrascht. Jeder war im voraus genauestens darüber unterrichtet worden. Die Konferenz fand aus formeller und offener Rücksicht auf die Kolonien statt.

„Und so verstehen wir in Anerkennung eines tiefen und vielleicht archetypischen menschlichen Bedürfnisses“, sagte Richter in seinem bedachtsamen Ton, „daß menschliche Wesen nervös werden, wenn Horizonte und Grenzen näher rücken. Wenn der Katalysator der Unsterblichkeit hinzukommt, wird eine Zukunft ohne Ziele, ohne Ambitionen unerträglich. Obwohl wir wissen, daß wir ewig leben werden, sind unsere Horizonte bis jetzt auf die Planeten und Planetoiden begrenzt gewesen, die um diese kleine Sonne kreisen. Die Sterne schienen nur durch Jahrhunderte der Langeweile in beengten Umgebungen erreichbar zu sein – eine Reise ins Nichts, eine vergebliche Mühe. Nun haben sich unsere Horizonte durch die hingebungsvolle Arbeit dieses Mannes“ – hier zeigte Richter auf Jesus Ramirez – „von neuem erweitert. Mit dem Ramirez-Antrieb kann die Galaxis unser sein. Wir haben die Hoffnung und die Absicht, die Völker der Erde und die Kolonien bei diesem Griff nach den Sternen von neuem zu vereinigen. Wieder einmal wird die Menschheit nach einem Ziel streben. Wieder einmal wird sie sowohl ihren Verstand als auch ihren Unternehmungsgeist bei einer Suche einsetzen, einer Suche nach Selbsterfüllung und Wissen, die bis ans Ende des Universums führen wird.“

Für Kurt wurden die rhetorischen Wortschlacken des Gesandten vom hellen Feuer in ihrem Kern aufgezehrt. Er sah den Mann neben sich an und empfand grimmigen Stolz. Dieser Mann war ein Produkt von Renaissance, ein wahrer Unsterblicher in einem alternden, beschädigten Körper. Seinetwegen – und wegen Renaissance – konnten die Menschen wieder zu träumen beginnen.

Die formelle Erörterung begann und nahm ihren Lauf um den Tisch herum. Unmittelbar vor Kurts Erklärung betrat ein Mann den Raum, sprach kurz mit Silvio, kam dann zu Kurt und händigte ihm eine Nachricht aus.

Er las sie. Es waren nur ein paar Worte: „Tanya Rolfe ist tot. Sie starb friedlich in Renaissance.“

Er trug seine Erklärung automatisch vor. Ohne einen bewußten Gedanken rollte seine vorbereitete Ansprache mit der Präzision eines Computers ab, während sich ein Teil von ihm an einen versteckten Ort zurückzog, wo ihn niemand erreichen konnte.

Als sich die Konferenz in zwanglose Gruppen auflöste, entschuldigte er sich und brach unvermittelt auf.

ALS KURT sich mit der Tatsache abgefunden hatte, daß sein Plan, sich gründlich zu betrinken, fehlgeschlagen war, war es schon sehr spät. Er verließ das Hotelzimmer und lief in den Straßen von Vesta herum. Er mied den Zont und die Hauptstraße und blieb in den engeren, abgeschiedeneren Seitenstraßen. Und während er dahinschlenderte, begannen ihm die Erinnerungen durch den Kopf zu geistern.

Ein kleines Mädchen – sehr würdevoll, sehr, sehr ernst –, das ein Peleforté spielte und mit klarer, aufrichtiger Stimme sang. Das erste Kind – das erste. Fast wie sein eigenes Kind . . .

Und dann war sie ein schlankes Mädchen von sechzehn Jahren, das seine endgültige Entscheidung traf. Sie stand vor ihm und den anderen, und das Sonnenlicht verwandelte ihr Haar in eine schwebende schwarze Wolke, die kein Licht zurückwarf. Sie trug etwas Weiches in Weiß, das den Bewegungen des Körpers folgte. Die Augen waren ganz schwarz und sehr ernst, als sie in die seinen schauten. Und für ihn war sie wunderschön. Er hielt ihre Hand und steckte ihr einen Ring an den Finger, einen Ring mit einem unterbrochenen Symbol der Unendlichkeit. Sie war die erste, die allererste . . .

Er lief in den leeren Seitenstraßen herum, während die süßen, die bitteren Erinnerungen weitergingen: eine junge Frau, die in den herbstlichen Wäldern mit ihm spazierenging. Er hatte ein bißchen Scheu vor ihr gehabt und sie ein wenig beneidet. Sie schien ihren Weg so genau zu kennen.

Sie waren eine Weile unter den roten Blättern eines Ahornbaums stehengeblieben. Der Himmel über ihnen war sehr blau; in der Luft lag ein herber, kühler Duft von Mineralien und arktischem Eis.

Sie kamen auf einen kleinen Hohlweg und zertraten bunte Blätter unter den Füßen; halb rannten und halb rutschten sie zu den Uferbänken eines glänzenden Bachs hinunter, der von Stein zu Stein hüpfte und ringelförmig hochsteigende

Gischtwolken in die Luft schickte. Sie nahmen den nicht ungefährlichen Weg am Ufer entlang, bis der Bach über einen breiten, glatten Stein davonfloß, der in einen kleinen Teich am unteren Ende abfiel.

Dort öffnete sich der Wald, und in der Ferne strebte der Blood Mountain in den Himmel. Unter einer dunklen Schierlingstanne blieb sie stehen und brach einen Zweig ab, zerdrückte die Nadeln zwischen den Fingern und atmete tief ein. „Ich liebe diesen Duft, Kurt. Für mich ist er die Essenz von Renaissance, sauber und wild." Sie hielt ihm den abgebrochenen Zweig unter die Nase.

Der beißende Geruch rief ihm eine längst vergangene Zeit ins Gedächtnis – einen Weihnachtsbaum, einen kleinen Jungen, den liebevolle Arme fest an sich drückten. Damals war die Welt frisch gewürzt gewesen, und für ihn hatte sich bis jetzt nichts mehr so scharf eingeprägt wie das, und nichts war je wieder so süß gewesen. Da küßte er sie und hielt sie fest, so fest, als ob er sterben müßte, wenn er sie losließe.

Er ließ die Hände über ihren schlanken Körper gleiten, zog sie aus und schwelgte in der Berührung ihrer vertrauten Kurven und Höhlungen, ihrem Geruch, ihrem Geschmack. Sie klammerten sich aneinander, als ob sie dadurch zu einem Geschöpf werden könnten, einem pulsierenden, fühlenden, sich berührenden Geschöpf. Und als sein Höhepunkt kam, konnte er sich nicht von ihr lösen. Noch nicht. Es war nicht genug. Bei weitem nicht genug.

Und als sie sich schließlich voneinander lösten und ihre Kleider anzogen, die feuerrot von welkenden Blättern waren, streckte er die Hand aus und berührte ihre Haare, ihren Hals. „Komm mit mir! Komm und leb mit mir, Tanya! Ich brauche dich."

Sie antwortete nicht sofort. Sie stand da und streckte die Hand nach ihm aus. Er drückte sie. Und die Sonne schien auf ihre beiden Hände und ließ die unterbrochene goldene Zahl auf dem Ring aufblitzen, den sie trug. Dann nahm sie sein Gesicht zwischen die Hände und sah ihn an. Und danach ließ sie die Arme an die Seiten sinken und wandte sich ab. Sie schaute lange Zeit durch die flammenden Blätter auf die Berge.

„Wir gehen verschiedene Wege, Kurt“, erklärte sie schließlich. „Meiner ist hier.“

Und er sah sie an und fand sie wunderschön.

Als die Jahre vergingen, sah er sie altern. Während die Jahre ihr Gesicht furchten und ihr weiße Strähnen ins Haar mischten, kam er oft nach Renaissance. Er lauschte ihrer Musik und ihrer sanften Stimme. Sie schlenderten zusammen im milden Frühlingsregen durch den Wald, während kleine Vögel sangen. Sie gingen im Sommer und im knirschenden Frost des Oktobers spazieren. Sie stemmten sich gegen die eisigen Winterwinde, und er fand sie wunderschön.

Und als sie dann zu alt und zu schwach für ihre gemeinsamen Spaziergänge wurde, kam er immer noch, aber nicht mehr so oft. Und sie saßen zusammen in der Wärme ihrer Hütte und tranken wilden, mit Honig gesüßten Tee. Sie lächelte und streckte die Hand aus und zerzauste ihm neckisch die Haare, wie einem Sohn oder einem Enkel. Zum erstenmal sah er, wie schwach sie war, wie zerbrechlich. *Ich werde zusehen, wie du stirbst. Ich werde weiterleben und zusehen, wie du stirbst.*

Da küßte er sie wie ein Sohn. „Lebwohl!“ sagte er. Dann ging er fort und schloß die Tür der Hütte leise hinter sich.

Seit damals war er nicht mehr in Renaissance gewesen.

## 9. Kapitel

BLINDE Wut keimte in David auf und erblühte voll, als er zusah, wie der Hover in Renaissance landete und seine Fracht glattgesichtiger Unsterblicher in die Sonne entließ. Sie scharten sich auf der Lichtung zusammen, diese Leute von Rang und Ansehen. Sie hatten ein oder zwei Tage der Ewigkeit geopfert, um zur Beerdigung der Frau zu kommen, die sie mit ihrer Musik und ihrem Leben unterhalten hatte.

Er haßte sie dafür. Er beobachtete, wie sie sich auf der Lichtung zu kleinen Gruppen und Trauben versammelten, ihre Bekanntschaft erneuerten, lachten und miteinander schwatzten.

Er ballte die Fäuste. „Der Teufel soll sie holen!“ sagte er laut.

Liss' Hand berührte die seine und strich sachte über die straffe Haut auf seinen Knöcheln.

Ein weiterer Hover kam über den Baumwipfeln in Sicht. Er wurde langsamer und sank herunter, bis er sanft landete.

„Das ist eine Neuheit, was?“ fragte er bitter. „Sie wollen alle zu Todesriten kommen. Das ist ein Nervenkitzel für sie.“

Sie berührte den kleinen Amethyst an der goldenen Kette um den Hals. „Das ist nicht fair, David“, erwiderte sie. „Sie sind gekommen, um zu zeigen, welche Achtung sie vor ihr hatten. Sie war nicht nur irgendeine sterbliche Künstlerin, weißt du? Sie war was Besonderes. Sie war die erste Sterbliche.“

„Die erste Sterbliche?“

Liss seufzte leise. „Du weißt nicht viel von ihr, wie?“

Er schnaubte. „Ich kenne bloß jedes Musikstück, das sie je geschrieben hat.“

„Ich rede nicht von ihrer Musik, David.“

Er sah sie verwirrt an. Es war ihm nie in den Sinn gekommen, daß man Tanya Rolfe unabhängig von ihrer Musik sehen konnte. Es kam ihm so vor, als seien die beiden so ineinander verschlungen, daß der Versuch, sie zu trennen, sinnlos war.

„Sie war die erste Sterbliche“, wiederholte Liss ruhig, „der erste Mensch, der auf die Unsterblichkeit verzichtet hat. Sie ist vor mehr als neunzig Jahren hierhergekommen, David. Stell dir vor, wie allein sie sich gefühlt haben muß – die erste. Sie hat den Ring entworfen, den ihr alle tragt. Wußtest du das?“

Er schüttelte den Kopf. Ihre Aussage „der Ring, den ihr alle tragt“ klang ihm schrill in den Ohren. Liss' endgültige Entscheidung war erst morgen fällig, aber sie hatte sich trotzdem schon von ihm zurückgezogen und sich innerlich der Menge auf der Lichtung angeschlossen. Irgendwie verletzte ihn diese Abnabelung mehr als alles andere. „Ich nehme an, du hast das alles erfahren, als du ihren Nachruf schriebst“, meinte er unbeholfen.

Ein Ausdruck von Überraschung huschte ihr übers Gesicht, dann ein leises Lächeln. „Ich bin auch seit fünf Jahren hier, David. Tanya Rolfe und ich waren Freundinnen. Wir haben uns oft unterhalten.“ Sie wandte einen Moment lang den Blick ab, als sie sich daran erinnerte. „Wir haben nur selten über ihre Musik geredet. Ich kannte mich nicht gut genug aus, um mich darüber zu unterhalten. Wir haben über Gefühle gesprochen, über Einsamkeit – und solche Dinge."

„Das wußte ich nicht. Ich dachte . . ."

„Oh, schau!" Liss sprang auf und lief auf die Passagiere zu, die aus dem zweiten Hover ausstiegen. David blieb stehen und blickte ihr nach; er sah, wie sie dem großen dunkelhaarigen Mann die Arme entgegenstreckte. Sie umarmten sich und kamen dann auf ihn zu; Liss ging vorneweg und zerrte den großen Mann hinter sich her. Er lächelte auf sie hinab. Er trug die Rangabzeichen eines Staatsbeamten, aber er war noch zu weit weg, als daß David die Anordnung der Farben erkennen konnte.

„David", rief Liss, „sieh mal, wer hier ist!" Sie blickte stolz zu dem Fremden auf.

Der dunkelhaarige Mann sah gut aus und hatte einen leicht belustigten Zug um den Mund. Er war muskulös und wirkte nicht älter als dreißig.

„David, das ist Onkel Kurt." Sie streckte den Arm aus und packte Davids Hand. „Er ist nicht mein richtiger Onkel, aber ich hab ihn so genannt, seit ich sprechen konnte."

David stand stumm dabei. Seine Hand lag schlaff in der von Liss. Vor diesem aggressiv männlichen Fremden, dessen Farben er jetzt erkannte, kam er sich wie ein Kind vor. Der Mann war Kurt Kraus, der Kultusminister. Und er war mehr als zweihundert Jahre alt.

Kurt Kraus nahm Liss' Gesicht in die gewölbten Hände und schaute auf sie hinunter. „Du bist erwachsen geworden, meine Kleine."

David merkte, wie sich seine Lippen zusammenpreßten, als er ihre glückliche Miene sah.

Der Mann lächelte in seine Richtung und hielt ihm eine Hand hin. Widerstrebend streckte David die Hand aus – die mit dem schwarz-goldenen Ring. Bei dessen Anblick trat flüchtig ein Ausdruck in Kurts Augen, den David nicht zu deuten wußte.

„Dann bleibst du also in Renaissance", sagte der Mann.

„David ist Musiker", erklärte Liss stolz. „Er war Tanya Rolfes Schüler."

Wieder der Ausdruck. Was war es? Dann war er verschwunden. „Du mußt mir irgendwann einmal etwas vorspielen, David."

David nickte stumm. Er würde ihm nie etwas vorspielen. Nie. Nicht diesem Mann, der Liss so vertraulich ansah. Er wußte, daß er zu heftig reagierte, aber er schien nichts dagegen tun zu können; eigentlich wollte er es gar nicht.

„Dein Name ist Devier, stimmt's?" fragte Kurt.

Er nickte steif.

„Dann hast du unsterbliche Eltern. Aber du wirst deinen Krippennamen bald genug loswerden. Es ist schön, wenn man seine Eltern kennenlernt und ihren Namen annimmt. Wenn man dich in die Gemeinschaft der Erwachsenen aufnimmt, wirst du's sehen. Es ist das größte Fest, das du dir vorstellen kannst. Essen. Weinbrunnen." Er klopfte Liss auf die Schulter. „In der Beziehung wirst du leider leer ausgehen, meine Kleine. Wenn man ein Kind von Sterblichen ist, gibt's an dem großen Tag keine Überraschung."

„Ich beklage mich nicht. Es war schön, anders zu sein und mit Eltern aufzuwachsen", sagte sie. „Außerdem muß ich nicht warten, um sie zu sehen. Ich fliege morgen nach Hause – zurück nach Hoffmeir."

Kurt runzelte überrascht die Stirn. Er drückte ihre Schulter, während ein neuerlicher undeutbarer Ausdruck auf sein Gesicht trat und dann wieder verschwand.

Bei der Beerdigung waren David und Liss getrennt. Sie saß bei der größeren Gruppe, die ihre endgültige Entscheidung noch nicht getroffen hatte; er hatte sich jenseits eines Fleckchens mit grünem Gras und blühenden Gänseblümchen zu einer kleineren Gruppe gesellt, in der alle die schwarz-goldenen Ringe trugen.

Sie saßen in einem großen Halbkreis. Vor ihnen stand eine Plattform mit einem Sarg, der mit einem weißen Tuch verhängt war. Das Tuch war in Gold mit einem unterbrochenen Symbol der Unendlichkeit und den Worten „Für die Kunst" bestickt.

Langsam erklang Tanya Rolfes Musik. Sie schwoll an und drang immer lauter aus der parabolischen Muschel, die den Klang des kleinen Orchesters zurückwarf. Gelenkt von der Hand des Meistervisiographen Lindner, gingen die blühenden Gänseblümchen in eine stetige fließende Bewegung über.

Kurt Kraus stand auf und begann mit langsamer, tiefer Stimme zu sprechen. „Wir sind heute hier, um die Unsterblichkeit von Tanya Rolfe zu feiern. Die Musik, die sie in ihrer kurzen Lebensspanne geschaffen hat, besitzt ihr eigenes Leben. Solange es die Menschheit gibt, wird es auch diese Werke geben. Solange die Menschheit eine Seele hat, die ihre Schönheit erfassen kann, wird Tanya Rolfe nicht sterben."

SIE BEGRUBEN Tanya in einem winzigen Stückchen Land mit Ausblick auf den See und die Berge dahinter. Dort lagen bereits neun andere Tote.

Bevor die Sonne am nächsten Morgen hoch am Himmel stand, schlüpfte David aus seiner Hütte und ging zu dem kleinen Friedhof. Er hatte nur seine Flöte dabei, sonst nichts.

Er saß lange Zeit im Schatten einer Eiche, der sich um ihn her ausbreitete, und spielte. Er spielte das Stück, das sie für ihn geschrieben hatte, als er nach Renaissance gekommen war: „Davids Lied". Er spielte, bis der Hover, der Liss für immer von Renaissance davontrug, nur noch ein winziger Punkt in der Ferne war.

## 10. Kapitel

DIE AUFSEHERIN trug die dunkelgrüne Uniform der Koloniepolizei. Sie war klein und dick, und die Kleidung saß jämmerlich. Die enge Jacke schlug an der fetten Taille Falten und spannte sich um die breiten Hüften.

Sie ist nicht sehr schlau, dachte Liss McNabb. Vielleicht konnte sie ihr entwischen – wenn der richtige Moment kam. Der Gedanke an Flucht lauerte dicht unter der Oberfläche, seit man sie am Vortag auf Hoffmeir in Gewahrsam genommen hatte. Er war in ihr wach geblieben, während sie in ihrem verschlossenen Abteil im Raumspringer kauerte; und als sie jetzt unter dem wachsamen Blick der Aufseherin dasaß, während der Pfeil sie nach Vesta-Zentrum brachte, beherrschte dieser Gedanke alles andere.

Liss setzte sich etwas anders hin. Der Sitz im Pfeil war unbequem. Sie fühlte die Blicke der anderen Fahrgäste und kreuzte befangen die Arme im Schoß, um ihren anschwellenden Bauch zu verbergen. Er wurde jeden Tag größer und war schon zu groß, um es noch länger abzustreiten. Wenigstens war ihr im Moment nicht übel. Sie hatte es geschafft, den kleinen Zylinder Neutravert loszuwerden, der sie ständig begleitet hatte, seit sie von Renaissance nach Hause gekommen war.

Ein Mann auf der anderen Seite des Ganges glotzte sie frech an. Sie starrte zurück. Sollte sie doch alle der Teufel holen. Nervös bemerkte sie, daß auch andere sie ansahen. Sie hätte ebensogut ein Schild tragen können, auf dem in schreienden Leuchtbuchstaben stand:

Keine Bescheinigung

UNGENEHMIGTE SCHWANGERSCHAFT

Nun, sie würden es ihr nicht wegnehmen. Es war ihr Kind, und wenn sie sich auf den Kopf stellten. Sie hatte ihre Logik satt, ebenso wie ihre Argumente, die sich rasch in Drohungen verwandelt hatten. Sie würde keine Angst vor ihnen haben, und vor ihren Gefängnissen auch nicht.

Die Aufseherin war nicht gesprächig, und das war ihr durchaus recht. Sie wandte den Blick von ihr und dem Mann mit dem frechen Gesicht ab und tat so, als ob sie die Landschaft von Vesta betrachtete, die unter ihr wegrollte. So blieb sie sitzen und schaute in das nachlassende Tageslicht hinaus, bis der Pfeil im Stadtzentrum hielt.

„Hier steigen wir aus", sagte die Aufseherin.

Liss sah bestürzt nach vorn. Keine zwei Blocks weiter lag das flache Besserungszentrum. Wenn sie dort drin erst einmal hinter Schloß und Riegel war, würde sie nie mehr herauskommen. Auf halbem Weg lag die Nabe der Hochgeschwindigkeitszonts, die mehrere Ebenen von Vesta miteinander verband. Wenn es ihr gelang, die Aufseherin lange genug abzulenken, konnte sie vielleicht abhauen.

Sie gingen schweigend weiter, bis sie auf der Höhe der Nabe anlangten. Plötzlich klammerte Liss die Hände um den Bauch und beugte sich vornüber. Sie stöhnte laut auf.

„Was ist los?" fragte die Aufseherin. Ein beunruhigter Ausdruck machte sich auf ihrem Gesicht breit.

Liss packte mit einer Hand das Zontgeländer und stöhnte lauter. Sie krümmte sich am Geländer zusammen.

„Was ist denn los? Was ist?"

„Das Baby", ächzte sie mit zusammengebissenen Zähnen. „Ich glaube, das Baby kommt."

„Hier?" Die Frau starrte Liss verdutzt an. „Dann schnell jetzt! Es ist nicht mehr weit."

Als Antwort darauf krümmte sich Liss über das Geländer und stöhnte doppelt so laut. „Oh-o-oh! Holen Sie Hilfe! Schnell!"

Die Aufseherin rang besorgt die Hände und sah die Passanten unschlüssig an.

„Beeilen Sie sich!" wimmerte Liss mit zitternder Stimme. „Oh, helfen Sie mir, bevor es kommt!"

Die Aufseherin drehte sich um und rief: „Hilfe!" In dem Moment, als die Frau ihr den Rücken zukehrte, sprang Liss über das Geländer auf die nach unten führende Zontspur. Kaum daß ihre Füße den Boden berührten, rannte sie schon geduckt den Zont entlang zur nächsten Ebene.

Als sie unten war, schaute sie sich um, hetzte in schrägem Winkel davon und rannte auf dem fahrenden Zont an einer Reihe von Lagerbauten vorbei. Dann nahm sie erneut einen schmalen Seitenweg und lief im Zickzack weiter, bis sie nicht mehr konnte.

Sie flitzte auf eine Laderampe und kauerte sich in den Schatten. Der Atem ging keuchend und in tiefen, ächzenden Stößen. Die Beinmuskeln zitterten, und das Herz schlug ihr in den Ohren.

Dort wartete sie, bis es dunkel geworden war und die Nacht von Vesta die Lampen auf den Straßen des Asteroiden aktiviert hatte. Erst dann kam sie heraus und ging vorsichtig durch die halbdunklen Seitengassen.

Sie hatte keine Ahnung, wohin sie gehen sollte oder was sie als nächstes tun sollte. Sie hatte nicht weiter gedacht als bis zur Flucht. Und als sie darüber nachdachte, wurde ihr klar, daß es wirklich keinen Weg nach draußen gab. Vesta war groß, aber so groß nun auch wieder nicht. Wie sollte sie sich verstecken und wo?

Sie sah sehr jung und sehr verwirrt aus, als sie zwischen den hoch aufragenden Lagerhäusern dahinging. Kein Mensch war in der Nähe – dies war ein Ort, wo bei Tageslicht reges Leben herrschte, sagte sie sich. Aber um sich zu vergewissern, blickte sie sich öfter um. Ihre blauen Augen füllten sich ab und zu mit Tränen.

Sie war sehr müde und sehr hungrig.

DAS PHÄNOMEN, das als das Labyrinth bekannt war, breitete sich schleichend im Gefolge der erschöpften Minenschächte aus. Jeder Stollen, der von den Robo-Zerkleinerern und den Männern verlassen wurde, die sie warteten, füllte sich langsam mit dem Geruch von Moschus und Schweiß. Der Rauch schwelender halluzinogener Öle hing in den Felswänden; die schlechte Belüftung der gewundenen Gänge schaffte es nicht, ihn zu zerstreuen. Dumpfe Trommelschläge und leuchtende Holos mischten sich mit den Gerüchen und dem Rauch des Labyrinths und lockten die Gelangweilten und Hoffnungslosen des Gürtels in seine Tiefen.

LISS schaute zu den matt beleuchteten Lagerhäusern hinauf. Sie waren voller Lebensmittel, und sie sah keine Möglichkeit, an die Bestände zu gelangen. Sie sank erschöpft an der Ecke eines Lagerhauses zu Boden und lehnte sich dagegen. In ihrem Magen rumorte es, und sie fühlte, wie der bohrende Hunger allmählich in Übelkeit umschlug. Vielleicht konnte sie schlafen. Vielleicht gelang es ihr, die schreckliche brodelnde Leere in ihrem Bauch zu vergessen.

Ein scharrendes Geräusch in der Nähe brachte sie auf die Beine. Angestrengt starrte sie ins Dunkel, in die Richtung, aus der das Geräusch gekommen war. In der engen Gasse zwischen zwei Lagerhäusern bewegte sich ein kleiner Schatten, blieb stehen und setzte sich wieder in Bewegung. Eine Ratte! Ihr nackter Schwanz ringelte sich in einer kleinen Lichtpfütze. Ratten waren schon früh als blinde Passagiere in den Lebensmitteln und Versorgungsmaterialien des Menschen in den Raum gereist. Die Überlebenden hatten sich fortgepflanzt und vermehrt, bis es Schätzungen zufolge inzwischen mehr Ratten als Kolonisten gab. Die meisten wohl bei den Lagerhäusern, dachte sie.

Sie machte sich wieder auf die Beine. Sie kam ins Bergbaugebiet und wanderte zwischen großen Schotterwerken dahin. Einmal stolperte sie im Halbdunkel über eine vorstehende Metallstange. Unwillkürlich traten ihr Tränen in die Augen, während sie sich das angeschlagene Schienbein rieb.

Schließlich gelangte sie zu einem großen Stolleneingang. Er wurde von einem einzelnen Lichtfleck erhellt. Die Öffnung war höhlenartig und etwa fünfzehn Quadratmeter groß. In dem kleinen beleuchteten Bereich in der Nähe stand ein kleiner offener Schuppen. Im Inneren hingen mehrere Reihen von Arbeitskleidung und anderen Utensilien. Neben einem Paar Schutzhandschuhe entdeckte Liss einen Grubenhelm mit Stirnlampe und griff danach; sie hoffte, daß es so einer wie der war, mit dem sie als Kind gespielt hatte.

Sie setzte ihn auf. Fahles, schattenloses Licht fiel ihr in die Augen. Die Stollenöffnung erstreckte sich vor ihr, graue Wände trafen auf das hellere Grau des staubbedeckten Bodens. Sie ging in den Stollen hinein.

Sie wußte, daß sie hier nicht bleiben konnte, daß man sie am Morgen finden würde. Und wenn man sie nicht rechtzeitig sah, konnte sie von Maschinen zerquetscht oder von Laserschneidern eingeäschert werden. Trotzdem ging sie weiter. Sie kam an einer Reihe nach unten führender viereckiger Löcher in der Nähe der Wand vorbei und spähte in eins davon hinein. Es fiel senkrecht ab, und sie konnte den Boden nicht sehen. Zitternd ging sie weiter und schaute ins nächste Loch. Hier war es genauso.

Sie ging weiter, bis sie zur nächsten Reihe kam. Diesmal erblickte sie Handgriffe in einem der Löcher. Sie schaute über den Rand hinunter. Der in den Felsen gehauene Schacht endete etwa zehn Meter weiter unten. Sie hatte keine Ahnung, wohin er führte. Aber welche Wahl hatte sie schon?

Sie packte den Handgriff und prüfte ihn. Als er hielt, schwang sie den Fuß in einen Halt für die Zehen und kletterte nach unten.

Es war weiter bis zum Boden, als sie gedacht hatte. Auf halbem Wege fühlte sie, daß ihr die Beine zitterten. In der linken Wade begann sich ein Krampf zu bilden. Sie klammerte sich an den Handgriff und schaute sich um. Selbst mit der Stirnlampe war der Schacht nur spärlich erleuchtet. Er wirkte enger, als sie zuerst geglaubt hatte. Er schien sie zu umschließen.

Beim ersten Anzeichen von Klaustrophobie kletterte sie weiter nach unten.

Die Handgriffe hörten auf, als die Füße noch etwa vier Meter über dem Boden waren, aber als sie sich am letzten Handgriff festhielt und sich umsah, erkannte sie, daß sie sich anscheinend am Ende eines in den Felsen gehauenen schmalen Stollens befand. Hier war es heller, also schaltete sie die Stirnlampe aus und schaute sich um.

Gedämpftes Licht fiel in den Tunnel. Die Luft war schwül und warm. Nicht weit vor ihr bog der Stollen nach links ab.

Sie schaute auf den Boden hinunter. Er wirkte unnachgiebig hart und schien so weit entfernt zu sein, daß ihr selbst bei der niedrigen Schwerkraft ziemlich unbehaglich zumute war.

Die Arme taten ihr weh, und die Muskeln in der Wade begannen wieder zu zucken. Sie drückte den Bauch an die Felswand des Schachtes. Die Knöchel an den Handgriffen waren weiß. Schweiß begann ihr über die Stirn zu perlen. Sie war zu müde, um wieder nach oben zu klettern. Sie konnte es nicht. Sie mußte springen.

Sie zog die Zehen bis zum Rand der Sprosse, streckte die Arme und kauerte sich ganz zusammen. Die von Schweiß glitschigen Hände rutschten schon von den Metallgriffen ab. Sie mußte springen, bevor sie hinunterfiel.

Sie sprang mit angezogenen Beinen, fiel ungeschickt und landete mit einem Fuß unter dem Körper. Sie schnappte nach Luft, warf den Kopf zurück und verspannte sich gegen den glühenden Schmerz im Fuß und im Knöchel.

Sie schloß die Augen und ballte die Fäuste, bis sie spürte, daß die erste Welle abflaute und zu einem dumpfen Pochen wurde. Nichts war ihr geblieben, nur die Hoffnungslosigkeit.

*„Komm mit mir!"* sprach eine samtige Stimme.

Jäh öffnete sie die Augen. Das Herz schlug ihr bis zum Hals. Niemand war in dem Gang.

*„Komm mit mir!"* wiederholte die Stimme.

Sie sah sich erschrocken um.

Plötzlich flackerte über ihr ein Licht auf, blinkte, wirbelte wie blaue Gaze, streckte sich dann und nahm Gestalt an – ein Kreuz. *„Komm mit mir . . . Ein besseres Leben . . . Komm mit mir . . ."*

Das Kreuz begann in kaltem weißen Licht zu erstrahlen. *„Silbernes T . . ."*, flüsterte es. *„Silbernes T . . ."*

Das Holo strudelte über ihrem Kopf. *„Komm mit mir!"* Während es sprach, schimmerte es, löste sich auf und ließ sein ausgebreitetes Gazenetz auf sie zufliegen. Sie zog sich an die Felswand zurück. Das Holo formte sich wieder zum Kreuz. *„Komm mit mir . . . Ein besseres Leben . . . Komm mit mir . . ."*

Das Holo flatterte auf seinem programmierten Kurs davon und verschwand. Liss starrte in den leeren Gang vor ihr. Wo war sie? Noch schlimmer – wer war da draußen? Es gelang ihr aufzustehen. Der Knöchel begann stark anzuschwellen, aber sie glaubte nicht, daß er gebrochen war. Als sie behutsam versuchte, das Gewicht darauf zu verlagern, zuckte ihr ein stechender Schmerz bis ins Knie hinauf. Sie stellte aber fest, daß sie ein bißchen humpeln konnte, wenn sie den ärgsten Schmerz ignorierte.

Sie sah sich noch einmal um. Es gab zwei Möglichkeiten. Sie konnte in dieser Sackgasse bleiben, wo sie sich nicht verstecken konnte und nichts zu essen oder zu trinken bekam, oder sie konnte nachschauen, was sich am Ende des Stollens befand.

Sie stützte sich an der rauhen Wand ab und machte sich auf den schmerzhaften Weg den Stollen entlang. Als sie das Ende erreichte, spähte sie vorsichtig um die Ecke. Der Tunnel ging weiter; er machte einen Knick nach rechts und führte leicht bergab. Es war niemand da.

Das Laufen fiel ihr jetzt schwerer; sie arbeitete sich auf dem unebenen Boden mühsam voran. Einmal rutschte sie auf einer glitschigen Steinschicht aus und fing sich schwerfällig. Der Schmerz im Knöchel raubte ihr den Atem. Sie lehnte sich an die Wand, um sich zu stützen, und spürte, wie der Schweiß auf der Stirn zunahm und ihr über das Gesicht lief.

Das blaue Licht kam wieder in den Stollen geflattert. Sie starrte es an und blinzelte, während es schmeichelte und flüsterte. *„. . . Ein besseres Leben . . .“*, versprach es, während es herabstieß und wendete und das Kreuz vor ihr aufflammen ließ. *„. . . Silbernes T . . .“* Und dann flatterte es wieder davon.

Gerüche und Geräusche sickerten in den Stollen. Direkt vor ihr machte er erneut eine scharfe Biegung nach rechts. Sie schob langsam den Kopf um die Ecke. Blutrote körperlose Augen starrten sie an. Sie schnappte nach Luft und schreckte zurück.

Nur ein Holo, redete sie sich entschlossen ein. Sie hörte ein gurrendes Lachen und schaute wieder hin. Ein pummeliger, nackter kleiner Junge schwebte in den Gang. Er lachte und streckte die Arme nach ihr aus; die weichen Züge des Kindergesichts verzerrten sich, und er verwandelte sich in ein kreischendes Scheusal. Das Holo verblaßte, kräuselte sich und erlosch.

Ein Schauer lief ihr über den Rücken. Sie hatte noch nie etwas vom Labyrinth gehört. Und hätte ihr jemand davon erzählt, hätte sie sich ungläubig über ihn lustig gemacht. Der Stollen, in dem sie sich jetzt befand, war breit und entzog sich nach einer Biegung ein paar Meter weiter der Sicht. Die Geräusche und Gerüche wurden deutlicher. In der Wand direkt gegenüber gähnte unten am Boden ein quadratisches Loch. Die Öffnung war etwa einen Meter breit. Sie vergewisserte sich, daß niemand zu sehen war, humpelte hinüber und schaute hinein.

Dort drin war es völlig dunkel. Sie schaltete die Stirnlampe wieder ein. Daraufhin verwandelte sich das Loch in die Öffnung zu einem Tunnel, dessen Felswände man mit Lasern geglättet hatte, bis sie fast glasartig waren.

Plötzlich erkannte sie, daß der Geräuschpegel hinter der

Biegung des Stollens stärker geworden war. Sie konnte einzelne Stimmen hören. Sie durfte nicht zulassen, daß man sie entdeckte. Das Herz klopfte ihr wie rasend, und der Schmerz im Knöchel ließ sie zusammenzucken, als sie sich in den Tunnel zurückzog.

Sie war gerade dabei, sich vorsichtig hineinzuducken, als das Holobaby wieder zu lachen begann. Sein Kreischen hallte in dem Tunnel wider. Und es gab auch ein anderes Geräusch: Schritte, die sich näherten.

Instinktiv zog sie sich weiter in den Tunnel zurück. Im selben Moment bemerkte sie, wie der Gang plötzlich abfiel. Nach Luft schnappend, begann sie zu rutschen.

Sie schlitterte rasch nach unten, wobei sie einmal nach rechts abbog. In der Nähe der Sohle wurde der Schacht wieder waagrecht, und ihre Talfahrt verlangsamte sich.

Sie landete im hinteren Teil eines trübe erhellten großen Raumes, der aus dem Fels gehauen war. Erschrocken stellte sie fest, daß er voller Menschen war; es waren Dutzende, deren Blick auf etwas inmitten des Raumes gerichtet war.

Ihr Herz drückte nach oben und schlug ihr bis in den Hals. Dann merkte sie plötzlich, daß niemand Notiz von ihr genommen hatte. Sie zog sich an die Wand zurück, lauschte dem Geleier nicht zu unterscheidender Stimmen und sah die grauen Gestalten, die in rhythmischen Bewegungen von einer Seite zur anderen schwankten. Grau in grau bewegten sie sich wie ein Körper.

Grau in grau. Natürlich! Sie nahm den Grubenhelm ab und schaute wieder hin. Sie war ins Dunkle gestürzt. Kein Wunder, daß man sie nicht gesehen hatte. Nirgends war ein Licht, nur in der Mitte des Raumes. Dort züngelten bläuliche Flammen aus einer flachen Metallschale von einem Meter Durchmesser. Der schwere Geruch kroch allmählich durch den Raum bis zu ihr und brachte einen Duft ähnlich dem des Geißblatts in Renaissance mit. Aber da war auch noch etwas anderes; unter dem süßen Geruch lag ein Duft, an den sie sich nur schwach erinnerte. Was war es?

Sie zog sich in die Öffnung des Schachts zurück und sah zu. Der Duft kitzelte ihren Geist mit Andeutungen von Märchen und Alpträumen. Warum? Dann fiel es ihr ein. Sie war erst acht oder neun gewesen, als der große Junge es ihr angeboten hatte. Er hatte den winzigen flachen Löffel mit dem Öl angezündet und ihn unter ihrer Nase hin und her bewegt. Und er hatte gelacht. Er hatte darüber gelacht, wie sie weinte und zurückzuckte, als die Trolle vor ihrem geistigen Auge auftauchten – und die schreckliche Hexe, die einen riesigen grünen Drachen mit Feueratem ritt, der ihr über das Haar flackerte und es qualvoll in Brand steckte. Er hatte gelacht.

Sie hielt unwillkürlich die Luft an, aber als sie wieder atmete, merkte sie, daß der Geruch nur schwach war. Schwach, aber eindeutig.

Sie setzte den Grubenhelm wieder auf und sah sich um. Das Schauspiel in dem Raum lief in abgestuften Grautönen von Aschgrau ab. Die Leute saßen in einem konzentrischen Kreis um die glimmende Schale. Sie saßen mit ausgestreckten Armen untergehakt auf dem Boden, und die Oberkörper schwankten in einer langsamen, rhythmischen Ellipse. Während Liss sie beobachtete, erkannte sie, daß es Kinder waren. Das älteste war wohl kaum älter als vierzehn; das jüngste erst um die zehn.

Im Mittelpunkt der rauchenden Schale blitzte etwas auf. Das Licht hätte sie beinahe geblendet. Sie riß den Grubenhelm herunter. Als ihre Augen sich an das Licht gewöhnt hatten, sah sie eine Fontäne aus blauen Flammen über der Schale aufspritzen. Sie schoß zu der hohen Decke hinauf und ergoß ihr kaltes Feuer über den Raum und die Kinder, die mit großen Augen zusahen.

Das Summen im Hintergrund wurde lauter und ordnete sich zu einer Litanei – erst schlug ihr ein Zischen, dann ein wisperndes Gemurmel an die Ohren: *„S'sss... ber'nnn... t'eee..."* Was bedeutete das?

Sie bekam Kopfschmerzen, als das Geräusch, der einschmeichelnde Duft und die Flamme, die einmal blau und dann wieder weiß aufloderte, ihr an die Sinne brandeten.

Die blaue Flamme züngelte über dem Mittelpunkt der Schale zu einem Bogen auf; ihr wispernder Kreis verwandelte sich zu einer Scheibe und dann zu einer Kugel. Die Farben in dem Globus veränderten ihre Position, Blau vermischte sich strudelnd mit Weiß, und als die Kugel dort hing und sich langsam drehte, sah Liss das Muster: die Erde. Dann erschien unmittelbar über dem rotierenden Globus ein silbernes Kreuz und trieb seinen massiven Schaft direkt durch die Achse der Kugel. Die Ozeane der Erde spritzten in flüssigem Blau heraus, dann brach die Kugel selbst auf und zerfiel zu Staub.

*„Gehorcht . . . Gehorcht . . .“*

Sie hörte ihre Stimmen und glaubte einen flüchtigen Moment lang ein verwirrendes engelhaftes Lächeln über dem Kreuz aufblitzen zu sehen.

*„Gehorcht . . . Gehorcht . . .“*

Die Kinder bewegten sich in dem Raum wie eine Einheit.

*„Ewiger Lohn . . .“,* flüsterte es von den Wänden.

Und dann kamen zwei Männer. Sie trugen einen Jungen in ihrer Mitte, einen Jungen mit glasigen Augen und leerem Gesicht, den sie wie eine Puppe behandelten. Sie stellten ihn aufrecht an ein Kreuz und banden ihn daran fest.

Sie sah mit brennenden Augen und sich trübendem Geist zu. Was taten sie mit ihm? Was? Und warum?

Und als sich die beiden Männer entfernten, sah sie, daß der Kopf des Jungen auf einem schlaffen Hals hin und her pendelte, der schief zu sein schien.

Sie zogen ihn am Kreuz hoch.

*„Vom Tod – der Lohn.“*

Ihr Blick wurde starr, als die Projektion größer wurde – das Gesicht des Jungen, das auf sie herunterlächelte.

*„Vom Tod – der Lohn.“*

Sie starrte hin. „O Gott! Sein Hals. Er ist umgebracht worden. O Gott!“ Sie schrie und schrie und schrie, ohne zu merken, daß sie die einzige war.

## 11. Kapitel

KURT KRAUS’ Gesicht war von Zorn verzerrt. „Was ist ihr zugestoßen?“

Der stellvertretende Minister Silvio Tarantino hob beide Hände mit den Handflächen nach unten, als wollte er hochschlagende Wellen glätten. „Ein bedauerlicher Vorfall. Nachdem das Mädchen der Aufseherin weggelaufen war, versteckte es sich in einem Gebiet in der Nähe der zentralen Zontilatornabe. Manche unserer Kinder fühlen sich von der Nabe angezogen. Sie finden es aufregend, da zu spielen. Natürlich haben wir's verboten, aber das führt ja eher dazu, es noch verlockender zu machen, nicht wahr?" Er lächelte kläglich und schüttelte den Kopf. „Der Junge ist auf dem oberen Geländer entlanggelaufen. Er verlor das Gleichgewicht, fiel hinunter und brach sich den Hals. Er war sofort tot.

Die kleine McNabb hat alles gesehen. Sie versuchte zu ihm hinzulaufen und fiel ebenfalls hinunter. Sie war hysterisch, als man sie fand. Ich habe gehört, daß ihre Hysterie durch die Drogen noch verstärkt wurde."

„Drogen?" Irgend etwas war mit dem Mann; es wollte Kurt einfach nicht einfallen, was es war – etwas, das in einem Wust alter Erinnerungen begraben war. Irgend etwas . . .

„Sie hatte einige Zeit vorher ein Halluzinogen genommen."

Kurts Augen wurden schmal. „Meines Wissens hat sie noch nie Drogen genommen."

„Sie war äußerst verwirrt. Menschen tun häufig seltsame Dinge, wenn sie unter Belastung stehen", meinte Tarantino kühl. „Es gibt natürlich Zeugen, falls Sie mit ihnen sprechen möchten."

„Da bin ich sicher", entgegnete er knapp. Der Mann hatte etwas an sich, das Kurt auf der Hut sein ließ. Es war sein Benehmen. Er war zu gewandt, zu scharfzüngig, zu raffiniert – das Kennzeichen entweder eines ungewöhnlich ehrlichen Menschen oder eines gewohnheitsmäßigen Lügners. Kurt sah Tarantino mit durchdringendem Blick an. Er zweifelte nicht eine Sekunde lang an seiner Gerissenheit. „Wie geht es ihr jetzt?"

Der Mann hielt seinem Blick mit offenem, fast engelhaftem Gesicht stand, aber das Muttermal am Winkel seines Kiefers zuckte, als er die Zähne zusammenbiß und sie wieder löste. „Gut, soweit ich weiß. Sie haben ihr etwas gegeben, damit sie schlafen kann."

„Und ihr Baby?"

„Ist noch da. Wir haben das Verfahren erst einmal ausgesetzt, als wir von Ihrem – äh – Interesse an der Sache erfuhren." Selbst die geschickt eingefügte Pause wirkte berechnet. Sie wurde von einer leicht hochgezogenen Augenbraue begleitet. Warum war der Kultusminister denn wohl derart an einem Schulmädchen interessiert?

Kurt stand unvermittelt auf. „Ich möchte sie sehen."

„Natürlich", sagte der kleine Mann.

SPONTAN machte Kurt auf dem Weg zu Liss einen kleinen Umweg. Er betrat die Kommunikationszentrale und belegte im Namen des Ministeriums ein Terminal mit Beschlag.

Die leise Stimme des Kommunikators sprach ihm ins Ohr: „Wie können wir Ihnen helfen, Mr. Kraus?"

„Bitte um Kurzbiographie Silvio Tarantino, stellvertretender Minister, Vesta."

Er starrte die Information an und hoffte, den nagenden Erinnerungsfetzen abschütteln zu können:

> TARANTINO, SILVIO ANTHONY: Geboren M-G 17, New Providence Island, Vereinigter Bahamas-Sektor, Erde.
> Vater: Victor Luis Tarantino, gestorben M-G 29.
> Mutter: Caterina „Kitty" Theresa Martinez Tarantino, gestorben M-G 57.
> Wohnheim: Victoria, N.P., M-G 17-35
> Studium: Akademie der Azoren, M-G 35-39. Spez. Studium an der Kommunikationsschule der Weltkoalition, M-G 39-41.
> Einwanderung nach Vesta M-G 41 . . .

Nichts. Kurt überflog die Kurzinformation erneut. Überhaupt nichts, was ihm bekannt vorkam. Und dennoch konnte er das Gefühl nicht loswerden, daß hier etwas ganz und gar nicht in Ordnung war.

„Vollständige Biographie, Tarantino, Silvio Anthony", sagte er. Als der Kommunikator seinem Wunsch Folge leistete, las er sie sorgfältig durch. Zu seinem Verdruß erfuhr er nichts Neues.

LISS schlief, als Kurt ihr Zimmer betrat. Sie lag zusammengerollt auf der Seite und hatte die Arme mit den Handflächen nach außen vor dem Gesicht verschränkt, als ob sie einen

Schlag abwehren wollte. Als er durchs Zimmer ging, bewegte sie sich, murmelte etwas und lag dann wieder still da.

Er setzte sich auf die Bettkante und betrachtete sie. Ihr Gesicht war schmutzig und von getrockneten Tränen gestreift. Sie sah sehr jung und sehr verletzlich aus. Die dünne Bettdecke zeichnete die gewölbte Linie ihres Bauches nach. Es war mehr als vier Monate her, daß sie Renaissance verlassen hatte. Und der Junge, der dafür verantwortlich war, wußte nicht einmal Bescheid.

Sie stöhnte und preßte die Lippen zusammen.

Störrisch, dachte Kurt, selbst im Schlaf noch störrisch. Zu störrisch, um zu sehen, wie teuer sie das zu stehen kommen würde, was sie getan hatte. Sie müßte mal übers Knie gelegt werden, dachte er wütend. Er konnte noch den Schmerz im Gesicht ihrer Eltern sehen, als sie es ihm erzählt hatten. Und Sean . . ., Sean hatte versucht, es auf die leichte Schulter zu nehmen, hatte sogar ein oder zwei dumme Witze darüber gerissen, aber die Sorge um dieses Mädchen, das nach vier Generationen seine Gene trug, und die Liebe zu ihr hatten ihm Sorgenfalten ins Gesicht gegraben und die Augen umschattet.

Und sie waren die einzige Familie, die er hatte – sein adoptierter kleiner Bruder Sean, dieses Mädchen und ihre Eltern. Alle anderen waren schon lange tot. „Störrisches kleines Mädchen", sagte er leise. Sie wußte nicht, wie teuer es sie zu stehen kommen würde.

Liss drehte sich um und wimmerte im Schlaf. Sie stieß die Arme vom Gesicht weg. Ihre Augen waren offen und starrten ins Nichts. „O nein! O Gott! Furchtbar, furchtbar, furchtbar . . ." Sie schrie auf.

Er war sofort bei ihr, hielt sie fest, streichelte sie und redete leise und beruhigend dummes Zeug: „Na, na! Alles in Ordnung. Na, na!" Bis sie still wurde.

Dann blinzelte sie und sah ihn an, als ob er bis zu diesem Augenblick gar nicht dagewesen wäre. Ihre Augen weiteten sich vor Überraschung. „Onkel Kurt? Oh, es war furchtbar. So furchtbar . . ." Sie setzte sich mühsam auf.

Er nahm ihre Hand in seine Hände. „Was war furchtbar? Was ist mit dir passiert?"

Sie betrachtete ihn grübelnd und schaute dann auf ihre Knie. Als sie ihn wieder anblickte, breitete sich Verwirrung auf ihrem Gesicht aus. „Ich erinnere mich nicht, Onkel Kurt. Ich erinnere mich an gar nichts."

Er sah sie seltsam an. Dann begann er von anderen, belanglosen Dingen zu reden, bis sie sagte: „Du bist gekommen, um mir aus der Patsche zu helfen, stimmt's?"

„Ich bin gekommen, um zu tun, was ich tun konnte."

„Ich wußte, daß du's verstehst." Sie umklammerte seine Hand. „Ich wußte es."

„Tatsächlich?" Er schüttelte den Kopf. „Ich weiß, daß du es geschafft hast, dir eine illegale Schwangerschaft aufhalsen zu lassen, und zwar als Abschiedsgeschenk eines jungen Renaissance-Musikers. Ich weiß, daß du deiner Familie und dir selbst einen Haufen Kummer eingehandelt hast. Und ich weiß, daß du nicht im geringsten bereit warst, mit den Bevölkerungsbehörden zusammenzuarbeiten."

„Sie wollten mir das Baby wegnehmen."

„Und das werden sie auch tun. Und hinterher stecken sie dich dann auf Vesta ins Gefängnis. Willst du das?"

Sie biß sich auf die Unterlippe und sah ihn lange an. Dann sagte sie: „Aber du kannst mir helfen, Onkel Kurt."

„Und darauf hast du dich verlassen?"

„Ich glaub schon."

Der Mundwinkel zuckte ihm von einem Lächeln, in dem keine Belustigung lag. „Ich nehme an, ich soll mich geschmeichelt fühlen, was deinen schlichten Glauben an meine Allmacht betrifft."

Bestürzung zuckte ihr übers Gesicht. „Du kannst mir doch helfen, oder?"

Er wandte einen Moment lang den Blick ab. Als er sie wieder ansah, waren seine Augen von irgend etwas verschattet. „Gehen wir mal gesprächshalber davon aus, daß ich vielleicht etwas tun kann."

Eine erleichterte Miene. „Oh, ich wußte es!"

Er ergriff ihre Hände. „Warum hast du das getan, Liss? Du bist doch nicht dumm. Du wußtest, was du tatest."

„Ich mußte es tun."

„Du mußtest?"

„Ja." Sie zog die Hände weg und schlang sie sich um die Knie. „Wegen David."

„Liebst du ihn?"

„Ja. Aber das ist nicht der Grund. Jedenfalls nicht allein."

„Warum dann?"

„Weil er in Renaissance bleibt. Weil er dort leben und sterben wird. Er wird nie heiraten und Kinder bekommen, obwohl er es kann. Und nicht alles von ihm sollte sterben, Kurt. Das ist wenigstens meine Meinung."

Das war also der Grund. Sie wollte diesem Jungen eine Art von Unsterblichkeit schenken – und er wußte es nicht einmal. Kurt lehnte sich zurück und starrte an die Decke, zum Teil, um nachzudenken, zum Teil, um den Schmerz zu verbergen, den er über das Gesicht kriechen und an den Mundwinkeln zerren fühlte. Er hatte befürchtet, daß dies ihr Grund war; und als er es hörte, wußte er, daß sie sich nicht umstimmen ließe.

Er erinnerte sich daran, wie sie beide am Berghang in Renaissance gestanden hatten, als er zu Tanya Rolfes Beerdigung gekommen war. Hatte sie damals schon Davids Kind in sich getragen? Er dachte an den Schmerz in den Augen des Jungen, als er sie angesehen, ihre Hand genommen und die langen Finger mit den ihren verflochten hatte. Aber er trug einen Ring, sie nicht. Er trug einen goldenen Ring mit dem unterbrochenen Symbol der Unendlichkeit, das das Sonnenlicht einfing und wie der goldene Ton in Liss' Haaren aufschimmerte.

Kurt senkte den Blick und sah ihr in die Augen. „Wirst du auf das Kind verzichten?"

„Nein."

„Dein Vergehen richtet sich gegen das Bevölkerungsministerium. Der Bevölkerungsminister nimmt keine Anweisungen von mir entgegen."

„Aber du könntest ihn dazu bringen, seine Einwilligung zu geben. Du könntest mit ihm ein Ge . . ." Sie hielt inne, als sie den Ausdruck auf seinem Gesicht sah.

„Du wolltest vorschlagen, daß ich ein Geschäft mit dem

Bevölkerungsminister mache – einen Handel. Nun, das habe ich getan, Liss. Genau das habe ich getan."

Sie umarmte ihn. „Oh, vielen Dank! Ich wußte, du kannst mir helfen."

„Du hast die Bedingungen noch nicht gehört."

Sie runzelte fragend die Stirn.

„Ich kann dir einen befristeten Ehevertrag anbieten."

„Mit David?"

„Nein. David ist ein Minderjähriger ohne Rechte. Du schließt diesen Vertrag mit mir. Die rechtlich bindende Laufzeit beträgt zwanzig Jahre."

Ein Lächeln zuckte ihr um die Mundwinkel. „Aber ich hab immer Onkel zu dir gesagt. Ist das kein Inzest?" Sie begann zu kichern und dann zu lachen, bis sich ihre Augenwinkel kräuselten und ihr Tränen in die Augen traten. „Ich bin sechzehn", jauchzte sie, „und ich werde einen älteren Mann heiraten."

Er hatte vorgehabt, streng zu sein, aber es erwies sich als ansteckend, ihr beim Lachen zuzusehen. Er grinste sie an und gab ihr einen väterlichen Kuß auf die Stirn, was bewirkte, daß sie nur noch mehr kicherte.

Erst als sie erschöpft aufs Bett zurückgesunken und eingeschlummert war, kehrten die Zweifel wie eine Welle wieder. Ndebele war äußerst höflich und höchst rücksichtsvoll gewesen, als Kurt ihm Liss' Problem in groben Zügen geschildert hatte. Der Bevölkerungsminister hatte sich sehr entgegenkommend gezeigt, was die Ausstellung einer Genehmigung und einer Lizenz für eine Ehe auf Zeit betraf. „Und Bevölkerung rechnet natürlich auf gewisse Konzessionen von Kultur", hatte er gesagt. „Da war diese unangenehme Sache mit den geistig behinderten Kindern. Nun, falls Renaissance diese Kinder aufnehmen würde . . ."

Und er – Gott stehe ihm bei! – hatte ja gesagt.

Er starrte das Mädchen an, als es sich im Schlaf umdrehte, vor sich hin murmelte, die Arme über das Gesicht schlug und aufschrie: „Furchtbar, furchtbar, furchtbar! O Gott! Wie furchtbar . . ."

## TEIL ZWEI: Zwei Jahre später

### 1. Kapitel

DAS STERNENSCHIFF hing in der Schwärze des Raumes, ein Stück von Vesta entfernt. Eine ferne Sonne glitzerte auf der silbernen Ellipse, die ihre Jungfernfahrt mit dreißigtausend Menschen an Bord antreten würde.

Das Schiff war fast fertig. Die Techniker, die über seine Außenhaut schwärmten und in seine jungfräulichen Tiefen eindrangen, waren nur noch mit letzten Montagearbeiten beschäftigt.

Es trug den Namen *Aries* auf der Außenhaut und auf der Brücke und den Ramirez-Sternenantrieb im Bauch. Es trug den Namen *Aries,* aber man nannte es den „Widder".

SIE BETRATEN das Schiff durch die Steuerbord-Frachtluke und verließen den Frachtraum durch einen Drucklufttunnel, der zu einem großen Sublift führte. „Kommt mir wie Erdschwerkraft vor", sagte Kurt Kraus.

„Ja", antwortete Jacoby, „aber nur in den äußeren Ebenen. Der Widder dreht sich um seine Längsachse. Die Zentrifugalkraft nimmt ab, je weiter wir nach innen kommen." Jacoby gab einen Code ein, und sie begannen sich zu bewegen. „Sie werden feststellen, daß die Schwerkraft im zentralen Wohnbereich eher der von Vesta entspricht. Ich glaube, der zentrale Wohnbereich wird Sie beeindrucken", sagte der Vormann mit offensichtlichem Stolz.

Der Sublift beschleunigte und bremste dann so plötzlich ab, daß es Kurt Kraus flau im Magen wurde. Sie stiegen in einem Bauwerk aus, bei dem es sich anscheinend um ein öffentliches Gebäude handelte. „Hier entlang", sagte Jacoby. Kurt folgte dem Mann zu einem großen Platz mit Grünanlagen und einem Brunnen in der Mitte. Bei dem Anblick schaute er sich erstaunt um. Er stand in einem Dorf aus verstreut stehenden flachen Häusern mit Büschen und Bäumen dazwischen. Eine Zontnabe führte um den Platz herum und streckte ihre Speichen in alle Richtungen. Weiter entfernt konnte Kurt an den Zontbändern noch mehr flache Gebäude inmitten grüner Felder und junger Bäume sehen.

In der Ferne krümmte sich der Horizont nach oben. Er hatte das Gefühl, am Grund eines riesigen Bassins zu stehen. Ein unregelmäßiger, von Grün umringter blauer „Himmel" über ihm, in dem sich die blauen Dächer unten spiegelten, verblüffte ihn.

Der Vormann grinste. „Der Himmelsee", sagte er. „Unglaublicher Effekt, was?" Er streckte den Arm schwungvoll nach oben und zeigte auf die linke Seite des Blaus. „Da oben ist Der Park – mit großem D. Obwohl wir in dieser Hemisphäre Freizeitparks haben, ist Der Park was Besonderes. Eine Sehenswürdigkeit. Mal was anderes."

Kurt nickte. Dreißigtausend Menschen würden in einem raumtüchtigen Ei von etwas mehr als zwanzig Kilometer Durchmesser eingeschlossen sein; da war es von elementarer Bedeutung, daß sie Zerstreuung hatten – daß sie hin und wieder etwas anderes sehen und sich woanders aufhalten konnten.

„Wir haben vor, mehr als die Hälfte davon wild wachsen zu lassen und immer nur einer begrenzten Anzahl die Benutzung der Wege zu gestatten. Natürlich ist er noch nicht sehr wild." Er grinste. „Die Bäume und Büsche sind jung, aber der Boden ist gut. Und in subtropischem Klima wachsen Bäume schnell. Es sind zum größten Teil Bittereschen und Mahagonibäume." Er schwenkte den Arm im Bogen über dem Kopf und deutete auf die rechte Seite des Himmelsees. „Da oben ist der Ort, den Sie bestimmt sehen wollen – Neu-Renaissance. Wir kommen am besten dorthin, wenn wir eine Ebene zurückfahren und den Hemigleiter nehmen."

Kurt folgte Jacoby durch den Irrgarten von Sublifts und Korridoren, die zum Hemigleiter führten. Wohin er auch schaute, überall wimmelten Arbeitstrupps im Schiff herum. Die meisten Arbeiter kannten Jacoby und redeten ihn mit Namen an. Für Kurt hatten sie nur neugierige Blicke übrig, die manchmal schon fast unverschämt waren.

Im Hemi nahm er neben Jacoby Platz. Während der Wagen beschleunigte, dachte er über den Mann nach, der neben ihm saß. Jacoby hatte zwar mehrere Jahre auf der Erde verbracht, war jedoch auf Vesta geboren und wurde deshalb von den Arbeitstrupps der Kolonie respektiert, die das Schiff bauten. Jacobys Eignung gehört zu den wenigen Dingen, in denen die Kolonisten und die Erdbewohner einer Meinung sind, dachte Kurt.

Der Widder hatte es nicht geschafft, jene Kameradschaft entstehen zu lassen, auf die das Ministerium gehofft hatte. Die Spannung zwischen den Kolonien und der Erde war gewachsen. Dringend benötigte Erzlieferungen wurden mit schöner Regelmäßigkeit verzögert; schuld daran waren „unvermeidliche Zufälle“. Hin und wieder wurde falsch deklarierte Fracht ans falsche Ziel befördert und dort vom vestanischen Amtsschimmel auf Eis gelegt.

Wenn das Ministerium Nachforschungen anstellte, fanden sich seine Ermittler in den schlechtesten Quartieren im ganzen Gürtel wieder. Sie wurden von „Pannen“ des Transportsystems, „defekten Computern“ und Kolonisten mit höflichen Gesichtern gepeinigt, die sich unterwürfig für „dumme Fehler“ entschuldigten. Ihre Betten wurden nicht gemacht, und ihr Essen war kalt. Sie zweifelten keinen Moment lang daran, daß man sie mit Absicht so behandelte, und wenn sie sich im Büro des stellvertretenden Ministers beschwerten, speiste man sie mit höflichen, aber verständnislosen Blicken und einer zunehmenden Reihe von „Unglücksfällen“ ab. Das Ergebnis war, daß der Handelsminister an diesem Tag nach Vesta kam, um eine ernsthafte Untersuchung zu leiten.

Anderen Besuchern von der Erde war es nicht viel besser ergangen als den Abgesandten des Ministeriums. In letzter Zeit hatte es eine Reihe von Diebstählen und Körperverletzungen gegeben. Für sich genommen, konnte jedes Ereignis vom Büro des stellvertretenden Ministers leicht erklärt werden – und wurde es auch. Wenn man sie insgesamt betrachtete, war das Muster offenkundig. Jacoby mußte darüber Bescheid wissen.

Kurt fragte ihn, und zwar direkt.

Er bekam eine überraschend direkte Antwort. „Sie haben recht. Als ich klein war, empfanden wir immer leise Verachtung für die Erdbewohner, aber sie wurde von gutmütigem Humor gemildert – Sie wissen schon, die geistige Verfassung, in der man Witze über die von da unten reißt." Er hielt inne und schaute aus dem Wagen, als dieser durch eine Ansammlung von Gebäuden an der Peripherie des Widders raste. „Ich war lange weg. Als ich zurückkam, konnte ich den Unterschied sofort spüren. Die Verachtung ist immer noch da, aber der Humor ist weg."

„Wissen Sie, warum?"

Jacoby schüttelte den Kopf. „Ich versuch mich da rauszuhalten. Ich denke, ich bin ein unpolitischer Mensch."

Kurt ließ nicht locker. „Aber Sie haben direkt mit diesen Männern zusammengearbeitet. Sie müssen Ihre eigenen Ansichten darüber haben, was hier vorgeht."

„Ansichten zählen nicht viel, wenn sich der Boden unter den Füßen zu bewegen beginnt."

„Wie meinen Sie das?"

„Ich bin mal in eine Lawine geraten, in den Anden. Es fängt klein an, wissen Sie. Wenn Sie da rumstehen und sich fragen, wie es angefangen hat, bringt Ihnen das ganz schnell ein kaltes Grab ein. Man muß zusehen, daß man ihr aus dem Weg geht."

Kurt spürte, wie der Wagen abbremste. Als er hielt, stiegen die beiden Männer aus. Ein paar Minuten später standen sie unter einer Gruppe junger Bäume am Ufer des Himmelsees. Hoch über ihnen drängten sich die Häuser des Dorfes zusammen. Vielleicht später, dachte Kurt. Später, wenn die Bäume gewachsen sind, wird es vielleicht mehr wie auf der Erde aussehen. Möglicherweise auch jetzt schon – bei Nacht. Er versuchte sich vorzustellen, wie es am Ufer dieses flachen Sees sein mochte, wenn es dunkel war. Sähen die Lichter des Dorfes dort oben wie Sterne aus?

Er schaute den Vormann an. „Was haben Sie vor, wenn Sie hier fertig sind?"

„Ich fliege mit", sagte Jacoby. „Ich bleibe auf dem Widder."

KURT kehrte mit der Fähre nach Vesta zurück. Als er das Gästequartier des Ministeriums erreichte, war die Eingangshalle rammelvoll mit Polizei und Medienleuten. Er sah sich in eine 3-V-Kamera starren. „Bürger Kraus, können Sie uns etwas zu der Tragödie sagen?"

Er schob den Mann und die Kamera mit einem raschen „Kein Kommentar" beiseite und wandte sich an einen Betreuer. „Kommen Sie mit!" bat er mit leiser Stimme. Die beiden Männer entfernten sich von der Menge und gingen zu einem Alkoven in der Nähe. „Was ist passiert?"

„Der Handelsminister", sagte der Betreuer im Flüsterton. „Er ist vor seinem Treffen mit Silvio Tarantino nach oben gegangen, um sich auszuruhen. Als er nicht wiederkam, haben sie nachgesehen. Er ist tot. Es war Mord. Man hat ihm das Genick gebrochen."

Kurt starrte den Mann an. Nicht nur einfach Mord, dachte er, sondern ein unverhüllter Mordanschlag. Das war ein Unterschied – ein himmelweiter Unterschied.

LISS' Hand strich ihm leicht über den Nacken, und er fühlte, wie ihm ein angenehmes Prickeln über das Genick zog. Er sah sie an. Ihre Haare wurden von der roten Glut der Sonne erfaßt, die in den Golf sank und die letzten Strahlen über die kleine Insel vor Florida sandte.

„Du hast das Wasser angestarrt, als ob du es nie wieder sehen würdest", sagte sie. Ihre Augenwinkel kräuselten sich belustigt. „Ich hab schon von ‚Augen, die alles in sich hineinsaugen' gehört, aber so ein bildhaftes Beispiel hab ich noch nie gesehen. Ich dachte, es sei Ebbe, aber es lag an dir."

Er sah sie nachdenklich an. Hübsches kleines Mädchen, seine Freundin. Das Sonnenlicht spülte rosafarben über ihre Haut und schimmerte auf den Kurven ihres Körpers. Eine Brise erfaßte ihre Haare und wehte sie in kleinen Strähnen hoch, die wie aufgerollte helle Federn im Wind trieben. Er fühlte, wie ihn ein heißes Verlangen nach ihr wie ein elektrischer Schlag durchzuckte. Er schüttelte einmal den Kopf, als wollte er ihn klar bekommen, und stapfte über den schmalen Strand in das kühle Wasser.

Er schwamm zu einer Sandbank hinaus, wo kleine Brecher heranrollten. Der Sand unter seinen Füßen fühlte sich glatt an, und er stand in der Brandung und hielt sich mühsam im Gleichgewicht. Dann drehte er sich zum Ufer um und sah sie wieder an. Sie lag auf den Knien und fuhr mit den Händen durch einen Priel, drehte rosige Muscheln um und hielt sie ins Licht.

Sie war ein Kind. Jahrhunderte lagen zwischen ihnen, ein größerer Golf als dieser hier, der zwischen den Ufern von Florida und Mexiko wogte. Er balancierte zwischen den Brechern und dem abfließenden Wasser. Kleine Sandpartikel wirbelten im Wasser um ihn herum, und ein kleiner Fisch schwamm ihm gegen das Bein, ein flüchtiger dunkler Strich, der in der Brandung verschwand.

Er schwamm los. Das salzige Wasser hielt ihn oben, und er schwamm hundert Meter bis zu einer Mole, deren von Seemuscheln aufgerauhte Pfähle von kleinen Wasserstrudeln umspült wurden. Er hielt sich fest und ritt auf den anbrandenden Wellen, ließ dann wieder los und schwamm erneut, bis er erschöpft ans Ufer watete. Als er herauskam, rann das Wasser in salzigen Bächen an ihm herab.

Liss reichte ihm ein dickes Handtuch, das von der Sonne warm war. „Hast du dir Appetit angeschwommen?"

Er trocknete sich ab und sah sich dann im letzten Licht der untergehenden Sonne die Muscheln an, die sie gesammelt hatte. Mit dem Daumen fuhr er über jede glatte Innenfläche. Er lauschte dem dumpfen Rauschen der flachen Wellen, fühlte, wie ihm der Schaum über die Füße lief und wieder abfloß, und dachte an ein anderes Ufer. Er dachte an einen flachen See in einem Sternenschiff namens „Widder", einen stillen See, dessen Gewässer niemals die Anziehungskraft des Mondes oder den Wechsel der Gezeiten zu spüren bekämen.

„Der Widder braucht jemanden wie Sie", hatte Gerstein ihm erklärt. „Jemanden, der die Reise leitet." Die Erde verlassen. Diese Sonne für immer hinter sich lassen. In einem dahinjagenden Kokon zu anderen Sonnen reisen. Und eines Tages – vielleicht – einen Fußabdruck auf einem anderen Ufer hinterlassen.

„Hungrig?" fragte sie wieder.

Er schaute auf. „Danke, daß du dich mit mir getroffen hast, Liss."

„Ist doch selbstverständlich", sagte sie.

Sie nahmen ihr Abendessen auf einer großen Veranda ein. Insekten klatschten gegen die unsichtbaren Wände, prallten zurück und flogen erneut auf das Licht der Kerzen auf ihrem Tisch zu. Das Haus des Ministeriums kauerte auf einer niedrigen Düne inmitten von ausladenden Seetrauben und Hibiskusbüschen, die ihre roten Blüten gegen die Nacht schlossen. Unter der Düne und jenseits des kleinen Strandes rollte die dunkle Flut heran, und der Schaum leuchtete im Mondlicht weiß auf.

Sie aßen Muschelsuppe und Avocadosalat und gegrillten Schnapper aus dem Golf und tranken gekühlten Weißwein, der leicht nach Kieseln schmeckte. Sie lobten den Wein und den Fisch, dann verstummten sie.

Liss schaute aufs dunkle Wasser, auf die schäumende Gischt, die zum Mond aufsprang, während er sie beobachtete. Kleine Freundin, dachte er, du hast Sorgenfalten im Gesicht. „Läuft alles mit deinem Studium?" fragte er schließlich. „Mit deiner Arbeit?"

Die Falten glätteten sich. Sie lächelte. „Ich mache Fortschritte. Das altehrwürdige Journalistenhandwerk sagt mir zu, glaube ich. Und du? Was ist mit deiner Arbeit ?"

„Die geht weiter." Er langte über den Tisch und nahm ihre Hand. Sie lag warm in der seinen. Er drehte sie um, hielt sie mit dem Handteller nach oben fest und betrachtete sie aufmerksam.

Sie lachte. „Willst du mir mein Schicksal weissagen?"

„Ich glaube schon, ja", sagte er. Er fuhr eine Linie in ihrer Hand nach. „Hier – ein langes Leben. Ein sehr langes Leben."

„Erstaunlich", meinte sie. „Was siehst du noch?"

„Hier" – er berührte sie wieder –, „ich sehe ein Kind."

Ihre Hand drehte sich ein wenig in seiner; sie wandte den Blick ab.

„Und hier sehe ich einen rechtskräftigen Vertrag mit einem viel älteren Mann."

Sie richtete den Blick wieder auf ihn, zog fragend die Stirn kraus.

„Und hier sehe ich Wege, die sich trennen." Er begann jetzt rascher zu sprechen, wobei er ihre Hand leicht in seiner hielt. „Hier sehe ich andere Interessen bei dir. Andere Menschen. Junge Männer. Du solltest es damit versuchen, weißt du."

Ihre Hand fühlte sich kalt an. Sie zog sie weg. „Vielleicht hast du recht. Vielleicht werde ich's tun."

Er hatte damit gerechnet, hatte es so gewollt. Warum fühlte er eine Leere, als sie ihm beipflichtete?

Ein paar Minuten später erhob sie sich. „Ich bin müde. Ich glaube, ich gehe ins Bett."

Er spreizte die Hände auf dem Tisch, musterte sie eingehend und machte keine Anstalten aufzustehen. „Ich nehme an, du fährst morgen früh ab."

„Ich glaube schon, ja", sagte sie. „Gute Nacht."

Ihr Zimmer lag neben seinem. Er lag auf dem Bett und hörte, wie sie sich im Bett bewegte, still dalag und sich wieder bewegte. Und dann hörte er ein abgerissenes Schluchzen. Eine Pause, dann kam es erneut.

Er setzte sich auf den Bettrand und umklammerte seine Knie, und als die Laute nicht aufhörten, stand er auf und ging zu ihrem Zimmer. Die Tür war nicht verschlossen. Er stieß sie auf und ging zu ihr. Es war dunkel im Zimmer; nur das Mondlicht fiel schwach herein, so daß er überhaupt etwas sehen konnte. Er berührte ihre Schulter. „Liss, was ist? Was ist denn?"

Sie hatte das Gesicht in den Händen vergraben. Er setzte sich zu ihr und zog ihr sanft die Hände weg. Ihre Tränen waren glänzende Spuren. „Was ist?" fragte er wieder.

„N-nichts." Aber sie begann zu schluchzen. Schließlich beruhigte sie sich. „Jeder Mensch sollte einen anderen haben", erklärte sie. „Einen, an dem ihm auch etwas liegt."

Er strich ihr übers Haar. „Ich weiß."

„Ich hab niemanden." Sie rieb sich die nasse Wange mit dem Handrücken ab. „Ich will mein Baby haben, Kurt. Ich will nicht, daß es in einem Wohnheim lebt. Ich will Alani haben. Ich will sie bei mir haben." Sie begann wieder zu weinen.

Er hielt sie fest, als ob sie ein kleines Mädchen wäre. Er hielt sie fest und tätschelte sie, bis der Mond untergegangen war und sie einschlief. Er hielt sie fest und lauschte auf die Brandung, die rauschend an den dunklen Strand schlug.

## 2. Kapitel

DER SALZWIND wehte David die Haare in die Augen. Er stand an einem schmalen Strand und spähte blinzelnd über das glitzernde Wasser hinaus. Die Brandung rauschte und warf ihr eigenes Echo zurück, während sie auf den Strand flutete, ihm eiskalten Schaum über die Füße laufen ließ und wieder ins Meer zurückströmte.

Er griff in seinen Rucksack und holte einen kleinen Rekorder heraus. Er überprüfte die Anzeigen, während er automatisch Regler einstellte und auf Tasten drückte. Das kleine Gerät war fast zu einem Teil von ihm geworden – eine elektronische Erweiterung von David Devier. In den zwei Jahren seit seiner endgültigen Entscheidung hatte er es beinahe täglich benutzt. Der Infraschallindikator, der seine Blips über einen winzigen Schirm zog, war die einzige Realität, die sein Leben zusammenhielt.

Eine gekrümmte Linie am Horizont wurde zu einer Scheibe und dann zu einem kleinen zweisitzigen Hover. Er kam rasch heran und tanzte dabei über die Wellen wie ein flacher Stein, der über einen Teich hüpfte. Er wurde langsamer, als er fast über ihm war, dann hörte er ganz auf, geradeaus zu fliegen, und sank langsam auf den Sandstrand herunter. Die Luke öffnete sich, und der stattlichste Mann, den David je gesehen hatte, stieg aus.

Sein Name war Jonathan Long.

Verblüfft starrte David den Mann an. Jonathan war ein Riese von Gestalt; er hatte Ähnlichkeit mit einem gewaltigen, spritzenden Wal. Und wie bei den Walen, denen er sich verwandt fühlte, war sein enormer Körper in Speck gehüllt, in wogende Massen von Fleisch und Speck.

Und das Innere dieses Wesens, eine Seele von sanftem

Glanz, leuchtete in seinen Augen, die Wärme ausstrahlten. Seine Stimme dröhnte wie die Brandung bei Sturm. „Hallo, David!"

Das Geräusch spülte über ihn weg. Der Walmensch, dachte er. Er ist tatsächlich wie ein Wal. Der nasse Sand unter seinen Fersen schmolz weg, und er machte einen raschen Schritt, um nicht das Gleichgewicht zu verlieren.

„Wie ich sehe, bist du bereit", sagte Jonathan. „Also, dann mal los!"

David nickte und folgte dem riesigen Mann zum Hover. Eine Minute später stiegen sie senkrecht nicht mehr als fünf Meter in die Höhe und flogen aufs offene Meer hinaus.

Jonathan bediente die Kontrollen mit einer Feinfühligkeit, die David nicht für möglich gehalten hätte, wenn er es nicht mit eigenen Augen gesehen hätte. Die Wurstfinger des Mannes berührten einen Hebel; die Maschine legte sich plötzlich in die Kurve und änderte die Richtung.

David sah die Hände des Mannes an. Er trug keinen Ring.

Jonathan sah den Blick und lachte. „Den hab ich seit den letzten siebzig Kilo oder so nicht mehr an der Hand gehabt." Er faßte sich vorn ans Hemd und zog den schwarz-goldenen Ring heraus, der ihm an einer Kette um den Hals hing. „Meine Finger sind zu dick dafür geworden. Sogar der kleine Finger. Also, jetzt erzähl mal", dröhnte er, „woher kommt dein Interesse an Walen?"

„Ich bin Musiker . . .", fing David an.

„Und du willst Walgesang in deiner Musik verwenden? Tja, mein Sohn, so leid es mir tut, das hat's alles schon gegeben. Vor langer Zeit."

„Nein, das stimmt nicht. Nicht das, was ich mache."

Jonathan warf ihm einen raschen Blick zu. „Und was ist das?"

„Ich zeig's Ihnen." David wühlte in seinem Rucksack herum und holte den Rekorder heraus. Er steckte eine kleine silberne Scheibe hinein und schaltete das Gerät ein. Der betörende Gesang des Buckelwals setzte ein. Als er endete, begann ein anderer, ähnlicher Gesang, der aber eindeutig verändert war. „Sie sehen, dieser ist anders."

„Natürlich ist er anders. Wale sind intelligent. Erfindungsreich. Ihr Gesang ist der Beweis dafür."

„Vielleicht ist das der Grund, warum sich niemand die Mühe gemacht hat, sich gründlicher damit zu befassen. Ich möchte, daß Sie sich noch etwas anhören." Er ließ eine weitere Scheibe in das kleine Gerät gleiten. Diesmal war der Gesang etwas tiefer und bestand aus Wiederholungen, ansonsten jedoch ähnelte er den knarrenden Tönen des ersten Gesangs.

„Und jetzt hören Sie zu!" David stellte die Regler an dem Gerät neu ein und spielte die Scheibe erneut ab. Diesmal war der Gesang höher und fast identisch mit Teilen des ersten Gesangs, aber andere Teile fehlten: die hohen Ping-Töne, die gedehnten, melodischen Quietschlaute. „Wissen Sie, was das ist?"

„Eine Spur einer Mehrspur-Aufzeichnung des Walgesangs", sagte Jonathan.

„Das denke ich auch", sagte David, „nur daß im Umkreis von Hunderten von Meilen keine Wale waren, als das aufgezeichnet wurde."

Jonathan schwieg für einen Moment. Sie glitten dicht über dem offenen Meer dahin, während die Wellen unten hochsprangen und den Hover beinahe berührten. Gischt verschleierte die Plexischeibe. Kaum hatten die Wischer es weggewischt, sprühte eine neue Schicht auf die Scheibe. „Also schön, David, du hast meine Neugier geweckt", sagte der Mann schließlich.

David grinste. „Ich glaube, ein Teil des Walgesangs ist umgewandelter Infraschall. Das war das letzte Band: der Klang der Felsen an ihren Brutplätzen, kleine Beben der tektonischen Platten. Ich sammle diese Bänder seit zwei Jahren. Ich glaube, Wale spüren Infraschall und transponieren ihn mehrere Oktaven höher. Ich glaube, sie benutzen ihn, um einander mitzuteilen, wie sie Nahrung finden."

Jonathan stieß die Luft skeptisch durch geschürzte Lippen aus. „Unmöglich. Das machen sie mit Echopeilung. Nicht mit Infraschall, sondern mit Ultraschall."

„Ja, um Planktonschichten und so weiter zu lokalisieren.

Aber woher wissen die anderen Wale, wo dieses Plankton ist? Woher wissen sie eigentlich, welche Richtung sie über Tausende von Meilen im offenen Ozean einschlagen müssen?"

Jonathan starrte ihn an, und dann breitete sich ein träges Grinsen auf dem massigen Gesicht aus. „So was wie *ping, ping* Plankton ist hier zwischen diesen *knarr, knarr* Felsen. Meinst du das?"

„So etwa. Jeder Berg und jeder Graben im Meer gibt einen anderen Infraschall von sich. Ich glaube, Wale imitieren das Geräusch, um den Ort zu beschreiben." David lachte. „So was wie ‚da unten beim *Grunz-Stöhn* gibt's was Gutes zu essen. Beim *Knarr* müßt ihr euch links halten.' Mit Echopeilung allein könnten sie das nicht schaffen, oder?"

„Na ja, wenn ein Wal frißt, könnte ihn ein anderer mit Ultraschall finden", vermutete Jonathan.

„Aber später? Wenn der erste Wal das Gebiet schon verlassen hat? Wie könnte er die Nachricht sonst an die anderen Wale weitergeben? Ich glaube, es muß eine Infraschallsprache sein. Was meinen Sie?" fragte er Jonathan. „Sie sind der Fachmann."

„Ich?" Jonathans Hand lag leicht auf den Kontrollen. „Ich bin kein Fachmann, David. Ich bin ein Vagabund. Ein Walvagabund. Du weißt nicht, was dieser Ausdruck bedeutet, oder? Es ist ein archaisches Wort für Nichtstuer."

David sah ihn erstaunt an. „Sie müssen der Fachmann sein."

„Ich muß? Ich muß gar nichts, David. Darum kümmert sich die Regierung." Er berührte die Kette um den Hals. „Mit diesem Ring kann ich alles haben, was ich will – ich muß nur dafür sterben."

„Aber . . .", setzte David an. Dann hielt er inne. Er wußte nicht, was er sagen sollte.

„Oh, am Anfang hatte ich noch große Pläne und große Hoffnungen!" sagte Jonathan. „Aber nach meiner endgültigen Entscheidung bin ich irgendwie von diesen Plänen abgekommen. Ich wollte Biologe werden. Wollte diese großen Trantüten da draußen studieren." Ein klägliches Grinsen zog ihm übers Gesicht. „Ich weiß nicht genau, was passiert ist. Depressionen, schätze ich. Mir kamen Zweifel. Ich hatte mich dafür entschieden, für die Wissenschaft zu sterben. Das Problem ist, daß sie vorher für mich gestorben war."

„Dann sind Sie also nicht – ich meine, Sie haben keine . . ."

„Ich jage den Walen nach, David. Über die ganze Welt. Ich hatte seit zwanzig Jahren keinen neuen Gedanken mehr." Er legte den Hover schräg in die Kurve und wendete. David wurde flau im Magen.

„Aber jetzt erzähl mir was von dir", bat Jonathan. „Wie willst du diesen Infraschall in deiner Musik verwenden?"

Ihm war übel. Er wußte nicht, was er darauf antworten sollte. Er sah den großen Mann an, der neben ihm saß, und empfand heiße Scham.

Jonathan war zumindest ehrlich. Ehrlich genug, das zuzugeben, was er selbst sich nicht eingestanden hatte. Was er sich nicht einzugestehen wagte. Jetzt konnte er sich nicht länger belügen. Das Sammeln von Infraschallbändern war eine Ausrede dafür, daß er nicht arbeitete – daß er nicht imstande war zu arbeiten. Seit seiner endgültigen Entscheidung vor zwei Jahren hatte er keine neue Note geschrieben.

Gnädigerweise dröhnte Jonathans Stimme durch seine Gedanken. „Wal in Sicht, David. Wal in Sicht!"

## 3. Kapitel

ES WAR nach Dienstschluß. Oberst Gunnar Holst entspannte sich im Gemeinschaftsraum des WT-Satelliten, der im stabilen Orbit am LeGrange-Punkt 5 hing. Er trank ein Bier. Es stammte aus der letzten Lieferung und war kälter, als es ihm recht war.

Er trank das Bier in kleinen Schlucken, wärmte es in den Händen und sah zu, wie sich das neueste 3-V-Drama entwickelte. Er achtete nicht auf die eindrucksvolle Schönheit der vollen Erde draußen vor der gekrümmten Sichtluke des Gemeinschaftsraums. Der Anblick berührte ihn nicht mehr, außer wenn er zu viel getrunken hatte und Heimweh bekam. Er gehörte jetzt seit mehr als dreißig Jahren zur Elitetruppe der

Wächter, und nur wenige Naturwunder waren es ihm wert, nachdenklich durch dieses gebogene Stück Glas betrachtet zu werden.

Allerdings war er alles andere als ein nachdenklicher Mensch. Seine Sicht der Dinge ließ sich mit ein paar Worten zusammenfassen: Wer die Macht hat, hat das Recht, und Befehle sind dazu da, befolgt zu werden. Seine Befehle kamen – wenn überhaupt – von der Erde. Seine Vorgesetzten waren die vereinigten Ministerien der Weltko. Nur die vereinigten Ministerien hatten die Befugnis, den Einsatz der L-5-Sprengköpfe durch die Wächtertruppe anzuordnen. In der Zwischenzeit wartete er und hielt die Hochbasis.

Er fuhr sich mit der freien Hand über den kugelrunden Kopf und hielt das Bier in der anderen. Das Drama war eine Serie, die sie von Vesta bekommen hatten. Er sah zu, wie die kleinen dreidimensionalen Figuren ihre Rollen spielten. Es war eine Geschichte über eine Gruppe tapferer Menschen, die einen fernen Planeten kolonisiert hatten und von einer erbarmungslosen und korrupten Föderation geopfert wurden. Eine der Hauptfiguren hatte sich zwischen ihrer neuen Heimat und einem Dasein als Marionette der Regierung entscheiden müssen.

Die kleine Holofigur stand tapfer vor dem Schurken der Föderation. Sie wußte, daß sie sterben würde, und nahm ihr Schicksal tapfer auf sich. „Was ich jetzt tue", erklärte sie, „ist weitaus besser als alles, was ich je zuvor getan habe . . ." Das winzige Aufblitzen eines tödlichen Smazers, dann ein brutzelndes Geräusch, und der kleine Mann war verschwunden.

Holst nickte zustimmend. Eine solche Sendung brachte einen zum Nachdenken. Er fragte sich, wie es wäre, für ein Ideal zu sterben. Irgendwie wußte er, daß es ewigen Lohn bringen würde, für die Freiheit zu sterben, wie es der Mann in der Geschichte getan hatte. Kosmischen Lohn. Ein besseres Leben, dachte er. Der Lohn.

Freiheit.

Plötzlich wurde ihm klar, daß ihm die Freiheit wichtiger war als alles andere. Auf diese Offenbarung hin nickte er wieder und nahm einen Schluck von seinem warm gewordenen Bier. Dabei strich er mit den Fingern sinnend über das schwere silberne T, das ihm am Hals hing.

## 4. Kapitel

DAVID döste in seinem Abteil im Raumspringer, als das Signal aufleuchtete. Es war Zeit, das Netz für die Landung auf Vesta anzulegen. Benommen zog er an dem Hebel. Hauchfeine Fäden umhüllten ihn.

Der Visischirm zeigte die felsige Krümmung des Asteroiden in der Schwärze des Alls. Sterne leuchteten hinter Vestas Horizont.

Er hatte bruchstückhafte wirre Träume gehabt. Sie blieben wie feiner Nebel an ihm hängen. Vor sieben Jahren hatte man ihn in den Raumspringer zur Erde gesetzt. Damals war Liss in einem Nachbarabteil mitgeflogen; ihr Gesicht auf dem kleinen Schirm hatte ihn die ganze Zeit begleitet. Im Traum sah sie noch genauso aus – ein sommersprossiges Kind mit blauen Augen, aber irgendwie auch beinahe erwachsen. Sie flog zu den Feiern nach Vesta zurück.

Er schüttelte den Kopf, um ihn klar zu bekommen, und streckte die Hand nach dem Trinkschlauch in der Wand rechts von ihm aus. Der Schlauch glitt heraus, und er nahm einen tiefen Schluck. Die letzte Hoffnung des Traums schwand dahin. Liss würde nicht hier sein. Sie war auf Hoffmeir geboren; dort würde sie in die Gemeinschaft der Erwachsenen aufgenommen werden.

Er hatte Hoffmeir noch nie gesehen. Alles, was er davon wußte, war das, was Liss ihm erzählt hatte – daß es ein künstlicher Wohnsatellit mit einer Künstlerkolonie und einer Universität war, wo auch eine Reihe von Regierungsbeamten lebte. Daraus versuchte er sich eine Vorstellung von Liss' Heimat zu machen, aber vor seinem geistigen Auge wollte kein Bild erstehen.

Auf dem Schirm öffneten sich die gewaltigen Tore des Raumhafens von Vesta. Er kam tatsächlich nach Hause. Da er nicht wußte, was er empfinden sollte, entschied er sich für ein Gefühl zwischen Angst und Nervosität. Heute war er David Devier; morgen würde er seine Eltern kennenlernen. Morgen würde er jemand Bestimmtes sein.

LEUTE starrten ihn neugierig an, als er von Bord ging und mit dem Zontilator zum Bahnsteig des Pfeils fuhr.

Er trug die Kleidung eines Erdbewohners. Die Kapuze seines Oberhemds war nach hinten geklappt, so daß ihr Futter zu sehen war, das Rosarot der Musik. In der regulierten Luft von Vesta war ihm warm in dem Hemd.

Er rückte den Rucksack über der Schulter zurecht. Das Gepäckstück kam ihm leicht vor; er selbst kam sich leicht vor, leicht wie eine Entenfeder. Seine von der Anziehungskraft der Erde gekräftigten Muskeln konnten ihn mit einem Riesensatz über die Leute wegsegeln lassen, da war er sicher. Er schaute von einem Gesicht ins andere und hoffte, eins zu sehen, das er kannte. Es waren alles Fremde. Zwei Minuten später bestieg er den Pfeil nach Sektor sechs.

DER PFEIL fuhr vom Bahnsteig ab, beschleunigte und jagte durch einen Tunnel, bis er in das Tageslicht der Peripherie hinausschoß. Häusergruppen kauerten zwischen Anhäufungen von Grün. Eine Minute später raste der Pfeil am Dome-Lake-Park vorbei. Das Wasser spiegelte das Blau der gewölbten Kuppel über ihm wider.

Er hatte vorgehabt, direkt zu seinem alten Wohnheim zu fahren, statt dessen stieg er bei der Pfeilnabe ab und nahm den Sublift zur Versorgungsebene.

Er kam bei Tageslicht an einem Getreidefeld heraus. Landwirtschaftsroboter fuhren schwungvoll an den Reihen entlang. Ihre Pflugmesser wirbelten.

David ging zu Fuß los. Es war so merkwürdig, wieder hier zu sein. Es kam ihm vor, als ob sein Körper und sein Geist überhaupt nicht mehr mit Vesta im Einklang wären. Er griff in seinen Rucksack und holte seinen kleinen Rekorder heraus.

Die Nadel begann im Hörbereich auszuschlagen. Sie fing das leise Summen der Maschinerie auf, den mechanischen

Pulsschlag von Vesta. Er drehte an einem Regler. Andere Sensoren gingen an die Arbeit. Er beobachtete die Indikatorausschläge – den Infraschall von Vesta selbst, unter der Hörschwelle liegende Geräusche des Felsgesteins von Vesta, das sich Molekül auf Molekül ausdehnte und wieder zusammenzog. Sie waren rhythmisch, langsam und anders als alle Ausschläge auf der Erde, die er je gesehen hatte.

Er fing an, die Ausschläge in den Hörbereich zu transponieren, aber als er den Regler berührte, klatschte ihm ein dicker Wassertropfen auf die Nase, dann ein weiterer ins Auge. In ein paar Sekunden würde er im Regen stehen; es war ein programmierter Schauer. Er rannte los, hastete mit gesenktem Kopf zum Sublift zurück, sprang an Bord und fuhr wieder zur Pfeilnabe hinauf.

„DEN NAMEN, bitte", verlangte die Frau. Sie trug die grüne Uniform des Wohnheimzentrums für Heranwachsende.

Er kannte sie nicht. „David Devier."

Sie gab einen Code ein. Dann nickte sie. „Sieben zweiundzwanzig." Sie gab ihm einen Zettel, auf dem seine Nummer aufgeprägt war.

Er hielt ihn in der Hand und blieb einen Moment lang verwirrt stehen. Er hatte den Weg vergessen. Er sah sich in dem großen Raum um. In welcher Richtung lag Korridor sieben? Nichts sah bekannt aus. Dann erspähte er ihn, lief durch den langen Flur zu einem Bereich mit der Aufschrift „Zwanzig – Vierzig" und ging hinein.

Er hatte früher nie in diesem Teil gelebt, sondern auf der Ebene direkt darunter. Er stand in einem großen Gemeinschaftsraum. Eine Wand schimmerte grün, während die Worte WILLKOMMEN, ERWACHSENE in Kobaltblau hervorstachen. Ein großer Weinbrunnen sprudelte in der Mitte des Raumes. Sieben oder acht Jungen in seinem Alter standen herum und füllten Weingläser an strohgelben Kaskaden. Ein Dutzend lümmelte sich auf weichen Sofas, unterhielt sich oder sah sich die 3-V-Parade jüngerer Kinder an, die mit festlichen Bannern auf der Hauptesplanade entlangmarschierten.

Mit dem Rucksack in der Hand stand er an der Tür und hielt

nach jemandem Ausschau, den er kannte. Dann ging er zögernd zum Weinbrunnen, ließ ein Glas vollaufen und schaute sich langsam in dem Raum um.

„Wer ist das?" fragte einer.

„Wo?" fragte ein anderer.

Nur die Geräusche des plätschernden Brunnens und der 3-V-Parade waren noch zu hören, als alle Stimmen verstummten und sich jedes Augenpaar im Raum auf ihn richtete.

„Das ist 'n Sterbie", sagte eine Stimme.

„Ist das David?"

„Es ist David", sagte ein rothaariger Junge.

Jemand stieß ihn am Ellbogen an. Sein Glas schwappte über; ein kleines Rinnsal lief an der Seite herunter und tropfte auf den Boden. Er nahm einen raschen Schluck und trank das Glas leer.

Sie begannen alle gleichzeitig zu reden. „Der sieht gar nicht so anders aus als wir."

„Noch nicht."

„Abgesehen von seinen Klamotten."

„Donnerwetter, schau dir mal seinen Ring an!"

„Wieso trägt er denn Rosa?"

Er stand da und starrte sie an. Er merkte, wie sich in seinem Kopf alles zu drehen begann. Ob es am Wein oder an der Menge um ihn herum lag, wußte er nicht so genau.

Dann sagte ein blonder Junge: „Laßt ihn eine Weile in Ruhe, ja?" Die Menge zog sich zurück und begann sich zu zerstreuen. Der Junge nahm ihn am Arm. „Wie ist deine Nummer?" fragte er.

„Zweiundzwanzig."

Sie verließen den Gemeinschaftsraum, kamen auf einen Flur und gelangten zu einem anderen Raum. Fünf Betten waren an der Wand aufgerollt. „Du schläfst hier", sagte der Junge. „Ich bin da drüben. Erinnerst du dich an mich? Ich bin Martin."

Erinnerungen an einen dicklichen Jungen, der im Bett neben ihm schnarchte, wurden hochgewirbelt. Sie waren Freunde gewesen, aber das war so lange her. Wie nahm man die Fäden einer Kinderfreundschaft am besten wieder auf? Er wußte es nicht so recht, war jedoch froh, es versuchen zu können.

Er grinste. „Ja, ich erinnere mich an dich." Er hielt Martin die Hand hin.

Der Junge sah Davids Hand an und machte ein paar Sekunden lang keine Anstalten, sie zu ergreifen. Dann streckte er steif den Arm aus und nahm sie. „Ich bin hier Monitor. Ich werde aufpassen, daß dich alle in Ruhe lassen."

Davids Grinsen erlosch allmählich. „Ich dachte, wir könnten uns vielleicht unterhalten."

Der Junge zog seine Hand zurück. „Oh! Tja, das wäre nett. Aber ich hab im Moment viel zu tun." Martin drehte sich um, hielt inne und fügte dann hinzu: „Sag mir, wenn dich jemand belästigt. Wenn es Probleme gibt, bin ich verantwortlich." Der Junge sah ihn für einen Moment an, drehte sich erneut um und verließ den Raum.

DAVID saß ein paar Minuten lang reglos da und versuchte zu begreifen, was hier vorging. Dann stand er auf und ging in den Gemeinschaftsraum zurück. Martin stand mit einer Gruppe von Jungen am Brunnen.

Als David hereinkam, hörten sie auf zu reden und starrten ihn neugierig an.

Er betrachtete sie der Reihe nach und erinnerte sich an sie. Das waren die Jungen, mit denen er die ersten elf Jahre seines Lebens verbracht hatte. Sie waren den größten Teil ihres Lebens gemeinsam zur Schule gegangen, hatten in einem Zimmer geschlafen und miteinander gegessen. Neben dem Brunnen stand Jeremy – der rothaarige Jeremy mit der blassen Haut. Sie hatten die dicke Mutter Chin mit ihrem Unfug verrückt gemacht. Auf dem weichen Sofa dort an der Wand hockte Michael, dicklich und ein bißchen begriffsstutzig, aber stets ein Freund. Er hatte Michael fast jeden Abend bei Mathe geholfen. Er schaute von einem zum anderen, während sich tausend Erinnerungen in seinen Kopf drängten. „Es war schön, euch alle noch ein letztes Mal zu sehen", erklärte er schließlich.

Während sie ihn mit großen Augen anblickten, schulterte er seinen Rucksack und ging hinaus.

Er hatte keine Ahnung, wohin er ging, er wußte nur, daß er von hier – von ihnen – weg wollte.

Er tauchte für kurze Zeit aus dem Wirrwarr seiner Gedanken auf und stellte fest, daß er im Pfeil saß, der zur Hauptesplanade fuhr. Der Schmerz spülte mit jäher Plötzlichkeit wieder über ihn hinweg. Sie hatten ihm das Gefühl gegeben, ein mißgestaltetes Ding zu sein, das ins Reagenzglas eines Biologen gehörte. Für wen hielten sie sich eigentlich? Dieses Technikerpack!

Der Pfeil hielt seufzend inmitten der glitzernden Lichter von Vestas Herz an. Er stieg aus und betrachtete den Zontilator. Dieser trug ihn auf der Promenade an der Arena und dem Konzertsaal vorbei und in einen Bereich voller Restaurants, Geschäfte und Bars. Er stieg vom Zont auf den festen Gehweg daneben hinunter. Auf diesem lief er eine Zeitlang weiter. Er fühlte sich wie betäubt und sehr allein.

Ein aufleuchtendes Schild über einer Tür fiel ihm ins Auge: Die Ringe. Er ging hinein.

Es war dunkel. Holos der äußeren Planeten hingen knapp über Augenhöhe; ihre Ringe drehten sich langsam in einem halb durchsichtigen Orbit. Er fand einen Platz in einer kleinen Nische dicht bei der Tür. Auf den Druck seines Körpers auf den Sitz hin leuchtete eine kleine Kommunikatorbank auf. „Womit können wir Ihnen dienen?“ fragte eine Stimme.

Er hatte überhaupt keinen Hunger. Er überlegte einen Augenblick lang. „Wein. Ich möchte ein Glas Wein.“ Er schien den Abend genausogut auf diese Weise verbringen zu können.

„Gewiß.“ Eine Weinkarte erschien.

Die Karte sagte ihm gar nichts. Er drückte aufs Geratewohl eine Sorte.

„Kreditkarte, bitte.“

Einen Moment lang geriet er in Panik; er hatte keine Karte. Dann fiel es ihm wieder ein, und er drückte den Ring auf das Kredexfeld. Ein rascher blauer Blitz, und gleich darauf öffnete sich eine kleine Klappe. Er langte hinein, nahm sein Glas Wein heraus und begann zu trinken. Er bemerkte es kaum, als der Mann und die Frau an seinen Tisch kamen.

„Wir haben deine kleine Transaktion gesehen“, begann sie.

Er blickte verdutzt auf.

„Deinen Ring." Sie glitt auf den Platz neben ihm. „Hast du etwas dagegen, wenn wir uns zu dir setzen?"

„Ich glaube nicht." Ihre Aufmerksamkeit verwirrte ihn ein bißchen.

„Ich bin Mria", sagte die Frau. Sie war sehr hübsch. Ihre Haare waren lang und hell. Als sie sich zu ihm hinbeugte, fiel ihm eine Strähne davon über die Hand.

„Du kommst gerade vom Springer, stimmt's?" fragte der Mann. Er war schlank und hatte dunkle gelockte Haare.

David nickte.

„Das wußte ich", sagte der Mann. Er streckte die Hand aus, berührte Davids Schulter und drückte sie sanft. „Mein Name ist Ric. Und wie heißt du?"

David blickte von einem zum anderen. „David. Ich heiße David."

„Bist du zum großen Tag morgen hier?" Ric ließ ihm die Hand auf der Schulter liegen.

David nickte.

„Haben wir uns gedacht", meinte Mria. Ihre Hand senkte sich leicht auf die seine. Sie berührte seinen Ring, erschauerte und preßte die Schulter an ihn.

Sie roch wundervoll. Es war lange her, daß ein Mädchen ihn so berührt hatte. Er lächelte sie schüchtern an.

Sie sah ihm tief in die Augen, und er erwiderte den Blick. Ihre Augen waren blaßgrün. „Du bist hübsch", platzte er heraus.

Sie legte kokett den Kopf schief. Ein Mundwinkel hob sich zu einem Lächeln. „Du bist sehr süß, David." Ihre Finger bewegten sich und verflochten sich mit seinen. Er fühlte ein Pulsieren im Unterleib. Er wußte nicht, was hier geschah, aber es war sehr angenehm. Und sie roch so gut.

Rics Hand begann ihm die Schulter zu kneten. „Erzähl mal, David! Wie gefällt's dir hier bei uns?"

„Prima", stammelte er.

Ric rückte näher an ihn heran und ließ die andere Hand auf Davids Bein sinken. Seine Finger spielten über seinen Oberschenkel.

Er merkte, wie er sich verspannte. Die Hand strich an seinem

Bein entlang und bewegte sich massierend nach oben zu seinem Unterleib. Er schob den Körper von Ric weg und merkte, daß er dabei mit Mria zusammenstieß. Er wurde knallrot im Gesicht. „Hör auf!“ verlangte er.

Die Hand hielt inne und bewegte sich dann wieder.

„Hör auf, bitte!“

„Laß ihn in Ruhe, Ric!“ sagte Mria. „Er mag dich nicht. Er steht nicht auf Männer.“

Die Hand blieb liegen, zwickte ihn bösartig und war fort. Ric stand auf und funkelte ihn an. „Überleg's dir lieber noch mal, kleiner Sterbie. Du wirst nicht mehr lange so gut aussehen.“ Mit einem letzten bösen Blick drehte er sich um und ging hinaus.

„Das tut mir leid“, sagte Mria. „Ric ist manchmal ein bißchen unangenehm.“

Ungeheuer erleichtert, daß der Mann gegangen war, lehnte sich David auf seinem Platz zurück und atmete tief durch. Er war immer noch rot. Er wußte nicht, was er zu ihr sagen sollte. „Möchtest du – möchtest du ein Glas Wein oder irgendwas?“

„Das wäre toll, David.“ Ihr Haar streifte ihm die Wange.

Er bestellte zwei Gläser. Allmählich verspürte er ein leichtes Schwindelgefühl und wurde ein bißchen schläfrig.

Sie nippte an ihrem Wein und beugte sich näher zu ihm. Er merkte, wie sich ihr Schenkel in voller Länge an seinen drückte. In seinem Unterleib pochte es. „Warum sitzt du hier drüben? Bei mir?“

„Du machst mich an, David.“ Ihre Finger begannen sein Ohrläppchen zu erforschen.

„Wirklich?“ Sein Ohr fühlte sich warm an. Wahrscheinlich war es genauso rot wie sein übriges Gesicht. Er nahm einen ordentlichen Schluck Wein.

„Du bist so frisch. Wie eine Blume. Etwas, das man pflücken muß, bevor es verblüht.“ Sie berührte seinen Hals. „Sie verblühen so schnell.“

Allmählich dämmerte es ihm. „Es ist, weil ich sterblich bin. Deshalb bist du – deshalb mache ich dich an.“

„Du hast's erfaßt.“ Ihre Finger wanderten nach oben in

seine Haare, und in seinem Nacken prickelte es. „Die anderen wie ich – die sind immer da. Wann immer man sie will. Aber du . . ."

Ihm war elend zumute. Er merkte, wie sich sein Körper versteifte und ihm schlecht wurde. Er schob sich von ihr weg und starrte sie dabei die ganze Zeit mit großen dunklen Augen an. Dann stand er auf und warf sich seinen Rucksack über die Schulter. „Ich muß jetzt gehen", sagte er, und dann war er durch die Tür draußen und rannte den Gehweg entlang, als ob Dämonen hinter ihm her wären.

BEI DER ersten Unterkunft, die er sah, stieg er vom Zont ab. Die Lobby des State Hotel war leer. Er verlangte ein Zimmer vom Kommunikator und drückte seinen Ring auf das Kredexfeld. Auf dem Schirm leuchtete ein Schaubild auf, das ihm zeigte, wohin er gehen mußte, und ihm seine Schloßnummer gab. Nach ein paar Minuten hatte er sein Zimmer gefunden, die Nummer eingegeben und die Tür hinter sich geschlossen.

Er stellte seinen Rucksack auf den Boden und prüfte den Betthebel. Er kannte den Typ nicht, aber der Verschluß gab auf seine Berührung hin nach, und er sank aufs Bett, fast noch bevor es sich ausgerollt hatte. Er war erschöpft.

Er lag vielleicht zehn Minuten lang auf dem Rücken, starrte an die rosarote Deckentäfelung und bemühte sich, nicht über die Dinge nachzudenken, die seinen Geist bestürmten. Zweimal hatte er sich heute wie eine Mißgeburt gefühlt, wie eine törichte, elende Mißgeburt – etwas, vor dem normale Menschen den Blick abwenden oder das sie anstarren, um ihre Neugier zu befriedigen.

Die Gedanken wollten nicht weichen. Egal, wie sehr er sich abzulenken versuchte, sie kamen immer wieder zurückgeschlichen, wucherten und drängten sich in seinen Geist. Nach ein paar weiteren Minuten setzte er sich auf und griff nach seinem Rucksack. Er öffnete ihn und holte seine Flöte hervor. Dabei fiel ein halbes Dutzend silberner Bänder heraus. Er sah sie trübselig an und erinnerte sich an seine Begegnung mit dem Walmenschen.

Seit zwei Jahren sammelte er nun sein Material, seinen wunderbaren Infraschall. Er hatte die Bänder als Ersatz für seine Arbeit benutzt, aber damit war jetzt Schluß. Er schob sie beiseite und setzte seine Flöte zusammen. Er würde diese Gedanken nehmen, die ihm den Kopf verstopften, diese Gefühle, die ihm am Gehirn zerrten, und sie durch seine Flöte hinauspusten. Er konnte sie umwandeln und austreiben.

Vor seinem geistigen Auge sah er flüchtig, welche Wirkung das Stück haben würde, das er schreiben wollte. Jetzt betrachteten sie ihn vielleicht als ein fremdartiges Geschöpf aus den Tiefen des Alls oder so etwas, aber nicht mehr lange. Sie würden zuviel damit zu tun haben, an Eintrittskarten für seine Konzerte heranzukommen und ihn um sein Autogramm auf ihren Programmheften zu bitten.

Er begann leise auf seiner Flöte zu spielen. Die hauchigen Töne stiegen und fielen in einer mühelosen Tonleiter und dann in einer Reihe von Arpeggios. Er mußte sich ein bißchen einspielen, sagte er sich, dann würde er die Ideen fließen lassen.

Während er Tonleitern und Übungen spielte, kam ihm der nagende Gedanke, daß er sich nicht für ein Konzert einspielte, sondern daß er Musik zu schreiben versuchte. Oder nicht? Nun, wenn das stimmte, warum übte er dann die Finger und nicht den Geist? Und wie konnte er den Geist einspielen?

Er konzentrierte sich stärker auf die Musik, die er schreiben wollte. Er warf die Flöte aufs Bett und lief im Zimmer auf und ab, summte Melodiefetzen vor sich hin und verwarf sie als Imitationen – oder schlimmer: als mittelmäßig.

Morgen wird es besser gelingen, dachte er schließlich. Morgen würde er seinen Eltern begegnen. Er würde irgendwohin gehören. Aber dann konnte er nicht umhin, sich zu fragen: „Und danach, was ist dann?" Er war jetzt ein Sterblicher. Früher oder später würde er sich von der Welt seiner Eltern lösen müssen. Er würde schöpferisch arbeiten müssen. Unbedingt. Das war alles, was ihm jetzt noch geblieben war.

Er setzte sich wieder aufs Bett und hob die Flöte an die Lippen. Eine Stunde lang spielte er mit der Geschicklichkeit langer Übung mühelos Tonleitern und Arpeggios. Und die ganze Zeit über liefen ihm die Tränen über das Gesicht.

ZUERST konnte er sich nicht erinnern, wo er war. Er rollte sich herum, ließ den Blick durch das Zimmer schweifen, rieb sich den Schlaf aus den Augen und sah sich erneut um. Allmählich fiel es ihm wieder ein – das Hotel. An der Tür leuchtete immer noch das Schloßlicht.

Er sprühte sich sauber, zog die Kleider aus dem Ultrason und freute sich, daß sie sich wieder frisch anfühlten. Frischer als ich selbst, dachte er, als er seinen Rucksack aufhob und das Hotel verließ. Auf der Esplanade draußen trat er auf den Zont und machte sich auf den Weg zur Arena. Es herrschte lebhafter Verkehr. Anscheinend war ganz Vesta ebenfalls dorthin unterwegs.

Banner flatterten im Luftstrom der Lüfter, als er vorbeifuhr. In der Nähe der Arena marschierte eine uniformierte Gruppe zwölfjähriger Mädchen in Formation und wirbelte Schilder herum, die im Tageslicht hell glitzerten. Einem Mädchen rutschte das Schild aus der Hand. Es wirbelte in einem silbrigen Bogen über sie hinweg, bis es in Reichweite eines Wohnheimvaters herunterfiel. Grinsend warf er es dem errötenden Mädchen zurück.

An den Toren der Arena flatterten weitere Banner, und er konnte drinnen eine Musikgruppe spielen hören. Die Frau, die hier die Aufsicht zu führen schien, warf einen Blick auf seinen geprägten Zettel. „Gib deinen Rucksack bitte hier ab."

Er nahm ihn von der Schulter und gab ihn ihr.

„Zweiter Lift", sagte sie, „dann rechts."

Er fand sich unmittelbar vor einer Tür wieder, die zum zentralen Atrium der Arena führte. Eine Frau in einer grünen Uniform hielt in ihren knappen Anweisungen an die Gruppe inne und warf ihm einen strafenden Blick zu, weil er so spät kam. Er steckte sich das Abzeichen, das sie ihm gab, ans Hemd und reihte sich befangen in die Gruppe ein. Gleich darauf schwangen die Türen auf, und sie marschierten in die Arena. Obwohl nicht mehr als neunzig Achtzehnjährige bei ihm waren, war die Arena gerammelt voll. Er hatte noch nie so viele Menschen auf einmal gesehen.

Ein Orchester spielte das Lied der Treue. Dann rannte auf einmal eine Schar von Kindern, die ihm irgendwie bekannt vorkamen, vor David über das Feld. Er runzelte verwirrt die Stirn. Warum waren sie da? Und wieso kamen sie ihm so bekannt vor? Dann grinste er plötzlich. Er wußte, warum. Was er da sah, waren er selbst und der Rest der Truppe – Holos aus seiner Kindheit.

Der Strom der Kinder löste sich auf. Dann begannen die formalen Vorstellungen. Ein Holo von einem Baby in einer winzigen Krippe erschien. „Ginna Avier", sagte eine Stimme. Die Menge applaudierte raschelnd.

Es ging weiter auf der Liste. Bei jedem Namen leuchtete das Holo eines Säuglings auf. Als die Stimme „David Devier!" rief, war er entsetzt über das schreiende rote Etwas, das er zu sehen bekam. Er war erleichtert, als Janna Desieben in Gestalt eines Babys seinen Platz einnahm.

Die Holo-Parade ging während der langen Zeremonie weiter. Er sah sich als Kleinkind, als schwächlichen Sechsjährigen und hoch aufgeschossenen Zehnjährigen. Er fragte sich, wie seine Eltern wohl auf diese Bilder reagierten. Sie würden zur Erinnerung eine Reihe von Holos bekommen, eins aus jedem Alter. Er schnitt eine Grimasse. Vielleicht würden sie das von ihm als Baby nicht haben wollen.

Auf ein Zeichen des Orchesters hin lief eine Gruppe junger Mädchen in die Arena – echte Mädchen, bemerkte er, keine Holos. Sie trugen den Farbcode, den er getragen hatte, als er damals von Vesta fortgeflogen war – hellblau, also waren sie zwischen zehn und zwölf Jahre alt. Sie hatten einen Tanz eingeübt.

Als die Musik einsetzte, fingen sie mit einer Reihe gymnastischer Bewegungen an, die anders waren als bei den Tänzen auf der Erde, die er gesehen hatte. Dann wurde ihm klar, warum. Der Unterschied lag in der geringen Schwerkraft von Vesta – hohe Überschläge in der Luft, die auf der Erde unmöglich gewesen wären.

Sie waren wirklich sehr gut. Wahrscheinlich hatte man sie

ausgebildet, seit sie vier oder fünf Jahre alt waren. Ein Mädchen unterschied sich jedoch von den anderen.

Sie tanzte ganz in der Nähe von David. Sie war winzig und reizend, und ihr zartes, herzförmiges Gesicht bog sich von der geschwungenen Linie ihres Armes weg, während sie sich zur Musik bewegte. Die schrägen Augen waren dunkelgrau und ernst, während sie ins Publikum schauten, aber der Mund verzog sich zu einem Lächeln.

Er konnte den Blick nicht von ihr wenden. Wenn sie tanzte, dann schwebte sie und glitt dahin, schwang sich hoch hinauf und flog. Als es vorbei war und die Mädchen vom Feld liefen, verspürte er ein Gefühl des Verlusts und hatte keine Ahnung, warum.

Andere Tänzerinnen, Sänger und Luftakrobaten folgten. Dann begann das Orchester die ergreifenden Akkorde von „Unsere Neuen Erwachsenen" zu spielen. Auf dem Feld, das von den Händen eines Visiographen verwandelt wurde, blühten Rosen. Es war nicht so geschickt wie Lindners Arbeit, aber sehr wirkungsvoll.

Als die Musik des Orchesters verklang, sagte eine Stimme: „Ginna Avier, deine Eltern heißen dich willkommen." Das Mädchen stand auf und ging schüchtern in die Mitte der Arena. Von einer Seite kamen ein Mann und eine Frau auf sie zu. „Der Ehrenwerte Cayse Rabb, die Bürgerin Lee Dana Rabb."

Das Paar trat zu dem Mädchen. Sie sagten etwas, aber David konnte es nicht verstehen; dann gaben sich alle drei die Hände und küßten und umarmten sich schließlich.

Seine dunklen Augen leuchteten, aber er hatte das Gefühl, als ob er innerlich bebte. Er wußte, daß seine Eltern wichtige Leute waren. Das mußten sie sein; außer den Sterblichen durfte sich sonst niemand fortpflanzen.

„Meinen Glückwunsch, Ginna Rabb", sagte die Stimme, und das Mädchen ging langsam zu seiner Gruppe zurück. Sie würde ihre Eltern später beim Abendessen und den Festlichkeiten im Anschluß an die Zeremonie wiedertreffen. Dort stellten die Eltern ihren neuen Sohn oder die neue Tochter dann ihrem Freundeskreis vor.

Mit dem Aufruf jedes neuen Namens wuchs Davids Nervosität. Schließlich hörte er seinen eigenen. Er ging in die Mitte und schaute ängstlich zu der Elterngruppe hinüber. Ein Paar löste sich heraus und kam auf ihn zu.

„Der Ehrenwerte Ivan Trofimoff und die Erste Bürgerin Ruth Stine Trofimoff."

Sie hatten jetzt den halben Weg zu ihm zurückgelegt. Trofimoff, dachte er. Das war sein Name. Er sprach ihn leise aus: „Tro-fim-off, David Trofimoff." Dann waren sie da, der hochgewachsene dünne Mann und die kleine dunkelhaarige Frau. Sie sahen nicht älter als etwa fünfundzwanzig aus.

„Hallo!" sagte er und lächelte schüchtern.

Die Frau kam näher. „. . . tut mir so leid, David, daß wir nicht hiersein konnten . . ." Ihr Blick war nicht auf ihn, sondern auf einen Punkt hinter ihm gerichtet. „. . . soviel zu tun . . ."

Er fühlte, wie ihn der Schock überlief, so kalt wie das eisige Bergwasser von Renaissance. Holos. Es waren nur Holos. Er konnte jetzt die verräterisch schimmernden Zeichen an den Rändern der Projektion sehen.

Der Mann sagte: „. . . Reise war unumgänglich . . ."

Die Frau sagte: „. . . mußt uns irgendwann mal besuchen kommen . . ."

Wogen von Schmerz und hilflosem Zorn spülten über ihn hinweg. Er drehte sich um, ging zur Gruppe zurück und hoffte, daß niemand Notiz von ihm nahm. Den Rest der Zeremonie hörte er kaum. Ein Gedanke ging ihm ständig durch den Kopf: Trofimoff. Er würde diesen Namen nie benutzen; er würde ihn nicht annehmen.

Als die Zeremonie vorbei war, schwemmte ihn die Woge der drängelnden Menge aus der Arena. Er holte seinen Rucksack bei der Frau ab, die die Aufsicht führte, und ging auf die Esplanade hinaus.

Lange Tische mit Essen säumten die Promenade. Überall, wohin er schaute, sah David Jugendliche aus seiner Gruppe mit ihren neuen Eltern, die sich unterhielten, etwas aßen und von den Weinbrunnen tranken, deren Fontänen im Tageslicht tanzten.

Er ging am Essen und an den Brunnen vorbei und fühlte, wie

ihm das Gesicht vor Verlegenheit brannte. Er würde ihren Namen niemals annehmen. Er betrat den Zontilator und schaute nicht zurück, bis der Lärm des Fests vollständig verklungen war. Dann erlaubte er sich, den Kopf zu drehen und einen sehnsüchtigen Blick über die Schulter zu werfen. Eine Minute später war er beim Pfeil angelangt.

AM FLUGSTEIG des Raumspringers stieg er aus dem Pfeil. Er hatte nur einen Gedanken im Kopf: Liss. Er wollte Liss sehen.

In zwei Stunden flog ein Springer nach Hoffmeir ab. Als er an Bord gehen konnte, warf der uniformierte Flugbegleiter einen Blick auf das Abzeichen an Davids Hemd. „Du verpaßt ja den großen Tag!"

HOFFMEIR hatte nur einen Bruchteil der Bevölkerung von Vesta. Dreißigtausend Menschen lebten dort, und neunhundert von ihnen waren Sterbliche. Es war die größte Künstler- und Musikerkolonie im Gürtel.

David schaute sich verwirrt um. Er war noch nie in einem künstlichen Wohnsatelliten gewesen. Er stand in der Nähe der Peripherie und sah sich voller Ehrfurcht um. Man konnte alles von einer Stelle aus sehen! Gegenüber dem Gebiet, wo niedrige Büsche zwischen zusammengeballten Wohneinheiten wuchsen, konnte er einen runden Grüngürtel und dahinter weitere Häuser sehen.

Er schien in ein Bassin hineinzuschauen, aber als er sich umdrehte, war er es, der in dem Becken stand. Mit Gebäuden gesprenkelte Hügel erhoben sich um ihn herum. Er verspürte ein kurzes Schwindelgefühl.

Hier gab es keinen Pfeil, sondern nur ein Netz sich bewegender Zontilatoren. Er fand eine Kommunikatorbank und erkundigte sich nach Liss McNabb.

„Keine Information verfügbar", erklärte ihm der Apparat.

Er wußte nicht, was er tun sollte; dann kam er auf die Idee, ihre Eltern anzurufen. Gleich darauf sagte eine Frauenstimme: „Hier ist Cara." Der Visioschirm wurde scharf. Sie war eine Ausgabe von Liss in mittlerem Alter. Ihre blauen Augen sahen ihn aufmerksam an.

Einen Moment lang versagte ihm die Stimme. „Ich bin David. David Devier, aus Renaissance. Ich suche Liss."

Ein warmes Lächeln kam vom Schirm. „O ja. Liss hat uns von dir erzählt. Wie nett, daß du hier bist. Aber Liss und Kurt sind zur Erde geflogen. Es wird ihr so leid tun, daß sie dich verpaßt hat."

„Liss und Kurt?"

Die Frau hielt inne. „Oh, hast du das nicht gewußt? Kurz nachdem sie Renaissance verlassen hat, haben sie eine Ehe auf Zeit geschlossen."

Es dauerte einen Moment, bis ihm die Worte ins Gehirn gedrungen waren. „Eine Ehe auf Zeit?" Aber so etwas wurde nie genehmigt, außer wenn die Leute die Erlaubnis hatten, ein Kind zu bekommen. „Eine Ehe auf Zeit?" fragte er wieder. Die eigene Stimme klang ihm fremd in den Ohren. „Mit Kurt?"

„Ja. Kurt Kraus. Er ist der Kultusminister."

Das Bild des Mannes bei Tanya Rolfes Beerdigung kam blitzartig zurück. Er stand da und starrte hilflos auf den Schirm.

„Ihr Baby ist im Cluster-Wohnheim", sagte die Frau. „Wir wollten es bei uns behalten, aber das durften wir nicht." Sie seufzte. „Es ist jetzt fünfzehn Monate alt."

Irgendwie schaffte er es, Liss' Mutter auf Wiedersehen zu sagen. Irgendwie schaffte er es, Luft in die Lungen zu bekommen und sie in modulierten Silben und Worten wieder auszustoßen.

Als der Schirm schwarz wurde, starrte er ihn eine Zeitlang weiter an, als ob er außerordentlich interessant wäre. Dann ging er.

Er fand sich auf einem Zontilator wieder. Er wußte nicht, wohin er führte, aber das war ihm egal. Nach einer Weile hörte er Musik. Er sah sich teilnahmslos um. Es war eine Künstlerkolonie. Jungen und Mädchen tanzten auf einem kleinen Fleckchen Grün zur Musik eines Holzbläsertrios – irgendeine Probe. Ein alter Mann saß da, ein Plastiquebrett auf dem Schoß, und zeichnete mit einem Stift Impressionen von den Tänzern.

Ohne es bewußt wahrzunehmen, stieg David vom Zont ab. Der alte Mann griff nach einer Flasche und sprühte einen dünnen Film über das Plastique. Während David hinsah, wurde die klare Flüssigkeit zu einem undurchsichtigen Braungelb. Der alte Mann schälte das Bild von dem Plastique ab und sah es sich an. Die gebräunten Linien der Skizze zeichneten sich als deutliches Relief auf dem blassen Film ab. Als sich der Film in den Händen des alten Mannes bewegte, schienen die Figuren zu tanzen.

Der Maler lächelte zu David herauf. Seine Haut war durchscheinend vom hohen Alter; die Wangen waren rosarot. „Wie kann ich dir helfen, mein Sohn? Hast du dich verirrt?"

David sah ihn an. „Ich suche das Cluster-Wohnheim", erklärte er, ohne zu wissen, warum er das tat.

„Na, das ist gleich da drüben." Davids Blick folgte dem gekrümmten alten Finger. Er zeigte auf ein großes Bauwerk hinter einem kleinen Teich mit einem Springbrunnen in der Mitte. Das Wohnheim war etwa hundert Meter entfernt.

„Danke", sagte er, machte jedoch keine Anstalten zu gehen.

„Du bist von der Erde", meinte der alte Mann. „Renaissance." Seine Finger bewegten sich und glätteten das Plastique.

David nickte.

„Du trägst die Farben der Musik." Seine knorrigen Finger führten den Stift über das Zeichenbrett. „Was spielst du?"

„Sitar und Flöte – und den Symphosizer. Den benutze ich zum Komponieren. Ich – ich bin Komponist." Er beobachtete die Hände des alten Mannes; er konnte ihm nicht in die Augen schauen. Er war kaum fähig gewesen, die Worte herauszubringen. Komponist. Eine Lüge. Nervös sah er den alten Maler an. Ob er es wußte?

Der alte Mann griff nach seiner Flasche und sprühte eine flüssige Schicht über das Plastique. Als der Film undurchsichtig wurde, sah er David scharf an. „Für viele von uns ist es manchmal schwer – am Anfang." Er zog den Film von dem Bild ab, betrachtete ihn und reichte ihn David.

Es war eine flüchtige Skizze, nur ein paar Striche, aber er hatte Davids Gesichtsausdruck darin eingefangen. „Behalt sie, mein Sohn!" sagte der alte Mann. „Vielleicht mußt du sie dir eines Tages mal anschauen."

David bedankte sich leise und wandte sich ab, wobei er

noch einmal einen Blick auf das Bild warf. Er fand es zutiefst beunruhigend. Es waren die Augen: groß, dunkel und irgendwie sehr distanziert.

„ICH MÖCHTE das Baby von Liss Kraus sehen", erklärte er der Frau, die im Cluster-Wohnheim die Aufsicht führte.

Der gelangweilte Ausdruck auf ihrem Gesicht verschwand. „Wirklich? Es kommt nicht oft vor, daß jemand die Kinder sehen will." Sie sah im Kommunikator nach. „Folgen Sie mir!"

Er ging mit ihr durch einen Korridor und fragte sich dabei die ganze Zeit, warum er hier war. Es war, als ob er kommen mußte, als ob er sich beweisen mußte, daß er Liss wirklich für immer verloren hatte. Am Ende des Korridors kreuzte ein weiterer Flur, und sie wandten sich nach links. Sie blieben vor einem großen Fenster mit Vorhängen stehen.

Die Frau drückte auf einen Knopf in der Wand. Als sich jemand meldete, sagte sie: „Besuch für Alani Elzehn."

„Sofort."

„Sie öffnen gleich den Vorhang", erklärte sie David, „dann können Sie hineinschauen."

„Ich möchte hineingehen." Wieder wußte er nicht, warum er das sagte.

„O nein! Das ist nicht erlaubt."

„Warum nicht? Ich möchte rein."

Sie sah entsetzt drein. „Das wird nie erlaubt. Wenn wir die Kontaktaufnahme gestatten würden, wären diejenigen eifersüchtig, die keine Kinder bekommen dürfen. Unzufriedenheit können wir uns nicht leisten." Sie starrte ihn an. „Das ist gegen alle Vorschriften."

Der Vorhang öffnete sich, und David schaute durch das Einwegfenster in das Kinderzimmer. In dem Raum waren sieben Kleinkinder und zwei Wohnheim-Mütter. „Komm her, Alani!" rief eine. Unter Davids Augen machte ein winziges Mädchen zwei torkelnde Schritte auf die Mutter zu und wäre fast hingefallen. Es hielt sich im Gleichgewicht, indem es zwei dicke Hände auf den Boden pflanzte. So blieb es ein oder zwei Augenblicke wacklig stehen, den kleinen Hintern in die Luft gereckt. Dann gelang es dem Kind, aufzustehen und noch zwei Schritte zu tun, bevor es endgültig das Gleichgewicht verlor und mit einem überraschten Ausdruck im Gesicht auf den gewickelten Hintern plumpste.

Die Wohnheim-Mutter beugte sich mit einem Lachen schwungvoll zu der Kleinen hinunter. Sie hob das Kind auf, gab ihm einen Kuß auf seine dicke Wange und brachte es ans Fenster.

David blinzelte. Das Baby sah Liss ähnlich. Es schaute aus klaren blauen Augen in die Welt und hatte eine winzige Stupsnase. Und es trug etwas um den Hals – ein goldenes Kettchen mit einem kleinen Amethyst daran.

Er holte Atem. Liss hatte nicht einmal die Halskette behalten; sie hatte sie ihrem Kind – dem Kind von Kurt Kraus – um den Hals gehängt.

Er wandte sich vom Fenster ab. Also war es wirklich aus. Er würde Liss nie wiedersehen. Leise bedankte er sich bei der Aufseherin und verließ das Cluster-Wohnheim. Er fühlte sich so allein wie nie zuvor im Leben.

Am nächsten Tag nahm er den ersten Raumspringer zurück zur Erde. Es war ein Hopper, der unterwegs noch auf Vesta haltmachte.

Nachdem er seinen Rucksack im Sicherungsschrank des Abteils verstaut und sich in seinen Sitz zurückgelehnt hatte, schaltete er die Musikbank ein und versuchte, nicht nachzudenken; aber sein Geist ging lange vor dem Raumspringer in den freien Fall über.

Was sollte er jetzt tun? Er lief weg, das wußte er, aber er gehörte nicht mehr hierhin, weder nach Vesta noch nach Hoffmeir. Also flog er nach Renaissance zurück. An der Oberfläche spendete der Gedanke ihm Trost. Es würde schön sein, wieder dort zu sein, die kühle Luft zu spüren und die Schatten auf den Bergen zu sehen – aber was dann? Was sollte er mit dem Rest seines Lebens anfangen? Wenn er nicht arbeiten, nicht komponieren konnte . . . Dann gehörte er auch dort nicht mehr hin.

Der Gedanke setzte sich kalt in seinem Kopf fest. Es stimmte.

Er gehörte nicht nach Renaissance, nicht mehr als Liss, aber sie war vernünftig genug gewesen, das zu erkennen. Er gehörte nicht nach Renaissance, und jetzt gehörte er auch nirgends sonst mehr hin.

Die Kälte dehnte sich aus und ließ ihn frösteln. Die Finger krümmten sich und ballten sich zu Fäusten. Er spürte, wie sich die Nägel in die Handflächen gruben, preßte die Hände noch fester zusammen und hielt sich an dem Schmerz darin fest, weil der andere Schmerz schwerer zu ertragen war.

Die Haut spannte sich weiß über die Knöchel. Langsam öffnete er die Hände und starrte sie an, starrte den Ring an, den er trug. Er schimmerte matt im diffusen Licht in der Kabine. Wenn er ihn nie angesteckt hätte, wäre seine Musikalität auf natürliche Weise erloschen. Wäre das nicht besser gewesen? Jedenfalls besser, als daß sie seine Seele langsam zerfraß, bis nichts mehr übrig war.

Er merkte, wie ihm heiße Tränen in den Augen brannten. Er war ein Nichtstuer – ein Vagabund. Wie der Walmensch. Zu nichts nütze, als allein und ohne einen Traum – ohne auch nur die Hoffnung auf einen Traum – auf der Erde herumzustreifen.

Der Raumspringer hatte auf Vesta einen kurzen Aufenthalt, dann öffneten sich die riesigen Tore erneut, und das Schiff stieg in das schwarze Vakuum des Raumes.

David schaltete die Musikbank ab, saß schweigend in seinem Abteil und schaute auf den Visischirm mit den Tausenden von Sternen; aber die Bilder drangen ihm nicht bis ins Gehirn vor.

Er hatte seit gestern nichts mehr gegessen, und er verspürte auch jetzt keinen Hunger. Er spürte überhaupt nichts, nur eine alles durchdringende Taubheit und Leblosigkeit. Schließlich bemerkte er den Schirm voller Lichtpunkte vor ihm, die ebenso isoliert waren wie er.

Als das Gesicht auf dem Schirm erschien und etwas zu ihm sagte, war es eine Belästigung, und er wollte die Worte nicht hören.

„. . . gezögert, Sie zu stören, aber ich wußte, daß Sie von Renaissance sind . . .“ Es war der Flugbegleiter. „. . . diese

Kleine ist der Panik nahe . . . Würden Sie ihr wohl helfen? Sie ist in Kabine sechs."

David zwinkerte. Er sollte jemandem helfen?

„Wenn Sie's tun wollen, schalten Sie nur Ihr Intercom ein", sagte der Flugbegleiter. „Abteil sechs."

Er betrachtete das Gesicht des Mannes auf dem Schirm einen Moment lang. „Warum nicht?"

Der Flugbegleiter dankte ihm, und das Gesicht verschwand. David streckte die Hand aus und drückte auf die Taste für Abteil sechs.

Das Bild des Abteils leuchtete auf dem Schirm auf. Ein Mädchen kauerte in einem Sitz, der es noch kleiner erscheinen ließ. Sie war zu einem Bild des Elends zusammengerollt, hatte die Hände aufs Gesicht gepreßt und die Knie bis zur Brust hochgezogen. Sie schien keine Luft zu bekommen. Ein scharfes Keuchen schüttelte den dünnen kleinen Körper. Helle Haare fielen über tränennasse Finger.

„Hallo!" sagte David erschrocken und kam sich dann sofort wie ein Idiot vor. Aber was hätte er sonst sagen sollen? Er kannte nicht einmal ihren Namen.

Sie reagierte nicht auf seine Stimme, sondern fuhr nur mit diesem schrecklichen keuchenden Stöhnen fort. Sie trug die hellblaue Uniform der Zehn- bis Zwölfjährigen von Vesta-Zentrum.

Offensichtlich hatte man sie heute morgen an Bord gebracht und ihr nur sehr unzureichend erklärt, wohin sie flog und warum. Er erschauerte und war einen Augenblick lang wieder elf Jahre alt und voller Angst – auf dem Weg zu einem Ort namens Renaissance, aus der einzigen Heimat verbannt, die er je gehabt hatte. „Hör auf!" bat er. „Nicht weinen!"

Der scharfe Ton seiner Stimme rüttelte sie auf; sie hob den Blick. Ihr Gesicht war rot und geschwollen vom Weinen, aber nicht so sehr, daß es die zarten, herzförmigen Züge unkenntlich gemacht hätte. Nasse, schräge graue Augen sahen ihn an.

Er erwiderte den Blick und erkannte sie mit einem Schock wieder. Es war die kleine Tänzerin, die er bei der Zeremonie der Erwachsenen gesehen hatte. „Ich kenne dich", fuhr er fort. „Ich hab dich tanzen sehen. Wie heißt du?"

Sie fuhr fort, keuchend zu schluchzen. „St-St-Stoey", brachte sie hervor und begrub das Gesicht dann wieder in den Händen.

Er kannte ihren Schmerz – er konnte ihn fühlen. Es war derselbe wie damals bei ihm. Er versuchte sie abzulenken. „Ich nehme an, du willst Tänzerin werden. Du wirst eine tolle Tänzerin sein, Stoey."

Die Hand blieb über ihr Gesicht gekrampft. Sie schüttelte den Kopf und wurde dann erneut von keuchendem Schluchzen gequält.

„Willst du keine Tänzerin werden?"

Sie schüttelte wieder den Kopf. „Chor-Chor-Chor-e-o-graphin."

Ihr Elend kam so intensiv über den Schirm, daß David merkte, wie er im Takt mit ihr nach Luft zu schnappen begann. Er wünschte sich, die Hand ausstrecken und sie berühren, streicheln und trösten zu können. „Renaissance wird dir gefallen", meinte er statt dessen. „Da kannst du lernen, eine erstklassige Choreographin zu werden."

Das Schluchzen ging wieder los, diesmal noch heftiger. Er hatte das Falsche gesagt. Fiel ihm denn nie was Richtiges ein? Er versuchte es noch einmal. „Ich hab in Renaissance gelebt. Lange Zeit. Ich fliege gerade wieder hin."

Sie sog hart die Luft ein und spähte zwischen den Fingern heraus zu ihm hin. „Stimmt – stimmt das?"

Er nickte. „Es ist schön da. Wirklich. In Renaissance gibt's Berge und Wasserfälle und wilde Tiere. Und – der Wind weht."

Das Mädchen sah ihn entsetzt an, die Hände vor dem Gesicht zu Fäusten geballt.

Schon wieder falsch. Er hatte ihr eher Angst eingejagt, als sie zu trösten. Wie konnte er nur so dumm sein? Er sah sich verzweifelt im Abteil um. Wenn er nur diese Wände um ihn herum einreißen, irgendwie zu ihr durchkommen und es ihr klarmachen könnte! Dann hatte er eine Idee. Er öffnete den Schrank und zog seinen Rucksack heraus. „Ich zeig's dir, Stoey. Es wird alles wieder gut."

Er holte seinen Rekorder und eine silbern glänzende Scheibe heraus. In diesem Moment ging der Raumspringer in den freien

Fall über, und seine Kabine füllte sich mit einem Dutzend silberner Scheiben, die in der Luft schwebten.

Er schloß den Rucksack rasch, als sich seine Flöte gerade hinausschieben wollte. Dann schnallte er sich aus dem Netz los, das ihn festhielt, und schnappte sich die kleinen Scheiben, während sie an ihm vorbeitrieben.

Stoey bekam große Augen, als sie seine hektische Tätigkeit beobachtete. Sie vergaß zu weinen.

Als die widerspenstigen Bänder endlich alle eingefangen waren, zog er seinen Rucksack von der Decke herunter, wo er sich niedergelassen hatte, stopfte alle Scheiben bis auf eine hinein und schaffte es, diese eine in seinen Rekorder zu schieben. Dann klemmte er das Gerät unter einen Haltegurt und schaltete es ein, drehte an einem Regler und stellte den Infraschall so laut, daß er gerade eben zu hören war. „Hör zu, Stoey! Hör zu!" sagte er eindringlich. „Das ist Renaissance. Das ist das Lied, das die Erde singt. Hör zu!"

Die langsamen, tiefen, vertrauten Rhythmen von Renaissance begannen zu erklingen. Stoeys Augen wurden noch größer. „Da ist es – schwer", brachte sie heraus.

„Aber das ist nicht alles, Stoey. In Renaissance gibt es die Lieder der Vögel und die Geräusche der kleinen Bäche. Dort . . ." Er ballte die Faust in seinem Bemühen, es ihr klarzumachen. Dann zog er seinen Rucksack zu sich und holte vorsichtig seine Flöte heraus. „Hör zu, Stoey! Es ist so ähnlich wie das hier."

Über den langsamen, beharrlichen Infraschallrhythmen spielte er einen leisen Vogelruf auf der Flöte, den Ruf einer Walddrossel, die ihre süßen, traurigen Töne in einem feuchten Wald pulsieren ließ. *Lih-o-lieh, lih-o-lee, lih-o-lieh.* Es hörte mit einem Triller auf. Er spielte noch eine Walddrossel; sie antwortete der ersten und erfand neue Töne. Der Triller endete im Rauschen eines kleinen Baches, der geschwätzig und lachend von Stein zu Stein tanzte.

Stoey sah ihn an, und in den grauen Augen glänzte noch etwas anderes als Tränen. Er spürte eine freudige Erregung; sie verstand ihn. Er blies wieder in seine Flöte, und die Musik, die herauskam, wisperte wie junge Pappelblätter. Er spielte die unregelmäßigen, drolligen Rhythmen eines hoppelnden Kaninchens und die eines zarten Rehkitzes.

Aus dem Augenwinkel beobachtete er den Schirm. Er sah, wie Stoey nach unten langte und das Netz löste, das sie festhielt, bis sie am Ende einer einzigen Leine frei in der Luft schwebte. Sie begann zu tanzen.

Sie tanzte so fein und so wunderschön, daß es ihm den Atem raubte. Dann bekam er wieder Luft, blies in sein Instrument und paßte die Klänge seiner Flöte den Bewegungen ihres Körpers an.

Er staunte darüber. Sie bewegte sich dort in ihrem engen, vollgestopften Abteil zu der Musik wie ein zartes Vögelchen in einem Käfig. Er variierte die Rhythmen und versuchte ihren Körper damit zu täuschen, aber sie tanzte, als wäre sie ein Gedanke in seinem Geist.

Und weder er noch Stoey hörten auf, bevor das Band – das Lied von Renaissance – zu Ende war.

SIE BESTIEGEN den Renaissance-Hover im Atlantik-Biscayne-Terminal und unterhielten sich, bis die Berge in Sicht kamen. Dann sahen sie durch die gewölbten Fenster zu, wie der Hover an dem dahinströmenden Fluß entlangglitt. Als die Lichtung in Sicht kam, blieb die Maschine in der Luft stehen und setzte dann behutsam auf dem Boden auf.

Er half ihr aus dem Hover, betrachtete ihr Gesicht und sah, wie sie den ersten Blick auf Renaissance warf.

Sie brachte ein kleines Lächeln zustande, aber es verschwand, als ihre Knie unter dem ungewohnten Zug der Erdschwerkraft nachgaben. „Oh, hier werde ich nie im Leben tanzen können."

Er packte sie am Arm und stützte sie. „Doch, das wirst du. Es macht dich stärker."

Sie ließ den Blick wieder über die grüne Lichtung und die rauchblauen Berge dahinter schweifen. Ihre grauen Augen waren riesig und leuchteten. „Du hast recht gehabt, David. Es fühlt sich so an, wie du's mir erzählt hast."

Er lächelte auf sie hinunter, ohne ihr zu widersprechen; er wollte es auch nicht, denn er hatte es ihr erzählt – mit seiner

Musik. Da begriff er plötzlich, was Musik in Wirklichkeit war: Verständigung. Seltsam, daß er das früher nie erkannt hatte! Er hatte die Verständigung abgeschnitten und sich dann als einsam bezeichnet. Selbst ein Wal wüßte es besser. Selbst ein Wal.

Er grinste. Er war jetzt achtzehn; er war ein Mann – ein Mann, der lernen konnte, so klug zu sein wie ein Wal. Er merkte, wie sein Grinsen blöderweise immer breiter wurde, aber es störte ihn nicht im geringsten.

Er führte das Mädchen mit den wackligen Beinen zu einer kleinen Holzhütte am See. „Komm, Stoey! Zuerst mußt du dich mal eine Weile ausruhen. Und dann zeige ich dir, wie meine Heimat aussieht."

## 5. Kapitel

In der Dunkelheit der mondlosen Nacht funkelten tausend Sterne über Renaissance. Eine Brise verhedderte sich in den neuen Blättern. Der Bach strudelte schäumend dahin und ließ das Wasser dröhnend in eine felsige Höhlung vor Davids Hütte rauschen. Das Licht in seinem Fenster blinkte, als er vor der einzigen Lampe im Raum hin und her lief.

Während ganz Renaissance schlief, marschierte er auf und ab, ließ sich dann auf einen Sitz vor seiner Konsole fallen, wo er zusammengesunken hockte, stand schließlich wieder auf und lief von neuem hin und her.

Sie hatten ihm Essen gebracht, wie sie es seit einem Monat jeden Abend taten. Es stand unberührt auf einem kleinen Tisch an der Wand.

Ein schreiender Ziegenmelker begann in der Dunkelheit zu rufen, dann antwortete ein anderer leise in der Ferne. Schließlich setzte sich David wieder vor seine Konsole und verließ seinen Platz nicht mehr, bis die Sonne gelb über die Berge schien und auf den gekräuselten Wassern des Sees glitzerte.

Dann sprang die Tür seiner Hütte auf, und er kam mit einem Bündel von Symphosizer-Ausdrucken ins Sonnenlicht gerannt. Er hob sie mit einer Hand hoch über den Kopf und schüttelte sie mit einem triumphierenden Jauchzen der Welt entgegen.

Er machte einen Satz in die Luft, kam wieder herunter, berührte mit den Zehen nur einmal die kleine Veranda und sprang auf den Boden. Mit den Füßen hatte er noch nicht ganz aufgesetzt, da rannte er schon – rannte jauchzend und ausgelassen dahin, als ob er übergeschnappt wäre.

Er sprang am Rand eines winzigen Quellbachs entlang, der von blaßgrünen Farnen gesäumt war und von Platanen und Eichen beschattet wurde. Wie besessen hüpfte er in einem verrückten Zickzackkurs an dem kleinen Bach hin und her, bog ab und hopste durch ein Feld voller Gänseblümchen, wobei er unterwegs ein Kaninchen aufscheuchte.

Nachdem er kurz stehengeblieben war, um mit den Ausdrucken noch einmal zur Sonne hinaufzufuchteln, schlug er einen Purzelbaum und kam riskant auf einem Bein balancierend wieder hoch.

Dann riß er hüpfend und schreiend die Tür zum Speisesaal auf, rannte zwischen den Leuten hindurch, die dort bei einem späten Frühstück herumtrödelten, und wedelte ihnen mit dem Manuskript vor den erstaunten Gesichtern herum. „Es ist gut! Es ist wirklich gut!" Und bevor sie sich noch ganz gefaßt hatten, rannte er wie ein Irrer jubelnd wieder hinaus. Er lief am Ufer des Sees entlang, platschte ins Wasser hinein und wieder heraus und schrie den Bergen zu: „Es ist gut!"

Zwei Dutzend verblüffte Gesichter sahen ihm zu, wie er am geschwungenen Seeufer entlang zum Gemeinschaftssaal rannte und dabei brüllte, sein Manuskript schüttelte und hin und wieder anhielt, um in die Luft zu springen.

Ein Paar in einem Ruderboot schaute ihm mit großen Augen nach, als er wie ein Verrückter um den See herumlief, die breite Steintreppe zum Gemeinschaftssaal hinaufstürmte und dort mit seinem Geschrei mitten in ein Schauspiel hineinplatzte. „Es ist gut! Wirklich! Es ist gut!" Er warf sein Manuskript in die Luft. Die Leute drinnen duckten sich unter dem Regen der flatternden Blätter und starrten ihm nach, als er auf seine kuriose Weise durch das Gebäude und auf die weite, freitragende Terrasse hinauslief, die über dem See hing. Er kletterte aufs Geländer und stürzte sich mit einem letzten gellenden Begeisterungsschrei und offenem Mund in das barbarisch kalte Wasser.

Er ging unter wie ein Stein, tauchte wieder auf, versank erneut und kam brüllend, würgend und spuckend wieder hoch. „E-s-ss guut!" Er schluckte und ging von neuem unter.

Die Ruderer kamen mit ihrem Boot hinter ihm heran und hielten ihm das Ende eines Ruders hin. Grinsend und spuckend griff er danach.

„Ich schätze, er hat sein Meisterwerk fertig", meinte jemand mitten in dem Gelächter oben auf der Terrasse. „Wie er es wohl nennen wird?"

„Keine Frage", erwiderte ein anderer. „‚Musik zum Ertrinken'."

## 6. Kapitel

DAS Tageslicht auf Hebe war zu Schattierungen von Grau auf Kohlschwarz verblaßt. Die Lampen des Kolonieparks warfen matte Lichtpfützen auf die Phalanx marschierender Kinder.

Sie exerzierten exakt und perfekt zum gedämpften Schlag der Trommeln. Ihre wirbelnden Schilder ließen hypnotische Lichter kreisen.

Kurt sah von der Zuschauertribüne aus zu. Liss saß neben ihm. Sie hatte eine Weile Notizen in das kleine Gerät eingegeben, das sie in der Hand hielt, aber jetzt starrte sie auf die Schilder und die Lichtmuster. Auf ihrem Gesicht lag ein Ausdruck, der Kurt beunruhigte. Er hatte diesen Ausdruck schon früher gesehen, und zwar bei Leuten, die Unheil herannahen sahen – zuerst ein entsetztes Weiten der Augen, als ob man sie aufreißen müßte, um die ganze Szenerie zu erfassen, und dann glitzernde Erregung.

Ihr Mund war leicht geöffnet, und der Blick hing wie gebannt an den wirbelnden Schildern. Er berührte ihre Hand. Sie achtete nicht darauf, sondern starrte weiter auf die Marschierenden hinunter, und ihre Lippen begannen sich im Takt mit dem Trommelrhythmus zu bewegen.

Kurt beugte sich zu ihr hin. „Was ist los, Liss?" Er hielt den Kopf dicht an den ihren und strengte die Ohren an.

Ihr Blick ging geradeaus; die Lippen bewegten sich – ein Flüstern: „Silbernes T . . . Silbernes T . . ."

Ein Mann am äußeren Rand der Menge sprang auf. Seine verstärkte Stimme übertönte mühelos das Getrommel: „Gebt den Handel frei!"

Kurts Augen wurden schmal. Der Mann war ein Agent, Teil eines umfassenden Plans. Nach der Ermordung des Handelsministers hatten sich die Kolonien unter der Forderung organisiert, daß Premierminister Gerstein einen Nachfolger aus dem Gürtel ernennen sollte. Und der stellvertretende Minister Tarantino hatte unschuldig gelächelt und darauf hingewiesen, daß es in der Tat noch keinen Minister aus den Reihen der Kolonisten gegeben habe und daß es jetzt vielleicht an der Zeit sei, auf die Leute zu hören. „Angesichts ihrer Entschlossenheit", sagte er und deutete damit an, wie schwierig es war, die öffentliche Meinung zu ändern, wobei er traurig den Kopf schüttelte, als ob er der Aufgabe nicht ganz gewachsen wäre. Aber natürlich würde er auf jeden Fall mit der Erde zusammenarbeiten.

Der Agent im Publikum rief erneut: „Gebt den Handel frei!" Die Menschen griffen es auf und paßten es dem Rhythmus der gedämpften Trommeln und der wirbelnden Schilder an: „Handel . . ., Handel . . ., Handel . . ."

Die Kinder unten exerzierten weiter, jetzt zu einem schnelleren Takt. Mit rhythmischer Verzückung folgten sie dem monotonen Singsang von Tausenden.

Kurt starrte auf den Platz hinunter. Er sah eine Meisterleistung, eine Darbietung mit der ganzen Spontaneität einer Maschine. Und diese Darbietung wurde zu jeder Kolonie im Raum gesendet.

Er sah Liss nervös an. Sie starrte geradeaus. Ihre Lippen bewegten sich im Takt. Er nahm ihre Hand.

Ihre Hand umklammerte die seine; ihre Stimme fiel in die der anderen ein: „Handel . . ., Handel . . ., Handel . . ."

„Liss?"

Sie preßte seine Hand zusammen, verdrehte ihm brutal die

Finger und begann keuchend nach Luft zu schnappen, als ob sie ersticken würde.

„Liss!"

Daraufhin wandte sie ihm das Gesicht zu. Schweißperlen standen ihr auf der Stirn. Ihre Brauen waren hochgewölbt, die Augen vor Entsetzen geweitet. Sie starrte ihm in die Augen, ohne sie zu sehen, und die Lippen bewegten sich wieder im Rhythmus der Trommeln: „Furchtbar, furchtbar, furchtbar, o Gott, furchtbar . . ."

Er stand auf, legte den Arm um sie und zog sie hoch, bis sie ebenfalls stand. Halb führte und halb schleifte er sie in einen matt beleuchteten kleinen Raum im hinteren Teil. Die Leute um sie herum schienen sie nicht zu beachten, während sie die Parole zum Rhythmus der wirbelnden Schritte skandierten.

„Helfen Sie mir!" bat Kurt die Betreuerin des stellvertretenden Ministers, die ihm automatisch gefolgt war.

Die Frau glotzte ihn an und schien ihn nicht zu verstehen.

„Helfen Sie mir mit ihr!" fuhr er sie an. „Sie ist krank."

„Krank", wiederholte die Betreuerin ausdruckslos. Und während Kurt sich mit Liss abmühte und es schließlich schaffte, sie auf weiche Kissen zu legen, starrte die Frau das schluchzende Mädchen an. Langsam dämmerte Begreifen in ihrem Gesicht auf. „Warum ist sie denn krank?" fragte sie schließlich. Sie beugte sich über Liss, legte ihr die Hand auf die Stirn und sah ihr besorgt in die Augen. Dabei schwang ihr das schwere silberne T am Hals hin und her und glitzerte im flackernden Licht.

KURT schaute auf das Kommunikatorterminal und las sich erneut die Kurzbiographie durch:

> TARANTINO, SILVIO ANTHONY: Geboren M-G 17, New Providence Island, Vereinigter Bahamas-Sektor, Erde.
> Vater: Victor Luis Tarantino, gestorben M-G 29.
> Mutter: Caterina „Kitty" Theresa Martinez Tarantino, gestorben M-G 57.
> Wohnheim: Victoria, N. P., M-G 17-35.
> Studium: Akademie der Azoren, M-G 35-39. Spez. Studium an der Kommunikationsschule der Weltkoalition, M-G 39-41 . . .

Er kniff aufmerksam die Augen zusammen und überflog die Zeilen: „. . . Spez. Studium an der Kommunikationsschule der Weltkoalition. An der Kommunikationsschule."

Tarantino war Vestas Komm-Leiter gewesen, als sie die gefälschten Unterlagen der Kinder entdeckt hatten. Er erinnerte sich an Mallorys Stimme, als die Entschlüsselerin gesagt hatte: „Das Alter des Kindes ist mit der Kennziffer des Wohnheims vertauscht worden . . . auf schlaue Weise primitiv . . . Wir können nicht beweisen, daß es Absicht war . . ."

„Kurzbiographie Tarantino, Victor Luis", sagte Kurt zum Kommunikator.

UNZUREICHENDE DATEN

„Erneute Eingabe: Tarantino, Victor Luis. Vereinigter Bahamas-Sektor, Erde. Gestorben M-G 29."

KEINE EINTRAGUNG AUF TARANTINO, VICTOR LUIS.

„Kurzbiographie Tarantino, Caterina ‚Kitty' Theresa Martinez."

TARANTINO, CATERINA „KITTY" THERESA . . .

„Vollständige Bio."

Als der Kommunikator seinem Befehl Folge leistete, schaute Kurt blinzelnd auf die Worte:

. . . Familienstand: ledig.
Vater: unbekannt.
Mutter: Tarantino, Clara Maria, gestorben M-G 20. Wohnort zum Zeitpunkt des Todes: Tampa, Florida-Sektor, Erde. Bay Hospital für Geistesgestörte.
TARANTINO, CATERINA „KITTY" THERESA: Gestorben M-G 1. Wohnort zum Zeitpunkt des Todes: Tampa, Florida-Sektor . . . (reg. Selbstmord) . . . Nachkommen: 1 Sohn/Söhne (reg. unehelich) Tarantino, Silvio Anthony, geb. M-G 1. 0 To(e)chter . . .

Tampa! Tarantino war gar nicht auf den Bahamas geboren. Er hatte seine eigenen Unterlagen gefälscht und sich einen Vater und einen Hintergrund gegeben, die er nie gehabt hatte. Geboren in Tampa, im ersten Jahr des Prozesses. Er mußte zur selben Zeit in Schutzhaft in MacDill gewesen sein wie Kurt.

Er rief die MacDill-Unterlagen auf, aber als sie über den Schirm liefen, erkannte er plötzlich, daß er sie nicht mehr brauchte, weil eine fast zweihundert Jahre alte Erinnerung wieder lebendig wurde . . .

Er war wieder zwanzig Jahre alt und sah, wie die letzten Strahlen einer untergehenden Sonne auf dem kupferroten Haar einer schlaffen Gestalt auf der Bahre schimmerten.

„Sean? Er sieht wie Sean aus."

. . . Der andere Junge war tot; er war in dem Feuer ums Leben gekommen, das den kleinen Raum im Kindergarten geschwärzt hatte. Wie durch ein Wunder hatte Sean überlebt.

„Wer hat dir das angetan, Sean?"

Tränen rollten über das sommersprossige Gesicht. „Einer der kleinen Jungs, Kurt. Er hatte hier ein Muttermal." Sean zeigte dabei auf den Winkel seines Kiefers. „Ich weiß nicht, wie er heißt. Er hat uns eingesperrt . . ."

. . . Das Mädchen lachte. „Kurt, willst du ernsthaft behaupten, daß ein Fünfjähriger so was mit Absicht tun könnte? . . ."

. . . Die Erzieherin stand da und funkelte Kurt an. „Ihre Anschuldigung gegen dieses Kind war absolut bösartig und ungeheuerlich." Sie wandte sich zu dem kleinen Jungen um und schlang ihm die Hände um die Schultern. „Gott sei Dank hat Ihnen niemand geglaubt." Nervös tätschelte sie das Kind. „Es ist alles vorbei, Silvio. Du kannst das Ganze jetzt vergessen."

Sehr ruhig und sehr still stand der Junge neben ihr. Er sah Kurt für einen langen Augenblick an, und in diesem Augenblick sah Kurt unter der arglosen Kinderfassade etwas so Altes und Bösartiges aufflackern, daß ihm plötzlich eiskalt wurde.

„Das vergesse ich nicht", sagte Silvio. „Nie." Dann kehrte die jungfräuliche Unschuldsmiene wieder zurück, und sein dicker Daumen hob sich langsam zu den Lippen . . .

Das Engelsgesicht des stellvertretenden Ministers überlagerte das Bild eines fünf Jahre alten Jungen in seinem Gedächtnis, eines Kindes, dessen furchtbares Lächeln keine Spur von Schuldgefühlen oder Gewissensbissen zeigte.

„ICH glaube nicht, daß Sie voll und ganz verstehen, was ich sage." Kurt richtete den Blick auf den Premierminister, damit ihm auch nicht die kleinste Nuance in dessen Miene entging.

„Ich verstehe, daß ich unter Druck gesetzt werde", antwortete Gerstein. „Sie verlangen von mir, daß ich genau jene Leute durch Zugeständnisse beschwichtige, die Minister Chavez ermordet haben. Der Sieger soll die Beute kriegen."

„Aus einem bestimmten Grund. Der Bau des Widders hat mich in letzter Zeit ziemlich häufig in den Gürtel geführt. Ich habe dort Dinge gesehen, die anderen vielleicht entgangen sind. Denken Sie daran, ich war an dem Tag dort, als Chavez ermordet wurde, und ich versichere Ihnen, daß er nicht zufällig auf diese Art zu Tode gekommen ist."

Gerstein runzelte die Stirn. „Offensichtlich. Niemand zweifelt daran, daß es Mord war."

„Eben. Es sollte auch offensichtlich sein. Wir sollten wissen, daß es ein Akt der Auflehnung war. Und warum? Wenn jemand Chavez nur einfach tot sehen wollte, wäre es einfach gewesen, einen Unfall zu planen, eine clevere Tarnung statt eines unverhüllten Mordes. Die Frage ist: Wem nützt das alles?"

Gerstein trank langsam einen Schluck von seinem Brandy. „Wem, Kurt?"

„Jemandem namens Silbernes T." Er machte eine Pause und erzählte Gerstein dann von Liss, von ihrem Gedächtnisverlust und ihrer Reaktion auf Hebe. „Ich glaube, Silbernes T ist Ihr stellvertretender Minister Silvio Tarantino. Ich glaube, er hat den Mord an Chavez geplant und die Kolonisten dazu gebracht, für die Ernennung eines neuen Ministers zu agitieren, weil er wußte, daß Sie das ablehnen würden."

„Aus welchem Grund?"

„Um seine vollständige Kontrolle über die Kolonien sicherzustellen. Um seine Arbeit zu Ende zu bringen, die darin besteht, den Konflikt zwischen den Menschen im Gürtel und der Erde zu schüren."

„Um sozusagen den Motor der Revolution anzukurbeln", meinte Gerstein.

„Ja."

Gerstein sah auf den Brandyschwenker in seiner Hand. Er

stellte ihn auf den Tisch, fuhr mit den Fingern über das glatte Glas und schaute in die Flüssigkeit darin, als ob es eine Kristallkugel wäre, die ihre Geheimnisse preisgeben würde, wenn er nur lange genug hineinblickte. „Sie haben keine Beweise", meinte er schließlich.

„Nein", gab Kurt zu.

„Ich hatte gehofft, Sie hätten welche. Sie sind nicht der erste, der mit Verdächtigungen zu mir kommt." Gerstein räusperte sich. „Im Moment würde eine Beschuldigung ohne Beweise nur das bewirken, was er will: eine Zuspitzung der öffentlichen Meinung – vielleicht auch etwas Schlimmeres."

Kurt nickte.

„Ich kann die Ernennung des Nachfolgers für den Handelsminister noch eine Weile hinauszögern." Gerstein lehnte sich zurück, legte die Fingerspitzen zusammen und sah Kurt an. „Wir wußten bereits, daß sich die Lage im Gürtel verschlechterte. Wir haben die Fährte der Bestie schon seit einer ganzen Weile gesehen. Während er sich anpirscht, müssen wir ihm eben ausweichen, bis wir ihn in der Ecke haben – in einer sehr stillen und unauffälligen Ecke." Er sah Kurt abwägend an. „Ihr Interesse am Widder ist allgemein bekannt. Wenn Sie im Gürtel unterwegs sind, erregt das weniger Aufmerksamkeit als bei uns übrigen." Er hielt inne, als versuche er sich schlüssig zu werden, was er sagen sollte.

„Sie wollen, daß ich Beweise suche", sagte Kurt.

Gerstein hielt seinem Blick stand. „Sie werden nicht allein arbeiten, aber Sie brauchen nicht zu wissen, wer die anderen sind – mit einer Ausnahme. Ich möchte, daß Sie mit dem Vormann des Widders Kontakt aufnehmen. Sein Name ist Jacoby."

„Wir haben uns schon kennengelernt."

Gerstein langte in eine Schreibtischschublade und holte eine antike Silbermünze heraus. „Geben Sie ihm die."

Kurt drehte sie in der Hand hin und her.

„Und seien Sie vorsichtig. Ich habe einen Mann nach L-5 geschickt. Heute morgen habe ich die Nachricht von seinem Tod erhalten." Gersteins Stimme war ruhig, fast zu ruhig. „Man hat mir versichert, daß es ein Unglücksfall war."

Die beiden Männer sahen sich an. Der Gedanke wurde nicht laut geäußert, aber er hing wie etwas Greifbares in der Luft: L-5, das von der Wächtertruppe kontrolliert wurde, beherbergte die Sprengköpfe des Systems.

JACOBY stieg schwungvoll von der zentralen Zontnabe des Widders ab und sprach in ein kleines Mikrofon, das ihm um den Hals hing. „Rogers, setzen Sie ein Team an diesen Zusammenbruch der Elektronik im Zentralarchiv." Er lauschte ein paar Sekunden. „Und ich will eine Crew im Wohnheimgelände." Erneut eine Pause. „Strengen Sie sich richtig an, Rogers, dann kriegen Sie schon raus, was da los ist. Ach, wollen Sie wissen, ja?" fügte er dunkel hinzu.

Mit ungeduldigem Stirnrunzeln hörte Jacoby wieder zu. „Da geb ich einen feuchten Kehricht drauf. Knapp oder nicht, Sie schaffen die da hin, Punkt. Und sagen Sie ihnen, sie sollen meine Markierung suchen." Er schaltete das Mikrofon ab und winkte Kurt zum Gruß mit seinem Rechenschieber zu. „Freut mich, Sie an Bord zu haben, Bürger."

Kurt stieg vom Zont und gesellte sich zu ihm. „Was tragen Sie da für eine Waffe?" Er zeigte auf Jacobys Rechenschieber.

„Mein Rechenschieber?" Jacoby grinste. „Die Crews hassen das Ding. Wenn ich Pfusch bei der Arbeit finde, dann bestreiche ich ihn mit meinem Zauberstab." Er zeigte Kurt die Spitze. „Da kommt ein Klecks Audiopaste raus. Das Zeug quäkt ihnen in die Funksprechgeräte, wenn sie in die Nähe kommen. Je mehr Paste, desto lauter wird es. Ein Superpfusch kriegt mehr, und bei einem Megapfusch kippe ich richtig was drauf." Er grinste und strich mit der Hand über den Rechenschieber. „Die Crews haben mir schon erklärt, was sie mit dem Ding zu tun beabsichtigen, wenn dieser Job hier erledigt ist. Also, was kann ich für Sie tun?"

Kurt lächelte. „Sie können damit anfangen, mir zu zeigen, wo ich wohnen werde."

Jacoby stellte den Kopf schräg, als er Kurt ansah. „Sie haben sich also entschlossen, auf dem Widder mitzufliegen. Na fein. Freut mich zu hören. Ist es noch geheim?"

„Noch geheim", sagte Kurt. „Außer Ihnen, Gerstein und mir

weiß es noch niemand. Das soll auch noch eine Weile so bleiben."

Jacoby nickte. Mit einer ruckartigen Kopfbewegung zeigte er auf ein Zontschild. „Jede Hemisphäre hat vier gekennzeichnete Abschnitte", sagte er. „Sie werden in Abschnitt drei wohnen."

Die beiden Männer stiegen auf, und der Zont trug sie zwischen einer Reihe von Gebäuden mit frisch angelegten Grünflächen dazwischen hindurch. Jacoby zeigte nach rechts. „Da drüben ist die Kommunikationszentrale. Der größte Teil davon ist unterirdisch. Nebenan sind die Archive, außerdem das Bildungszentrum und Panmedia. Ich glaube, ich würde gern was im Medienbereich tun, wenn ich mal was Neues anfange."

Kurt sah ihn nachdenklich an.

Jacoby warf Kurt einen scharfen Blick zu. „Wir *werden* doch was Neues anfangen, oder? Genauso wie jetzt auch? Ich meine, mir gefällt meine Arbeit, aber ich glaube nicht, daß ich das bis in alle Ewigkeit mache."

„Sie können sich auf etwas anderes umschulen lassen, wenn Sie wollen", sagte Kurt. „Ich habe bloß gerade darüber nachgedacht, worauf ich mich wohl eines Tages mal umschulen lassen möchte."

Ein ungläubiger Ausdruck huschte über Jacobys Gesicht. „Ein Minister, der sich umschulen läßt? So was hat's noch nie gegeben."

„Dann wird's vielleicht mal Zeit."

„Wir sind da." Jacoby sprang vom Zont. Kurt folgte ihm. Sie waren etwa fünfhundert Meter von der zentralen Nabe am Platz entfernt. Jetzt standen sie in einem terrassenförmig angelegten Garten. „Das Büro des Premierministers ist in der Mitte", sagte Jacoby. „Unterhaltungsbereiche sind links, Wohnquartiere rechts."

Die Tür klemmte. Jacoby kämpfte einen Moment lang vergeblich mit ihr und öffnete sie dann mit schierer Gewalt. Angewidert zielte er mit seinem Rechenschieber und schoß einen Klumpen Audiopaste auf den Stein des Anstoßes ab. Nach einem Seitenblick auf Kurt brachte er einen zweiten Klecks neben dem ersten an. Er drückte auf den Stab und sprühte eine aktivierende Schicht über die beiden Klumpen. „Das hier wird man hören", sagte er befriedigt.

Drinnen standen sie in einem zentralen Atrium. Zur Linken führten zwei massive Türen zu einer Reihe großer Räume, wo man essen und sich amüsieren konnte, rechts lag der Eingang zu den Privaträumen. Im Hintergrund des Atriums gab es eine mit Schnitzereien verzierte Holztür, auf der im Relief das Wort PREMIERMINISTER prangte. Der Anblick versetzte ihm einen Stich. Es kam ihm so vor, als ob er immer Kurt Kraus, der Kultusminister, und Gerstein immer der Premierminister gewesen wäre. Das Wort betonte die Autonomie des Widders und brachte ihm überaus deutlich wie nichts zuvor zu Bewußtsein, wie unwiderruflich ihre Reise sein würde.

Die Tür zu dem Büro ließ sich leicht öffnen, und sie traten ein. Das Büro sah weitgehend so aus wie sein eigenes auf der Erde; es war möbliert, enthielt jedoch keine persönlichen Gegenstände. Es gab Kurt ein etwas unheimliches Gefühl. An den Wänden hingen keine Bilder, auf dem Schreibtisch stand keine Skulptur, es gab keine Projektionen und keine Lichtgedichte. Es war still in dem Raum, und Kurt erkannte erschrocken, daß auf dem Widder noch nie Musik zu hören gewesen war. Dieses schweigende silberne Ei würde Menschen und ihre Kultur zu den Sternen tragen, und hier war noch nie Musik erklungen.

Aber sie würde erklingen, beschloß er, und zwar bald. Er würde das Schiff mit der Musik erfüllen, die er gekannt und geliebt hatte. Das war eine Möglichkeit, sich die Erinnerung zu bewahren. Auf dem Widder konnte es niemals einen Wechsel der Jahreszeiten geben, aber dafür würden Coplands „Frühling in den Appalachen" und Tanya Rolfes „Sommer-Conserere" erklingen. Es würde nie einen Ozean oder einen kalten Wind oder ein wildes Rehkitz auf dem Widder geben, und er fühlte sich wie vor den Kopf geschlagen, als ihm das plötzlich klar wurde und ihm die fast unerträgliche Sehnsucht zu Bewußtsein kam, die darin lag. Und dann erkannte er, wie leicht den Menschen das Vergessen fallen würde.

Das konnte er nicht zulassen. Er würde nicht zulassen, daß sie die Erde vergaßen. Er würde ihnen Gemälde von der Erde,

Gedichte über sie und die neue Musik geben, die dieser Junge – David Devier – komponiert hatte. Er hatte Davids „Lied der Erde" noch nicht gehört, aber Gerüchte darüber waren ihm zu Ohren gekommen. Etwas Neues, hieß es, etwas anderes in der Musik, und dennoch gleichzeitig etwas sehr Altes und Vertrautes: Musik von der Erde selbst. Sie mußten sich erinnern, weil Menschen aus Erinnerungen bestanden. Wenn sie diese verloren, würden sie weniger sein, als was sie gewesen waren, weniger, als sie sein konnten.

Als ob er seine Gedanken gelesen hätte, sagte Jacoby: „Jetzt kommt es einem seltsam vor, aber nach einer Weile wird der Widder wie ein Zuhause sein."

Kurt sah ihn einen Moment lang ruhig an. Dann sagte er: „Und was wird aus dem, was wir zurücklassen, aus der Erde und den Kolonien? Was wird dort passieren?"

„Ich hab's Ihnen schon mal gesagt: Ich halte mich für unpolitisch."

Als Antwort holte Kurt eine dünne Silbermünze heraus. Er warf sie auf den Tisch, wo sie sich in immer langsameren Kreisen drehte und schließlich still lag.

Jacoby nahm sie in die Hand, hielt sie hoch und drehte sie um. „Silber . . ., das ist ein interessantes Thema. Silber ist von Natur aus der beste Wärme- und Stromleiter – ein Leiter für Energie, für Macht. Die Menschen wollen es haben; sie verlangen danach. Sie haben sogar dafür getötet."

„Ja", antwortete Kurt, „und das kann wieder passieren."

„Er hat die Menschen in der Hand, wissen Sie", meinte Jacoby langsam. „Er hat Macht über ihre Seelen. Und sie wissen es nicht einmal."

„Wie können wir ihn bekämpfen?"

Jacoby starrte ihn einen Augenblick lang an und schüttelte dann den Kopf. „Ich wollte, ich wüßte es. Man glaubt, daß er besondere Kräfte hat. Und manchmal frage ich mich, ob es nicht tatsächlich stimmt. Manchmal denke ich, es stimmt."

Kurt sah ihn fragend an. „Kräfte?"

Jacoby nickte. „Etwas in seinem Inneren. Etwas, das normale Menschen nicht haben. Eine Gabe, Menschen steuern, ihre Gedanken lesen und sie beeinflussen zu können. Wir wissen, daß er die Medien für seine Zwecke benutzt, aber an der Sache ist mehr dran."

„Wollen Sie damit sagen, daß Tarantino Ihrer Meinung nach irgendeine okkulte Macht besitzt?"

„Keine Ahnung. Ich weiß nicht, was ich glaube. Aber eins weiß ich: daß die Menschen im Gürtel es glauben."

Kurt setzte sich an den ovalen Konferenztisch und blickte ein paar Sekunden lang auf die polierte Tischplatte. „Sie sind doch ein vernunftbetonter Mensch, Jacoby", bemerkte er schließlich.

„Und deshalb bin ich darüber erhaben, an Geister und Gespenster und fliegende Untertassen zu glauben", ergänzte Jacoby. „Da haben Sie recht. Aber hin und wieder erscheint einer von uns auf der Bildfläche, der nicht ganz einer von uns ist. Ich weiß nicht, was genau anders ist, aber die Leute spüren es. Und wenn sie das spüren, wächst die Macht."

„Sie reden von der Macht der Beeinflussung, von Charisma", sagte Kurt. „Von der Macht eines Hitler. Die ist menschlich, Jacoby."

„Wirklich?" Er starrte Kurt an, als ob er in seinem Gesicht lesen wolle. „Diese Menschen werden für Tarantino sterben, wenn es nötig ist. Sie glauben, daß sie damit ihre Unsterblichkeit für etwas unendlich viel Besseres aufgeben."

„Sie meinen, diese Menschen glauben, daß er ein Messias ist?"

„Ich frage mich, ob er einer ist", erwiderte Jacoby.

## 7. Kapitel

EINE Brise kam den Berg herab nach Renaissance, raschelte in den Blättern der Pappeln und Eichen und warf eine Schicht von Sonnendiamanten auf die Oberfläche des Sees. Sie stahl sich durch die Fenster des Gemeinschaftssaals und strich über die Haare der elfjährigen Choreographin, die an einer Konsole arbeitete. „Hilf mir, David! Ich komme hier nicht klar."

Er schaute vom Boden auf, wo er mit gekreuzten Beinen

mitten in einer stattlichen Reihe von Aufzeichnungen und Bändern saß. „Was ist los, Stoey?"

„Ich krieg die Vergrößerung nicht in Gang."

Seufzend entwirrte er die langen Beine und stand auf. „Welchen Effekt willst du denn haben?" Er schaute zur Bühne. Zwei winzige stilisierte Figuren bewegten sich in einem Pas de deux. „Sieht doch toll aus."

„David!" In ihrer Stimme klang Erbitterung auf. „Ich muß eine Aufführung für die Kinder vorbereiten. Dafür brauchen sie ja ein Vergrößerungsglas."

Grinsend legte er einen Schalter um und drehte an einem Regler. Die Figuren wuchsen zu Gulliver-Proportionen heran und ragten über ihnen auf. Sie sahen so mächtig aus, daß Stoey sich unwillkürlich duckte, als die kleinere von ihnen einen Sprung machte und sich dann flink bewegte. „David!"

Mit einem noch breiteren Grinsen schraubte er die Figuren auf menschliche Größe zurück, aber diesmal waren sie blutrot und dann plötzlich blau. Stoey legte das herzförmige Gesichtchen erstaunt schief und sah zu, wie die Regenbogengestalten vor ihr tanzten, erst blau, dann violett und schließlich in rosa Farbtönen mit orangeroten Stellen. „Das gefällt mir. Das gefällt mir wirklich. Und den Kindern bestimmt auch." Sie klatschte in die Hände. „Die werden es toll finden! Schnell jetzt! Mach es aus, bevor sie kommen!"

Er schaltete die Konsole ab, und die Figuren verschwanden.

„Bist du sicher, daß du das noch mal hinkriegst?" fragte sie zweifelnd. „Ich meine, mit den Farben und allem?"

David nickte. „Ich denke, das schaffe ich", erklärte er mit gespieltem Ernst.

Sie hörten Stimmen, und dann öffneten sich die großen Türen. Von zwei Lehrern geführt, kam ein Dutzend Kinder zwischen fünf und zehn Jahren herein. Sie hatten schräge Augen mit dicken Lidern und grobes Haar, Kennzeichen eines genetischen Defekts, des Mongolismus. Sie waren alle zurückgeblieben, manche sehr schlimm.

Weitere Schüler und Lehrer von Renaissance traten hintereinander ein und setzten sich irgendwo in eine Ecke des großen hellen Raumes. Dann kam eine letzte Gruppe herein, darunter die Direktorin von Renaissance; sie sprach mit einem hochgewachsenen dunkelhaarigen Mann, der die Farben des Ministeriums an der Brust trug.

Als alle Platz genommen hatten, stand die Direktorin auf. „Wir fühlen uns sehr geehrt, heute nachmittag einen besonderen Gast bei uns zu haben: unseren Kultusminister Kurt Kraus."

Stoey erschrak. „O David", flüsterte sie, „ich hab Angst! Was ist, wenn ihm meine Aufführung nicht gefällt?"

David starrte Kurt an und antwortete nicht.

KURT hatte sich einen Platz zwischen zwei zurückgebliebenen Kindern gesucht. Der kleine Junge zu seiner Linken schien innerlich an einem fernen Ort zu sein; das kleine Mädchen zu seiner Rechten lächelte schüchtern zu ihm hoch. Er lächelte zurück, aber seine Gedanken waren düster. Er hatte sie einmal die ewigen Kinder genannt. Er hatte sie angesehen und sie abgelehnt, weil er das Gefühl hatte, daß sie den Platz besetzten, der eigentlich seinem Bruder gebührt hätte. Jetzt war Eric seit neunzig Jahren tot. Und sie würden ebenfalls sterben – seinetwegen. Er hatte die Karten genommen und ihnen ein Blatt gegeben, das sie aus dem Spiel warf.

Das kleine Mädchen berührte seine Hand leicht und lächelte wieder. Süß. Manche dieser Kinder waren so verdammt süß, so voller Liebe, daß man es fast fühlen konnte. Er wehrte sich dagegen, indem er sich ablenkte und sich auf die junge Tänzerin zu konzentrieren versuchte.

Dünn wie ein Strich stand Stoey in einem kurzen Übungskostüm, das zu ihren großen grauen Augen paßte, vor dem kleinen Publikum. Für Kurt sah sie so zart aus wie ein junges Reh. In dem großen Raum klang ihre Stimme leise und förmlich. „Guten Tag! Mein Name ist Stoey. Ich will euch zeigen, wie ich hier in Renaissance arbeite. Ich bin Choreographin."

Die Worte riefen bei den Kindern verständnislose, aber freundliche Blicke hervor. Dann fielen irgendwie die Schranken, und Stoey war ein Kind, das mit anderen Kindern sprach. „Ich denke mir Tänze aus. Wenn ich sie dann hier reingebe" –

sie klopfte auf die Konsole –, „können andere den Tanz lernen, den ich mir ausgedacht habe. Zuerst überlege ich mir gründlich, wie alles aussehen soll, und dann programmiere ich den Apparat. Manchmal tanze ich Teile davon selbst, damit ich sehe, wie sie sich anfühlen. Ich zeig's euch."

Sie lief anmutig in den weiten Raum, der sie von ihrem Publikum trennte.

„Nehmen wir mal an, ich überlege mir einen Wolkentanz", fuhr sie fort. „Ich muß über Wolken nachdenken, und wie leicht sie sich anfühlen. Leichtigkeit ist, wenn es nach oben geht. Alles muß hochsteigen. Seht ihr?"

Ihr Arm bog sich nach außen, die Handflächen nach oben. Sie folgte der Linie mit schiefgelegtem Kopf und aufwärts gerichtetem Blick. Während sie zusahen, reckte sie sich langsam auf einem Fuß in die Höhe und streckte den anderen aus, so daß ihr Bein und ihr Körper eine wunderschöne ansteigende Linie bildeten.

„Wenn ich das alles raus habe, gebe ich es in den Apparat ein." Sie lief leichtfüßig zu der Konsole zurück und arbeitete flink an den Reglern und Tasten. Eine stilisierte Figur erschien und nahm die Haltung ein, die sie demonstriert hatte. „Dann kann ich es mir von allen Seiten anschauen und sehen, wie ich es besser machen kann. Und manchmal, wenn ich das versuche, mache ich den Tanz zu schwer, so daß die Leute Gelenke und Muskeln an Stellen haben müßten, wo gar keine sind. Wenn ich das tue, macht der Apparat einen schrecklichen Krach." Sie zog die kleine Nase kraus und stemmte die Hände in die Hüften. „Er macht ‚Qui-i-ietsch!' "

Die Kinder lachten.

„Angenommen, jetzt will jemand die Bewegung lernen, die ich gerade in den Apparat eingegeben habe", fuhr sie fort. „Also, dann braucht er sich bloß einen Sender um den Hals zu hängen und den Apparat in einem Übungsraum mit Spiegeln auf Univid einzustellen. Dann steigt er einfach rein."

Um es zu demonstrieren, hängte sie sich einen kleinen silbernen Bildwandler um den Hals, lief wieder in die Mitte des Raumes und stellte sich in das Bild, während es die Pose beibehielt. Nach einem anfänglichen Gemecker des Apparats verschmolz ihr Körper vollständig mit der Projektion. Sie blieb einen Moment lang schimmernd in dem Lichtbild stehen, bis es Kurt so vorkam, als ob sie nicht stofflicher oder wirklicher als Mondlicht auf dem Wasser wäre. Dann trat sie mit einer raschen Kopfbewegung aus dem Bild heraus und ging zur Konsole zurück.

„So arbeite ich, bis ich einen ganzen Tanz drin habe. Jetzt will ich euch den Tanz zeigen, mit dem ich gerade fertig bin. David Devier hat die Musik geschrieben. Es ist nur ein kleines Stück aus seinem neuen Conserere. In meinem Tanz geht es um ein Mädchen, das sich verirrt hat und auf der Uferböschung eines Bachs wie dem hier in Renaissance herumwandert. Sie ist sehr einsam, weil niemand da ist, und so kommt sie zu einer lehmigen Stelle und gießt Wasser drauf, bis der Lehm weich ist, und dann macht sie sich einen Freund, und sie tanzen zusammen." Sie kicherte. „David wollte, daß ich es ‚Schlammkuchen' nenne, aber das gefiel mir nicht. Ich nenne es ‚Lehmtänzer'." Sie drehte sich nervös zu David um und flüsterte: „Schalt ein!"

Er tat es.

Das leise, kaum wahrnehmbare Pochen des Leitmotivs setzte ein – der Bach. Sein Wasser pulsierte gegen die moosglatten Felsen und den Sand, der ihn säumte, und schlug gegen das steinerne Bett des Berges unter ihm.

So wie es sich anfühlte, wußte Kurt sofort, daß es Infraschall war. Er hatte schon von Davids Arbeit erfahren, und als er sie nun endlich zu hören bekam, erkannte er, daß sie von neuen Richtungen für die Musik sprach, von einem Bereich, in dem sie auf die Klänge der Erde selbst traf und sich mit ihnen vermischte.

Auf der Bühne lag eine Figur flach hingestreckt und reglos da. Eine andere bewegte sich allein, lief suchend umher und streckte zögernd und flehend die Arme aus. Dann kniete die umherlaufende Figur nieder. Ihre Hände begannen über die reglose Gestalt zu gleiten. Hände bewegten sich, kneteten und formten – einen Kopf, die Linien eines Rückens, einen Arm, noch einen Arm.

Die Figuren griffen nacheinander. Hände streckten sich aus,

berührten und umfaßten sich. Dann erhoben sich alle beide und begannen zu tanzen. Sie wurden von Farben charakterisiert, die sie von dunklen Körpern zu schimmernden Pastellgeistern verwandelten, die einander berührten, sich trennten und wieder zusammenkamen.

Kurt sah sich den Tanz lächelnd an. Er war schlicht; er war naiv. Und dennoch wirkte er gleichzeitig irgendwie unergründlich und tief. Er erzählte von Archetypen und Mythen, ohne zu wissen, wie oder warum.

Das kleine zurückgebliebene Mädchen neben ihm saß stocksteif da. Ihre Augen klebten an den kaleidoskopartigen Figuren, während diese herumwirbelten und in die Luft sprangen. Kurt tätschelte ihr die Hand und fühlte dann plötzlich, wie die Erde unter ihm wegstürzte. Die Realität zerbröckelte, und eine andere nahm ihren Platz ein.

*Es war Abend. Die Dämmerung brach herein. Er stand in einem stark bewaldeten Hohlweg. Zu seinen Füßen stürzte ein Bach in die wilde Schlucht unter ihm. Es wurde rasch dunkel. Er hatte jedes Zeitgefühl verloren. Er wandte sich zum Gehen, als ihn etwas innehalten ließ, etwas, das er nur undeutlich spürte und bei dem sich ihm die Nackenhaare aufrichteten und kribbelten. Ein kalter Schauer lief ihm über den Rücken und kroch ihm bis ins Mark. Nur seine Augen bewegten sich; sie zuckten von einer Seite zur anderen, schweiften über den Boden und die Äste der Bäume hin und spähten forschend in die Schatten. Es war hinter ihm. Hinter und über ihm. Er merkte, wie sein Herz einen Schlag lang aussetzte und ihm dann bis in den Hals hämmerte. Seine Sinne waren zum Zerreißen gespannt.*

*Langsam, ganz langsam drehte er den Kopf und starrte in die dunklen Zweige. Gelbe Augen starrten zurück. Der gelbbraune Körper des Berglöwen kauerte sich dicht an den schweren Ast der Eiche. Er schnappte nach Luft.*

*Sie sprangen beide zugleich. Er zum anderen Ufer des Bachs, wobei er durch eiskaltes Wasser platschte und auf moosglatten Steinen ausrutschte; die Katze nach oben zur Baumkrone, in die entgegengesetzte Richtung.*

*Er rannte. Er rannte, obwohl er wußte, daß sie fort war, daß er sie genauso erschreckt hatte wie sie ihn. Er rannte und konnte nicht anders, konnte nicht anhalten. Er . . .*

ER SAH sich benommen im Raum um. Der Tanz war zu Ende. Das Kind neben ihm saß schlaff da. Eine trübe Wolke verschleierte ihm die Augen. Von der anderen Seite des Raumes aus sah Stoey ihn erwartungsvoll an, als ob sie seine Reaktion abzuschätzen versuchte.

Er berührte den Stuhl, auf dem er saß, und strich mit einem Fuß über den Boden, testete seine Realität, seinen gesunden Menschenverstand. Der Boden fühlte sich real an, der Stuhl auch – aber nicht realer, nicht einmal genauso real wie die Schlucht und der Bach und die im Schatten kauernde Katze.

Völlig verwirrt merkte er, daß man ihn angesprochen hatte und nun auf seine Antwort wartete. Mit einer Anstrengung schob er das Erlebnis in seinem Kopf ganz weit nach hinten und spürte, wie es dort wartete und sich in Nebel und Schatten hüllte.

Sie standen alle, und die Direktorin von Renaissance sagte gerade: „. . . und ich weiß, daß Sie David Devier kennenlernen wollen."

Und David starrte ihn an. „Ich bin – äh – war ein Freund Ihrer – äh – Ihrer Frau", erklärte er steif.

„Natürlich", erwiderte Kurt, „wir sind uns schon mal begegnet." Er nahm Davids Hand. „Ich erinnere mich an dich." Dann sagte er zur Direktorin: „Wenn Sie mich eine Weile entschuldigen würden, ich muß mit dem jungen Mann hier sprechen. Er ist einer der Gründe, warum ich hier bin." Kurt legte David den Arm um die Schulter und führte ihn auf die große Terrasse mit Ausblick auf den See hinaus. Er bewegte sich locker, während David sich steif hielt, als ob er bereit wäre, sich jeden Moment frei zu machen und wegzurennen.

Sie blieben am Geländer stehen. Die Wasseroberfläche unter ihnen wurde von einer herannahenden Keilformation von Enten durchbrochen, die hofften, etwas zu fressen zu bekommen. Ein wilder Enterich wackelte mit seinem geringelten

Schwanz und quakte erwartungsvoll. „Ich fürchte, wir werden sie enttäuschen", sagte Kurt. Die Enten lösten sich aus der Formation und begannen in schiefen Kreisen unter ihnen herumzupaddeln.

Ohne zu antworten, griff David in seine Tasche und holte ein kleines Paket mit Keksen heraus. Er zerkrümelte einen und warf ihn ins Wasser. Die Enten stürzten sich auf die Krümel. Die leer Ausgehenden quakten wütend.

„Ich bin sehr beeindruckt von deiner Musik", sagte Kurt. „Sehr beeindruckt."

Davids Wangen röteten sich vor Freude.

„Du bist der Hauptgrund, warum ich hier bin."

Die Freude machte der Verwirrung Platz. „Warum?"

„Hast du schon mal was vom ‚Widder' gehört?"

David nickte. „Das hat wohl jeder."

„Wir nehmen die große Musik der Welt mit an Bord. Ich möchte besonders deine dabeihaben. Ich will nicht, daß die Menschen die Erde vergessen, David. Ich möchte, daß sie noch in tausend Jahren deine Musik hören und sich erinnern können."

Davids Kinn klappte herunter. Ein Lächeln spielte in einem Mundwinkel. „Glauben Sie wirklich? Glauben Sie wirklich, das werden sie tun?"

Kurt nickte. „Es ist wichtig, nicht zu vergessen. Das wäre die Tragödie eines im Käfig gefangenen Tieres, David. Ohne die Erinnerung verwandelt es sich in etwas anderes. Etwas Geringeres. Verstehst du?"

David schaute über den See auf die Berge dahinter. Er stützte sich auf das Geländer und blieb für eine Weile so stehen. „Ich glaube schon. Ich glaube, wir müssen uns daran erinnern, wo wir gewesen sind und . . ., und wer mit uns dort war."

Auf Davids Gesicht erschien ein Ausdruck, der so entrückt war wie die fernsten Sterne im All. Kurt wollte die Hand nach ihm ausstrecken, wollte irgendwie in diesen Ausdruck einbrechen und sehen, was sich dahinter verbarg, aber er hielt sich zurück und fragte sich, ob Liss in dieser Erinnerung herumgeisterte. Er befürchtete, daß es so war. Und er fühlte, daß alles, was er sagen konnte, eine unsägliche Störung sein würde, ein

Einbruch in etwas Privates, ein verstohlener Blick in die Seele eines anderen. Er ging leise davon und stellte sich in die Sonne, spürte, wie die Wärme ihn einhüllte, spürte die Brise im Gesicht.

So blieben sie eine Zeitlang stehen, und dann erklärte David: „Es wäre eine Ehre für mich, wenn ich meine Musik im Widder mitschicken könnte."

„Gut." Kurt gab ihm die Hand. „Es ist erstaunlich, wie du vom Infraschall Gebrauch machst. Die Effekte sind . . ." Er hielt inne und fühlte, wie sich wieder die Erinnerung an einen schattenhaften Berglöwen in einer Schlucht mit einem Fluß regte. Eine Wolke legte sich vor die Sonne; eine Brise strich ihm übers Genick und ließ ihn frösteln. Er stand da, hielt immer noch Davids Hand fest und starrte auf einen Punkt hinter ihm. Schließlich sah er David in die Augen. „Die Effekte sind ein bißchen verwirrend. Durch deine Musik fühlte ich den Bach und die Wälder, und dann war ich auf einmal dort. Ich fühlte – ich sah einen Berglöwen."

Davids Augen weiteten sich, wurden schmal und weiteten sich wieder. Er setzte zum Sprechen an, drehte sich dann um und schaute auf den See. „Dort war tatsächlich ein Berglöwe!" entfuhr es ihm.

„Unglaublich! Ich verstehe nicht, wie du diesen Effekt erzielt hast."

„Ich war in der Schlucht. Es war fast dunkel. Ich hatte die Zeit vergessen." Er berührte das Geländer, seine Hände glitten auf dem groben Holz hin und her, blieben liegen. „Ich wollte gerade gehen, da merkte ich, daß dort etwas war. Über mir. Direkt hinter mir. Ich konnte nur seine Augen sehen. Ich rannte los . . ."

„Und er rannte in die andere Richtung."

„Das hatte ich vergessen", meinte David. „Ich hab bis eben nie wieder daran gedacht. Ich hatte solche Angst, daß ich nicht daran denken wollte. Ich vergaß es."

„Aber du hast es aufgenommen", sagte Kurt. „Irgendwie hast du es auf Band eingefangen."

David verneinte. „Das Band hab ich im letzten Winter gemacht. Den Berglöwen dagegen hab ich gesehen, als ich zwölf war." Seine Hände klammerten sich um das Geländer, ließen los und umklammerten es erneut. „Ich hab ihn vor mehr als sechs Jahren gesehen."

## 8. Kapitel

Die aneinandergekoppelten Solos rasten tief unter der von Höhlen durchlöcherten Bergkette namens Lookout Mountain dahin. Kurt drehte sich zu Liss um. „Ich möchte nicht, daß du dorthin fliegst."

Sie machte ein verblüfftes Gesicht. „Warum nicht? Das ist meine Arbeit . . ."

„Wir können woanders Arbeit für dich finden."

Ein rasches Aufblitzen von Zorn verdunkelte ihre Augen. „Ich bin kein Kind. Meine Arbeit ist wichtig. Jedenfalls für mich. Sie ist kein Spielzeug, das man einfach wegnehmen und durch ein anderes ersetzen kann." Ihr Kinn schob sich trotzig vor.

„Es gibt Probleme auf Vesta. Es ist nicht sicher . . ."

„Natürlich gibt's da Probleme." In ihrer Stimme lag ein Anflug von Ärger. „Deshalb fliege ich ja hin. Du glaubst doch wohl nicht, daß eine Enthüllungsreporterin in Chatlanta rumsitzen und einen passablen Einblick in die politischen Zustände auf Vesta kriegen kann, oder?"

Er sah sie scharf an, während die miteinander verbundenen kleinen Wagen durch den beleuchteten Tunnel jagten. „Du hast doch was für alte Zitate übrig, Liss. Wie wär's mit diesem: ‚Vorsicht ist die Mutter der Porzellankiste'?"

„Das ist mein Job."

„Liss, im Gürtel gibt es Leute, die versuchen könnten, durch dich an mich heranzukommen. Denen wäre nichts lieber, als dich in eine kompromittierende Situation zu bringen, um das Ministerium in eine peinliche Lage zu versetzen."

Für einen Augenblick preßte sie die Lippen zusammen. „Du traust mir nicht viel gesunden Menschenverstand zu, Kurt." Steif fügte sie hinzu: „Ich habe nicht vor, dich in Verlegenheit zu bringen."

„Und ich finde, du traust den Feinden des Ministeriums nicht viel zu. Das ist kein Spiel, Liss."

„Du benimmst dich aber so. Du warnst mich verschwommen vor schrecklichen, aber undeutlichen Konsequenzen und gibst mir nicht eine einzige harte Tatsache dazu. Also ich hab's satt, wie ein Kind behandelt zu werden. Wenn es Tatsachen gibt, werde ich sie selbst finden."

Die Solos fuhren zu einem schmalen Seitenausgang und hielten an. Sie stiegen schweigend aus und nahmen den Sublift nach oben. Sie kamen im hellen Sonnenschein heraus; vor ihren Augen erstreckten sich das kurze Gras und die ausladenden alten Bäume des Mocassin Bend Pleasance. Das Kristallzentrum, das wie ein Pilz dahinter aufragte, fing die Sonnenstrahlen ein; die Leute im Inneren bewegten sich wie winzige Fische in einem gewölbten Aquarium. Liss schaute es mit großen Augen an. „Ich kann mich an solchen alten Bauwerken wie dem hier gar nicht satt sehen. Sie geben mir ein Gefühl für Geschichte – für die Kontinuität der Dinge."

Kurt wunderte sich erneut über die Kluft zwischen ihnen. Als er in ihrem Alter gewesen war, hatte er von einem solchen Bauwerk niemals auch nur geträumt. Erst neunzig Jahre später sollte eins gebaut werden. Und jetzt stand es bereits länger als ein Jahrhundert. Aber sie hatte recht, es gab einem ein Gefühl der Kontinuität. Es war ein Orientierungspunkt in einer Abfolge von Jahren, die dazu neigten, ununterscheidbar ineinander zu verschwimmen, als ob er sie durch ein trübes gestreiftes Glas betrachten würde. Und es gab noch andere Fixpunkte: ein kahles Lager, wo Kinder hinter Stacheldraht lebten; eine Feier, bei der er die Bänder seines Amtes bekommen hatte; Renaissance und ein warmes Feuer nach einem Tag im Schnee, dessen Kälte ihm bis in die Knochen gedrungen war – und den Widder.

Er dachte darüber nach. Die Orientierungspunkte in seinem Leben waren allesamt Dinge von Menschenhand. Die Meere schlugen an Strände, die breiter und dann wieder schmaler wurden; Berge entstanden langsam und zerfielen langsam; die Erde selbst bewegte sich unter seinen Füßen, aber obwohl sein Körper das Potential in sich trug, diese Naturphänomene zu überleben, hatte sein Geist das niemals voll erfaßt. Er würde noch hundert Jahre leben, und danach weitere hundert. Und wie viele Jahre würde er in den runden Wänden des Widders verbringen? Er sah Liss an, als sie über die ausgedehnte Rasenfläche zu dem Konzertsaal draußen im Freien gingen. Er hatte ihr noch nichts vom Widder erzählt, hatte ihr noch nicht gesagt, daß er wegflog.

Die Sonne spielte über die federleichten Wellen ihres Haares und ließ es wie blasses Feuer leuchten. Komm mit mir, kleines Mädchen! wollte er sagen. Komm mit mir! Aber er tat es nicht. Es wäre nicht gut. Sie würde es vielleicht aus einem unangebrachten Gefühl der Verpflichtung heraus tun oder sogar weil sie ihn gern hatte, aber das war nicht genug. Nicht genug.

Sie gelangten zu dem Pavillon, wo ihr Tisch wartete. Sie nahmen Platz, und ein paar Minuten später kamen die bestellten Sachen. Sie verspeisten ein scharfes Sezuan-Gericht mit Pfeffer und Zwiebeln und kühlten das Brennen mit Weißwein, dessen Geschmack aus kieselhaltigem Boden stammte. Und dann sagte Liss: „Es wird merkwürdig sein, David nach dieser langen Zeit wiederzusehen. Ich glaube, ich bin nervös." Sie starrte für einen Moment auf ihren Teller. „Nervös meinet- und seinetwegen. Es ist schrecklich wichtig für David, nicht wahr? Könnte dieses Konzert nicht ein Wendepunkt sein?"

Kurt nickte. „Aber sei nicht allzu nervös seinetwegen. Viele wichtige Leute haben seine Musik bereits gehört. ‚Das Lied der Erde' ist etwas Neues in der Musik, Liss. Etwas anderes. Ich nehme es mit auf den Widder . . ." Es war heraus. So rasch hatte er es ihr gesagt, ohne es zu wollen. Er, der alle Worte stets sorgfältig abwog, hatte ihr diese wie Steine ins Gesicht geschleudert.

Sie saß sehr still da, das Gesicht schief gelegt und abgewandt, als ob sie geschlagen worden wäre.

Er sah sie an und wußte nicht, was er sagen sollte. Er schwieg.

„Dann fliegst du also auf dem Widder mit", sagte sie schließlich. „Er fliegt sehr bald los."

Er nickte.

„Hattest du überhaupt vor, es mir zu sagen? Oder sollte ich bloß eines Tages einen Funkspruch bekommen: ‚Geht mir prima. Wir sehen uns in zwölftausend Jahren oder so.'?"

„Ich hab dich verletzt. Das wollte ich nicht."

Sie preßte die Lippen zusammen, hob das Kinn und richtete den Blick auf ihn. „Oh, mach dir deshalb keine Gedanken! In der Hinsicht hast du heute schon gute Arbeit geleistet."

Er sah sie wortlos an.

„Es läuft alles zu deiner Zufriedenheit, nicht wahr, Kurt? Dieser Ehevertrag, meine ich. Der läßt sich ja so trefflich beschwören, wenn dich meine Anwesenheit auf Vesta in Verlegenheit bringen könnte. Mach dir andererseits bloß nicht die Mühe, deiner Frau mitzuteilen, daß du für die nächste Hälfte der Ewigkeit eine kleine Reise planst."

„Es tut mir leid, Liss. Ich wollte es dir noch sagen."

Sie trank einen Schluck Wein, setzte das Glas energisch ab und holte einen kleinen Rekorder hervor. „Diese Gelegenheit kann ich mir nicht entgehen lassen, oder? Eine Chance, den Premierminister des Widders zu interviewen." Ihre Augen blitzten vor Schmerz und Zorn. „Du wirst doch Premierminister, stimmt's?"

Er langte hinüber und nahm ihre Hand. Sie entriß sie ihm und gab einen Code in den kleinen Rekorder ein. „Erzählen Sie mir, Bürger Kraus: Weshalb haben Sie beschlossen, auf dem Widder mitzufliegen? Aus Abenteuerlust? Oder vielleicht aus Langeweile?"

Er starrte sie an. Warum flog er weg? Weil er hoffte, diesen kleinen harten Kern in seinem Inneren wiederbeleben zu können, der vor so langer Zeit abgestorben war? Aber vielleicht war er nicht tot. Wenigstens nicht ganz. Vielleicht war der Widder eine Kraft, durch die er sich regenerieren konnte. Und dann würde er wieder schöpferisch tätig sein können, dachte er. Er konnte ein neues Milieu erschaffen. Eine neue Heimat für die Menschheit, in der es keine Grenzen mehr gab.

Als er fünfzehn Jahre alt gewesen war, hatte er der Welt den Rücken zukehren und auf eine neue Welt warten müssen. Das war eine Frage des Überlebens gewesen. So war es immer noch; die Menschen mußten weitergehen.

„Erzählen Sie's mir, Bürger Kraus!“ fügte Liss hinzu. „Warum gerade Sie?“

Er sah sie an und senkte den Blick dann auf die Hände, deren Finger gespreizt auf der Tischplatte lagen. Er saß für ein paar Augenblicke so da. „Ich hatte keine Wahl“, antwortete er schließlich. Er schien nie eine Wahl gehabt zu haben. Mit fünfzehn Jahren hatte er die Bürde geerbt, ein Führer zu sein. Mit fünfzehn, und er hatte sie seither immer getragen. Jetzt war es zu spät für ihn, zu spät, um sie abzulegen.

Ihre Stimme klang schneidend. „War es Egoismus, Kurt?“

Überleben. Er wollte „Überleben“ sagen, aber er tat es nicht. Gab es da einen Unterschied? Konnte ein Mensch überleben, wenn sein Ich zu Nichts zerbröckelte? Unbehagliche Erinnerungen kreisten ihm weit hinten im Kopf. Aber es mußte einen Zweck gehabt haben. Es mußte einen Grund dafür geben, warum er gelebt hatte. Es mußte eine Rechtfertigung geben. Aber selbst als ihm dieser Gedanke kam, folgte sofort ein anderer: Wirklich? Oder war dieser „Zweck“ nicht mehr als der vergebliche Aufschrei eines beschädigten Ichs, der jämmerliche Versuch, einem belanglosen Dasein einen Sinn zu geben?

Unsinn. War es Belanglosigkeit, was Renaissance geschaffen hatte, was den Ramirez-Sternenantrieb ermöglicht hatte? Er lächelte innerlich grimmig darüber, wie er sich hier in Selbstmitleid erging. Er hatte die Erde geerbt – und noch dazu in ziemlich schlechtem Zustand. Sie war nicht vollkommen – zum Teufel, nein! –, aber im Vergleich dazu, was sie gewesen war, hatte ein geometrischer Fortschritt zum Besseren stattgefunden. Er sah Liss an. „Vielleicht war es Egoismus, was mich zu diesem Entschluß gebracht hat. Vielleicht auch nicht. Aber wir tun, was wir tun müssen, oder?“

Ihre Augen waren kalte blaue Spiegel; er konnte nicht lesen, was dahinter lag. „Bist du sicher, Kurt?“

Sicher? Konnte er sicher sein? War er jemals in irgendeinem Punkt wirklich sicher gewesen? Oder war alles ein Würfelspiel gewesen, bei dem nur eins sicher war, nämlich daß er sich Illusionen über sich selbst machte? Und hatte das etwas zu bedeuten? Endlich nickte er. „Ich fliege auf dem Widder mit, Liss.“

Sie beendeten das Essen in höflichem Schweigen. Beide saßen hinter einer Wand, die sie vom anderen abschottete. Sie nickten und lächelten Passanten zu und beobachteten, wie sich jenseits der sonnenbeschienenen Rasenfläche Musiker und Techniker allmählich für das Konzert versammelten.

Dann sah Liss eine kleine Gruppe langsam über das Gras schlendern. Sie blinzelte ins grelle Licht zu ihnen hinüber und sprang auf. „Es ist David!" Sie lief über den weiten Rasen zu ihm hinüber.

LISS bremste ihren Lauf etwas ab; dann blieb sie stehen. David beobachtete sie von der anderen Seite der Rasenfläche. Sie sahen einander ein paar Augenblicke lang an, dann gingen sie weiter. Sie trafen sich mitten auf dem Feld und blieben dort dicht voreinander stehen. „Hallo!" sagte Liss.

„Hallo!"

„Das ist ein großer Tag für dich!" Und sie dachte: Wie dumm das klingt, wie albern. So etwas sagte man zu einem Kind.

Aber er nickte ernst. „Ja. Laß uns ein Stück gehen! Ich meine, ich kann nicht stillstehen. Wir haben noch ein bißchen Zeit. Gehen wir spazieren!"

Sie schlenderten zusammen durch das federnde Gras. Er schien für sie aus aufgerolltem Draht zu bestehen, der vor Energie barst. „Nicht so schnell!" bat sie. „Wohin gehen wir?"

Er blieb stehen und schaute sich um. „Irgendwohin. Ich kann nicht stillstehen. Reine Nervosität."

Er kam ihr blaß vor. „Ist auch alles in Ordnung mit dir?"

Er schlug eine Hand vor den Mund und stöhnte. „Mir wird schlecht." Er rannte zu den öffentlichen Toiletten jenseits des Rasens. Sie stand einen Moment lang unsicher da und lief ihm dann nach. Sie blieb wieder stehen, als er hineinstürzte und hinter der rasch zufallenden Tür verschwand.

Ein paar Minuten später kam er wieder heraus. Er war bleicher als zuvor und schwitzte. Ein Großteil der Spannung in seinem Körper schien sich gelöst zu haben. Er ließ sich ins Gras sinken, legte sich zurück und schloß die Augen vor der Sonne.

Sie setzte sich neben ihn. „Geht's dir jetzt besser?"

Er nickte. „Glaub schon." Er sah sie jedoch nicht an. Sie

saßen stumm da, bis er aus heiterem Himmel sagte: „Ich wollte nicht erbrechen. Ich hab mir schon lange vorgestellt, wie es sein würde, dich wiederzusehen. Ich hab mir vorgestellt, was ich alles sagen würde. Und wenn's dann soweit ist, muß ich mich übergeben."

Sie verzog die Lippen zu einem Lächeln. „So, bei meinem Anblick wird dir also schlecht?"

Er sah sie entsetzt an. „O nein! Das liegt nicht an dir. Es ist wegen des Konzertes." Er richtete sich auf und setzte sich mit gekreuzten Beinen ins Gras. Seine Hände begannen aneinander zu zerren, und die glatten Muskeln an den Unterarmen und dem Bizeps wölbten sich. Er schien sich auf das Ziehen und das Lösen der Spannung zu konzentrieren. Bei jedem Ziehen atmete er ein; wenn er losließ, kam sein Atem zitternd und rauh heraus.

Liss sah fasziniert zu. „Entspannt dich das?"

„Weiß ich nicht genau. Es hält mich davon ab, ans Erbrechen zu denken."

„O David! Ist das bei dir vor einem Konzert immer so?"

„Keine Ahnung. Das ist mein erstes. Mein erstes richtiges jedenfalls." Er starrte sie an. „Was ist, wenn's nicht gut ist? Wenn's keinem gefällt?"

„Es *wird* den Zuhörern gefallen. Kurt hat es gesagt."

„Wirklich?"

Sie nickte. Armer David! Er konnte auch nicht nervöser sein, wenn er auf einem Drahtseil über eine Grube voller Spieße und giftiger Schlangen liefe, dachte sie. „Was wolltest du mir denn sagen, wenn du mich sehen würdest, David?"

„Ich weiß nicht. Verschiedene Sachen. Du weißt schon."

„Was zum Beispiel?"

„Zum Beispiel . . ., du weißt schon. Wie geht's dir? Solche Sachen." Er fing wieder an, mit den Händen Tauziehen zu spielen.

„Mir geht's gut, David", antwortete sie leise.

„Ich hab dein Kind gesehen", platzte er heraus.

„Oh!" Ein Ausdruck der Bestürzung huschte über ihr Gesicht, gefolgt von einem raschen Aufflackern von Schmerz. Sie wandte den Blick ab. „Ich sehe die Kleine nicht oft. Es ist nicht erlaubt, weißt du." Und in diesem Moment wollte sie es ihm erzählen, wollte ihm sagen: Sie ist auch dein Baby. Aber sie konnte es nicht. Welchen Zweck hatte es? Es gäbe ihm nur ein Schuldgefühl, das er nicht verdient hatte. Sie würde ihm das nicht antun; sie wollte es nicht riskieren, daß er erfuhr, warum sie Kurt geheiratet hatte.

„Sie . . ., sie sieht dir ähnlich", sagte er.

„Ich glaub schon, ja." Und wenn Alani das Ebenbild von David gewesen wäre, hätte er es gesehen? Sie sah ihn an, wie er da so im Gras lag. Wie jung er wirkte. Er war immer noch ein Kind. „Kurt fliegt auf dem Widder mit", sagte sie, ohne zu wissen, warum.

Er schien zu erschrecken. „Dann wirst du auch mitfliegen."

Sie schüttelte den Kopf. „Nein."

„Aber wieso denn nicht? Er – Kurt – will es doch bestimmt." Er sprach Kurts Namen vorsichtig aus, als ob das Wort voller Stacheln wäre.

Da begannen die Worte nur so aus ihr herauszuströmen, als ob sie sich einreden könnte, daß es die Wahrheit war, wenn sie es aussprach. „Ich bin ihm bloß im Weg. Ein kleines Mädchen. Im Grunde nicht mehr. Ich bin nur ein kleines Mädchen für ihn, sonst nichts." Tränen verschleierten ihr die Augen. Sie zwinkerte sie weg.

Er sah sie unsicher an, als ob er nicht wüßte, was er sagen sollte.

Sie bedauerte, den Mund nicht gehalten zu haben. Sie schämte sich, als ob sie jemanden verraten hätte. Und dennoch war sie nicht sicher, wen sie eigentlich verriet. Sie wollte David nicht in die Augen sehen. Statt dessen ließ sie den Blick über die Leute schweifen, die vorbeikamen, und schaute zu den flauschigen Wolken hinauf, die am heißen blauen Himmel dahintrieben. In der Nähe sah sie ein Mädchen stehen, das sie beobachtete – ein junges Mädchen, nicht älter als etwa zwölf, mit ernsten grauen Augen und einem elfenhaften, herzförmigen Gesicht. „Wer ist das?" fragte sie.

David schaute auf. „Ach, das ist Stoey. Von Renaissance."

Das Mädchen hatte etwas an sich; es lag an der Art, wie es sie beide beobachtete. Sie ist ganz und gar nicht begeistert von mir, dachte Liss. Sie möchte, daß ich weggehe. David lag im Gras, ohne auf das kleine Mädchen zu achten. „Sie mag dich", sagte Liss.

„Was?"

„Stoey. Sie ist in dich verliebt."

Er machte ein verwirrtes Gesicht. „Die ist doch noch klein. Bloß ein Kind."

Sie starrte ihn an. Verdammt, David! dachte sie. Der Teufel soll dich dafür holen, daß du das gesagt hast! Mit einem jähen Gefühl des Mitleids mit dem kleinen Mädchen stand Liss auf und wischte sich den Staub von den Kleidern. Dann schaute sie auf David hinunter. „Erzähl ihr das bloß nie!" mahnte sie, drehte sich um und ging rasch davon.

VON SEINEM Tisch im Pavillon aus beobachtete Kurt Liss und David in der Ferne. Als sie von David wegging, hoffte er, sie werde zurückkommen und sich zu ihm setzen, bis das Konzert begann. Statt dessen schlug sie die entgegengesetzte Richtung ein und ging zum Fluß. Schließlich war sie nur noch eine winzige Gestalt, die allein unter einer ausladenden Eiche stand, deren Zweige tief über dem Wasser hingen.

Ein Mann trat auf ihn zu. „Bürger Kraus", sagte er förmlich. „Ihre Loge steht Ihnen zur Verfügung."

Er erhob sich und folgte dem Mann zur Konzertarena, aber auf dem Weg zum Lift, der zu den reservierten Logen hoch über den anderen Plätzen führte, blieb Kurt stehen. Gegenüber sah er die Direktorin von Renaissance und zwei weitere Erwachsene, die eine kleine Gruppe von Kindern zu ihren Plätzen führten. Die Kinder waren zurückgeblieben, und etliche trugen das Stigma des Mongolismus. Sie sind neu, dachte er. Sie waren gerade erst auf dem Weg nach Renaissance. „Ich hab's mir anders überlegt", sagte er zu dem Mann neben ihm. „Geben Sie meine Loge jemand anderem." Er wandte sich von dem verblüfften Mann ab und ging zu der kleinen Gruppe hinüber.

Kurt begrüßte die Direktorin und nahm dann zwischen zwei Kindern Platz. Er fühlte sich besonders zu dem kleinen schwarzen Jungen zu seiner Linken hingezogen. Dieser war höchstens sieben oder acht und hatte leicht schräg gestellte dunkle Augen mit der Mongolenfalte an den Lidern.

Kurt las das Namensschild des Jungen. „Michael", sagte er, „wir werden wunderschöne Musik hören."

Der Junge lächelte zu ihm hinauf, sagte jedoch nichts. Kurt fragte sich, ob er sprechen konnte. Er lächelte zurück und zerzauste die weichen Locken des Jungen mit seiner großen Hand. „Magst du Musik, Michael?"

Der Junge sah ihn stumm an und begann dann am Daumen zu lutschen. Kurt nahm die andere Hand des Kindes und öffnete sie sanft. Die Handfläche war hellrosa; eine einzelne Falte – die Affenfurche – lief quer über die Haut. Die Finger des Jungen schlossen sich vertrauensvoll um seine.

Das Orchester und die Visiographen kamen nacheinander in die Arena. Gegenüber thronte David Devier angespannt in der Loge neben Kurts leerem Stuhl. Obwohl er die anderen Besucher bei David in der Loge aufmerksam musterte, sah Kurt keine Spur von Liss, und er konnte sie auch am Flußufer nicht entdecken. Trotzdem hielt er Ausschau nach ihr, bis die Musik einsetzte.

Rousseau kam herein, der berühmte Dirigent – der Renaissance-Dirigent, verbesserte Kurt im Geiste. Nach dem ersten begeisterten Applausgeraschel senkte sich erwartungsvolle Stille über das Publikum.

Im Inneren der Arena ließ die Zauberkraft der Visiographen die Sonne erlöschen. Als sich das fast unsichtbare Netz über ihnen polarisierte, wurde es nachtschwarz, weltraumschwarz. Die Stille war elektrisch geladen. Kurts Haut schien zu kribbeln, und die Luft in der Nase fühlte sich anders an. Eine Veränderung der Ionisation, dachte er, eine magische Veränderung. Der Junge spürte es auch. Er faltete aufgeregt die Hände.

Ein lautloser Feuerball explodierte in die aufgeladene Schwärze, wirbelte herum und verdichtete sich unter seinen Augen zu einer aufgeblähten gasförmigen Scheibe. Ein Geräusch begann zu pulsieren, ein so leises, zartes Geräusch, daß man es mehr fühlte als hörte.

Genesis, dachte er. Es war die Entstehung der Erde.

Die leuchtende Scheibe wurde jetzt dunkler und trüber. Bald

darauf war sie eine Kugel, die in schwindelerregendem Tempo rotierend um die Sonne kreiste.

Das Geräusch wurde stärker. Dichte Wolken strudelten über die Oberfläche der Kugel. Während er hinsah, wurden sie dünner und brachen hier und dort auf, und die volle Erde erblühte.

Der Schauplatz wechselte zu einem einzigen Meer, das sich wogend vor ihm ausdehnte und schimmernd bis zu einem blutroten Horizont reichte. Das Pulsieren änderte sich ein wenig. Es wisperte ihm in den Ohren, schlich sich ins Gehirn. Es war der Klang des Windes und der Flut und noch mehr, der Klang der Erde darunter, der durch das Wasser hallte.

Und dann der zarte Ton eines Instruments, die Spur einer Melodie, ein antwortender Oberton, dann ein Anschwellen des Klangs, und der felsige Kern des Planeten kam nach oben.

Der Vulkan kochte an der Meeresoberfläche, stieg in brodelndem Leben vor ihm aus den Fluten und dampfte unter den Brechern, als der Klang zu Musik wurde.

Die Szenerie änderte sich erneut. Kleine Pflanzen krochen über kahle Felsen. Lebewesen kamen. Eine Million Lebewesen zogen vorbei – eine Million Jahre.

Berge wurden vor seinen Augen abgetragen, und dann sah er, fühlte er die blaue Bergkette von Renaissance. Sie sang ihm ein Lied von Nebeln und Erinnerungen.

Michael bewegte sich neben ihm. Im Halbdunkel konnte Kurt sehen, daß die Arme des Jungen starr ausgestreckt an seinem Körper lagen. Die Augen des Kindes waren offen und starr.

Er hat Angst, dachte Kurt. Armer kleiner Kerl. Er langte hinüber und nahm die Hand des Kindes.

Die Erde zerbröckelte unter ihm und zerfiel. Er sah, daß die Grenzen seiner Realität nur aus feinem Gewebe bestanden. Und während er sie noch betrachtete, zerrissen sie und lösten sich auf.

*Er wanderte in der Abenddämmerung allein in Renaissance umher. Obwohl die untergehende Sonne goldene und rosarote Farbtöne über die Berge spielen ließ, schien ein dichter grauer Dunst das Licht zu trüben.*

*Sie ging weg. Liss verließ ihn.*

*Die schwächer werdende Sonne schickte einen hellen Strahl durch den Dunst. Der Strahl ließ das unterbrochene Symbol der Unendlichkeit auf dem Ring an seiner Hand aufleuchten, strich über den Ring und verspottete ihn. Er packte den Ring und versuchte ihn abzuziehen, aber er saß zu fest.*

*Er lief durch den Wald, ohne zu wissen, wohin er ging. Es war ihm auch gleichgültig. Er merkte, wie er einen kleinen Bach überquerte, während er von Stein zu Stein hüpfte, und fühlte, wie ihm das kalte Wasser in die Schuhe sickerte und ihn frösteln ließ.*

*Er blickte auf. Tanya Rolfes Hütte lag direkt vor ihm. Tanya. Er wollte Tanya sehen.*

*Er stieß die Tür zu ihrer Hütte auf und trat ein.*

*Sie saß neben dem offenen Fenster. Eine sanfte Brise wehte eine Locke ihres Haares hoch. Sie tanzte im flammenden Licht der untergehenden Sonne auf und ab. Auf und ab. Auf und ab.*

*Sonst bewegte sich nichts.*

*Nichts . . .*

*Er lag stundenlang in der Dunkelheit und preßte den Körper an den Erdboden. Er lag neben dem zerrissenen Leib des kleinen Rehkitzes. Der Geruch der Erde drang ihm in die Nase; auf der Zunge hatte er den Geschmack salziger Tränen.*

*Und in der Ferne wartete ein hungriger Berglöwe . . .*

ER STAND mühsam auf. Das Publikum saß immer noch entrückt im Bann des „Liedes der Erde". Benommen schaute er sich um. Ihm war schwindlig, und er hatte das Gefühl, am falschen Ort zu sein, als ob er in ein fremdes Land gefallen wäre.

Er drehte sich um und taumelte aus der Arena. Er war sich nur halb bewußt, was er tat. Der Geruch der feuchten Erde hing ihm immer noch in der Nase – der Geruch der feuchten Erde und des warmen Blutes eines kleinen Rehs.

Er lief in das grelle Licht der Nachmittagssonne hinein, der es nicht gelang, die Tränen zu trocknen, die ihm über das Gesicht strömten.

DAVIDS Gesicht war kreidebleich und angespannt, als er zu verkraften suchte, was Kurt ihm erzählt hatte. „Das war nicht auf den Infraschallbändern. Halten Sie mich für so gefühllos, daß ich herumlaufe und den Tod meiner Freunde aufnehme?"

„Ich weiß nicht, was ich davon halten soll", sagte Kurt, „aber irgendwas ist auf diesen Bändern. Etwas, das mich auf eine Direktleitung zu deinen Erlebnissen geschaltet hat."

Liss saß still in der Ecke des kleinen Privatzimmers im Kristallzentrum. Sie war nach dem Konzert zu dem Empfang gegangen, nur um festzustellen, daß der Ehrengast und der oberste Würdenträger nicht da waren. Eine verwirrte Betreuerin hatte sie zu ihnen geführt. Liss musterte Kurt nachdenklich. „Warum spielt ihr die Bänder nicht noch mal ab und schaut, was diesmal passiert?"

Sie sahen sie an. „Was die Akustik angeht, ließe sich das leicht bewerkstelligen", sagte David, „aber die Visiographie wäre ein Problem."

„Versuchen wir's!" meinte Kurt.

Sie ließen sich ein leichtes Abendessen kommen und aßen, während die Techniker alles nach den Anweisungen der Betreuerin einstellten, die mit gequälter Miene aufgeregt herein- und hinauslief. Einmal kam sie zu ihnen und sagte: „Die Gäste werden sehr unruhig."

Nach einem kurzen Abstecher zum Empfang, der die Betreuerin überglücklich machte, versammelten sie sich wieder in dem kleinen Zimmer. David betätigte die Regler, die man in aller Eile an der Kommunikatorkonsole angebracht hatte, und spielte die Bänder von der Stelle an ab, wo Kurt die Berge von Renaissance wahrgenommen hatte.

Sie hörten schweigend zu. Auch diesmal fühlte Kurt die Berge wieder, aber das war alles; nur die betörenden Klänge von Davids Musik prallten an seine Sinne. „Nichts", sagte er schließlich.

„Vielleicht war es nur eine Illusion", meinte Liss, „etwas, das in dem Moment plötzlich hochgeschwemmt wurde."

„Nein." David sah Kurt an. „Er hat alles in Tanyas Zimmer beschrieben. Alles. Genauso, wie es in der Nacht war, als sie starb."

Liss' Stirn furchte sich. „Das ergibt doch keinen Sinn."

„Vielleicht ist es die Visiographie", meinte David. „Kann sein, daß man beides braucht."

Kurt lehnte sich zurück und blickte nachdenklich an die Wand. „Das glaube ich nicht", sagte er schließlich. „Das erste Mal ist es in Renaissance passiert. Da gab es gar keine Visiographie – nur die tanzenden Figuren des kleinen Mädchens. Aber irgendwas hat es ausgelöst. Was?" fragte er leise. „Was?"

„Vielleicht . . . wenn du dir alles noch einmal genau ins Gedächtnis zu rufen versuchst, was passiert ist . . . Vielleicht fällt dir dann irgendwas ein", sagte Liss.

Kurt schloß die Augen und versuchte sich an das erste Mal zu erinnern. „Ich kam mit der Direktorin in den Gemeinschaftssaal und setzte mich hin. Ich war direkt gegenüber von der Projektion – nein, ein bißchen links davon. Ich saß in der ersten Reihe, wegen der Kinder . . ." Er hielt inne. „Die Kinder – da war ein Kind, ein kleines Mädchen, unmittelbar rechts neben mir. Ich nahm seine Hand." Er stand auf und ging im Zimmer auf und ab. „Die Kinder . . ."

„Ich verstehe nicht", sagte Liss.

„Die ewigen Kinder", sagte Kurt, „die zurückgebliebenen kleinen Kinder. Ich habe auch heute wieder bei ihnen gesessen. Da war ein mongoloider kleiner Junge, Michael. Ich sprach mit ihm und sah mir seinen Handteller an. Und während des Konzerts hab ich ihn wieder angefaßt. Da ist es passiert."

Der verständnislose Ausdruck auf Liss' Gesicht wich einer ungläubigen Miene. „Willst du damit behaupten, daß diese Kinder das verursacht haben?"

„Ich behaupte noch gar nichts", sagte Kurt, „aber ich werde es herausfinden."

Die Betreuerin, die das Kind brachte, blieb unsicher an der Tür stehen. Kurt nahm die Hand des kleinen Jungen und führte ihn in das Zimmer. „Sie können jetzt gehen", sagte er zu der Betreuerin. „Wir rufen an, wenn wir Sie brauchen."

Das Kind steckte den Daumen in den Mund und blickte vertrauensvoll zu Kurt auf.

„Ich hab was für dich", sagte Kurt und lächelte den Jungen an. „Kuchen und Kekse und was zu trinken. Komm, setzen wir uns da drüben hin!" Er hielt Michael ein Stück Kuchen hin.

Der Junge starrte es einen Moment lang an. Dann kam der Daumen aus dem Mund, und er griff danach. Als nur noch ein paar Krümel und ein rosaroter Streifen Zuckerguß am Kinn übrig waren, gab Liss ihm ein kleines Glas und führte seine Hand mit ihrer. „Er ist niedlich, Kurt. Richtig süß."

„Jetzt wollen wir uns etwas Musik anhören, Michael. Hast du Lust dazu?" fragte Kurt. Er schämte sich ein bißchen, weil er den Jungen ausnutzte, aber er mußte es wissen. „Fang mit dem Band an, das ich in Renaissance gehört habe!" bat er David.

Nach ein paar Einstellungen schaltete David es ein.

Kurt sah den kleinen schwarzen Jungen an seiner Seite an. Wieder flackerte das Schamgefühl auf. Aber er mußte es wissen. Er nahm die Hand des Kindes in die seine . . .

Und die Realität zersplitterte.

*. . . Es war hinter ihm. Hinter und über ihm. Er merkte, wie sein Herz einen Schlag lang aussetzte und ihm dann bis in den Hals hämmerte. Seine Sinne waren zum Zerreißen gespannt.*

*Langsam, ganz langsam drehte er den Kopf und starrte in die dunklen Zweige.*

*Gelbe Augen starrten zurück . . .*

In dem Zimmer war es still. Kurt zwinkerte und sah sich um. Davids Hände lagen noch auf den Reglern.

Liss gab ein rauhes Seufzen von sich. Ihre Augen waren rund und sehr blau; die Stimme war nur ein Flüstern: „Ich war dort, Kurt. Ich hab ihn gesehen. Den Berglöwen . . ."

Er starrte sie an. Sie saß auf der anderen Seite des Zimmers; sie hatte den Jungen nicht berührt.

Ein neugieriger Ausdruck ging über Davids Gesicht. „Ich hab auch was gespürt. Irgendwas. Es war nicht so, als ob ich dort gewesen wäre. Eher so was wie eine Erinnerung. Und ich wollte es nicht. Deshalb hab ich's abgeschaltet."

Liss' Stimme war sehr leise. „Was ist das, Kurt?"

Er sah das Kind neben sich an. Michael hatte sich zurückgelehnt und starrte ins Nichts. Er hatte den Daumen im Mund. „Ich weiß es nicht." Irgendwie war das Erlebnis – die verschüttete Erinnerung an den Berglöwen – durch dieses Kind in ihren Geist geschleust worden. Und irgendwie war es vom Infraschall selbst ausgelöst worden. Trotzdem ergab es keinen Sinn. Wie konnte der Infraschall das bewirken? Außer – der Gedanke war schwindelerregend –, außer, wenn die Erinnerung die ganze Zeit dagewesen war.

Mit gespannten Fingern rieb er sich die gefurchte Stirn. Es war unglaublich. Aber es war das einzige, was einen Sinn ergab. „Ich glaube, dieses Kind – diese Kinder sind Empathen."

„Empathen?" Liss' Stimme war bestürzt. „Du meinst, sie können Gedanken lesen?"

„Ich weiß es nicht. Vielleicht nicht. Vielleicht sind es nur Gefühle – und Bilder. Aber ich glaube, daß es immer da ist. Ich glaube, sie empfangen und senden fortwährend auf sehr niedrigem Niveau."

„Sie meinen, auch jetzt im Augenblick?" David starrte den kleinen Jungen an.

Kurt nickte. „Aber wir wußten es bis jetzt noch nicht. Dein Infraschall hat es irgendwie anwachsen lassen. Hat es verstärkt."

„Wenn sie Gefühle aussenden", sagte Liss, „dann vielleicht trotzdem nur sehr schwach, auch wenn der Infraschall es verstärkt. Was wir empfangen haben, war kein alltägliches Gefühl."

David bejahte. „Ich weiß noch, daß es ziemlich unangenehm war."

„Genau das meine ich", fuhr Liss fort. „Vielleicht muß es ein wirklich intensives Gefühl sein, damit wir es empfangen können. Vielleicht kommen nur die stärksten Emotionen durch."

„Aber ich hatte es vergessen", bemerkte David. „Es war weg. Wie hat er es empfangen?"

„Du hast es nicht vergessen", sagte Kurt rasch. „Du hast es verdrängt, weil du dich nicht daran erinnern wolltest. Aber es war da. Es war immer da."

„Verdrängte Erinnerungen sind immer schrecklich", fügte Liss hinzu. „Sie sind schmerzhaft und beängstigend. Deshalb werden sie ja zunächst unterdrückt."

David schüttelte den Kopf. „Ich versteh's trotzdem nicht."

Kurt sah ihn scharf an. „Du bist dort gewesen. Du hast die Aufnahme am selben Ort gemacht, wo du vor Jahren den Berglöwen gesehen hast. Unbewußt hast du es noch einmal durchlebt. Genauso muß es mit Tanyas Tod gewesen sein."

David runzelte die Stirn. „Dieser Teil im ‚Lied der Erde' war eine Aufnahme vom Wolfbach, nicht von Tanyas Hütte. Ich ging über die Steine am Boden des Bachs. Das weiß ich noch, weil ich ausgerutscht bin. Ich mußte mich an der Brücke festhalten, um nicht hinzufallen . . ."

„Und die Brücke ist genau unter Tanyas Fenster", ergänzte Liss. „An diesem Fenster hast du Tanya gefunden. Das Band hat aufgezeichnet, was in deinem Geist gewesen sein muß."

Davids Blick wanderte von Liss zu Kurt. „Du meinst, so was wie ein Oberton?"

„Immerhin so stark, daß Michael es auch empfangen konnte."

David runzelte vor Anstrengung die Stirn. „Ich verstehe immer noch nicht, wie es wirkt. Wenn das Band das Erlebnis aufgezeichnet hat, wie paßt dann Michael da hinein? Wenn er ein Empath ist, warum sollte er dann nur das empfangen, was auf dem Band ist? Warum nicht auch andere Gefühle? Außer . . ." Er starrte den kleinen Jungen auf einmal an und begann breit zu grinsen. „Er ist nicht der Empath. Der Infraschall ist es. Michael ist der Fokus – der Verstärker." Er griff nach der Hand des Jungen. „Als Sie ihn berührt haben, hat der Schweiß an Ihrer Hand vielleicht den Widerstand verringert und Ihnen geholfen, es zu empfangen."

„Aber ich war auf der anderen Seite des Zimmers", sagte Liss. „Und ich hab's auch gefühlt."

„Ich auch", gab David zu. „Aber ich glaube, keiner von uns hat so viel empfangen wie Kurt." Er sah sich im Zimmer um. „Hier gibt es nichts, was einen ablenkt. Kann sein, daß wir's deshalb gefühlt haben. In einer Menschenmenge oder in einem Publikum hätten wir es vielleicht nicht bemerkt."

„Es ist furchterregend", flüsterte Liss. „Ein Teil deiner Erinnerungen ist da auf dem Band. Dinge, an die du dich eigentlich nicht erinnern wolltest, die jedoch stärker sind als alles andere in dir."

Ihre Augen sahen Kurt sehr ernst an. Er erinnerte sich an einen Ausdruck, den er früher in ihnen gesehen hatte, an Augen, die wild ins Nichts starrten. *Furchtbar, furchtbar, furchtbar. O Gott! Furchtbar.* „Ich wüßte gern", sagte er langsam, „ob dein Gerät auch bei Menschen funktioniert."

„Was meinen Sie damit?" fragte David.

„Ich meine, daß ich gern wüßte, ob man den Infraschall eines Menschen aufzeichnen und senden kann. Ist das möglich?"

David überlegte einen Augenblick. „Ich könnte es versuchen. Ich müßte das Frequenzband stark einengen. Es wäre ein sehr feines Geräusch."

„Tu das!" bat Kurt. „Meldest du dich als Freiwillige?" fragte er Liss leichthin.

Sie blickte ihn zweifelnd an. „Es macht mich doch nicht radioaktiv oder so, wie?"

David lachte. „Es ist harmlos."

„Na ja, ich bin nicht gerade begeistert von der Idee." Dann lächelte sie. „Aber im Interesse der Wissenschaft kannst du weitermachen."

Er eichte die Anzeigen, immer eine mit Hilfe der anderen, während der kleine Michael dalag, am Daumen nuckelte und ins Nichts starrte. „Ich glaube, ich bin fertig. Setz dich einfach dorthin, Liss! Es tut nicht weh, das versprech ich dir."

Zuerst pulsierten die Anzeigen lautlos. Dann hob David die Übertragung mit einer Berührung in den Hörbereich.

Sehnen glitten an Sehnen entlang. Blut strömte schubweise langsam und wieder schneller durch Arterien, die von der Bewegung winziger Muskelfasern in ihren Wänden pochten. Nerven sangen, während Zellen flüsternd Chemikalien durch winzige pulsierende Wände filterten.

Und mit einem Laut des Erschreckens stürzten die drei in die fauligen Tiefen von Vestas Bergwerksschächten.

ERSCHÜTTERT und mit bleichem Gesicht entschuldigte sich Liss: „Ich gehe ins Bett, Kurt. Ich will nicht mehr daran denken."

Er sah besorgt auf. Es hatte fast eine Stunde lang gedauert, sie zu beruhigen. Die Erinnerung an den Bergwerksschacht hatte sie alle überflutet und fast untergehen lassen. Nur der kleine Michael schien es unversehrt überstanden zu haben. Er war zu einem unordentlichen Haufen zusammengesunken und hatte den Daumen im Mund, während der Zeigefinger sanft die Nase streichelte. Jetzt schlief er. Der Daumen war ihm aus dem halbgeöffneten Mund gerutscht. Er atmete gleichmäßig. „Ich komme mit, Liss", sagte Kurt.

„Nein", erwiderte sie. „Du bist noch nicht soweit, und ich möchte eine Weile allein sein. Es sind nur ein paar Minuten mit dem Solo. Ich komme schon zurecht."

„Wenn du dir sicher bist . . ."

Sie nickte und verließ das Zimmer.

Als sie fort war, sah Kurt David an. „Jetzt, da du weißt, was im Bergwerk passiert ist, werde ich dir auch den Rest erzählen. Ich brauche deine Hilfe. Und seine . . ." Er blickte den schlafenden Jungen an.

Sie sprachen die ganze restliche Nacht miteinander. Sie unterhielten sich, bis das Morgengrauen ins Zimmer kroch, und dann bestellten sie Frühstück. Nachdem sie gegessen hatten, übergaben sie Michael der Betreuerin, damit er ein Bad nahm und frische Sachen anzog.

„Ich könnte auch ein Bad gebrauchen", sagte Kurt, „und ein paar Stunden Schlaf. Die haben wir nötig, bevor wir nach Vesta fliegen."

„Glauben Sie wirklich, wir bekommen den Beweis, den wir brauchen, was Silvio angeht?" fragte David.

„Vielleicht ist das gar nicht mehr nötig", sagte Kurt. Er ging zur Kommunikatorkonsole hinüber und gab einen Code ein. Die weibliche Stimme antwortete: „Ich warte."

„Priorität 0721. Reservierungen. Nächster Raumspringer nach Vesta."

„Bestätigt. Nächster fahrplanmäßiger Abflug heutiges Datum, achtzehn Uhr."

Kurt schaute auf die Konsole. Er sollte es Liss sagen. Sie würde es wissen wollen. Er gab erneut den Code ein.

Sie meldete sich nicht. Dann schaltete sich der Override ein. Bestürzt las er die Nachricht, die sie ihm hinterlassen hatte:

Kurt, mein Liebling!
Wenn du dies liest, bin ich bereits auf dem Weg nach Vesta. Ich hatte vorher schon das Gefühl, daß es wichtig war, aber jetzt, da ich es weiß, da ich mich erinnere, muß ich hin. Ich habe keine Wahl.

Ich finde den Beweis. Ich weiß es.

Denk daran, was du zu mir gesagt hast: Wir tun, was wir tun müssen!

Liss

Eis bildete sich ihm in der Magengrube. Mit zitternden Händen kodierte er den Kommunikator und schickte ein Kommuniqué mit Priorität zum Widder.

MEINE FRAU REIST ALLEIN. BITTE GEWÄHREN SIE IHR JEGLICHE UNTERSTÜTZUNG . . . KRAUS.

Er hoffte, Jacoby werde die Botschaft verstehen; er betete, daß er sie noch rechtzeitig bekam.

## 9. Kapitel

DAS LICHT des späten Nachmittags ließ schräge Strahlen in die Spielarena fallen. Liss beobachtete eine Gruppe von Kindern, die die braungelbe Uniform der Zwölf- bis Vierzehnjährigen von Vesta-Zentrum trugen. Sie spielten Schlangen und Gleiter.

Die Spielarena war in eine fremdartige Miniaturlandschaft verwandelt worden. Schroffe Abhänge und graue Felsspalten erstreckten sich bis zum Horizont. Ein dampfendes säuregrünes Meer plätscherte an ein felsiges Gestade. Auf einem zerklüfteten Plateau in der Mitte des Geländes stand Erdbasis I. Plötzlich blitzten rote Lichter auf. Sirenen quäkten. Die Erdbasis wurde angegriffen.

Tödliche fremdartige Schlangen, die jeweils von einem Kind von Team B geführt wurden, schlüpften in geplanter Formation aus versteckten Spalten. Winzige menschliche Gestalten, die exotische Waffen trugen, kamen aus Erdbasis I heraus und schwangen sich in programmierten Gleitern mit silbernen Flügeln in die Luft.

Eine Viper mit dickem Leib kroch aus einem tiefen Spalt in der Nähe der Erdbasis. Ihr häßlicher dreieckiger Kopf bewegte sich; er reagierte auf die Wärme des Menschen, der auf silbernen Flügeln über sie hinwegschwebte. Die Augen der Schlange glitzerten. Das Maul klappte auf, und eine gespaltene Zunge glitt heraus. Der Gleiter legte sich in die Kurve, aber es war zu spät. Tödliche Desinto-Strahlen sprühten aus jeder Spitze der gespaltenen Zunge. Der Gleiter löste sich auf, und der winzige Mann fiel schreiend in das Säuremeer.

Ein weiterer Gleiter stieß in steilem Winkel herab und zielte mit einer Vibrokanone. Blaue Leuchtspuren zeigten, daß er sich das richtige Ziel ausgesucht hatte: die dünne Hirnschale hinten am Hals der Schlange. Die Desintos der Schlange wandten sich gegen sie selbst. Die gespaltene Zunge rollte sich ein und feuerte. Die Kreatur verging in einem roten Lichtblitz.

Liss sah sich die Kinder an. Sie waren ungefähr im selben Alter wie diejenigen, die sie im Bergwerksschacht gesehen hatte – an jenem schrecklichen Ort. Sie war sicher, daß alle Kinder auf Vesta dorthin gebracht wurden, zu diesen gräßlichen Zeremonien.

Eine weitere Schlange wurde ausgelöscht. Und noch eine. Team A brach in Triumphgebrüll aus. Der Feind war vernichtet. Liss sah sie verwundert an. Sie wirkten so normal. Es war schwer zu glauben, daß gerade diese Kinder zu der singenden seelenlosen Gruppe gehört haben könnten. Sie erinnerte sich an den Jungen, den sie auf dem riesigen silbernen T hochgezogen hatten, den Jungen, dem man vor ihren Augen das Genick gebrochen hatte. Wie viele waren gestorben? Wie viele würden noch sterben? Beklommen sah sie zu, wie die Kinder nacheinander die Spielarena verließen. Eins von diesen? Welches würde das nächste sein?

Wenn sie nur eins dazu kriegen könnte zu reden. Ein Zeuge. Das war alles, was sie brauchte. Sie hatte keinen bestimmten

Plan gehabt, aber jetzt begann sich einer herauszukristallisieren, als sie die Kinder beobachtete. Sie trat auf einen Jungen zu, der allein dastand. „Hallo", begann sie, „ich würde gern mit dir reden."

„Worüber?" Er hatte glattes blondes Haar, das ihm in die Augen fiel. Er wischte die Haare mit der Hand beiseite und sah sie mit hellen Augen, die irgendwo zwischen Grau und Blau lagen, neugierig an.

„Ich bin Reporterin", sagte sie. „Ich will mir einen Schüler aussuchen und dann über ihn schreiben – was er den ganzen Tag tut, wofür er sich interessiert."

„Mich?" Er schien sich über die Aufmerksamkeit zu freuen.

„Vielleicht dich. Wenn das, was du mir erzählst, interessant genug ist."

„Oh, ich weiß alles mögliche interessante Zeug."

„Wie steht's mit Orten?" fragte Liss beiläufig. „Kennst du irgendwelche besonderen Orte auf Vesta? Du weißt schon, wo die Leute normalerweise nicht hingehen?"

„Klar. Jede Menge. Kommt Ihre Story im 3-V?"

Liss nickte. „Im 3-V. Vielleicht wird es sogar eine Arenashow."

Er machte eine skeptische Miene. „Ich sehe gar keine Geräte."

Kluges Kind. „Zuerst muß ich die Sache mal vorbereiten. Ich muß mit dir reden. Dich kennenlernen. Später bringen wir die Geräte mit."

Er kniff die Augen zusammen. „Ich weiß nicht. Sie haben keine Geräte. Ich hab zu tun." Er wandte sich ab.

„Warte!"

Er schaute über die Schulter zurück.

„Geh nicht weg! Wenn du gehst, kommst du nicht ins 3-V. Du wärst was Besonderes. Ich wette, in deinem Wohnheim war noch keiner im 3-V."

Er blieb stehen, drehte sich ganz langsam um und sah sie an. Ein verschlagener Ausdruck trat auf sein Gesicht. „Was geben Sie mir, wenn ich mit Ihnen rede?"

Verdorbener Bursche! Von allen Kindern auf Vesta mußte sie sich ausgerechnet den aussuchen. „Was willst du haben?"

Er musterte sie von oben bis unten. „Irgendwas. Etwas, das Sie haben."

Sie starrte ihn ungläubig an. Er versuchte doch tatsächlich, sie anzumachen. Dann hätte sie beinahe gelacht. Das Gesicht des Jungen hatte sich zu einem lüsternen Grinsen verzogen, das eine beachtliche Nachahmung von Mark Mirage darstellte – und dieser Spruch stammte aus einer seiner alten 3-V-Shows, wie sie sich erinnerte.

Mit ziemlicher Anstrengung sorgte sie dafür, daß ihr Gesicht ernst blieb. Jetzt hatte sie ihn; sie erinnerte sich an den Rest des Drehbuchs. Die schöne Verführerin und Mark Mirage steckten unter einer Decke. Sie waren Geheimagenten, die gemeinsam gegen die bösartigen Kahrattans kämpften, die galaktische Gangsterbande. „Wir müssen vorsichtig sein", sagte sie mit leiser Stimme. „Der Himmel hat Augen."

Seine Augen weiteten sich, dann nickte er ernst.

„Mein Name ist Liss." Sie machte eine erwartungsvolle Pause.

„Ich bin Steven."

„Natürlich bist du Steven. Wir hatten dich schon länger im Auge."

„Wirklich?"

Sie nickte. „Wir brauchten jemanden, der schlau und mutig ist. Als ich dich zum erstenmal sah, wußte ich gleich, daß du unser Mann bist. Als ich sah, wie du mit dem Gleiter in den Sturzflug gingst und die Alien-Schlange kaltmachtest, wußte ich, daß du cool wärst, wenn's hart auf hart geht."

„Ja?" Er sah vorsichtig von einer Seite zur anderen, dann fragte er leise: „Was ist denn los?"

„Ps-s-st! Die Wände haben Ohren."

Er nickte und ging neben ihr her. Als sie zusammen dahinschlenderten, sah er sie erwartungsvoll an. „Wohin gehen wir?"

„Ins Bergwerk."

„Oh." In Stevens Stimme lag fast so etwas wie Ehrfurcht.

SIE GINGEN zusammen die Straßen von Vesta entlang. Einmal blieb Liss stehen und kaufte eine Kurzzeitlampe. Die würde sie in dem Höhlenraum brauchen, dachte sie. Sie stopfte das in

Folie eingeschweißte Päckchen in die Tasche und ging weiter.

Ihr war unbehaglich zumute, als sie das Labyrinth des Bergwerks betraten. Der Menschenschlag, den sie dort sah, vermittelte ihr allein schon durch seine Nähe ein Gefühl der Unsauberkeit.

Mit jedem Atemzug stieg ihr der Geruch von warmem Schweiß und Moschus in die Nase. Darunter lagen schwächere Düfte von Ölen und Pulvern, die Vergessen boten, entweder für ein paar Minuten oder für immer.

Sie merkte, daß sie immer schneller atmete, während sie in die gewundenen Schächte vordrangen. Eine knallige rosarote Rose leuchtete in Augenhöhe an einer Wand vor ihr auf. Sie fuhr zurück und starrte sie an, während die Rose sich in eine Obszönität verwandelte. Steven sah sie erschrocken an. „Wir haben hier keinen Zutritt", sagte er. „Wir müssen uns reinschleichen."

Sie kamen zu einer Kreuzung, von der Korridore in fünf Richtungen abzweigten. Welchen sollten sie nehmen? Sie wollte den Tunnel und den Schacht wiederfinden, in dem sie in den Höhlenraum hinuntergerutscht war, aber jetzt war sie verwirrt. Die Gänge sahen alle gleich aus.

Ein Robohändler streifte sie, die Mehrfachhände zu einer obszönen Umarmung ausgestreckt. „Massage?" schnurrte er. Sie stieß ihn weg und musterte die Kreuzung. Welche Richtung?

Sie zog Steven in einen Alkoven. „Da ist ein Ort, wo wir hin müssen. Du bist schon mal dort gewesen. Es ist ein großer Raum. Sehr groß. Wo die Kinder – äh – Versammlungen abhalten. Weißt du, welchen ich meine?"

„Sie meinen die Pionierversammlungen?"

Sie schaute ihn an. „Ich weiß nicht genau, wie ihr sie nennt. Es ist ein großer Raum. Aus dem Felsen gehauen. In der Mitte ist eine große Schale – so was wie eine Untertasse."

„Ja klar. Dahin gehen wir zu den Pionieren." Er sah sie neugierig an. „Aber da kommen wir nie hier entlang."

„Oh! Na ja, es gibt einen geheimen Eingang von hier oben", sagte sie, „aber vielleicht nehmen wir diesmal lieber deinen Weg."

Steven nickte. „Dann gehen wir besser eine Ebene weiter runter", sagte er und fügte mit gespielter Tapferkeit hinzu: „Ich bringe uns hin."

DER RAUM war riesig, viel größer, als sie ihn in Erinnerung hatte. Er kommt mir größer vor, weil er leer ist, dachte sie. Zumindest brauchte sie die Kurzzeitlampe nicht zu benutzen. Es war halbdunkel in dem Raum, aber sie konnte gut genug sehen. Das Licht wurde von der flachen silbernen Schale reflektiert, die ganz in der Nähe in der Mitte des Raumes stand.

Sie ertappte sich dabei, wie sie vor Schatten zurückschreckte. Ihre Stimme prallte von den grauen Felswänden ab und hallte ihr in den Ohren wider, als sie sagte: „Steven, ich brauche jetzt wirklich deine Hilfe. Ich möchte, daß du mir vertraust. Ich möchte, daß du mir erzählst, was in diesem Raum vorgeht. Und zwar alles."

Er machte ein verwirrtes Gesicht.

„Erzähl's mir, Steven!"

„Na ja, es sind bloß Versammlungen. Nichts Besonderes. Einfach Versammlungen."

Sie musterte ihn aufmerksam. Er schaute ihr in die Augen. Der verwirrte Ausdruck blieb. Sie merkte, wie ihre Zuversicht schwand. Er konnte es ihr wirklich nicht erzählen; er erinnerte sich tatsächlich nicht daran.

Aber war das so überraschend? Sie hatte sich auch nicht daran erinnert, bis der Infraschall alles losgerüttelt hatte. „Oh, verdammt!" murmelte sie. Sie war so sicher gewesen, daß er es ihr erzählen konnte.

Andererseits konnte er es vielleicht doch. Sie sah ihn nachdenklich an. Vielleicht. „Was ich dir jetzt sagen werde, Steven, mag sich verrückt anhören, aber ich möchte, daß du mir vertraust."

Er nickte unsicher.

Sie schluckte und betete, daß er ihr glauben würde. „In deinem Geist ist wichtiges Informationsmaterial eingeschlossen, Steven. Und ich als deine Führungsperson bin gekommen, um es abzuholen."

Sein Blick suchte den ihren, in seinen Augen stand ein ungläubiger Ausdruck.

„Du erinnerst dich nicht daran, aber wir haben dir eine Droge gegeben, damit du es vergißt. Das war zu deinem Schutz. Zu unser aller Schutz", fügte sie rasch hinzu. „Jetzt werde ich dich einschlafen lassen, Steven, und dann wirst du dich erinnern. In Ordnung?"

Seine Pupillen weiteten sich. Er nickte.

Sie wußte kaum etwas über Hypnose, aber sie versuchte sich an das wenige zu erinnern, was sie wußte. Überanstrengte Augen. Das gehörte dazu. Sie brauchte etwas Glänzendes.

Sie erinnerte sich an die Kurzzeitlampe und zog sie aus der Tasche. Sogleich riß sie die Folie ab und schaltete das Licht ein. „Ich werde dir mit der Lampe in die Augen leuchten, Steven."

Seine Pupillen zogen sich im grellen Licht jäh zusammen. Er preßte die Augen fest zu.

„Du mußt mir helfen, Steven."

„Tut mir leid."

Das Licht glitzerte auf der Silberfolie der Verpackung, die sie auf den Boden geworfen hatte. Plötzlich hatte sie eine Idee. „Hör zu, Steven! Ich werde die Lampe auf die Folie richten. Du kannst statt dessen darauf schauen, dann ist es nicht so grell." Als sie die Folie aufhob, kam ihr etwas in den Sinn. Ihre Finger bewegten sich über die Folie, falteten und formten sie. „Hier", sagte sie. Sie ließ das Licht über die glitzernde, zerknitterte Oberfläche streichen. „Schau auf das silberne T, Steven! Schau auf das silberne T!"

Sie beobachtete seine Augen, während er auf das kleine Folien-T starrte. Die Pupillen zogen sich bei dem hellen Licht zusammen und weiteten sich wieder.

„Sieh hin, Steven! Schau es dir genau an! Schau hin und erinnere dich, schau hin und erinnere dich . . ."

Der Junge starrte die Folie an. Die Augen trübten sich allmählich.

„Schau hin und erinnere dich!" verlangte Liss. „Schau hin und erinnere dich!"

Das Flüstern setzte ein, als ob es tief aus ihrem Gehirn käme. „. . . Silbernes T . . . Silbernes T . . ."

Sie blickte sich mit großen Augen um.

„. . . Silbernes T . . . Silbernes T . . ."

Eine grellweiße Lichtsäule schoß aus der Metallschale nach oben und blendete sie. Das Flüstern wurde lauter. „. . . Silbernes T . . . Silbernes T . . ."

Das weiße Licht wurde zu einem flammenden silbernen Kreuz.

Sie stand wie erstarrt da, als eine Stimme sagte: „Steven. Du wirst jetzt gehen. Du wirst direkt in dein Zimmer gehen. Dort wirst du schlafen."

Der Blick des Jungen war verschleiert; unverwandt starrte er auf das riesige silberne T. Wortlos drehte er sich um und ging zur Tür.

„Warte!" schrie Liss.

Er ging weiter, als ob er sie nicht gehört hätte. Dann war er fort.

„Schlau, Bürgerin", sagte die Stimme, „aber nicht schlau genug."

Sie wirbelte beim Klang der Worte herum und blickte Silvio Tarantino in die Augen. Sie waren rund und ganz schwarz und warfen kein Licht zurück, als sie sie anstarrten. Ein engelgleiches sanftes Lächeln spielte ihm um die Lippen.

Dann merkte sie, daß sie eine Projektion ansah.

Seine Hand fuhr zu dem schweren silbernen T am Hals. Er berührte erst ein Glied der Kette, dann ein anderes. Obwohl sie nichts hörte, glaubte sie zu sehen, wie seine Lippen sich leicht bewegten, und glaubte ein leichtes Anschwellen im Hals wahrzunehmen. Sie starrte einen Moment länger hin. Sie wußte, daß er sie sehen konnte, aber wenn er ein Stück von ihr entfernt war, dann konnte sie ihm vielleicht entkommen.

Sie lief los und stürzte wie wild zur Tür. Sie drückte sie mit dem ganzen Gewicht auf und fiel halb in den Gang hinaus.

Dort warteten zwei Männer auf sie. Zwei Männer, die schwere silberne Ts um den Hals trugen.

Entsetzen tanzte in ihren Augen. Dann kam ihr der irrsinnige

Gedanke: „Der Himmel hat Augen." Sie hörte, wie sie zu lachen begann. Und sie konnte nicht aufhören, bis sich ihr Gelächter in ein keuchendes Schluchzen verwandelte.

SIE BRACHTEN sie ins Labyrinth, zu einem Raum mit einer Tür aus Seide. Schatten und flackernde Lichter spielten über die groben Steinwände und überzogen sie mit Pockennarben und Kratern. Ein schwacher Geruch von Blumen und Fäulnis erfüllte die Luft.

Die beiden Männer führten sie in einen halbdunklen Raum und zu dem Mann, der dort wartete. Seine Augen lagen in einem Schattenstreifen. Die Lippen bewegten sich. „Ah, Bürgerin, wie nett von Ihnen, daß Sie gekommen sind!"

Sie starrte fasziniert auf die Lippen, die sich im matten Licht bewegten, auf das elliptische Muttermal, das am Winkel des Kiefers pulsierte, und auf das silberne T, das in der Drosselgrube lag.

„Bedauerlicherweise haben Sie sich erinnert, und leider haben Sie versucht, den Jungen zum Umsturz aufzustacheln."

Zum Umsturz aufzustacheln. Sie war am Rand einer Panik, wollte lachen und wagte es nicht.

„Nur wenige erinnern sich, sehr wenige. Traurigerweise kann man nicht viel für sie tun. Anscheinend haben sie einen inneren Widerstand gegen Kontrolle. Einen inneren Defekt."

Sie fand ihre Stimme wieder. „Wollen Sie mich umbringen?"

Der Mund öffnete sich leicht, als ob sein Besitzer entsetzt wäre. „Ich bringe keine Menschen um, Bürgerin."

„Was ist mit dem Jungen am Kreuz? Lebt er noch?"

Tarantino lächelte – sanft und zärtlich. „Der Junge war erwählt. Er wird wieder zum Leben erweckt."

Sie versuchte zu schlucken, aber ihr Mund war zu trocken. „Und das haben Sie auch mit mir vor? Tod und Wiedererweckung?"

„Bei den Unsterblichen gibt es solche Vorurteile, was den Tod betrifft, nicht wahr? Deshalb haben wir Orte wie diesen hier." Er lachte leise. „So wenig Vertrauen . . ., die Erwählten wissen Bescheid. Der Körper ist etwas, dessen man sich entledigt, wenn die Zeit gekommen ist."

„Und Sie sind derjenige, der entscheidet, wann es soweit ist."

„Die Menschen brauchen Führung, Bürgerin. Aber ich sehe, daß Sie Angst haben. Sie brauchen keine Angst zu haben. Ich werde Sie nicht töten." Er stand auf. „Folgt mir!" befahl er den beiden Männern.

Sie nahmen sie in die Mitte und brachten sie in einen düsteren leeren Raum. Er berührte einen Hebel, und ein Abschnitt der Wand glitt beiseite. Eine Steinplatte rollte in den Raum.

Liss sah sie entsetzt an. Ein Mädchen lag auf der Platte. Es war fast nackt; der Körper war nur mit dünnen Schleiern bedeckt. Die Haut war mit einem wachsartigen Film überzogen, der sie im trüben Licht talgig aussehen ließ. „Sie ist tot."

„O nein! Ganz und gar nicht. Sie hat eine Kombination von Drogen bekommen; die eine dient dazu, ihren Lebensprozeß zu verlangsamen, und die andere ist eine Synthese aus körpereigenen Chemikalien. Sie ist gelähmt – die gleiche Art von Lähmung, die wir alle jede Nacht im Schlaf während der REM-Phasen erleben, wenn wir träumen. Aber sie träumt natürlich nicht. Sie nimmt uns sehr wohl wahr." Er strich mit einer Hand über den Körper. „Nicht wahr, meine Liebe?"

Liss merkte, wie sie zu zittern begann. „Warum – warum ist sie hier? Auf dieser Platte?"

In seiner Stimme klang Überraschung mit. „Nun ja, das ist ihre Arbeit. Freude zu spenden."

Das Zittern wurde immer heftiger. „Dann ... ist sie eine Prostituierte."

„So könnte man wohl sagen, ja. Aber es ist eine Dienstleistung, verstehen Sie? Sie war eine dieser Unglücklichen, die sich erinnerten. Aber jetzt dient sie einem nützlichen Zweck." Er sah die reglose Gestalt liebevoll an und streichelte sie wieder. „Sie muß sehr stolz sein, daß sie eine nützliche Funktion erfüllt." Er blickte Liss an; er lächelte. „Sie ist seit mehr als dreißig Jahren hier."

# 10. Kapitel

KURT stieg aus dem Raumspringer und ging mit raschen Schritten zum Abfertigungsbereich. Er trug Michael auf den Armen. Der kleine Junge schlief. Der schwarze Lockenkopf schmiegte sich an Kurts Schulter. David folgte ihnen. Der Infraschallrekorder an der Hüfte schwang beim Gehen im Bogen hin und her.

Ein Mann trat auf Kurt zu. „Mister Kraus? Bürger Kraus?"

Er nickte.

„Eine Nachricht für Sie, Mister Kraus."

Kurt riß sie auf:

Kommen Sie sofort zu mir auf den Widder ...

Jacoby

Sie waren die einzigen Passagiere auf der Fähre zum Widder, die Kurt in aller Eile mit einem Prioritätscode organisiert hatte.

Sie stiegen durch einen Drucklufttunnel um. Am Sublift wurden sie von einem Arbeiter empfangen. „Mr. Kraus?"

Er nickte.

„Jacoby erwartet Sie in der Kommunikationszentrale. Folgen Sie mir!" Er führte sie durch ein Gewirr von Gängen zu einem zweiten Sublift. „Wir fahren nicht ganz bis zum zentralen Wohnbereich hinauf", sagte der Mann. „Der größte Teil der Kommunikationseinrichtungen liegt in der Ebene darunter."

Sie folgten ihm schweigend. Michael lief neben Kurt her, rieb sich mit einer Hand die Augen und hielt sich mit der anderen an ihm fest.

Eine nagende Angst quälte Kurt, und er sah, daß sie sich in Davids Augen spiegelte. Wo war Liss? Was war passiert? Jacoby hätte sie nicht so dringend zu sich gerufen, wenn nicht etwas schiefgegangen wäre.

Der Sublift öffnete sich zu einem großen Raum. Sie befanden sich in einem 3-V-Studio, das in Abschnitte unterteilt war.

Der Raum war leer. Ihre Schritte hallten wider, während sie hinter dem Mann hergingen.

„Hier hinein!" bat er. Sie waren vor dem Kontrollraum der Kommunikationszentrale stehengeblieben. Der Mann zeigte auf die Tür, drehte sich um und entfernte sich.

Kurt berührte die Tür. Sie glitt auf, und die drei traten ein.

Jacoby saß am Ende eines langen Tisches. Der Raum war matt beleuchtet. Bunte Lichter blinkten auf den Kontrolltafeln, die ihn flankierten. Er saß stocksteif da; die Hände lagen verkrampft auf der glänzenden Tischplatte. Das Gesicht sah angespannt aus.

„Was ist los?" Kurt trat nach vorn. „Was ist mit Liss passiert?"

Jacoby starrte ihn an. Zwischen den reglosen Händen des Mannes flackerte etwas auf der Tischplatte. Eine Spiegelung. Kurt wirbelte herum.

Tarantino lächelte ihn sanft an. Er saß in einem gepolsterten Kontrollsessel, einen Arm lässig über die Lehne geworfen. Hinter ihm standen zwei Bewaffnete mit schweren silbernen Ts um den Hals.

„Er hat sie erwischt, Kurt." Jacobys Stimme war rauh.

„Sehr aufmerksam von Ihnen, Jacoby die Nachricht zu schicken", sagte Tarantino. „Sonst hätte ich den Besuch Ihrer Frau womöglich übersehen."

„Wo ist sie? Was haben Sie getan?"

Tarantino berührte ein Glied der Kette am Hals.

„Er spricht unhörbar", sagte Jacoby. „Die Halskette ist ein Sender. Die anderen empfangen. Sie sind nicht mehr als Zombies."

Tarantino lächelte. „Zombies? Nein. Nur ein paar spezielle Diener." Ein Kontrollschirm leuchtete auf.

Kurt starrte auf den Schirm. Er sah einen halbdunklen Raum mit Felswänden. Eine hochgewachsene Frau berührte ein Schaltfeld, und eine Steinplatte glitt aus der Wand. Er sah Liss – eine Großaufnahme von ihrem Gesicht, völlig reglos, ganz bleich, mit gelblichem Teint. Das flackernde Licht spielte über die Haare.

Er hörte, wie David nach Luft schnappte. Er hörte seine eigene Stimme, die seltsam verändert klang: „Tot? Liss ist tot?"

Das konnte nicht sein. Nicht tot. Nicht tot. Die Hände ballten sich so fest zu Fäusten, daß die Haut über den Knöcheln weiß wurde, und dennoch konnte er sich nicht bewegen, konnte die Augen nicht von dem flimmernden Schirm abwenden.

„Nein. Nicht tot", sagte Tarantino sanft.

„Besser, sie wäre tot", sagte Jacoby. „Er hat sie ins Labyrinth gebracht."

Liss? Dort? Er versuchte es zu verkraften.

„Material für den Abschaum von Vesta. Etwas Neues, um die Nekrophilen anzutörnen." Jacoby spuckte auf die glänzende Oberfläche des Tisches.

Im matten Licht war Davids Gesicht sehr bleich.

Ein Muskel zuckte im Winkel von Kurts Kiefer. Er starrte Tarantino an. „Was wollen Sie für sie haben? Mich?"

Die Brauen des kleinen Mannes wölbten sich spöttisch nach oben. „Aber ich hab Sie ja schon, oder etwa nicht?" Er schwang im Sessel herum und ließ den Blick über die Gruppe schweifen. „Ich übernehme den Widder. Das habe ich schon die ganze Zeit geplant, wissen Sie. Ich wollte, daß er fertiggebaut wird, damit die Menschen, die auf der Erde übrigbleiben, in ihm das Symbol einer neuen Ordnung sehen."

Kurts Augen wurden schmal. „Was meinen Sie damit, ‚die Menschen, die auf der Erde übrigbleiben'?"

„Das werden Sie schon sehen." Seine Hand berührte ein anderes Glied der Kette und drehte es einmal. Eine Reihe von Schirmen leuchtete auf.

Sie schauten in das Quartier der Wächtertruppe auf L-5. Oberst Gunnar Holst räkelte sich in den dicken Kissen und sah sich die neueste 3-V-Sendung von Vesta an. Er hielt ein Bier in der Hand und wärmte es.

Tarantinos Lippen bewegten sich kaum. Nur ein leichtes Anschwellen in der Kehle verriet, daß er fast lautlos sprach. Die Hand sank von der Halskette nach unten.

Während sie hinschauten, stellte Holst sein Bier ab und betrat in aller Ruhe die Kommandozentrale der Wächtertruppe. Der andere Mann am Monitor blickte auf, als er hereinkam.

Holst beugte sich über den Mann. Dabei pendelte er das

silberne T am Hals so aus, daß es sich in den Augen des Mannes spiegelte. Eine halbe Minute verging, und dann begannen die beiden die Kontrollen an der Konsole zu betätigen. Eine rote Warnlampe leuchtete auf: ZWANZIG MINUTEN BIS ZUM ZIEL.

„Wir hatten einen Code, wissen Sie", sagte Tarantino mild.

„Du lieber Gott!" rief Jacoby. „Er hat sie auf die Erde gerichtet. Er wird sie alle umbringen. Mein Gott, mein Gott!"

„Aber nein", sagte der kleine Mann. „Nicht alle. Das ist nur eine Lektion. Sehr begrenzt. Die Sprengköpfe sind nur auf das Ministerialzentrum in Chatlanta und auf Renaissance gerichtet."

„Auf Renaissance?" David sog den Atem scharf ein. „Stoey?"

„Es muß Renaissance sein, verstehen Sie das nicht? Es wird nicht gut geführt. Die Leute dort tun, was sie wollen. Es gibt keine Kontrolle." Er faltete die Hände. „Ohne Kontrolle könnten sie alles mögliche tun. Alles mögliche erfinden. Das ist zu gefährlich."

Kurt merkte, daß er vor Wut zitterte. Mit großer Anstrengung atmete er tief durch und warf David einen Seitenblick zu. Er mußte ihm irgendwie ein Zeichen geben, den Rekorder einzuschalten. Es war die einzige Chance, die sie noch hatten.

Silvio sah Kurt nachdenklich an. „Das Aufzeichnungsgerät des Jungen ist ein Beispiel dafür, was ich meine. Der Empathie-Effekt . . ." Er lächelte. „Ihre Frau hat mir alles darüber erzählt."

Kurts Kopf ruckte zurück, als ob er geschlagen worden wäre. Dummkopf! dachte er. Dummkopf! Hatte er wirklich geglaubt, daß er diesen Mann mit einem Rekorder und einem zurückgebliebenen Kind bekämpfen konnte? Und wie? Selbst wenn ihm der Versuch gelänge, was würde es nützen? Auf welche Weise konnte ihm das helfen, in den kranken, finsteren Geist dieses Mannes zu schauen? Er hatte schon einen flüchtigen Blick in dessen Tiefen getan, hatte schon genug gesehen.

„Ich glaube, Sie haben ganz recht, wenn Sie davor Angst haben", erklärte David in diesem Augenblick. „Ich glaube, Sie wollen nicht, daß irgend jemand weiß, wie es in Ihrem Inneren aussieht. Das würden Sie nicht riskieren."

„Nicht riskieren?" Tarantino schaute fragend drein. „Glaubst du, ich habe Angst vor deinem Spielzeug?"

„Ja, ganz recht."

Der kleine Mann sah ihn ein paar Sekunden lang gelassen an. Dann lachte er leise auf. „Schalt es ein!"

David sah Kurt an.

Der nickte. Das Flimmern des Monitorschirms spiegelte sich auf Tarantinos Gesicht; es war rot von der Warnlampe, die im Kontrollraum auf L-5 leuchtete: SIEBZEHN MINUTEN BIS ZUM ZIEL. Er nahm Michaels Hand, und als sich die Finger des Jungen um die seinen schlossen, drehte sich Kurt zu Tarantino um. „Nehmen Sie die andere Hand des Jungen!"

Mit herablassendem Nicken ergriff Tarantino Michaels kleine Hand.

„Sie sind zu dicht dran", flüsterte David. „Ich kann den Strahl nicht genügend einengen. Ihr seid beide drin."

„Schalt ein!" verlangte Kurt.

Als er zögerte, trafen sich ihre Blicke. „Schalt ein, David! Und ganz egal, was passiert, du schaltest nicht ab."

Mit leisem Klicken begann der Rekorder zu laufen.

Kurt fühlte, wie sich der Boden unter seinen Füßen auftat . . . Er fiel. Es war stockfinster, und er fiel. Kälte. Schwärze.

ER STÜRZTE trudelnd und sich überschlagend in einen Strudel, den er nicht sehen konnte. Kein Laut war zu hören, nur das Rauschen des Blutes in den Ohren. Kein Laut. Aber irgend etwas. Was?

Etwas.

Ein leises Lachen. Noch einmal. Eine Stimme. „Komm herein!"

Ein winziger Lichtpunkt – ein Glühwürmchen. Er wirbelte mit dem Kopf voran darauf zu. Er strengte sich an, um etwas zu erkennen, und sah nichts als den winzigen Punkt, der zu einem verschwommenen Stern wuchs.

Er fiel.

Das Licht wurde größer, während er darauf zustürzte. Plötzlich explodierte es zu einem so blendenden Weiß, daß er die Augen fest zukniff, aber es drang ihm trotzdem durch die geschlossenen Lider. Er wirbelte im Dunkeln herum. Das Licht verfolgte ihn.

Er öffnete die Augen einen schmalen Spaltbreit. Kaltes Feuer rieselte ihm durch den Bauch. Das Licht nahm eine strahlende Form an – ein silbernes T.

Seine Oberfläche glänzte wie Glas. Es war riesig und massiv. Wohin er sich auch wandte, es folgte ihm.

Er merkte, wie er näher herangezogen wurde. Er spürte sein Eis, sein Feuer.

Er öffnete die Augen und schaute auf die silberne Oberfläche – auf sein eigenes Spiegelbild. Mit einem schauerlichen Laut des Entsetzens erkannte er, daß er sich selbst anstarrte, das, was er wirklich war. Er streckte den Arm aus und versuchte dieses Ding wegzustoßen, das ihm bis ins tiefste Innere der Seele blickte . . .

. . . SEINE Finger schlossen sich um das goldene Ei. Es war der Preis. Er tat es in seinen Korb. Dort lag es bei den anderen, zwei blauen und einem gelben, in einem Nest aus krausem Grün. Er watschelte über den Rasen. Mama und Paps standen mit den anderen in einer großen Gruppe zusammen und unterhielten sich. Aufgeregt lief er zu ihnen.

Er stolperte über eine lange Wurzel und stürzte auf den harten Boden. Der Korb fiel zur Seite. Die bunten Eier rollten in den Dreck. Blut quoll ihm aus dem Knie.

Eine Hand, größer als die seine, hob das goldene Ei auf.

Er starrte den größeren Jungen an, der sein Ei stahl. „Meins! Gib her!"

Der große Junge streckte ihm die Zunge heraus.

„Meins!" Er fing an zu weinen.

Der größere Junge sah sich erschrocken um. „Halt lieber die Klappe!"

Das Knie tat ihm weh, und er wollte sein Ei haben. Er weinte lauter.

„Da hast du dein Ei." Der Junge schlug es ihm ins Gesicht und zerdrückte es ihm auf der Nase. Die scharfen Kanten der Schale stachen ihm ins Gesicht und ins Auge. Der Junge rannte weg . . .

. . . SICHERHEITSTAG. Sicherheit, Sicherheit, Sicherheit . . . „Ihr Kinder." . . . Die Kette pfiff durch die Luft und wickelte sich um seine Rippen. Heißer, schockartiger Schmerz . . . Das Rad fuhr im Schneckentempo . . . „Mama! Hilf mir . . ."

Mama und Paps standen im Zimmer an seiner Krippe. Sie glaubten, er schliefe. Eric lag lang ausgestreckt im Kinderbett auf der anderen Seite des Zimmers. Er hatte seine Cowboydecke heruntergestoßen; sie lag in einem Haufen auf dem Boden. Das Nachtlicht wurde dunkler, als die Mutter davor vorbeiging. Sie hob die Decke auf, deckte Eric damit zu und stopfte sie am Fußende fest.

Dann kam sie und blieb an seiner Krippe stehen. Sein Vater sah ihn im gedämpften Licht an. „Wir hätten es bei einem belassen sollen. Wir können ihn uns nicht leisten."

„Du machst dir bloß Sorgen. Es wird schon gutgehen", sagte sie.

„Ich weiß nicht."

. . . „Sohn Nummer eins." Eric grinste erfreut . . ., hätten es bei einem belassen sollen . . . *Ich hätte dich mit Freuden umgebracht* . . .

„Nicht umbringen! Nicht! Nicht!"

Die kleine Fledermaus war von der zernarbten Eiche auf den Schulhof heruntergefallen. Ihr Körper bestand aus weichem braunen Fell; die Flügel waren aus schwarzem Leder. Er schaute sie gebannt an. Sie lag auf dem Rücken und gab hohe, fiepende Quietschlaute von sich. Der erste Stein war klein. Er traf den kleinen Körper voll, und das Geschöpf schrie vor Schmerz. „Nicht!" kreischte er.

„Wir müssen's tun."

„Warum?"

„Weil es eine Fledermaus ist."

Ein weiterer Stein traf . . ., die Kette pfiff durch die Luft . . . „Ich hasse euch, ich hasse euch, ich hasse dich!"

„Du bist nicht ganz dicht, Kurt." Das Mädchen schleckte an seinem Eis und sah ihn an. „Warum läßt du dir nicht von deinem Bruder beibringen, wie man sich anständig benimmt?"

. . . Die Lehrerin in der zweiten Klasse teilte die Lesebücher aus. Er saß neben Harriet Seevers. Es war ein komisches Gefühl, neben ihr zu sitzen. Sie war groß – fast elf – und dumm.

Eine Zurückgebliebene. Er haßte sie. Sie erregte Übelkeit in ihm. „Zurückgeblieben", sagte er im Flüsterton und funkelte sie an. „Zurückgeblieben." Sie machte ihm angst, so als ob ihm das auch passieren könnte. *Ich hasse dich, ich hasse dich, ich hasse dich . . .*

DIE FÄUSTE trommelten ins Nichts. Das silberne T verhöhnte ihn. Er starrte es an, und eine weitere Schicht seiner Persönlichkeit fiel von ihm ab . . .

Er stand an einem farblosen Strand unter einem leeren Himmel. Vor ihm dehnte sich ein silbernes Meer. Er drehte sich um. Er befand sich auf einer Insel. Sie war so klein, daß sie sich nicht einmal eine Körperlänge in alle Richtungen erstreckte. „Hilfe!" rief er. Und die Worte wurden in der Luft über ihm zu Glas, zersplitterten und regneten in scharfen Scherben auf ihn herab.

Er kniete im Sand nieder und grub wie wild. Er formte aus dem Sandhaufen einen Ring um sich herum, klopfte ihn fest und glättete ihn, bis sich die Wand hoch um ihn herum erhob und sich über ihn wölbte. Er machte sie dick und stark, und als sie fertig war, bohrte er ein winziges Guckloch in die Wand und schaute hinaus . . .

Die silbernen Klappen der Oboe glänzten und wurden unter seinen Augen matt und trüb . . .

Die Wand mußte dicker sein. Sie konnte zerbröckeln. Er formte Ziegel aus dem roten Lehm, strich sie glatt und setzte sie sorgfältig aufeinander. Er spähte hinaus . . .

Das lehmige Ufer war mit Farnen verhangen. Tanyas nackte Füße hinterließen kleine Abdrücke. Sie trat auf einen glatten Stein. Sonne und Schatten spielten auf ihrem weißen Körper. Lachend sprang sie in den Felsenteich und quiekte, weil es so kalt war. Das Wasser spritzte ihr über die Brüste und rann ihr in kleinen Bächen über den Bauch.

Er hörte ihre Musik in seinen Wänden. Er spähte hindurch und sah sie lachend im Felsenteich stehen und die Hand nach ihm ausstrecken. Die Wand begann zu zerbröckeln und einzustürzen, und er trat hinaus. Sie war warm in seinen Armen, warm, dann seltsam kalt in seiner Umarmung. Er starrte sie entsetzt an, als sie in seinen Armen wegschmolz. Er griff nach Schatten ...

„Paps, ich will.“ ... „Ich brauche, Paps.“ ... „Hör jetzt auf, Kurt!“ ... „Ich hasse dich, Paps. Ich wünschte, du wärst tot.“ ...

Das silberne T drehte sich. Er sah es an ...

Er stand auf der farblosen Insel. Gesichter tauchten aus dem silbernen Meer auf ... Seine Eltern ... Oma ... Eric ... Tanya ... Ein Hauch von Farbe – Liss – goldene Haare, die sich wie Federn im Wind bewegten und dann still lagen ... Die Farben verblaßten. Ihr Gesicht war reglos und so bleich wie der Tod ...

Die Gesichter trübten sich und verschwammen ...

*Ich werde weiterleben. Ich werde zusehen, wie ihr sterbt.*

Die Gesichter begannen wie Quecksilber in die glänzend schwarze See zu laufen. Er drehte ihnen den Rücken zu, aber das silberne Meer verspottete ihn und warf ihm das eigene Gesicht zurück. Und es war voller Angst ...

Er rannte auf das goldene Ei zu und griff danach, und im selben Moment wurde es zu Silber und wuchs vor der Schwärze ins Riesenhafte. Es war der Widder, und da erkannte er, was er war – kein Ziel, sondern ein Versteck, ein Ort, wo man sich verkriechen konnte, ein Ort mit dicken runden und nährenden Wänden ...

Er lag nackt auf der winzigen Insel und schaute in einen leeren Himmel hinauf. „Ich werde zusehen, wie ihr sterbt.“ Und er wußte, daß er von sich selbst sprach, von jenem Teil in ihm, den er erstickt und verleugnet hatte. Er schleuderte die Worte hinaus, und sie waren Steine, die wieder hinunterfielen und ihn trafen. Er versuchte dem Steinregen zu entkommen, aber er konnte sich nicht bewegen. Er hatte kein Recht zu leben.

ALS DER letzte Stein herabkam, traf er die Brust, zerschmetterte ihm die Rippen und preßte sie gegen das Herz. Die Wucht des Schlags stieß ihn ins Meer. Er tauchte unter und sank langsam in die Tiefe. Er spürte, wie Quecksilber über ihn hinspülte und ihm in Mund und Lungen drang. Er starb. Er spürte, wie er starb, und er nahm es an ...

Und dann kam eine Farbe – Blau vor hellem Weiß. Sie

strudelte und formte einen Kreis, dann eine Kugel. Blau. Ein blauer See. Weiße flauschige Wolken spiegelten sich im Blau. Renaissance.

*Kämpfe!*

Er konnte nicht.

*Kämpfe!*

Er mußte kämpfen. Aber er konnte nicht.

*Kämpfe!*

Er bewegte die Arme. Kreischender Schmerz durchflutete ihn. Er bewegte sich erneut. Sein sterbender Körper protestierte. Langsam und mühsam begann er zu schwimmen . . .

Das silberne T stand vor ihm. Er sah sein Spiegelbild darin, nackt. Verwundet und sterbend streckte er die Hand aus, um es zu berühren.

Es wich zurück.

Er mühte sich ab, es zu erreichen. Als es ihm gelang, fühlte er die Kraft dahinter und spürte die Bösartigkeit. Er hörte es leise lachen.

Das Lachen verlieh ihm Entschlossenheit. Mit einem Satz packte er das silberne T. Es brannte sich in die Haut seiner Hände, aber er hatte es jetzt. Schmerzgepeinigt und triumphierend rief er: „Sieh hin! Schau dich an!" Und mit letzter Kraft drehte er die glänzende Waffe um und richtete sie auf ihre Quelle . . .

Das Licht des silbernen T fiel in eine totale Schwärze und Leere, in der es von nichts zurückgeworfen wurde. Er hielt es fest und tauchte in eine so ungeheure verlassene Leere, daß er ein Pünktchen war, ein Atom, ein unendlich kleines Teilchen, das durch ein absolutes Nichts stürzte.

Ein Nichts. Und darin lagen sein Schrecken und seine Stärke.

Er fiel endlos, die Hände fest um seine Bürde geklammert. Er sah nichts. Nichts . . .

Er hörte eine Stimme . . .

„Ich werde ihn Silvio nennen. Sein Name ist Silvio."

„Mageres kleines Ding, nicht?" . . .

Nichts.

. . . *Die Sicherheitstags-Schonfrist beträgt nur noch dreißig*

*Minuten. Alle Kinder – ich wiederhole, alle Kinder – unter achtzehn Jahren müssen sofort zur nächsten Empfangsstelle gebracht werden . . .*

. . . „Ich weiß, Sie wollen das Beste für Ihr Baby, Kitty. Deshalb sind wir hier . . . Es ist nur zu seinem Besten." . . .

Dann eine andere Stimme.

„Ich hab dich wieder vergessen, was, mein Kleiner?" . . . „Aber es sind so viele." . . .

„Ich wollte ihn nicht so lange liegenlassen." . . .

„. . . so unschön. Dieses Muttermal!" . . .

„Er wird bald wieder bei seiner Mama sein. Sie können diese Sicherheitsgeschichte ja nicht ewig aufrechterhalten."

„Hast du's nicht gehört?" Ein Flüstern. „Sie hat sich umgebracht. Hat das Gas aufgedreht." . . .

Ein Licht. Ein winziges Licht . . .

Er lag in seiner Krippe, drehte den Kopf hin und her und richtete die seltsamen dunklen Augen auf das Fußende. Er war naß und fror, und sein Magen war vor Hunger verkrampft. Er kaute an seiner Faust.

Sein kindlicher Geist wollte überleben. Wortlos suchte er einen Mittelpunkt, eine Form der Kontrolle, eine Kraftquelle. Er starrte auf das Fußende der Krippe, auf den Buchstaben, der für seinen Namen und seine Gruppe in der langen Reihe der Krippen voller schreiender Säuglinge stand. Das T war klein und aus Aluminium, und wenn die Strahlen der Nachmittagssonne richtig darauffielen, sah es wie Silber aus.

Er starrte das große silberne T an – die Macht. Er schrie los.

Und es kam jemand . . .

Das T schrumpfte, verzehrte sich selbst und war gleich darauf erloschen. Er blieb in totaler Finsternis zurück. Kalte Winde wehten in der Leere . . ., Leere . . ., Leere . . .

Die Winde erstarben, bis sich nichts mehr regte.

Nichts.

Gar nichts . . .

Und dann sickerte etwas ein. Nur ein winziges bißchen. Etwas Warmes und unendlich Tröstliches. Er streckte die Hand aus und berührte es.

Es war eine andere Hand; sie umklammerte seine Hand.

KURT taumelte in Michaels Griff. Die Wände des Kommunikationsraumes drehten sich. Ein rotes Licht flammte auf: WARNUNG – ZWEI MINUTEN.

Silvio Tarantino lag am Boden, wie ein Säugling zusammengerollt. Er war naß und hatte sich schmutzig gemacht. Er saugte an einer Faust, die von Speichel und Tränen feucht war.

Die beiden Bewaffneten starrten ihn ganz entsetzt an.

Mit einem Satz war Jacoby bei Tarantino. Er riß ihm das silberne T vom Hals, drehte ein Glied der Kette und meinte verzweifelt und fast unhörbar: „Abbrechen! Mission abbrechen!"

Sie blickten auf den Schirm. Oberst Gunnar Holst erstarrte.

„Abbrechen! Sofort abbrechen!"

Holst stand auf und betrat die Kommandozentrale. Er sah den anderen Mann verwirrt an.

„Abbrechen, um Gottes willen!" Jacobys Flüstern war ein Schrei.

Holst ließ das von seinem silbernen T reflektierte Licht in die Augen des anderen Mannes fallen. Die Sekunden verstrichen. Sie hielten alle die Luft an, als sich die Hände der beiden Männer über die Konsole bewegten.

Das rote Licht flammte auf.

Dann kam Gelb: MISSION ABGEBROCHEN.

Ein kollektives Aufatmen ging durch den Raum. Dann ließ Jacoby die Finger wie wild über die Glieder der Kette gleiten. Zwei Dutzend Schirme leuchteten auf. Zwei Dutzend Gesichter . . .

Jacoby drehte das silberne T in der Hand hin und her. „Jetzt hört zu!" brüllte er. „Hier ist Gott. Ihr nehmt sofort die verdammte Halskette ab und werft sie in den Müll!"

ÜBER Funk kam die Nachricht, daß Liss in Sicherheit war. Als Kurt das hörte, verspürte er eine Erleichterung, die alle Spannung in den Nerven löste und ihm die Beine vor Müdigkeit zittern ließ. Er sah zu, wie Jacobys Männer Tarantino wegführten. Dann wandte sich David an Kurt. „Was wird jetzt aus Silvio Tarantino? Und aus den anderen?"

„Es wird viel Zeit kosten", sagte Kurt. Viel Zeit und viel

Geduld. Das Ministerium und Vesta haben eine Menge miteinander zu klären, dachte er. Vielleicht gelang es ihnen jetzt.

„Ich möchte Ihnen was sagen", erklärte David. „Ich hab mir eine Meinung über Sie gebildet, ohne Sie richtig zu kennen. Ich . . ." Er hielt inne und wandte den Blick ab, dann sah er Kurt wieder an. „Ich stand damals auf der Kippe. Das ist Ihnen so gegangen, aber mir auch. Wissen Sie, was ich meine?"

Kurt nickte. Neben ihm rieb sich Michael müde die Augen. Kurt nahm ihn auf die Arme.

Davids Gesicht wurde ernst. „Ich weiß, was es heißt, anders zu empfinden. Sich ausgestoßen zu fühlen. Aber ich hätte nie wirklich geglaubt, daß noch jemand das gleiche empfunden hat." Er senkte den Blick und betrachtete einen Moment lang den schwarz-goldenen Ring an seiner Hand. Dann sagte er: „Ich weiß auch, daß Sie Liss lieben. Ich finde, Sie müßten es ihr sagen."

Kurt blinzelte und räusperte sich.

„Werden Sie – werden Sie mit dem Widder wegfliegen? Jetzt, da Sie wissen . . ."

„Jetzt, da ich weiß, daß ich weglaufen wollte?" fragte Kurt leise. Der Widder könnte ein behaglicher Mutterleib sein, dachte er. Und noch mehr. „Er kann auch eine Stätte der Geburt sein, David. Ja. Ich werde an Bord sein. Und du?"

Überraschung flackerte in Davids Gesicht auf. „Na ja, ich werde wohl nach Renaissance zurückkehren. Da gehöre ich hin." Er streckte Kurt die Hand hin, und dieser ergriff sie. „Gute Reise!" Er wandte sich zum Gehen, blieb dann stehen. „Vorhin, am Schluß, da war etwas . . ., etwas, das in die Leere eindrang . . ."

Kurt lächelte trotz seiner Müdigkeit. „Das war Liebe, David. Sie kam von dem Kleinen hier." Er sah auf das Kind hinab, das sich an ihn klammerte. „Sie kam von Michael."

ER SASS an ihrem Bett, bis sie aufwachte und ihn dort sah. „O Kurt! Es war so furchtbar."

Er hielt sie in den Armen und streichelte sie, während sie schluchzte. „O Kurt! Verlaß mich nicht!"

Da küßte er sie. „Komm mit mir, Liss! Ich liebe dich."

## 11. Kapitel

IM INNEREN der runden Wände des Widders stand Kurt Hand in Hand mit Liss in dem kleinen Park.

„Aber Kurt", protestierte sie, „ich will von der Sichtluke aus zuschauen! Wenn ich die Archive des Widders führen soll, muß ich Augenzeugin sein. Außerdem", setzte sie hinzu, „will ich's einfach sehen."

„Warte nur noch einen Moment", bat er. „Jacoby hat mir erklärt, daß uns dazu noch genug Zeit bleibt." Er lächelte. „Vertrau mir!"

Sie runzelte die Stirn in gespieltem Ärger. Und dann fiel ihr etwas auf der anderen Seite des Parks ins Auge. Eine junge Frau kam auf sie zu. Sie hatte ein Kind auf den Armen, ein ganz kleines Kind mit so blonden und strubbeligen Haaren wie Liss und genauso blauen Augen. „O Kurt!" rief sie. „Alani?"

Er nickte.

Sie rannte auf die beiden zu. Dann blieb sie stehen und sah das kleine Mädchen einen Moment lang mit großen Augen an, bevor sie es in die Arme nahm. „O Baby! O mein süßes Kind!"

Alani strahlte vor Freude. Sie patschte Liss mit einer dicken Hand auf die Wange. „Schöne Frau."

„Kurt, was hat das zu bedeuten? Kann ich sie behalten?"

Er grinste und nickte. Sie alle mußten vieles neu überdenken, dachte er. Sie hatten viele Dinge beibehalten, weil sie ihnen sicher erschienen waren: die Wohnheime, das Ministerium . . . Aber sie waren nicht sicher. Sie hatten mit Silvio Tarantino ein Ungeheuer hervorgebracht, ein tragisches, bedauernswertes Ungeheuer. Und mit der Zeit waren ihnen Dinge abhanden gekommen, die etwas bedeuteten, Dinge wie Weihnachtsbäume und liebevolle Fürsorge und Familien, und sie hatten sich auch nicht mehr die Mühe gemacht herauszufinden, was die Menschen wirklich wollten.

Ihre Augen glänzten hell, als sie ihn ansah. „Weißt du, ich hab wirklich nie an sie gedacht, als ich schwanger war. Ich dachte an David. Und hauptsächlich an mich selbst." Sie strich

Alani über die Haare. „Insgeheim kam ich mir edel vor, weil ich David die Möglichkeit gab, unsterblich zu werden. In Wirklichkeit war es meine Chance. Das Baby war eine Chance für mich, etwas zu erschaffen. Erst als sie da war – als man sie mir wegnahm . . ." Sie begann zu schluchzen und hielt das kleine Mädchen fest.

Alani berührte die nasse Wange und betrachtete dann überrascht die dicken Fingerchen, die feucht von Tränen waren. „Nicht weinen!" Sie schob die Unterlippe vor, und ihre Miene verriet Bestürzung.

Liss' Lippen verzogen sich zitternd zu einem Lächeln.

Kurt küßte sie alle beide. „Kommt", sagte er, „es ist Zeit, der Sonne Lebewohl zu sagen!"

Der Widder schimmerte silbern im nachtdunklen All. Langsam, sehr langsam entfernte er sich von Vesta, und kleine Schiffe, die neben ihm winzig wirkten, flankierten ihn. Raumspringer, Fähren und zerbeulte Frachter folgten ihm und ließen ihr Licht auf die Hülle scheinen, als er aus dem Heimathafen in tiefere See glitt.

Und während er fortflog, sendete er Musik.

Auf dem Widder und in den fernsten Regionen des Gürtels lauschten die Menschen.

Auf der Erde hörte ein kleines Kind die Musik und fragte: „Oh, was ist das?"

„Pssst, horch! Hör dir das Lied der Erde an!"

Es erklang an Orten ohne Namen; es erklang in den größten Städten. Und es sandte seine Klänge mit Lichtgeschwindigkeit in die Tiefen des Alls hinaus.

Kurt stand mit seiner kleinen Familie da und sah durch die transparenten Wände der Sichtluke zu. Die Sterne waren sehr hell.

Er ließ den Blick über die Menschenmenge um ihn herum schweifen, von denen manche Fremde und manche alte Freunde waren. Der kleine Michael war da, und die Kinder, die nach Neu-Renaissance kommen würden. Sie lauschten dem Lied, während die Erde selbst hinter ihnen zurückblieb. Das Lied der Erde, das sind wir, dachte er. Das Lied schwoll an, bis es seinen Höhepunkt erreichte, und Tränen traten in Augen, die einen letzten Blick auf die Heimat zu erhaschen suchten.

Und dann erwachte der Sternenantrieb des Widders jäh zum Leben, und sein Schub trieb sie ins All hinaus. Das Lied der Erde ging ihnen voran. Wir kommen! verkündete es. Wir kommen von der Erde. Und dieses Lied sind wir.

Wer wird es hören? fragte er sich. Wer wird es hören?

## Sharon Webb

„Sterblichkeit bedeutet Kreativität – das ist die Gleichung, die Sharon Webbs Romane von der gewöhnlichen Science-fiction abrücken läßt und ihnen die Züge des Mystischen verleiht", schrieb ein bekannter Kritiker über ihre Trilogie „Erdenkind", „Erdenlied" und „Raketenlied", die zwischen 1981 und 1983 entstand und der Autorin zum Durchbruch verhalf. Bis dahin hatte Sharon Webb, 1936 in Tampa im amerikanischen Bundesstaat Florida geboren, ihren Lebensunterhalt als Krankenschwester bestritten und sich nur nebenbei dem Schreiben gewidmet. Als sich Sharon Webb dann Anfang der achtziger Jahre entschloß, ihr Hobby zum Beruf zu machen, verwirklichte sie damit einen Kindheitstraum. Aber auch der Gedanke an ihre Selbstverwirklichung spielte eine Rolle.

„Meine Schriftstellerkarriere ist vermutlich typisch für eine Angehörige meiner Generation", meint die Autorin heute. „Ganz wie es die Gesellschaft von einer jungen Frau verlangte, drehte sich bei mir alles um die Familie. Mit dreiundzwanzig war ich bereits dreifache Mutter. Mit fünfundzwanzig hatte ich zwar einen literarischen Schreibkurs absolviert, doch als meine Werke von Verlagen durchweg abgelehnt wurden, fand ich mich mit den Absagen ziemlich leicht ab. Hausfrau und Mutter zu sein war ja genug, oder?" Erst viel später, ermutigt durch ihre Tätigkeit als Krankenschwester, wagte es Sharon Webb, ihre Pläne in die Tat umzusetzen. „Durch meine Berufserfahrung war ich sicher, die wissenschaftliche Seite meines neuen Handwerks zu beherrschen", erklärt die Autorin, „bis ich merkte, daß das gar nicht das Wichtigste beim Schreiben von Science-fiction ist. Vielmehr kommt es darauf an, daß einem Autor ein Entwurf des menschlichen Lebens gelingt, der beispielhaft für unsere Zukunft sein könnte."

Die Flüster-zentrale
von Harald Buwert
und Ronald M. Hahn

# 1

CISCO drückte sich in die tiefen Schatten am Rande der öffentlichen Gleiterlandebahn und starrte angestrengt und angsterfüllt auf die drei Männer in Uniform, die langsam die Straße herabkamen.

Gegen ein paar Fetzen des blauen Himmels, die zwischen den hohen Gebäuden eben noch zu erkennen waren, bewegten sich die drei mit zielbewußten Bewegungen vorwärts. Ihre weißen Kunststoffunkhelme, die mit zwei Stummelantennen versehen waren, ließen sie in Ciscos Augen wie zu allem entschlossene Teufel erscheinen.

Die Verfolger musterten die Straße mit aufmerksamen Blicken. Cisco hielt für Sekunden den Atem an.

Major Catcart, der Einsatzleiter, der über ihnen von seinem Gleiter aus auf die Straße hinabstarrte, dachte: Was mag im Gehirn eines Mannes vorgehen, der die rechtmäßige Ordnung verunglimpft hat? Fürchtet er sich, oder ist er in seinem Innersten zu allem entschlossen? Weiß er, daß er der gerechten Strafe nicht entgehen kann? Der wirklich gerechten Strafe? Hart muß man sie bestrafen, solche Verbrecher!

Sein Gleiter sank auf eine Höhe von acht Metern. Catcart blickte in teils neugierige, teils ausdruckslose Gesichter. Jeder Bürger wußte, was hier vorging. Raffael Cisco war ein gesuchter Verbrecher; über Video war er zu einer bekannten Person gemacht worden. Es war ihm gelungen, Polizei und Geheimdienst zum Narren zu halten, doch jetzt stand die Festnahme bevor.

Cisco sah, wie einer der drei Männer sich auf ihn zubewegte. Er erstarrte; die Gedanken jagten sich in seinem Kopf. Weshalb floh er eigentlich noch? Warum hatte er dieses sinnlose Unterfangen nicht längst aufgegeben? Aus welchem Grund versuchte er immer wieder der Festnahme zu entgehen, obwohl ihm seit langem klar war, daß er waffenlos keine Chance mehr hatte? Wer half schon einem Gedankenverbrecher?

Cisco wußte keine Antwort auf seine Fragen. Irgend etwas hatte sein Gedächtnis kurzgeschlossen.

Seit Stunden versteckte er sich in den tiefen Metall- und Glasschluchten des Hauptverwaltungsbezirks – verloren in diesen von Menschenhand erbauten Gebirgen, in der schrecklichen Erkenntnis, daß er eine unsägliche Angst vor dem Sterben hatte.

Cisco wußte zuviel und hatte seinen Mund nicht gehalten – jetzt mußte er die Konsequenzen ziehen. Er durfte mit seinem Wissen nicht weiterleben. Er war eine Gefahr für das System.

Cisco schluckte nervös, als der Polizist, der sich von seinen Kollegen abgesondert hatte, schneller in seine Richtung lief. Die beiden anderen Männer schienen aufmerksam auf ihre Helmlautsprecher zu lauschen. Dann folgten sie ihrem Kollegen mit gezückten Waffen.

In einer Reflexhandlung sprang Cisco vom Boden auf und stieß sich von der Nischenwand ab. Links an ihm schoß ein todbringender Hitzestrahl vorbei und traf eine vorstehende Kante. Metall verdampfte. Einige Fußgänger wandten sich um, Schreie wurden laut, dann leerte sich die Straße.

Cisco floh.

Seine Gedanken überschlugen sich. Er dachte mit intensiver Klarheit. Seine Stunden waren unwiderruflich gezählt – und dennoch . . .

Der Mut der Verzweiflung trieb ihn vorbei an Palästen aus Beton und Glas, über leergefegte Straßen und durch finstere Hinterhöfe.

Der Abend kam mit plötzlichem diffusem Halblicht, das sich über die große Stadt senkte. Dann sah Cisco die Männer wieder, als Silhouetten im Licht der Sterne, wie sie hinter ihm her kletterten. Immer noch trugen sie ihre Waffen im Vorhalt; im Hintergrund schwebte der Gleiter des Einsatzleiters, der mit stoischer Ruhe über Helmfunk seine Anweisungen gab.

Als sie fast auf der Höhe der Mauer waren, hinter der Cisco sich versteckte, hielt er den Atem an. Sein Kopf war sicher halb zu sehen, während er sie beobachtete, aber er getraute sich jetzt nicht mehr, sich zu ducken, denn die geschärften Blicke seiner Verfolger hätten die Bewegung sicherlich registriert. Cisco musterte ihre Gesichter: Sie waren steinern und verschlossen.

Als hätten sie seine Nähe gespürt, hielten sie inne.

Der Gleiter, der fünfzehn Meter über ihnen schwebte, begann zu sinken. Deutlich erkannte Cisco, wie der Einsatzleiter in ein Mikrofon sprach, das an einer Schwenkklammer befestigt war und vor seinen Lippen hing. Die Männer lauschten den Worten bewegungslos, dann ließen sie die Thermostrahler sinken, liefen weiter. Unhörbar . . .

Cisco konnte die Luft nicht länger anhalten. Er riß den Mund auf und hauchte sie – vorsichtig – aus. Zwecklos! Sie bemerkten ihn sofort. Er nahm die schnellen Bewegungen ihrer Arme kaum wahr, als sie herumwirbelten und auf den oberen Rand der Mauer zielten.

Ein weiterer Hinterhof. Unrat und Abfall, überfüllte Mülltonnen und zerbrochenes Kinderspielzeug. Ein halbverrostetes Auto. Cisco tauchte in der schattigen, stinkenden Tiefe unter. Mit seinen Füßen prallte er hart auf den steinernen Untergrund, und er versuchte, den Stoß mit den Knien aufzufangen. Er überschlug sich, suchte vergeblich nach einem Halt und sauste gegen einen Mauervorsprung.

Ihn durchzuckte ein solch heftiger Schmerz, daß er glaubte, sich einige Rippen gebrochen zu haben, und mit seinen Fingern umkrallte er ein paar Kieselsteine, während er gegen den Schmerz ankämpfte. Rhythmisch klapperten die Absätze seiner Verfolger über die asphaltierte Oberfläche des Nebenhofs. Cisco ignorierte das Stechen in seinem Brustkorb, erhob sich und huschte weiter.

Wie lange glaubt er dieses Spiel weiterspielen zu können? dachte Major Catcart, während er in seinem Gleiter über der Szenerie schwebte. Seine Hoffnung ist die Dunkelheit, die für uns jedoch kein Hindernis ist. Er hat keine Infrarotaugen, aber meine Polizisten! Also kann er nicht entkommen. Er sah die flüchtende Gestalt für einen Moment neben dem halb ausgeschlachteten Fahrzeugwrack und gab seine Befehle. Die

Männer kletterten katzenhaft über die Mauer des Hinterhofs und sahen sich um. Seltsam, dachte Catcart überrascht. Niemand interessiert sich für dieses Schauspiel. Alle Fenster und Türen sind geschlossen! Kein Mensch schaut heraus. Er unterließ es, sich weiter in Spekulationen zu ergehen, denn Cisco schickte sich an, eine weitere Mauer im Sturmangriff zu nehmen.

Catcart ließ seinen Gleiter nach vorn schnellen, in die Richtung des Flüchtenden. Volstedt, einer seiner Leute, bemerkte es zuerst und verständigte seine Kollegen.

Cisco hatte den linken Arm über die Mauer geschwungen. Geschoßgarben schlugen neben ihm ein, und ein Luftzug kitzelte sein Gesicht. Er drückte die Knie gegen die Mauer, doch er rutschte ab. Wieder Schüsse. Trockenes Knistern von Strahlwaffen. Er strampelte verbissen, versuchte an der Mauer einen besseren Halt zu finden, stemmte sich hoch, faßte nach. Noch einmal stieß er sich ab und schwang sich hoch.

Ein stechender Schmerz im Genick. *Tod,* dachte Cisco, schob ein Knie über die Mauer und ließ sich seitlich abrollen.

Schweigen. Dann irgendwo Helligkeit in der Dunkelheit. Der Strahl eines Scheinwerfers. Er war abgeblendet. Ein Schatten fiel vor das Licht. Laufschritte. Mehrere Männer beugten sich herab . . .

Hände packten ihn und rollten ihn auf den Rücken.

Eine Stimme durchbohrte ihn. „Raffael Cisco!"

Eine breitschultrige Gestalt stand breitbeinig über ihm, eine steile, gefährliche Silhouette am abendlichen Himmel. „Die Zeit ist abgelaufen", sagte sie. „Die Jagd ist beendet. Das Urteil ist vollstreckt!"

Als Cisco sich aufrichten wollte, brachen seine Augen.

## 2

EIN NEUER Tag, ein neuer Mann.

Diesmal jagte Catcart selbst den Gedankenverbrecher. Er hatte ihn zufällig im Strom der abendlichen Passanten gesehen, als er sich auf dem Heimweg befand.

Monsan floh, und Catcart nahm mit gezückter Waffe die Verfolgung auf, bis der Mann in einem Volkshospital verschwand. Monsan stieß den lamentierenden Pförtner beiseite und rannte durch die Korridore. Catcarts Anwesenheit wurde in der Klinik mit Beruhigung registriert. Automatisch verschlossen sich alle Ausgänge, nachdem der erste Schuß gefallen war.

Als Catcart das oberste Stockwerk erreicht hatte und auf eine metallene Tür mit der Aufschrift VERSUCHSTIERE – UNBEFUGTEN IST DAS BETRETEN STRENGSTENS UNTERSAGT! zusteuerte, tauchte ein Mann mit weißem Kittel vor ihm auf. „Da würde ich an Ihrer Stelle nicht hineingehen", sagte er gelassen grinsend.

„Was soll der Unsinn?" erwiderte Catcart schnaufend. „Ich muß –"

Abrupt verstummte er. Die gelassen ausgesprochenen Worte dieses Mannes verschlugen ihm die Sprache. Ein Schauder lief ihm das Rückgrat entlang. Er starrte den Mann an. Catcart sah, daß es ein freundlicher älterer Herr war, der es gut meinte – ganz einfach nur gut.

„So eine Verfolgungsjagd ist gefährlich, nicht wahr?" fragte er jetzt leise. „Die Verbrecher tun, den Tod vor Augen, alles, nur um . . ."

Wollte ihn der alte Mann aufhalten? fragte sich Catcart. Was schwätzte er soviel daher, während Monsan sich aus dem Staub zu machen versuchte . . .

„Gehen Sie nicht durch diese Tür", warnte ihn der Alte mit erhobenem Zeigefinger. „Ich glaube, dort –"

„Sind Sie von Sinnen?" schrie ihn Catcart an und näherte sich der Tür. „Ist Ihnen nicht klar, daß ich die Weltregierung repräsentiere?"

„Gehen Sie nicht hinein!" wiederholte der Alte mit erhobener Stimme. „Ich habe den Eindruck, daß der Verbrecher –"

Die Tür öffnete sich unter dem Druck von Catcarts Fingern. Starren Blicks erkannte er einen hell erleuchteten Raum voll huschender Bewegungen. Vor ihm auf dem Boden lag ein Mann. Eine monströse Kreatur näherte sich Catcart zutraulich. Sie hatte vier Vorder- und vier Hinterläufe, die sich plump auf dem Boden fortbewegten, einen insektenhaften langen Körper, einen kurzen Hals und einen dreieckigen Kopf voller Falten und Auswüchse. Die Kreatur ließ sich auf die Hinterläufe nieder. Dann flog sie mit ungeahnter Geschmeidigkeit auf Catcart zu.

Catcarts Herzschlag drohte für einige Sekunden auszusetzen, dann schwanden ihm die Sinne.

Als er wieder zu sich kam, hatte man ihn mit Spritzen derart vollgepumpt, daß er keinen klaren Gedanken zu fassen vermochte. Zwei Kollegen verfrachteten ihn in einen Gleiter und brachten ihn kurz darauf in seine Wohnung.

Catcart versuchte halb betäubt mehrere Male Fragen zu stellen, mußte jedoch erkennen, daß seine Stimmbänder ihn im Stich ließen. Seine Kollegen, die sein Bemühen erkannten, beruhigten ihn. Wie aus weiter Ferne hörte er einen von ihnen sagen: „Er hat einen Schock. Der arme Kerl! Möchte nicht wissen, wie ich reagieren würde, wenn mir urplötzlich so ein Monster gegenüberstünde."

„Ja", antwortete der andere. „Dabei hat er noch Glück. Monsan ist zerfleischt worden. Hätte sich davon überzeugen sollen, ob die Hintertür auch wirklich offen ist, bevor er die Versuchstiere freiließ."

„Der Alte hat den Major aber gewarnt."

„Wußte aber nichts Sicheres. Glaubte Geräusche hinter der Tür gehört zu haben. Ungewöhnliche Geräusche . . ."

Catcart versank in Trance. Er erwachte nur kurz, als seine Kollegen ihn aus seinen Kleidern befreiten.

SIE KAMEN gegen Morgen, als die Dämmerung anbrach und sein Schlaf unruhig zu werden begann. Sie waren zu viert: drei bewaffnete Polizisten, die Catcart nicht kannte, und ein Offizier in schwarzer Uniform mit goldenen Epauletten. Im Halbdunkel des Raums schimmerten ihre klobigen Waffen fahl und unheildrohend.

„Stehen Sie auf!"

Catcart war sofort hellwach. Er richtete sich halb auf und blickte den Offizier an.

„Aufstehen, habe ich gesagt!"

Catcart griff nach seinen synthetischen Zigaretten, zündete eine an und begann in aller Gemütsruhe den Rauch zu inhalieren. Er kniff die Augen zusammen und krächzte: „Was wollen Sie, Hauptmann? Was geht hier vor? Was hat das alles zu bedeuten?"

„Stehen Sie auf, und kommen Sie mit! Ich habe keine Zeit für lange Erklärungen. Ich habe meine Befehle."

„Soso", meinte Catcart leise. Dann schnauzte er: „Mäßigen Sie Ihren Ton, Hauptmann! Muß ich Sie erst daran erinnern, daß ich einen höheren Dienstgrad habe als Sie?"

„Geheimdienst", murrte der andere verächtlich. „Ihr Grad gilt bei uns nichts, Major. Überhaupt nichts! – Wollen Sie endlich aufstehen und sich anziehen, oder soll ich Sie so mitnehmen, wie Sie sind?"

Eine Sekunde lang starrte Catcart ihn an. Sein Blick glitt über die Männer, die neben dem Offizier standen, bis hinüber zu dem, der mit drohend erhobener Waffe die offene Tür versperrte. Stumm und bewegungslos standen sie da. Schießbereit. Von draußen drang das aufgeregte Gemurmel der Nachbarn an seine Ohren. Es waren fast ausschließlich Polizeioffiziere, die mit ihren Familien das Haus bewohnten. Sie schienen alle wach geworden zu sein.

Catcart zuckte mit den Schultern, drückte langsam die Zigarette aus, schlug die Decke zurück und stand auf. Eine ausgestreckte Hand wollte ihn am Betreten des Badezimmers hindern. Er schob sie achtlos beiseite – und schrie vor Schmerz auf. Der Hauptmann hatte ihm seine Waffe hart gegen das Handgelenk geschlagen.

„Sie sollen sich anziehen", sagte er drohend, die Waffe lässig in seiner Hand.

„Ich werde mich über Sie beschweren, Hauptmann", keuchte Catcart wütend. „Sie werden Ihr Vorgehen teuer zu bezahlen haben. Ihr Erscheinen in meiner Wohnung kann nur auf einem Irrtum beruhen. Dafür werden Sie mir geradestehen!"

„Schweigen Sie!" schnauzte der Hauptmann zurück. „Der Geheimdienst macht keine Fehler! Ziehen Sie sich jetzt endlich an!"

Catcart gehorchte nur zögernd. Mit zusammengebissenen Zähnen stieg er in seine türkisblaue Polizeiuniform und angelte nach dem weißen, halbkugelförmigen Kunststoffhelm. Instinktiv griff er dann nach seinem Lederkoppel mit der Pistolentasche, aber der Offizier packte seinen Arm.

„Liegenlassen! Das brauchen Sie nicht."

„Bin ich verhaftet?"

„Sie benötigen keine Waffe mehr, das ist alles."

„Ich protestiere gegen diese Behandlung!" fauchte Catcart. „Als Offizier bin ich dazu berechtigt und verpflichtet, eine Waffe zu tragen. Entweder stehe ich unter Arrest, bin verhaftet, oder ich werde meine Waffe tragen!"

„Sie werden Ihre Waffe *nicht* tragen!"

„Also bin ich verhaftet?"

„Was glauben Sie denn?"

Schweigend saß Catcart in dem flachen Turbowagen, der mit völliger Lautlosigkeit durch den heraufdämmernden Morgen glitt. Einige Menschen waren bereits unterwegs und eilten in die Frühschicht zu den Verwaltungsgebäuden. Als der Sonnenaufgang sich am Horizont abzuzeichnen begann, erloschen allmählich die Straßenbeleuchtungen. Vor ihnen erstreckte sich der riesige Bau des Geheimdienstes in den Himmel.

Catcart schwieg. Er hatte längst erkannt, daß der Hauptmann nicht willens war, mit ihm zu sprechen. In seinem Kopf überschlugen sich die Gedanken. Obwohl er genau wußte, daß er sich nichts hatte zuschulden kommen lassen, ergriff ihn panische Angst. Der Geheimdienst machte keine Fehler. Und der Hauptmann tat, was Höhere ihm aufgetragen hatten. Es konnte keine Lappalie sein . . ., aber es konnte auch nichts mit ihm zu tun haben. Es war niemals bekanntgeworden, daß der Geheimdienst unberechtigt und unbegründet Personen in Gewahrsam genommen hatte. Catcart war sich darüber im klaren, daß er seine Freiheit verlieren würde.

Er kam nicht mehr dazu, seine Gedanken zu Ende zu denken. Die Erinnerung an sein Erlebnis vom vorangegangenen Abend verdrängte die Angstgefühle. Es mußte ja damit zusammenhängen. Was hatte er falsch gemacht?

Der Wagen hielt vor dem Portal des riesigen gläsernen Gebäudes. Gemeinsam schritten sie durch die sich automatisch öffnenden Türen zum Lift, ließen sich etwa hundert Stockwerke hochtragen und betraten einen Raum. Aktenschränke standen an den Wänden. Der Boden war mit kostbaren Teppichen ausgelegt, wie es sich für das Büro eines hohen Beamten geziemte, und hinter einem gewaltigen hölzernen Schreibtisch saß ein bleicher, kahlköpfiger Mann in der schwarzen, goldbetreßten Uniform des Geheimdienstes.

„Hauptmann Helmer meldet die Verhaftung des Polizeioffiziers Catcart", sagte der Offizier und salutierte.

„Danke, Hauptmann", erwiderte der Kahlköpfige. Goldene Sterne, die ihn als Marschall auswiesen, blitzten auf seinen Schulterstücken. Er entließ den Hauptmann mit einer knappen Handbewegung.

Helmer machte auf dem Absatz kehrt und verließ den Raum. Seine Pflicht war getan; was mit dem Gefangenen geschah, ging ihn nichts mehr an, und er würde es auch nie erfahren.

„Wessen bin ich angeklagt, Marschall?" fragte Catcart. Vorschriftsmäßig trug er den Helm unter der linken Armbeuge.

Der Kahlköpfige erhob sich, faltete ein beschriebenes Blatt Papier auseinander und las: „Major Kenneth M. Catcart wird beschuldigt, im Besitz verbotener Bücher und Mikrofilme zu sein, die das Regierungssystem in verzerrter und verfälschter Art und Weise darstellen, es verunglimpfen und behaupten, wahre Freiheit könne sich nur dort entfalten, wo alle Menschen vor dem Gericht gleich sind, wo das gemeine Volk die Herrschaft ausübt und die besitzenden Klassen entmachtet sind. – Sechs Offizierskameraden bezeugen, daß Major Kenneth M. Catcart in persönlichen Gesprächen diese volksfeindlichen Theorien mit Nachdruck vertreten hat . . ."

Catcart war versucht, schallend zu lachen. Doch die Wut war stärker. „So ein Unsinn!" fuhr er dazwischen, ohne sich um den Dienstgrad seines Gegenübers zu scheren. Die Augen des Kahlköpfigen blitzten gefährlich auf. Catcart sah deutlich, daß es eine einstudierte Regung war. Mit stoischer Ruhe las der Marschall weiter.

„Major Kenneth M. Catcart wird für überführt befunden, die ihm vorgeworfenen Verbrechen begangen zu haben. Diverses Schrift- und Filmmaterial wurde in seiner Wohnung sichergestellt; es beweist die Anschuldigungen. Major Kenneth M.

Catcart wird mit sofortiger Wirkung seines Dienstes enthoben und aus den Streitkräften der Polizei ausgestoßen. Er ist innerhalb von 21 Tagen vom Leben zum Tode zu befördern."

Der Kahlköpfige räusperte sich. Er schien gelangweilt. Anscheinend las er derartige Urteile täglich vor. „Haben Sie dazu noch etwas zu sagen?"

„Ja", sagte Catcart gefährlich leise. „Diese Anschuldigungen sind nichts weiter als gemeine Lügen." Er sah dicke Zornesadern auf der Stirn seines Gegenübers anschwellen. Erregt hob er die Hände. „Diese Anschuldigungen sind blanker Unsinn!" schrie er. „Niemals habe ich die Rechtmäßigkeit dieses Systems in Frage gestellt. Gleichheit aller Menschen, Herrschaft des Volkes: so ein Quatsch, utopisches Geschwätz! Ich bin ein treuer Untertan dieses Systems. Wie sollte ich denn in den Besitz verbotener Schriften und Filme gelangen? Auf normale Weise können sie nicht in meinen Besitz geraten sein. Dieses Urteil ist eine Farce! Der Geheimdienst entläßt mich aus den Polizeikräften! Degradiert mich! Verfügt meinen Tod! Das ist lächerlich, Marschall!"

Der Kahlköpfige mußte beschlossen haben, nicht mehr zu spielen, denn er grinste Catcart zynisch an, ermunterte ihn geradezu weiterzubrüllen. Catcart schwieg verbissen.

„Sie hatten genügend Gelegenheit, Ihre Schuld reuevoll zu bekennen, Catcart", knurrte der Marschall ironisch. „Sie haben Ihre Chance nicht genutzt, sondern statt dessen Schmähungen von sich gegeben. Nicht schön, nicht schön! Sie sind sich doch im klaren, daß das System es unter diesen Umständen ablehnen wird, ein Gnadengesuch zu unterzeichnen? Sie werden Ihrer subversiven Tätigkeit nicht mehr nachgehen können. Auch die marsianische Chance haben Sie vertan. Nicht schade um Sie!"

„Marsianische Chance?"

Mit einem meckernden Lachen erhob sich der Kahlköpfige und wandte sich einer in der Wand eingelassenen Sprechanlage zu. „Wache!"

Catcart verlor die Nerven. Damit sollte alles vorbei sein? Eine Serie haltloser, völlig aus der Luft gegriffener Beschuldigungen, ein Todesurteil, eine ironische Andeutung – und aus?

Als die drei schwarzgekleideten Geheimdienstler in den Raum stürmten, sprang er ihnen entgegen und streckte den ersten mit einem gutgezielten Faustschlag zu Boden. „Vorsicht!" schrie der Marschall, aber Catcart hatte den zweiten Mann bereits an der Kehle gepackt und warf ihn nieder. Die gezogene Waffe des Mannes wechselte blitzschnell den Besitzer, und Catcart feuerte, ohne zu zielen, auf den dritten Mann, der nicht zum Zuge gekommen war, weil ihm die anderen die Sicht versperrt hatten.

Catcart wirbelte herum. Der zweite Geheimdienstmann lehnte mit totenbleichem Gesicht an einem Aktenschrank, der erste rührte sich nicht mehr, und der Kahlköpfige brüllte lauthals nach Verstärkung. Hinter Catcart sank der Getroffene gurgelnd in sich zusammen.

Ein Schuß setzte das Wandmikrofon außer Betrieb. Catcart überlegte. Er überlegte viel zu lange. Was tun mit den beiden Männern vor ihm? Er war sich der Verrücktheit seines Handelns bewußt, aber sollte er sich dem ungerechtfertigten Todesurteil beugen? Eine Chance durchzukommen hatte er ohnehin nicht. Also noch ein paar von diesen Heuchlern mitnehmen?!

Während ihm dieser Gedanke kam, drehte er sich bereits um und stürmte den hell erleuchteten Korridor hinunter. Er wollte sich diese Frage nicht beantworten müssen. Er wollte fliehen – vor der Antwort, vor dem Kahlköpfigen, vor dem Tod, vor seiner Identität, vor der Realität . . .

Die Anschuldigungen gegen ihn waren haltlos; fühlte er sich nicht trotzdem ertappt? Er war stets ein treuer Gefolgsmann des Systems gewesen, hatte selbst jahrelang Abtrünnige gejagt und niemals verwerfliche Äußerungen getan. Aber seine Träume und verdrängten Wünsche, stimmten sie mit seinem Handeln überein? Es war sicher, daß gegen ihn eine Verschwörung im Gange war, daß ihn jemand auszuschalten versuchte, daß sechs Kameraden logen; rief das nicht Erinnerungen wach an umgekehrte Situationen? Aber es konnte nicht sein, es durfte nicht möglich sein, daß sich all dies jetzt umkehrte, sich gegen *ihn* richtete, der doch alles für das System getan hatte. Und nicht nur aus eigener Überzeugung, sondern oft mit Auftrag der Höheren, der Militärs. Vielleicht sollte er nun in ihrem Auftrag verschwinden. Ein ganz alltäglicher Vorgang. Mit Todesfolge.

Catcart sprang mit einem Satz in einen der Lifts und ließ sich nach unten tragen. Wenn er Glück hatte, war das Portal noch nicht abgesperrt. Das Stockwerk, das er eben verließ, schien bis auf das Büro des Marschalls unbesetzt zu sein; jedenfalls hatte bisher niemand auf das Brüllen reagiert. Catcart verfluchte sich. Er hätte auch die anderen töten müssen. Jetzt trommelten sie sicher bereits das ganze Gebäude zusammen, über die Sprechanlage in einem der Büros nebenan.

Sein Blick fiel auf den Stockwerkanzeiger. Das schnelle Blinken der Lichter zeigte an, daß man von den anderen Stockwerken aus versuchte, den Lift zu stoppen, das heißt, den Insassen dazu zu bewegen anzuhalten. Volle Fahrt des Lifts bedeutete in jedem Fall, daß ein Stabsoffizier in dringendem Auftrag unterwegs war – soviel wußte Catcart. Der Lift konnte nur von ihm zum Halten gebracht werden. Doch was nutzte ihm dieser Vorteil, wenn man ihn unten bereits erwartete?

Als sich die Tür hydraulisch öffnete, stürmte Catcart mit gezückter Waffe auf den Gang hinaus und schoß blind in die Gegend. Niemand hatte ihn erwartet. Er nahm verblüffte Blicke einiger Schwarzuniformierter wahr. Die gläsernen Eingangsportale erschienen in seinem Blickfeld. Schrilles Klingeln ertönte. Es rasselte mit solcher Beharrlichkeit, daß die anwesenden Geheimdienstler ihre Taschen zur Seite warfen und automatisch zu den Waffen griffen.

Ein eisernes Gitter fiel von der Decke herab. Catcart stieß einen wilden Fluch aus, wirbelte herum und schoß wieder blindlings in die Gegend. Ein Schrei, dann explodierte etwas in seinem Gehirn.

## 3

FREUDIGE Erwartung durchpulste die Gedanken des Mannes, als er den Kontrollraum des Sternenschiffs durchschritt und auf den Schwenksitz zueilte, in dem die Frau nachdenklich lag und auf die eingeschalteten Bildschirme starrte. Er beugte sich über sie und sagte mit tiefer Stimme: „Wir bremsen ab, Actref.“

Keine Antwort, keine Reaktion. Nur ihre Nasenflügel bewegten sich kaum merkbar mit jedem Atemzug. Der Mann richtete sich wieder auf. Er schien ein Teil des von tiefem Schweigen umfangenen Schiffes zu sein. Er war groß, schlank, hatte einen etwas zu großen Kopf, zu lange Arme, schwarze Augen und eine gebräunte Haut. Langsam entspannte er sich. Er schloß die Augen, ließ einen Teil der Müdigkeit zurückkehren, die ihn und diese Frau in der dunklen Unendlichkeit des Raumes ergriffen hatte. Seine Gedanken zerfielen in Fragmente. Geduldig ließ er es über sich ergehen, bis das Gefühl sich wieder zusammenzuziehen schien und er den toten Punkt überwunden hatte. „Wir nähern uns dem Sternsystem unserer Bestimmung", sagte er.

Die Frau bewegte sich. Kein Farbhauch überzog ihre blassen Wangen, aber ihre Augen hellten sich auf, wurden aufmerksam.

„Dies ist kein Imperiumsplanet, nicht wahr?"

„Hier draußen gibt es keine Angehörigen des Kharis-Imperiums und keine unseres Weltenbunds. Der Planet, um den es sich handelt, beherbergt eine eigene Zivilisation. Sie kennt zwar die Raumfahrt, aber sie ist noch begrenzt auf das eigene Sonnensystem. Informieren wir uns mal genauer, in welchem Stadium ihrer Entwicklung sich diese Welt befindet."

An den Kontrollen betätigte er den Schalter, der den Zentralraum abdunkelte, und stellte die Automatik ein. Ein Bild begann sich auf einem Schirm an der Wand zu formen. Zuerst war da nur ein kleiner heller Lichtpunkt inmitten eines sternarmen Raumsektors, dann bildete sich ein Planet heraus, der blaustrahlend im schwarzen All schwebte. Kontinente und Ozeane wurden sichtbar.

Eine Stimme ertönte: „Dieses Sternsystem enthält neben acht weiteren einen bewohnten Planeten mit einem Mond. Es handelt sich um den dritten Planeten, der von seinen Bewohnern *Erde* und auch *Terra* genannt wird. Die Geschichte der *Menschheit* durchläuft ihr drittes Stadium, das seinem Ende entgegengeht."

Mit einer raschen Bewegung schaltete der Mann den Filmlauf ab und ließ die Beleuchtung aufflammen. Dann blickte er der Frau in die Augen.

„Ihr drittes Stadium", wiederholte er leise. „Das macht es den Kharis sehr leicht. Ihr Clan beutet diese Welt seit Jahrzehnten aus, ohne daß die Eingeborenen etwas davon ahnen. Wir sind keine Minute zu früh gekommen."

„Wir müssen in der Nähe der größten Stadt landen, Ronf", meinte Actref. Ronf nickte zustimmend. Konzentriert saß er hinter den Kontrollen des mächtigen Sternenschiffs. Die Außenhülle strahlte in Weißglut auf, als es in die Atmosphäre des dritten Planeten eindrang. Seine extrem harten Metalle hielten der Hitze mühelos stand, und die ungeheure Geschwindigkeit des Schiffes wich allmählich vor dem wütenden Ansturm der Bremsaggregate und des Luftwiderstands, der sich mit jedem Kilometer verstärkte. Der das Schiff umgebende Energieschirm machte es unsichtbar für menschliche Augen.

„Ich bin ganz sicher, daß man uns nicht entdecken kann", sagte Ronf, als das Schiff aufsetzte. „Wissenschaft und Technik dieser Welt sind nicht so weit fortgeschritten, daß sie in der Lage wären, die Legierung unserer Schiffshülle zu orten. Diese Legierung ist hier unbekannt, und der Energieschirm lenkt Meßstrahlen ab. Ich glaube auch nicht, daß sich der Kharis-Clan die Mühe gemacht hat, gerade hier Ortungsgeräte für unsere Fabrikate aufzustellen. Das wäre nicht nur riskant, sondern auch so teuer, daß der Profit mehrerer Jahre zum Teufel wäre. So was überlegen die sich zweimal. Außerdem dürften sie sich sicher fühlen, denn wer weiß schon etwas über diese abgelegene und bisher völlig unbekannte Welt? Hätten wir nicht unsere Agenten, bliebe ihr Treiben wahrscheinlich ewig ihr Geheimnis."

Actref nickte. „Setzen wir unsere Abfrage fort. Was wissen wir über die wirtschaftliche und politische Situation auf der Erde?"

Der Bildschirm flackerte wieder auf. Die Kamera, die diesen Film aufgenommen hatte, schien durch eine Dunstglocke zu schweben, durch die eine Stadt sichtbar wurde, die keinen Anfang und kein Ende zu haben schien. Schön war sie nach den Maßstäben ihrer unbekannten Besucher nicht. Ihre Unregelmäßigkeit und Asymmetrie war verwirrend.

„Die Bewohner dieser Welt sind äußerst kurzlebig", fuhr der

Kommentator fort. „Deshalb ist ihre Welt einer uns unbekannten unsteten, risikoreichen Wandlung unterworfen, die anarchisch anmutet, andererseits jedoch im Sinne derer gelenkt wird, die über die Freiheit der Mehrheit bestimmen . . ."

„Wie alt werden sie?" fragte Actref interessiert. Wohlig räkelte sie sich im Schwenksitz.

„Siebzig bis achtzig ihrer Jahre", antwortete Ronf. „Der Alterungsprozeß setzt bereits mit ungefähr dreißig Jahren ein. Siebzig- bis Achtzigjährige sind nur in den wenigsten Fällen in der Lage, ohne Hilfe und Pflege auszukommen." Er schwieg bedrückt, als er die Reaktion seiner Gefährtin bemerkte. Es gab nur wenige galaktische Völker im bekannten Raum, die eine derart kurze Lebensspanne hatten. An Actrefs Gesicht erkannte er, daß sie Mitleid zu entwickeln begann. Er wollte sich nicht auf eine Diskussion darüber einlassen, obwohl er es für verfehlt hielt, Mitleid zu entwickeln. Er kannte Actref; sie würde ihm zustimmen, ihre Gefühle deswegen aber längst noch nicht überwinden können. Ronf versuchte sie abzulenken.

„Dieser Film wurde vor ungefähr zehn Jahren aufgenommen." Die Stadt rückte näher ins Blickfeld, zeigte eine Vielfalt verschiedener Gebäudearten. Plötzlich tauchte ein Kornfeld auf. Der Kommentator sagte: „Die Erde ist übervölkert. Ihre Einwohnerzahl beträgt fünfundzwanzig Milliarden Menschen, die bei guter Planung noch zu ernähren wären. Weite Landstriche wurden durch Kernwaffenversuche unbewohnbar und unfruchtbar gemacht. Die Städte bedecken die Kontinente bald zur Gänze. Große Landgebiete zwischen den Wohnmaschinen wurden ausgespart; sie dienen lediglich zur Regeneration von Sauerstoff."

Actref schauderte. „Furchtbar!" stieß sie hervor. „Das bedeutet programmiertes Leben und rationierte Lebensmittel?"

„Ja", bestätigte Ronf. „Hör zu!"

Der Kommentator schnitt erneut dieses Problem an. „Durch geschickte Planung wäre die derzeitige Bevölkerung gut zu ernähren und zu kleiden. Das verhindert jedoch zum einen die unsoziale Verteilung des Reichtums, zum anderen tragen die Machenschaften des Kharis-Clans mit den wirtschaftlich Machthabenden zur derzeitigen Situation bei." Die Kamera flog über die endlose Fläche eines Kornfeldes. Robotmaschinen brachten die Ernte ein. „Um Unruhen im Volk zu vermeiden, hält man es unwissend und in Lethargie."

„Wie schaffen sie das?" wollte Actref wissen.

„Es erscheint kaum glaubhaft, aber sie schaffen es durch Unordnung, Unterordnung und Ästhetisierung der Angst. Und vieles mehr, denn die Unterdrückung eines Milliardenvolkes unter solch fortgeschrittenen wirtschaftlichen und technischen Bedingungen erfordert wissenschaftliche Methoden!"

„Also ähnliche Zustände wie im Kharis-Imperium."

„Ähnlich, sicherlich. Die historische Entwicklung war anders, aber im Prinzip dasselbe System."

Ronf schaltete den Projektor aus. Sein feingeschnittenes gelbliches, narbiges Gesicht war voller Falten. „Nähere Informationen über die Sprache, die Lebensgewohnheiten und so weiter werden wir im Hypnoseschlaf erhalten. Der vorbereitete Aktionsplan braucht bis jetzt nicht verändert zu werden."

Actref nickte müde. „Es sollte eigentlich nicht schwierig werden, den Kharis-Clan aufzufinden. Doch um gegen ihn vorgehen zu können, werden wir einige Zeit brauchen. Sie tarnen sich gut."

Schaufelbagger gruben das Schiff in den Boden des Planeten ein. Mehrere Luken öffneten sich, kleine metallene Kugeln verließen den Schiffsleib und stiegen an die Oberfläche. Innerhalb weniger Minuten analysierten sie die Ökologie des Bodens und erzeugten synthetischen Samen, verteilten ihn auf der von der Landung verbrannten und von den Baggern aufgewühlten Fläche und bohrten sich durch das Erdreich zurück ins Schiff.

Eine spezielle Bestrahlung der Samen ließ sie in Minutenschnelle sprießen, und am Morgen des nächsten Tages sah der Landeplatz nicht anders aus als vor der heimlichen Ankunft der Agenten des Weltenbundes.

Der Planet Erde glich einem Irrenhaus. Ronf und Actref erreichten die irdischen Superstädte innerhalb weniger Stunden und wählten für ihre Zwecke die größte – Nova City. Es fiel ihnen schwer, sich zurechtzufinden und – menschlich zu wirken, das heißt nervös, hektisch, rücksichtslos.

Sie hatten keine Angst. Ihre Mittel und Methoden, die auf

technischen Errungenschaften beruhten, würden sie in dieser Welt nicht scheitern lassen.

„Wir werden jetzt zwei Dinge miteinander verquicken", stellte Actref fest. „Wir werden ein Gebäude betreten und dabei zum einen einen Menschen kennenlernen und uns zum anderen hiesige Zahlungsmittel beschaffen. Fast jedes Gebäude scheint hier allen offenzustehen. Ich nehme an, daß es sich dabei um sogenannte Geschäftslokalitäten handelt, in denen sich der hochindustrialisierte Handel abspielt."

„Mit Methoden einer frühen Gesellschaftsform, nehme ich an", fügte Ronf hinzu.

„Du meinst, indem gefeilscht wird? Nicht unbedingt."

„Nein, ich meine, indem der Händler die Preise bestimmt. Und das Feilschen auch, sicher."

Sie betraten ein kleines Lokal.

Der Kellner hinter der Theke betrachtete sie mißtrauisch, als sie auf ihn zugingen. An einem der Tische saß ein älterer Mann mit einer Glatze und verquollenen Augen und folgte ihnen mit bösen Blicken. Er murmelte gehässige Bemerkungen.

„Dieser Stein ist ein Vermögen wert", sagte Ronf und hielt dem Kellner einen funkelnden roten Edelstein unter die Nase. „Ich möchte ihn verkaufen."

„Ich bin kein Pfandhaus", raunzte ihn der Mann an. Er rührte sich nicht, nur seine Blicke wanderten behende von einem zum anderen, von oben nach unten, suchten einen Fehler, ein Handicap, einen Ansatzpunkt, um einen Grund für einen Hinausschmiß zu haben. Etwas länger verweilten sie auf Actref, aber ihre intellektuellen Züge gefielen ihm ganz und gar nicht. Er wurde langsam wütend. „Was soll das hier?" knurrte er.

„Ich brauche etwas Geld, und Sie bringen einen solchen Stein sicher los. Helfen Sie mir doch."

„Wohl geklaut, was? Bin ich verrückt?" knurrte der Kellner und rührte sich nicht von der Stelle. Der Blick blieb auf dem funkelnden Ding in Ronfs Fingern hängen. „Ich will ihn nicht. Hank!"

„Ja?" Hinter Ronf schnaufte plötzlich jemand laut. Er wandte sich verdutzt um und sah den alten Glatzkopf hinter sich stehen und wild gestikulieren.

„Er will ihn nicht, hört ihr?“ schrie er. „Laßt uns doch zufrieden mit eurer Scheiße! Was geht uns das an, wenn ihr einen Stein klaut? Geht uns doch 'n Dreck an, oder? Versucht's doch bei Coroner und . . .“

Mehrere Namen fielen, die im gurgelnden und schnaufenden Husten des Alten untergingen. Der Husten schien nicht mehr enden zu wollen, so daß der Alte zu seinem Tisch zurückging und sich keuchend niedersetzte. Trotzdem war deutlich zu merken, daß er nur spielte; er hielt seine Pflicht für erledigt und hatte eine Lösung gesucht, um seinen Auftritt zu beenden.

Ronf wandte sich wieder dem Kellner zu, der ihn grinsend ansah. In seiner Rechten hielt er eine Pistole, die unentwegt mal auf Ronf, mal auf Actref zeigte. Überhaupt schien der Mann jetzt sehr lebendig, er redete so schnell, daß die Agenten ihn nicht mehr verstanden, und seine Finger tanzten auf der Nummernscheibe eines Videophons herum.

Ronf öffnete seine linke Hand, aus der ein Lähmstrahl schoß. Augenblicklich fiel der Mann in eine eigentümliche Starre, und sein Blick wurde leer.

Actref drehte sich um, und kurz darauf hörte das Husten auf.

„Gehört Ihnen dieses Lokal?“ fragte Ronf den Kellner.

„Ja“, sagte dieser leise.

„Sehen Sie diesen Stein?“

„Ja.“

„Was, glauben Sie, ist er wert, vorausgesetzt, er ist echt?“

„Keine Ahnung.“

„Wieso wissen Sie das nicht?“

„Weil ich kein Fachmann auf diesem Gebiet bin und sein will.“

Ronf blickte ihn nachdenklich an, dann sagte er zu Actref: „Frag mal den anderen.“

Der Alte nannte eine Summe.

„Ist das die Minimalsumme?“ wollte Actref wissen.

„Klar“, erwiderte der Verquollene. „Na klar doch.“

Ronf wandte sich wieder dem Kellner zu. „Geben Sie mir also zweitausend Einheiten Ihrer Währung. Ich überlasse Ihnen dafür diesen Stein, den Sie dem Alten da hinten nach unserem

Abgang anbieten werden. Sie werden sich nicht an uns erinnern. Haben Sie verstanden?"

„Ja."

Der Besitzer des Lokals griff in die Kasse, holte alles Geld heraus und legte es auf die Theke. Es langte nicht, also verschwand er im Hinterzimmer. Inzwischen kümmerte sich Actref um den verquollenen Glatzkopf und redete ihm ein, er müsse den Stein unbedingt kaufen, den ihm der Wirt anbieten würde. Und er solle vergessen, was er gesehen und gehört habe. Der Alte versprach es.

Als Ronf und Actref das Lokal verlassen hatten, erwachten die beiden Männer aus ihrer Trance und sahen sich prüfend an. Jeder wußte, daß etwas gewesen war, kam nur nicht darauf, was. Beide blickten zur Seite. Der Alte hustete verlegen, und der Wirt wischte den Tresen ab. Dabei fiel sein Blick auf einen Edelstein, der dort lag und funkelte. Verständnislos legte er die Stirn in Falten.

Ronf und Actref ließen sich von einem Lufttaxi in die Innenstadt bringen, was zwei Stunden und Hunderte von Geldeinheiten kostete. Dort mieteten sie sich in einem Hotel ein Zimmer und brachten die nächsten Tage damit zu, ihre Lage genau zu sondieren und ihre nächsten Schritte vorzubereiten, sich zu akklimatisieren und in Zeitungsarchiven, Bibliotheken und Mikrofilmarchiven zu studieren, wie die Geschichte des letzten Jahrhunderts dieser Welt von ihren Bewohnern beschrieben und gesehen worden war – beziehungsweise wie sie gesehen und verstanden werden sollte.

Das beherrschende Thema war die Lösung des Übervölkerungsproblems. Die Geburtenrate hatte angeblich jahrzehntelang nicht eingedämmt werden können, und die Bevölkerungszahl wurde jetzt nur mit Müh und Not konstant gehalten. Die Enge, die Ausbreitung der Wohnsilos überall, der durch Ängste und Frustration bedingte und ständig zunehmende Alkohol- und Rauschgiftmißbrauch führten in wachsendem Maße zu Depressionen, Aggressionen und Neurosen, die auch die besten Psychologen und Psychoanalytiker nicht mehr in den Griff bekamen. Eine Heilung war unmöglich, weil die Umwelt, an die der Kranke gewöhnt war, sich immer schneller veränderte, und der Versuch, mit dieser Entwicklung Schritt zu halten, führte bei den Menschen zu Amokläufen und Schizophrenie. Die Heilanstalten quollen über, und damit sie nicht überkochten, hielt man die Insassen durch verschiedene Drogen permanent in einer Art von traumatischem passivem Zustand.

Die Riesenstädte des zwanzigsten Jahrhunderts hatten sich wie Seifenblasen aufgebläht und kugelförmig ausgedehnt. Den privaten Stadtverkehr hatte man abschaffen müssen, als die Städte zu Trümmerhaufen aus Blech und Plastik geworden waren, als sie in Stoßzeiten von den Menschen nur noch mit Gasmasken betreten werden konnten und als die Todeszahlen durch Abgasvergiftungen nicht mehr von der Bevölkerung toleriert wurden.

Um eine funktionierende Produktion zu gewährleisten, durfte niemand weiter als zehn Minuten von seinem Arbeitsplatz entfernt wohnen. Die Arbeitgeber waren jedoch nicht verpflichtet, einen Wohnraum für ihre Arbeiter und Angestellten zu stellen. Dies rief Gesetzesübertretungen hervor, die wenig geahndet wurden. Die Situation für viele Arbeitende war deshalb schon zeitlich gesehen eine Katastrophe; viele übernachteten wochentags in ihrem Betrieb oder auf der Straße in der Nähe ihres Arbeitsplatzes.

Alle Maßnahmen hatten die bedrohliche Situation auf diesem Planeten nicht verbessert, sondern den kritischen Zeitpunkt nur hinausgeschoben. Wären bestimmte Grundnahrungsmittel nicht mit angeblich nervenstärkenden Sedativen versetzt worden, die bloß wegen dieser vermeintlichen Wirkung von der großen Mehrheit für gut gehalten wurden, wäre dieser Zeitpunkt schon längst erreicht worden, und die Situation hätte sich explosionsartig entladen.

So jedoch wurde weitergebaut, wurden die ländlichen Gebiete nach und nach geschluckt von dem gefräßigen Krebsgeschwür Stadt. Einige wenige *Grüne Zonen* waren eher eine symbolische Geste denn Freiräume für Erholung von einem Dahinvegetieren, das kaum noch menschliches Leben genannt werden konnte; in diesen Zonen gab es nur noch kranke, hochgradig vergiftete Natur.

Gemieden wurden nur die Erdbebengebiete. Sie waren Zufluchtsorte subkultureller Verzichtler, Ausgeflippter, Gesuchter und Verfolgter geworden, die man *Auswanderer* nannte. Die meisten *Auswanderer* begannen ihre Flucht in den *Grünen Oasen* der Städte, die alle miteinander in Verbindung standen und letztlich in den Erdbebengebieten aufgingen. In diesen „Freiräumen" verreckten sie bald, wenn sie nicht außergewöhnlich stark und gesund waren oder außergewöhnliches Glück hatten.

„Die industriell am höchsten entwickelten Gebiete der Superstädte", sagte Ronf, während er mißmutig aus dem Hotelfenster starrte, „zeichnen sich durch ein Überhandnehmen des Sektenunwesens aus. Annähernd die Hälfte ihrer Bewohner – besonders dieser Stadt – gehören irgendeiner Geheimgesellschaft an."

„Davon habe ich gehört", bemerkte Actref lächelnd, während sie nachdenklich in einer Enzyklopädie blätterte. „Es gibt die sich antipolitisch gebärdenden Bünde, wie die ‚Anti-Zeitungs-Liga', ‚Die Söhne von Anson McDonald', ‚Die Sprecher der göttlichen Astronauten' und wie sie alle heißen . . . Und es gibt die politischen Sekten, wie die ‚John-Birch-Society', ‚Die Retter der Kultur', die ‚Anarchistische Fraktion' und so weiter, religiöse, wie ‚Die Kinder der Sonne', esoterische, wie ‚Die Herren der Wunderländer', demagogisch-psychopathische wie die ‚Rechte Ordnung', die sich politisch gebärden, oder die ‚Autoreiter', die für Autofetischisten die Quelle erotischer Befriedigung darstellten . . ."

Ronf wandte sich vom Fenster ab und sprach in das Hotelvideo.

Actref fuhr fort: „Sie alle sind Opfer eines mutwillig erzeugten psychischen Elends. All diese Geheimgesellschaften bestehen legal, ja, sie werden sogar, wenn sie bestimmte Bedingungen erfüllen, subventioniert . . ."

„Von wem?"

„Von denen, die ein Interesse an unmündigen Bürgern haben. Erinnere dich an unsere eigene Frühgeschichte. War es dort anders? Ist es etwa nicht heute noch im Kharis-Imperium genauso – abgesehen von kulturbedingten Unterschieden?"

„Unser Volk überwand diese Lage."

„Auch dieses hier wird sie überwinden. Das ist ein Gesetz der Geschichte. Aber wir sprachen von den Auswüchsen dieser kranken Gesellschaft . . ."

In diesem Moment summte es von der Tür her. Ronf ging hin und öffnete. Ein Hotelboy trat ein. Der Junge blickte sie mit klaren, offenen und herausfordernden Blicken an – eine seltene Erscheinung in dieser Welt. Ronf bestellte Wein. Gleichzeitig betätigte er seine Hypnosepistole aus der fast geschlossenen Hand heraus. Der Junge erstarrte, und an seinen Augen war abzulesen, daß er seine Umwelt plötzlich auf eine andere Art und Weise empfand und wahrnahm als vorher.

„Stell das Tablett ab, das du mit dir herumschleppst!" befahl Ronf, und der Junge gehorchte augenblicklich.

„Ich will dich etwas fragen. Gehörst du einer Geheimgesellschaft an?"

„Ja", erwiderte der Junge, und seine Augen strahlten wieder. Er machte einen sehr aufgeweckten Eindruck; nur seine offene, naive Haltung erschien unpassend.

„Wie nennt sich die Gesellschaft, und was sind ihre Ziele?" wollte Ronf wissen.

„Sie nennt sich ‚Kinder der Sonne'. Ihr Ziel . . ., wir glauben, daß alles sich von uns abwenden wird, wenn . . ."

„Was wird sich abwenden?" fragte Ronf schnell.

„. . . das Unglück, das uns verfolgt", antwortete der Junge. Er geriet ins Stammeln. „All das Elend . . ., die Enge . . ., die Hektik . . ., die Gemeinheit . . ., das Unglück . . ." Auf seiner Stirn stand der Schweiß.

„Und die Sonne wird euch helfen, diese Mißstände zu beseitigen?"

„Die Sonne ist die Mutter allen Lebens", rezitierte der Junge das Glaubensbekenntnis seiner Geheimgesellschaft, „und sie wird uns beschützen, wenn wir sie anerkennen und anbeten. Ihre Aura wird uns umfangen –"

„Genug!" befahl Ronf leise. „Erzähl uns etwas anderes. Sag uns, wer die Herrschenden dieser Welt repräsentiert."

„Die Armee . . ., die Polizei beherrscht die Welt."

Ronf war leicht irritiert. Er fragte nach: „Die Polizei ist die

Stütze des Systems. Aber wer steht hinter der Polizei? Wer gibt ihr die Befehle?"

Der Junge sagte nichts; man sah, daß er angestrengt nachdachte. Sein vollippiger Mund öffnete sich langsam, dann murmelte er: „Die Polizei gibt die Befehle; die Polizei und die Armee herrschen allein."

„Du meinst, niemand bestimmt über Armee und Polizei? Weißt du nicht, daß die wahren Herrscher immer jene sind, die sich in der Lage befinden, Armee und Polizei zu kaufen – also die reichsten Leute und Familien, Unternehmen und Konzerne?"

„Nein", gab der Junge ganz naiv zu. „Das sagt hier niemand."

Nachdem der Hotelboy das Zimmer verlassen hatte, kehrte Ronf ans Fenster zurück und blickte mißmutig auf die Straße hinab.

„Also scheinen hier alle zu glauben, daß allein die Armee und die Polizei die Welt regieren und die Wirtschaft lenken", stellte Actref nach längerem Schweigen erschüttert fest. „Niemand scheint zu fragen, warum und wozu und vor allem *wer* Gesetze erläßt und ihre Einhaltung ermöglicht."

„Das Fragen hat man ihnen abgewöhnt – wenn man ernst nehmen kann, was der Junge sagt. Ich weiß nicht so recht. Ich glaube bis jetzt nur, daß die ‚Kinder der Sonne' deshalb nichts wissen, weil sie nicht fragen. Und deshalb nicht fragen, weil sie glauben. Und glauben, weil man ihnen die Lust auf echtes, konkretes und wissenschaftliches Fragen genommen hat."

„Und Armee und Polizei werden alles tun, um die wahren Hintergründe zu verschleiern", fügte Actref hinzu. „Und nicht nur jene, über die wir gerade sprachen . . ."

„Richtig!" rief Ronf, der wie aus einer Lähmung zu erwachen schien. „Alles deutet darauf hin, daß wir den Kharis bereits auf der Spur sind. Das gesellschaftliche Stadium der Erde läßt gar keinen anderen Schluß zu. Sie –"

„Doch, es gibt noch eine zweite Möglichkeit", bremste Actref ihn. „Sie könnten sich als Geheimgesellschaft tarnen!"

# 4

Frank Julisses moderierte.

Früh hatte er sich als technisch begabt und interessiert entpuppt, Technik gebrauchen und künstlerisch gestalten gelernt – weil seine wohlhabenden Eltern es ihm ermöglichen konnten. Nach der achtjährigen Grundschule hatte er die fünfjährige Aufbauschule für Managerkinder durchlaufen, dann die einjährige Berufsausbildung und anschließend das einjährige Praktikum bei der *TERRATELEvision GmbH Nova City*, dem größten Medienverbund des amerikanischen Kontinents, Abteilung „Television – aktuell". Ein Jahr später hatte er es zum Moderator eines bekannten, beliebten und berüchtigten aktuellen Informationsmagazins gebracht, das wöchentlich ausgestrahlt wurde.

Außer den buschigen schwarzen Augenbrauen besaß er eigentlich keine besonderen Kennzeichen, die ihn aus der Masse hervorhoben. Sein Gesicht eignete sich daher, wie man meinte, besonders gut zum Moderieren. Dennoch blickte sein Publikum, wie es hieß, fasziniert auf ihn, wenn er sprach. Aber auch nur wenn er sprach, und das lag, munkelte man, an seiner eingesunkenen, gequälten Haltung: Er zog den Kopf ein, murmelte seinen Kommentar, als sei er verärgert oder beleidigt über das, was in der Welt geschah, und hin und wieder unterstrichen seine Hände und Finger unauffällig, aber bestimmt die Konsequenzen, die er aus dem Gesagten zog.

Mein Image, dachte Frank Julisses verärgert, während er moderierte, ist mir scheißegal. Hauptsache, das Geld stimmt. Schön, schön – ich habe meine Freude an der Arbeit, aber das ewige „Feilen am Image", wie die es nennen, geht ganz schön an die Nerven.

Er unterbrach seinen Gedankengang, denn jetzt kam eine besonders wichtige Stelle, die er optisch nicht verpatzen durfte, sonst mußte wiederholt werden, was Geld und Zeit kostete, und über Geld und Zeit mußte er Rechenschaft ablegen. Überschritten die Kosten und der Zeitaufwand das geplante Mindestmaß, drohte ein *extraordinärer Psychotest,* denn dann nahm man an, daß es sich um menschliches Versagen handelte.

Sein Gesicht wurde grimmig, sein Kopf sank noch tiefer, sein Murmeln wurde energischer, betonter. „Sie behaupten, der Menschheit stünde ein neues Zeitalter bevor, das sich schmerzvoll ankündige. Die Schmerzen wären um so qualvoller, je länger man die Geburt der neuen Epoche hinausschöbe. Sie nennen sich mit einem weit in die Vergangenheit zurückreichenden Begriff *Geburtshilfeorganisation,* beschwören das weit in die Zukunft reichende Bild einer heilen Welt herauf und rechtfertigen ihre gewalttätigen Absichten mit Argumenten wie: ‚Lieber zweihundert Jahre offener Kampf und dann den Sieg und die Freiheit anstelle tausend Jahre sinnlosen Daseins in Unterdrückung, Bevormundung und Ausbeutung.' Sagen Sie selbst, verehrte Zuschauer: Wer unterdrückt hier wen? Und: Wollen Sie zweihundert Jahre Krieg? Was ist nun dran an den nicht gerade modernen Behauptungen dieser illegalen *Aktionistenpartei?* Wir fragten Regierungssprecher Sheer . . ."

Frank Julisses verharrte noch ein paar Sekunden in seiner Imagehaltung, dann lehnte er sich befriedigt zurück. Er war mit seiner Leistung zufrieden, und andere würden es ebenfalls sein. Das war ausschlaggebend. Und während Regierungssprecher Sheer seine alte Theorie zum besten gab, fiel Julisses etwas ein. Sein Kopf rutschte tiefer, sein Hals war kaum noch sichtbar, die Augen schielten beleidigt. Automatisch nahm sein Körper diese einstudierte Haltung ein, als er an Martins Tips dachte.

Martins Tips . . .

Eigentlich hatte er die Pflicht, den Tip sofort an die im Hause diensthabenden Geheimdienstpolizisten weiterzugeben. Aber da war so eine Idee . . .

Frank Julisses kannte all die Argumente, Behauptungen und Gerüchte der Aktionisten. Er meinte jedenfalls, sie alle zu kennen. Und er genoß ihre Gedanken; sie waren schön, sie waren es wirklich wert, gedacht zu werden. Denn sie waren der Traum von einer schöneren Welt, die man sich gemeinsam erkämpfte. Nur glauben – glauben konnte er nicht daran. Wer diese Gedanken ernst nahm, machte sich in seinen Augen lächerlich. Martin zum Beispiel . . . Martin machte sich lächerlich. Martin sympathisierte mit den Aktionisten. Martin war radikal. „Ja", sagte er immer, „ich will radikal sein!" und: „Scheiß auf das unter- und hintergründige Wühlen im Mist – wie die Partei der Volksopposition es tut. Hier hilft nur noch der große Knall; die Schinder weggefegt ins All!"

Martin versuchte immer, seine Sätze in Reime zu kleiden, was ihm selten genug gelang. Frank Julisses mochte Martin nicht missen; ihre Freundschaft war ästhetischer Natur, Frank liebte Martins anarchistische Phrasen, und Martin liebte es, wie Frank seine Thesen Stück für Stück zerredete.

Der Tip! Was tun?

Seitlich auf dem kleinen Schreibtisch leuchtete der Monitor auf. Der Film war abgelaufen. Frank Julisses moderierte wieder.

„Die Idee, die lästige Fliege . . .", sagte er und wunderte sich zu spät, wie er darauf kam. Woher habe ich das? Egal, ich brauche einen Übergang . . ., jetzt bloß schnell einen Übergang! „Ein geflügeltes Wort, das Wort eines mittelalterlichen Dichters – ein passendes Wort zu diesem Tatbestand! Doch schließen wir das Thema ab, meine Damen und Herren. Solche Ideen sind es nicht länger wert, näher betrachtet zu werden. Aber wenn solche Ideen in Gewalt münden, dann kann man nicht umhin, ihnen einen Teil seiner Freizeit zu widmen, über sie nachzudenken. Sie sind zu lästig . . . , wie eine Fliege, die keine Ruhe gibt, bis man ihre Gewohnheiten kennt, sie zu packen und zu zerquetschen versteht."

Glück gehabt! dachte er schwitzend. Jetzt war es ein leichtes, wieder zu den Zeilen zurückzufinden, die auf dem Blatt Papier standen, das vor ihm lag.

Frank Julisses moderierte ein anderes Thema an. Und während der Filmbericht lief, fanden seine Gedanken zurück zu den Worten des Regierungssprechers Sheer: „Wenn von Unterdrückung des Volkes die Rede ist, dann vergißt man leider oft den letzten Teil des Satzes, der da lauten muß: Unterdrückung des Volkes *durch das Volk.* Denn das Volk unterdrückt etwas *in sich.* Die Gewalt. Unterlassen es Teile des

Volkes, die ihnen innewohnende Gewalt zu unterdrücken, so unterdrücken wir jenen Volksteil. Und in diesem Fall sind das nun mal die Aktionistenpartei und ihre Mitläufer. Daraus konstruieren diese nun die These von der Notwendigkeit der Gewalt zur Überwindung unserer angeblichen Gewalt, die das Volk unterdrücke. Sie sehen also, meine Damen und Herren, wer hier in Wahrheit wen unterdrückt! Und die Frage: ‚Wollen Sie zweihundert Jahre Krieg?' muß ich mit allem Nachdruck mit Nein beantworten. Wer uns Krieg anbietet und ihn in der Tat vorbereitet – wie diese Aktionistenpartei –, den werden wir mit aller Gewalt daran hindern!" Diese Antwort hatte Regierungssprecher Sheer lange vorbereitet. Er setzte auf Massenwirksamkeit – und diese Antwort wirkte garantiert stark auf die Zuschauermassen.

Julisses fand aus seiner Imagehaltung.

Doch! dachte er überzeugt, die lästige Fliege paßt wie die Faust aufs Auge. War eine gute Idee . . .

Frank Julisses packte seine Unterlagen zusammen. Die Sendung war im Kasten. Jetzt folgte Routinearbeit: mit den Mitarbeitern geplante Themen besprechen, Interviews arrangieren, fertige Berichte prüfen, Kommentare schreiben . . .

Er verließ den Senderaum und lief hinauf in die Büroetagen, klopfte an die Tür von Programmdirektor Neagle. „Herein!" brüllte Neagle.

Julisses trat ein. Drei Männer nahmen gerade in Sesseln Platz. Sie würdigten ihn keines Blickes. Julisses setzte sich ebenfalls, schloß leicht erschöpft die Augen, hob den Kopf, öffnete die Augen wieder und blickte in das mißtrauische Gesicht des Geheimobersten, genauer: des Geheimpolizei-Stabsoffiziers Müller.

„Erschöpft?" fragte dieser. Es klang böse.

„Nein, nein", beeilte sich Julisses zu versichern. „Nur diese Nacht ein bißchen schlechter geschlafen als sonst." Der Geheimoberst hatte bereits mit dieser stereotypen Antwort gerechnet, darum lächelte er zynisch. Frank kannte ihn lange genug, um auf diese Frage vorbereitet zu sein. Sie bedeutete einfach gar nichts, und das zynische Lächeln würde als Freundschaftsbeweis eine geschlagene halbe Stunde lang anhalten.

„Na, dann sehen wir uns noch mal Ihr jüngstes Werk an, Julisses", legte der Programmdirektor los und gab ein Handzeichen, woraufhin die Lichter erloschen. Und die eben von Julisses fertiggestellte Informationssendung *„deutlich"* lief vor ihnen auf dem Wandbildschirm ab. Julisses wußte, daß Neagle jetzt bis zum Ende des Films die Augen geschlossen halten würde. Müller würde es nicht bemerken oder nicht bemerken wollen und auf den Wandbildschirm lächeln.

Zehn Minuten lief alles ab wie vorhergesehen. Doch dann passierte plötzlich etwas. Eine scharfe Stimme knarrte: „Halt!", und der Film wurde gestoppt. „Den letzten Satz noch mal!" ertönte die brüske Stimme des Geheimobersten. Der Film wurde zurückgefahren, und der Moderator Julisses wiederholte einen gewissen Satz seines Kommentars. Mit hängendem Kopf und nervösen Fingern murmelte er: „Aber wenn solche Ideen in Gewalt münden, dann kann man nicht umhin, ihnen einen Teil seiner Freizeit zu widmen, über sie nachzudenken. Sie sind zu lästig . . ., wie eine Fliege, die keine Ruhe gibt . . ."

„Halt!" brüllte Müller, und der Moderator schwieg.

Die Lichter gingen an, Neagle starrte entsetzt auf Müller, dieser auf Julisses und der auf Neagle. Nur langsam löste sich die Spannung. Müller lächelte nicht mehr, und das war schlimmer als jedes zynische Lächeln, denn jetzt sah er fast aus wie ein normaler, zufriedener, ja gemütlicher Mensch. Und wollte doch ganz das Gegenteil scheinen. Und war es.

Ein Wink seiner Hand, und alle Lampen richteten sich auf Frank Julisses. Erschrocken hielt dieser die Arme vor die geblendeten Augen, doch irgend jemand riß sie wieder herunter. Jemand, der jetzt vor ihm stand und ihn von oben herab anschnauzte: „Wann war der letzte *ordinäre Psychotest?"*

Unbewußt schluckte Julisses. „Vor einem Monat", sagte er leise.

„Mmh", machte der andere. „Na schön, wollen wir uns mal wie zwei alte Freunde darüber unterhalten, ja?"

Das Licht erlosch, alles versank im Dunkel, begann von innen heraus zu leuchten und wieder Gestalt anzunehmen. Julisses' geblendete Augen überwanden den plötzlichen Wechsel nur langsam. Als er wieder die Menschen im Raum erkannte, sah er Müller sich gegenüber und die anderen zwar neben, aber etwas hinter sich sitzen.

Müller grinste freundschaftlich. „Was soll das heißen?" wollte er wissen.

Frank brummte der Schädel von dem plötzlichen Überfall. Er dachte nach, was Müller meinen könnte, und ihm fiel etwas ein. „Sie meinen die lästige Fliege? Ich muß das mal irgendwo gelesen haben. Muß schon lange her sein."

„Nein, ich meine nicht das mit der Fliege, ich meine die Bemerkung über die Gewalt, die in einem Teil der Freizeit überdacht werden müsse. Wie kommen Sie darauf, Julisses?"

Müllers Stimme war freundlich, aber scharf, und duldete kein Schweigen als Antwort. Frank verstand ihn nicht. Wie sollte er darauf gekommen sein?

„Tja . . ., ist es denn nicht so?"

„Scheißegal, ob es so ist oder nicht. *Wieso*, das will ich wissen!"

„Ich . . ., ich meine, wenn eine Idee so gefährlich wird, daß sie Gewalt auslöst, muß sich jeder mit ihr beschäftigen, weil die zur Tat gewordene Idee ihn physisch treffen kann. Ich weiß nicht, ob ich mich klar genug ausdrücke, aber –"

„Nein, das nicht, aber ich verstehe schon, Frank." Müller lächelte. Müller war intelligent, das wußte Frank. Er war sehr intelligent. „Nein, Frank." Müller duzte jeden, den er glaubte in den Fängen zu haben, und nicht nur körperlich, sondern auch intellektuell. Müller polemisierte, stritt und diskutierte gern. Nur mußte er letztlich recht behalten, sonst fühlte er sich als das Opferlamm, das zu schlachten er ausgezogen war – und das hatte schlimme Folgen für den Gegner. „Nein, ich meine etwas anderes, Frank. Wie kommst du darauf, daß diese Ideen jetzt Gewalt würden?"

„Ich glaube . . ." Martins Tip! Verflixt, er hatte Martins Tip vergessen! Und unbewußt hatte er sich durch Martins heißen Tip zu der Bemerkung verleiten lassen, daß die Aktionistenideen zu materieller Gewalt würden. Natürlich hatte er „wenn" gesagt, aber Müller war geschult. Er wußte, daß sich hinter einem „Wenn" ein Grund verbarg; vermutlich die Gewißheit, daß es dazu kam. Woher hatte Julisses also die Gewißheit?

„Du glaubst? . . . Ich glaube, du *weißt* etwas!"

„Ich weiß nichts. Worüber denn? Ich wollte erklären, weshalb dieser Bericht wichtig ist."

„Eine Rechtfertigung? Wozu und vor wem? Weil du mehr weißt als andere?"

„Nein, nein. Weil der Filmbericht die Spuren der Aktionisten zeigt – Symbole und Sprüche an Hauswänden, Flugblätter und all den Kram – und weil diese Spuren auf Gewalt hinweisen, dachte ich –"

„Aber Frank! Das gibt es doch schon seit vielen Jahren. Wo, sagtest du, hast du die lästige Fliege her?"

Plötzlich störte ihn wieder die Fliege! „Ich weiß es nicht mehr. Wie ich schon sagte, ich muß es vor Jahren gelesen haben."

„Film!" brüllte Müller.

Der Film lief bis zum Schluß und noch einmal von vorn. Diesmal kommentierte Müller genüßlich. Und als Julisses die Fliege ins Spiel brachte, sagte er: „Siehst du? Man sieht deutlich, daß du dich ertappt fühlst, daß du etwas gesagt hast, was du nicht in deinem Papier stehen hattest."

„Na und?"

„Du stockst, korrigierst ängstlich deine Imagehaltung. Ein Beweis, daß dir nicht wohl in deiner Haut ist, daß du nach einem Übergang suchst."

„Na und?"

„Na und? Na, jetzt hast du ihn gefunden. Und legst die Fliege einem Unbekannten aus dem Mittelalter in den Mund. Sie schmeckt ihm aber gar nicht. Und dir auch nicht. Man sieht es dir doch an. Ganz und gar nicht . . ."

„Ich erinnere mich wirklich nicht –"

„. . . schnell schließt du das Thema ab, bevor du dich noch mehr verplapperst."

Von der Wand herab wiederholte der Moderator Julisses: „Aber wenn solche Ideen in Gewalt münden, dann kann man nicht umhin, ihnen einen Teil seiner Freizeit zu widmen, über sie nachzudenken. Sie sind zu lästig . . ., wie eine Fliege, die keine Ruhe gibt, bis man ihre Gewohnheiten kennt, sie zu packen und zu zerquetschen versteht."

„Film aus!" brüllte Müller und wandte sich wieder Julisses zu. „Dann kommt ganz schnell die Rechtfertigung hinterdrein, damit niemand auf die Idee kommt, Fragen zu stellen, anstatt deine Fliegen zu schlucken. Dabei bist du aber zu schnell. Du verrätst etwas, was du verschweigen wolltest. Du bemerkst es selbst gar nicht. Aber du bekräftigst es noch mal, indem du die lästigen Fliegen, die du gefangen hast, sinnbildlich zerquetschst. Du wertest sie also ab. Verniedlichst dein Schweigen über das Geheimnis, das du zugabst zu kennen . . ."

„Was ist das für ein Unsinn?"

Müller schwieg. Wer ihn kannte, wußte, daß er jetzt schweigen würde, bis sein Gegner aus der Defensive kroch, um sich durch Angriff zu retten. Frank grübelte über Müllers Worte nach, konnte ihre Berechtigung nicht in Frage stellen, sann über das alte Problem nach: Martins heißer Tip! Diese lästige Fliege – diese Idee, etwas aus dem Tip fürs Magazin zu machen – durfte er nicht mehr leben lassen . . . Aber konnte er Martins Tip jetzt noch melden? Jetzt, wo er im Verdacht stand, etwas verschwiegen zu haben?

Müller lächelte, Neagle schaute starr und erschrocken, und der zweite Geheimpolizist hielt die Augen geschlossen. Julisses rang mit sich selbst. Beides geht nicht mehr, entschied er. Ich muß schweigen, was auch passiert. Sonst geschieht noch viel mehr.

„Tja . . .", begann er, und Müller hob mit leuchtenden Augen den Kopf einen Zentimeter höher, „ich habe gerade über alles noch mal nachgedacht. Ich verstehe Sie nicht, Müller. Es tut mir wirklich leid. Was meinen Sie damit?"

Müllers Lächeln verschwand ganz langsam. Wie auf Kommando erhoben sich die drei Ankläger von ihren Sitzen und verließen den Raum, Müller als letzter, und bevor er die Tür schloß, grinste er schon wieder.

„Viel Glück", meinte er.

Frank Julisses wußte, daß er es nötig haben würde, denn auch wenn er leugnete, wußte Müller, daß er seinen Verdacht zu Recht hatte.

Und ein Verdacht genügte, um einen *extraordinären Test* anzusetzen. Und so ein Test bestätigte gewöhnlich einen Verdacht, wie man hörte. Und ein bestätigter Verdacht bedeutete schon den Verlust menschlicher Ehrenrechte auf Zeit. Und die Bewährungszeiten waren lang und arbeitsreich. Und die Arbeit war schwer und schmutzig . . .

## 5

SCHMERZEN.

Klicken von Metall auf Glas. Drückende Bandagen. Süßlicher Chloroformgeruch. Einstich einer Injektionsnadel.

Catcart stöhnte. Als er die Augen aufschlug, sah er den weißen Kittel eines Arztes, der aus der Dunkelheit um ihn herum auftauchte; dann ein faltiges Gesicht, graue Augen.

„Erwischt?" murmelte Catcart. „Wo bin ich denn?"

„Regen Sie sich nicht auf, Catcart. Nach dem Absorberbad werden Sie wieder ganz in Ordnung sein. Sie hatten mehr Glück als Verstand."

Gesund gepflegt, um zu sterben, dachte Catcart. Laut sagte er: „Ich rege mich nicht auf. Absorberbad, sagten Sie? Bin ich denn verseucht?"

„Und wie! Adranow-Treffer", erklärte der Arzt. „Nach dem Bad sind Sie wieder in Ordnung."

Es wurde dunkel um Catcart.

Die ölige, glasklare Masse brannte in den Augen, die sich wohl knapp eine Fingerspanne unterhalb des Flüssigkeitsspiegels befanden. Er sah die Umgebung nur verschwommen. Er lag im Absorberbad, einer Wanne mit einer Flüssigkeit, die den ganzen Körper umspülte, um die schädlichen Strahlen aus dem Körper herauszuziehen. Die Füße steckten in gelenkigen Fesseln, die jede Beinbewegung sanft zu verhindern wußten. Die Handgelenke waren an den Seitenwänden der Wanne angeschlossen. Der feste Druck auf der Nase rührte von einer Klammer her. Dicht über dem Kopf hing an einem schwenkbaren Metallarm ein Atemgerät, das ihm über das festsitzende Plastikmundstück die nötige Luft zum Atmen zuführte.

Catcart zwang sich mit Gewalt zur Ruhe, denn dieses Bad

verließ er nur lebend, wenn seine Atemzüge ruhig und gleichmäßig blieben. Das Gerät reagierte niemals auf den erhöhten Sauerstoffverbrauch heftig arbeitender Lungen; es durfte nicht darauf reagieren, weil sich in der künstlichen Luft chemische Zusätze befanden, die in Form feinverteilter Gase durch die Lungenbläschen in den Blutkreislauf dringen sollten – gleichmäßig, in einer ganz bestimmten Dosierung. Doch das Ruhigbleiben fiel Catcart schwer, denn er fühlte seinen Körper brennen und die Muskeln zucken.

Der Atemschlauch gab leicht nach, als er mühevoll den Kopf hob. Blinzelnd sah er nach links, wo neben dem Schwenkarm des Atemgeräts die thermostatisch geregelte Wannenheizung und der Zeitmesser stehen mußten.

Erschöpft ließ er den Kopf zurücksinken. In den Atemwegen brannte es stärker, das Ätzen der Absorberchemikalien, die die Strahlung aus dem Körper trieben, um vom Bad neutralisiert zu werden, wurde langsam unerträglich. Das war der Grund, weshalb man Menschen nicht länger als acht Stunden in einem solchen Bad lassen konnte. Meist genügten auch schon sechs Stunden.

Für Catcart wurden die Sekunden zu Stunden. Die helle Decke über ihm schien sich zu verzerren, schien nur eine Illusion zu sein, und plötzlich erschien ihm sein ganzes Leben wie eine unwirkliche Erinnerung. So weit er zurückdenken konnte, und das waren immerhin fast vierzig Jahre, war er entweder gejagt worden oder hatte andere gejagt. Und immer wenn er andere gejagt hatte, hatten andere ihn in Ruhe gelassen; also hatte er sehr oft andere gejagt. Feindselige Schulkameraden, feindselige Berufsschulkameraden, feindselige Volkskameraden. Er hatte das Jägerlatein gut beherrscht, also war er Major geworden. Doch jetzt hatte er irgendeinen Fehler gemacht, irgendeinen . . .

Jetzt jagten andere ihn.

Diese ewige Jägerei war ihm manchmal schon auf die Nerven gegangen, aber wenn er mal nachgelassen und versucht hatte, ein Auge zuzudrücken, dann hatten ihn gleich Ängste beschlichen, die sehr konkreter und realer Natur waren. Sofort fühlte er sich verfolgt – und nicht zu Unrecht, meist war es wirklich so. Sein Leistungsnachlaß war bemerkt worden, und Vorgesetzte begannen ihn zu überwachen.

Catcart wußte genau, daß er paranoid war. Man hatte ihn paranoid gemacht, und das mit voller Absicht. Er versuchte, daraus das Beste zu machen, denn loswerden konnte er diese psychische Störung nicht mehr. Man sagte ihm Pflichtbewußtsein, Mut, Energie und Skrupellosigkeit nach – und Catcart glaubte daran. Ja, er wußte sogar, weshalb er eigentlich skrupellos war. Nicht nur, weil er es sein mußte, um ein Verfolger sein zu können, sondern auch, weil er überzeugt war von der Notwendigkeit, gegen die Gedankenverbrecher so hart wie nur irgend möglich durchzugreifen. Zur Abschreckung . . .

Plötzlich zitterte er und rutschte ein Stück tiefer. Seine Lippen öffneten sich krampfhaft unter der Atemmaske. Die Erregung peitschte durch den Körper, die Atemluft wurde knapp.

Das helle Läuten einer Uhr brachte Catcart zur Besinnung. Das Gurgeln der absinkenden Flüssigkeit wurde hörbar. Instinktiv zerrte er an den Handfesseln, die Halteklammern schnappten auf und gaben ihn frei. Hart fiel er auf den Boden der Wanne. Mit letzter Kraft zerrte er die Halteschlaufen des Atemgeräts von seinem Kopf.

Catcart benötigte eine Minute höchster Konzentration, um seinen Körper wieder unter Kontrolle zu bringen. Leicht schwankend stellte er sich auf die Beine und wunderte sich, daß sich niemand um ihn kümmerte. Aber warum eigentlich? dachte er. Es kann ja nichts passieren.

Er fand seine Kleider auf einem Abstellregal und streifte sie über. Rasch blickte er sich um und sah, daß in diesem Raum keine Fernsehkamera war. Doch es würde bald jemand kommen, denn sie würden wissen, wann die Wanne ihren Patienten freigeben mußte. Und bis sie kamen . . ., konnte er versuchen zu verschwinden. Aber konnte er das wirklich?

Ich bin hier, um zu sterben, dachte er. Versuche ich zu fliehen, sterbe ich auch. Also – auf was warte ich noch?

Catcart öffnete die Tür ganz leise und lief rasch durch den angrenzenden Raum, der ohne jede Einrichtung war. Es war niemand da, der sich ihm hätte in den Weg stellen können. Hinter der nächsten Tür begann schon der Treppenflur. Catcart rannte hindurch und prallte gegen einen Wachposten, doch bevor dieser den Mund zu einem Schrei öffnen konnte, schlug Catcart ihn bewußtlos. Irgendwo ertönten Stimmen. Catcart hatte keine Zeit mehr, sich die Waffe des Postens anzueignen. Er lief weiter auf der Suche nach einem Ausgang. Der Palast der Geheimpolizei würde nicht nur den großen Eingang besitzen, an dem er schon einmal gescheitert war. Er beschloß, es über die Feuertreppen zu versuchen.

Ein paar Stockwerke tiefer hörte er einen Offizier schreien: „Breckenrig! Mit acht Mann diese Etage abriegeln! Stimmen Sie die Funkgeräte ab!"

Catcart verbarg sich rasch hinter einem schmalen Pfeiler. Die Deckung war dürftig und leicht einzusehen, doch schien es im Moment niemanden zu geben, den ein Blick hinter diesen Pfeiler interessierte. Catcart lugte vorsichtig hervor.

Die Geheimpolizisten nahmen die Kunststoffhelme ab und justierten die eingebauten Funksprechgeräte. Der Offizier winkte, die Männer schwärmten aus. Ein Mann mit goldenen Epauletten, ein Major, kam jetzt mit langen Schritten auf Catcarts Versteck zu. Dieser kauerte sich noch kleiner zusammen.

Mit dem nächsten Schritt stand der Offizier mit ihm auf gleicher Höhe. Dann war er vorüber, ohne einen Blick hinter den Pfeiler geworfen zu haben. Er blieb stehen, blickte die Feuertreppe hinauf. Offenbar vermuteten sie Catcart noch nicht so weit unten.

Catcart schlich auf Zehenspitzen heran, doch dies winzige Geräusch seiner Plastiksohlen genügte, um den Major herumwirbeln zu lassen. Er stöhnte dumpf auf, als Catcart ihn mit der Handkante unters Kinn schlug, und brach dann lautlos zusammen.

Catcart setzte seine Arbeit fieberhaft fort. Er riß sich seine Kleider vom Körper und legte die des Majors samt Waffe an. Als sich der Kunststoffhelm über seinen Kopf schmiegte und er das winzige Mikrofon vor seinem Mund eingerastet hatte, hörte er die erregten Meldungen der Geheimpolizisten. Sie schienen keinen Verdacht zu hegen. Catcart war jetzt im Vorteil. Er bekam ihre Anweisungen mit und konnte als Major, als der aufzutreten ihm nicht schwerfiel, Anordnungen geben.

Er begann schneller zu laufen, denn es wäre aufgefallen, wenn er inmitten der allgemeinen Aufregung ruhig einhergeschritten wäre. Auch seiner eigenen Unruhe kam das sehr gelegen. Er benötigte fünf Minuten, in denen er sich gebieterisch durch die hastenden Männer drängte, bis er die Aufzüge erreicht hatte.

Zwei Männer in schwarzen Uniformen wollten sich ihm instinktiv in den Weg stellen, da sie offensichtlich Befehl hatten, die Aufzüge zu bewachen und selbst von den Polizisten nicht benutzen zu lassen. Catcart winkte sie energisch und mit grimmigem Gesicht beiseite, was sie einzuschüchtern schien, denn sie gaben ihm verdutzt den Weg frei. Bevor Catcart in den hell erleuchteten Lift sprang, brüllte er den einen an: „Halten Sie den Aufzug besetzt! Niemand darf ihn benutzen! Wir haben den Verdacht, daß Catcart im Besitz einer unserer Uniformen ist. Halten Sie jeden mit Waffengewalt zurück, den Sie nicht persönlich kennen! Sonderanweisung!"

Und während Catcart in die Tiefe sank, sah er in die erschrockenen Gesichter der Wachposten, die nicht wußten, wer er war. Sie wagten jedoch nicht, etwas zu tun.

Er erreichte die Endstation diesmal unbehelligt. Im Keller, bei den Garagen, lief er zielsicher auf den Verwalter der Einsatzwagen zu und hoffte, mit Kaltschnäuzigkeit weiterzukommen. Der Mann blickte ihm freundlich, aber wachsam entgegen. Brutal schnauzte Catcart ihn an. Der Mann glaubte sofort, einen Fehler gemacht zu haben, und duckte sich unwillkürlich. Catcart lief langsam zur Form auf. Jetzt war er wieder Jäger. Catcart war stärker. Catcart machte das Beste aus sich und seiner Situation.

„Schlafen Sie eigentlich? Wo ist der Wagen, den Sie bereitstellen sollten? Möchten Sie jeden Befehl zweimal hören? Oder brauchen Sie vielleicht eine Sonderanweisung vom Generalissimus?"

Catcart fuchtelte wild mit den Händen vor dem Gesicht des Mannes herum und ließ ihn seine Verachtung für Zivilisten spüren. „Bürokratengesindel, ziviles! Einer wie der andere. Wette, daß die Anforderung Ihre Abteilung noch nicht mal erreicht hat! Beeilung! Wagen freimachen!"

Der Verwalter hatte keinen Grund, daran zu zweifeln, einen Major vor sich zu haben. „Dort . . ., bitte. Dieser Wagen ist frei." Er wies auf einen schnellen Flitzer, der in der Nähe des Tors stand, das in die Freiheit führte. Catcart marschierte darauf zu. Der Verwalter folgte, und als Catcart im Wagen saß, überreichte er ihm zuerst eine Unterschriftenliste, die Catcart mit „Catcart" unterschrieb. Dann erst erhielt er die Wagenschlüssel.

Als der Motor aufröhrte und sich das Tor hob, grinste Catcart, und als der Wagen durch das Tor schoß, grinste er noch mehr. Ohne echte Freude allerdings, denn noch hatte er nicht gewonnen. Es war eher ein Gefühl momentaner Überlegenheit, das er auskostete. Es verging jedoch recht schnell wieder, denn Catcart wurde klar, daß seine Jagd zu Ende war. Jetzt war jede Überlegenheit, jeder kleine Vorteil dahin, jetzt war wieder er der Verfolgte. Mit etwas Glück nicht mehr lange, dachte er. Wenn ich die *Grünen Oasen* erreiche . . ., habe ich gewonnen!

Er hatte keine Zeit, darüber nachzudenken, was er dann gewonnen hatte oder ob er überhaupt etwas gewann durch seine Flucht. Der Wagen stob mit heulenden Sirenen über die Hochstraßen, und Catcart hielt Ausschau nach Gleitern und Coptern. Vergebens. Er kam nicht auf die Idee, das Autoradio anzuschalten und die Nachrichten zu verfolgen.

Er fuhr aus dem Stadtkern hinaus, jagte die fast unbenutzte Schnellstraße nach Großchicago entlang und suchte eine *Grüne Oase*. Eine Stunde später sah er sie.

Als er sie erreicht hatte, ließ er den Wagen einfach stehen und rannte in das ungepflegte Gestrüpp. Ein Gedanke ließ ihn umkehren und noch ein Stück weiterfahren, bis er eine kleine Lichtung fand, in die er mit dem Wagen hineinfuhr, ohne Spuren zu hinterlassen. Am Ende der Lichtung lenkte er den Wagen so tief in das Gestrüpp hinein, wie es möglich war. Dann warf er sich auf die Sitze und schlief sofort ein.

Am Morgen darauf lag Catcart stundenlang, ohne sich zu rühren, im wuchernden Gras und beantwortete sich die brennendsten Fragen.

Was habe ich gewonnen? Das Leben und eine gewisse Freiheit!

Was für eine Freiheit? Den Zeitpunkt des Todes der Natur zu überlassen!

Was hat sich noch geändert? Die Umgebung, der Lebensstandard, die berufliche Situation . . . alles! Nur ich mich nicht!

Wirklich nicht? Noch nicht!

Was soll werden? Da die kommende Zeit schwer werden wird, *soll* sie leicht werden! Nein, im Ernst: Ich will überleben! Eine andere sinnvolle Antwort gibt es im Moment nicht. Ich muß in diesem Auto wohnen und mich von Tieren ernähren.

Wie er hier überleben konnte, das wußte Catcart aus Verhören mit Gejagten, die nach Razzien auf die sogenannten *Auswanderer,* wie er jetzt einer war, stattfanden – bevor sie abtransportiert wurden, wohin, das wußte niemand. Jedenfalls kein Polizist, wenigstens nicht bis hinauf zum Majorsrang.

Gegen Nachmittag wurde ihm klar, daß er nicht in diesem Wagen leben und hier bleiben konnte. Er befand sich ganz am Rand einer *Oase,* und ein Copter oder Gleiter würde den Wagen leicht ausmachen. Auch seine Uniform mußte er loswerden. Gut, daß es nachts noch nicht so kalt war und der Sommer noch lange dauerte. Er durfte hier niemandem in dieser Geheimdienstuniform begegnen.

Catcart begab sich auf eine lange Wanderschaft. Er kannte ungefähr die Lage und den Verlauf dieser *Oase,* um nicht in die Irre zu gehen, sondern von *Oase* zu *Oase* zu gelangen. Schließlich würde er ein Erdbebengebiet erreichen und damit die endgültige Freiheit von allen städtischen Zwängen, einen Ort, wo er bis zu seinem natürlichen Tod würde tun und lassen können, was ihm beliebte. So wenigstens dachte er sich das Leben in einem „Freiraum". Eigentlich hätte er jedoch wissen oder wenigstens ahnen können, daß die Wirklichkeit anders aussah – daß die *Auswanderer* in Schmutz und Elend hausten und schutzlos allen möglichen Seuchen zum Opfer fielen.

Einige Kilometer weiter warf Catcart die Uniform von sich. Er glaubte, daß die Geheimpolizei, die Polizei oder sogar das Militär Einsatzgruppen zu seiner Suche zusammenstellen würden, doch in einer *Grünen Zone* von mehreren tausend Quadratkilometer Ausdehnung gab es genug Verstecke, um ein Leben lang nicht aufzufallen. Selbst hier in den *Oasen,* den sogenannten städtischen Teilen der *Grünen Zonen*, wimmelte es von Ausbrechern aus dem System, Menschen, die die Einsamkeit, Primitivität, Anonymität und Illegalität vorzogen. Catcart wußte, daß es solche Menschen zu allen Zeiten gegeben hatte, nur hatte man sie in jeder Epoche anders benannt, anders behandelt. Früher ernährte sie die Großstadt, heute blieben ihnen nur noch die *Oasen*. Das *Neosystem* – wie das System sich eigentlich nannte – ließ keine Ausnahmen zu. Ausnahmen jeder Art waren Gedankenverbrechen, und Gedankenverbrechen wurden schwer geahndet.

Das Betreten der *Grünen Oasen* war verboten, und bis auf Ausnahmen ging auch niemand dorthin; allein die Tatsache, daß hier wilde Tiere lebten, schreckte ab. Sporadisch veranstaltete die Polizei Treibjagden auf die *Auswanderer*.

Die Sonne brannte unbarmherzig. Catcarts Zunge fühlte sich wie ein ausgetrockneter Holzklotz an. Er hoffte, irgendwo auf einen Bach oder eine Quelle zu stoßen, sonst mußte er zurück zum Stadtrand und den Durst an einem Hydranten löschen. Das war gefährlich, abgesehen von dem weiten Weg.

Schlimmer als Hitze, Hunger und Durst war das erzwungene Nichtstun. Er war einen auf die Minute verplanten Tagesablauf gewohnt. Normalerweise war er dauernd auf der Jagd gewesen nach etwas oder jemandem, und im Leben eines zivilisierten Menschen gab es selten Perioden dieses angeblich süßen Nichtstuns. Das Nichtstun, die Einsamkeit, die quälenden Gedanken . . . und das Laufen durch Gestrüpp und über Wiesen machten Catcart müde. Er ließ sich zu Boden fallen, um zu verschnaufen.

Langsam wälzte er sich auf den Rücken. Sein Herzschlag setzte fast aus, als er den keuchenden Atem eines Menschen vernahm, der ihn von oben herab musterte. Sein Kopf verdeckte die Sonne; das Gesicht konnte Catcart gegen das Licht nicht erkennen. Er bemerkte schmutzverkrustete Lederstiefel und eine verdreckte, vielfach geflickte Hose.

„He“, krächzte der Mann. „Auch auf Reisen?“

Catcart kam hoch, setzte sich jedoch sofort wieder, als er den Thermostrahler in der Hand des Mannes erblickte. Der Mann trat beiseite, und Catcart erkannte einen alten Mann, dessen Antlitz bereits die fahle Farbe des Todes angenommen hatte. Der Alte kicherte, während Catcart sein runzliges Gesicht studierte. Dann setzte sich der Mann zögernd neben ihn. Sein Atem rasselte, und die Kräfte schienen ihn sichtlich zu verlassen. Die alten Hände umklammerten mühsam den Strahler, der halb verrostet aussah.

„Ja, ja", krächzte er, „mit mir ist's aus. Habe eine lange Zeit hinter mir. Vierzig Jahre Glück gehabt, verstehst du? Keine Krankheit, keine Polizisten – nichts. Bin jetzt fünfundfünfzig. Sehe älter aus, wie?" Er lachte mühsam und sarkastisch. „Vergiftetes Wasser macht jeden fertig. Ja, sie vergiften das Wasser. Aber nie so, daß alle auf einmal umkämen – nein, nein, so nicht. So, daß alle sich quälen, die hier wohnen. Du siehst erstaunt aus! Bist du neu? Hast du keine Kleider? Wo kommst du her? Wo willst du hin?"

Der Alte stöhnte erbärmlich, riß sich sichtlich zusammen und starrte Catcart böse an. „Na, was ist?"

Catcart starrte irritiert zurück. Er begriff nicht, was der Alte wollte. Offensichtlich war sein Geist angegriffen. „Woher haben Sie die Waffe?" fragte er, um nicht antworten zu müssen.

„Fragst wie ein Polyp! Oder bist du ein Polyp?"

„Nein, nein, natürlich nicht. Aber eine Waffe könnte ich auch brauchen."

„So?" Der Alte kicherte zynisch. „Weiß doch, daß du eine hast. Hab doch gesehen, wie du die Uniform weggeworfen hast. Aber die Waffe hast du behalten, stimmt's?"

Catcart zuckte zusammen.

„Aber mich stören Polizisten nicht, die ihre Uniform wegwerfen", fuhr der Alte geschwätzig fort. „Und waffenlose schon gar nicht – auch wenn sie lügen und doch bewaffnet sind. Ist ganz schön was los heute in der Stadt, wie? Keine Lust mehr, dich aufzuopfern, was? Kann ich bestens verstehen, Mann!"

Der Kopf des Alten fiel kraftlos zur Seite, und ein Stöhnen schnitt Catcart eine begonnene Antwort ab. Der Alte war dem Tod näher als dem Leben.

„Was ist in der Stadt los?" fragte Catcart neugierig. „He, sag schon, was ist da los?"

Der alte Kopf des *Auswanderers* kam wieder hoch. Er

schwatzte weiter, als wäre nichts geschehen. „Was? Du weißt nichts davon? Du lügst schon wieder, was?"

„Nein", beeilte sich Catcart zu versichern, „nichts weiß ich. Ich kam gestern hierher. Vorher war ich schon in Gefangenschaft der Gepo. Ich habe nichts gehört."

Der Alte starrte ihn eine Weile an, dann meinte er: „Na, die Aktionisten machen Schluß mit dem System! Was hältst du davon?"

„Wie?" keuchte Catcart. „Sie machen eine Revolution?"

„Richtig, richtig", sagte der Alte kichernd.

„Woher willst du das wissen?"

„Weiß alles, was da vorgeht! Hab einen guten Bekannten in der Stadt, der mir alles erzählt. Bringt mir öfters gutes Essen und so – ich bastle ihm dafür kleine Bomben. – Na ja, das ist jetzt vorbei, oder? – Sieh mal . . ." Er zog einen Haufen Identitätskarten aus seiner Tasche und warf sie zu Boden. „Für verschiedene Gelegenheiten", ergänzte er.

Catcart starrte sie an.

„Nimm sie ruhig", meinte der Alte freundlich. „Brauch sie nicht mehr. Brauch so vieles nicht mehr. Ja, stimmt, ich brauche vieles nicht mehr. Nimm alles, was ich nicht mehr brauche. Helfe dir gerne."

Catcart nahm die Karten an sich. Er konnte sie möglicherweise wirklich einmal gut gebrauchen. „Weshalb sind Sie hier?"

„Warum?" krächzte der Alte und kicherte. „Warum wohl, hä? Verteilung von systemgefährdenden Schriften, subversive Reden, Aufhetzung, Unzufriedenheit . . ." Seine Augen schlossen sich für einige Zeit, nur der rasselnde, stoßweise Atem war zu hören. „Höhle . . .", flüsterte er. „Habe eine Höhle gebaut." Er begann Catcart genau zu erklären, wo er die Höhle finden würde und wie er sie zu tarnen hatte.

Catcart beobachtete die Umgebung, während der Alte sprach. Dann stand er auf, beugte sich hinab, um zu danken. Es war zu spät, der Alte war bereits tot. Notdürftig begrub Catcart ihn unter Steinen.

Nach drei Stunden des Umherirrens fand er die Höhle des Alten, die sich schräg nach unten in einen kleinen Hügel hineinbohrte. Der Eingang lag hinter einer dichten Wand aus Sträuchern und kleinen Bäumen. Sie barg Kleidung für ein Dutzend Männer, mehrere Waffen, rostige Messer, eine Axt, einen prallgefüllten Wassersack aus Naturleder und ein Kochgeschirr aus Plastik.

Er kleidete sich um, stillte seinen Hunger und Durst und beschloß, Schlingen zu legen und Fallen zu bauen, um die Lebensmittelvorräte aufzufrischen. Dabei machte er den größten Fehler, den ein *Auswanderer* machen konnte: Er verhielt sich nicht leise genug, um zu hören, was in seiner Umgebung vor sich ging.

Nach fünfhundert Metern näherte er sich einer Lichtung. Noch bevor er sie erreicht hatte, ergriff ihn jemand hart von hinten und sagte: „Wehr dich nicht, Ausbrecher! Es ist nutzlos."

Während er von hinten umklammert wurde, trat ein Uniformierter vor ihn und grinste ihn an. „Pech gehabt, was?" sagte er ironisch. „Bringt ihn zum Copter!"

Eine Razzia! dachte Catcart überrascht und resigniert. Aber weshalb gerade hier und gerade heute? Die erste Frage konnte er sich selbst beantworten. Man hatte wohl jenen Freund des Alten geschnappt, der die Bomben brauchte. Aber die zweite Frage . . . Nun, vielleicht wollte man verhindern, daß der Bombenbastler seine Produkte unter Umständen eigenhändig in die Stadt brachte, sich am Aufstand beteiligte und dabei großen Schaden anrichtete. Ja, das mußte die Erklärung sein! Wahrscheinlich hatte man eine relativ große Waffenfabrik erwartet. Catcart hatte noch keine Zeit gefunden, sich nach den Anzeichen für Bombenbau in der Höhle umzusehen.

Was wird jetzt geschehen? fragte er sich. Man wird mir meine Geschichte nicht glauben. Ich kenne die Polizei. Und selbst wenn sie Catcart in mir erkennen . . . Es wartet der Tod.

Auf der Lichtung stand ein Transportcopter, eine langsam fliegende Maschine, die Platz für ein paar Dutzend Menschen bot. Catcart wurde hineingestoßen, und er fiel auf einen zerlumpten Mann, der ihn mürrisch von sich schob, hinüber zu einem anderen. Der Laderaum war überfüllt. Die Luke wurde geschlossen, dann erhob sich der Copter schwankend.

Neben Catcart stand ein Junge, der sichtlich unter einem Schock litt. Er weinte krampfhaft vor sich hin. Die Flucht, der Mangel an Nahrung und Vitaminen und das bittere Ende hatten sein Gesicht gezeichnet. Er sah alt aus. Catcart dachte an das vergiftete Wasser . . .

Der Junge schaute blicklos in die Ferne, die wenige Meter entfernt schon endete, doch er nahm das offenbar nicht wahr. Nicht einmal die qualvolle Enge und das Schaukeln des Copters veränderten seine gekrümmte Haltung.

Der Mann neben Catcart murmelte etwas. Der Lärm des Getriebes verschlang die Worte. Catcart starrte ihn fragend an.

„Unser aller Schicksal – früher oder später", wiederholte der Mann.

Catcart antwortete nicht. Dann fragte er: „Wo werden sie uns hinbringen?"

„Es gibt Arbeitslager", antwortete der andere. „Von manchen Hügeln aus kann man den Startplatz der Gefangenentransporter beobachten."

Nicht in die Stadt? fragte sich Catcart hoffnungsvoll. Schon möglich, daß gefangene *Auswanderer* kurzerhand in die Arbeitslager gebracht wurden.

Catcart betrachtete den Mann neben sich genauer. Wie alle anderen trug er ein schmutziges, zerschlissenes Hemd, eine alte Hose und eine fleckige Jacke aus Kunstleder. Den staubbedeckten Hut hatte er tief ins Gesicht gezogen, wohl damit man nicht sah, daß er wie alle anderen große Angst hatte. Die Jochbeine traten durch die lederartige Haut hervor.

„Vielleicht unterzieht man uns vorher noch einer Gehirnwäsche, wer weiß?" fuhr der Mann fort. „Wenn dabei nichts herauskommt, geht es weiter mit der ganz gewöhnlichen Folter . . ."

„Hören Sie auf!" schrie Catcart ihn an. Erinnerungen stiegen in ihm auf. Er wußte, was der andere meinte. Er war ja selbst Polizist gewesen. Gehirnwäsche, Folterungen bis zum Wahnsinn, Arbeitslager in Afrika, Asien, Lateinamerika . . .

„Warum nur?" sagte er halblaut zu sich selbst. „Was habe ich ihnen eigentlich getan? Warum jagen sie mich . . . ausgerechnet *mich?*"

Hinter ihm lachte einer. Und eine Stimme sagte: „Die Welt ist übervölkert, Mitbürger!“ Catcart drehte sich überrascht um. Ein schwarzbärtiger Mann mit glitzernden Augen imitierte säuselnd einen jener namenlosen Nachrichtensprecher, die täglich diese und andere Parolen von sich gaben. „Wir müssen alle unser Scherflein beitragen, damit Hunger und Wohnungsnot besiegt werden. Deshalb können wir auch nicht dulden, daß Asoziale, Saboteure, Arbeitsunwillige und politische Träumer sich auf Kosten der arbeitenden Bevölkerung durchschmarotzen. Es liegt im Interesse eines jeden von uns, diese Parasiten dem System sofort zu melden, wenn sie uns über den Weg laufen.“

„Ich kenne die Parolen“, gab Catcart dem Schwarzbärtigen zu verstehen. „Und ich habe sie geglaubt. Jetzt weiß ich, daß das eine Lüge ist. Nicht ihr . . ., nicht wir leben auf Kosten der Bevölkerung.“

Eine lange Pause entstand. Endlich blickte der Schwarzbärtige Catcart an. „Und? Wer dann?“ fragte er fordernd. „Wo bleiben also die Nahrungsmittel, die uns fehlen? Wie sieht die Wahrheit aus?“

Catcart starrte ihn entsetzt an. Er war noch nicht auf die Idee gekommen, eine Konsequenz aus seiner Feststellung zu ziehen. Er hatte darüber nie nachgedacht. „Keine Ahnung“, murmelte er. Er wandte sich wieder um, hoffte, daß ihn der andere in Ruhe lassen würde. Er ließ ihn in Ruhe, dafür aber begann sein Nebenmann wieder zu reden.

„Tja, das ist es“, stellte er kopfnickend fest. „Ich war einmal ein Angestellter des Statistischen Wirtschaftsamtes, wissen Sie. Ich hatte Einblick in alle möglichen Statistiken, Berechnungen, Umfrageergebnisse und so weiter. Nicht, daß mir dabei was aufgefallen wäre. Nein, da sorgen sie schon dafür, daß einem so nichts auffallen kann. Jemand hat mir gesagt, ich solle mal diese und jene Statistik mit dieser und jener vergleichen, ins Verhältnis setzen . . . und so fort. Dann würde ich etwas Merkwürdiges feststellen. Neugierig, wie ich war, tat ich das.“

„Und?“

„Tabak, Holz, Leder und viele Nahrungsmittel werden zu

fünfzig Prozent überproduziert. Verstehen Sie? Fünfzig Prozent mehr als benötigt! Trotzdem gibt es diese Produkte nur als Mangelware. Wo bleiben sie?"

„Nun?"

„Ich habe einen Vorgesetzten gefragt. Deshalb mußte ich fliehen."

„Ach so", brachte Catcart hervor. Und dachte: So viele Probleme . . .!

Der Copter ging nieder, die Luke öffnete sich. Die Männer stolperten hinaus, betrachteten die Umgebung, sahen nur Stacheldraht und Baracken. Auf Türmen standen Wächter mit schweren Thermostrahlern, und zwischen den Stacheldrahtzäunen jaulten Bluthunde. Eine Lautsprecherstimme befahl ihnen, in die Baracken zu gehen, einer nach dem anderen.

Was müssen das für Menschen sein, die diese Lager bewachen und leiten, dachte Catcart. Sie müssen hassen können. Und zwar nur jene, die hier eingeliefert werden. Nun, schwer würde ihnen das nicht fallen, denn sie glaubten der Propaganda, die das Märchen von den schmarotzenden Gedankenverbrechern und *Auswanderern* tagtäglich auftischte. Wie konnten sie nur auf so simple Lügen hereinfallen?

Catcart erschrak ein wenig, als ihm zu Bewußtsein kam, daß selbst er diesen Lügen Glauben geschenkt hatte. Und war das nicht sogar noch gestern gewesen? Was hätte er auch sonst glauben sollen? Verbrecher, Radikale, Systemschädiger und Miesmacher hatte es schon immer gegeben, und sie waren schon immer die Schuldigen gewesen, schuld an den Pannen des Systems, an schlechten Verhältnissen und allem Unglück in der Welt. Es hatte schon immer plausibel geklungen, warum also hätte er an den Worten seiner Vorgesetzten zweifeln sollen, die ihm das Jagen ermöglichten?

Innerhalb einer Stunde wurden sie kahlgeschoren, in uniforme Kombinationen gesteckt, die reißfest waren, und mit Bohnen, einem Stück Brot und dünnem Kaffee versorgt. Im Innern des Lagers durften sie sich frei bewegen; aber Fernsehkameras überwachten jede ihrer Bewegungen.

Wo sie waren, erfuhr niemand. Die Wachmannschaft bestand aus Androiden, genau wie die Armee. Nichts geschah;

ihnen blieb nur die Unterhaltung über Vergangenes. Am selben Tag landete neben dem Lager ein Kontinentaltransporter, der mehrere hundert Gefangene abholte. Unter ihnen war Catcart.

## 6

Es war ein leichtes für Ronf und Actref, Verbindung zu jenen Kreisen aufzunehmen, die, mit allen Machtbefugnissen ausgestattet, das Zepter der Macht verteidigten, das der sogenannte Regime-Rat in Händen hielt. Der Regime-Rat bestand aus Vertretern verschiedener Institutionen wie Polizei und Militär, Wirtschaftsamt und Sozialamt. Jene, die die Wirtschaft machten, Unternehmer und Manager, waren offiziell nicht vertreten. Ihre Belange wurden angeblich vom Wirtschaftsamt vertreten und mit dem Sozialamt, das die arbeitende Bevölkerung vertrat, abgestimmt. Letzte Machtbefugnisse lagen in den Händen des Militärvertreters. Er leitete auch Polizei und Geheimpolizei.

Wie Ronf und Actref erfahren konnten, sah die Wirklichkeit etwas anders aus, als sie gedacht hatten. Die Besitzer der Unternehmen und Konzerne besaßen allein für sich das Recht auf Weltraumfahrt und hatten es weidlich ausgenutzt. Sie hatten Planeten kultiviert und urbar gemacht, besaßen dort ihre Landsitze und führten ein unbeschwertes Leben. Erdbewohner sahen sie selten, denn ihre Befehle wurden von den Managern ausgeführt, die ebenfalls einen eigenen Planeten hatten, auf dem sie sich sechs Monate im Jahr aufhielten. Ein dritter Planet stand dem Regime-Rat und seinen Familien zur Verfügung. Auf ihm durften auch hin und wieder die Generalitäten Urlaub machen.

Diese angeblich paradiesischen Welten befanden sich in Sonnensystemen, die nicht weit von Sol entfernt waren. Dennoch stand die Weltraumfahrt erst in ihren Anfängen, denn die Ausbeutung fremder Planetenressourcen war noch nicht in Angriff genommen worden. Bisher operierten nur Forschungsexpeditionen, die fremde Planeten erkundeten und nach Rohstoffquellen absuchten.

Und noch etwas hatten die Agenten des Weltenbundes herausgefunden. Terras Armee bestand aus Androiden, die in riesigen Fabriken auf dem Mars produziert und untergebracht wurden. Ihr Einsatz war bisher selten nötig geworden. Daher war sie der Erdbevölkerung so gut wie unbekannt.

Wenige Tage nach ihrer Ankunft auf Terra hatte ein waghalsiger Aufstand einer oppositionellen Bewegung in Nova City stattgefunden. Eine gewisse Aktionistenpartei hatte versucht, den Aufstand über den ganzen Planeten auszuweiten. Während Ronf und Actref in die Kreise der Geheimpolizei eindrangen, um der Kharisbande auf die Spur zu kommen, hatten sie viel darüber erfahren können. Die Polizei, die Geheimpolizei und die Armee waren auf die Rebellion vorbereitet gewesen und hatten ihr ein schnelles und grausames Ende bereitet.

Die Aufklärungsarbeit der Aktionistenpartei, die auf vielen Gerüchten und merkwürdigen Behauptungen aufgebaut gewesen war, hatte weniger bewirkt, als die Verantwortlichen dieser Partei es sich ausgemalt hatten. Die Mehrheit der Bevölkerung sah tatenlos zu, wie der Aufstand ausbrach und unterdrückt wurde. Ronf und Actref erschienen die Geschehnisse chaotisch, sinnlos und unverständlich. Sie hielten sich davon fern und gingen ihrem Auftrag nach.

Mit Hilfe der ihnen zur Verfügung stehenden Minitechnik stellten sie falsche Papiere her, die ihnen Tür und Tor öffneten zu einer schnellen Karriere bei der Geheimpolizei. Nur über diese Institution sahen sie sich in der Lage, der Kharisbande schnell auf die Spur zu kommen, deren Ziele den Weltenbund gefährdeten. Mittels hypnotischer Beeinflussung gelang es Ronf, eine höhere Position im Palast der Geheimpolizei zu erlangen. Zwei Tage nach seiner Ernennung zum Abteilungsleiter für Verwaltungstechnik fand er einen Mann, von dem er glaubte, er werde ihn einen großen Schritt vorwärtsbringen. Er hieß Dundee und war zuständig für die Anwerbung neuer Agenten. Seine Position im Apparat war die eines Datenverarbeiters, und er hatte Zugang zu allen Personalunterlagen, was ihn befähigte, unter den unteren Angestellten geeigneten Nachwuchs herauszusuchen.

Ronf ließ sich vom Lift zu Dundees Räumlichkeiten emportragen. Sein Besuch war nur kurz. Die Hypnopistole tat ganze Arbeit, und Ronf verließ den Mann, ohne daß diesem danach Ronfs Besuch bewußt gewesen wäre.

Zwei Stunden später bestellte Dundee ihn zu sich. „Wir brauchen Sie, McCord“, sagte er und lächelte. Er tat, als wären sie gute Bekannte. „Nehmen Sie doch Platz.“

Ronf setzte sich. „Wofür brauchen Sie mich?“

„Wissen Sie“, begann Dundee umständlich, „ich bin Beamter der Abteilung II. Sie wissen ja, was das bedeutet, nicht?“ Er grinste säuerlich und wirkte leicht verschämt. Dann wurde er plötzlich lebhaft, klopfte mit dem Zeigefinger der linken Hand auf den Schreibtisch, zeigte mit dem rechten auf Ronf und sagte freundlich: „Ich habe Ihre Akte studiert und bin zu einem positiven Ergebnis gekommen. Sie gehören nicht in den Innendienst, McCord. Hier versauern Sie ja. Nein, nein, Männer wie Sie – Männer mit Ihrer Intelligenz, diesem Körperbau und dieser Konstitution . . ., nein, nein, die gehen hier drinnen elend zugrunde. Das wollen wir doch nicht!“

Ronf musterte Dundee erschrocken. Was war das für ein sonderbares Verhalten? Bisher hatte er alle möglichen Typen kennengelernt, aber Dundees schleimiges Getue stank meilenweit. Abfällig – seiner anerzogenen Offenheit nachgebend – gab er zu bedenken: „Möglich. Aber wer sagt mir, ob diese Arbeit zu mir paßt? Und wenn ja, ob sie mich länger und besser leben läßt?“

Dundee blickte Ronf verstört an. Dann lachte er schallend, beobachtete ihn aber mit kalten Augen. Ronf lachte mit, um seinen Fehler wiedergutzumachen.

„Sie überleben alles, mein Bester“, versicherte Dundee ohne Überzeugungskraft. „Sie sind der Richtige für uns!“

Ronf spielte den Geschmeichelten und dankte Dundee überschwenglich.

Dundee ließ ihn nicht ausreden. Er sprach wie aufgezogen weiter. „Der Staat wird von anarchistischen Elementen zersetzt, denen wir Einhalt gebieten müssen, sonst ist es aus mit uns. Wenn wir es nicht schaffen, ihnen endgültig den Garaus zu machen, tun sich die Anarchisten von Ood, die Aktionisten und die Volksoppos womöglich zusammen. Und was dann? Dann ist es vorbei mit uns."

„Aber", warf Ronf ein, „die Aktionisten sind doch vernichtet worden! Gestern und vorgestern hat man ihren Aufstand niedergeschlagen. Ihre Organisation dürfte nicht mehr existieren."

„Haben Sie eine Ahnung, Mensch", schwatzte Dundee weiter. „Die sind zäh. Da muß man jeden einzelnen ausrotten. Da muß man jeden einzelnen suchen und liquidieren. Da darf es kein Pardon geben, sonst formieren die sich und vergessen ihre ideologischen Streitigkeiten untereinander. Tja, und wenn noch Oppositionsnester übrigbleiben, die wir in der nächsten Zeit übersehen, dann werden wir die schön hegen und pflegen, indem unsere Agenten diesen Leuten Ideen zuflüstern, die wir uns ausdenken. *Wir*, McCord, verstehen Sie? So halten wir sie harmlos, haben aber immer ein paar Systemfeinde in der Hinterhand, die uns einen Grund für größere Razzien und Säuberungen liefern . . ."

Ronf unterbrach ihn. Dundee redete zuviel. Dinge dieser Art durfte er garantiert keinem frisch Angeworbenen erzählen. Schuld an Dundees Redefluß war die Hypnodosis, die zu stark ausgefallen war. Es war anzunehmen, daß Dundee genauso überwacht und abgehört wurde wie jeder andere Subalterne. Redete er seinen Vorgesetzten zuviel, war er geliefert. Und Ronf möglicherweise auch.

„Ich bin bereit, für das System mit allen meinen Kräften einzustehen", sagte er.

„Schön, schön", meinte Dundee erfreut und rieb sich die Hände. „Ich werde Sie in Ihre Aufgaben einweihen."

Ronf wollte ablenken, aber es gelang ihm nicht.

Dundee redete weiter. „Wissen Sie, was man alles wissen muß, um zum Beispiel Chef einer feindlichen Gruppe zu werden?" Dundee verstummte, wurde nachdenklich, machte ein erstauntes Gesicht. Die Wirkung der Hypnose ließ nach. Er erkannte die Situation und bemerkte, daß er zu weit gegangen war. Er erblaßte sichtlich.

„Werde ich sofort aufgenommen?" fragte Ronf, um ihm die Möglichkeit zu geben, seine Anwerbung abzubrechen.

„Später . . ., später . . .“, stotterte Dundee. Sein Gesicht verzerrte sich, zeigte Angst und Schrecken.

Ronf verließ ihn.

Dundee verschwand am nächsten Tag. Niemand sah ihn je wieder. Ein Mann in türkisblauer Uniform, ein einfacher Polizist, erschien bei Ronf und übergab ihm ein Schreiben, das sich als Versetzungsbefehl entpuppte. Groß war Ronfs Staunen, als er sah, daß der Versetzungsbefehl ihn zum Sicherheitsbeamten der Abteilung II beförderte. Er wurde aufgefordert, seinen Dienst sofort zu quittieren und beim Subdirektor eines großen Kaufhauses vorstellig zu werden.

Ronf meldete sich bei seinem Vorgesetzten ab, der ihm gratulierte und ihm bewundernde Blicke nachsandte. Ronf wurde von einem Polizisten ins Kaufhaus begleitet, der jede seiner Bewegungen beobachtete. Sie fuhren ins oberste Stockwerk des Kaufhauses, das den Direktoren vorbehalten war.

Ronf mußte warten. Einige Minuten später holte ihn derselbe Mann, der ihn hergebracht hatte. Er trug jetzt die Uniform eines Geheimpolizisten. Eine Tür weiter wartete Rodrigo Araz, Subdirektor, ein Mann in den besten Jahren mit weißem Haar und einem kantigen Schädel, dessen gebräunte Haut wirkte, als käme er gerade aus einem Urlaub. Er ließ sich plump in einen weichen Sessel mit Samtbezug fallen und sah Ronf an.

„Dundee hat Sie ausgesucht, McCord“, sagte er leise. Er bot Ronf eine synthetische Zigarette an. „Er hat Sie gewählt, obwohl Sie noch nicht sehr lange bei der Gepo sind. Das ist nicht üblich. Wissen Sie, warum er das getan hat?“

Ronf schüttelte verwundert den Kopf. „Vielleicht war ich ihm sympathisch.“

Araz lachte nicht, er blickte Ronf scharf an. „War?“

Ronf zuckte die Achseln. „Er erschien nicht mehr zum Dienst.“

Araz lächelte jetzt. „Das hat gute Gründe. So, wie es gute Gründe hat, daß ich Sie hierherbestellt habe. Ihr Intelligenzquotient ist hoch, ungewöhnlich hoch. Wußten Sie das?“

„Ich hatte keine Vergleichsmöglichkeit“, antwortete Ronf. Er durfte jetzt nicht falsch reagieren. Auf der Erde erfuhr niemand seinen eigenen Intelligenzquotienten, es sei denn, er saß an der Quelle. Mit einer solchen Andeutung konnte man Menschen gegeneinander ausspielen.

„Ja, ja, natürlich", sagte Araz unbekümmert und paffte an der Zigarette. „Leute Ihres Schlages können wir gut brauchen", murmelte er. Er sprach immer leiser. „Mit der Bildung der Bevölkerung ist es nicht weit her auf dieser Welt. Wir brauchen jeden Mann, dem wir nicht erst jahrelang einbleuen müssen, wie er sich in einer bestimmten Situation verhalten muß."

Ronf wagte einen Vorstoß. „Was werde ich verdienen, welche Privilegien werde ich genießen, und was muß ich tun? Das interessiert mich jetzt."

Araz lachte auf. „Gefällt mir", sagte er – jetzt wieder etwas lauter. „Um die Finanzen brauchen Sie sich keine Sorgen mehr zu machen. Sie kriegen, was Sie brauchen. Und Ihr Bankkonto steigt unabhängig davon jährlich um fünfzigtausend Einheiten. Ganz ordentlich, nicht wahr? Ich werde Ihnen kurz sagen, was Sie damit anstellen können. Nach zwei Jahren sind Sie in der Lage, Urlaub auf ‚Paradies', dem Planeten der Manager, zu machen, sich dort ein Grundstück zu kaufen und ein Traumhaus darauf zu bauen. Ist das nicht was?"

„Das alles für nur hunderttausend?"

„Natürlich nicht. Ab hunderttausend hält man Sie für kreditwürdig."

„Aber ich habe keine Sicherheiten. Ich kann jeden Tag im Einsatz sterben."

„Sind wir Unmenschen? Sie schließen eine Lebensversicherung ab, und die bezahlt im Todesfall die Schulden. Was fehlt, legen wir drauf."

„Was geschieht dann mit dem Haus?"

„Falls Sie . . .? Was Sie wollen. Entscheiden Sie selbst vor dem Versicherungsabschluß!"

„Sind Sie vielleicht auch noch Versicherungsagent? Es klingt fast so", meinte Ronf ironisch.

Araz grinste leicht. „In der Tat!" sagte er leise. „Und warum auch nicht? Mache gute Geschäfte damit. Habe bis jetzt noch jeden Agenten dazu gebracht beizutreten!"

Ronf nickte lächelnd. Natürlich, dachte er, als Agentenchef

gehört auch nicht viel dazu; nichts als die Macht über Leben und Tod seiner Untertanen.

„Ihre Privilegien", fuhr Araz fort, „bestehen darin, daß es für Sie keine Verbote gibt. Absolut keine. Für Ihre Vorgesetzten natürlich noch weniger, vergessen Sie das nie. Und was Sie werden tun müssen, das wollen wir mal abwarten . . ." Er blätterte in einigen Papieren, die er in die Hand genommen hatte. Ronf erkannte, daß es Kopien von seiner Personalakte waren. „Hier steht . . .", brummte Araz, „daß Sie schon mal in Diensten eines Plantagenbesitzers gestanden haben, Söldner waren, und . . . hm . . . mit der Waffe können Sie ja wohl gut umgehen!"

„Ausgezeichnet", unterstrich Ronf.

Nach mehreren Minuten entließ Araz ihn.

In den Abendstunden traf er mit Actref zusammen. Sie tauschten ihre Erlebnisse und Erfahrungen aus. Actref berichtete von ihrer Suche nach einer Geheimorganisation, hinter der sich die Kharisbande verstecken konnte.

„Mittlerweile habe ich wohl die finstersten Kneipen dieses Planeten kennengelernt", behauptete Actref erschöpft. „Was ich da gesehen habe, kann man kaum beschreiben, Ronf! Es war entsetzlich. Viele Menschen müssen wie die Tiere hausen, und das Elend zerstört alle menschlichen Verhältnisse und Zustände. Sie vegetieren dahin, und niemand kümmert sich darum. Diese Menschen haben keinen Ausweg, keine Alternative. Ich habe auch halbwegs Erträgliches gesehen, aber selbst dort herrschen Neurosen und Brutalität vor. Wirkliche Gesundheit und Freiheit habe ich nur bei jenen entdeckt, die etwas zu sagen haben und dementsprechend reich sind."

„Manager", erklärte Ronf. „Die eine Schicht von ihnen, die untere, lebt auf der Erde und muß sich mit bescheidenem Wohlstand und wenigen Privilegien zufriedengeben, kann sich aber emporarbeiten. Die andere hat das bereits getan und lebt auf einer Welt namens *Paradies* – jedenfalls die Hälfte des Jahres."

„Das wußte ich noch nicht."

„Hast du etwas herausgefunden?"

„Keine Spur von den Kharis. Ich glaube fest, Ronf, daß sie hier mit Illusionsfeldern arbeiten. Vermutlich möchten sie mit dem Leben des gemeinen Volkes auf keinen Fall in Kontakt kommen."

„So wird es sein", gab Ronf zu. „Bei der privilegierten Schicht auf der Erde – das sind hier die Manager- und Polizei-, Armee- und Geheimdienstkreise – halten alle fest zusammen. Da können sie sich nicht einfach einschleichen. Ich bin fest davon überzeugt, daß damit geklärt ist, wo sie stecken."

„In den höchsten Positionen", fügte Actref hinzu. „Ich bin sicher, daß sich die Verhältnisse auf dieser Welt rapide verschlechtert haben, seit die Kharis mitmischen."

„Garantiert. Denk an den Aufstand der Aktionisten. Er wurde provoziert durch eine mutwillige Verschlechterung der Lebensverhältnisse."

„Ich habe die Rebellion erlebt, und ich werde dieses Erlebnis lange Zeit nicht verwinden, Ronf. Es war das Schrecklichste, was ich in den letzten Tagen erlebt habe. Zuerst die Erkenntnis, daß die Mehrheit des Volkes sie im Stich läßt, und dann . . ., dann das Gemetzel . . ., das Schlachten und Morden durch die androiden Maschinen vom Mars. Sie sehen aus wie Menschen, jeder etwas anders, doch sie sind blicklos und geistlos. Sie bewegen sich wie Katzen, so leicht und . . . so menschlich, doch sie sind grausamer als Tiere, schießen auf alles, das sich bewegt . . ., verbrennen es zu Asche. Die Aktionisten verbreiteten das Gerücht, es seien wirkliche Menschen, doch damit erreichten sie nichts. Zwar glauben viele daran, aber sie nehmen sich nicht ernst dabei – sie meinen es zumeist symbolisch oder machen sich ihre konfusen Überzeugungen glaubhafter."

Ronf sagte nichts darauf. Er ließ Actref in Ruhe. Die Ermordung Tausender hatte sie nie zuvor mit ansehen müssen und er ebenfalls nicht. Diesen Schock mußte man ruhen lassen, bis sie zurück waren, zu Hause im Weltenbund. Dort konnte sie sich in ärztliche Behandlung begeben, um den Schock und diese furchtbaren Bilder, die das Leben verkürzen konnten, ausmerzen zu lassen.

Ronf verspürte ein Gefühl der Erleichterung, daß nicht er die Aufgabe übernommen hatte, nach einer Kharis-Geheimgesellschaft zu suchen.

Actref flüsterte weiter: „Ich habe Frauen getroffen, deren Männer keine Arbeit haben und das Geld für Lebensmittel daher aus Raubüberfällen und Diebstählen beibringen. Und sie alle hassen, hassen so tief, daß ein Funke genügt, um sie zum Amoklaufen zu bringen. Mit solchen Menschen kann niemand revolutionäre Politik betreiben. Die meisten dieser Untersten der Unteren hassen auch die Aktionisten, weil sie ihnen als Großmäuler erscheinen, die, statt Arbeit und Geld zu besorgen, alles noch schlimmer machen. Es werden immer mehr, die aus dem System *aussteigen*, wie sie es nennen. Sie fliehen in die *Grünen Zonen* und *Oasen*, wo sie überleben können, weil niemand wagt, die letzten Luftspender auch noch zu zerstören. Aber ich vermute, daß die meisten dort an Krankheiten zugrunde gehen. Niemand liebt sie, niemand will sie verstehen, denn es heißt, sie seien an allem schuld, sogar an der Knappheit gewisser Materialien und Produkte!"

„Aha, die unliebsame Minderheit als Wurzel allen Übels. Und weshalb sollen sie daran schuld sein?"

„Sie sabotieren angeblich die Fabriken und stiften die Leute zum Faulenzen an. Verlorene Produktivkräfte mit Multiplikationseffekt – wie man so schön sagt! Sie stehlen und horten. Vielleicht können sie auch zaubern, wer weiß?"

„All das erinnert mich an das Kharis-Imperium."

Actref antwortete nicht mehr. Der Tag war anstrengend für sie gewesen. Ronf injizierte ihr und sich selbst ein Mittel, das sie tief und traumlos schlafen lassen würde. Wenn auch nur vier Stunden. Aber ihr Volk verfügte über die Fähigkeit, damit völlig auszukommen.

Ronf nahm eine stärkere Dosis. Er hatte viel vor in den nächsten Stunden des Tages und brauchte dazu einen ausgeruhten und kraftvollen Körper.

## 7

DREI hagere Gestalten zogen mit ihrem ganzen Körpergewicht an dem dicken Kunststoffseil des Flaschenzugs, um einen der letzten Steinquader zur Krone des Pfeilers emporzuhieven.

„Los, Beeilung!" brüllte der Aufseher mit schneidender Stimme. „Wollt ihr euch gefälligst anstrengen, statt euch am Seil auszuruhen?!"

Catcart hörte das vertraute Zischen der Elektropeitsche und biß krampfhaft die Kiefer zusammen. Mit Sicherheit wußte er, daß dieser Hieb ihm zugedacht war. McIntosh und Regan sogen hörbar die Luft ein.

Der Hieb saß, und er schrie auf und ließ los. Die Kette an den Fußgelenken klirrte, als er auf das Gerüst knallte. Er krümmte sich vor Schmerzen zusammen.

„Ich kann ihn nicht halten!" schrie Regan verzweifelt. „Das Ding ist zu schwer! Paß auf, Cat!" Er ließ das Seil los und sprang hinab zu Catcart. McIntosh hatte zu spät begriffen, was geschehen war, und wurde in die Höhe gerissen, während haarscharf neben ihm der Quader in die Tiefe sauste.

Mit einem doppelten Flaschenzug wäre der Stein bequem zu halten gewesen, aber es gehörte zu den Niederträchtigkeiten des Aufsehers, daß ihnen jede Arbeit so schwer wie möglich gemacht wurde.

„Weg da!" brüllte er von unten herauf. Seine Stimme gefror vor Kälte. Catcart sah die katzenhafte Gestalt in der blauen Uniformkombination davonrennen. Dann folgte auch schon das schmetternde Krachen, als der Quader durch das tieferliegende Gerüstpodest sauste.

Kurz darauf schrie McIntosh auf, als er auf dem Gerüst aufprallte. Dann brüllte er einen Moment lang wie am Spieß.

„Was ist?" fragte Regan leise, während er zu McIntosh herankroch.

„Mein Bein!" gab ihm der andere zu verstehen. Seine Lippen verzerrten sich zu einem höhnisch anmutenden Grinsen. „Jetzt brauchen sie mir keine Ketten mehr anzulegen . . ."

In einem plötzlichen Ohnmachtsanfall sank sein Kopf zur Seite. Catcart schob sich näher an die beiden heran. Sie drehten McIntosh auf den Rücken. Sein rechtes Bein stand in einem unmöglichen Winkel vom Körper ab und war in sich noch mehrere Male gebrochen. McIntosh hatte recht, Ketten brauchte er nicht mehr. Er würde nie wieder laufen können, denn Operationen führte man hier nicht durch.

Sekunden später knirschten die Bohlen unter den harten Schritten des Aufsehers, das Zischen der Elektropeitsche kam näher.

„Ihr habt ihn auf dem Gewissen!" brüllte er voll Haß. Die Sträflinge kauerten sich am Boden zusammen, versuchten im vorhinein ihre Köpfe in Sicherheit zu bringen. Doch dann hörten sie die scharfe Stimme eines Vorgesetzten des Aufsehers, den sie nur selten zu Gesicht bekamen. Er gebot Ruhe.

„Was ist geschehen?" wollte er wissen.

Der Aufseher, den sie „Einpeitscher" nannten, erstattete Bericht, während er seine Peitsche einrollte. Catcart erhob sich aus der kauernden Stellung. „Ein Unfall", sagte er. „Der Quader war einfach zu schwer."

Der andere antwortete nicht. Er gab den Bericht per Funk weiter. Der „Einpeitscher" schwieg und starrte Catcart drohend an.

„Daß so was passieren mußte", murmelte Regan betroffen.

Sie erhielten den Befehl, McIntosh fortzubringen. Regan holte ein Brett, gemeinsam legten sie McIntosh darauf und trugen ihn fort. Ein unbekannter Aufseher, der nie ein Wort gesprochen hatte, seit Catcart hier war, begleitete sie. Sie kamen wegen der Fußketten nur sehr langsam voran. Catcart fluchte in sich hinein. Er war innerlich leergepumpt, suchte verzweifelt nach einer Gelegenheit zur Flucht. Seine Mitsträflinge rieten ihm ab, denn hier waren nur Dschungel, Hitze und Gefahr. Und im Flußbett lief nur ein dünnes Rinnsal, das erst nach einem Unwetter zu einem reißenden Strom werden würde. Nach Catcarts Überlegungen kam sowieso nur der Fluß in Frage. Ob er ihm eine Chance bot, wußte Catcart nicht. Es war ihm auch gleichgültig. Der Tod war ihm lieber als lebenslängliche Schufterei. Die Furcht vor dem Tod war ihm früh genommen worden. Und vielleicht kam ihm das Polizeitraining zugute . . .

Er war erst einen Tag hier, und seine Kräfte waren noch nicht verbraucht. Doch seine Leidensgenossen warnten ihn. Der reißende Fluß würde ihn unweigerlich hinabziehen, sagten sie. Und Catcart erschien das eigentlich logisch.

In der Einheit, in der er untergebracht worden war, teilten

achtzig Männer sein Schicksal. Die falsche Identitätskarte, die man bei ihm gefunden hatte, hatten sie akzeptiert – die Aufseher wie die Sträflinge. Niemand rechnete damit, daß jemand seine wahre Identität preisgab. Es war auch allen egal. Er hieß Cresten, und sein Spitzname war Cat.

Die Sterblichkeitsrate in dieser Einheit, so hatte Catcart erfahren, lag bei zwanzig Prozent pro Jahr. Damit schrumpfte seine Lebenserwartung auf maximal fünf Jahre.

Catcart blickte zurück und erstarrte. Der „Einpeitscher" sah ihnen nach, die Elektropeitsche in die Armbeuge gelegt und den Schädel zwischen den Schultern eingezogen, mit jähzornigem Blick.

Eine andere Elektropeitsche zischte warnend, und Catcart blickte wieder nach vorn, wo am Ende des langen Weges das Materiallager stand und noch einen Kilometer weiter die Baracken mit dem Stacheldraht dahinter und davor.

McIntosh kam langsam zu sich. Er röchelte weinerlich.

Doch Catcart hörte es nicht. Er hatte bemerkt, daß der Himmel sich ungewöhnlich verdunkelt hatte. Catcart brauchte eine Weile, bis ihm klar wurde, daß die Sonne nicht mehr schien. Er wagte es nicht, sich umzudrehen, um sich zu überzeugen, um die Wolkenwand zu beobachten, die heraufzog. Die Wolkenbank, die Regen versprach und einen reißenden Strom . . .

Als sie die Baracken erreicht hatten, wirbelten die ersten Böen den Staub und Sand des Arbeitslagers auf. Sie legten McIntosh in der Baracke aufs Bett und waren danach entlassen. Zurück zur Baustelle der geplanten Brücke brauchten sie nicht mehr, denn die anderen waren längst auf dem Weg ins Lager; bei diesem drohenden Unwetter konnte niemand arbeiten. Regan legte sich hin und schlief sofort ein. Catcart war noch nicht müde, daher setzte er sich zu McIntosh und überlegte, was er tun sollte. Der Notarzt würde erst in etwa einer Stunde eintreffen, bis dahin tat sich nichts. Er wischte dem Verletzten die Stirn.

Catcart sah sich selbst auf diesem Lager, in diesem Zustand. Er sah die bevorstehenden fünf gesunden Jahre und wie er plötzlich tot zusammenbrach. Er sah sich in den Strom springen und ertrinken. Er sah die Peitsche des „Einpeitschers" auf sich niedersausen, bis sein Rücken zerfleischt war und seine Nerven versagten.

Als die anderen kamen, zuckte er zusammen, nahm er die Wirklichkeit wieder wahr. Er legte sich schlafen. Draußen heulte der Sturm und strömte der Regen.

Vor seinen Augen zog der Teil der Dschungellandschaft vorüber, den er von der Lagerarbeit kannte. Von einem großen Plateau stürzte der Fluß durch eine verkarstete Rinne in sonnendurchglühtem Gestein hinab. Ein paar hundert Meter weiter stand der Brückenpfeiler, den sie errichteten. Dahinter, davor und rundherum war die grüne Hölle, der Dschungel irgendeines tropischen Landes, dessen Namen kein Gefangener erfuhr. Es hatte auch keine Gerichtsverhandlung oder Verurteilung gegeben. Er war einfach hierhertransportiert worden.

Es kamen nur wenige Länder in Betracht, die noch Dschungel aufwiesen. Und nach der Dauer des Transports zu schließen, konnten sie sich in Brasilien befinden. Sie wurden eingesetzt, um auch noch die letzten Naturschutzgebiete zu zerstören für das wuchernde Krebsgeschwür Stadt. Hier existierten viele Gefangeneneinheiten. Die einen bauten Straßen, die anderen Brücken, die dritten rodeten Wälder, und die vierten bauten Hochhäuser.

Unruhig wälzte sich Catcart auf seinem übelriechenden Strohsack. Er hoffte, daß der Wolkenbruch bis zum Morgen dauerte. Je mehr Wasser, desto besser.

Gelang die Flucht, bot sich ihm nur eine Chance. Er mußte Kontakt aufnehmen mit Regans Freunden in der City, die er zuerst einer Geheimgesellschaft zugerechnet hatte. Nach und nach erst hatte er begriffen, daß es sich zwar um eine Sekte handelte, jedoch um eine politisch motivierte, deren Ziel, die Befreiung des Menschen vom Joch des Systems, auf ihre Fahne geschrieben war. Catcart erinnerte sich an diese Rebellengruppe. Er selbst hatte sie schon gejagt. Hoffentlich, dachte er gequält, war nicht Regan darunter gewesen . . . Hoffentlich habe ich ihn nicht hierhergebracht!

Ja, er kannte die schwarze Fahne der Oodfraktion; sie hatte schon oft in überdimensionaler Größe von Schwebestraßen herabgeweht, wo sie heimlich des Nachts von Oodjüngern gehißt worden war. In goldenen Lettern hatte immer darauf gestanden: *Die Revolution wartet nicht!* Wie hatte er jedesmal darüber lachen können! Und nun? Jetzt war er froh, daß diese Leute existierten. Denn an wen sonst konnte er sich wenden? Er wußte es nicht, er versuchte auch gar nicht erst, sich andere Möglichkeiten vorzustellen. Nein, über Regan hatte er eine größere Chance, weil er Regan zum Gewährsmann hatte. Und die Oodleute flößten ihm Respekt ein. Sie wehrten sich, sie taten etwas, sie riefen zur Revolution auf, die die schlimmen Dinge ausmerzen würde, die ihm widerfahren waren. Sie, die Revolution, und die Männer Oods, die Revolutionäre, waren die modernen, todernsten und gefürchteten Rächer aller Erniedrigten.

Regan hatte von Ood geschwärmt. Und Catcart schwärmte jetzt mit ihm. Denn Ood konnte sein Leben retten und ihm einen Sinn geben.

Ich werde wieder jagen! dachte Catcart. Doch diesmal jage ich die Jäger! Und wenn die Welt brennt – wir werden leben!

Endlich konnte er einschlafen. Zufrieden wie ein Kind.

Während der Morgen dämmerte und die Männer ihre kargen Rationen aßen, wuchs Catcarts Spannung. Es regnete immer noch, wenn auch nur leicht. Es war nicht sicher, ob unter diesen Bedingungen die Arbeit an der Brücke fortgesetzt werden würde. Doch kurze Zeit nach dem Essen erschienen die Aufseher, und die Peitschen zischten. Catcart atmete auf, obwohl er den Tod vor Augen sah.

Das Rinnsal hatte sich in eine gelbschäumende, tosende Flut verwandelt. Von den entfernten Wänden eines Cañons scholl das Brausen des Wassers herüber.

Sie betraten mit ihren nackten Füßen vorsichtig das Gerüst, um nicht auf den glitschigen Bohlen auszurutschen. Schweigend machten sie sich an die harte Arbeit.

Mittags hörte der Regen auf, und sehnsüchtig erwartete Catcart den Sonnenuntergang. Er nutzte jede Gelegenheit, um nach einer günstigen Stelle für den Absprung Ausschau zu halten. Für einen Sprung aus dieser Höhe brauchte er eine Wassertiefe von gut zwei Metern, damit der Aufprall auf dem Grund des Flusses ihm nicht das Bewußtsein raubte. Er entschied sich für die Seite des Flusses, an der er arbeitete. Hier war die Strömung am stärksten, hier fiel die Felswand am steilsten ab, hier konnte man einen Flüchtling am ehesten erwischen. Gute Gründe, genau diese Stelle zu wählen, fand Catcart. Denn damit rechneten sie bestimmt nicht.

Es dämmerte bereits, aber die Aufseher ließen sie heute länger arbeiten. Die Sonne hatte die Baumkronen erreicht und tauchte den Dschungel in ein tiefes Rot.

„Schluß!" schrie der „Einpeitscher" in unmittelbarer Nähe. Catcart zuckte zusammen. Er schlurfte mit den anderen zum Materialleiter hinüber, um seine Werkzeuge abzugeben und sich durchsuchen zu lassen. Sie paßten scharf auf. Oft hatte es in den vergangenen Tagen Ärger wegen verschwundener Werkzeuge gegeben. Nicht, daß es sich um Verluste wertvoller elektronischer Apparaturen handelte, sondern um Werkzeuge wie Meißel, Hämmer und Hebeisen. Sie bekamen nur primitives Werkzeug in die Hände. Komplizierte Apparaturen konnten größere Schäden anrichten, wenn sie zweckentfremdet wurden. Und Risiken ging man nicht ein, Menschenmaterial war billiger.

Catcart legte seinen Hammer als letzter auf den Gleiter.

„Wo ist der Meißel?" fragte ein Aufseher verärgert.

„Der Meißel?" fragte Catcart überrascht zurück. „Hab ich vergessen." Er stiefelte zurück auf das Gerüst bis hin zu der Stelle, für die er sich entschieden hatte. Während sich die anderen Sträflinge sammelten und in Reih und Glied aufstellten, näherte sich für Catcart unter den Blicken von drei Aufsehern der Augenblick der Tat. Er war im Vorteil, da die Aufseher hinter ihm herliefen. Sprang er, so mußten sie ihn erst einmal bis zu der Stelle verfolgen, von der er abgesprungen war. Hinter Catcart kläfften Bluthunde.

Ach, dachte er, als er sprang, sogar Hunde? Ihm fiel ein, daß sie länger als üblich gearbeitet hatten. Es wurde früher dunkel auf dem Weg ins Lager. Deshalb die Bluthunde.

Über ihm schrien Stimmen durcheinander.

Schade, daß Regan nicht mitkommt, dachte er. Aber mit der kaputten Lunge . . .

Er schlug auf der Wasseroberfläche auf, so flach, wie es ihm möglich gewesen war, um nicht so tief einzutauchen. Die Hände streckte er nach unten, um den Aufprall auf dem Grund abzufangen. Er schlug nicht auf, aber dafür durchraste ein furchtbarer Schmerz seinen Körper, der vom Aufschlag auf dem Wasser herrührte. Catcart ruderte, um schnell so weit wie möglich vorwärts zu kommen. Er schluckte Wasser, denn der Schmerz ließ ihn das Gesicht verziehen, ob er wollte oder nicht, und dabei drang das Wasser in den Mund. Er schluckte und mußte husten. Doch er konnte nicht husten, da die Luft dazu fehlte. Automatisch versuchten seine Arme, ihn nach oben zu bringen, während die schweren Fußketten ihn nach unten zogen. Im trüben Wasser sah er nichts, und die Schmerzen und der Luftmangel raubten ihm die letzten Kräfte. Er krümmte sich zusammen und stieß dabei mit den Händen gegen Fels. Rasch umklammerte er den Vorsprung und zog sich an ihn heran.

Plötzlich konnte Catcart wieder atmen. Er hatte sich instinktiv ein Stück über den Wasserspiegel gezogen, über den Felsvorsprung auf eine kleine glatte Felsplatte in einer Art Höhle, wo er mit dem Oberkörper liegengeblieben war.

Dann wurde er ohnmächtig.

Blutrote Nebel wallten vor seinen Augen, doch bald nahm die Umgebung wieder Formen an. Er brauchte einige Minuten, bis er sich ganz auf die kleine Felsplatte gezogen hatte und dort wie auf einem Stuhl sitzen blieb.

Während er nur atmete und wartete, daß ihm die Luft reichte, hörte er Regan.

„Da!" schrie Regan. „Da! Ich sehe seinen Kopf! Da hinten schwimmt er!"

Andere Stimmen ertönten. Einige Male zischten Thermostrahlen dicht an der Felshöhlung vorbei, in der Catcart saß. Die Männer lenkten die Aufseher ab. Sie wußten, um was es ging und daß ihre Bestrafung nicht härter ausfallen konnte.

Dann zischten Elektropeitschen, die die Sträflinge wieder in Reih und Glied zwangen. Die Ordnung unter den Gefangenen war den Aufsehern wichtiger, als einen Flüchtling zu verfolgen. Ging ihnen der Mann wirklich verloren, so war ihnen das nicht nur gleichgültig, sondern sie würden auch keine Schuld bekommen. Denn in ihrem Bericht würde nicht stehen, daß ein Mann bei einem Fluchtversuch verschwunden, sondern daß er bei einem Fluchtversuch erschossen worden sei oder daß er Selbstmord begangen hätte. Unannehmlichkeiten machte sich von diesen Aufsehern keiner.

Und das erhöhte Catcarts Chance.

Der Fluß versank in Dunkelheit. Catcart verlor völlig das Zeitgefühl und wartete nur noch wenige Minuten, bis sich sein Körper so gut wie möglich regeneriert hatte. Er hatte es bis hierher geschafft, war den Fangarmen des Systems entkommen, und jetzt mußte er dafür sorgen, daß sie ihn nicht erneut fingen. Ein zweites Mal hatte er das wahre Gesicht des Systems gesehen, und es wurde immer grausamer. Das erstemal war er als Opfer einer Intrige vor dem Tod geflohen und hatte gehofft, daß sich alles noch zum besten wenden würde. Das zweitemal jedoch floh er vor Zwangsarbeit und Tod, ohne Hoffnungen und Erinnerungen. Mit einer Ausnahme: Er wollte Ood finden und mit seinen Leuten das umsetzen, was er gelernt hatte.

Langsam ließ sich Catcart ins Wasser gleiten. Sie würden mit den Bluthunden kommen und das Ufer absuchen, ihm vielleicht hinter dem Cañon auflauern, wenn er dort vorüberschwamm. Und sie würden ihn mit Coptern und Gleitern jagen, wenn sie ihn auf dem Wasser entdeckten.

Noch war es dunkel.

Erschrocken hielt Catcart inne. Die Fußketten. Die mußte er vorher loswerden. Dazu war noch Zeit, jetzt, wo keiner der Aufseher mehr in der Nähe war, weil zuerst die Sträflinge zurück ins Lager gebracht werden mußten. Andererseits konnten andere Aufseher bereits mit Gleitern auf dem Weg hierher sein. Er mußte sich also beeilen.

Der gestohlene Meißel und ein großer Stein verschafften ihm einen zerschundenen Daumen, ehe sich die Schelle am linken Fußgelenk öffnete. Für die rechte brauchte er fast eine halbe Stunde. Die Ketten fielen plumpsend ins Wasser.

Erschöpft horchte Catcart auf die Geräusche außerhalb der Höhle. Alles war still. Er glitt ins Wasser und duckte sich. Die Strömung zerrte ihn ganz von selbst aus der Höhle heraus. Es war schwer, sich an der Wasseroberfläche zu halten, und noch schwerer zu schwimmen. Bald gab es Catcart ganz auf und ließ sich treiben, wirbelte durch den Cañon. Plötzlich schleiften seine Füße über den Grund. Der Fluß verbreiterte sich hier beträchtlich und gabelte sich in drei Arme.

Keuchend zog sich Catcart ans Ufer ins Gestrüpp. Er lag auf einer kleinen Insel. Irgendwo summte etwas, und Stimmen flüsterten. Sie waren also schon da! Doch die Geräusche verstummten und kehrten nicht zurück, und Catcart blieb im Ungewissen, ob er einer Sinnestäuschung erlegen war oder nicht.

Wieder ließ er sich ins Wasser gleiten und schwamm in jene Richtung, in der er das Materiallager der nächstgelegenen Einheit vermutete, wo sich gerüchteweise ein Kontinentaltransporter befand. Wenn er ihn fand . . . Ob es möglich war oder nicht, interessierte Catcart augenblicklich nicht. Er würde sehen.

Er kroch an Land und schlich sich durch die Nacht, hinein in den Dschungel. Hier mußte es irgendwo sein, gleich hinter dem Cañon, hatten sie gesagt, die anderen Sträflinge von der anderen Einheit. Aber es war zu dunkel. Und bewacht würde das Lager auch sein.

Irgendwo huschte ein Lichtschein durch den Wald. Catcart hielt darauf zu und stand bald vor einem Stacheldrahtzaun. Dahinter erkannte er einen igluähnlichen Bau von etwa dreißig Meter Durchmesser ohne Fenster und mit nur einer Tür. Ein Lagerhaus. Auf seinem Dach drehte sich langsam ein automatischer Scheinwerfer, und vor der Tür des Hauses standen zwei Männer und rauchten.

Catcart ließ sich zu Boden gleiten, als der Lichtkegel des Scheinwerfers sich ihm näherte. Nach einer Weile erloschen die Zigaretten der Wächter, und einer von ihnen ging ins Innere des Hauses.

Catcart versuchte auszumachen, was hinter dem Haus stand. Es war schlecht zu erkennen, aber er war sich sicher, es handelte sich um einen Kontinentaltransporter. Er stand im Dunkel und schien verlassen.

Catcart kroch am Boden so weit um das Lager herum, bis er den Transporter genau sehen konnte. Der Scheinwerfer beleuchtete ihn jede Minute, doch nur die obere Hälfte. Das war überaus günstig für ihn, denn der Einstieg befand sich ganz unten. Gab es Wachen? Er entdeckte keine und begann den Stacheldrahtzaun zu untergraben. Viel gehörte nicht dazu, doch eigentlich war das auch kein Wunder, denn bisher hatte es bestimmt noch kein Sträfling geschafft, so weit vorzudringen – falls er überhaupt lebend aus dem Wasser kam.

Wenig später hatte er es geschafft, und lautlos wie ein Schatten huschte er hinüber zu der Flugmaschine. Der Einstieg war leicht zu öffnen, und rasch verschwand Catcart im Innern. Er atmete tief durch und wunderte sich nun doch. Aber als er an den Ausgangspunkt seiner Flucht und den Weg bis hierher dachte, wurde er wieder nüchterner. Er hatte Glück gehabt, einfach nur Glück, das war alles. Und selbst wenn es ihm gelang, zu Ood zu stoßen, war damit immer noch nicht mehr gewonnen als das nackte Leben. Aber das war jetzt auch das einzig Wichtige. Nichts anderes.

Selbst im Dunkeln kannte Catcart sich in dieser Maschine aus. Er ließ sich in den Pilotensitz fallen und schloß minutenlang die Augen. Dann drückte er spontan den Anlasser. Der senkrechtstartende Transporter heulte auf und stob in die Höhe.

## 8

SIE HATTEN ihn nur verwarnt.

Frank Julisses seufzte erleichtert. Es hätte schlimmer ausgehen können. Aber ihm war nichts nachzuweisen gewesen. Er hätte die Bemerkung im Magazin *deutlich*, die den Geheimoberst Müller so irritiert hatte, ja in der Tat einfach aus der Besorgnis heraus getan haben können, daß die Aktionistenideen zu Gewaltanwendung führen *könnten*, also ein Nachdenken darüber mehr als lohne.

Eine Verwarnung also, dachte Julisses befriedigt und steckte den Brief in seine Jackentasche. Andererseits, überlegte er, wird das nicht alles sein. An eine Verwarnung war immer eine Bedingung gekettet.

Die Tür öffnete sich, ein Mann trat in Julisses' kleines Büro, warf einen Brief auf seinen Schreibtisch und verschwand grußlos. Julisses wußte, was das bedeutete. Dieser Briefumschlag würde jene Bedingung enthalten, an die er eben gedacht hatte. Sie machten das immer so, das wußte er. Jedenfalls sagten das alle, die eine Verwarnung erhalten hatten – und das waren nicht wenige. Zuerst die Verwarnung, damit man aufatmen konnte, dann unmittelbar danach die Bedingung, damit man sich dessen bewußt blieb, daß etwas getan werden mußte, um den Verdacht zu tilgen, der auf einem lastete.

Julisses riß den Umschlag hastig auf. Was ich da hinter mir habe . . ., dachte er und blickte lange auf die Unterschrift.

So, dachte er überrascht. Das wußte ich nicht. Bedingungen stellt also dieser Müller! Mal sehen, was Müller sich da ausgedacht hat!

*Mein lieber Frank!* stand dort. *Frank!* Natürlich.

*Du kommst besser weg, als ich gehofft habe.* Das glaube ich dir, dachte Julisses. *Du kennst sicher den schönen Brauch des Bedingungstellens. Ich stelle gern Bedingungen und am liebsten Menschen wie Dir. Menschen, die unverdientes Glück haben.* Du Schwein, dachte Julisses. *Denn Du hast es nicht verdient, Frank! Aktionistensympathisanten verdienen die Gaskammer.* So dachten Leute wie du schon immer, du Schwein! Aber weshalb bist du so ehrlich? *Ich habe mir eine besonders schöne Aufgabe für Dich ausgedacht, Frank. Eine historisch und seelisch ungemein wertvolle! Du wirst Dokumentaraufnahmen machen vom Geschehen der letzten Tage in Nova City. Laß Dir einen Berechtigungsschein von mir für die Z-Kamera geben.* Für eine Zeitkamera? Wie kommt er darauf? Die bekommt doch sonst kein gewöhnlicher Sterblicher in die Hände! *Damit gehst Du auf Nova Citys Straßen und fängst ein, was geschah. Das ist alles, was ich von Dir verlange, Frank! Bin ich nicht großzügig zu Dir? Ich habe auch allen Grund. Du wirst es noch verstehen. Laß Dich einmal von mir überraschen, ja, Frank? Danach ist jeder Verdacht getilgt. Danach bist Du wieder über jeden Verdacht erhaben!* Was führt er bloß im Schilde? *Und diesen Brief vernichtest Du, sofort nachdem Du ihn gelesen hast, hörst Du? Sonst bekommst Du erneut Schwierigkeiten. Ernste Schwierigkeiten. Mit mir, Junge! – Dein Geheimmüller.*

Du schlaues, zynisches Schwein, dachte Julisses. Du hast mich in der Hand, obwohl ich jetzt vielleicht dir am Zeug flicken könnte wegen des Briefes, der dich als das entlarvt, was du bist: ein schlaues, zynisches Schwein, das aufgrund solcher „Umgangsformen" degradiert werden könnte. Nein, du bist stärker, du sitzt am längeren Hebel! Vernichte ich den Brief nicht, vernichtest du mich!

Zerknirscht zündete Julisses den Brief mit einem Streichholz an. Die Asche schüttete er in den Briefumschlag. Müller sollte den Beweis für die Vernichtung des Briefes sehen. Sonst kam er noch auf die Idee, ihn mit dem Verdacht zu piesacken, er hätte den Brief nicht vernichtet, sondern wolle versuchen, ihn in einem Bericht des *deutlich*-Magazins zu verwenden.

Lustlos schob er die Papiere beiseite, die seinen Schreibtisch bedeckten, als wollte er etwas aus der Welt schaffen, mit dem er nichts zu tun haben wollte. Schwerfällig stand er auf und verließ sein kleines, enges Büro, stiefelte leise die Treppen hinauf in die nächste Etage und klopfte laut an Müllers Tür, um sich Mut zu machen. Mit wenig Erfolg.

Ein schnarrendes „Herein!", das böse klang, aber mit einem freundlichen Lächeln gesagt worden war, machte alles noch schlimmer. Julisses schwor sich, keinen Kommentar abzugeben, möglichst gar nichts zu sagen und gleich wieder zu gehen. Er trat ein.

Müller lächelte ihm entgegen. „Na?" sagte er, als wäre nichts vorgefallen. „Was gibt's?"

Zwei Geheimpolizisten saßen im Raum. Sie blickten Julisses gespannt an. Sie wußten natürlich, wer er war. Müller lächelte nicht mehr, wurde auch nicht unwirsch, sondern tat beschäftigt.

„Na?"

Julisses legte den Umschlag auf Müllers Schreibtisch und wartete darauf, daß dieser ihn öffnete. Müller sah ihn sich eine Weile an, ahnte wohl den Inhalt und blickte wieder Julisses an. „Und?" fragte er kurz.

„Ich benötige von Ihnen eine Sondergenehmigung für die Z-Kamera."

„Ach so, ja. Hier, bitte."

Müller kramte auf dem Tisch herum, fuchtelte mit einem Zettel und hielt ihn Julisses hin. Der nahm ihn an sich.

„Noch was?" wollte Müller wissen. Beschäftigt wühlte er bereits wieder auf dem Schreibtisch herum und sah Julisses nicht mehr an.

„Nein, danke", erwiderte Julisses und ging.

Aus dem Lager holte er sich die Zeitkamera und die dazugehörige Ausrüstung, meldete sich ab und fuhr durch Nova Citys Straßen. Es gab Gegenden, in denen es wie eh und je von Menschen wimmelte, und Gegenden, die wie ausgestorben wirkten. Es war Mittagszeit. Hin und wieder blinzelte die Sonne zwischen den Wohnsilos hervor. Er begegnete selten einem anderen Elektroauto, dafür mehreren Gleitern der Polizei und der Armee, die Nova City immer noch besetzt und unter Kontrolle hielten. Um ihn hatte sich bisher kein Polizist oder Soldat gekümmert. Revolution und Konterrevolution – Begriffe aus dem Wortschatz der Aktionisten – waren an ihm vorübergegangen. Das Damoklesschwert dagegen schwebte noch über ihm.

Was sich Müller nur davon versprach?

Verrückt! Müller ermöglichte ihm nachträglich, aus Martins Tip doch noch etwas zu machen. Und das, weil er vermutete, daß Julisses ihm etwas verheimlichte! Grotesk. Oder ahnte Müller etwas . . .? Wie sollte er! Jedenfalls spielte er mit Julisses' Unwissenheit.

Je näher er den Stätten der Schlachten der vergangenen Tage kam, desto weniger Menschen begegnete er. Bald hatte er die Gegend der Zehnstraßenkreuzung erreicht, wo einer der heftigsten Kämpfe getobt haben sollte. Was würde ihn dort erwarten?

Julisses ließ sein Elektroauto stehen und ging zu Fuß weiter. Er wußte selbst nicht, warum. Aber wahrscheinlich waren es die Stille, die Ruhe und die Einsamkeit – dieser ungewöhnliche Zustand, den er nie erlebt hatte in diesen Straßen.

Kurz darauf gelangte er an die Zehnstraßenkreuzung, einen großen Platz, in dessen Mitte schwarze Stacheln sich gen Himmel reckten und der von acht sich kreuzenden Schwebestraßen bis auf einige Lücken überdacht war. Unter den Schwebestraßen waren Leuchtquellen angebracht, die den Platz, den Julisses betreten hatte, in künstlichem Tageslicht badeten.

Der Platz war tot – so tot, daß Julisses meinte, nichts, einfach nichts sehen oder erkennen zu können. Er sah nur die bekannten Formen der Wohnzylinder und die Straße. Sonst gab es nichts, woran sich seine Augen klammern konnten. Oder doch? War wirklich noch alles so vertraut wie zuvor? Gab es keine Unterschiede? Und plötzlich sah Julisses alles; alles, was sich verändert hatte, die kleinen und die großen Unterschiede.

Vier tote Menschen lagen übereinander, dicht an die Wand eines Wohnzylinders geschoben. Ihre Armstümpfe waren blutverkrustet, die Kleider schwarz verbrannt und zerrissen, die Augen blickten in einen jenseitigen unergründlichen Raum, die acht Arme lagen sauber geordnet neben ihnen. Und an ihren Ärmeln leuchtete – unbeschädigt – das Symbol der Aktionisten: eine rote stilisierte Nervenzelle.

Der Tod auf Abbildungen war schrecklich genug; ihm aber wirklich zu begegnen, das war ganz anders, das war abscheulich. Julisses wandte sich schockiert ab. Seit Tagen hatte ihn ein Gefühl der Beklemmung nicht mehr verlassen. Er hatte es verdrängt, mehr oder weniger erfolgreich. Und über die Anzahl der Toten hatte er nichts gehört – bis er heute morgen nicht mehr daran vorbeikonnte: fünfhunderttausend Tote! Innerhalb von drei Tagen! Er hatte das Gefühl nicht mehr verdrängen können, es war ihm bewußt, und es blieb. Und doch störte es wenig, denn da war die Sache mit Müller und der Bedingung gewesen . . . Aber jetzt . . ., jetzt krampfte ihm etwas den Magen und das Herz und die Rippen und den ganzen Körper zusammen . . . War das die Realität? War das wahr, all das, was jetzt auf ihn hereinstürzte?

Sechs Millionen Androiden-Soldaten – innen Roboter, außen menschliche Plagiate – hielten Terras Zentralstädte besetzt, machten jedem wehrhaften Aktionisten gegenüber von der Waffe Gebrauch. So hatte er Regierungssprecher Sheer reden hören. Aber andere – vor allem Martin, von dem er vorgestern zum letztenmal etwas gehört hatte – sagten, daß die

Soldateska rücksichtslos gegen jeden mit der Waffe vorgegangen sei, der sich in der Nähe dieses Orts befunden habe, egal, ob Rebell oder Unbeteiligter . . .

Aber durfte man von einer Konterrevolution etwas anderes erwarten? Mußte sie nicht so hart durchgreifen, wie es nötig war, um die Revolution zu ersticken? Bejahen würde diese Frage jeder, der ein Feind der Revolution war. Also mußte auch Julisses so denken. Er dachte auch so, und er dachte es immer wieder und wieder und wurde doch nicht überzeugter davon. Zweifelte er denn? Er zweifelte plötzlich daran, daß er zweifelte, und verlor sich völlig in unlogischen Gedankengängen. Er war Gegner der Aktionisten. Das zählte. Wozu weitere Gedanken, woran Zweifel?

Konnte es denn statt eines Gefängnisses eine wirklich freie Welt geben? War eine Planetare Kommune möglich, wie sie die Aktionisten angestrebt hatten?

Natürlich nicht, entschied Julisses. Ganz sicher nicht. Er blickte schnell hinauf zu einem der Löcher, durch die er den Himmel sehen konnte. Ein blaues Dreieck hier, ein blaues Rechteck dort, da zwei blaue Rhomboide und da sogar ein blauer Kreis; etwas verschoben wirkte er allerdings, als wäre er nicht recht gelungen. . . Darüber jedoch, da waren Freiheit und Glück, doch da konnte niemand leben.

Wieder blickte er auf die Toten – und fragte sich, ob das jene friedliche, freiheitliche Gemeinschaft von Menschen war, mit den gleichen Pflichten und Rechten voreinander, miteinander für die Freiheit des einzelnen einstehend . . . War dies das Ziel der Aktionisten, oder lag ihr Traum in Trümmern vor seinen Füßen, oder war dies erst der Auftakt zu noch entsetzlicheren Kämpfen?

Auf jeden Fall war dies *ein* Ende.

Frank Julisses war allein auf Nova Citys Straßen. Ein erstaunter, verwirrter Mensch mitten im Reich des Todes, an einem sonnigen Mittag mit lauer und nelkenduftgeschwängerter Luft und seltenen Verkehrsgeräuschen von den Schwebestraßen dort oben, die mit alldem Schrecklichen hier unten nichts zu tun zu haben schienen. Er fühlte sich fremd in diesen Straßen. Er wünschte sich fort.

Er war im Auftrag Müllers für die *TELEvision* unterwegs – nun gut, der Auftrag mußte erfüllt werden.

Die Toten hatten ihn schockiert, doch die gefühllos zupackenden Metallgreifer des Reinigungsrobots, der jetzt mit Aufräumungsarbeiten begann, erzeugten Haß in ihm. Die drei metallenen Arme legten die vier toten Körper und die abgetrennten Gliedmaßen sanft auf einen flachen Wagen, den der Robot hinter sich herzog. Dann schaltete sich lautstark in seinem Innern ein neues Arbeitsprogramm ein. Ein biegsamer Schlauch kroch aus dem pyramidenförmigen Ding hervor. Er spritzte etwas über die Stelle, an der die Toten gelegen hatten, desinfizierte sie. Die eingetrockneten Blutflecken auf der Erde und an der Hauswand verschwanden. Leise rollte der Robot davon, und nichts erinnerte jetzt mehr an die drei verderbnisreichen Vortage.

Irgendwo am Himmel gleißte die Sonne. Nova Citys drei- bis sechshundert Meter hohe Gebäude und die vielen Schwebestraßen verdeckten sie. Die schlanken grauen Wohnzylinder verteilten sich unregelmäßig bis zum nahen Horizont. Es gab keine architektonische Vielfalt, von den unterschiedlichen Formen der Balkone abgesehen, und der Versuch einer abwechslungsreichen Gestaltung des Stadtbildes wurde wieder kaputtgemacht durch das eintönige Grau der Zylinder und die klinische Sauberkeit in den Straßen. In allen Straßen sogen Reinigungsautomaten Staub, Schmutz und Abfälle vom Boden auf und huschten hin und wieder wie aus einer Laune heraus plötzlich über die smaragdgrüne Fahrbahn und erhoben sich in die Luft, wenn Fahrzeuge nahten, um einem Stück Papier nachzujagen, das jemand unachtsam oder absichtlich hatte fallen lassen. Klimaregler sorgten für angenehme Temperaturen und verbreiteten Wohlgerüche, und das selbst in den Tagen künstlichen Nebels und Regens.

Zwischen den Wohnzylindern breiteten sich kleine Grünflächen aus: Wiesen, blumenbesät und mit Teichen verziert. Ein stereotypes Bild, nur vereinzelt mal eine Plastik eines *Legitimierten Künstlers.* Selten einmal Sträucher und Bäume, so wie auf dem Platz unter der Zehnstraßenkreuzung.

Jetzt ragten hier jedoch nur noch schwarze Äste in die Luft.

Julisses krampfte es das Herz zusammen bei diesem Anblick. Ein schneller Blick hinauf an den Wohnsilos ließ ihn die Sprache der Gewalt erkennen: häßliche grauschwarze Brandflecken, Zeugnisse der entsetzlichen Schlacht.

Die Zehnstraßenkreuzung war das Zentrum Nova Citys. Das Herz. Die Stelle, wo man sehen konnte, daß sich in dieser Stadt Vertreter aller Städte trafen. Nova City war das Handelszentrum der Welt, die Kulturzentrale. Sie besaß den größten Raumhafen, war Terras empfindlichste Stelle. Deswegen war so hart um sie gekämpft worden, deswegen hatte es hier weit mehr Tote gegeben als anderswo. Zwanzig Prozent.

Ernüchternde Zahlen.

Die Toten hatten ihn schockiert, aber das gefühllose Zupacken metallener Arme hatte Haß in ihm erzeugt. Obwohl es klar war, daß metallene Arme gefühllos waren, obwohl klar war, daß diese Roboter eine gute Einrichtung waren und . . .

Es gelang ihm nicht, den Haß näher zu definieren. Momentan richtete er sich gegen die Roboter, wenn er genauer nachdachte, gegen die Androidensoldaten, doch letzten Endes gegen die Revolutionäre, die er für das Massaker verantwortlich machte. Andererseits hatten nicht sie fünfhunderttausend Menschen getötet, sondern die Androiden.

Wen sollte Frank Julisses hassen?

## 9

WAS DEN Körper betraf, die biologischen Funktionen, Organe, geistige Fähigkeiten und das Aussehen, gab es zwischen den Kharis und den Weltenbündlern keine Unterschiede. Wohl aber im Verhalten, im Charakter, in den Erfahrungen, Erkenntnissen, dem Willen und so weiter, allem, was nur irgendwie mit dem Bewußtsein zu tun hatte, dem Bewußtsein von der Welt, den Dingen und von sich selbst und seinen Mitmenschen. Darin unterschieden sie sich gewaltig. Man konnte nicht sagen, daß sie entgegengesetzt waren, einander ausschlossen. Es waren nicht die einen gut und die anderen schlecht. Aber die einen verleugneten jeglichen Fortschritt, der nicht dem

Gesellschaftsprinzip diente, das für sie geheiligt war und bleiben sollte. Die anderen hatten sich von ihnen losgesagt, ein neues Gesellschaftsprinzip anerkennend, eines, das nur bestehen konnte, wenn der Fortschritt für alle gesichert blieb und Unterdrückung und Ausbeutung ausschloß.

Äußerlich bestanden auch zu den Menschen der Erde nur geringfügige Unterschiede, doch für Kharis wie Weltenbündler waren sie so offensichtlich und auffallend, daß es keiner weiteren Überprüfung bedurfte.

Ronf versuchte alle Möglichkeiten durchzudenken, wie sich die Kharis in die Elite der herrschenden Kreise eingeschlichen haben mochten. Im Einsatz mit Hypno? Schlecht, müßte dauernd erneuert werden, brächte die Administration dieser Welt durcheinander. Illusionsfelder, die einen als etwas anderes erscheinen ließen, als man wirklich war? Das Problem läge dann ähnlich. Ohne jede Maskierung – als Freunde der mächtigen Menschen? Was konnten sie ihnen schon bieten?

Ronf war sicher, daß die Kharis nicht in einem Versteck herumsaßen und terranische Produkte zusammenstahlen, sondern durch eine hervorragend ausgeklügelte Maskerade unter den Terranern agierten und die Volkswirtschaft so geschickt zu manipulieren verstanden, daß außer Verwirrung und verschärfter Kontrolle sie nichts am Abzweigen gewisser Produkte hindern konnte. Aber wie machten sie es? Wo waren sie?

In der Rolle eines Geheimpolizisten würde es ihm nun wesentlich leichter fallen, das Rätsel zu lösen. Was er brauchte, war die Bearbeitung eines Falles, der die hohen Herren betraf, damit er in der richtigen Sphäre schnüffeln konnte. Um zu einem solchen Fall zu kommen, konnte er mit seiner Hypnosepistole nachhelfen. Araz mußte nur einen solchen Fall haben. Doch Ronf war sich sicher, daß innerhalb der privilegierten Schichten jeder jeden beschnüffeln ließ, um durch Erpressung zu einem noch größeren Stück vom wertvollen Freiheitskuchen zu kommen, wobei den einen mehr der Reichtum, den anderen mehr die Privilegien lockten.

Als Ronf vor Rodrigo Araz stand, musterte er automatisch dessen Statur und Gesicht. Das Gesicht wirkte zwar alt, aber dennoch ansprechend, so als habe er mit zunehmendem Alter die Fähigkeit zu entwickeln verstanden, durch Mimik und Kosmetik die Gesichtszüge in gefälliger Symmetrie zu halten. Die Schultern fielen unschön ab und wirkten schief, der Rücken war verkrümmt und der Bauch schwammig und dick.

Araz suchte in seinen Papieren. Plötzlich setzte er sich kerzengerade auf, lehnte sich in seinen Sessel zurück und strahlte Ronf an. „Na, schon ungeduldig, wie?" Ronf nickte nachdrücklich und schnell.

In Araz' Büro standen diesmal zwei Geheimpolizisten in Uniform. Sie bewachten die Tür und langweilten sich sichtlich. Ronf warfen sie zwischendurch neugierige Blicke zu.

„Tja", meinte Araz und zuckte mit den Schultern. „Wirklich schade. Es ist nicht zu fassen. So ein guter Mann und doch . . ."

„Wie bitte?" fragte Ronf erschrocken.

„Tja", machte Araz wieder. „Ich meine, Sie sind so ein guter Mann, McCord. Sie hätten wir wirklich gut brauchen können. Na ja, was nicht sein kann, wird nicht sein. Oder? So heißt es hier doch, nicht wahr?"

Ronf blickte Araz verwirrt an. Gleichzeitig schaltete er. Er saß in der Falle. Sie waren ihm auf der Spur. Sie hatten entdeckt, daß er nicht echt war. Das heißt, sie hatten etwas gefunden, was ihn disqualifizierte. Es war aus mit dem Job. Doch warum nur?

„Wer sind Sie also?" fragte Araz gelangweilt. Er tat so. Echt war es garantiert nicht. Ronf sah es an den Augen. Unauffällig tasteten sich seine Finger in die rechte Tasche seiner Jacke und aktivierten den Körperenergieschirm, den er meinte bei seinen Einsätzen als Agent zu benötigen, um nicht einem Mord oder Unfall zum Opfer zu fallen. Währenddessen sprach er: „Wer ich bin, können Sie in Ihren Akten nachlesen. Was dort steht, das stimmt. Haben Sie nicht nachgeforscht?" Jetzt tasteten die Finger nach der Hypnopistole. Damit konnte er das Zwischenspiel auslöschen, den Anwesenden einpflanzen, daß er gerade alle Unstimmigkeiten aus dem Wege geräumt und nun einen Einsatzbefehl zu erhalten hatte. Wenn . . . Aber Araz beobachtete seine Hand, die in der Tasche steckte.

„Unsinn", geiferte Araz. „Sie sind kein Terraner!"

So stand es also! Araz wußte, daß er . . . Aber dann . . .

„Sie sind ein Imperial-Kharis?" fragte Ronf verstört. Das hatte er sich nicht träumen lassen.

Rodrigo Araz lachte laut und häßlich. „Ja, ha!" prustete er. Ronf ließ die Finger von der Hypnopistole. Die half hier nicht mehr, denn die Kharis rechneten mit Hypno. Araz hatte bestimmt vorgesorgt. Sicherlich haben sich alle immunisiert gegen Hypno, sagte sich Ronf.

Araz kicherte leise und mißtrauisch. Dann verdüsterte sich sein Gesicht. „Hypno ist ganz überflüssig." Er griff sich mit der rechten Hand mitten ins Gesicht, an den Hinterkopf, an die Stirn und unter das Kinn – und sein Gesicht wurde häßlich, wurde typisch kharisisch. Er griff unter die Achseln, unter sein Hemd und hinter den Rücken, zog etwas hervor – und sein Körper nahm die vollendet ausgewogene Form eines Kharis an.

So einfach hatten sie ihn übertölpelt!

Ronf lachte sarkastisch auf. Als Überraschung empfand er, daß ein Kharis diese Position besetzt hatte. Was versprachen sie sich davon, wenn einer von ihnen den Geheimdienstchef spielte? Es fiel ihm wie Schuppen von den Augen. Sie wollten natürlich wissen, ob die Einwohner dieser Welt ihre Identität aufgedeckt hatten, und wenn, wie sie sich verhielten, ob sie Gegenmaßnahmen ergriffen und so fort. Die Sitten, Gebräuche und Gedankengänge der Terraner und auch der Kharis waren sehr verschieden von den seinen und denen aller Weltenbündler; seine Agentenausbildung hatte ihn darüber informiert . . . Aber wer dachte schon immer an alles? Jetzt hatte er wenigstens den Anknüpfungspunkt gefunden. Araz würde ihm nicht entkommen. Dazu war seine Ausgangsposition zu schlecht. Oder irrte er sich?

„Sie sind ein Agent?"

„Natürlich", erwiderte Ronf geringschätzig.

„Das ist vorbei", behauptete Araz noch geringschätziger.

„Weshalb?" fragte Ronf freundlich. „Weil ich mit Hypno nichts ausrichten kann? Können Sie denn etwas gegen meinen Körperenergieschirm tun?"

Araz schreckte hoch. „Schutzschirm?" wiederholte er mit singender Stimme. „Der wird von Ihrem Raumschiff gelenkt. Den kann man kappen. Wissen Sie das nicht?"

„Wissen Sie nicht, daß wir inzwischen Minischirme haben, die wir am Körper mit uns herumtragen? Da ist nichts, was man kappen könnte."

„Die Energie wäre viel zu schwach", wandte Araz mit großen Augen ein.

„Das Problem haben wir eben gelöst. Stellen Sie sich das vor, Araz, oder wie immer Ihr Name lautet. Sie sind nicht auf dem laufenden."

„Wenn das stimmt, sind wir es in der Tat nicht", gab Araz zu. „Aber das wird erst überprüft!"

„Kein Wunder", stichelte Ronf grinsend. „Bei eurer Organisation müssen solche Pannen ja passieren."

„Spotten Sie nicht!" Araz' Stimme bekam einen unangenehmen Akzent. „Sie werden mir das büßen!" Ronf wußte, daß diese Drohung ernst zu nehmen war. Wenn Araz ihn zu fassen bekam, würde er sich rächen. Spott vertrugen sie nicht, diese Brüder vom Imperium. Was auch auf einige Terraner zutrifft, entsann sich Ronf. Ob das am Einfluß der Kharis liegt? Kaum, entschied er. Das liegt am verdorbenen Geist und vielen anderen Einflüssen, die sich hier und im Kharis-Imperium ähnelten und ihren Ursprung in der asozialen Gesellschaftsordnung hatten.

„Ja, wir wissen seit einiger Zeit, was sich hier abspielt, Araz. Und lange wird es nicht mehr dauern. Ich bin nicht allein."

„Wissen wir, wissen wir. Oder glauben Sie, daß Sie und Ihre Begleiterin nicht wie Kharis aussehen?"

Diese Anspielung war nicht sehr ernst zu nehmen. Zwei Kharis unter Milliarden Menschen fielen wirklich nicht auf; und auch die Geheimpolizei hatte Besseres zu tun, als nach ihnen Ausschau zu halten. Letztlich aber war das unveränderte Kharis-Äußere innerhalb des Polizeipalastes gerade das Lockmittel zum Auffinden der Kharis aus dem Imperium gewesen. Nun jedoch war damit zu rechnen, daß Actref ausfiel; damit war ihr Auftrag höchst gefährdet.

„Ihre Intelligenz ist auch recht planetenüblich. Es war nicht schwer dahinterzukommen. Sie arbeiten schlecht, meinen Sie nicht?"

Ronf wünschte ihn zur Hölle.

„Wieviel verlangen Sie also?"

„Was soll das heißen?"

„Was wollen Sie fürs Schweigen haben?" Araz grinste zuversichtlich. Die beiden Geheimpolizisten an der Tür lachten leise. Sie waren offensichtlich Terraner. Weshalb spielten sie mit, ließen sich von einem Außerirdischen Befehle geben? Wieso halfen sie ihm?

„Glauben Sie, mich kaufen zu können?"

„Natürlich, McCord, oder wie immer Ihr Name lauten mag. Wir sind nicht kleinlich, wie Sie wissen sollten."

„Sie irren auf furchtbar banale Weise, Araz. Ich werde jetzt gehen. Weiter wird gar nichts geschehen."

„Nun", überlegte Araz gemächlich. „Den Schirm können wir mit den hier zur Verfügung stehenden Mitteln nicht durchdringen, wenn es stimmt, was Sie sagen. Aber . . ., tja . . ., wir könnten Sie lebendig einmauern lassen!"

Damit hatte er recht. Doch bis sie damit anfangen konnten, war er längst über alle Berge. Ronf dämmerte, daß Araz ganz genau wußte, was er machen konnte und was nicht. Er wollte Zeit gewinnen. Inzwischen unternahmen gewiß die von Araz durch irgendwelche Signale informierten Kharis oder Gepos Schritte, die seinem Energieschirm gefährlich werden konnten. Vielleicht hörte man ganz einfach mit . . .

Er mußte augenblicklich fort.

Ronf riß die Hypnopistole aus der Tasche und lähmte die Wärter. Araz sah zunächst interessiert zu, doch plötzlich verzerrte Angst sein Gesicht, als er sah, wie Ronf mit der Pistole ausholte, um sie auf seinem Kopf niedersausen zu lassen.

Überrascht stellte Ronf fest, daß Araz' weiße Haare nicht echt waren. Die fast unsichtbaren Klammern und Nadeln machten in Sekunden aus Ronfs Gesicht das Gesicht des Rodrigo Araz, den es in Wirklichkeit nicht gab. Diese Kunst beherrschte Ronf so gut wie seine Gegner. Und weiche Gummiteile machten aus Ronfs wohlgeformtem Körper einen unansehnlichen, der Rodrigo Araz glich. Mit der Möglichkeit, daß Ronf die körperverändernden Utensilien an sich nehmen könnte, schien der Kharis nicht gerechnet zu haben.

Ronf suggerierte den Geheimpolizisten, der im Zimmer liegende Bewußtlose sei der gefährliche McCord, der, wenn sie nicht gut aufpaßten, fliehen und sich als Araz ausgeben könnte und mit Illusionsfeldern sein Aussehen vortäuschen würde.

Als die Männer zu sich kamen, sahen sie, wie Araz den Gang hinunterging, plötzlich vor schweren Metallplatten, die die ganze Etage hermetisch abgeriegelt hatten, haltmachte und sich mit überraschtem Gesichtsausdruck zu ihnen umwandte.

Ronf machte ein energisches Gesicht, als er zurückging. „Ich werde weitere Informationen über den Spitzel einholen, bevor wir uns näher mit ihm beschäftigen", erklärte er. Die Hypnopistole trat in Aktion. Es war ganz einfach. Er brauchte ihnen nur zu befehlen, die Metallwände zu öffnen, und schon bediente einer der beiden einen kleinen elektronischen Sender an seinem Uniformkoppel. Die Metallplatten rollten zur Seite und schlossen sich sofort wieder hinter ihm.

Jetzt mußte er sich beeilen. Er konnte Glück haben . . . Unter den vielen Anwesenden im Obergeschoß des Kaufhauses befanden sich höchstwahrscheinlich noch weitere Kharis. Immer wieder setzte er die Hypnopistole ein und stellte fest, daß alle lähmbar waren. Sein Äußeres verwirrte niemanden. Ronf konnte also sicher sein, daß hier kein weiterer Kharis zu finden war.

Kurz setzte er sich über seinen Armsender mit Actref in Verbindung, erklärte ihr seine Situation, warnte sie vor Araz' Leuten und machte mit ihr den nächsten Treffpunkt aus.

„Es scheint, als hätte auch ich einen Anhaltspunkt gefunden", berichtete Actref. „Eine Geheimorganisation mit ungewöhnlichen, kritischen Ansichten besitzt das Ansehen vieler Menschen, zumindest in dem Viertel, in dem ich mich gerade bewege. Wenn es Kharis sind, ist es nicht schwer zu erraten, weshalb. Durch die vielen Anhänger in der Bevölkerung könnten sie sich all die Produkte besorgen lassen, die sie haben wollen, angeblich für die Armen."

„Du meinst jene Menschen, von denen wir einmal sprachen? Denen das System vorwirft, schuld am Gütermangel zu sein?"

„Ich meine nicht die Aktionisten und auch nicht die sogenannten *Auswanderer*. Diese nennen sich Oodjünger."

„Es klingt nicht sehr wahrscheinlich. Aber es wäre dennoch eine Möglichkeit. Geh der Sache weiter nach!"

Ronf verließ das Kaufhaus und suchte den Polizeipalast auf. Wenn sich die Kharis in die Organisationen der herrschenden Eliten Terras eingeschlichen hatten, mußten sie dort zu finden sein. Es war sogar möglich, daß sie dort zu finden waren und *zugleich* eine Geheimgesellschaft bildeten.

Im unteren Stockwerk begann er die Suche. Er verbrachte Stunden damit, ohne Erfolg zu haben. Je höher er kam, desto näher kam er der Machtspitze dieser Welt.

Es ging in erster Linie um den Standort des Hauptquartiers der kharisischen Räuber; um die Zentrale, die ihnen die technische und energetische Macht verlieh. Wenn er erfuhr, wo sie lag, hatte er halb gewonnen.

Im letzten Stockwerk fand er die Kharis. Es waren nur wenige; von zweihundert Anwesenden vielleicht fünfundsiebzig.

Keiner von ihnen gab ihm die Hinweise, die er benötigte. Trauten sie einander so wenig, daß nur ganz wenige das Versteck des Hauptquartiers kannten? Wieder fiel Ronf die herzliche Zusammenarbeit zwischen Terranern und Kharis auf. Es war doch kaum möglich, daß die Menschen keine Ahnung hatten . . .

Entweder schweigen sie beharrlich, weil sie mich entlarvt haben, und unternehmen bereits etwas, dachte Ronf, oder sie sind zu besonderer Vorsicht angehalten worden. Er war mitten unter ihnen, aber es nutzte ihm kein bißchen. Plötzlich öffnete sich hinter ihm eine Tür, und eine Stimme rief: „Treten Sie doch näher, Araz! Sie sind doch Araz, nicht wahr? Wir wissen, was Sie wollen." Schnappte jetzt die Falle zu? Und als Ronf nur langsam aus der Erstarrung erwachte, sagte die Stimme barsch: „Machen Sie schon!"

## 10

ACTREF sah ihn sich genauer an. Er war groß, hager und jung. Sein Gesicht strahlte Mut und Haß aus. Es sah alt aus. Viele Falten durchzogen es, und die Haut war spröde, gelb und hart.

Die Augen starrten durch Wände und Welten, registrierten alles, verströmten Wut.

Er hatte sich als Ood vorgestellt, und alle Anwesenden dieser Kaschemme hatten geklatscht. Bevor sie gekommen waren, hatte der Wirt sich zwar verwundert über die unbekannten Gäste geäußert, war aber sehr zufrieden gewesen. Als Ood erschien, tat er, als begegnete er dem Teufel persönlich. Aber er servierte willig wie zuvor.

Die Männer hatten sich in dem kleinen Raum verteilt und blickten wachsam in alle Richtungen. Ood war auf den Tisch vor dem Tresen gesprungen und hielt eine Rede. Er rief alle auf, bereit zu sein, das Leben für die Errichtung einer neuen Gesellschaft zu opfern, sich der Revolution zu widmen, die es bald zu machen gelte.

Der Beifall war ihm gewiß.

Actref schwieg amüsiert, obwohl sie spürte, daß sich in diesem Treiben in der Tat ein Wandel der Gesellschaft auf der Erde andeutete. Sie lauschte den feurigen Worten und überlegte, ob sie wohl fähig waren, die Mehrheit der Menschen mitzureißen. Aber schon die Reaktion der Anwesenden beantwortete ihre Frage negativ. Die Mitstreiter Oods begrüßten zwar seinen Wortschwall, aber sie konsumierten ihn genüßlich, wie sie das Bier des ängstlichen Wirts genossen. Sie klatschten, als Ood ihr Leben als Opfer forderte, aber ihre fröhlichen Gesichter bewiesen, daß sie, bis es soweit kam, Ood fröhlich lauschen und genüßlich ihr Bier trinken würden.

War das wahr? Kämpften sie nicht wirklich, opferten sie nicht ihr Leben? Einige sicherlich, dachte Actref. Doch die meisten liebten die Gesellschaft dieser Leute, nicht mehr.

Wie konnte Ood so reden – kurz nach dem Massaker beim Aufstand in der letzten Woche? Glaubte er im Ernst, daß die Menschen ihm folgen und in den Tod rennen würden? Wahrscheinlich. Also war er ein Träumer und Idealist? Glaubte er wirklich, die Revolution mit einer Handvoll Männer machen zu können?

Andererseits, dachte sie, sind sie sehr mutig und riskieren in der Tat, ins Gefängnis geworfen und gefoltert zu werden. Sicher waren sie auch beim Aufstand der Aktionisten dabeigewesen, hatten ihr Leben aufs Spiel gesetzt. Waren es deswegen nur noch so wenige? Es ist ihnen tatsächlich ernst, sagte sich Actref. Und wenn es ihnen ernst ist, wirft das ein bezeichnendes Licht auf den Zustand des herrschenden Systems. Es muß grausam sein. Und daß es grausam ist, das hatte Actref erfahren.

Damit schloß sich der Kreis. Oods Leute meinten es mit ihren Ideen und deren Umsetzung in die Praxis todernst.

Wenn eine Gesellschaft so eine Gruppe hervorbrachte, überlegte Actref weiter, mußte man sich ihr als Gegner dieser Gesellschaft nicht unbedingt anschließen?

Ein schriller Pfiff auf der Straße ließ sie zusammenfahren. Und bevor sie einen Gedanken fassen konnte, knallte die Eingangstür gegen die Innenwand des Lokals und brach auseinander. Eine türkisblaue Wand schob sich mit enormer Geschwindigkeit in den Raum herein und begrub Tische und Stühle unter sich.

Schreie hallten in ihren Ohren. Die Oodleute sprangen wie vom Elektroschock getroffen von ihren Sitzen und liefen an ihr vorbei. Etwas peitschte, etwas anderes röhrte, und wieder etwas anderes zischte. Die Wand, die jetzt mitten im Raum angelangt war, machte halt, bröckelte auseinander, und Actref erkannte eine Horde Polizisten, die, über Tische und Stühle springend, den Fliehenden nachjagte. Einige Oodmänner sanken zu Boden und bewegten sich nicht mehr. Dann waren sie bei ihr. Zwei Polizisten mit furchterregend verzerrten Gesichtern beugten sich zu ihr herab und hoben ihre Elektropeitschen.

Sie blickte zu ihnen auf mit unbewegtem Gesicht und begriff nicht, was vor sich ging. Sie saß immer noch gemütlich wie zuvor am Tisch, regte sich nicht, und ihre Augen spiegelten Unglauben wider.

Die Peitschen blieben erhoben. Die Polizisten rührten sich nicht; sie blickten in ihre Augen und überlegten. Und da Actref nicht reagierte, senkten die Polizisten die Peitschen langsam, und ihre Gesichter nahmen fast denselben Ausdruck an wie das ihre. Dann blickten sie um sich herum auf das furchtbare Treiben, konnten es anscheinend ebensowenig begreifen wie die Frau, vor der sie standen, verstanden nicht, warum sie tat, was sie tat, nämlich einfach überhaupt nichts, wandten sich überrumpelt von ihr ab und stürzten sich irgendwo in das Gewühl, einfach zuschlagend, ohne zu wissen, wer vor ihnen stand.

Einige Sekunden später wieder dieser entsetzliche Pfiff. Die Polizisten verhielten einen Moment reglos in ihrer Stellung, nahmen Haltung an, rollten die Peitschen zusammen, entspannten ihre Gesichter, lachten und liefen, ihrem Nachbarn freundschaftlich auf die Schulter klopfend, hinaus auf die Straße. Einer von ihnen bemerkte Actref und blickte sie erstaunt und verwirrt an. Dann folgte er seinen Kameraden. Dabei kam er an dem Kommandanten seines Trupps vorüber. Ihm rief er schüchtern etwas zu. Der drehte sich schnell um und starrte Actref in die Augen.

Dann ging er auf sie zu. „Sie sind verhaftet!" sagte er. „Wer sind Sie? Weisen Sie sich aus!"

Actref kam nur langsam zu sich. Sie suchte nach der Identitätskarte und hielt sie dem Mann hin.

Sie zerrten sie auf die Straße hinaus. Dort spuckten sie die Polizisten der Reihe nach an.

„Anarchistenhure!"

„Flintenweib!"

So ging es weiter. Auf einmal – ob eine halbe Stunde später oder wenige Sekunden darauf, wußte sie nicht – verspürte sie Brechreiz, schluckte und stöhnte. Was um alles in der Welt war das?

Dann zischte etwas neben ihr. Irgend jemand schrie, und plötzlich liefen alle davon. Sie stand allein auf dem Bürgersteig. Die Polizisten waren hinter einen großen Gleiter geflohen und drückten sich dort fast zu Tode, um nicht von den Strahlen getroffen zu werden, die den Gleiter langsam zum Glühen brachten.

„Hierher! Hierher!" schrie jemand.

Das Spiel ging also weiter, und sie fragte sich, welchen Sinn es haben mochte.

„Hierher, du verrücktes Weib! Lauf endlich los!"

Die Stimme klang wutverzerrt. Sie hatte immer noch nicht begriffen, daß sie gemeint war, aber sie lief los, einfach weil sie ein „Weib" war und ein Recht darauf hatte loszulaufen. Ich muß fliehen, kam es ihr gleich darauf zu Bewußtsein, aber genau das tat sie längst. Neben ihr zischten Thermostrahlen vorbei.

Dann war sie um eine Straßenecke herum. Jemand packte sie, stoppte ihren schnellen Lauf, und beide fielen der Länge nach hin, doch er zerrte sie wieder hoch und in einen Gleiter, der neben ihnen stand.

„Verflucht noch mal!" krächzte jemand. „Verdammt noch mal!"

Der Gleiter stieg senkrecht in die Luft und nahm dann in horizontaler Richtung Fahrt auf. Actref rappelte sich langsam in dem Sitz auf. „Was ist los?" murmelte sie. „Was soll das?"

„Verrückt! Sie sind gerettet, was sonst?" sagte eine bekannte Stimme.

„Wie?" fragte sie verständnislos und mit Tränen in den Augen, ohne daß sie weinen mußte. Sie liefen einfach.

„Verrückt!" wiederholte der andere wütend. „Sie sind die einzige, die von all denen, die im Lokal verblieben waren, überlebt hat. Also!"

„Ach so", erwiderte sie so einfach, wie er „Also!" gesagt hatte. Endlich saß sie richtig auf dem Sitz, konnte den Mann richtig ansehen und erkannte Ood.

## 11

DIE *Stimme seines Herrn* sprach deutlich, sehr laut und befehlsgewohnt.

„Achtung! – Gesucht wird Lorrain Sipman; einsachtzig, dunkelblond, schmale Figur, tiefe Stimme, verdächtig des Systemverrats und der Weitergabe geheimer Informationen an die aktionistischen Banden. Bei Entdeckung verhaften, bei Fluchtversuch erschießen. – Achtung! – Gesucht wird . . ."

An jedem – oder doch fast jedem – Wohnzylinder waren eine Beobachtungslinse und ein Lautsprecher installiert, über die die Bewohner jeder Straße der Beobachtung und geistigen Formung preisgegeben waren. Wenige Linsen hatten die

Kämpfe überstanden, doch an dem Innenmechanismus der Lautsprecher hatte sich niemand vergreifen können. Er lag zu tief und gut geschützt in der dicken Betonmauer eingebettet, und so sahen die Blockverwalter der Straßen zwar nichts, konnten aber weiterhin Befehle brüllen, Suchmeldungen hinausplärren und Lobeshymnen auf das System singen.

Das hat ihren Sieg mit garantiert, dachte Julisses. Und jetzt sichert diese Überwachungsanlage Ruhe und Ordnung.

Ohne sich dessen bewußt zu werden, spürte Julisses, daß er ihnen auf den Leim gekrochen war. Er stand zwar auf seiten der Ordnungsmächte, doch er hatte ihr lügnerisches, demagogisches Propagandasystem längst durchschaut. Hatten sie nicht heute morgen lauthals verkündet: „Ruhe und Ordnung herrschen auf Terra."? Ordnung liebte Frank Julisses genauso wie jeder gute Bürger. Doch was hieß jetzt noch „Ordnung" – nach alldem? Die Wiederherstellung des alten Zustandes, den niemand wirklich liebte? War das menschliche Ordnung, was jetzt auf Terra herrschte? Nachdem fünfhunderttausend Tote das Bußgeld darstellten für einen Versuch, das System zu ändern?

Oder war Ordnung das, was die Aktionisten zu erringen versucht hatten: die Planetare Kommune, dann die Solare Kommune, die Galaktische Kommune und schließlich die Kosmische Kommune?

Die Aktionisten, viele tausend Menschen, aufopferungsbereit wie die anarchistische Ood-Fraktion und ideologisch der gemäßigten Volksopposition widersprechend, glaubten fest daran. Hatten daran geglaubt, verbesserte sich Frank. Das war vorbei. Es gab sie nicht mehr, bis auf ein paar Ausnahmen.

War auf Trümmern wirklich eine Welt der Liebe, Befriedigung und erfüllten Träume, der Raumfahrt und des elektronischen Komforts für jedermann aufzubauen, eine Welt der ungehemmten kreativen und konstruktiven Phantasie und Kunst, eine Welt der Menschlichkeit und der unbegrenzten Möglichkeiten, eine Welt ohne Konkurrenzkampf für jeden?

Frank Julisses griff nach dem Koffer, der die Kamera enthielt. Er konnte diese Fragen doch nicht beantworten. Besser den Auftrag erfüllen und heim ins Reich des Vergessens – eine sinnvollere Alternative fiel ihm nicht ein.

Der Koffer war nicht schwer, obwohl er so groß wie ein normaler Reisekoffer war. Er enthielt das komplizierte „Auge in die Vergangenheit". Julisses klappte den Deckel hoch und drückte seitlich einen Knopf. Bildsucher, Linse und Bedienungssegmente stellten sich auf, rasteten ein und bekundeten ihre Einsatzbereitschaft durch das kurze Aufblinken eines gelben Lämpchens. Die Zeitkamera war ein Modell der Firma Colt & Co. mit der Markenbezeichnung *Blick zurück*. Eine nachgestellte „10" kennzeichnete den Typ. „10" bedeutete, daß die Kamera zehn Tage in die Vergangenheit zurückblicken konnte. Sie hielt jedes Geschehen fest, das bereits in der „Minuszeit" lag – Minuszeit war der Terminus technicus für Vergangenheit. Man brauchte nur den gewünschten Ort anzuvisieren. Als Weiterentwicklung älterer Modelle machte die „10" dreidimensionale Bilder, gab sie farbgetreu und mit Ton wieder. Im Bildsucher konnte der Kameramann schattenhafte Umrisse vergangener Szenen mitverfolgen. Über Kopfhörer verfolgte er Geräusche und Gespräche mit, um entscheiden zu können, wohin er die Kamera schwenken mußte. Die Bilder waren unscharf und der Ton gestört. Dennoch – die „Z 10" war die größte Erfindung der Gegenwart. Das Modell existierte gerade ein Jahrzehnt, und handhaben durften es gewöhnlich nur Spezialagenten der Geheimpolizei.

Julisses entschloß sich zu einer Panoramaaufnahme der Zehnstraßenkreuzung vom gestrigen Morgen. Nein, verbesserte er sich, die Schlacht ist schon länger her. Viel länger, als es mir vorkommt! Sie war vor mehreren Tagen.

Er stellte die Kamera auf vier Minustage. An jenem Morgen hatte die Kreuzung noch friedliche Unschuld ausgestrahlt. Um die Mittagszeit hatte dann die entscheidende Schlacht zwischen den bewaffneten Aufständischen und der androiden Armee getobt. Die Aktionisten hatten das Stadtzentrum besetzt gehalten. Als sie sich hatten zurückziehen wollen, wurden sie überraschend von einem Kontingent Androiden eingekreist, das aus einer bisher unbekannten unterirdischen Anlage hervordrang und dem Fluchtunternehmen ein Ende setzte. Die entscheidende Schlacht war verloren. Sie würde in die Geschichtsschreibung eingehen; mit welcher Beurteilung, das interessierte noch niemanden. Geschichtsträchtige Ereignisse konservierte man eben für die Nachwelt, und das war Julisses' Aufgabe. Die Nachwelt mochte darüber urteilen, wie sie wollte.

Er überquerte die einsame Straße, stellte sich in die richtige Position und ließ seinen Blick wandern über schwarzgebrannte Flächen an den Wohnzylindern und über tote, zweckentfremdete Oasen zwischen ihnen, wo da und dort noch ein letztes grünes Blatt schwankte.

Er rastete den Auslöseknopf ein und empfing eine barsche Stimme in den Kopfhörern. Er schaltete wieder ab, um die Einstellung, die er gewählt hatte, zu korrigieren. Er stellte die Minuszeitangabe an der Aufnahme-Eingabe-Kontrolle entsprechend weiter und notierte sich Stunde und Minute des Beginns seiner Aufzeichnungen, um eventuell gewünschte Detailnachforschungen, Zeitaufnahmen oder Beweisfindungen zu ermöglichen. Es kam nicht selten vor, daß aufgrund von Zeitaufnahmen Prozesse ins Rollen gebracht wurden und erklärt geglaubte Dinge eine neue Sicht erfuhren.

Die *Stimme seines Herrn* meldete sich, gerade als er den Auslöseknopf drücken wollte. Er wartete die Wiederholung der Suchmeldung ab. Dann drückte er den Auslöseknopf. Leise surrte die Kamera.

*. . . tausend Menschen brannten lichterloh, tausend Schreie brachen sich als Echos am Himmel ihre Flügel, tausendfacher Haß gebar dem Scheiterhaufen neue Nahrung . . .*

Die Stimme schwieg wieder, als Julisses schockiert die Kamera abschaltete. Der Anblick der Toten, die vom Reinigungsrobot fortgeschafft worden waren, hätte ihn vorbereiten müssen; nichts anderes hatte er erwarten können zu sehen – nicht nach alldem . . .

Nicht, nachdem *Ordnung* auf Terra eingekehrt war und jene vielzitierte Ruhe und Sicherheit, nicht nach fünfhunderttausend Toten, nicht nach den hartnäckigen Gerüchten über unmenschliche Kämpfe, nicht nachdem die *Stimme seines Herrn* zu legitimierten Morden an Verdächtigen aufrief.

Die Macht der Ordnung hatte Ordnung geschaffen!

Frank Julisses' Blick fixierte die Armeestreife, wie sie an

diesem Tag zu Hunderten unterwegs war. In unbestechlicher Geradlinigkeit steuerte sie auf ihn zu. Mit mechanischer Präzision.

Zwei Körper mit menschlichen Gesichtern, die jeden Mienenspiels fähig schienen, steckten in straffen, schmucklosen Uniformen, die sich in ihrer Farbe automatisch der Umwelt anpaßten. Sie reflektierten vereinzelt Pastellfarbtöne der Gebäude, das Smaragdgrün des Straßenbelags und unendlich viel Grau. Die Bewegungen der Androiden waren weder eckig noch sonst irgendwie ungewöhnlich.

„Ihre Legitimation!" schnarrte einer der Herangetretenen.

Ungeniert betrachtete Julisses die Robotsoldaten. Es störte sie nicht. Auch er wurde von ihnen programmgemäß scharf gemustert. Mißtrauisch näherte sich eine Androidenhand dem Thermostrahler an der Hüfte, als Julisses in die Jackeninnentasche griff. Aber dort war die Karte nicht! Langsam nahm er die Kopfhörer ab, die von den Ohren gerutscht waren, und verstaute sie sicherheitshalber im Koffer, den er umgehängt hatte und sich nun auf den Rücken schob. Dann knöpfte er die Jacke auf und suchte verzweifelt in jeder Tasche, bis er sich entsann, die Karte mit voller Absicht in den Koffer gesteckt zu haben. Er holte sie hervor und reichte sie den Soldaten.

*„TERRATELEvision"*, sagte er erklärend.

Er verspürte keine Angst vor den Soldaten. Was sein Herz so laut und schnell pochen ließ, war das Wissen über ihre Unbarmherzigkeit und Brutalität, die kalte maschinelle Gewalt, die, in synthetischem Fleisch verborgen, sprungbereit auf ein Opfer lauerte. Er verzog seinen Mund zu einem Lächeln, das nicht echt war. Eine vertraute Situation, sagte er sich, aber trotzdem unheimlich!

Keine Bewegung, kein Körperteil, kein Atemzug verriet, daß sie künstliche Menschen waren. Alles stimmte an ihnen. Sie waren vollkommene menschliche Kopien.

Sie überprüften den Text seiner Karte, fanden den wichtigen Stempel und reichten die Karte zufriedengestellt zurück. Der eine fragte: „Sie sind von der *TELEvision?"*

„Ja", erwiderte Julisses. „Ich moderiere die aktuelle Magazinsendung *deutlich*. Vielleicht kennen Sie sie ..." Er verstummte abrupt. Woher sollten die Androiden eine Fernsehsendung kennen? Und wozu?

„Was ist Ihre spezielle Aufgabe?" fragte der andere.

Julisses hatte nichts zu befürchten. Da war Müller davor! Und doch stieß sein Ellbogen wiederholt ungeschickt gegen den Kamerakoffer auf dem Rücken, suchten seine Hände dauernd etwas in den Taschen. Er bereitete sich auf ein kurzes Frage-und-Antwort-Spiel vor.

„Nach der Befreiung", sagte er nach kurzem Überlegen, weil er glaubte, daß menschliche Wesen seine Antworten überprüfen würden, „will jeder Bürger ein möglichst genaues Bild über seine Situation und die allgemeine Lage haben. Dazu gehört das Bild der Straßen vor wie nach dem Unglück." Die Z-Kamera erwähnte er besser erst gar nicht! „Außerdem dienen solche auf Film gebannten Ereignisse als Zeugnisse unserer Zeit." Er lächelte, obwohl er überzeugt war, daß er die Androiden damit nicht beeinflussen konnte. Irritiert zuckte er dann die Achseln.

„Machen Sie einen Kommentar?"

„Ja, ja. Ich berichte objektiv über Geschehenes und füge einen meinungsfördernden Kommentar hinzu."

„Welche Auffassung vertreten Sie?"

Julisses schwitzte. Worauf lief das hinaus? „Ich würdige natürlich die Befreiung!"

Die Androiden grinsten.

Das irritierte Julisses mehr als alles andere. Weshalb reagierten sie so menschlich? Was hatten sie für einen Grund, menschlich zu erscheinen? Und ihn damit zu verunsichern?

Sie nickten kurz, legten ihre rechte Hand an den Helm und liefen weiter. Julisses folgte ihnen mit seinen Blicken. In der Ferne lief ein Mensch. Oder ein Androide. Die Streife nahm Kurs auf die einsame Gestalt. Es erschien Julisses, als unterhielten sich die Soldaten. Er wunderte sich sehr. Was konnten Androiden sich zu sagen haben?

Er schaltete den Tonspeicher am Kamerakoffer ab. Es befriedigte ihn, daß dieses Gespräch gespeichert worden war. Seine Gedanken wanderten voraus in die TV-Zentrale. Er sah sich am

Monitor sitzen und die Sequenzen abspielen und den Ton dazwischenschalten. In Gedanken schnitt er die Panoramaaufnahme von der Zehnstraßenkreuzung heraus, stellte sie an den Anfang, montierte sie zu einer Dauersequenz und spielte das Gespräch mit der Streife darüber. Eine gelungene Einleitung zu dem folgenden Bericht. Titel und Titelmelodie folgten. Jetzt einen effektvollen Anfang, dachte er. Oder sollte er an den Anfang besser eine Panoramaaufnahme von der Kreuzung nach der Schlacht bringen? Eine Einschußstelle an einem Wohnzylinder ganz nah heranholen und von Bildern der Schlacht folgen lassen, am Ende dann das Bild der noch heilen Kreuzung? Wie mußte er montieren, damit der Zuschauer die Befreiung durch die Androiden nicht mit Tod und Verderben assoziierte? Er entschied sich, dieses Problem später zu lösen und jetzt Aufnahmen verschiedener Einstellungen und Motive zu machen, um eine gute Auswahl zu haben. Er würde zwar nur die harmlosesten Szenen genehmigt bekommen, aber man legte doch Wert auf alle möglichen Aufnahmen für das Archiv, und das verwaltete Geheimpolizeistabsoffizier Müller. Während er weitere Aufnahmen machte, hörte er Schritte sich nähern. Seine Gedanken begannen, den Passanten in den Bericht einzuplanen. Am besten mit einem Interview!

Der Koffer baumelte Julisses auf dem Rücken, als der Fremde sich mit ausladenden, aber kraftvollen Schritten, gesenktem Kopf und unentwegt gestikulierenden Armen näherte. Er war grau gekleidet, und Julisses merkte, daß er damit eine Absicht verfolgte. Er sah müde aus. Seine schleppenden Schritte unterstrichen seinen schwächlichen Zustand, herbe Züge verzerrten sich sinnlos, und zuweilen wirkte der Mann ausgesprochen bösartig.

Der Mann trat bis auf wenige Zentimeter an Julisses heran. Dann schoß sein hängender Kopf panikartig hoch. Er verharrte in dieser Haltung, berührte Julisses' Kopf und zuckte zurück, als Frank erschrocken in Abwehrstellung ging.

Der Fremde lächelte boshaft und wirkte noch verbissener als zuvor. Dabei verhielt er sich, als sei er keinesfalls überrascht, gerade Julisses zu begegnen. Sein schwerer Atem rasselte unruhig. Beide starrten einander in die Augen, versuchten die Gedanken des anderen zu erraten, die Situation zum eigenen Vorteil auszunutzen.

Die Augen des anderen begannen spöttisch zu funkeln, und sein schmaler Mund zuckte. „Ich kenne Sie", sagte er plötzlich mit undeutlicher Stimme. „Sie sind der *TELEvision*-Schwätzer!"

Die Begrüßung fiel nicht so aus, wie sie sich Julisses gewünscht hatte, doch das ließ sich herausschneiden. „Sie kennen mich? Woher kennen Sie mich?" Frank hoffte, einen brauchbaren Übergang schaffen zu können. Der andere sollte reden, aber nicht über ihn, sondern über die Dinge, die er hinter sich hatte.

„Ich kenne Ihr Magazin, Julisses. Ich sehe es mir sehr oft an, weil einige Ihrer Mitarbeiter mit Erfolg versuchen, das Schlimmste zu verhindern, indem sie es mit Musik übertönen."

„So?" Das war Julisses neu. War das überhaupt möglich bei der scharfen Zensur des Hauses? Darum konnte er sich später noch kümmern. Der Fremde tat von sich aus nicht, was Julisses wünschte. Also bat Julisses ihn formell um ein Interview und versprach ihm, daß sein Name nicht aufgenommen würde, auch nicht sein Gesicht, so daß er nichts zu befürchten habe, sollte er Ketzerisches aussprechen.

Ein müdes Nicken war die Antwort, so als wäre das schon vorher klargewesen. „Bitte sehr", murmelte er, und es klang sehr verächtlich.

Ein labiler Typ, sagte sich Frank, er hat resigniert, ist mit sich unzufrieden. Diese Emotionen sollten zumindest sichtbar zu machen sein. Zu einer Explosion wird es kaum kommen, dazu ist er zu kaputt.

Der Mann war wohl Ende Dreißig, sah aber aus wie Ende Vierzig. Er war groß, schmalbrüstig, hielt den Rücken krumm und ließ die Schultern hängen, zuckte ewig mit den Mundwinkeln, verkrampfte in stetem Rhythmus die Finger, bewegte die Arme.

„Warum setzen Sie sich unnötigen Gefahren aus und durchstreifen am 29. 7. 2073 zu Fuß Nova Citys Straßen? Jeder geht in diesen Tagen allen Risiken aus dem Weg!"

„Wenn Sie mich für kühn halten", sagte der andere, „dann irren Sie sich. Ich bin kein Held. Die einen reagieren eben so und die anderen so. Machen Sie bloß keine Sensation aus meiner Apathie!"

„Aber gehört nicht Mut dazu, sich einem Risiko auszusetzen wie dem, als aktionistenverdächtig erschossen zu werden?"

„Ist es nicht mutiger, den Rest seines Lebens in dieser Angst verbringen zu müssen und als Aktionist im Untergrund weiterzukämpfen?"

„Tun Sie das?"

„Nein, tue ich nicht."

„Darf ich daraus schließen, daß Sie keine Lebensangst mehr haben und nur deshalb das Risiko eingehen, weil Sie dazu keinen Mut brauchen? Daß Sie Angst vor Handlungen haben, die Ihnen sinnlos vorkommen?"

„Ich habe es satt, zwecklose Dinge zu tun, ja, ja. Ich kann Gewalt nicht ablehnen, nicht wahr? Sie bleibt dennoch, und auch ich muß sie weiter ausüben, um zu überleben. Und ohne Gewalt gäbe es gar keine Welt. Ich habe die Aktionisten unterstützt, weil ich so nicht mehr weiterleben wollte, wie ich gelebt habe. Aber ich habe auch Verständnis für die anderen – für die Reaktionisten, die uns bekämpft haben und immer wieder bekämpfen müssen, weil es ihnen sonst so ergeht wie uns. Mitleid nennt man das wohl. Und dieser Zwiespalt, der macht mich langsam kaputt, verstehen Sie das? Was soll ich jetzt tun? Jetzt, nach alledem?"

„Ich glaube, daß dies ein altes Dilemma ist. Aber es hat die Welt so geformt, wie sie ist. Es hat den Planetenstaat entstehen lassen, der nur den Arbeitenden gehört, die fast einheitliche Entlohnung aller –"

„Sie haben gar nicht mal so unrecht. Damit vergrößerte sich aber der Klassengegensatz zwischen den Arbeitenden und den Verwaltern der Arbeit, die paradiesisch auf einer anderen Welt leben. Wer bekommt sie schon zu Gesicht? Regiert werden wir von der Armee, der Polizei und dem Geheimdienst. Das schürte den Haß. Weil wir nur noch unter unseresgleichen hier leben – ausgenommen die paar managenden und schießenden Fatzkes, die hier noch Dienst tun –, lief alles reibungsloser ab als früher. Aber dieses ‚reibungslose Funktionieren' des Alltags ließ auch seine Schattenseiten reibungsloser erscheinen. Was mir fehlt, fehlt allen. Was mich hemmt, hemmt alle. Sie wissen doch, was passiert, wenn irgendwo eine Gruppe von Menschen beginnt, die Schranken zu übersteigen! Sofort ist die Geheimpolizei da, und weg sind die Leute, auf Nimmerwiedersehen! Daher der Aufschwung der Aktionistenpartei in den letzten Jahren. Jeder Mensch merkte mehr und mehr, daß hier was nicht stimmt."

„Was paßt Ihnen denn nicht?"

„Können wir leben, wie wir wollen? Nein, der Lebensstil wird uns vorgeschrieben durch die Moden, Sitten und Gebräuche, die man als absatzfördernd betrachtet und deshalb als einzige Möglichkeit an uns verkauft. Der Masse gefällt etwas, also verkauft man nur noch das und verstärkt den Wunsch danach noch. Riechen die Tester, daß dann was anderes besser ankommt, gibt es bald nur noch das zu kaufen. Und die Masse kauft es!"

„Warum soll sie denn nicht kaufen, was ihr gefällt?"

„Sie muß, *TELE*-Schwätzer! Weiter: Können wir wählen, wen und was wir wollen? Nein, es gibt keine Wahlmöglichkeiten oder eben nur solche, die dem Bestehenden nicht schaden. Können Sie das leugnen? Können wir lernen, was wir wollen? Nein, nur das, was man uns vorsetzt. Können wir produzieren, was wir wollen? Nein, nur das, was man uns produzieren läßt, sonst fliegen wir raus aus unserem Betrieb. Können wir essen, was wir wollen? Nicht mal das. Wir können nur kaufen, was billig und gleichzeitig natürlich sehr teuer ist, was unterste Qualität besitzt und mit Sedativen durchsetzt ist, damit wir nicht überschnappen, sondern immer weiter mitmachen. Und wer weiß, was da noch so alles drin ist!"

„Sie wollen also Freiheit, Gleichheit, Brüderlichkeit?"

„Natürlich."

„Sind das nicht hohle Phrasen?"

„Diese Wörter drücken Wünsche aus, Mann. Diese Wünsche entstehen, weil das Gegenteil Wirklichkeit ist. Da sollen diese Wünsche Phrasen sein? Also überflüssig? Gibt es denn so was einfach nicht? Freiheit! Gleichheit! Brüderlichkeit! Sie haben keine Ahnung, Schwätzer! Gehen Sie mal in die Bruchbuden hinein, statt draußen herumzufilmen, fragen Sie dort mal! Da gibt es diese Dinge unter den Menschen. Nicht in reiner Form, versteht sich. Aber es ist da, wartet nur darauf, sich auszutoben."

„Sagen Sie doch konkret, was schlecht und veränderungswürdig ist."

„Alles, Sie Ignorant. Einfach alles muß zerstört und neu und anders gemacht werden."

„Alles?"

„Ich meine, was ich sage."

„Na schön. Und es gibt keinen Weg, der an der Gewalt vorbeiführt?"

„Ein System ist da, um zu systematisieren. Wer systematisiert, tut es zu seinem Vorteil. Das sind die Verwalter der Arbeit. Und sie räumen sich mehr Rechte ein als anderen. Der Verwalter will sie genießen und nicht verlieren. Teilen mit allen wird er nur, wenn man sie ihm mit Gewalt entreißt. Oder?"

„Das sind typische Schlagworte aus der Aktionistenpropaganda, wie man sie täglich hört."

„Hören konnte, mein Bester. Und wenn Sie Tatsachen als Schlagworte und Propaganda abtun, ist das Ihre Sache, Sie Ignorant!"

„Schön, schön. Aber warum wurde zum Beispiel versucht, das Verwaltungsgebäude neben dem Polizeipalast zu sprengen? Warum führte man überall neue Regeln und Gewohnheiten ein – mit ‚man' meine ich die Aktionisten –, warum versuchte man, ganze Stadtteile selbst zu regieren?"

„Sie sind ja ein Komiker! Wenn alles geändert werden muß, dann muß man eben anfangen, alles zu ändern. Oder? Und das Verwaltungsgebäude war vollgepfropft mit diskriminierenden Unterlagen über uns!"

„Verstehe. Und trotzdem hat niemand vorausgesehen, daß die Armee Terra befreien würde?"

„Sie überbieten sich selbst. Die Befreier und die sich Befreienden werden befreit von der Armee? Wovon denn? Von der Befreiung? Wer's satt hat, fängt an, sich selbst zu regieren, Mensch. Natürlich wußte jeder, daß die Soldaten kommen würden, aber wen juckt das schon, wenn er's eben satt hat?"

„Sie haben es satt?"

„Ja."

„Sie sagten aber, daß Sie resigniert hätten!"

„Sagte ich das? Ja, ich habe resigniert. Wenn ich darüber spreche, bin ich noch der alte Kämpfer. Aber in Wahrheit . . ."

„Warum haben Sie resigniert?"

„Weiß nicht. Vielleicht kotzt mich alles an. Dies und jenes. Die ganze Scheiße eben. Und wenn man dabei war, dann kann man sowieso nicht mehr. Nach alldem . . . Besser, Sie lassen mich jetzt in Ruhe." Mit diesen Worten drehte er sich einfach um und ging.

Frank Julisses war einigermaßen zufrieden. Er konnte niemals bringen, was der Mann gesagt hatte. Doch Müller würde ihn loben müssen.

Lag ihm etwas daran, daß Müller ihn lobte? Er war nicht fähig, ja oder nein zu sagen. Nach alldem . . .

## 12

DIE KLEIDER waren noch klamm, als Catcart drei Stunden später den gestohlenen Kontinentaltransporter in einem Talkessel innerhalb einer riesigen *Grünen Zone* landete. Er verließ die Maschine, nachdem er einige Gegenstände, die sich leicht zu Geld machen ließen, an sich genommen hatte. Er mußte weit weg von der Maschine. Deshalb wartete er nicht auf den Abend, sondern marschierte sofort in Richtung Stadtrand. Ihm war klar, daß sie seine Spur leicht verfolgen konnten. Es gab genug technische Spielereien, die besser waren als zehn Spürhunde – nur daß sie nicht jagen und nicht beißen konnten. Deswegen war er nahe beim Stadtrand niedergegangen. In der Stadt konnte er untertauchen.

Wenig später betrat er die Stadt. Kräftig schritt er aus. Er brauchte keine Angst zu haben, an seiner merkwürdigen Kleidung erkannt zu werden, niemand wußte, was sie bedeutete. Er sah recht verwildert aus, aber das störte wenige Menschen. Elend produziert keine Schönheit.

Bald hatte er gefunden, was er suchte. Er betrat einen Gebrauchtwarenladen. Der Händler versuchte Catcart übers

Ohr zu hauen, geriet damit aber an den Falschen. Catcart wußte, was die Waffe aus dem Senkrechtstarter auf dem Schwarzmarkt wert war. Der Händler zahlte ein kleines Vermögen, nahm jedoch einen Teil seines Geldes grinsend wieder in Empfang, als Catcart sich bei ihm neu einkleidete und zwei Koffer mit Anzügen füllte. Er wählte besonders teure Kleidung, die Polizisten in den meisten Fällen von Identitätskontrollen absehen lassen würde. Es blieb genug Geld für eine lange Zeit übrig.

Catcart mietete sich einen schnellen Wagen. „Schnell" bedeutete soviel wie schnittig, denn schneller als fünfzig Stundenkilometer durfte er nicht fahren. Er fuhr stadteinwärts. Der Reihe nach besuchte er eine Badeanstalt, einen Friseur und ein Restaurant.

An der ersten Videozelle, die er entdeckte, stieg er aus und wählte eine Nummer. Der Bildschirm flackerte auf, und das Gesicht eines etwa Vierzigjährigen erschien. Catcart musterte ihn kurz. Er hatte ein faltiges Gesicht, das einen wütenden und mißtrauischen Eindruck machte. Er starrte Catcart unentwegt an.

„Bitte?"

„Ihr Name ist Ood?"

Der Mann nickte kurz.

„Regan schickt mich."

„Wer schickt Sie?"

„Regan."

„Regan?"

„Ja, ich traf ihn weit von hier. Erinnern Sie sich an ihn?"

„Ich weiß, wer Regan ist. Ich weiß nicht, wer Sie sind."

„Catcart. Regan schickt mich!"

„Worum geht es?"

„Um unsere Sache. Hier kann ich nicht sprechen. Können wir uns treffen?"

„Ja. In einer halben Stunde im Café Threestar."

Der Bildschirm erlosch. Ood hatte die Verbindung sofort getrennt. Catcart war zufrieden. Ohne einen besonderen Grund zu haben, wählte er die Nummer seines Bruders, zu dem er früher nur selten Kontakt gepflegt hatte. Aber er vergaß nicht, daß es eine Sache gab, die man Sippenhaft nannte. Für die Vergehen eines Familienmitglieds konnten auch andere Familienmitglieder verantwortlich gemacht werden. Clyde Catcart war ebenfalls Polizist, daher würde man ihn verschont haben. Und auf Clyde war Verlaß. Vielleicht würde er ihm sagen, welche Chancen er hatte und ob die Fahndung nach ihm noch lief.

Er bekam drei Fehlverbindungen, was an der Überbelastung des Videonetzes lag, bevor sich Clyde meldete. Er hatte also Spätdienst. Catcart schaltete blitzschnell den Sichtschirm aus, als das Zeichen erschien, das besagte, daß Clyde bereit war, das Gespräch anzunehmen.

„Catcart", meldete sich Clyde. „Wer dort? Warum zeigen Sie Ihr Gesicht nicht?"

Catcart überlegte nervös, was er sagen sollte.

„Sprechen Sie! Wer ist dort?" fragte Clyde ärgerlich.

„Clyde? Hier spricht Ken . . ., ich . . ."

„Ken? . . . Wie denn . . . Ken?!" Clyde schrie den Namen seines Bruders plötzlich erschrocken hinaus. Dann trennte er die Verbindung. Catcart wurde mit einem Schlag bewußt, weshalb sein Bruder so gehandelt hatte. Die Gespräche wurden noch immer abgehört. Und so würde es aussehen, als hätte er, Kenneth Catcart, die Verbindung getrennt, weil er nur wollte, daß Clyde von seiner Anwesenheit wußte. Aber dennoch! Sie konnten festgestellt haben, von wo aus er angerufen hatte. Und das in Sekundenschnelle! Ein Gleiter konnte bereits unterwegs sein! Ja, sogar Miniraketen konnten sie auf so ein kleines Ziel abschießen. Innerhalb von Minuten!

Sofern die Fahndung noch lief. Aber weshalb sollte sie nicht mehr laufen? Die Polizei hatte keine Ahnung, daß er inzwischen im Arbeitslager gelandet war. Und viel Zeit war, relativ gesehen, inzwischen nicht vergangen.

Catcart stürmte aus der Videozelle. Als er in seinen Wagen sprang, meinte er bereits das Heulen von Sirenen zu hören. An der Straßenecke standen Arbeitslose, die sich urplötzlich aus dem Staub machten. Er hatte richtig gehört. Er fuhr los.

Am Himmel vor ihm tauchte ein Gleiter auf mit dem Kennzeichen der Polizei. Doch er überflog ihn und stoppte auch nicht an der Videozelle.

Er näherte sich dem inneren Kern der Stadt. Als er die ersten Schilder entdeckte, die das Weiterfahren mit dem Wagen verboten, suchte er einen Parkplatz und stieg hinab in den unterirdischen Teil der Stadt, wo die Züge verkehrten.

Minuten später erreichte er das Café Threestar, hoch über der Stadt in einem Turm gelegen. Blitzschnell ließ er den Blick durch den Raum schweifen, um festzustellen, ob Uniformierte da waren. Doch er sah nichts. Beruhigt begann er, nach dem Mann mit dem faltigen und wütenden Gesicht zu suchen. Es war nicht schwer.

„Sind Sie Ood?" fragte er den Mann sicherheitshalber. Der nickte. Catcart nahm ihm gegenüber Platz.

„Wo haben Sie Regan getroffen?" wisperte der Anarchistenführer.

„Im Gefangenenlager in Südamerika."

Ood nickte nachdenklich. „Wie sind Sie von dort weggekommen?"

„Ich stahl einen Kontinentaltransporter. Mit ihm umzugehen fiel mir nicht schwer, da ich mal Polizist war." Ood zuckte mit keiner Wimper. „Anhand von Karten, Kompaß und viel Glück fand ich die Richtung, die mich zurück nach Nova City führte."

„Wo ist Regan?"

„Regan ist lungenkrank. Er hätte die Flucht nicht überlebt."

„Beweise für die Richtigkeit Ihrer Angaben?"

Catcart zuckte die Schultern. Was gab es für Beweise? Regan hatte ihm nicht helfen können, als er ihn auf dieses Problem aufmerksam gemacht hatte. Es gab so gut wie keine.

„Mir fällt da was ein", sagte er. „Wenn Sie sich mit meinem Bruder Clyde, der noch Polizist ist, in Verbindung setzen, kann er bestätigen, wer ich bin und daß ich gejagt werde. Er könnte auch rauskriegen, daß ein gewisser Creston in ein Arbeitslager in Südamerika transportiert worden ist. Und die Identitätskarte von diesem Creston ist hier!" Catcart zeigte sie ihm.

Ood nickte, doch sein Mißtrauen blieb, und Catcart war sicher, daß er es nie verlieren würde. „Ich werde diese Angaben überprüfen, verstehen Sie?"

„Ich verstehe. Regan glaubte, Sie würden mir helfen. Ich will mit Ihnen und Ihrem Haufen dieses System bekämpfen. Es taugt nichts, das steht für mich seit einiger Zeit fest. Man muß was dagegen tun."

„Halten Sie den Mund!" warnte Ood, ohne die Augen von Catcart zu lassen. Catcart verstand und schwieg.

„Was wissen Sie?"

„Nur, was Regan mir erzählte. Einige Dutzend Männer und Frauen, die keine Angst kennen."

„Einige tausend auf dieser Welt", verbesserte Ood stolz. „Regan ist schon lange nicht mehr bei uns." Dann schwieg er.

Catcart ließ seinen Blick in die Runde schweifen. Er sah nur einfache Bürger in Alltagsanzügen, wie sie jeder in diesem Stadtviertel trug. Hier wohnten vorwiegend die Armen der Stadt, also nicht jene, die gerade so durchkamen, sondern jene, die garantiert nicht durchkamen. Jene, die höchstens dreißig Jahre zu leben hatten und davon fast zwanzig in den billigen Kneipen und Cafés zubrachten, weil ihnen bessere Freizeitstätten nicht zur Verfügung standen. Catcart begann diese Menschen immer besser zu verstehen. Was sollten sie tun? Dahinsiechen in ihren winzigen menschenunwürdigen Löchern oder bei Kämpfen um Gerechtigkeit und Freiheit verrecken? Die einen taten dies, die anderen das. Er hatte eine solch aussichtslose Lebenslage nie kennengelernt, er hatte stets Erfolgsaussichten gehabt. Diese Menschen wußten nicht, was das war, sie fraßen die mit Sedativen versetzten Lebensmittel und waren glücklich, wenn sie älter wurden als ihre Nachbarn.

In einer Ecke leuchtete plötzlich die Wand auf, und ein Bild begann scharf zu werden. Wahrscheinlich wieder so eine Suchmeldung, dachte Catcart und blickte weg.

„Meine Damen und Herren", sagte eine Stimme. „Achten Sie . . ."

„Vorsicht!" zischte Ood Catcart ins Gesicht.

„. . . auf diesen Mann, der aller Wahrscheinlichkeit nach in diesem Augenblick im Ostteil der Stadt . . ."

Catcart starrte auf sein Konterfei. Ein enorm vergrößertes altes Foto, auf dem er lachte. Weshalb lache ich? fragte sich Catcart überrascht. Gewöhnlich wurden Fotos, auf denen die Gesuchten abgebildet waren, so retuschiert, daß sie wenig sympathische Gesichtszüge zeigten. So suggerierte man, daß ihre Freundlichkeit, die man kannte oder die man eventuell noch zu spüren bekam, gespielt war, unecht, eine Maske, die es herunterzureißen galt.

Schnell beugte sich Catcart etwas hinunter und wendete sein Gesicht ab, so daß es nicht mehr im Blickfeld anderer Cafégäste lag.

„. . . Sein Name ist Kenneth Morris Catcart. Er ist bewaffnet. Die Polizei ist ermächtigt, ihn ohne Anruf zu erschießen!"

Der Bildschirm verblaßte wieder. Als Schwerverbrecher stellten sie ihn dar! Die Ermächtigung der Polizei war sowieso bloß eine Farce. Erschießen konnte ihn jeder, wenn er Lust dazu hatte. Es sprach sich herum, daß so ein Schütze mit einer Prämie zu rechnen hatte. Er selbst hatte sich früher ebenfalls als Kopfgeldjäger versucht.

Er schielte nach den Gästen. Niemand nahm Notiz von ihm, niemand machte ein betroffenes Gesicht, niemand schien die Suchmeldung gehört zu haben. Hier kümmerte man sich nicht um die Sorgen der Staatsgewalt.

Jetzt vermochte er plötzlich mit all den Männern mitzufühlen, die er gejagt hatte – damals. Cisco und Monsan zuletzt. Gehetzt hatte er sie wie Hasen, und er selbst war der Hund gewesen.

„Wie konnte das geschehen?" zischte Ood böse. „Woher wissen sie, daß Sie hier sind?"

„Ich rief meinen Bruder an", gab Catcart zerknirscht zu. „Er verrät mich nicht, aber sie haben seine Videoleitung angezapft."

Ood fluchte leise. „Hören Sie", sagte er dann, „ich weiß nicht, was ich mit Ihnen anfangen soll. Sie rufen mich einfach an, erzählen Geschichten und verlangen Hilfe, bloß weil Sie von der Soldateska und der grünen Polizei gejagt werden –"

„Bloß?" fragte Catcart laut. Flüsternd setzte er hinzu: „Und von der schwarzen Polizei. Und das ist wahrlich genug. Jetzt will ich sie jagen."

Ood blickte etwas zufriedener drein. „Das Risiko ist sehr groß, wenn ich Sie dorthin mitnehme, wo wir uns treffen, aber ich gehe das Risiko bewußt ein. Auf so was sind wir immer vorbereitet. Beim kleinsten Anzeichen sind Sie erledigt, Mann."

„Wie? Was soll das heißen? Glauben Sie etwa, daß die Gefühle, die ich gegen dieses Scheißsystem hege, nicht echt sind?"

„Gefühle hin, Gefühle her" war Oods Antwort.

Sie zahlten und verließen das Café. Draußen betraten sie eine Videozelle, und Ood gab Catcart Instruktionen. „Es kann sein", sagte er, „daß wir ganz schnell hier rausmüssen. Also halten Sie den Türgriff in der Hand."

„Ich weiß", bemerkte Catcart und tat, wie ihm geheißen.

Rasch wählte Ood eine Nummer, wobei er sorgfältig die Nummernanzeige mit dem Körper verdeckte. Der Bildschirm flackerte und erlosch wieder. Ood wählte erneut.

Catcart durchfuhr ein Gedanke: Was, wenn die Gesichter beider Gesprächsteilnehmer durch einen Computer der Gepo gejagt würden? Man wüßte sofort, mit wem man es zu tun hatte, wo die beiden sich befanden, und könnte sofort einen Einsatzbefehl erteilen, noch ehe die Teilnehmer einen Satz zu Ende gesprochen hätten . . .

Der Bildschirm leuchtete erneut auf und zeigte einen Schwarzuniformierten, der zynisch lächelte. „Flucht ist sinnlos, meine Herren", sagte er schnell, als befürchtete er, sein Gegenüber würde kopflos aus der Zelle laufen. Was Ood wohl auch getan hätte, wenn der Mann nicht begonnen hätte, auf ihn einzureden.

Catcart hatte richtig vermutet, war aber leider zu spät auf die Idee gekommen. Unter dem Druck seiner Finger öffnete sich die Zelle. Der Uniformierte blickte Catcart vom Bildschirm an. „Sehr erfreut, Sie wiederzusehen, Catcart. Anarchist geworden, was?"

Catcart starrte zurück. Ood wandte sich blitzschnell um und schob Catcart aus der Zelle.

„Hören Sie zu", sagte der Uniformierte. „Wichtig für Sie! Ood und Catcart! Ihr seid bereits eingekreist und . . ."

„Weg hier!" zischte Ood Catcart ins Ohr. „Der will bloß Zeit gewinnen, weiter nichts!"

Catcart folgte Ood willig, obwohl er fürchtete, daß sein Ende bevorstand. Der Geheimpolizist hatte doch gesagt, sie seien bereits eingekreist! Aber vielleicht war es wirklich nur ein Bluff . . .

„Meinen Gleiter erreichen wir nicht mehr", meinte Ood. „Also los, zum Taxistand!"

Die Strecke vom Café Threestar bis zur Landestation der Lufttaxen schien unendlich weit.

„Sie haben mich da in eine Situation hineinmanövriert, die unsere ganze Organisation gefährdet."

Inmitten der Menschenmassen fühlte sich Catcart sicherer, weil er glaubte, hier nicht entdeckt werden zu können. Die Landestation kannte er. Sie hatte eine kurze Rollbahn für Zubringerwagen und -busse und eine riesengroße, runde Fläche für die Copter, die als Taxen eingesetzt wurden. Gleiter wären hierfür zu langsam gewesen, abgesehen von den schnellen Polizei- und Armeegleitern, die für zivile Zwecke jedoch nicht zugelassen wurden. Die riesengroße, runde Start- und Landefläche befand sich hoch über der Stadt und erstreckte sich über mehrere Hochhausdächer.

Ood zog Catcart in den Lift, der zur Landestation fuhr. Oben angekommen, stürmten sie durch die lange Halle, die um den Platz herumführte und in der man sich per Tastendruck das Taxi aussuchen konnte. Ood drückte die erstbeste Nummer. Eine der vielen kleinen Türen öffnete sich und ließ sie hinaus auf den Platz. Nur wenige Meter entfernt stand ein mittelgroßer Copter, dessen Nummer rhythmisch blinkte.

Sie stiegen sofort ein, und die Türen verriegelten sich automatisch. Starren Blickes musterte sie der Pilot, während er gewohnheitsmäßig die Armaturen bediente. Der Copter erhob sich in die Luft. „Wohin soll's gehen?"

„Zentrum", erwiderte Ood einsilbig. Er hatte, genauso wie Catcart, gemerkt, daß der Pilot wußte, wen er transportierte. Der Pilot wandte seine Blicke nur langsam von ihnen ab und schaute irgendwo in den Himmel über ihnen. Er dachte nach. Was würde er jetzt tun?

## 13

JEMAND flüsterte.

„Wir arbeiten weiter. Die Zukunft ist unser – trotz alledem. Die Wahrheit siegt letztlich, denn die Wahrheit ist unsterblich. Wer kennt nicht die Geschichte der Menschheit? Mit Blut wurde sie geschrieben. Mit Verbrechen ist sie von Anfang bis Ende besudelt. Es ist eine kolonialistische Geschichte. Ganze Völker wurden ausgerottet und alte, blühende Kulturen vernichtet. Im Lauf der Jahrhunderte sind mit der Steigerung der Kultur die Unterdrückungsformen milder geworden. Aber noch heute herrschen Menschen über Menschen. Und oft mit barbarischen Methoden. Aber die jetzigen Herren dieser Erde gleichen dem Riesen Antäus aus der alten Mythologie. Zeitweilig kehrte er zur Mutter Erde zurück, um aus deren Berührung neue Kräfte zu erlangen. Er wurde von Herkules erschlagen. Herkules, das ist das Volk. Und in nicht allzu langer Zeit wird es sich von Antäus befreien. Vergessen wir es nicht – was die Gegner uns geben, geben sie uns nicht freiwillig, sondern es wird ihnen abgetrotzt – trotz alledem!"

Die wispernde Stimme drang aus einem Hauslautsprecher in seiner unmittelbaren Nähe. Sie war schwer zu verstehen. Julisses wußte, mit wem er es zu tun hatte. Diese Durchsage bedeutete, daß das Hauptquartier der Aktionisten noch stand.

Die Lautsprecher in den Hausfassaden dienten der Regierungspropaganda. Und im Volksmund hieß es dann: „Die *Stimme seines Herrn* lenkt, der Mensch denkt!" Die Beobachtungslinse wurde *Argusauge* und die Propaganda der Aktionisten *Flüsterpropaganda* genannt. Aber da der Volksmund eine gespaltene Zunge besitzt, waren diese Begriffe im einen Fall diffamierend und im anderen würdigend gemeint.

Die Lautsprecher arbeiteten nur auf ein Codezeichen der Blockverwalter hin. Doch die Aktionisten kannten Tricks, um die Anlage zu ihren Zwecken benutzen zu können, wogegen selbst die technologisch so hochgerüsteten Schutzmächte nichts auszurichten vermochten. Lediglich ein Nachteil mußte in Kauf genommen werden: Die Stimme der Rebellion kam aus dem Verstärker nur als ein Flüstern und Krächzen und erreichte die Ohren vorübergehender Passanten nur gerade noch verständlich. Frank Julisses wußte nur, daß die Aktionisten im Besitz einer Computeranlage sein mußten, um die *Flüsterpropaganda* zu erzeugen. Wo diese Computeranlage war, befand sich das Hauptquartier der Aktionisten. Da sie noch flüsterten, existierte das Hauptquartier noch. Julisses kannte sich in technischen

Bereichen nicht gut aus, deshalb konnte er nicht sagen, weshalb die Armee die Anlage nicht hatte orten können. Für Frank Julisses war das ein Beweis für die Macht der Aktionisten, und unbesehen glaubte er der Ankündigung permanenten Widerstandes gegen die Beherrscher dieser Welt. Aber die Art des Kampfes war ihm unklar, denn die meisten Aktionisten waren ja unschädlich gemacht worden. Die wenigen Überlebenden mußten sich verstecken. Konnte sich ein Untergrundkampf weniger Menschen auf etwas anderes als Terror stützen? Vielleicht waren die überlebenden Aktionisten eine Koalition mit Oods Anarchisten eingegangen. Beide Fraktionen hatten sich an dem Aufstand beteiligt, ein gemeinsames Vorgehen jedoch abgelehnt.

Konnten Terror, Blut und Kämpfe eine Solare Kommune der Liebe und Gerechtigkeit erschaffen? Julisses zweifelte daran. Wieder war er am Ende jener Gedankenkette angelangt, die ihn verfolgte und an der er bisher immer gescheitert war. Er konnte die gedankliche Hürde auch jetzt nicht nehmen und griff darum zurück auf die Propaganda des Systems, das die Ursache menschlichen und technischen Fortschritts in der Wissenschaft und ihrer ständigen Revolutionierung sah. Sie allein schaffe Frieden, Freiheit und Brot, hieß es. Und was blieb Julisses anderes übrig, als daran zu glauben?

Also war der Aufstand sinnlos gewesen, war Gewalt überhaupt sinnlos? Hatte Regierungssprecher Sheer recht, wenn er die Ursache der Gewalt in Volksteilen suchte, die ihren Aggressionstrieb nicht mehr kontrollieren wollten oder konnten?

„Technischer Fortschritt befreit", sagte Julisses, aber da war niemand, der ihn hätte hören können. „Wo ist da der Haken?" fragte er, aber es war niemand da, der ihm eine Antwort hätte geben können.

Oder doch?

„Wer die Technik besitzt, sie in seinem Sinne lenkt und kontrolliert", flüsterte es, „der entscheidet über den Weg der Menschheit, der entscheidet, wem es gutgehen soll und wem schlecht, wer Macht haben soll und wer keine und so fort. Die Technik wird für ihn zur Waffe, und er benutzt sie auch so. Wenn wir uns die Technik dienstbar machen, sie in den Dienst des unterdrückten Volkes stellen, dann dient sie dem Fortschritt, dann erst macht sie Fortschritt. Also müssen wir sie erobern, sonst behalten die jetzigen Besitzer der Technik die Macht, die Technik gegen uns einzusetzen, damit wir abhängig bleiben von ihrer Güte und Gemeinheit."

Weshalb sprach ausgerechnet in diesem Augenblick der *Flüsterer* von der Technik und ihrer Rolle im Fortschritt? Konnte er gehört haben, was er . . .? Dieser Gedanke ist unsinnig, dachte Julisses. Aber der *Flüsterer* hatte recht, fand er. Er fühlte es stärker als je zuvor. Es war so: Wer die Technik besaß, der lenkte Welt und Menschen.

Und weil er seine Argumente schwinden sah, sich immer einsamer fühlte, immer verlassener, gequälter und getretener – und nicht verstand, weshalb der *Flüsterer* auf ihn persönlich einflüstern konnte, zitterte er am ganzen Körper. Ein unwirkliches Gefühl ergriff Besitz von ihm. Er fühlte sich verfolgt, verraten. Etwas Unmögliches war geschehen, etwas Liebgewordenes verließ ihn . . . Fünfhunderttausend Tote . . . Permanenter Widerstand . . . Technik gegen Antäus . . . flüsternde Verfolger . . .

Frank Julisses lief los.

Er sprang vorwärts, drehte sich um sich selbst, Ausschau haltend nach Menschen, Androiden und Toten. Er bog in eine Straße ein. An der Fassade eines Wohnzylinders lehnte ein Mann, der ihn beobachtete. Julisses stolperte auf ihn zu.

„Haben Sie ihn gehört?" keuchte er.

Der andere schüttelte den Kopf, griente. „Ich höre gar nichts!"

„Sie müssen es gehört haben! Er kann doch nicht nur . . . Er sprach über Technik . . . Die Zentrale existiert noch . . ."

Der andere schüttelte wieder den Kopf, schob Julisses angewidert von sich.

„Sie haben ihn gehört!" schrie Julisses ihn verzweifelt an.

Der grinsende Mann wischte sich die Hände an dem grünen, billigen Stoff seines Anzugs ab und wiederholte barsch: „Nein!"

Es konnte mehrere Gründe geben, daß der andere so reagierte. Entweder war er schwerhörig . . ., nein, er hatte ja die Frage verstanden . . ., oder der Lautsprecher dieses Hauses war beschädigt . . ., unwahrscheinlich . . ., oder es gab keine Stimme!

. . . keine Stimme . . .

„Entschuldigen Sie mich." Julisses trat beiseite, ließ das immer noch grinsende Subjekt stehen, das den Eindruck machte, als hätte es gerade ein lukratives Geschäft gemacht. Er ging die vierzig Meter zurück, die er gerannt war. Ob der *Flüsterer* . . . Nein, nein, zum Flüstern gehörte eine Ausrüstung, die man nicht mit sich herumschleppen kann, entschied Frank.

Es gab eine Möglichkeit, sich zu überzeugen.

Julisses aktivierte den Tonspeicher der Z-Kamera und trat auf den Lautsprecher eines Wohnzylinders zu. Als das kleine rote Lämpchen am Kamerakoffer blinkte, flüsterte der Lautsprecher: „Du brauchst Beweise, Julisses?"

Und das rote Licht flackerte im Rhythmus der Sprache. Der Tonspeicher zeichnete das Flüstern auf. Die Stimme existierte! Und der Flüsterer sah und hörte Julisses. Ja, er kannte ihn; hatte er nicht gerade seinen Namen ausgesprochen? Und er mußte wissen, was er tat und was er fühlte. Und er verfolgte ihn. Und holte ihn ein, wenn er floh; überholte ihn; war überall gleichzeitig . . .

Wozu fliehen, wenn es kein Versteck gab?

Frank Julisses näherte sich überfordert einer ehemals grünen Insel im Meer grauer, zylindrischer Eintönigkeit. Er suchte eine Bank und fand ein geschmolzenes Gestell. Es durchbrach die Einfalt *legitimierter Kunst* und moderner Ästhetik, weil es trotz seiner Form, die anderen Formen ähnelte, wie ein Produkt unmenschlicher Phantasie wirkte. So konnte nichts aussehen, was Künstlerhände schufen. Ein Gefühl der Beklemmung trieb Julisses wieder zurück in die schützenden Schatten der Wohnzylinder, wo die Fehde zwischen Rationalität und Irrationalität darauf lauerte, von ihm fortgesetzt zu werden. Sie war ihm willkommener als das kalte, schöne, tote Gestell, das soviel Haß verströmte.

„Julisses!"

Er überhörte es. Er schwieg, obwohl er genau wußte, das Flackern des roten Lämpchens bewies es, daß die Stimme echt war, daß sie ihn meinte, ganz allein ihn. Was wollten sie nur von ihm?

„Weißt du, daß die Marssoldaten Menschen sind, Julisses?"

Das war purer Unsinn. Er kannte dieses Märchen. Propaganda der Aktionisten! Sie wollten damit den Haß schüren. Aber wer glaubte den Unsinn schon? Die Soldaten sollten Menschen sein? Warum stellten sie ihm so dumme Fragen?

„Niemand glaubt euch das", antwortete er, weil er sich gezwungen fühlte, Mut zu zeigen.

„Früher, Julisses", flüsterte die Stimme, „da galt der Grundsatz: Damit viele Arbeiter Arbeit haben, muß man viele Soldaten machen, viele Kanonen und Kasernen bauen. Das schafft viel Arbeit. Heute aber, heute ist das ganz anders. Heute schert man sich nicht um Arbeitslose. Werden es zuviel, läßt man sie verschwinden. Weiß du, wohin sie kommen, Julisses?"

Ja, dachte Julisses. Sie kommen in Arbeitslager auf anderen Kontinenten, wo sie Land urbar machen, um dort Städte zu bauen.

„Man transportiert sie auf den Mars, wäscht ihnen gründlich das Gehirn, bis sie Roboter sind, und schickt sie im Falle eines Falles zurück auf die Erde. Als Androiden, die wieder Ordnung schaffen auf Terra!"

„Unsinn! Unsinn! Aufhören!"

„Hör gut zu, du Besserwisser. Was erzählen sie immer: Für den Fall eines Krieges mit Invasoren aus dem All braucht man eine starke Wehrmacht. Und da Androiden billiger im Unterhalt sind, ewig leben können und aufs Wort gehorchen, deswegen haben wir eine Armee aus Androiden. Aber glaubst du im Ernst, Außerirdische hätten nichts Besseres in ihrem Gehirn als den Gedanken, sich mit uns zu bekriegen? Nein, der wahre Grund ist ein anderer! Wer die offizielle Variante glaubt, der hat Angst. Und wer Angst hat, ist darauf bedacht, Unstimmigkeiten unter seinesgleichen zu vermeiden, um ja schlagkräftig gegen den äußeren Feind zu sein, der jeden Moment kommen könnte. Oppositionelle Meinungen werden unterdrückt vom eigenen Nachbarn, der im Grunde ähnlich denkt. Man könnte beim Meinungsstreit ja den heranschleichenden Feind übersehen und geschwächt in den Krieg ziehen müssen! Nein, es geht nur darum, die Opposition gegen das System so klein zu halten wie nur irgend möglich. Außerdem: Armeen vergrößern eine Kriegsgefahr, statt sie zu verkleinern. Sie haben die revolutionäre Opposition auf den Straßen zusammengeschossen.

Wohin aber kamen die Verhafteten? Auf den Mars, Julisses. Armeen aus Fleisch und Blut sind eben doch billiger. Solche Soldaten brauchen nicht bezahlt zu werden und gehorchen so gut wie echte Androiden."

„Warum sollten sie so etwas tun?" schrie Julisses.

„Unbequeme Menschen auf der Erde maßregeln, das würde bekannt. So erfährt es niemand. So sieht es aus, als ob wir in einer friedlichen Demokratie lebten. In dieses Bild passen keine Konzentrationslager. Die wenigen Arbeitslager erscheinen höchst harmlos. Aber auf dem Mars kann man mit den Opfern machen, was man will. Ohne Revolutionäre und Arbeitslose keine billige und perfekte Armee. Sie lassen uns von unseren Brüdern ermorden!"

Es klang alles so logisch. Julisses hörte diese Dinge nicht gern. Er hing an den Lügen, die so bequem waren. Aber ihr schönes Gesicht wurde zur häßlichen Fratze.

„Und die Wehrmacht ist ein technisches Instrument", wisperte die Stimme. „Wer es spielt, dirigiert damit das ganze Orchester. Er spielt die erste Geige, bestimmt den Rhythmus, das Tempo und den Einsatz der anderen Instrumente. Er ist der Herr der Bühne. Er läßt die anderen tanzen. Alle! Uns und dich, Julisses! Ja, auch dich. Tanz, Julisses, tanz! So tanz doch, dreh dich, spring und lache. Tanz, tanz, tanz . . ."

Die Flüsterstimme krächzte, so laut sie konnte.

„Nein!" brüllte Frank. „Hör auf!"

„Pianissimo, Julisses! Nicht so laut. So leise wie möglich, hörst du? Und im Takt . . . Und im Gleichschritt, marsch! Tanz, tanz . . ."

Julisses floh.

Er floh zum zweitenmal vor dem Ende der Welt, das er kommen wähnte, weil sein Geist die Realität anders gesehen hatte, als sie war. Ein Weltbild stürzte zusammen – und dahinter wartete etwas Schreckliches auf ihn. Sein Schädel schien zu bersten. Er hatte starke Kopfschmerzen. Sein Geist war wund gescheuert.

Er wollte nichts sehen und nichts wissen, er lief einfach davon. Er kam erst wieder zu sich, als ihn drei Personen aufhielten. Er blickte in drei übernächtigte Gesichter, die ihn umtanzten und mit sinnlosen Fragen auf ihn einhämmerten. Er krächzte eine Antwort und verstand sie selbst nicht. Er herrschte sie an, ihn in Ruhe zu lassen. Dann fragte er ein fleischiges Gesicht mit zwei großen Narben auf der Stirn, ob es die Stimme gehört hätte.

„Nein!"

Er fragte das Gesicht mit dem häßlichen breiten Mund, aber es schüttelte sich. Das dritte mit den vielen Pickeln schnaufte wütend. Julisses wurde beiseite gestoßen.

Irgendwo und irgendwann kam er zu sich. Er sah sich um, aber die drei Gesichter waren verschwunden. Er schimpfte sich einen Schwächling und eine erbärmliche Kreatur. Denn ihr Verhalten war begreiflich. Niemand würde in nächster Zeit zugeben, daß er die Stimme der *Flüsterer* hören konnte. Niemand würde ein Risiko eingehen. Das Risiko, auf den Mars transportiert zu werden . . .

Lächerlich! Das gab es nicht!

Doch unabhängig davon, ob dieses Märchen einen wahren Kern hatte oder nicht – ab jetzt war alles anders für ihn. Frank Julisses war tot – es lebe Frank Julisses, der neue Frank Julisses! Lachen schüttelte seinen Körper. Die Vergangenheit ist tot – es lebe die neue Vergangenheit! Wie komisch das war! Es stimmte; er hatte in einer Welt gelebt, die nie existiert hatte. Er hatte sich belügen lassen um der Bequemlichkeit willen. Aber die Erkenntnis, einem sinnlosen Dasein ein Ende bereitet zu haben, half ihm auch nichts. Er war ein Mensch, und ein Mensch hatte ein Recht auf körperliche Unversehrtheit und ein Recht auf geistige Unversehrtheit. Doch sein Geist war verwundet.

Recht? Wer hatte recht?

Das Recht auf seiner Seite hatte der, der sich zur Interplaneten-Charta bekannte und sich auf dem Boden der freiheitlichen Interplaneten-Verfassung bewegte! Aber getreten wurde der, der die Phrasen durchschaute und eine Wirklichkeit schaffen wollte, die mit den schönen und gerechten Ideen übereinstimmte.

*Die Idee, die lästige Fliege . . .*

*Die Kosmische Kommune . . .*

Schluß! schrie er in Gedanken. Schluß damit!

Julisses verließ die Zehnstraßenkreuzung in der panischen Angst, er könnte überschnappen, wahnsinnig werden. Einen Augenblick später bereute er es, denn die Kreuzung bedeutete unschätzbar wertvolles Bildmaterial. Doch bald darauf war er wieder froh, dem Ort seiner geistigen Zerfleischung entkommen zu sein, bevor sich sein Bewußtsein in zwei rivalisierende Teile gespalten hatte . . .

Er betrat den großen, symmetrischen Freiplatz des angrenzenden Bezirks, auf dem noch vor vier Tagen anachronistische Wochenmärkte veranstaltet und klassische Dramen des Altertums aufgeführt worden waren – beliebte und attraktive Erinnerungen an eine vergangene Epoche, die vielen Zeitgenossen als Inbegriff von Freiheit und Kreativität erschien. Julisses wußte, daß dieser Glaube romantischer Selbstbetrug war. Die Show, so gestaltet, wie sie den Massengeschmack am billigsten befriedigen konnte, brachte Geld. Das war alles.

Der Platz war eben, schimmerte pastellbraun, und seine fünfhundert Quadratmeter wurden von Silberpappeln eingerahmt, von denen nach alledem nur noch schwarzbraune Stümpfe übriggeblieben waren, die halb an natürliche, halb an künstliche Weidenumzäunungen des Mittelalters erinnerten. Man sah förmlich die Stacheldrähte und die Herde Rinder in der Mitte.

Julisses ahnte, weshalb die Buden, Bühnen und Verkaufsstände verschwunden waren, obwohl ihm von Kämpfen in der *Arena des 20. Jahrhunderts* nichts zu Ohren gekommen war. Doch was besagte das schon. Er nahm die Zeitkamera zur Hand . . .

. . . und wieder sah er Tausende sterben. Er sah Bestien beim Mahle zu. Über allem lag ein Dunstschleier aus Blut, der alles verhüllte . . .

## 14

ER HATTE die Kharis gefunden.

Und ein Kharis hatte ihn gefunden.

Bevor dieser Kharis etwas unternehmen konnte, mußte er als Araz hinter das Geheimnis des Hauptquartiers der Kharis kommen. Und das war nicht leicht. Hypno konnte er gegen Kharis nicht einsetzen. Was ihm blieb, war die zur Perfektion ausgebildete Frage- und Redekunst, die er auch nur in kleinen Dosen an möglichst vielen Personen anwenden durfte, um nicht aufzufallen. Denn der richtige Rodrigo Araz gab sich gewiß kaum mit Untergebenen ab.

Und nun dieser Befehl: „Gehorchen Sie, Araz!"

Ronf wandte sich langsam um. Er hatte lange gebraucht. Er hatte zu viele Leute gefragt und angesprochen in diesem Palast. Das war aufgefallen. Oder Araz hatte sich inzwischen befreien können . . .

Ronf ging auf die offene Tür zu.

In dem Raum saß nur ein Mann hinter einem kleinen Schreibtisch und beobachtete einen Videoschirm. Ronf musterte ihn ganz genau. Wie bei einigen anderen Personen im letzten Stockwerk bemerkte er die gleiche Verdickung des Rückens und des Bauches, die gleichen schönen Gesichtszüge. Attribute, die auch der Kharis Araz angenommen hatte, um als Terraner zu gelten. Attribute, die Ronf übernommen hatte. Vor ihm saß ein Kharis. Was würde geschehen? Drohte ihm die Gefangennahme, oder konnte er einer Entlarvung entgehen? Er nahm sich augenblicklich vor, etwas kränklich zu tun, so als entschuldige und erkläre dieser Zustand Unterschiede zu seinem gewöhnlichen Verhalten – zu Araz' Verhalten.

Es ging alles sehr schnell. Ronf kam kaum noch dazu, genau die Folgen seines Tuns zu reflektieren. Aber eine bessere Chance bot sich ihm sicher nicht mehr.

Der Kharis blickte auf und grinste Araz-Ronf unergründlich an. „Besprechung der Einsatzleiter in einer Stunde im HQ, Araz."

Ronf verbeugte sich leicht, weil ihm keine Antwort einfiel, die garantiert von Araz stammte. Er war überrascht. Sie hatten noch nichts gemerkt. Er blieb frei. Es kam zu keiner Diskussion, er hatte nur einen Befehl erhalten. Noch dazu den Befehl, ins Hauptquartier zu kommen! Nur nicht die Auskunft, wo es lag. Und das konnte er diesen Mann auch nicht gut fragen. Es würde sowieso das beste sein, er zog sich augenblicklich zurück, bevor Mißtrauen aufkam.

Ronf räusperte sich, wandte sich schnell um und murmelte im Hinauslaufen: „Muß mich beeilen, schaffe sonst . . ."

Niemand rief ihn zurück.

Geschafft! Er atmete auf. Sein Leben war gerettet. Doch wie er nun in das HQ kommen konnte, das wußte er immer noch nicht. Es war auch sinnlos, weiterhin Kharis mit hintergründigen Fragen zu belästigen.

Aber klar war nun, daß nur die sogenannten Einsatzleiter wußten, wo es sich befand. Die Kharis waren schlau, Risiken gingen sie so gut wie keine ein. Aber hatte er unter all denen, die er in der letzten Stunde angesprochen hatte, nicht auch ein paar Einsatzleiter dabeigehabt? Ronf hielt es für wahrscheinlich. Es gab einige, die freiwillig längere Zeit mit ihm geredet hatten und die bereitwillig über Detailfragen Auskunft gegeben hatten, die ihren Arbeitsbereich betrafen. Indirekt hatte Ronf sie immer wieder provoziert, auf die oberste Leitung und ihren Aufenthaltsort zu sprechen zu kommen. Was hatten sie geantwortet?

Zum Beispiel: „Der Kommandant will ja, daß wir nicht gefährdet sind."

„Bei den seltenen Zusammenkünften soll Zeit zur Vorbereitung sein."

„. . . durch den Auftrieb, den er uns gibt, nicht wahr? Ha, ha, ha!"

Ronf war sicher, aus diesen Antworten schließen zu können, daß das HQ abseits der Städte lag, wo man ungefährdet sein konnte. Daß die Fahrt dorthin lange dauerte, aber nicht länger als eine Stunde. Daß die Reise mit einem Flugkörper vor sich ging.

War das HQ im Orbit? Was sprach dafür?

Zum Beispiel: „Anhand der Kugel erklärte er uns . . ."

Das konnte die Erdkugel unter dem orbitalen HQ gewesen sein!

Nach und nach fielen Ronf viele Bemerkungen ein, die konkrete Hinweise gaben.

„Unterwegs beobachteten wir den Sonnenaufgang", obwohl der Mann von einer abendlichen Reise gesprochen hatte!

Ronf war sicher, daß er mit einem Raumer fliegen mußte.

Doch wo befanden sich die Raumer der Einsatzleiter? Es gab eine Möglichkeit, es herauszufinden. Ronf begab sich in den Keller zu den Garagen. Er wandte sich freundlich an den Verwalter der Einsatzwagen.

„Ich brauche jetzt ganz schnell einen Chauffeur, der mich zum HQ bringt."

Der Verwalter nickte freundlich zurück, reagierte überhaupt nicht auf die Bemerkung, drückte nur einen Knopf und suchte die Wagen mit seinen Blicken ab. Kurz darauf erschien ein junger Bursche, der Araz-Ronf herzlich grüßte. Er winkte Ronf zu, ihm zu folgen. Sie nahmen einen der Wagen, die vorn am Portal standen. Im Wagen sagte Araz kurz, als hätte er besonders schlechte Laune: „Zum Raumer."

Der Junge blickte ihn erstaunt an. „Wohin?" fragte er.

Ronf versuchte es mit Hypno. Der Junge wußte nichts. Ronf versuchte es auf die höhnische Art und Weise. „Ich will dahin, weißt du", sagte er spöttelnd, „wo nicht jeder hindarf. Du auch nicht, obwohl du mich dorthin fahren kannst. Na, mal sehen, ob deine Intelligenz ausreicht, um das zu kapieren. Na?"

Der Junge grinste unsicher. Dann leuchteten seine Augen. „Ach so! Ja, ja, ich weiß. Zum Park!"

Zum Park also, dachte Ronf schwitzend. Na endlich! Er fragte weiter: „Du weißt, weshalb du dort nicht hindarfst?"

„Natürlich", sagte der Junge. Sonst nichts.

„Na? Weshalb?"

„Sie brauchen zwischendurch viel Entspannung. Und wenn da jeder rumlaufen würde . . ."

„Richtig, ja, so ist es."

Es war so einfach. Ronf paßte jetzt genau auf, wohin ihn der Junge fuhr. Nach einigen Kilometern hielt er vor der *Grünen Oase*, die Ronf als die größte bekannt war. Der Junge sah ihn neugierig an.

„Schon gut", brummte Ronf unwirsch und stieg aus. Er wartete, bis der Junge fortgefahren war. Und was sollte er nun tun? Einen Weg in die *Oase* gab es nicht. Auch niemanden, den er hätte fragen können. Also ging er einfach hinein in das Gebüsch. Jemand schrie schrill auf. Erschrocken sah Ronf, wie sich ein Liebespaar auf die Beine machte und keuchend auf die ungemütliche Straße hinausschlich. Die beiden hatten Angst, denn das Betreten der *Oasen* war ihnen verboten.

Ronf lief einfach weiter. Jetzt half nur noch Glück. Nach fünfzig Metern betrat er eine kleine Lichtung, auf der das Gras wuchs, als würde es von liebenden Händen gepflegt. Von oben sagte eine Stimme: „Bitte treten Sie vor, Ihr Raumer kommt sofort. Der Gemeinschaftsraumer ist bereits gestartet."

Über ihm war niemand. Die Stimme kam aus fernen Richtlautsprechern, deren Schallwellen sich über ihm kreuzten und erst dort hörbar wurden. Und nur dort. Gewöhnlich flogen die Einsatzleiter also gemeinsam. Wer zu spät kam, flog mit einem Raumer, der ihm zur Verfügung stand. Das machte nichts. Er würde den anderen Raumer orten und ihm folgen.

Der Rasen vor ihm flimmerte, dann erschien plötzlich der Raumer. Ronf kannte das Verfahren. Die Raumer standen alle auf dieser Lichtung. Per Holographie wurden sie unsichtbar gemacht, indem man um sie herum ein Bild entstehen ließ, das eine friedliche Lichtung zeigte. Das Bild war jetzt ausschnittweise gestört, damit er seinen Raumer gefahrlos besteigen konnte. Ronf kannte sich mit diesen Modellen gut aus, und wenige Minuten später war er schon unterwegs.

Er ortete den großen Raumer vor sich und stellte den Autopiloten so ein, daß er sich genau dem Kurs des Raumers anglich. So konnte nichts schiefgehen. Wenn der Raumer vor ihm abbremste, bremste sein kleiner Raumer automatisch mit ab.

Ronf blickte auf die Uhr. Er hatte noch zwanzig Minuten, um pünktlich zur Besprechung zu kommen; das hieß, er würde etwa fünf Minuten nach den anderen ankommen, was gewiß nicht zu spät sein würde.

Und genauso kam es. Nach zehn Minuten bremste der Raumer der anderen ab, und Ronf bediente die Steuerung wieder manuell. Bald darauf kam die Raumstation in Sicht; es war ein umgebauter Raumer, der durch Fertigteile zu einer Riesenkugel aufgebläht worden war.

Der Bordsender gab Zeichen. Jemand wollte ihn sprechen.

Er meldete sich. „Hier Rodrigo Araz."

„Willkommen an Bord", sagte die Stimme. „Wir erwarten Sie mit Sehnsucht."

Weshalb das? fragte sich Ronf. Er legte mit dem kleinen Raumer an den Magnetklammern an und wartete, bis sie das Schiff ganz nahe an die Station herangezogen hatten. Dann drehte er den Raumer noch etwas, bis seine Schleuse genau an der Schleuse der Station lag. Alles andere war Sache der Stationsbesatzung. Er ging in die Schleuse und wartete auf grünes Licht. Als es kam, öffnete er die Schotte und ging hinüber in den Gang der Station, der ausgefahren und in der Bordwand seines Raumers eingerastet war.

Als er das Ende des Ganges erreicht hatte und um die Ecke bog, stand Rodrigo Araz vor ihm und hielt ihm, über das ganze Gesicht strahlend, beide Hände entgegen.

„Na, nun finden wir uns doch noch", sagte er.

Ronf zuckte ertappt zusammen. Sein Spiel war aus, er saß in der Falle, in der Höhle der Löwen.

„Nun mal keine Angst, mein Freund", sagte Araz in munterem Plauderton. „Pech gehabt, na klar. Gibt auch keine Zukunft mehr, aber hier an Bord haben Sie volle Bewegungsfreiheit, wenn Sie all die Utensilien ablegen, die Sie so gefährlich machen."

Ronf griff in seine Taschen und einige Verstecke an seinem Körper und übergab einige Dinge Araz, ohne mit der Wimper zu zucken. Es hat jetzt keinen Zweck mehr, sich Illusionen zu machen, sagte er sich. Hier gibt es kein Entkommen. Währenddessen wanderten Araz' Blicke amüsiert über Ronfs Äußeres, das dem seinen aufs Haar glich. Dann schob er Ronf in einen kleinen leeren Raum und schloß die Tür. Irgendwo summte etwas, dann öffnete sich die Tür wieder, und Araz sah ihm höhnisch lachend entgegen.

„Gut, Sie haben keine kleinen gefährlichen Utensilien mehr bei sich", sagte er spöttisch. „Und nun folgen Sie mir. Sie wollten doch zur Besprechung der Einsatzleiter, oder? Kommen Sie, gehen Sie mit mir."

Araz marschierte los, ohne sich um Ronf zu kümmern. Der trottete hinter ihm drein, bis sie einen großen, reichlich mit Pflanzen geschmückten Raum betraten. Auf mehreren Tischen dampfte warmes Essen, und köstliche Getränke waren bereitgestellt. Die anderen Einsatzleiter hatten längst Platz genommen.

Sie sahen Araz und ihm neugierig entgegen. Als Araz ebenfalls Platz nahm, waren alle Sitzgelegenheiten besetzt. Jemand schleppte einen bequemen Stuhl herbei und bot ihn Ronf an. Der dankte freundlich. Er hatte nicht die Absicht, dieses Spiel mitzumachen, aber früher Ärger konnte frühe Schmerzen bringen.

Ruhe kehrte ein, und einer von den anwesenden zehn Kharis erhob sich. Er trug eine silbernfarbene Uniform mit mehreren kleinen Emblemen, die seinen Rang als Kommandanten erkennbar machten.

„Ich wünsche guten Appetit", sagte er und lachte. Er bedeutete Ronf mit einer Handbewegung, ebenfalls zuzugreifen. Ronf tat es. Dann sagte der Mann mit dem hohen Rang: „Für den, der mich noch nicht kennt", und dann lachte er wieder laut und lange, „werde ich mich vorstellen. Mein Name ist Kommandant Abf, und ich bin sehr gemütlich. Und ich bin der absolute Befehlshaber an Bord. Ich bestimme, wie wir vorgehen, um in den Besitz vieler schöner Sachen zu kommen, die viel Geld einbringen."

Die Anwesenden lachten.

„Während wir essen, werden wir uns den Kuchen ansehen, dessen beste Stücke wir genießen."

Im selben Moment wurde der Raum dämmrig. Eine ganze Wand, etwa fünfzig mal drei Meter groß, wurde scheinbar durchsichtig und zeigte den Weltraum mit der Erdkugel, die weiß und blau und grün schillerte. Ronf entdeckte viele schmutzigbraune Stellen – die Superstädte, die so gut wie kein Grün mehr aufwiesen.

Das Essen dauerte nicht lange. Danach ging man sofort zur Tagesordnung über.

„Heute gibt es nur einen Punkt auf der Tagesordnung", näselte Abf. „Und das ist der Spion vom Weltenbund. Stellen Sie sich vor, lieber Freund."

Ronf erhob sich gehorsam und stellte sich vor, erwähnte auch Actref, weil er wußte, daß sie längst von ihr wußten. Er erzählte ihnen freiwillig, wie sie vorgegangen waren und wie er sie und ihr HQ aufgespürt hatte, weil er wußte, daß sie ohnehin Methoden besaßen, es aus jedem herauszuholen.

Zum Schluß sagte er wahrheitsgemäß, daß er aufgegeben habe und keinen Fluchtversuch zu unternehmen gedenke.

Er wußte, daß auch Actref von ihnen gefaßt werden würde, da er keine Möglichkeit mehr besaß, mit ihr in Verbindung zu treten.

Kommandant Abf kündigte eine Filmaufzeichnung an, die Ronfs und Actrefs Eindringen in die Sphäre der Polizei und Geheimpolizei zeigen sollte. Er riet seinen Einsatzleitern, von diesem Beispiel zu lernen, um jeden Spion frühzeitig entlarven zu können. Ronf bat er, eventuelle Unrichtigkeiten im Film richtigzustellen.

Wo während des Essens der Weltraum zu sehen gewesen war, lief jetzt der Film ab, der Ronfs und Actrefs Agententätigkeit fast lückenlos von Anfang an zeigte. Sie hatten sich also geirrt; die Kharis hatten den Planeten perfekt unter Kontrolle. Sie hatten sie arbeiten lassen, um sie auf dem Höhepunkt ihrer Arbeit mitten in der Höhle des Löwen auffliegen zu lassen. Und weshalb? Um ein Lehrstück über die Agententätigkeit der Weltenbündler vorführen zu können!

Sie haben einiges dazugelernt, sagte sich Ronf. Sie wagten es nicht mehr, ihre Ausbeutungsgeschäfte auf den Welten fremder Kulturen ohne perfekte Sicherheitsmaßnahmen durchzuführen. Das war ein Erfolg der Abwehrmaßnahmen des Weltenbundes, der im Namen von fünf Sternenvölkern sowie im Auftrag des *Intergalaktischen Solidaritätsdienstes* und mit Unterstützung des *Intergalaktischen Völkergerichts* all seine Kraft darin investierte, die Machenschaften des Kharis-Imperiums zu unterlaufen, zu entlarven und zu verurteilen und, wo es möglich war, zum Schutz mißbrauchter Völker einzugreifen.

Als der Film zu Ende war, erhob sich Abf erneut und sagte: „Diese galaktischen Geheimpolizisten, die sich in fremde Angelegenheiten einmischen, sind zwar gefährlich, aber absolut nicht unbesiegbar . . ."

„Wir sind keine Polizisten", widersprach Ronf energisch. „Wir schützen lediglich mit allen Mitteln, die von der Mehrheit aller kharisischen Völker als legal eingestuft worden sind, jene Völker, in deren Angelegenheiten ihr euch einmischt!"

Empörte Rufe antworteten ihm.

Abf lachte. „So, und nun wollen wir von Ronf einmal hören, was er inzwischen über uns herausbekommen hat. Berichten Sie!"

Ronf erhob sich langsam von seinem Stuhl, blickte abschätzig in die Runde und sagte verächtlich: „Ihr treibt euer übliches Spiel. Ihr raubt diesem Volk wichtige Lebensprodukte, in diesem Fall Milch, Leder, Tabak und Holz. Die drei letztgenannten Dinge braucht ihr als Luxuswaren für eure im Überfluß schwelgende Oberklasse, der dieser Abf angehört. Die Milch wird mit einem gewissen Zusatz versehen und als stumpfsinnig machendes Rauschgift eurer im Elend vegetierenden Unterklasse verkauft. Und für euch als Einsatzleiter eines großen Konzerns ist das Ganze nichts weiter als ein ungeheuer gutes Geschäft. Ihr managt den wahnwitzigen Profit, der entsteht, indem ihr für das Ausbeuten dieser Welt lediglich ein paar Konstruktionspläne für Erfindungen hinterlegt, die hier noch unbekannt sind. Und die kommen natürlich wiederum nur der hier herrschenden Klasse zugute. Ich wette, ihr habt ihr die Zeitkamera und den intergalaktischen Raumantrieb ‚verkauft'!"

Allgemeines spöttisches Lachen gab ihm recht.

„Richtig geraten, Weltenbündler!" rief Abf ihm zu. „Nur haben dich deine Auftraggeber nicht gut vorbereitet. Wir verkaufen noch wesentlich mehr Dinge; angefangen von Erzen bis zu Lebensmitteln ist alles dabei. Sollen wir's ihm verraten?"

Kommandant Abf blickte seine Untergebenen, die Manager im Außendienst, an und grinste mit schiefem Mund. Jemand kicherte irr. Ronf zweifelte allmählich an ihrem Verstand und wunderte sich, weshalb die sonst so phantasielosen Kharis ein so aufwendiges und langes Spiel mit ihm trieben.

Wie auf Kommando standen alle Einsatzleiter auf und begannen an sich herumzuhantieren. Ronf erkannte, daß sie alle die Veränderungen an ihren Körpern beseitigten. Selbst Rodrigo Araz machte dabei mit. Und als sie fertig waren, traute Ronf seinen Augen nicht. Sie hatten sich fast nicht verändert. Die Merkmale, die sie zu Terranern machen sollten – zu einem einzigen, sogar recht auffälligen Typ –, waren verschwunden.

Dennoch hatten sie sich nicht in Kharis zurückverwandelt. Ronf ging näher an einen von ihnen heran, überprüfte wortlos die Körperstellen, wo noch verändernde Teile hätten sitzen müssen. Nichts.

Vor ihm standen zehn Menschen, zehn Terraner.

Es hätten Kharis sein müssen.

Abf lachte. Ronf starrte ihn verwirrt an. Kommandant Abf war als einziger kein Terraner, er war tatsächlich ein Kharis. Aber alle anderen waren Menschen von dieser Welt, und sie lachten ihn aus.

Ronf kam ein schrecklicher Verdacht.

Die als Kharis getarnten Terraner setzten sich wieder und sprachen erregt durcheinander, während sie ihre Maskierung wieder anlegten. Der echte Kharis Abf blickte ihn grinsend an. Langsam öffnete er seinen Mund und sagte: „Ruhe, meine Herren. Sie sind auf Ihre Kosten gekommen. Und dieser Spion auch. Fahren wir fort, die Methoden weltenbündlerischer Spionage kennenzulernen. Wir haben noch einige Fragen an Sie, Ronf."

Ronf wußte jetzt, daß seine Beobachtung vorhin richtig gewesen war. Es war ihm verwunderlich erschienen, daß man ein aufwendiges und unnütz langes Spiel mit ihm trieb – was nicht gerade typisch kharisisch war. Aber Terraner stellten sich gern zur Schau, bewiesen sich selbst gern ihre Stärke und Überlegenheit. Jedenfalls die meisten von ihnen. Unter den Umständen, durch die sie geformt wurden, kein Wunder!

Weshalb aber liefen Terraner als Kharis herum, die sich als Terraner tarnten? Darauf gab es nur eine Antwort. Weil nicht Terraner damit getäuscht werden sollten, sondern Kharis! Und zwar solche Kharis, die zwischen Erde und Kharis-Imperium hin- und herpendelten und nichts von den geheimbündlerischen Machenschaften zwischen einigen Kharis und einigen Terranern wissen durften, um sie nicht zu gefährden.

Ronf wußte jetzt, was gespielt wurde, von wem und wozu.

Sein Blick fiel auf Araz. Hatte Araz nicht auch wie ein Terraner ausgesehen? Natürlich. Aber im Polizeipalast war er nach der Demaskierung ein Kharis gewesen. Was für ein Geheimnis steckte dahinter?

Abf hatte etwas vorgelesen; Ronf hatte nicht zugehört, für ihn war das alles nicht mehr wichtig. Abf dagegen hatte bemerkt, worüber Ronf sich wunderte.

„Ganz einfach“, sagte er. „Da unten“, damit meinte er den Polizeipalast auf der Erde, „war ich Rodrigo Araz. Ich! Es mußte ja so sein, nicht wahr?“

Ja, dachte Ronf, so mußte es sein. Abf war anscheinend der einzige echte Kharis in dieser Runde und womöglich auf diesem ganzen Planeten. So hatte er wohl oder übel die Rolle des Araz spielen müssen, damit er, Ronf, darauf reinfiel und in die HQ-Falle tappte.

So hatte es sein müssen. Allerdings!

Während Kommandant Abf nachsichtig lächelnd Fragen stellte, die Ronfs Tätigkeit auf der Erde betrafen, dachte dieser weiter.

Die Erde hatte nur eine Chance, die Intrige zu verhindern: Sie mußte ihre gesellschaftliche Situation grundlegend ändern. Der abenteuerliche Aufstand der letzten Tage, geführt von den Aktionisten und der Ood-Fraktion, hatte durch sein Scheitern viel verspielt, denn jetzt wurde die Unterdrückung noch brutaler, wehrte schon den geringsten Anfängen, liquidierte unnachsichtig jede oppositionelle Regung. Die faschistische Militärjunta war aus der Revolte gestärkt hervorgegangen. War es vielleicht möglich, dachte Ronf schockiert, daß sie das provoziert hatte? Würde das nicht besonders gut in das Bild passen, das sich so überraschend vor ihm aufgetan hatte? Hatte Araz – oder war es dieser Dundee gewesen – nicht sogar etwas Ähnliches angedeutet? Fähig waren diese Menschen zu allem; das war keine folgenschwere Erkenntnis, denn bei den Kharis-Imperialisten war das nicht anders.

Die Intrige, dachte Ronf, richtet sich gegen das Kharis-Imperium, trifft aber das projektierte Terra-Imperium. Es wäre nicht das erste Mal, daß die kharisischen Konzerngewaltigen zu diesem Trick greifen.

Es war so banal einfach: Terranische Großmachtpolitiker hatten versucht, die kharisischen Handelspartner zu bestechen, damit sie ihr Imperium verrieten. Sie sollten den Handel als Tarnung fortsetzen, während sie den terranischen Konzernen eine Raumarmada aufbauen halfen, die eines Tages das Kharis-Imperium dem terranischen einverleiben sollte – eine durchaus mögliche Zukunftsprojektion, da das kharisische Volk durch Drogen unter dem Joch seiner Herren gehalten wurde und so zu jeder kämpferischen Verteidigung unfähig war. Und weil die Kharis Mittel und Erfindungen kannten, die den Aufbau einer waffenstarrenden Armada in wenigen Jahren möglich machten.

Einige Kharis hatten den Vorschlag der Terraner akzeptiert, andere aber offensichtlich nicht; mittlerweile jedoch schien nur noch Abf ein wirklicher Kharis zu sein. Die anderen waren gegen Terraner ausgetauscht worden. Ihre Beseitigung hatte garantiert Abf in die Hand genommen, er, der Hauptprotagonist der Intrige.

In welchem Stadium sich der Ausbau der Kriegsarmada wohl schon befand? Sie wurde auf jeden Fall umsonst gebaut, das wußte Ronf. Denn hinter der Intrige der terranischen Konzernbosse spielte sich etwas Größeres ab. Die Verratenen und Verkauften waren die Terraner, mit Sicherheit.

Die Leidtragenden waren beide Völker.

Und Rettung war nicht in Sicht.

Ronf überlegte, ob es falsch gewesen war, den Weg in die Höhle des Löwen gesucht zu haben. Denselben Weg gingen unten auf der Erde die extremen Revolutionäre – und scheiterten. Aber es war eine andere Situation, ein anderer Ausgangspunkt und ein anderes Ziel. Er hatte lediglich die Aufgabe gehabt, das HQ zu finden, die Hintergründe und Zusammenhänge zu ergründen und dem *Intergalaktischen Solidaritätsdienst* Meldung zu machen. Auf Terra jedoch mußte eine gründliche, alles umfassende Revolution stattfinden. Keine Aufgabe für Männer oder Gruppen, die sich selbst zu Führern ernannten. Keine Sache, die mit der Zerstörung irgendeiner Zentrale erledigt wurde. Sondern eine Aufgabe der Völker. Eine dringende Aufgabe, die nur zu lösen war, wenn sie an allen Punkten und Fronten gleichzeitig angegangen wurde.

„Gehorchen Sie!“ brüllte Abf ihn an. Der Spaß war vorbei. „Ich habe Sie etwas gefragt! Und Sie haben zu antworten!“

## 15

Der Pilot beherrschte Zeit und Raum. Er konnte sie so lange hin und her fliegen, bis die Polizei kam. Er hatte seine Gäste wie in einem Käfig bei sich und konnte sie transportieren, wohin er wollte. Er war ein Autokrat.

Mit einer jähen Willensanstrengung brachte Catcart seine Gedanken unter Kontrolle. Was nutzten diese Überlegungen? Sie mußten etwas tun! Sie mußten die Situation zu ihren Gunsten verändern.

Er warf einen Blick durch die vorderen Sichtluken. Vor und unter ihnen erhoben sich die wuchtigen Betonriesen, die den Stadtkern bildeten. Als Betonkugel innerhalb der Stadt grenzten sie sich von den übrigen Ortsteilen ab, die zwar ebenfalls in die Tiefe und in die Höhe strebten, aber nicht so luft- und platzsparend angelegt waren. Bis der Pilot das eigentliche Zentrum erreicht hätte, würden noch etwa zehn Minuten vergehen.

Was tun?

Ood trug sicher eine Waffe bei sich. Eine Energiebarriere schützte den Piloten jedoch vor Thermostrahlen. Eine ruhige Handreichung durch die Barriere hindurch war jederzeit möglich. Eine schnelle, mit einem Messer zum Beispiel, scheiterte an ihr. Einem Würgegriff konnte der Pilot jederzeit ausweichen, dazu hatte er Platz genug, und versuchte ein Fahrgast zu ihm hinüberzuklettern, konnte er mit einem Handgriff die Barriere verstärken; nichts drang dann noch durch sie hindurch. Ja, er brauchte überhaupt nur Anzeichen dafür zu sehen, daß seine Gäste ihm an den Kragen wollten, und schon besaß er das Recht, sie durch Elektroschocks zur Vernunft zu bringen; dazu genügte ebenfalls nur ein Handgriff.

Sie waren von ihm abhängig.

Er starrte sie im Rückspiegel an, beobachtete ihr Verhalten.

Catcart griff, ohne zu denken, rein aus dem Wunsch heraus, einen geeigneten Gegenstand zum Angriff zu finden, in die Seitentaschen der Coptertür. Sie waren leer bis auf ein paar zerfledderte Zeitschriften älteren Datums. Sie enthielten Berichte über die Schönheit der Welt und Siegesberichte über den Kampf gegen die Störer der heilen Welt. Catcart legte sie angewidert zurück. Er sah in Gedanken sein Bild in den Zeitschriften und einen Siegesbericht des Piloten: *Sie wollten Bomben über dem Zentrum abwerfen . . .*

Sein Blick fiel auf Ood, der still und zusammengesunken dasaß und einen Plan auszubrüten schien. Dabei tat er, als interessiere ihn der Rundblick auf die City. Er drehte den Kopf Catcart zu, blickte interessiert auf die Seitentaschen der Coptertür. Seine Finger wiesen Catcart an, die Zeitschriften hervorzukramen. Catcart tat gelangweilt, riß die Zeitschriften wieder aus den Seitentaschen, blätterte in ihnen herum. Ood sah ihm dabei zu. Plötzlich riß er Catcart eine Zeitung aus der Hand, wies aufgeregt auf den Artikel auf dieser Seite und rief: „Das bin ja ich!" Er legte seinen Zeigefinger auf das kleine Foto am Kopf der Seite. Er lachte fröhlich. „Weißt du, was da los war, Freund?"

Catcart verneinte überrascht. Was hatte Ood vor?

„Das war bei einem Galaempfang. Da habe ich mich etwas danebenbenommen. Was gleich für die Nachwelt festgehalten wurde. Komisch, nicht?" Er lachte.

Catcart blickte pflichtbewußt auf das Bild und erstarrte. Auf ihm war tatsächlich Ood abgebildet, auf einem Tisch stehend und redend. Nach einigen Schrecksekunden rang Catcart sich ein Kichern ab.

Ood sah hoch in den Spiegel und tat, als reagiere er auf die neugierigen Blicke des Piloten. „Wollen Sie's sehen?" fragte er scheinheilig und schob die Zeitschrift mit seinen Händen auch schon durch die Energiebarriere. Die Hand des Piloten zuckte spontan zum Armaturenbrett. Aber als Ood weiter auf das Bild starrte und dabei lachte, tat er nichts. Dann erkannte er auf dem Bild Ood. Damit hatte er höchstwahrscheinlich nicht gerechnet, denn jetzt sah er interessiert hin, beugte sich leicht zur Zeitschrift hinab. Zuwenig jedoch, um langsam, aber sicher, wie die Barriere es verlangte, einen Griff anzubringen.

Oods Hände hielten die Zeitschrift, schoben sie näher ans Gesicht des Piloten, bis die Arme ganz ausgestreckt waren.

Was konnte er jetzt noch machen? Auch der Pilot schien nun ganz davon überzeugt, daß Ood machtlos blieb, und blickte genauer aufs Bild. Er beugte den Kopf noch etwas tiefer.

In diesem Moment kam Oods linke Hand unter der Zeitschrift hervor. Etwas blitzte in ihr auf. Der Mann fuhr erschrocken zurück und sank langsam gurgelnd in sich zusammen. Ood zog in aller Ruhe beide Arme zurück, drückte das Ventil der kleinen Hochdruckspritze ins Innere und verstaute sie gelassen in seiner Jackeninnentasche.

„Schaffen Sie ihn nach hinten", zischte er.

Catcart begann den Taxipiloten durch die Barriere zu ziehen. Ood packte mit zu, kletterte nach vorn und übernahm seine Position.

„Sie sind wohl für *alle* Fälle ausgerüstet?" fragte Catcart anerkennend. Ood antwortete nicht, würdigte ihn keines Blicks. Mit mürrischer, mißtrauischer Miene warf er den Handbeschleuniger herum. Die Maschine machte einen Satz und beschleunigte dann stetig. Ood änderte gemächlich den Kurs. Damit schienen sie gerettet zu sein, denn Ood mußte wissen, wo er landen konnte.

„Werfen Sie ihn ab!"

„Was?"

„Sie sollen ihn abwerfen!"

Entsetzt blickte Catcart auf Ood. Der grinste verschlagen. „Da sind Fallschirme im Notfach", erläuterte er. Catcart atmete erleichtert auf. Aus dem Notfach am Boden zog er einen Fallschirm. Als er wieder hochblickte, sah er, wie Oods Lächeln erstarb. Im Rückspiegel sahen sie Polizeicopter auftauchen. Spezialmaschinen, gegen die ein normaler Taxicopter keine Chance hatte. Catcart wußte, was geschehen würde.

Und wenige Sekunden später flackerte der kleine Bildschirm auf dem Armaturenbrett. Das glattrasierte Gesicht eines gelangweilt dreinblickenden jungen Polizeioffiziers erschien. Dieses Gesicht kannte Catcart. Deshalb beugte er sich durch die auf Minimalstufe arbeitende Barriere und fragte: „Was wollen Sie?"

Ungerührt antwortete der Offizier: „Sie beide! – Sie waren ja selbst mal einer von uns, Catcart. Sie kennen unsere Möglichkeiten. Natürlich mag das ein Vorteil für Sie sein, denn Sie kennen genauso unsere Schwächen. Aber glauben Sie im Ernst, daß Sie uns entkommen können?“

Catcart ging nicht darauf ein. „Wessen bin ich denn angeklagt?“ Auf jeden Fall hieß es, Zeit zu gewinnen. Denn wenn jemand helfen konnte, war es der schlaue Ood, der stirnrunzelnd dasaß und offensichtlich über irgend etwas nachdachte.

„Das wissen Sie besser als ich“, antwortete der Offizier spöttisch. Dann erlosch der Bildschirm. Im Rückspiegel sah Catcart, daß die Copter schnell aufholten. Sie würden bald ihre Entermagneten in Aktion setzen, sich an den Taxicopter hängen und mit vereinter Kraft den Kurs ändern.

Fragend sah er Ood an. Der beobachtete konzentriert und schwitzend die Copter. Plötzlich sah er sehr erstaunt aus. Die Polizeicopter fielen zurück, drehten sogar ab.

Catcart schaltete sofort. „Sie haben uns einen Peilsender angehängt, der ihnen zeigen wird, wo wir aussteigen. Sie haben vor, mit uns zusammen gleich die ganze Bande zu fassen.“

Ood nickte verstehend. „Die Bande, hä?“ zischte er böse.

Schuldbewußt verbesserte sich Catcart. „Die ganze Organisation.“

„Schlecht möglich, Freund. In Nova City sind wir nur rund tausend. Und die hocken nicht den ganzen Tag über in einem Raum rum, so daß man sie ganz bequem auflesen könnte. Die wollen unsere Zentrale, das ist es. So, wie sie die Zentrale der Aktionisten suchen und nicht finden. Natürlich, nicht schlecht gedacht. Ich bin zwar Meister im Abhängen von Verfolgern, aber in diesem Fall . . . Wo wir runterkommen, werden bereits ganze Schwärme darauf warten, uns zu folgen. Vielleicht sperren sie die Straßen, die wir dann benutzen, schon zuvor für den Publikumsverkehr. Wir werden das gar nicht merken. Verstehst du? Alles sieht aus wie immer. Nur die Menschen, das sind dann alles Bullen!“

Catcart bemerkte mit Zufriedenheit, daß Ood zum „Du“ übergegangen war. „Gibt es denn so was?“ fragte er erstaunt.

„Du als Polizist weißt das nicht?“ spottete Ood lachend.

„Nein“, gab Catcart grübelnd zu. „Davon wußte ich wirklich

nichts. Aber um das durchzuführen, brauchen die ja eine ganze Armee, die längst in der Stadt bereitstehen muß!"

„Ist das nicht seit Tagen der Fall?"

„Oh!" machte Catcart betroffen. Daran hatte er nicht gedacht. Noch herrschte Ausnahmezustand über der Erde. Armee, Polizei, Geheimpolizei und andere Hilfstruppen – sie alle hatten seit Tagen ihren Großeinsatz. Und im Moment jagten sie den Führer der Anarchofraktion, bekannt unter dem Namen Ood, und den untreu gewordenen Polizisten Kenneth Catcart, der inzwischen zuviel über die Zusammenhänge und Machenschaften im System wußte. Eine Jagd, die so lange dauerte, wie das Benzin des Taxicopters reichte; vielleicht noch etwas länger, falls die Gejagten glaubten, doch entkommen zu können.

Catcart wußte, es war aussichtslos. Wenn sie versuchten, eine *Grüne Oase* anzusteuern, würden sie abgeschossen.

Ood steuerte wieder auf den Stadtkern zu. Er flog schnell und relativ niedrig. Dabei beobachtete er das Treiben in den Straßen und begann, eine Kurve zu fliegen. Endlich war er sicher, daß unten keine Abriegelungen vorgenommen wurden. Er gab codierte Meldungen über den Sender des Copters durch. Das dauerte zwei Minuten. Dann bellte er: „Fallschirme!"

Catcart riß sie aus dem Notfach und zog sie sich und Ood über.

Der Copter sprang plötzlich vorwärts, umschiffte einige Hochhäuser, bremste scharf ab und verweilte dann in der Luft, ziemlich hoch über dem riesigen Parkhof mehrerer Kaufhäuser.

„Raus!"

Sie sprangen. Für Catcart stellte der Absprung keine große Schwierigkeit dar, und wie sich bald herausstellte, auch nicht für Ood. Sie landeten beide recht unsanft auf den Dächern zweier Wagen und rollten herunter. Noch während sie sich auf dem Boden wälzten, sprangen von mehreren Seiten Männer auf sie zu.

Catcart resignierte. Es war aus. Selbst hier hatten sie ihre Schergen! Ood und er wurden hochgerissen und in ein Auto verfrachtet, das wenige Meter entfernt stand. Noch bevor sie richtig Atem holen konnten, brauste der Wagen los. Catcart erkannte, daß er die Höchstgeschwindigkeit für Privatwagen überschreiten konnte. Also Geheimpolizei!

„Zu Ole Miss!" krächzte Ood.

Der Fahrer nickte nur.

Was hatte das zu bedeuten? Catcart sah seinem Nebenmann ins Gesicht. Der grinste ihn wohlwollend an. Dann fragte er, zu Ood gewandt: „Ein Neuer?"

Ood nickte. „Ratet mal, was der vorher war!"

„'n Polizist?"

„Ja – im Ernst."

„Was?" schrien beide auf einmal, und Catcarts Nebenmann krähte vor Vergnügen wie betrunken in dessen Ohr: „'n Bulle? 'n Bulle? Ehrlich? 'n richtiger Bulle?"

„Ruhe!" befahl Ood. Mißtrauisch beobachtete er das Treiben auf den Straßen. Doch nichts geschah. Die Schergen des Systems waren nicht schnell genug gewesen. Und Ood war der Gewitztere.

## 16

JETZT wußte er, weshalb die Sieger schwiegen.

Julisses hörte sein Herz pochen, den Atem flattern. Seine Gedanken kreisten noch um eingeschlagene Köpfe, verbrannte Leiber, haßerfüllte Blicke.

Zurück in den schützenden Schatten der Wohnzylinder! entschied er. Seine Beine trugen ihn automatisch vorwärts, hinein in das blaugraue Licht der Straßen, deren smaragdgrüne Oberfläche sich wie ein Fluß dahinschlängelte.

Er nahm das Bild nicht wahr. Er sah Kannibalen; chamäleonhafte Wesen, die aus der Unterwelt krochen, unter den Bewohnern der oberen Welt bestialische Orgien feierten, sich an ihren Opfern satt fraßen – grunzend, schmatzend, wie Tiere . . .

Der Kannibalismusvergleich ging ihm nicht mehr aus dem Kopf. Aber waren die Menschen im Vergleich mit den Androiden nicht wirklich nur Kriechtiere? Der *Flüsterer* behauptete allerdings, die Androiden seien Menschen – programmierte Menschen. Wenn das stimmte, mußte man dann nicht von einer kannibalistischen Implosion sprechen? Verschlang sich dann die Menschheit nicht selbst in ihrer Wut?

Nichtsnutzige Vergleiche, fand Julisses. Sie führten zu nichts, klärten nichts. Die Fragen quälten ihn, verlangten ungeduldig nach Antworten.

*How many ears must one man have . . .*

Müde setzte sich Julisses auf der Bordsteinkante nieder.

*. . . before he can hear people cry?*

Weshalb erinnerte er sich gerade jetzt an dieses alte Lied? Was gab es ihm schon?

*And how many deaths will it take, till he knows . . .*

Er erhob sich wieder, lief schwankend weiter.

*. . . that too many people have died?*

Er fand zu sich, wie er auf eines der *Argusaugen* starrte. Die Fragen quälten ihn. Die Behauptungen des *Flüsterers* erschienen nicht mehr so absurd wie früher, war doch die Bestätigung auf dem Fuß gefolgt. Und jedesmal hatte er ein Stück von sich selbst aufgeben müssen, war ein Stück „Julisses" gestorben.

Julisses ist tot, es lebe Julisses?

*The answer, my friend, is blowing in the wind!*

Sein Verstand war zu wund, um länger die Tatsachen, die Wahrheit verdrängen zu können. Aber die Konsequenzen zu ziehen und sich zu ihnen zu bekennen, selbst Revolutionär zu werden, ein Aktionist, das schaffte er nicht. Das wäre falsch, sagte er sich. Was, wenn sich am Ende doch herausstellt, daß alles ein entsetzlicher Irrtum war?

Er schloß einen Kompromiß. Wenn es stimmt, sagte er sich, daß die Androarmee . . .

„Wenn es stimmt", wiederholte er laut, „daß die Androiden Menschen sind . . ."

„Was dann?" drängte ihn die Stimme des heiseren *Flüsterers*.

. . . dann haben die Aktionisten recht, dann . . . muß ihr Kampf ein gerechter Kampf sein und zu Ende geführt werden!

„Dann kämpfe ich mit euch!"

Es war heraus, was er nie hatte sagen wollen. Frank Julisses – ein Aktionist? War das nicht lächerlich? Die Androsoldaten sind Androiden, was sonst! Sein zerrütteter Verstand flüsterte: Sie haben unrecht. Also wirst du nie einer dieser verrückten Weltverbesserer werden!

„Es bleibt dir keine Wahl, Julisses." Die krächzende Stimme ließ nicht locker. „Du mußt dich überzeugen. Suche eine Armeestreife, Julisses! Finde Beweise dafür, daß es künstliche Menschen sind. Du wirst keine finden; im Gegenteil, du wirst Menschen finden, so, wie du einer bist, aus Fleisch und Blut, mit Knochen, Organen, einem Gehirn . . . Nur der Geist, Julisses, arbeitet nicht mehr menschlich, weil sie ihm die Menschlichkeit ausgetrieben haben. Wenn du willst, dann erzähle ich dir, wie man so etwas macht!"

„Nein!"

Ein Blick zum Kamerakoffer. Der Tonspeicher arbeitet noch. Beruhigend. Das ist gut, sehr gut. Das wird ein Sensationsbericht. Über die demagogischen Propagandamethoden der Aktionisten. Doch zuvor die Probe aufs Exempel.

Wenn er einen Androsoldaten allein antreffen konnte, würde es wenig Aufwand erfordern, ihn kampfunfähig zu machen, die Kamera aufzustellen, den Androiden zu untersuchen . . . aufzuschlitzen . . .

*Aufschlitzen?*

Mit diesem beunruhigenden Gedanken machte er sich auf die Suche. Eine halbe Stunde später entdeckte er einen Soldaten, der im Eingang eines Wohnzylinders stand, mit dem Rücken zur Straße, und etwas in seiner Uniformtasche zu suchen schien.

Julisses war fest entschlossen, den Androiden vor dem Auge der Kamera zu demontieren. Nur so weit, daß er schnell wieder zusammengebaut werden konnte, wenn man ihn fand.

In diesem Teil der Stadt standen die Wohnsilos dichter beieinander, spendeten mehr Schatten, bildeten dunkle Ecken und boten bessere Gelegenheit. Eine breite Schwebestraße überdachte die Szene, und mächtige Pseudobäume verdunkelten den Hauseingang. Ein Risiko war es noch immer. Weshalb stand der Soldat hier? Es konnte eigentlich nur eine Antwort geben. Eine Streife führte eine Verhaftung durch. Ein Soldat oder mehrere holten den Delinquenten, und einer hielt unten Wache.

Die Pseudobäume standen in einem grünen Quadrat, das von einer hohen Hecke umringt wurde. Julisses hatte einen Plan.

Er wunderte sich noch, woher er den Mut nahm, als er den Androiden geräuschlos ansprang. Das Herz klopfte wild. Er riß dem Soldaten den Thermostrahler aus der Hand und schlug ihn ihm über den Kopf. Der Androide wankte, ging in die Knie, kam wieder hoch, doch ein zweiter Schlag streckte ihn zu Boden. Er war bewußtlos. Nein, er mußte kaputt sein! Ein wichtiges Teil . . .

Julisses blickte sich um. Niemand war zu sehen. An den Beinen zog er den Androiden durch die Hecke, zerkratzte sich Arme und Beine, ging aber noch einmal zurück, um eventuelle Schleifspuren zu beseitigen. Es gab jedoch keine.

Er sprang über die Hecke und kniete nieder, um nicht gesehen werden zu können. Gleißendes Licht ließ ihn aufschrecken. Sonnenstrahlen! Da war ein Strahl, der sich zwischen den Wohnzylindern und der Schwebestraße hindurch den Weg bis zum Erdboden gebohrt hatte. Dorthin schleppte er den Soldaten, riß sich den Koffer vom Rücken. Was er jetzt tun wollte, war schrecklich und doch nicht schlimm; denn es handelte sich ja um eine komplizierte Ansammlung toter Materie, die er zu untersuchen gedachte. Aber das Gefühl dabei . . .

Er richtete den Thermostrahler auf die vor ihm liegende Handfläche und stellte die Minimalstärke ein. Drückte den Auslöseknopf. Die Handfläche färbte sich schwarz, und etwas Rotes quoll hervor. Erschrocken zog er die Hand mit dem Strahler zurück.

Erwartet hatte er das Abschmelzen einer Kunstmasse. War das doch ein Mensch? Sein Verstand rebellierte. Die letzte Bastion seines alten Glaubens geriet ins Wanken. Es durfte nicht sein, was kommen konnte . . .

Seine Hände hatten sich selbständig gemacht, so wie ein Teil seines Verstandes, der die Führung übernommen hatte. Sie rissen den Kopf des Soldaten näher heran. Und die heißen Strahlen sengten die Haare weg, verbrannten die Kopfhaut, bohrten sich in den Schädel. Die Gehirnschale verkohlte. Beißender Gestank verbreitete sich.

Frank Julisses nahm den Geruch wahr, erkannte ihn nicht.

Das Haupt begann zu kochen, die Schalenknochen sprengten die schützende Kopfhaut und fielen auseinander. Gehirnmasse quoll ans Tageslicht.

Im Wahn des Augenblicks glaubte er fest daran, es mit einer täuschend guten Imitation eines Gehirns zu tun zu haben. Mit einem Meisterwerk menschlicher Modellierkunst.

Das Gehirn durfte nicht echt sein. Nichts an diesem Körper durfte echt sein. Sonst hätte er einen Menschen ermordet. Bestialisch . . . so tierisch wie die Kannibalen aus der Unterwelt, heraufbeschworen von allen, die die Wahrheit nicht kannten. Nicht kennen wollten . . .

Seine Hände wühlten im Boden, gaben vor, etwas auf seine Echtheit hin zu überprüfen, auf seine echte Künstlichkeit, versagten ihren Dienst, begannen zu zucken.

Julisses taumelte empor, durchbrach die Hecke, schnaubend wie ein Schlachtbulle, stand auf einer leergeschossenen Straße, lief ein endloses, tief smaragdgrünes Band entlang. Lief, bis er das Bewußtsein verlor.

Es dunkelte, als er zu sich kam. Also war es nachmittags. Er war auf dem Weg nach Hause. Jemand fuhr ihn.

Er besah sich seine Hände: Sie waren zerkratzt und blutig. Er sah sich seine Kleider an: Sie waren zerrissen und blutverschmiert. Aber da klebte noch etwas anderes an den Sachen. Und er wußte, was es war. Sein Verstand war nicht mehr der alte. Der ungläubige Teil war zerbrochen, wie ein Kartenhaus in sich zusammengefallen. Und der andere Teil, der die Hintertür offengehalten hatte, war frei geworden, ausgestiegen aus einem brennenden Haus. Er gab beruhigende Impulse frei, war aber noch so klein und verletzbar, daß Julisses vermeinte, den lauernden Wahnsinn schon zu schmecken. Sein Gehirn nahm die Angst wahr. Angesichts der nicht mehr aufzuhaltenden Gefahr löschte es das gelaufene Programm, den ungläubigen Teilverstand mit den schlimmen Erinnerungen. Zurück blieb ein Embryoverstand, der sich der Realität gewachsen fühlte, hungrig war.

Julisses setzte sich auf.

Unter ihm war eine große silberne Schüssel, in der er lag. Und hinter ihm ein großer Kasten, der summte und knackte.

Was ist das? fragte sich Frank Julisses neugierig. Wo bin ich? Er stand auf, blickte über den Rand der Schüssel hinaus. Das Ding fuhr auf einer smaragdgrünen Straße.

Etwas zuckte in seinem Kopf, verkrampfte sich, rollte hin und her. Dann stieß sein Gehirn einen Gedanken aus: Reinigungsrobot.

*Reinigungsrobot?*

Ja, das war ein Reinigungsrobot, der ihn nach Hause fuhr. Und wieder bewegte sich etwas in seinem Kopf, wurde dort etwas produziert. Aha, er wurde gar nicht nach Hause gefahren, sondern der Reinigungsrobot hatte ihn auf der Straße aufgelesen, für tot gehalten, aufgeladen und brachte ihn zur Müllkippe. Aha!

Julisses lachte. Es war urkomisch. Weshalb aber war er bewußtlos geworden? Aha, er war gerannt . . ., weil er vor etwas geflohen war . . ., vor dem Androiden, der ein Mensch war. Aha!

Julisses sprang aus der Schüssel.

Er floh also. Aber weshalb floh er? Aha, ja richtig – er floh, weil der Androide kein Mensch sein durfte und weil er den Menschensoldaten nicht in die Hände fallen durfte. In ihre Hände, die Schädel spalteten, Glieder von Körpern trennten, Menschen elend verbluten ließen . . .

Diese Erinnerung . . .

„Julisses! Flieh! Du wirst gesucht!“

„Was?“ Ach ja, das war ein *Flüsterer.* Er warnte ihn. Aber weshalb?

„Julisses, vergiß nicht, daß Ordnung auf Terra herrscht! Du weißt doch, was das bedeutet?“

Ja, ja, natürlich! Es bedeutet . . .

*The answer, my friend . . .*

Ja, es bedeutet: Julisses ist tot, es lebe Julisses!

Die Erinnerung überfiel ihn wie ein Gewitter. Aber die Erinnerungen quälten nicht mehr. Sie schienen nicht die seinen zu sein.

Und was bedeutete das alles nun für ihn? Das Ende als *Legitimierter Bürger!* Ewige Flucht! Und . . . Kampf! Kampf für eine andere, eine bessere Welt.

Er rannte.

Wie oft war er heute schon gelaufen, ohne zu wissen, wohin? Unter Aufbietung letzter Kraftreserven lief er eine Straße entlang und bog nach links ab, als er die entsprechende Anweisung bekam. Dann nach rechts. Kurz darauf veranlaßte ihn der *Flüsterer*, eine der gewöhnlichen, phantasielosen Wohnmaschinen zu betreten. Er sollte in den Keller vordringen, die kleinste Tür öffnen und weitergehen, bis keine Türen mehr vor ihm lagen.

Es war ihm gleichgültig. Er war kraftlos, brauchte einen Unterschlupf, Ruhe und Schlaf und Frieden. Vielleicht war dieser Keller noch das sicherste Versteck.

Die metallene Tür quietschte nicht, weil sie gut geölt war. Die Treppe führte zu den Garagen. Neben der Tür zu den Garagen aber war eine kleine, schmale Tür, die nicht nachgab. Verzweifelt blickte Julisses nach oben, wo jeden Moment jemand auftauchen konnte. Dann berührten seine Finger den Thermostrahler in der rechten Jackentasche. Entsetzt zuckten die Finger zurück; die Berührung weckte furchtbare Bilder. Aber der rationale Restverstand seines lädierten Bewußtseins zwang sie zuzugreifen.

Im gleichen Augenblick öffnete sich die Tür von selbst. Er ging hinein, und die Tür verschloß sich automatisch. Der Raum, in dem er stand, erhellte sich. Er war vollkommen leer. Am anderen Ende befand sich eine weitere Tür. Sie öffnete sich. Im Raum dahinter summte und dröhnte etwas.

Julisses betrat einen Raum, wie ihn sich seine Phantasie nur schwer hätte ausmalen können. Er fühlte sich wie ein Schatzsucher, der im ersten Moment der Entdeckung versuchte, die Spuren zu verwischen, die andere hierherlocken konnten. Er schloß die Tür mit einem Ruck, ohne den Blick von dem zu lassen, was er vor sich sah. Er stand in einem geräumigen Saal, der Maschinen und Apparaturen in allen Größen und Formen enthielt, so daß nur noch ein kleiner Durchgang blieb, der sich im Zickzack seinen Weg von Ding zu Ding bahnte und an der Eingangstür wieder endete.

Durch vielfältige Weise standen sämtliche Apparaturen miteinander in Verbindung. Und – das schockierte ihn am meisten – sie waren alle in Betrieb. Es summte, ratterte und dröhnte in jeder Ecke, und unter seinen Füßen schien es zu brodeln. Auf einem Riesenbildschirm zuckten Lichter auf und nieder. Die Decke und die Wände waren so verkleidet worden, daß sie kein Geräusch und keine Vibration nach oben durchdringen ließen.

„Hier bist du in Sicherheit", sagte jemand.

Julisses suchte ihn vergebens.

„Du stehst in der sogenannten *Flüsterzentrale*. In der Zentrale der Aktionisten. Sie besteht in der Hauptsache aus einem superkomplizierten Computer. Er ist es, der seinem Programm gemäß zu dir spricht. Nicht deiner Rettung wegen hat dich dieser Computer hierhergeführt, sondern um der Rettung der Revolution willen. Es geht um ein großes Unternehmen, das durchgeführt werden muß: die vollständige Entwaffnung der Armee und der Polizei. Um dieses Programm durchzuführen, bedarf es in diesem Stadium der Revolution einer neuen Programmierung des Computers, die er nicht selbst durchführen kann. Dem Programm zufolge ist die Revolution jetzt in vollem Gang, hat die Weltbevölkerung erfaßt und den Weltbrand entfacht. Nichts kann sie mehr aufhalten. Doch an diesem Punkt kommt ein wesentlicher Faktor ins Spiel, der in den Datenspeichern nicht berücksichtigt worden ist."

„Wie . . ., wie kannst du so zu mir sprechen, wenn du ein Computer bist?" krächzte Julisses verständnislos.

Der Computer schwieg kurze Zeit, dann antwortete er: „Dieses Modell ist in der Lage, Menschen zu beurteilen und Informationen einzuholen, die es benötigt . . ."

„Aber . . . gut, ich verstehe. Aber . . . woher weißt du, daß dir Informationen fehlen? Und . . . weshalb erst jetzt?"

„Ich habe Verbindung zu vielen Informationsquellen, kann also jederzeit feststellen, wann ich neue Informationen benötige und welche. Das ist jetzt der Fall, also holte ich dich!"

„Jetzt sagt er schon: Ich!" stöhnte Julisses. Langsam ging er in die Knie. „Aber . . . weshalb gerade mich?"

„Ich habe die Möglichkeit, das zentrale Elektronengehirn der Stadtverwaltung anzuzapfen, in dessen Datenbänken die Personalien aller Bürger gespeichert sind, wie du weißt. Aufgrund eines optischen Vergleichs fand ich deinen Namen."

„Ja", stöhnte Julisses. „Dort befindet sich auch mein Bild. Aber was heißt Vergleich? Wie konntest du mich denn sehen?"

„Ich sprach zu dir über die Lautsprecher der Gebäude, ich hörte dich über sie, da sie auch als Mikrofone funktionieren. Und ich sah dich über die *Argusaugen*. Ich sprach mit vielen Menschen so wie du mit mir. Doch du warst der einzige, der sich nicht in ein Gebäude flüchtete, sondern bereit war, mir zu folgen."

„Ja, in jeder Hinsicht", sagte Julisses nach einer Weile. „Aber die Linsen wurden doch zerstört während der Kämpfe."

„Nicht alle" war die lapidare Antwort.

„Aber . . . weshalb ist hier niemand? Niemand, der dich kontrolliert und füttert?"

„Das entzieht sich meiner Kenntnis."

„Ich soll der einzige Mensch unter Millionen gewesen sein, der dich programmieren kann?"

„Einer ist immer der einzige von vielen."

Eine erschöpfende Antwort, dachte Julisses, der langsam wieder zu Atem kam, sich geborgen und dennoch fremd und fehl am Platze fühlte. Was hatte er hier zu suchen?

„Du hast also mit vielen Menschen dieser Stadt so gespielt wie mit mir. Und was für ein Spiel! Und um welchen Preis!"

„Ich hatte keine andere Wahl. Jemand muß mich programmieren. Verfolgung brauchst du nicht zu fürchten, niemand hat dich gesehen. Du wirst nicht hungern, es befinden sich genügend Lebensmittel für mehrere Monate im Raum. Du hältst jetzt die Zentrale der revolutionären Avantgarde in deinen Händen. Und ihre Zukunft."

„Warum hast du keinen Aktionisten hierhergeführt?"

„Du bist ein Aktionist."

Julisses verschlug es die Sprache. Aber ob der Computer recht hatte oder nicht, interessierte ihn gar nicht mehr. Ihn interessierte, was geschehen sollte. „Was soll ich tun?"

„Mich neu programmieren."

„Auf was?"

„Auf die zweite Phase der Revolution."

„Was bedeutet das?"

„Sie war nicht genau vorherberechenbar. Es hätte anders

ausgehen können. Meinen Analysen nach droht jetzt die größte Gefahr aus dem Weltraum, wo sich die Armada befindet."

„Was für eine Armada?"

„Die Streitkräfte haben eine Armada aus Schlachtschiffen aufgebaut, um ihre Herrschaft zu verewigen. Sie muß in unsere Hände übergehen. Nur dann sind wir Sieger, und nur dann ist unser Sieg gesichert."

Das war neu. Eine Armada von Schlachtschiffen? Auf welche Informationen stützte sich der Computer? Die Revolution der Aktionisten war tot!

„Die Revolution ist tot!" wiederholte er laut. „Weißt du nicht, daß es fünfhunderttausend Tote gegeben hat in den letzten Tagen? Und nach alldem planst du die zweite Phase der Revolution?"

Der Computer schwieg. Schließlich sagte sein Lautsprecher: „Diese Information aus dem Mund eines einzigen Menschen kann sicher nicht stimmen, da viele andere Informationen dagegen sprechen."

„Welche, und woher hast du sie?"

„Aus dem Elektronengehirn der Stadtverwaltung."

War das möglich, daß man dort entgegengesetzte Informationen in den Stadtcomputer speiste? Julisses überlegte lange. Es war schier unmöglich, nutzlos und einfach falsch. Es gab nur eine Erklärung.

„Sie geben ihrem Computer mit Absicht falsche Informationen. Sie wollen, daß du falsche Schlüsse ziehst. Und sie wollen vermutlich dabei versuchen, deinen Standort zu peilen!"

Der Computer erwiderte: „Aus Sicherheitsgründen habe ich die Verbindung zum Stadtelektronengehirn getrennt. Die Revolution ist wichtiger."

„Na schön, ganz, wie du meinst." Julisses wurde es ungemütlich. Es konnte sein, daß man die Aktionistenzentrale schon geortet hatte. Wäre es nicht besser, wenn er hier verschwände?

„Aus Sicherheitsgründen benötige ich trotz alledem die neue Programmierung mit den Informationen über Raumfahrt und ihre Möglichkeiten. – Herkules besiegte Antäus in der Luft.

Die Revolution muß die Reaktion im All besiegen! Und dann muß der Mars befreit werden. Und –"

„Schweig!" rief Julisses. „Schön, ich gebe dir die Informationen, und dann gehe ich. Wo sind sie?"

„Es ist die Impulsplatte mit der Bezeichnung SP/L-M 1-0. Sie befindet sich im Impulsplattenspeicher rechts neben der Eingangstür im weißen Schrank. Du schiebst sie in den Schlitz im Schrankboden, drückst den Knopf daneben und stellst sie wieder zurück."

Julisses tat wie ihm geheißen. Es war ihm egal, was der Computer vorhatte, er plante seine Strategien sowieso nur noch für sich selbst. Möglicherweise ließ er ihn nicht gehen, bevor er diese Informationen erhalten hatte.

Als er die Programmierung eine halbe Stunde später beendet hatte, ging er zur Tür. Er wollte so schnell wie möglich verschwinden. Er wurde gesucht, das war klar. Aber überall war er sicherer als hier, falls die Zentrale geortet worden war.

Die Tür ging nicht auf. Julisses nahm den Thermostrahler. Die Hitzestrahlen vermochten sie nicht zu öffnen. Die Tür war mit einem speziellen Material verkleidet worden.

„Ich will gehen!" forderte er vom Computer.

Die Antwort war eindeutig: „Es geht nicht um dich. Es geht um die Zukunft der Revolution. Wenn die Zentrale gefunden wird, mußt du sie mit der Waffe in der Hand verteidigen!"

## 17

CATCART erwachte.

Er lag auf einem großen, weichen Sofa in einem großen, sonnigen Zimmer einer großen, teuren Wohnung mit teuren Möbeln und komplizierten Geräten, die das Leben erleichtern halfen.

Er blickte sich um. Er kannte das Zimmer, hierher hatte Ood ihn vor vielen Stunden gebracht, zu Ole Miss. Neben ihm auf einem Stuhl an einem kleinen Kaffeetisch saß eine junge Frau mit müden Augen. Sie blickte ihn ernst an, ohne ein Wort zu sagen. Sie hieß Actref und ging Ood auf die Nerven. Sie redete zuviel, noch dazu Unsinn. Sie faselte andauernd etwas von Kharis-Imperialisten, die Terra ausplünderten für ein Butterbrot. Wahrscheinlich hatte sie einen entsetzlichen Schock bekommen, als sie von Polizisten im Dienst überfallen wurde. Manche drehten durch, wenn man sie jagte . . .

Sie erzählte von einem Mann namens Ronf, den sie wohl gefangen hätten und dem sie zu Hilfe eilen müsse. Aber Ood hatte sie nicht gehen lassen. Sie hatte darauf geantwortet, daß er keine Macht besitze, sie zu halten, sie aber bleibe, weil sie doch nicht wisse, wo er sich befinde, vielleicht Ood aber etwas erfahren könne . . .

Catcart sah zur Uhr. Sie zeigte fünf. Der Sonne nach zu urteilen, war es nachmittags. Das sagte nicht viel. Entweder hatte er zwei Stunden geschlafen oder vierzehn. Er fühlte sich so ausgezeichnet, daß er sich für vierzehn entschied.

„Wovon bin ich wach geworden?" wollte er wissen.

„Von den Männern", antwortete sie.

„Was für Männer?"

„Ood, Ole Miss und ein paar Freunde."

„Ach so." Catcart begriff. Sie hatten eine Aktion vorgehabt. Sie hatten das städtische Elektronengehirn überfallen wollen, um sämtliche Daten und Informationen über sämtliche Bewohner dieser Stadt zu löschen. „Dann wissen sie nicht mehr, wen sie verhaften müssen und weshalb", hatte Ood gesagt. „Jedenfalls nicht von den Millionen unbekannten Kämpfern gegen das System. Es muß endlich Schluß gemacht werden mit dem Terror der Reaktion. Und das ist die Möglichkeit dazu!"

Die Anarchisten betraten den Raum. Ood nickte Catcart grüßend zu, blickte mißtrauisch auf Actref und setzte sich mit den anderen ernst und wortlos um den Kaffeetisch. Während Ole Miss mitgebrachten Kaffee und Kuchen auspackte und die anderen gierig zugriffen, fiel Catcart auf, daß sie nur zu dritt waren.

„Wo ist . . . dieser Franz?" fragte er.

Ood reagierte nicht. Ole Miss sah ihn kurz an und packte sich dann den Teller voll mit Kuchen und schüttete Sahne darauf. Der Dritte im Bunde, er hieß Melton, zuckte die Schultern.

Ihr Schmatzen störte Catcart, ohne daß er wußte, weshalb. Als sie fertig waren, rülpste Ood und sagte: „Er ist tot."

„Habt ihr denn keinen Erfolg gehabt?" fragte Actref ihn drängend.

„Doch, doch", erwiderte Ood langsam. „Der Computer ist total gelöscht. Aber von uns zehn Männern sind sechs gefallen."

Actref antwortete nicht.

Schweigend sah jeder irgendwo anders hin, um nicht den Blicken der anderen zu begegnen. Niemand fühlte sich wohl in seiner Haut. Schließlich brach Actref das Schweigen. „Und ... habt ihr euch zuvor die Informationen geben lassen, von denen ich sprach?" Sie meinte Informationen über das Verschwinden von Produktionsgütern.

„Unsinn", wich Ood aus. „Das ist Unsinn. Laß mich doch damit zufrieden. Du spinnst doch, Weib!"

„Wie wollen die denn das Zeug alles wegtransportieren, ohne daß das auffällt?" fragte Ole Miss, der der Managerkaste angehörte, lachend.

„Sie befördern es in Raumschiffen", antwortete Actref. „Und deren Bodentransportboote holen es von der Erde ab, wahrscheinlich in irgendeiner *Grünen Zone*."

„Haben wir nicht mal . . .", begann Melton, doch dann schwieg er grübelnd.

„Was? Was habt ihr?" forderte ihn Actref zum Sprechen auf.

Ood nahm das Gespräch wieder in die Hand. „Wir haben einmal gesehen, wie Raumschiffe – ich nehme jedenfalls an, daß es welche waren – in einer *Grünen Oase* beladen wurden und dann fortflogen."

„Wo war das?" fragte die Frau erregt.

„In einer *Grünen Oase,* sagte ich."

„Ja, aber in welcher?"

„In der größten dieser Stadt. Sie geht am Ende der Stadt in eine *Grüne Zone* über."

„Ich weiß, welche du meinst. Ja, das ist möglich, das wäre logisch."

„Was regst du dich so auf? Wir wissen doch, daß die Privilegierten dieser Welt Raumschiffe haben. Und was die damit machen, hat uns einen Dreck zu interessieren, oder? Na also, deswegen machen sie alles heimlich. Wir könnten ja sonst auf die Idee kommen, mal zu fragen, ob wir nicht auch mal . . ."

„Was meinst du mit heimlich?"

„Tjaa . . .", machte Ole Miss zurückhaltend.

„Brauchen wir nicht zu verschweigen", entschied Ood. „Wir besitzen einen Holographen. Weißt du, was das ist? Ja? Schön – dieser Holograph kann holographische Bilder, die andere Holographen erzeugen, abbauen. Verstehst du? Wir sind dann in der Lage, sie zu durchschauen. Als wir das Ding vor einiger Zeit in jener *Grünen Oase* überprüften, tauchten in der Ferne plötzlich die Raumschiffe auf. So konnten wir beobachten, was da vor sich ging."

„Man hatte sich hinter holographischen Bildern versteckt –"

„– die jedermann eine heile *Grüne Oase* vorspiegelten, ganz richtig", führte Ood den Satz zu Ende. „Aber das sind unsere ‚Besitzer'. Die sich von uns die Lebensmittel produzieren lassen. Und die sie sich dann zu ihrer Welt fliegen lassen."

Actref zögerte. „Möglich", gab sie zu.

„Weißt du, wie sie ihren Planeten genannt haben?" fragte Ood sie.

„Ja, ich weiß es", gab sie zurück. *„Paradies."*

Ein kurzer, leiser Heulton unterbrach das Gespräch.

„Was jetzt?"

„Mal sehen", sagte Ole Miss. Er ging aus dem Raum. Ood und Melton griffen zu den Waffen. Es dauerte eine Weile, dann erschien ein hagerer Angestelltentyp mit erhobenen Händen, gefolgt von Ole Miss, der seinen Strahler auf ihn gerichtet hielt.

Ood erhob sich mit bösem und mißtrauischem Blick. „Wer bist du?"

„Ich habe euch viel zu berichten. Ich bin im Auftrag der Aktionistenführung hier. Darf ich die Hände herunternehmen?"

„Mmh, ja. Von mir aus."

„Ich heiße Frank Julisses. Ich war bis gestern nachmittag Moderator bei *TERRATELEvision.* Seither gehöre ich zu den Aktionisten. Ich bin ihr provisorischer Führer, solange die eigentlichen Führer verschwunden sind beziehungsweise keine neuen gewählt wurden."

Julisses machte eine kurze Pause, um sich umzusehen. Das war die Wohnung eines Privilegierten. Also selbst unter ihnen gab es Abtrünnige? Ein merkwürdiger Gedanke. Ein angesehener Manager als heimlicher Anarchist?

„Der große Computer der Aktionistenzentrale hat mich über vieles aufgeklärt, was ich noch nicht wußte. Er lotste mich in die geheime Zentrale und verlangte nach einer neuen Programmierung durch neue Informationen, die seine Gedächtnisspeicher noch nicht kannten. Weil es sich dabei um Informationen über Raumflug handelte und er von der zweiten Phase der Revolution sprach, die jetzt begänne, nachdem die Revolution die Massen der ganzen Welt erfaßt hätte, ahnte ich, daß er falsch funktionierte. Es stellte sich heraus, daß er vom Stadtcomputer falsche Informationen bekam, wahrscheinlich, um seinen Standort zu peilen. Das scheint bisher aber noch nicht gelungen zu sein. Ich sagte ihm das, und aus Sicherheitsgründen kappte er die Verbindung. Ebenfalls aus Sicherheitsgründen – aus Unsicherheitsgründen, würde ich meinen – wollte er sich aber auch noch mit den Raumfluginformationen vertraut machen. Für ihn bestand die Möglichkeit, daß ich log, also zog er in Betracht, daß die Revolution sich nun tatsächlich in den Weltraum verlagern würde. Um dafür eine logistische Strategie auszuarbeiten, brauchte er die Informationen über Raumflug und seine Möglichkeiten – und anderes mehr. Bei meiner Ankunft war die Zentrale leer. Wo die Aktionistenführer geblieben waren, weiß der Computer nicht und ich auch nicht. Mich wählte er aus Millionen von Kandidaten aus, den provisorischen Führer zu spielen."

„Weshalb?"

„Keine Ahnung."

„Muß doch einen besonderen Grund haben", meinte Ole Miss. Er blickte dabei Ood an. Ood zuckte die Schultern. Das interessierte ihn nicht. Er wollte nur feststellen, ob der andere log oder die Wahrheit erzählte. Davon hing alles ab. Einfach alles.

„Berichte weiter", forderte er Julisses auf, der neugierig

Actref und Catcart beobachtet hatte. Denn Actref hatte sich zu Catcart gesetzt und redete auf ihn ein.

„Nachdem ich den Computer neu programmiert hatte, wollte ich mich in Sicherheit bringen, da es ja sein konnte, daß die Zentrale inzwischen doch geortet worden war. Aber er ließ mich nicht gehen; er kontrollierte auch die Türen und hielt sie fest verschlossen."

Ood entschloß sich, dem Mann zu glauben. Denn daß der Computer fast perfekt wie ein Mensch formulieren konnte und daß er die Türen kontrollierte, das waren Fakten, die wußte niemand. Niemand außer den Aktionistenführern selbst und ihm, Ood. Er hatte nämlich vor dem Aufstand mit ihnen verhandelt. Und bei der Verhandlung war um ihn herum ein hektischer Betrieb gewesen, wobei er einiges hatte aufschnappen können. Nein, Julisses hatte tatsächlich all das erlebt, was er da erzählte. Das war sicher. Aber was kam nun, worauf lief das alles hinaus?

„Ich verbrachte also dort die Nacht. Heute mittag teilte mir der Computer mit, daß er aus Sicherheitsgründen den Stadtcomputer doch noch einmal habe anzapfen müssen. Dabei stellte er fest, daß diese inzwischen gelöscht worden war."

„Richtig, das waren wir", sagte Ood triumphierend.

„Genau das kombinierte der Computer", fuhr Julisses fort. „Und noch mehr stellte er fest. Das Städtische Elektronengehirn war nach dem Löschen sofort wieder mit sämtlichen Informationen gespeist worden, die es besessen hatte. Ihr habt also nicht mit einem unabhängig arbeitenden Gedächtnisspeicher für Notfälle wie diesem gerechnet."

„Verdammt, nein!" gab Ood enttäuscht zu.

„Bei dieser Neuspeisung fehlten nun aber die Falschinformationen, die für unseren Computer gedacht waren. Man rechnete wohl nicht mehr damit, daß unser Computer den ihren noch einmal anzapfte, weil er das Risiko kannte, und man ging nun dazu über, dem Städtischen Elektronengehirn die richtigen Informationen über den Verlauf des Aufstandes der letzten Tage einzugeben."

„Was für eine Geschichte!" entfuhr es Ole Miss. „Wer soll das denn glauben?"

„Sie stimmt!“ knurrte Ood und blickte Ole Miss mißtrauisch an.

„Die neuen Informationen, die mit denen übereinstimmten, die ich dem Computer gegeben hatte, veranlaßten ihn nun, mich aus Sicherheitsgründen zu euch zu schicken.“

„Weshalb denn?“

„Er bietet euch an, daß sich unsere noch übriggebliebenen Mitglieder mit eurer Fraktion über alle ideologischen Schranken hinweg zusammentun. Wenn die letzten Aktionisten nur noch versprengt und gejagt irgendwo herumlaufen, ist unsere Sache verloren. Die nötige Unterstützung, die sie brauchen, um dann gemeinsam weiterzukämpfen, könnt nur ihr ihnen geben. Ein Zusammengehen mit der Volksopposition ist nicht möglich, denn sie verkennen unsere Aktionen als schädigend und volksfeindlich.“

„Gut gesprochen, Freund. Wir nehmen an. Nur so können wir der Sache noch zum Sieg verhelfen. Also abgemacht!“

Julisses und Ood reichten sich die Hände.

Actref und Catcart schwiegen bereits seit längerer Zeit und beobachteten die Szene, Catcart freudig, Actref mit gemischten Gefühlen. Als Ood Julisses nun an den Tisch gebeten hatte, ging sie zu den beiden hinüber. Und dann tat sie etwas Seltsames. Catcart glaubte seinen Augen nicht zu trauen. Sie hatte plötzlich ein merkwürdiges Ding in der Hand, und fast augenblicklich reagierten die am Tisch Sitzenden nicht mehr auf ihre Umwelt. Sie blickten starr geradeaus.

Und dann begann Actref, ihre Story von den Kharis-Imperialisten erneut wiederzugeben. Sie bat Julisses, diesen Bericht dem Computer zu liefern. Ole Miss forderte sie auf, noch einmal zu berichten, wie sie die Raumschiffe sichtbar gemacht hatten. Und er tat es wie hypnotisiert.

„Wenn der Computer richtige Schlüsse zu ziehen in der Lage ist“, meinte Actref abschließend, „dann wird er bestätigen, was ich euch die ganze Zeit versucht habe klarzumachen.“

„Er hört mit“, sagte Julisses plötzlich.

Actref wurde lebendig. Sie erzählte noch andere seltsame Sachen, von denen Catcart nie zu träumen gewagt hätte. Und sie machte höchst merkwürdige Angaben über wissenschaftliche Axiome, Ergebnisse und Nachprüfungsmethoden, die dem Computer die nötigen Beweise für ihre Behauptungen liefern sollten.

Dann berichtete sie ausführlich über die Nachforschungen, die sie und Ronf angestellt hatten. „Über die Verbindung zu unserem Bordcomputer haben wir uns rasch näher und näher an die Kharis heranschleichen können. Schließlich blieben nur noch zwei Möglichkeiten. Entweder sie arbeiten als Geheimgesellschaft, wie es auf Terra ja Tausende gibt, oder sie operieren inmitten der privilegierten Schicht dieser Welt. Letzteres scheint sich nun als Tatsache herauszuschälen. Ohne Ronf kann ich aber die Verbindung zu unserem Bordcomputer nicht mehr herstellen. Jetzt mußt du die Lage analysieren."

Catcart wurde erst jetzt so richtig bewußt, daß Actref über Julisses zum Aktionistencomputer sprach. Sie wiederholte Ronfs letzte Worte, die sie mit ihm per Funk gewechselt hatte. Dann bat sie ihn abschließend, ihr so schnell wie möglich das Ergebnis seiner Analyse zu sagen. Es hänge mehr als nur Ronfs Leben davon ab.

Sie schwieg kurz, schien zu überlegen. Dann sagte sie zu den Männern am Tisch: „Behaltet alles, was ich erzählte. Der Computer der Aktionisten wird es analysieren. Aber vergeßt den Umstand, unter dem ihr alles erfahren habt, glaubt, ich hätte es eben ausführlich erzählt, weil ihr darum gebeten habt. Und vor allem: glaubt mir! Ihr könnt jetzt aufwachen."

Die Männer kamen zu sich, schienen nicht zu bemerken, daß sie im Hypnosezustand gewesen waren, sondern sahen sie nur erstaunt an aufgrund der Dinge, die sie eben von ihr erfahren hatten.

Catcart wunderte sich, daß sie ihn nicht einbezogen hatte. Sie hatte vorhin versucht, ihn dazu zu bringen, ihr Glauben zu schenken. Als er abgelehnt hatte, hatte sie die Konsequenz gezogen und war gegen die anderen massiv vorgegangen. Wahrscheinlich stufte sie ihn als zu schwach ein, um etwas gegen sie zu unternehmen. Und was hätte er auch tun können? Wer von den anderen würde ihm Glauben schenken? Und überhaupt: Was war, wenn sie tatsächlich recht hatte?

„Wie kommen wir an das Ergebnis dieses verdammten klugen Computers?" fragte Ood.

„Ich mußte dieses Gerät mitnehmen", erwiderte Julisses und stellte einen kleinen Kasten auf den Tisch, den er aus der Tasche gezogen hatte.

In diesem Moment begann der Kasten zu sprechen. „Es existiert eine Orbitalstation, die nicht irdischen Ursprungs ist. In ihr befindet sich aller Wahrscheinlichkeit nach das Hauptquartier der Fremden, genannt Kharis-Imperialisten, die mit den terranischen Imperialisten und Konzerngewaltigen regen Handel treiben auf Kosten des Milliardenvolkes dieses Planeten. Die Kharis geben technische Errungenschaften gegen große Mengen verschiedenartiger Produkte ab, die so dem Handel entzogen werden, eine schleichende Inflation bewirken und die materielle Not der Menschen vergrößern. Die technischen Errungenschaften vergrößern die Macht der terranischen Herrscherclique. Vermutlich gehört die Erfindung des intergalaktischen Raumantriebs dazu. Er wird zur Zeit in eine ganze Armada von Schiffen eingebaut, die nicht nur die Aufgabe haben wird, das Volk der Erde in Schach zu halten – das wäre nicht logisch –, sondern auch den Zweck haben wird, andere Planeten anzufliegen. Es ist anzunehmen, daß der Mann namens Ronf sich zur Zeit in der Orbitalstation der Fremden aufhält, vermutlich unfreiwillig."

„Sie plündern uns also aus", ereiferte sich Ood. „Sie beuten die Erde aus!"

„Und nicht nur das", klärte Actref ihn auf. „Der Computer hat erwähnt, daß die Armada den Zweck hat, andere Planeten anzufliegen. Wozu wohl? Um Sonntagsausflüge zu machen? Sie hat den Zweck, sich das Kharis-Imperium einzuverleiben!"

„Teufel!" schrie Ood. „Die werden ja immer größenwahnsinniger! Ist das überhaupt möglich? Sind die ihnen denn nicht überlegen, so wie ihr?"

„*Wir* sind überlegen, das stimmt, weil kein Kharis unseres Weltenbundes sich versklaven lassen würde. Doch das Kharis-*Imperium* ist anders. Sein Volk schmachtet im Elend, es ist leicht zu überwältigen. Und jene Armada wird größer und stärker sein als die des Kharis-Imperiums. Dafür werden die verbündeten Kharis sorgen, denn ohne Verbündete unter ihnen kommen eure Herren nie zum Ziel. Eine große Intrige ist da im Gange."

„Unsere Herren", wiederholte Ole Miss verächtlich. „Sie trampeln auf uns herum. Wir arbeiten, und sie leben wie die Götter, machen Kriege um die Vorherrschaft im All, kümmern sich einen Dreck um unsereins."

„Du sagtest", fiel Ood ein, „daß ihr mit euren technischen Mitteln dem Kharis-Imperium überlegen seid."

Actref nickte. „Ja. Ich weiß, was du überlegst, und ich stelle euch diese Mittel und meine Mithilfe gern zur Verfügung. Doch ich habe eine Bedingung daran zu knüpfen."

„Welche?" fragte Melton mißtrauisch. „Weshalb?"

„Jedes Eingreifen kann nur noch Sinn haben, wenn sich auf eurer Welt die Dinge zum Besseren wenden. Sind wir uns darin einig?"

„Natürlich", sagte Ood und wehrte die Antworten der anderen energisch ab.

„Das aber bringt ihr nicht zustande", fuhr Actref fort. „Ihr seid zu schwach, und eure Aktionen, Strategien, Theorien und Ziele sind unvollständig, mangelhaft durchdacht, unwissenschaftlich und oft einfach falsch."

„Das ist nicht wahr!" schrie Melton entrüstet. „Revisionistisches Geschwätz!"

„Die Masse der Unzufriedenen steht auf seiten der Volksopposition, wie ihr wißt. Erreichen kann das ganze Volk nur etwas, wenn ihr mit der Volksopposition zusammenarbeitet. Wenn es hart auf hart geht, reichen die Kräfte bei einer richtigen Strategie dann aus, um die Konterrevolution zu schlagen."

„Unsinn", sagte Ood sehr leise. „Die fahren den ganzen Karren sofort in den Sand. *Sie* müssen sich *uns* anschließen. Sonst stirbt die Revolution in einem Wust von Kompromissen!"

„Bis jetzt haben die Kompromisse der Volksopposition ihre Stellung im Volk nur gefestigt, und sie geht prinzipienfest den Weg zur Revolution. Ich habe mit ihnen gesprochen. Ich habe mit ihren Anhängern und Mitgliedern gesprochen."

„Alles führt nur dazu, daß sie später eine neue herrschende Klasse bilden wird."

„Zu wissenschaftlichen Analysen zeigt ihr euch nicht gerade fähig", urteilte Actref betrübt. „Was sagt der Computer dazu?"

„Ach", wehrte Ood ab. „Der gibt nur das von sich, was die Aktionisten in ihn hineingefüttert haben. Das sind seine Kombinationsvoraussetzungen."

Actref blickte nachdenklich Catcart an. Nach einer Weile ging sie zu ihm hinüber und fragte ihn über seine Erfahrungen aus, die er als Polizist gemacht hatte.

Wenige Minuten später kam die Einschätzung der neuen Lage durch den Computer der Aktionisten. Ood behielt recht. Der Computer schätzte zwar die Lage richtig ein, zog jedoch nur die Konsequenzen, die sich für die Aktionistenfraktion als günstig herausstellten. Alles andere lehnte er ab. Actrefs Bedingung nahm er „sicherheitshalber" an.

Actref verabschiedete sich von den Männern, nachdem sie ihren Schlachtplan dargelegt und ihnen einige Anweisungen gegeben hatte. Eine Stunde später betrat sie die Zentrale ihres Raumschiffs. Kurz darauf wühlte es sich unsichtbar durch den Boden und nahm Kurs auf die Orbitalstation, die sie mit Hilfe einiger Tricks geortet hatte, ohne dabei selbst geortet werden zu können. Doch als sie die unsichtbaren Zeitbomben abschießen wollte, die sich an die Orbitalstation klammern sollten, damit Actref den Kharis in ihr ein Ultimatum stellen konnte, bemerkte sie, daß sie nicht schnell genug gewesen war. Der Kontakt stellte sich nicht her, die Zeitbomben blieben an Bord, und das Schiff machte, was es wollte. Es legte an der Orbitalstation an und öffnete die Schleuse.

„Hallo", tönte es ihr entgegen. „Hat aber lange gedauert, bis du auf diese Idee gekommen bist." Sie wartete, bis die Bewaffneten mit Rodrigo Araz in der Mitte sie holten.

## 18

Auf dem Bildschirm lief die Aktion ab. Die Männer standen in der Zentrale der Aktionisten und sahen sie sich an. Der Computer kommentierte die Szenen.

Es war ein Trauerspiel.

Ood und Julisses hatten sich geeinigt, Actrefs Bedingungen nicht anzunehmen. Davon wußte sie jedoch nichts. So hatten sie die Aktion allein in die Hände genommen. Oods Leute standen auf dem größten Flughafen des Kontinents und warteten auf das Raumschiff, das Actref, diesen Ronf und die imperialistischen Verräter bringen sollte, deren man sich gewaltsam annehmen wollte. Es wäre ein Erfolg für Oods Fraktion gewesen, der sich politisch stark niedergeschlagen hätte. Doch zwei Stunden später rührte sich immer noch nichts, und Nachforschungen des Computers ergaben, daß Actref an Bord der Station gegangen war. Entweder war sie gefangengenommen worden – diese Möglichkeit erschien gering –, oder sie war freiwillig von Bord gegangen; diese Möglichkeit besaß die größere Wahrscheinlichkeit. Das bedeutete Verrat. Und dafür konnte es mehrere Möglichkeiten geben, die jedoch Ood – im Gegensatz zu Julisses – wenig interessierten. Er wollte retten, was zu retten war, und entschloß sich zur Rache und zur Offensive gleichzeitig. Er befahl seinen Männern einen Überfall auf das Militärlager des Flughafens und die dazugehörigen Raketenstellungen. Zwei seiner Leute, zwei von ursprünglich fünfhundert, erreichten ihr Ziel, setzten die Zielcomputer in Gang, ließen von ihnen die Orbitalstation beschießen. Und starben.

Der Computer hatte Oods Entscheidungen nicht gebilligt, weil sie, abgesehen vom unermeßlichen Risiko, nur seiner Fraktion zugute kamen. Aber er hatte sich fügen müssen, denn immer noch waren nur die Anarchisten, also Oods Männer, einsatzbereit, immer noch hatten sich die Reste der Aktionistenarmee nicht sammeln können.

Doch jetzt, nachdem auch Oods Armee bis auf einen kläglichen Rest zusammengeschmolzen war, zog er endlich die Konsequenzen. Julisses erschien es, als begänne der Computer eigene Gedanken zu produzieren. Das Elektronengehirn überwand seine Programmierung, erklärte sie ebenso für falsch wie die ganze bisherige Strategie und Theorie, gab Actrefs Worten recht, wies bis ins Detail die Fehler in der Ideologie der Aktionisten und Anarchisten nach, zog ein Resümee, in dem es die einzig mögliche, also realistische Ideologie darstellte, und rief zur einmütigen und kämpferischen Solidarität mit der Volksopposition auf.

Das war Ood zuviel. Er tobte und schrie. Doch der Computer kümmerte sich nicht darum. Er habe seine Ergebnisse mit denen der Volksopposition verglichen, die er aus den geheimen Gedächtnisbänken des Stadtcomputers habe, und festgestellt, daß sie sich deckten. Aktionisten und Ood-Fraktion sollten geschlossen in der Volksopposition aufgehen, sonst stürbe die ganze Revolution.

„Du Schwätzer!" schrie Ood die Maschine an. „Sieh dir doch an, was sie machen. *Das* soll revolutionär sein?"

„Die Volksopposition betreibt seit langer Zeit in gigantischen Maßstäben Aufklärungsaktionen im Volk, die mit den Jahren einen riesigen Erfolg mit sich brachten. Sie bildet ihre Mitglieder und Anhänger wissenschaftlich aus. Ihre Revolutionsarmee fegt den ganzen alten Dreck weg, wenn das Risiko klein genug geworden ist."

„Unsinn!" knurrte Ood bösartig. „Blanker Unsinn! Was wir brauchen, sind laute und weithin sichtbare gewalttätige Signale, um das Volk auf die Barrikaden zu bringen! Nichts anderes!"

„Du hetzt die paar, die mitmachen, in den Tod. Du rufst die permanente Unterdrückung aller oppositionell denkenden und handelnden Menschen hervor, denn *deine* Gewalt wird *allen* Systemkritikern zugeschrieben. Dein Erfolg ist der Sieg der Konterrevolution. Das habe ich lernen müssen."

„Eine Maschine, die lernt?" Ood lachte brüllend. „Eine Maschine, die Unsinn macht!"

„Aufgrund der neuen Erkenntnisse ändert sich die Strategie der Revolution", fuhr der Computer fort. „Von nun an müssen alle Revolutionäre . . ."

Julisses fuhr hoch. Sein Thermostrahler spuckte Tod. Er hörte nicht auf, bis der Lautsprecher, die Stimme des Computers, verstummte. Mehr wollte er nicht zerstören, denn er dachte immer noch vernünftig. Während Ood neben ihm stand und hämisch mit dem Kopf nickend kicherte, überlegte Julisses, wie er in Kontakt mit Leuten von der Volksopposition kommen könnte. Kann nicht schwer sein, dachte er. Da hatte er doch mal einen von ihnen interviewt für die *TELEvision* . . . Wo war das gewesen? Ah, richtig . . .!

Ood riß seinen Thermostrahler aus der Tasche. „Richtig, Freund. Machen wir kaputt, was uns verraten will!" Sein Strahler begann zu spucken. Julisses schrie ihn an. „Hör auf! Den kann man doch noch gebrauchen!"

Ood hörte nicht auf ihn. Schreiend lief er durch den großen Raum und fuhr in seinem Vernichtungsrausch fort.

Julisses wandte sich angewidert ab. Sein Blick fiel auf das Pult vor ihm, auf dem ein langer Papierstreifen mit den Namen der Gefallenen der letzten Aktion lag.

*Kenneth Catcart*

*Melton John*

Auch sie waren von Ood in den Tod geschickt worden. Wo war Ole Miss? Er war bei ihnen gewesen. Julisses sah noch einmal sämtliche Namen durch. Der eine Name fehlte. Er suchte nicht nach dem Decknamen Ole Miss, sondern nach dessen richtigem Namen. Nichts; beide Möglichkeiten negativ. Aber über offizielle Informationsquellen hatte der Computer die Zahl der Toten erfahren, die genau fünfhundert lautete. Ein Irrtum? Oder bedeutete das . . . Möglich ist es, dachte Julisses schockiert. Durchaus möglich, daß Ole Miss ein Verräter ist!

Wie betrunken taumelte Frank Julisses aus dem Raum, der sich jetzt von Hand öffnen ließ, und lief auf die Straße. Noch hier hörte er Ood toben und lachen.

Ood und der Computer gehörten der Vergangenheit an.

Es lebe die Zukunft . . .

Doch dorthin führte nur ein sicherer Weg, und Frank Julisses hatte ihn gefunden.

## 19

„Nur gut", flüsterte Actref lächelnd, während sie sich über den Bildschirm beugte, „daß der *Intergalaktische Solidaritätsdienst* so vorsorglich ist und an alles denkt."

„Nur gut", erwiderte Ronf lachend, während er das Raumschiff neu programmierte, „daß der *Kharisische Geheimdienst* so schlecht ist und daran nicht denkt. Sie haben nie überprüft, ob die Raumschiffe, die sie mit ihren Opfern aussetzen und in den Weltraum schicken, auch auf ihrem Kurs bleiben."

„Vor allem, wenn es sich um *unsere* Schiffe handelt, vergiß das nicht. Andere Schiffe haben keine Einrichtung, um eine fremde Programmierung des Kurses aufzuheben. Und nur wir Agenten kennen diesen Trick."

„Und eben deshalb ist der *Kharisische Geheimdienst* bis jetzt nicht dahintergekommen", schloß Ronf das Thema ab.

Doch Actref behielt das letzte Wort. Mit Überraschung in der Stimme sagte sie: „Sie wollten uns zur Hölle schicken – jetzt gehen sie dorthin. Sieh, Ronf, die Orbitalstation explodiert! – Die Raketen sind sicherlich von Oods Leuten gestartet worden, die Verrat witterten, weil wir nicht kamen. Das ist typisch Ood. Dennoch eine verständliche Reaktion, nicht wahr? Hoffentlich einigen sich die revolutionären Kräfte dieser Welt gegen die Militärjunta. Gemeinsam könnten sie es schaffen."

„Der *Solidaritätsdienst* wird dafür sorgen, daß die terranische Reaktion ihre Armada nicht zum Einsatz bringen kann. Weder gegen ihr eigenes Volk noch gegen das kharisische. Weißt du übrigens von der Intrige?"

„Ja. Die terranischen Militärs und die kharisischen Opportunisten unter ihnen wollen das Kharis-Imperium übernehmen."

„Irrtum!" erwiderte Ronf zu ihrer Überraschung. „Das wollen zwar die terranischen Militärs, aber nicht die Kharis unter Leitung des Kommandanten Abf."

„Abf", wiederholte Actref grübelnd. „Der Name sagt mir etwas. Ich kenne seine Funktion natürlich. Aber ich meine, etwas ganz Bestimmtes über ihn gehört zu haben . . ."

„Hast du auch", fuhr Ronf erklärend fort. „Sein Name fiel in unseren Schulungen des öfteren im Zusammenhang mit galaktischen Intrigen. Er hat früher oftmals versucht, die Herrscher jener Welt, die sie gerade ausplünderten, zu solchen Spielchen zu überreden, wie er es mit Terra betreibt."

„Richtig", entsann sich Actref. „Er spielte mit den Herren jener Welten dasselbe Spiel. Er tat, als mache er mit ihnen gemeinsame Sache, wolle ihnen helfen, das Kharis-Imperium zu erobern, und wenn es fast soweit war, erschien rechtzeitig die Armada der Kharis und übernahm risikolos die neue Flotte der anderen."

„Und stärkte so ihre Macht, um noch mehr aus jenen Welten herauspressen zu können."

„Und aus noch mehr Welten."

„Genau das hat er mit Terra vor."

„Hatte."

„Richtig. Er ist tot. Hoffentlich existieren noch Kharis auf dem Planeten, damit wir Zeugen vor das *Intergalaktische Gericht* schleppen können."

„Ganz sicher, Ronf. Als sie uns ausgesetzt hatten, waren ihre Abteilungsleiter längst zur Erde zurückgeflogen."

„Hoffentlich sind die da unten bald soweit, um sie festnehmen zu können", meinte Ronf und beschleunigte das Raumschiff, das sie in den Weltenbund zurücktrug – den Weltenbund, der sie gelehrt hatte, nicht nur im Dienst für eigene Interessen, sondern im Dienst der gemeinsamen Interessen aller zu denken und zu leben.

## Ronald M. Hahn/Harald Buwert

Viele Science-fiction-Fans werden schon einmal dem Namen Ronald M. Hahn begegnet sein, ohne es bemerkt zu haben. Der renommierte SF-Fachmann ist nämlich Mitautor von Standardnachschlagewerken wie dem „Lexikon der Science Fiction Literatur", „Reclams Science Fiction Führer" und dem „Lexikon des Science Fiction Films".

Ronald M. Hahn wurde 1948 in Wuppertal geboren. Nach einer Lehre als Schriftsetzer, die er im Jahr 1966 abschloß, begann er als Übersetzer aus dem Englischen und Niederländischen und als Publizist zu arbeiten, wobei er sich auch mit Science-fiction als Literaturgattung kritisch auseinandersetzte. Seither machte Hahn als Experte im Bereich SF auf sich aufmerksam. Zum einen arbeitete er im Zeitschriftensektor: Von 1969 bis 1984 war er zusammen mit Hans Joachim Alpers Herausgeber des medienkritischen Fachblattes *Science Fiction Times*, und in den Jahren 1977 und 1978 betreute er als Redakteur das SF-Magazin *Comet*. Zum anderen war er als Lektor tätig, von 1972 bis 1974 für die Science-fiction-Reihe „Fischer Orbit" und von 1982 bis 1988 für die SF-Reihe des Ullstein Verlags.

Auch als Schriftsteller machte sich Hahn einen Namen. 1970 wurde erstmals ein Roman von ihm publiziert, und seitdem veröffentlichte er zahlreiche Sachbücher und satirische SF-Stories. 1980 erhielt er den Kurd-Laßwitz-Preis für die beste SF-Kurzgeschichte des Jahres. Unter verschiedenen Pseudonymen lieferte er Beiträge für die Serien „Commander Scott", „Die Terranauten" und „Raumschiff Promet" und schrieb – teilweise unter dem Namen Daniel Zerbst – allein oder zusammen mit seinem Kollegen Hans Joachim Alpers SF-Jugendbücher und Kriminalromane. „Die Flüsterzentrale", 1977 erschienen, verfaßte er zusammen mit dem Buchhändler und Autor Harald Buwert.

Die Fremden aus dem All
Rätselhafte Begegnungen mit UFOS

**Unheimliche Begegnungen der dritten Art kennt jeder Science-fiction-Freund, seit Steven Spielbergs weltberühmter Film das UFO-Thema in die Kinos gebracht hat. Wie aber steht es mit Begegnungen der zweiten Art? Oder der ersten? Es handelt sich bei diesen Bezeichnungen um Definitionen eines Wissenschaftlers, der im Auftrag der US-Luftwaffe die Phänomene rund um die UFOs untersuchen und Widersprüchliches klären sollte. Denn: So vielfältig, wie Zeugen von Begegnungen mit nichtidentifizierbaren Flugobjekten ihre Gefühle schilderten, so unterschiedlich fielen auch die Beschreibungen ihrer Beobachtungen aus.**

*Dr. Allen Hynek, ehemals Astronomieprofessor an der Universität von Ohio, untersuchte als erster die Fülle der UFO-Sichtungen nach wissenschaftlichen Kriterien. Von ihm stammen die Kategorien „Nahbegegnung der ersten Art" (kein Kontakt des UFOs mit der Erde), „Nahbegegnung der zweiten Art" (UFO-Spuren am Boden, an Bäumen, Störung von Motoren und elektrischen Geräten usw.) sowie „Nahbegegnung der dritten Art" (Sichtung fremdartiger Wesen in Raumschiffnähe). Hinzu kommen Beobachtungen von Flugobjekten aus größerer Entfernung mit bloßem Auge oder mit Radar, außerdem wird noch zwischen Tag- und Nachtsichtungen unterschieden.*

*Unzählige Berichte aus aller Welt liegen über Begegnungen mit UFOs vor. Aber auch auf viele ungelöste Rätsel zwischen Himmel und Erde haben wirkliche und selbsternannte Experten die UFO-Theorie angewandt. UFOlogie oder UFOmanie? Fünf Beispiele aus vier verschiedenen Erdteilen sollen ein wenig Licht ins Dunkel der Spekulation bringen.*

## UFO-Katastrophe in Sibirien?

*Durch eine bis heute ungeklärte Explosion wurde am 30. Juni 1908 auf einen Schlag ein ganzer Landstrich in Zentralsibirien verwüstet. Im äußerst dünn besiedelten Gebiet der Steinigen*

**Ein rätselhafter Himmelskörper stürzte im Februar 1986 bei Darmstadt in einen Weiher und durchschlug die zwölf Zentimeter dicke Eisdecke. Ein Meteorit? Oder ein Teil eines „nichtidentifizierbaren Flugobjekts"?**

*Tunguska wurden in einem Umkreis von vierzig Kilometern fast alle Bäume umgeknickt; noch fünfzig Jahre später waren verkohlte Stämme erkennbar, die ein riesiges sternförmiges Muster bildeten.*

*Augenzeugenberichten zufolge hatte sich vor der Explosion ein Feuerball am Himmel gebildet, der so grell war, daß er die Morgensonne verblassen ließ. Ein mehrfacher Knall begleitete die Erscheinung. Der Bauer Semjonow saß in einem sechzig Kilometer entfernten Dorf vor seinem Haus, als er die Feuersäule sah, die eine ungeheure Hitze ausstrahlte. Die Druckwelle, die folgte, raubte ihm kurz das Bewußtsein. Als er wieder zu sich kam, hörte er ein Donnern, dann war der Spuk zu Ende.*

*Ein Hirte vom Stamm der Tungusen berichtete einige Jahre später durchreisenden Wissenschaftlern vom Verlust seiner fünfhundertköpfigen Rentierherde. In der Hütte seines Freundes war alles verbrannt; sogar das Silber und der Samowar waren geschmolzen.*

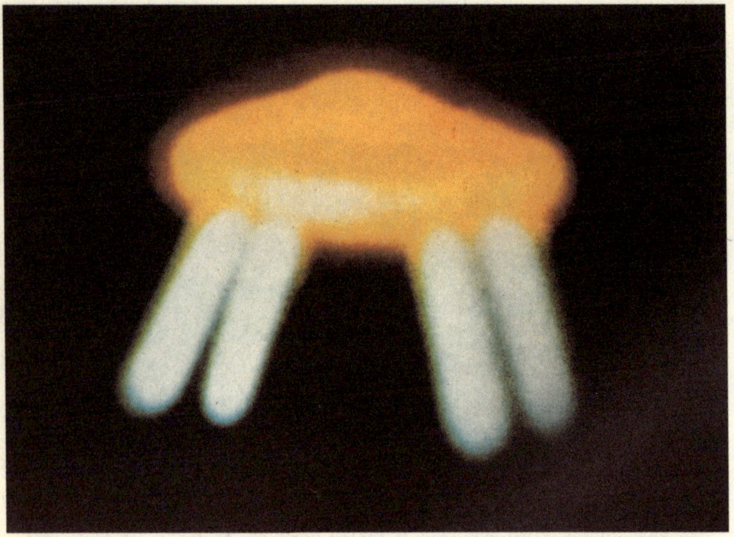

**Für die Beobachtung dieses UFOs, das am 23. März 1974 etwa dreißig Minuten lang am Himmel über Frankreich zu sehen war, gibt es drei Zeugen. Die Aufnahme gelang einem Arzt aus Tavernes.**

*Experten stellten viele Thesen auf, um für diese Katastrophe eine Erklärung zu finden. Am nächstliegenden erschien die Theorie vom Meteoriten, der beim Eintritt in die Atmosphäre den glühenden Feuerball erzeugte. Allerdings stieß man trotz umfangreicher Suche nie auf eine Einschlagstelle, geschweige denn auf einen Krater.*

*Einige Fachleute sprachen gar von einem Kometen, der die Erde getroffen habe. Tatsächlich wurden im fraglichen Gebiet die für solche Ereignisse typischen Gase wie Ammoniak und Wasserdampf entdeckt, vermischt mit Staub und Meteoreisenteilchen, doch genügte ihre Menge nicht für einen eindeutigen Beweis, zumal sich meteoritischer Staub im Lauf der Zeit überall auf der Erde niederschlägt.*

*Jüngere Theorien führten als Erklärung einen Körper aus Antimaterie an, der in einem Feuerball aus Gammastrahlen aufging. Noch kühner ist die Vorstellung vom „Schwarzen Loch" in Miniaturausführung, das in der Erde eingeschlagen haben könnte.*

*Manches spricht auch für die neueste Theorie: Ein atomgetriebenes Raumschiff, gesteuert von Außerirdischen, versuchte eine Notlandung auf der Erde, nachdem es in Schwierigkeiten geraten war. Das UFO trat in die Atmosphäre ein, doch kurz vor dem Landemanöver kam es in etwa dreitausend Meter Höhe zu einer Katastrophe. Der nukleare Brennstoff erhitzte sich über den kritischen Punkt hinaus, was zu einer gewaltigen Explosion führte.*

*Viele Beobachtungen der einheimischen Tungusen lassen sich mit dieser Erklärung in Einklang bringen: das große bläuliche Objekt von zylindrischer Form etwa, das sie am Himmel gesehen hatten und das eine bunte Leuchtspur hinterließ und gewaltigen Lärm verursachte. Wissenschaftler fanden später winzige grüne Kügelchen aus geschmolzener Erde und Staub, sogenannte Trinitite, wie sie für eine Atomexplosion typisch*

**Viele Fotos von UFOs wurden mit Hilfe spezieller Untersuchungsmethoden, die Rückschlüsse auf beschädigte Filme oder Linsenreflexionen zulassen, als Schwindel entlarvt. Diese Aufnahme von Henri Gris gilt als umstritten.**

*sind. Das Ungewöhnliche daran: Sie waren mit Metallteilchen durchsetzt. Überreste eines außerirdischen Flugkörpers? Noch können die Akten zur Katastrophe in der Tunguska nicht geschlossen werden.*

## Von fliegender Untertasse entführt

*Weit über die Grenzen Frankreichs hinaus erregte ein Zwischenfall Aufsehen, der sich Ende November 1979 im Pariser Vorort Cergy-Pontoise ereignete. Drei Freunde, Jean Pierre Prévost, Salomon N'Diaye und Franck Fontaine, wollten mit ihrem altersschwachen Ford Taunus an einem Montagmorgen gegen vier Uhr von Cergy-Pontoise aufbrechen, um auf dem Straßenmarkt von Gisors Jeans zu verkaufen. Fontaine saß im startbereiten Wagen, während die anderen beiden jungen Männer die Ware einluden. Plötzlich entdeckte Fontaine am Himmel ein geheimnisvoll leuchtendes zylindrisches Objekt, das er seinen Freunden aufgeregt zeigte.*

*Während N'Diaye und Prévost noch einmal in die Wohnung eilten, um eine Kamera zu holen, fuhr Fontaine zur nahe gelegenen Hauptstraße. Vom Fenster der Wohnung aus beobachteten die beiden Freunde den Wagen, der anhielt und von einem grell leuchtenden Nebel eingehüllt wurde. Ein Lichtstrahl schoß daraus empor, wurde immer größer und nahm schließlich wieder Zylindergestalt an wie zuvor. Zu überrascht, um zu fotografieren, rannten Prévost und N'Diaye nach unten zu dem Fahrzeug, wo sie zu ihrem Erschrecken feststellten, daß von Fontaine jegliche Spur fehlte.*

*Augenblicklich verständigten sie die Polizei, die sie einem ebenso strengen Verhör unterzog wie das Militär, das in Frankreich für UFO-Angelegenheiten zuständig ist. Prévosts und N'Diayes Angaben überzeugten die Beamten. „Wir haben keinen Grund, daran zu zweifeln", gab der diensthabende Polizeioffizier zu Protokoll.*

*Am 3. Dezember 1979 tauchte Franck Fontaine völlig uner-*

*wartet wieder auf, nachdem das Rätselraten um sein Schicksal die ganze Nation eine Woche lang in Atem gehalten hatte. Er gab an, von den Außerirdischen in einem Kohlfeld abgesetzt worden zu sein, unweit der Stelle, wo sie ihn entführt hatten. Über seinen Aufenthalt an Bord des UFOs enthüllte er nur wenig. Er erinnerte sich bruchstückhaft an einen großen weißen Raum mit technischen Geräten, blinkenden Kontrollampen und Milchglasscheiben mit leuchtenden Schriftzeichen.*

*Erst nach Fontaines sensationeller Rückkehr ergaben sich in den Schilderungen des Trios Ungereimtheiten. Beispielsweise konnten sie sich nicht auf die Form des UFOs einigen. Außerdem fand man heraus, daß Prévost, der angegeben hatte, die Existenz von UFOs stets bezweifelt zu haben, einen Bruder hatte, der Vorsitzender eines UFO-Clubs war. Also alles nur eine Sensationsstory, zusammengereimt in der Hoffnung, schnell reich und berühmt zu werden? Oder doch eine echte UFO-Begegnung, die lediglich nachträglich ein wenig „ausgeschmückt" worden war? Dafür sprach die rasche Meldung bei der Polizei.*

*Jahre vergingen, ehe die Wahrheit ans Licht kam. Eines Tages packte Franck Fontaine aus und gab zu, daß er geschwindelt hatte. Das schlechte Gewissen hatte ihm keine Ruhe gelassen.*

## Geheimnisvolle Verfolgungsjagd

*Wesentlich glaubhafter klingen die vielen Berichte über UFO-Sichtungen von Piloten und Flugzeugbesatzungen. Allein von ihrer Ausbildung und den Erfordernissen der täglichen Arbeit her ist diese Berufsgruppe an nüchternes Beobachten gewöhnt und neigt kaum zu Phantastereien. Und dennoch wurden gerade in Flugzeugkanzeln besonders häufig seltsame Himmelserscheinungen registriert.*

*Ein Fall mit tragischem Ausgang war der des jungen Australiers Frederick Valentich, der am 21. Oktober 1978 in seiner blauweißen Cessna 182 von Melbourne nach Kings Island unterwegs war. „Ich sehe ein großes Flugobjekt", meldete*

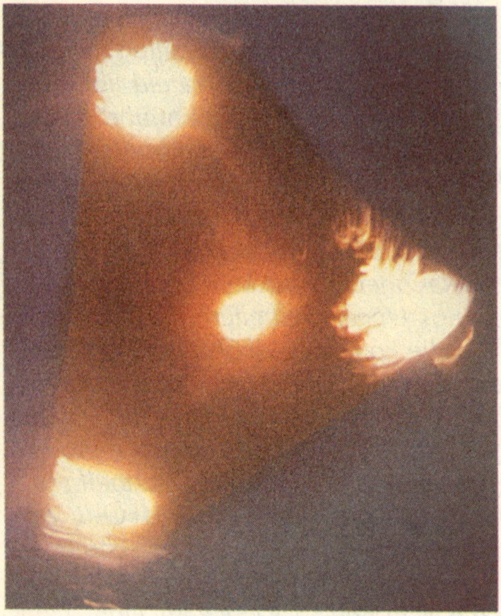

**„Fliegendes Dreieck", fotografiert am 7. April 1990 am Himmel über Belgien**

*er über der Bass-Straße an den Tower von Melbourne. „Es kommt von Osten auf mich zu, rasend schnell . . ."*

*Sechs Minuten dauerte das Funkgespräch mit Melbourne, in dem der Pilot die nervenaufreibende Begegnung mit dem UFO schilderte, das ihn zu verfolgen schien. „Der Motor meiner Maschine macht Schwierigkeiten", berichtete Valentich schließlich. Und dann wieder: „Das Ding schwebt über mir. Es ist kein Flugzeug, es ist –" In diesem Augenblick riß der Funkkontakt ab. Weder von Valentich noch von seiner Cessna fand man je eine Spur.*

*Erhärtet wird Valentichs Verdacht, daß sich ein fremdartiges Flugobjekt am Himmel befunden haben könnte, durch die Tatsache, daß in jenen Tagen sehr viele Australier und Neuseeländer unerklärliche Lichterscheinungen beobachteten.*

*Ähnliches wie dem verschollenen jungen Australier – wenn auch mit gutem Ausgang – widerfuhr der Besatzung eines japanischen Transportflugzeugs am 17.11.1986 auf Flug JAL 1628 von Frankreich nach Tokio. Über Alaska bereitete sich Flugkapitän Kenju Terauchi in 11 000 Meter Höhe auf die Zwischenlandung in Anchorage vor. Eine Routineangelegenheit. Doch dann entdeckten er und seine Mannschaft eigenartige Lichter in der Nähe des Jumbo-Jets. Sie schienen zu einem rie-*

*sigen walnußförmigen Objekt zu gehören, das die Frachtmaschine über eine lange Strecke hinweg begleitete. Radarbeobachtungen der Luftaufsicht bestätigten das Ereignis.*

*Nachdem sich Flugkapitän Terauchi nach der Landung vom ersten Schrecken erholt hatte, interpretierte er den Zwischenfall mit einer Prise Galgenhumor. „Wir haben eine große Ladung Beaujolais an Bord“, enthüllte er den neugierigen Reportern. „Wer weiß? Vielleicht hatten es die Außerirdischen ja darauf abgesehen.“*

## Gefährliche Erscheinung am Himmel

*Gemütlich fuhr die Amerikanerin Betty Cash am Abend des 29. Dezember 1980 mit ihrer Freundin Vickie Landrum und deren Enkel Colby im Osten von Texas eine waldgesäumte Nebenstraße in Richtung Dayton entlang; trotz der Nähe zur Großstadt Houston ist diese Gegend nur sehr dünn besiedelt. Plötzlich tauchte über den Bäumen ein großes rautenförmiges Gebilde auf, das hell strahlte und aus dessen unterem Ende Flammen loderten. Überwältigt von dem ehrfurchtgebietenden Anblick, hielt Betty Cash an, und die drei Wageninsassen stiegen aus. Die leuchtende Raute stand jetzt quer über der Straße, als wollte sie das Trio an der Weiterfahrt hindern.*

*Ungläubig starrten die beiden Frauen und der Junge das Flugobjekt an, das sie wie ein Gebilde aus einem Science-fiction-Roman anmutete. Als es sie zu sehr blendete, stiegen sie wieder in ihren Wagen. Wenige Augenblicke später geschah ein weiteres ungewöhnliches Ereignis: Große Armeehubschrauber tauchten am Himmel auf, die die leuchtende, feuerspeiende Raute einkreisten. Dann stieg das Flugobjekt empor, wobei ihm die Hubschrauber folgten.*

*Betty Cash fuhr wieder los. Erst nach zwei Kilometern wagte sie es, sich umzublicken. Das eigenartige Gebilde stand immer noch am Himmel und strahlte die doppelrotorigen Hubschrauber an, die es umkreisten.*

**Betty Cash, ihr Enkel Colby und Vickie Landrum eineinhalb Jahre nach der UFO-Begegnung, die ihr Leben veränderte. Alle drei erlitten Strahlenschäden und schmerzhafte Verbrennungen (unten).**

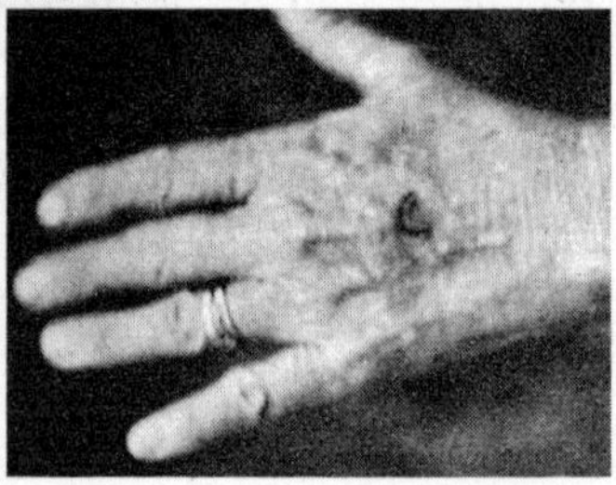

*Bald nach ihrer Ankunft zu Hause in Dayton bemerkten die drei Augenzeugen der UFO-Begegnung, daß sie gesundheitliche Schäden davongetragen hatten. Ihre Haut war an mehreren Körperstellen rußgeschwärzt und verbrannt, Schwellungen entstanden an Hals und Kopf, Blasen bildeten sich, Übelkeit stellte sich ein. Im Krankenhaus, wo die beiden Frauen und der Junge den Zwischenfall zunächst verschwiegen, behandelte man sie als Verbrennungsopfer. Erst als Colby mit der Wahrheit herausplatzte, beschäftigten sich Experten mit dem Fall. Besorgniserregend wurde die Sache, als nach ein paar Tagen*

*bei allen drei Patienten deutliche Strahlenschäden diagnostiziert wurden. Nun war klar, daß sie bei ihrer abenteuerlichen Begegnung Opfer einer Katastrophe geworden waren. Der Preis, den Betty Cash dafür bezahlen mußte, erhöhte sich später noch einmal, als sie Brustkrebs bekam.*

*Schließlich wurden Anwälte eingeschaltet, die sich zuerst nach der Herkunft der Militärhubschrauber erkundigten. Die US-Luftwaffe lehnte kategorisch jede Verantwortung für den Vorfall ab. Im fraglichen Gebiet hätten keine Manöver stattgefunden, hieß es dort, obwohl der gesichtete Helikoptertyp von allen drei Zeugen eindeutig als Militärhubschrauber identifiziert worden war. Eine Schmerzensgeldklage über mehrere Millionen Dollar gegen die Vereinigten Staaten wurde abgewiesen. Obwohl offizielle Stellen stets auf die Ungefährlichkeit unbekannter Flugobjekte hingewiesen hatten, fühlte sich nun niemand zuständig. Die USA habe – so wurde den Klägern beschieden – ein Luftfahrzeug, wie es von den Zeugen beschrieben wurde, nicht in ihrem Besitz.*

*Was war über den Wäldern von Texas wirklich geschehen? Erwiesenermaßen waren die drei Augenzeugen nuklearer Strahlung ausgesetzt gewesen, die von einem rätselhaften Flugobjekt ausgegangen war. Doch wer trug die Verantwortung für den gefährlichen Kerntransport am Himmel? Die US-Luftwaffe, die eine Geheimaktion durchführte? (Auch aus dem Staat Ohio lagen Augenzeugenberichte vor, die sich auf einen ähnlichen Zwischenfall mit Hubschraubern bezogen: Er hatte sich nur einen Tag vor der gefährlichen Begegnung in Texas ereignet!) Oder hatten Betty Cash, Vickie und Colby Landrum doch ein UFO gesehen? War dieses etwa von den Hubschraubern verfolgt worden, und sahen sich die Militärdienststellen gezwungen, die Existenz des geheimnisvollen Flugobjekts nachträglich abzustreiten? Fragen über Fragen. Vielleicht verhilft auch hier die Zukunft eines Tages der Wahrheit zum Sieg.*

Illustrierter Anhang:
„Die Fremden aus dem All"
Ein Artikel von Christof Schmid-Flemmig